AMÉRICA

T.C. Boyle est né à Peekskill, dans l'État de New York, en 1948. Il y passe une enfance peu heureuse, rythmée par les chamailleries de parents alcooliques qui meurent dans les années 70.

Au terme d'une adolescence houleuse et dissolue, il opte pour l'enseignement et accepte un poste dans un des quartiers miséreux de sa ville natale, échappant ainsi à la conscription et à l'engagement au Viet-nam.

Boyle découvre alors vraiment la littérature. Il participe à l'atelier de création littéraire de l'université d'Iowa où John Irving enseigne, et passe avec succès un doctorat de littérature britannique du XIXe siècle. Il prend alors conscience de sa vocation d'écrivain et publie ses premiers textes.

Après un recueil de nouvelles en 1979, *The Descent of Man*, son premier roman *Water Music* (1981) reçoit un accueil enthousiaste de la critique. Ce succès annonce déjà la consécration avec *The World's End* (1988) qui lui vaut le prix littéraire PEN/Faulkner. Viendront aussi deux autres recueils de nouvelles, *Greasy Lake* (1985), *If the river was whiskey* (1991) et trois romans, *Budding Prospects* (1984), *East is East* (1990) et *The Road to Welville* (1993).

Boyle collabore également à des revues littéraires telles que *Harper's*, *The New Yorker*, *Playboy*... Sa réussite, dopée par son image très médiatique d'enfant terrible brûlant la chandelle par les deux bouts, l'a fait découvrir en France où ses œuvres ont été traduites : *Water Music* (Phébus, 1988), *La Belle Affaire* (Phébus, 1991), *Au bout du monde* (Grasset, 1991), *Si le fleuve était whisky* (Grasset, 1992), *L'Orient c'est l'Orient* (Grasset, 1993), *Aux bons soins du Docteur Kellog* (Grasset, 1994), *Histoires sans héros* (Grasset, 1996), *América*, qui a reçu le Prix Médicis étranger 1997, et *River Rock* (Grasset, 1999).

T.C. Boyle est marié et père de trois enfants. Il réside actuellement à Los Angeles et enseigne à l'USC où il est titulaire d'une chaire.

Dans Le Livre de Poche :

Au bout du monde

Si le fleuve était whisky

L'Orient, c'est l'Orient

T. CORAGHESSAN BOYLE

América

ROMAN TRADUIT DE L'AMÉRICAIN PAR ROBERT PÉPIN

GRASSET

Titre original :

THE TORTILLA CURTAIN
Viking Penguin USA, 1995

Pour Pablo et Theresa Campos

Ils ne sont pas humains. Un être humain ne vivrait pas comme eux. Un être humain ne pourrait pas supporter d'être aussi sale et malheureux.

JOHN STEINBECK,
Les Raisins de la colère.

REMERCIEMENTS

L'auteur aimerait remercier Bill Sloni-
ker, Tony Colby et James Kaufman
pour l'aide qu'ils lui ont apportée dans
le travail de documentation nécessaire à
la rédaction de cet ouvrage.

PREMIÈRE PARTIE

L'Arroyo Blanco

CHAPITRE 1

Plus tard, « accident dans un monde d'accidents »,
voire « collision de deux forces contraires », il tenta
de tout réduire à des termes abstraits, mais le pare-
chocs de sa voiture et la silhouette frêle du petit
homme au teint basané qui, l'œil fou, s'enfuyait au
loin... Il n'y parvint pas vraiment. L'affaire n'avait
rien de la donnée statistique factorisée dans une
table de primes de risques d'assurances rangée quelque part dans un tiroir, l'affaire ne ressortissait pas
davantage au hasard ou à l'impersonnel. C'était à lui,
humaniste libéral, à lui, conducteur irréprochable et
propriétaire d'une voiture japonaise récemment lus-
trée et dotée de plaques d'immatriculation personnalisées, à lui, Delaney Mossbacher, Domaines de
l'Arroyo Blanco, 32 Piñon Drive, que c'était arrivé, et
ça le secouait jusqu'aux tréfonds. Où qu'il se tournât,
il revoyait les yeux piqués de rouge de sa victime, le
rictus de sa bouche, ses dents pourries, la tache grise
qui incongrûment marquait le noir pesant de sa
moustache... omniprésents, les traits de l'homme
empoisonnaient ses rêves, dans ses heures de veille
comme une fenêtre l'ouvraient à d'autres réalités. A
la poste, c'était le carnet de timbres qui lui renvoyait
l'image de celui qu'il avait renversé, à l'école élémentaire de Jordan, c'était dans le verre sans défauts
des doubles portes qui doucement se refermaient
que la vision se réfléchissait, chez Emilio, c'était, dès

le début de la soirée, de son omelette *aux fines herbes* [1] qu'elle montait et le fixait du regard.

Tout s'était passé si vite ! Un virage après l'autre, la banquette arrière enfouie sous les journaux, les pots de mayonnaise et les boîtes de *Diet Coke* à recycler, lentement il remontait le canyon lorsque, d'un seul coup, il s'était retrouvé en travers du bas-côté, dans un nuage de poussière qui peu à peu se dissipait. L'homme devait s'être tapi dans les buissons telle la bête sauvage, tel le chien errant ou le chat qui déchiquette l'oiseau et, au tout dernier moment, s'être rué sur la chaussée pour se jeter au suicide. Alors il y avait eu son regard ahuri, l'éclair de sa moustache, sa bouche qui s'ouvrait puis s'affaissait sur un cri muet, alors il y avait eu le coup de frein, l'impact, le raclement de marimba des pierres sous la voiture et, pour finir, la poussière. Il avait calé, le climatiseur continuant de tourner à fond tandis que la radio marmonnait quotas d'importation et situation de l'emploi en Amérique. L'homme, lui, avait disparu. Delaney ouvrit grand les yeux et desserra les dents. Déjà terminé, l'accident n'était plus qu'histoire ancienne.

A sa grande honte, il pensa d'abord à sa voiture (était-elle souillée ? écorniflée ? cabossée ?), puis à sa prime d'assurance (son bonus en serait-il affecté ?), et après seulement, et avec quelque retard, à la victime. Qui était-ce ? Où avait filé le bonhomme ? Etait-il sain et sauf ? Blessé ? Saignait-il ? Était-il en train de mourir ? Ses mains se mirent à trembler sur le volant. Il coupa, machinalement, le contact, et la radio avec. Il était encore sanglé à son siège et tout planant d'adrénaline lorsque la réalité des faits commença enfin à le frapper : il avait blessé, et peut-être même tué, un être humain. Dieu sait que ce n'était pas de sa faute — l'homme était manifestement fou, dément, suicidaire et aucun jury ne le condamnerait —, mais quand même. Le cœur battant fort dans sa poitrine, il se glissa sous sa ceinture

1. En français dans le texte. *(N.d.T.)*

de sécurité, déclencha l'ouverture de la portière et, le pied timide, fit quelques pas sur la bande brûlante de roche à nu et couverte de détritus qui tenait lieu de bas-côté.

Dans l'instant, avant même qu'il ait pu reprendre son souffle, une file de voitures se précipitant pare-chocs contre pare-chocs tel un serpent malintentionné vers le haut du canyon, d'une seule expiration le repoussa en arrière. Il s'accrochait encore au flanc de son véhicule lorsque le soleil lui prit la tête dans un étau, la chaleur de l'air non climatisé s'élevant aussitôt du bitume pour proprement l'assommer, comme d'un coup de poing en pleine figure. Deux voitures passèrent encore, comme des bolides. Il eut le vertige. Se prit à suer. Il ne contrôlait plus ses mains. « J'ai eu un accident, se dit-il, et se le répéta comme un mantra : j'ai eu un accident. »

Mais où était passée la victime ? Avait-elle été projetée dans les environs ? C'était ça ? Désespéré, Delaney regarda autour de lui. Étincelantes de lumière, des voitures descendaient dans le canyon, le remontaient, à cent mètres de là tournaient à droite, dans la cour d'une scierie pour gagner une ruelle à l'autre bout, et toujours et encore passaient devant lui en piaulant comme s'il n'existait pas. L'un après l'autre, les visages des conducteurs se jetaient sur lui, ombreux et indistincts derrière l'armure de leurs pare-brise en verre fumé. Aucun ne se tournait vers lui. Personne ne s'arrêtait.

Il gagna l'avant de la voiture, cherchant dans les buissons qui se taisaient et ne trahissaient rien — ici, un ceanothus, là, des roseaux à demi brûlés, plus loin des géraniums fox — quelque indice qui lui dirait ce qui s'était passé. Puis il se tourna vers son véhicule. Le globe en plastique du phare avant droit s'était fendu et le boîtier du clignotant était tombé de son logement, mais à part ça, il ne semblait pas y avoir de dégâts. Il coula un regard gêné aux buissons, puis longea le côté passager pour rejoindre l'arrière de la voiture en s'attendant au pire : chairs qui saignent et os écrasés ; l'homme, il en était main-

tenant sûr et certain, devait être coincé sous le châssis. Il se baissa, posa la main et le genou dans la
poussière, et se força à regarder. Crescendo, puis
soulagement : il n'y avait rien en dessous hormis de
la poussière, encore et encore.

Sa plaque d'immatriculation Pilgrim [1] ayant
attrapé un rayon de soleil tandis qu'il se relevait et
chassait la terre de ses mains en les frappant l'une
contre l'autre, il scruta de nouveau les buissons.

— Y a quelqu'un ? lança-t-il soudain par-dessus le
vacarme des voitures qui fonçaient dans les deux
sens. Hé ? Ça va ?

Il pivota lentement sur lui-même comme s'il avait
oublié quelque chose, un jeu de clés, son portefeuille, puis il refit le tour de la voiture. Comment se
faisait-il que personne n'avait vu ce qui s'était passé ?
Comment se faisait-il que personne ne se soit arrêté
pour lui donner un coup de main, porter témoignage, béer, ricaner, n'importe ? Plus de cent automobilistes avaient dû passer devant lui dans les cinq
dernières minutes et, pour ce que ça lui avait servi, il
aurait tout aussi bien pu errer au cœur du Grand
Désert Peint [2]. Il leva la tête, regarda le virage près de
la scierie et de l'épicerie un peu plus loin et, dans la
lumière dure et brûlante qui explosait autour de lui,
aperçut la silhouette lointaine d'un homme en train
de monter dans une voiture en stationnement. Alors,
combattant l'envie qu'il avait de s'enfuir en courant,
de reprendre son volant, de démarrer sur les chapeaux de roue, de laisser ce crétin face à son destin,
de tout nier en bloc, date, heure, lieu, jusqu'à sa
propre identité et au soleil là-haut dans le ciel, Delaney se tourna derechef vers les buissons.

— Hé, là ! cria-t-il une deuxième fois.

Rien. Les voitures passaient devant lui à toute
allure. Le soleil frappait fort sur ses épaules, son
cou, sa nuque.

---

1. Soit le Pèlerin, nom donné aux premiers colons venus
d'Angleterre. *(N.d.T.)*
2. Nom donné à un désert de rochers colorés de l'Arizona, à
l'est du Colorado. *(N.d.T.)*

Sur sa gauche, de l'autre côté de la route, un pan de roche; à droite, l'à-pic du canyon, jusqu'au lit de grès de la Topanga Creek, une bonne centaine de mètres plus bas. Il n'y décela que buissons et cimes d'arbres, mais sut enfin où se cachait son bonhomme — tout en bas, dans le chêne nain et le manzanita. Le pare-chocs en résine haute densité de l'Acura avait expédié ce pauvre sac d'os et de graillons par-dessus le rebord du canyon telle balle de ping-pong éjectée de la gueule d'un canon et... quelles chances avait-il de s'en sortir? Soudain, son cerveau assailli par les images de fusillades, de poignardages et autres carambolages de voitures qui font l'ordinaire des faits divers à la télé, il se sentit mal, et quelque chose de chaud et d'amer lui remonta dans la gorge. Pourquoi lui? Pourquoi fallait-il que ça lui arrive, à lui?

Il allait renoncer et gagner la scierie au petit trot pour demander de l'aide, appeler la police, une ambulance, etc. ils sauraient comment s'y prendre, lorsqu'un éclair de lumière attira son attention dans la trame des buissons. Aveuglément, bêtement, tel le poisson vers l'appât, il avança en vacillant : il voulait faire ce qu'il fallait, il voulait aider, sincèrement. Mais presque aussi vite, il se ravisa. L'éclat de lumière ne montait pas de quelque objet qu'il eût pu s'attendre à découvrir, pièce de monnaie, crucifix, boucle de ceinture, porte-clés, médaille ou godillot à bout renforcé d'acier arraché au pied de la victime, mais d'un caddie piqué de rouille jeté dans les buissons, au bord d'un vague sentier qui descendait abruptement à flanc de colline et disparaissait dans un virage à angle droit moins de dix mètres plus loin. Delaney appela encore. Mit les mains en porte-voix et cria. Puis il se redressa, soudain méfiant, félin, sur le qui-vive. Quatre-vingts kilos sur un petit mètre soixante-quinze, l'homme était trapu, les épaules lourdes, et se tenait penché en avant comme s'il pouvait piquer du nez à tout moment, mais il était en bonne forme et semblait prêt à tout. Ce qui mit Delaney en état d'alerte fut que brusquement il eut la conviction d'avoir affaire à un coup monté. Il avait déjà lu des trucs là-dessus dans la rubrique « Banlieues » — des histoires de voyous qui, en gangs, faisaient semblant d'avoir un accident et soudain se ruaient sur l'automobiliste innocent, respectueux des lois, obéissant et assuré tout risques, sauf que... Où se cachait le gang? Dans le sentier en dessous? Tassé de l'autre côté du virage et attendant qu'erreur fatale, il fasse le premier pas pour quitter le bas-côté et ne plus être vu de la route?

Il eût pu continuer à spéculer ainsi pendant le reste de l'après-midi — la victime qui s'envole, le thème n'aurait pas déparé dans l'émission *Les Grandes Enigmes* ou sur la chaîne Home Video Network —, s'il n'avait pris conscience de certain murmure des plus faibles qui montait de l'amas de végétation immédiatement sur sa droite. De fait, c'était plus qu'un murmure, c'était... un grognement profond, guttural et douloureux qui dans l'instant lui noua la gorge tant il disait le plus élémentaire et primitif de l'expérience humaine : la souffrance. Du caddie, Delaney reporta vite son regard sur le sentier, puis sur le buisson à sa droite et là il était, l'homme aux yeux pailletés de rouge et à la moustache grisonnante, le tente-le-Diable, le suicidaire, le clown qui, sortant brusquement de sa boîte devant son pare-chocs, lui avait définitivement gâché son après-midi. Couché sur le dos, les membres ballants, il était aussi disloqué que poupée jetée dans un coin par la fillette impérieuse. Un filet de sang, gros comme un doigt, coulait à la commissure de ses lèvres, et Delaney ne se souvenait pas d'avoir jamais rien vu de plus rouge. Deux yeux, à l'éclat terni par la souffrance, se refermèrent sur lui comme des mâchoires.

— Est-ce que vous... Ça va? s'entendit-il lui demander.

L'homme grimaça, et tenta de bouger la tête. Delaney vit alors qu'il avait tout le côté droit du visage, celui qu'il ne lui avait pas encore montré, à vif, lacéré et dépecé telle la pièce de bœuf arrachée à son cuir. Il remarqua aussi son bras gauche, sa manche de chemise déchirée et la peau en dessous, mâchurée de sang, de terre et de moisissure de feuilles, et encore la main, elle aussi luisante de sang, avec laquelle il serrait un sac en papier aplati contre sa poitrine. Des éclats de verre avaient transpercé le sac comme des griffes, du soda orange continuant à détremper la chemise kaki du bonhomme. Un emballage en plastique, au travers duquel il distingua une pile de *tortillas (Como hechas a mano)*, adhérait à son entrejambe, comme si on l'y avait fermement amarré.

— Je peux vous aider ? reprit-il dans un souffle.

Et il gesticula futilement en se demandant s'il allait lui tendre la main ou pas. Fallait-il déplacer le blessé ? Le pouvait-il ?

— Je... enfin..., je suis navré, je... pourquoi avez-vous surgi comme ça ? Qu'est-ce qui vous a pris ? Vous ne m'aviez pas vu ?

Des mouches faisaient du surplace dans l'air. Le canyon s'étendait devant eux, en dalles de pierre dressées vers le ciel et dégringolades de rochers lissés par les intempéries, ombres et lumières qui se faisaient la guerre. L'homme tenta de se ressaisir. Tel l'insecte piqué sur la tablette du présentoir, il projeta les jambes en avant, puis, ses yeux donnant l'impression de mieux accommoder, lutta et se remit sur son séant en gémissant. Et enfin proféra, râles et gargouillis de gorge mélangés, quelque chose dans une langue étrangère, et Delaney ne sut que faire.

Ce n'était pas du français, ça, c'était sûr. Et pas du norvégien non plus. Les États-Unis d'Amérique ne partageaient pas trois mille kilomètres de frontière avec la France — et encore moins avec la Norvège. L'homme était mexicain, hispanique, voilà, c'était ça qu'il était, et, en roulements de tambour aussi fous que brûlants, parlait un espagnol auquel ses quatre années de français au lycée ne lui laissaient guère d'accès.

— *Docteur*[1] ? lança-t-il quand même, pour essayer.

---

1. En français dans le texte. *(N.d.T.)*

Le visage de l'homme ne marqua aucune émotion.
Du sang continuait de lui couler régulièrement de la
bouche pour se perdre dans le camouflage de sa
moustache. Il n'était pas aussi jeune que Delaney
l'avait cru au début, et pas aussi fluet non plus : sa
chemise se tendait fort en travers de ses épaules, un
renflement bien visible se dessinant à sa taille, juste
au-dessus de son paquet de *tortillas*. Et il y avait
aussi du gris dans ses cheveux. L'homme eut encore
un rictus et, lui montrant alors une rangée de dents
aussi dépareillées qu'épieux dans une palissade qui
pourrit, inspira profondément.

— *No quiero un matasanos* [1], gronda-t-il et, dans
un cyclone de brindilles, de poussière et de mauvaises herbes écrasées, il se remit debout en vacillant. *No lo necesito.*

Longtemps ils restèrent ainsi à s'examiner, lui, le
criminel malgré lui et l'inconnu, la victime malgré
elle, puis l'homme laissa filer son sac maintenant
inutile entre ses doigts, celui-ci s'écrasant aussitôt
par terre avec un petit bruit de verre brisé. L'objet
demeura entre ses pieds, dans la poussière, et l'un et
l'autre ils le contemplèrent, comme figés dans le
temps, jusqu'à ce que l'homme tende la main en
avant d'un air absent et reprenne les *tortillas* toujours accrochées à son entrejambe de pantalon.
Alors seulement il parut se secouer, tel le chien qui
sort du bain, et, ses *tortillas* fermement serrées dans
sa main valide, se pencha d'un air groggy pour cracher une goutte de sang dans la poussière.

Delaney sentit le soulagement le submerger :
l'homme ne mourrait pas, l'homme ne le poursui-
vrait pas en justice, l'homme se portait bien, et tout
était fini.

— Que puis-je faire pour vous ? lui demanda-t-il,
soudain charitable. Je pourrais, euh... je vous dépose
quelque part ?

Et il lui montra sa voiture, planta ses deux poings
devant sa figure et lui mima un conducteur en pleine
action.

_____

1. Soit : Je n'ai pas besoin d'un tue-les-bien-portants.

— *Dans la voiture* [1] ?

L'homme cracha de nouveau. Le côté gauche de son visage luisait dans la lumière crue du soleil, horreur gluante de fluides corporels, de terre, de bouts de chair et de végétaux écrasés. Puis il le regarda comme si Delaney venait de s'évader d'un asile.

— Vouatoure ? répéta-t-il en écho.

Delaney remua les pieds. La chaleur commençait à l'incommoder. Il remonta ses lunettes sur l'arête de son nez et essaya encore une fois :

— Vous savez bien... aider. Est-ce que je peux vous aider ?

Alors l'homme sourit, ou tenta de le faire. Une fine pellicule de sang s'était collée à ses dents irrégulières, il la fit sauter d'un petit coup de langue.

— Monnay ? murmura-t-il en frottant le pouce et l'index de sa main valide l'un contre l'autre.

— Monnay, répéta Delaney. O.K., bon, d'accord, et il plongea la main dans sa poche pour attraper son portefeuille cependant que les rayons du soleil écrasaient le canyon, que les voitures filaient au loin, que tout là-haut dans le ciel un vautour se laissait porter par l'air brûlant qui montait de la terre.

Delaney ne se rappelait pas être revenu à sa voiture, mais, Dieu sait comment, se retrouva en train de manœuvrer son volant, de freiner et d'appuyer sur l'accélérateur en suivant deux feux rouges qui remontaient le canyon ; de nouveau il était hermétiquement enfermé, de nouveau il était inattaquable. Hébété, il conduisait, à peine conscient du climatiseur qui lui soufflait dans la figure, tellement pris par ses pensées qu'il dépassa le centre de recyclage et traversa cinq carrefours avant de comprendre son erreur et, après avoir effectué un demi-tour des plus suspects alors que deux files de voitures se ruaient sur lui en sens inverse, manqua une fois encore le centre en filant dans l'autre direction. C'était fini. De

1. En français dans le texte. (*N.d.T.*)

l'argent avait changé de mains, il n'y avait pas de témoins et l'inconnu était reparti, avait disparu de sa vie à jamais. Il n'empêche : aussi fort qu'il tentât de le faire, il ne pouvait se débarrasser de son image.

Il lui avait donné vingt dollars — c'était là, lui avait-il semblé, le moins qu'il pût faire —, et l'homme avait vite fourré le billet dans la poche de son méchant pantalon tout taché, et inspiré à nouveau un grand coup avant de lui tourner le dos, sans même hocher la tête ou lui adresser un signe de remerciement. Bien sûr, il était sans doute en état de choc. Delaney n'avait rien d'un médecin, mais le bonhomme lui avait paru bien secoué... et sa figure était un désastre, un vrai désastre. En se penchant en avant pour lui tendre le billet, il avait, comme pétrifié, regardé une mouche s'envoler en dansant des chairs abrasées de sa mâchoire, et une autre, noire et grasse, y atterrir pour la remplacer. Dans cet instant, l'étrange visage de l'homme en avait été transformé, comme trempé à la lumière brillante et sans pitié du soleil, s'était fait coin dur et froid curieusement détaché de sa peau cuivrée, avec la pommette gauche toute gonflée et asymétrique... était-elle contusionnée ? cassée ? ou bien était-ce à cela qu'il devait ressembler ? Avant qu'il ait pu en décider, l'homme s'était soudain détourné, avait commencé à descendre la sente en boitant d'une manière tellement exagérée que c'en eût été comique en d'autres circonstances (il n'avait pu s'empêcher de songer à Charlie Chaplin quittant les lieux de quelque malheur imaginaire), puis avait disparu dans le tournant, laissant l'après-midi se consumer tels pièces et haillons d'instants déjà vécus ou rapportés.

La pensée lugubre et les mains qui tremblaient encore, Delaney vida ses boîtes de *Diet Coke* et ses objets en verre (brun, vert et blanc soigneusement séparés) dans les bacs adéquats, immobilisa sa voiture sur l'énorme bascule industrielle installée devant les bureaux afin qu'on la pèse chargée de tous ses journaux. Pendant que, derrière sa vitre, l'employé inscrivait le résultat de la pesée sur son reçu, il se surprit à songer à son blessé et à se demander si sa pommette se remettrait convenablement en place, à condition, évidemment, qu'il y ait fracture... On ne pouvait pas y mettre une attelle, bien sûr? Et où allait-il donc pouvoir se laver et désinfecter ses plaies? Dans le ruisseau? A une station-service?

C'était fou d'ainsi refuser de se faire soigner, complètement fou. Mais c'était ce qu'il avait fait. Et cela voulait dire que l'homme était un clandestin — on va chez le médecin, on se fait renvoyer au pays. Il y avait du désespoir là-dedans, un océan de tristesse qui le sortit de lui-même pendant un bon moment; il resta planté sans bouger devant le bureau et, son reçu à la main, regarda longtemps et fixement dans le vide.

Il essaya de se représenter la vie que menait l'inconnu... la chambre rikiki, le sac d'oranges deuxième choix qu'on achète chez l'épicier du coin, la pioche et la pelle, la purée de haricots qu'on sort, toute froide, de la boîte de conserve à quarante-neuf *cents*. Les *tortillas* non réfrigérées. Le soda orange. La musique à flonflons d'accordéons et harmonies maigrelettes. Que pouvait-il donc bien fabriquer dans Topanga Canyon Boulevard à une heure et demie de l'après-midi, tout seul au milieu de nulle part? Il travaillait? Il faisait sa pause-déjeuner?

Et brusquement il comprit, ce qui le secoua beaucoup : le caddie, les *tortillas*, la sente comme damée dans la poussière... il campait, c'était ça qu'il fabriquait. Il campait. Vivait. Se logeait. Faisait des arbres, des buissons, de l'habitat naturel du Parc d'État de Topanga son domicile privé, chiant dans le chaparral, jetant ses ordures derrière les rochers, polluant et bousillant le cours d'eau pour tout le monde. C'était de la propriété d'État qu'il y avait là, de la terre qu'on avait arrachée aux bulldozers des promoteurs immobiliers, qu'on avait réservée au public, rendue à la nature, et pas du tout à quelque campeur de ghetto. Et les risques d'incendie, hein? A cette époque de l'année, le canyon ne demandait qu'à s'embraser, tout le monde savait ça.

Delaney sentit sa culpabilité se transformer en colère, en fureur outragée.

Dieu, ce qu'il pouvait détester ce genre de choses ! Le plus petit déchet suffisait à l'enflammer. Combien de fois n'avait-il pas descendu telle ou telle sente avec un groupe de volontaires, râteau, pelle et sac de plastique noir à la main ? Combien de fois n'était-il pas revenu à l'endroit nettoyé, parfois même à peine deux ou trois jours plus tard, pour y voir que tout y était à nouveau dévasté ? Il n'était pas, dans toute la montagne de Santa Monica, un seul sentier qui ne fût jonché de boîtes de bière écrasées, de débris de verre, de papiers de bonbons et de mégots, et c'étaient toujours des gens tels que ce Mexicain, ou autres, qui étaient responsables, des gens peu attentionnés, des crétins, des gens qui voulaient faire du monde entier une poubelle, une petite Tijuana...

Il bouillait, il était prêt à écrire à son député, à appeler le shérif, tout... il se força à se calmer. Peut-être allait-il trop vite en besogne. Qui donc pouvait savoir ce qu'était cet homme ou ce qu'il faisait ? Parler espagnol ne suffisait tout de même pas à faire de lui un criminel. Ce n'était peut-être qu'un pique-niqueur, un type qui observait les oiseaux, un pêcheur. Peut-être était-ce quelque naturaliste venu du sud de la Frontière afin d'étudier le gobe-mouches gris-bleu ou le troglodyte des canyons...

Ben tiens, pardi ! Et lui, Delaney, il était le roi de Siam ! Il revint à lui et s'aperçut qu'il avait réussi à réintégrer sa voiture, passer devant les réceptacles à objets en verre et aluminium et arriver dans l'énorme hangar où, fiévreux et sombres de peau au cœur du papier et du carton empilés en montagnes, les hommes s'affairaient dans ce qu'il restait des nouvelles de la veille, — des hommes, il le vit alors et en fut tout ébranlé, qui étaient exactement semblables au diable qui avait surgi de sa boîte dans le canyon, jusqu'aux abîmes jumeaux de leurs yeux, jusqu'aux noirs et durs coups de pinceaux de leurs moustaches. Mêmes chemises de travail kaki, mêmes sacs en guise de pantalons. Il vivait à Los

Angeles depuis presque deux ans et n'y avait jamais
pensé vraiment avant, mais il y en avait partout, de
ces types, ubiquistes, ils œuvraient en silence, que ce
soit pour nettoyer par terre dans les McDonald's,
ranger les poubelles dans l'allée derrière chez Emilio
ou, l'air décidé, tirer le râteau et pousser, deux fois
par semaine, la souffleuse à gazon sur les pelouses
immaculées des Domaines de l'Arroyo Blanco. D'où
venaient-ils donc tous ? Que voulaient-ils ? Pourquoi
fallait-il qu'ils se jettent sous les roues de sa voiture ?

Il avait ouvert la portière arrière et faisait passer
ses paquets de journaux bien ficelés de sa voiture à
la première pile à sa portée lorsqu'un coup de sifflet
suraigu et tronqué déchira le vacarme des machines,
des moteurs au point mort et des portières et coffres
de voitures qui claquaient. Il leva la tête. Un chariot
élévateur venait de se ranger à côté de lui et, les
traits impénétrables sous la visière de son casque de
chantier jaune, un homme lui faisait des signes et lui
criait quelque chose qu'il ne pouvait saisir.

— Quoi ? hurla-t-il par-dessus le tintamarre.

Une bouffée de vent chaud s'engouffra dans les
portes du hangar, jetant de la poussière de tous
côtés. Des prospectus et des suppléments illustrés
montèrent dans les airs, *Parade*, *Holiday*, *Dix éva-
sions pour le week-end*. Des moteurs tournaient, des
hommes criaient, des chariots élévateurs tressau-
taient et poussaient des bips-bips. L'homme le
regarda du haut de son perchoir, les bras brillants et
usés de son engin mécanique s'affaissant sous la
charge de journaux, comme s'ils ne suffisaient plus à
la peine, comme si, même en acier, ils ne pouvaient
que plier sous le poids de tous ces imprimés.

— *Ponlos allá*, dit l'homme en lui montrant du
doigt l'autre extrémité du hangar.

Les bras pleins de papier, Delaney le dévisagea.

— Quoi ? répéta-t-il.

L'homme se contenta de rester planté là, lui ren-
voyant son regard. Une autre voiture entra. Un
pigeon plongea du haut d'une poutrelle, Delaney
s'aperçut qu'il y en avait, sur deux étages, des

dizaines et des dizaines coincés sous le pan incliné
de la toiture. L'homme au casque de chantier se pencha en avant, cracha soigneusement par terre. Puis,
soudainement et sans prévenir, le chariot élévateur
bondit en arrière, pivota, et disparut dans les débris
d'imprimés qui planaient dans les airs.

— Alors, qu'est-ce que vous avez accroché? Un
cerf? Un coyote?

Delaney se tenait dans le hall d'exposition du
concessionnaire Acura. Grand et laid, le bâtiment
ressemblait à une boîte surmontée de créneaux et il
le haïssait depuis toujours — la construction ne se
fondait pas dans les collines environnantes, même
pas un peu, rien à faire — mais, va savoir pourquoi,
aujourd'hui il s'y sentait étrangement réconforté. En
y entrant avec son verre de phare fendu et son logement de clignotant déboîté, il y avait vu le bastion
même de l'ordre et du familier, un endroit où l'on
négociait ainsi qu'il convenait, assis sur des chaises à
haut dossier, avec carnets de chèques, contrats et
bilans financiers. Il y avait là des bureaux et des télé-
phones, l'air était frais et les planchers cirés à souhait. Et les voitures elles-mêmes, dures et inatta-
quables, tellement neuves qu'elles n'en sentaient
encore que le vernis, le caoutchouc et le plastique,
étaient présences apaisantes, disposées çà et là dans
la grotte de la pièce ainsi que mobilier lourd rassu-
rant. Il s'était assis sur le coin du bureau et devant
lui, face de lune et enthousiasme du jeune homme de
trente-cinq ans, Kenny Grissom, le type qui lui avait
vendu sa voiture, faisait de son mieux pour paraître
concerné.

Delaney haussa les épaules et tendit la main vers le
téléphone.

— Un chien, je crois, dit-il. Peut-être un coyote,
mais assez grand quand même. Non, ça doit être un
chien. Sûrement. Oui, un chien.

Pourquoi mentait-il? Pourquoi n'arrêtait-il pas de
penser à des films en noir et blanc, ceux où des

hommes en feutres au bord rabattu se penchent en
avant pour allumer leurs cigarettes, ceux où le
chauffard qui a fui se fait prendre à cause d'une éra-
flure sur son aile... ou d'un verre de phare fendu ?
Parce qu'il se couvrait, c'était tout simple. Parce qu'il
avait laissé ce pauvre type au bord de la route, parce
qu'il l'avait abandonné et en avait été heureux, soulagé de l'avoir acheté avec un billet de vingt dollars.
Et comment tout cela pouvait-il donc cadrer avec ses
idéaux d'humaniste libéral ?

— Moi aussi, j'ai embouti un chien une fois, lui
lança Kenny Grissom. Au fin fond de l'Arizona...
vous voyez ? C'était un grand machin tout gris et tout
poilu, un chien de berger, je crois. Je conduisais un
pick-up à cette époque-là, un demi-tonne Ford avec
un quatre litres six sous le capot, et j'avais ma copine
avec moi. Je l'ai même pas vu, ce truc... j'suis là à
rouler à ma vitesse de croisière et, d'un seul coup, y a
ma copine qu'est toute en larmes et derrière moi, au
beau milieu de la chaussée, y a ce truc qui ressemble
à un vieux tapis écrasé. Je sais pas, moi. Je fais
marche arrière et voilà que le chien se remet sur ses
pattes d'un bond sauf qu'il n'en a plus que trois et
que moi, je me dis, bon Dieu de merde, j'y ai cisaillé
une patte. On s'arrête, Kim descend du pick-up, on
regarde un peu et y a pas de sang nulle part, juste un
moignon.

L'effort se marquait sur son visage, comme si quelque chose s'était coincé sous sa peau et tentait vainement d'en ressortir.

— Putain d'animal n'avait que trois pattes depuis
le début ! hurla-t-il brusquement. Pas étonnant qu'il
ait pas pu se tirer à temps !

Et, tout en réverbérations, son rire ricocha dans
les creuses immensités de la salle, rire de vendeur,
rire trop tendu et content de lui-même. Puis son
visage parut revenir aux nécessités de l'instant, soudainement sage, se recomposant autour de la touffe
pâle et jaunâtre de sa moustache.

— Mais c'est râlant, je sais, je sais, reprit-il avec
une manière de cri jodlé. Allez, ne vous inquiétez

pas, votre voiture sera prête dans un instant, comme neuve, tenez. Et puis n'hésitez pas à téléphoner.

Delaney se contenta de hocher la tête. Il avait composé le numéro de Kyra à son bureau et attendit que ça sonne.

— Allô?

La voix de son épouse était claire, amplifiée, juste à côté de lui.

— C'est moi, chérie, dit-il.

— Qu'est-ce qu'il y a? Quelque chose est arrivé à Jordan?

Delaney inspira un grand coup. Brusquement il se sentit blessé, humilié, prêt à tout lâcher.

— J'ai eu un accident, dit-il.

Ce fut alors au tour de sa femme — l'inspiration courte, la voix qui meurt au fond de la gorge.

— Jordan est blessé? s'écria-t-elle. Dis-moi, dis-moi le pire. Vite! Je ne peux plus supporter!

— Personne n'est blessé, ma chérie. Tout le monde est en parfaite santé. Je ne suis même pas encore allé chercher Jordan à l'école.

Silence gourd, compteurs qui tournent, synapses qui lancent des éclairs.

— Ça va? Où es-tu?

— Chez le concessionnaire Acura. Je suis en train de faire réparer le phare.

Il leva les yeux, baissa la voix; Kenny Grissom ayant disparu, il ajouta :

— J'ai accroché quelqu'un.

— Accroché quelqu'un? répéta-t-elle d'une voix où, un bref instant, la colère monta. Qu'est-ce que tu racontes?

— Un Mexicain... enfin je crois. Sur la route du canyon. J'allais au centre de recyclage.

— Mon Dieu! Tu as appelé Jack?

Jack, à savoir Jack Jardine, leur ami, voisin, conseiller et avocat qui se trouvait être également le président de l'Association des propriétaires des Domaines de l'Arroyo Blanco.

— Non, soupira-t-il, je viens juste d'arriver et je voulais t'avertir, te faire savoir...

— Mais à quoi penses-tu ? Où as-tu la tête ? As-tu idée de ce qu'un de ces charognards d'avocats spécialisés dans les indemnités pour accidents corporels serait prêt à faire pour mettre la main sur une histoire pareille ? Il est blessé ? Tu l'as emmené à l'hôpital ? Tu as appelé l'assurance ?

Il essaya de tout enregistrer. Kyra était facilement excitable, d'un tempérament explosif même, toujours tellement tendue que le système était sans cesse à deux doigts de lâcher, même quand elle dormait. Sa vie ne connaissait pas d'incident mineur.

— Non, écoute, Kyra, reprit-il, le type va bien. Enfin, il était juste... contusionné, pas plus. Il a disparu... envolé. Je lui ai donné vingt dollars.

— Vingt... ?

Et alors, avant même que ses paroles puissent se faire cendres dans sa bouche, ça sortit :

— Je te l'ai dit, Kyra... c'était un Mexicain.

CHAPITRE 2

Il avait déjà eu des maux de tête avant — toute sa vie, toute sa puante et piètre *pinche vida* se réduisait à ça —, mais jamais aussi fort. Il avait l'impression qu'une bombe, une de ces grosses bombes atomiques qu'ils avaient lâchées sur les Japonais lui avait explosé dans la tête, de noirs et roulants nuages lui poussant contre les parois du crâne, sans aucun répit. Mais ce n'était pas tout — la douleur lui battait aussi dans le ventre et il lui fallut se mettre à quatre pattes pour aller vomir dans les buissons avant même d'avoir fait la moitié du chemin qui conduisait au campement dans le ravin. Il sentit son petit déjeuner lui remonter — deux œufs durs, une demi-tasse de l'espèce de pissat réchauffé qui passait pour du café et une *tortilla* qu'il avait involontairement carbonisée au bout d'un bâton tenu au-dessus du feu —, tout jusqu'à la dernière goutte, jusqu'au dernier fragment, et il vomit encore. Son estomac se souleva jusqu'à ce qu'il en ait le goût de la bile au fond de la gorge, mais plus moyen de bouger, une pression insoutenable luttait pour lui sortir par les oreilles, et alors il resta vautré pendant ce qui lui parut être des heures et des heures, hypnotisé par un filet de salive qui infiniment se balançait à ses lèvres.

Lorsque enfin il se remit sur ses pieds, tout avait changé. Les ombres avaient sauté par-dessus le ravin, le soleil s'était pris dans les arbres et le vautour infatigable avait été rejoint par deux autres. « Oui, c'est ça, venez donc me prendre », marmonnat-il en crachant et grimaçant tout à la fois, « je ne vaux pas plus que... que carcasse épuisée, que quartier de viande ambulant. » Mais ô Seigneur tout là-haut dans les cieux, ce que ça faisait mal ! Il porta la main à son visage et la chair y était raide et croûteuse, comme si on lui avait cloué une vieille planche sur un côté de la tête. Que lui était-il arrivé ? Il traversait la route en revenant de l'épicerie après la fermeture du marché aux ouvriers — l'épicerie la plus éloignée, la moins chère et qu'est-ce que ça pouvait faire si elle se trouvait de l'autre côté de la route ? Le vieil homme à la caisse — un *paisano*, comme il s'appelait lui-même, il était originaire d'Italie — ne regardait pas les gens comme s'ils n'étaient que détritus, comme s'ils ne pensaient qu'à voler, comme s'ils ne pouvaient pas s'empêcher de faire main basse sur tous les paquets brillants de ceci et de cela, viande de bœuf en lanières, *nachos*, shampooing, petites piles grises et noires emballées dans du plastique. Il lui avait acheté du soda à l'orange Nehi et un paquet de *tortillas* pour accompagner les haricots rouges qui avaient brûlé au fond de sa marmite... et ensuite ? Ensuite il avait retraversé la route.

Oui. Et cette espèce de *gabacho* à face rose et petites lunettes d'avocat perchées sur son nez de *gabacho* l'avait renversé. Tout cet acier, tout ce verre, tout ce chrome, ce gros moteur brûlant... c'était comme si un tank lui fonçait dessus, et pour toute armure il n'avait qu'une chemise, qu'un pantalon de coton et une paire de *huaraches* usées. Il regarda bêtement autour de lui... la fine dentelle des buissons, les oiseaux qui se posaient sur les branches et la cime des arbres au fond du ravin, les vautours qui griffonnaient leurs signatures en dents de scie dans la nuée. América l'aiderait quand elle rentrerait, elle lui préparerait une décoction de baies de manzanita pour combattre la douleur, elle nettoierait ses plaies, elle claquerait la langue en le dorlotant. Mais il fallait qu'il descende le sentier tout de suite, et sa hanche soudain l'élançait, et son genou gauche aussi, là, à l'endroit où son pantalon s'était déchiré. Ça fit mal. Tout le long du chemin. Mais il songea aux pénitents du Chalma qui rampent jusqu'à deux kilomètres sur les genoux, qui ainsi se traînent jusqu'à ce que l'os se montre sous la chair, et continua de descendre. Deux fois il tomba. La première il se rattrapa avec son bras valide, mais la deuxième il mordit la poussière et ses yeux refusèrent d'accommoder cependant que le monde entier, qui jusqu'alors brûlait et l'aveuglait, se faisait soudain tout froid et tout sombre, comme si on l'avait déposé au fond de l'océan. Alors il entendit un oiseau moqueur, et ce fut comme si, lui aussi, il avait sombré dans la lumière du soleil, et alors il se mit à rêver.

Des rêves bien réels. Il ne volait pas dans les airs, ni non plus ne parlait avec le fantôme de sa mère ou n'anéantissait ses ennemis... il était coincé dans la décharge de Tijuana, coincé contre les barbelés, et América avait mal au *gastro* et il n'avait pas un sou en poche après que les *cholos* et les *coyotes* en avaient fini avec lui. Bouts de bois et cartons au-dessus de sa tête. La puanteur des chiens qui brûlent. Petit homme tout en bas de l'échelle, il l'était, même à la *détcharg'poublic*. *La vie est pauvre ici*, lui avait dit un vieil homme, un ramasseur d'ordures. *Oui*, lui avait-il répondu, et il le disait encore, et sur ses lèvres ces mots vacillaient entre deux mondes, *mais au moins y a l'ordure*.

América le trouva en bas du sentier, enroulé dans le crépuscule comme un tas de haillons. Elle avait déjà fait une quinzaine de kilomètres à pied, tout en bas du canyon, jusqu'à la grand-route le long de l'océan pour pouvoir attraper un bus qui la conduirait à ce boulot de couturière, à Venice, qui jamais ne s'était matérialisé, puis elle était remontée et n'était plus que morceau de mort qui avance sur ses deux pieds. Deux dollars et vingt *cents* de perdus, pour rien. Le matin, aux premières lueurs de l'aube, elle avait longé le Pacific Coast Highway, et ça lui avait fait du bien, elle était redevenue femme... l'air salé, les gens qui faisaient du jogging sur la plage, les maisons des milliardaires, étonnamment maigres d'épaules et qui poussaient comme champignons sur le sable... mais l'adresse que lui avait donnée la femme du Guatemala ne valait pas un clou. Tout ce chemin pour arriver dans un monde inconnu, dans ce sale quartier où il n'y avait que des ivrognes dans les rues, pour trouver le bâtiment condamné avec des planches, abandonné, pas d'entrée de service, pas de machines à coudre, pas de patron au visage cruel pour la regarder suer sang et eau pour trois dollars trente-cinq de l'heure, rien de rien. Elle avait vérifié deux fois l'adresse, trois fois même, puis elle avait fait demi-tour pour rentrer et avait alors découvert que, pendant ce temps-là, les rues s'étaient redistribuées autrement — et brusquement elle avait compris qu'elle s'était perdue.

A l'heure du déjeuner, elle avait senti le goût de la panique au fond de sa gorge. C'était la première fois depuis quatre mois, la première fois depuis qu'ils avaient quitté le Sud, son village et tout ce qu'elle connaissait au monde, qu'elle était séparée de Cándido. Elle marcha en rond et tous les lieux lui semblaient étranges, même lorsqu'elle les avait déjà vus deux ou trois fois. Elle ne parlait pas la langue. Des Noirs remontaient la rue avec des sacs à provisions en plastique qui leur pendaient aux poignets. Elle mit le pied dans de l'excrément de chien. Assis sur le trottoir, un *gabacho* à cheveux longs mendiait de la

petite monnaie, le voir la frappa d'une sainte terreur : s'il fallait qu'il mendie dans son propre pays,
quelle chance avait-elle de jamais s'en sortir ? Mais
elle s'accrocha à ses six piécettes de monnaie argentées et, pour finir, une femme à l'accent *chilango* de
Mexico l'aida à retrouver son bus.

Il lui fallut remonter le canyon dans la lumière
blême du jour qui déclinait, cependant qu'en une file
létale les voitures la rasaient en sifflant, et dans chacune il y avait deux yeux qui lui hurlaient, *Dégage de
là, tire-toi d'ici et retourne dans ton pays !*... Combien
de temps lui restait-il avant que l'une d'entre elles
pile dans la poussière et que la police lui demande
ses papiers ? Elle se hâta, les épaules en avant, et
lorsque le bout de trottoir sur le bas-côté de la route
n'eut plus que vingt centimètres de large, elle franchit la glissière et s'enfonça dans les buissons.

La sueur lui piquait les yeux. Bogues, épines,
dagues effilées des buissons de queues de renards,
tout la mordait. Elle n'arrivait plus à voir où elle
allait. Elle avait peur des serpents, des araignées, de
se fouler une cheville dans le fossé. Brusquement les
phares des voitures commencèrent à s'allumer et
elle, là elle était, seule sur cette scène terrible où ça
hurlait, épinglée aux yeux de tous. Ses habits étaient
complètement trempés lorsque l'entrée du sentier se
présenta. Elle fit les derniers cent mètres en courant,
se rua à l'abri des buissons tandis que, glacés, les
faisceaux des phares la traquaient dans les fourrés,
où elle se terra jusqu'à ce qu'enfin le souffle lui
revienne.

Les ombres s'épaississaient. Des oiseaux s'appelaient. Vvoum, vvoum, vvoum, les voitures passaient
à côté d'elle, à moins de trois mètres. N'importe
laquelle aurait pu s'arrêter, n'importe laquelle. Elle
écouta les voitures et le râle qui filait entre ses lèvres,
elle écouta le sifflement des pneus et la plainte
métallique des moteurs qui peinaient dans la côte.
Cela dura longtemps, interminablement, et le ciel
toujours s'assombrissait. Enfin, lorsqu'elle fut certaine que personne ne la suivait, elle commença à

descendre, laissant le taillis, les arbustes et le souffle
chaud de la nuit l'apaiser, elle avait faim maintenant, tellement faim, et si soif qu'elle aurait pu boire
la rivière jusqu'à son lit, que Cándido trouvât que
l'eau était potable ou pas.

Au début, le truc au milieu du sentier n'avait pas
de quoi l'inquiéter, c'était une forme, un jeu
d'ombres et de lumières, puis ce fut un rocher, un tas
de linge, et pour finir un homme, son homme à elle
qui dormait dans la poussière. Elle pensa qu'il était
saoul, il avait trouvé du boulot et avait bu, bu de la
bière fraîche et du vin pendant qu'elle se battait dans
les neuf cercles de l'Enfer, elle sentit la fureur monter
en elle. Pas de déjeuner, elle n'avait rien avalé depuis
l'aurore, et même alors n'avait jamais mangé qu'une
tortilla brûlée et un œuf, et rien à boire non plus, pas
même une goutte d'eau. Pour qui la prenait-il? Mais
alors elle se pencha, le toucha, et sut qu'elle ne
connaîtrait jamais ennui aussi grave dans sa vie.

Le feu n'était rien, de brindilles essentiellement,
quelques morceaux de bois gros comme le poing,
rien qui pût attirer l'attention. Cándido reposait sur
une couverture dans le sable, juste à côté, et les
flammes étaient spectacle de magie, qui craquaient,
bondissaient et jetaient de minuscules fusées rouges
au cœur d'un tortillon de fumée. Il continuait de
rêver, il rêvait les yeux ouverts, les images de son
rêve comme cartes qu'on battait et rebattait jusqu'à
ce qu'il ne sache plus ce qui était vrai de ce qui ne
l'était pas. Pour l'heure, il rejouait son passé, l'époque où il était enfant à Tepoztlán, au sud du
Mexique, et justement, son père avait attrapé un
opossum au milieu des poules et *zas!* lui flanquait
un coup de bâton juste au-dessus de l'œil. Aussitôt
l'opossum s'était affalé comme un sac de toile et
maintenant gisait, la gueule toute blanche, les pattes
nues et la queue comme celle d'un rat géant, sonné,
secoué de soubresauts. C'était exactement comme ça
qu'il se sentait, comme l'opossum de son enfance. De
sa tête, la pression avait gagné sa poitrine, ses

lombes et ses membres, s'était infiltrée jusque dans
les moindres fibres de son corps broyé, les craque-
ments et ronflements du feu étaient supplice, il fallait qu'il ferme les yeux. On avait dépiauté l'opossum
et l'avait mangé en ragoût avec des oignons et de la
semoule de maïs. Il en sentait encore le goût dans sa
bouche, ici même, dans le Nord où son corps était
brisé et saignait, où le feu rugissait dans ses
oreilles... du rat, voilà le goût que ça avait, un goût
de rat mouillé.

América faisait cuire quelque chose sur le feu. Du
bouillon. Du bouillon à la viande. Elle l'avait allongé
sur la couverture, il lui avait donné le billet froissé
qu'il avait gagné de la manière la plus pénible qui
fût, celle qui bientôt le tuerait, elle avait remonté la
colline pour aller à l'épicerie, la première, celle que
tenaient des Chinois suspicieux, ou alors c'étaient
des Coréens, ou autres, et avait acheté un os à pot-
au-feu avec un maigre collier de viande autour, un
grand flacon d'aspirine, de l'alcool à nettoyer les
plaies, une boîte de pansements adhésifs couleur
gabacho, et pour couronner le tout, un demi-litre de
gnôle, de l'E & J, pour endormir la douleur et tenir
les rêves en respect.

Ça ne marchait pas.

Comme au cœur de ce feu qui brûlait, la douleur
irradiait en tous sens, et les rêves... maintenant,
c'était sa mère qu'il voyait, elle était morte de quelque chose, de tout ce qu'on voulait. Il avait six ans et
croyait l'avoir tuée, lui... parce qu'il n'était pas assez
sage, parce qu'il ne disait pas ses « Je vous salue,
Marie » et ses « Notre Père qui êtes aux cieux »,
parce qu'il s'endormait à l'église, parce qu'il n'aidait
pas dans la maison. Il n'y avait pas de réfrigération à
Tepoztlán, pas de sang qu'on draine ni d'hormones
qu'on injecte, il n'y avait que de la viande, morte. On
avait scellé le cercueil dans du verre à cause de
l'odeur. Il s'en souvenait bien, énorme et terrible tel
un bateau surgi des mers anciennes, posé entre deux
chaises au milieu de la pièce. Il se rappelait aussi
comment il avait veillé sa mère bien après que son

père, ses sœurs, ses oncles, ses tantes et tous leurs *compadres* s'étaient endormis, comment il lui avait parlé à travers la paroi de verre. Son visage ressemblait à un truc taillé dans la pierre. Elle portait ses plus beaux habits, un crucifix pendait mollement à son cou. *Mamá*, avait-il murmuré, *je veux que tu m'emmènes avec toi, je ne veux pas rester ici sans toi, je veux mourir et aller voir les anges, moi aussi*, et alors les yeux morts de sa mère s'étaient rouverts sur lui et ses lèvres mortes lui avaient chuchoté : « *Va au diable, mijo.* »

— Tu peux boire ça ?

Agenouillée à côté de lui, América avait approché un vieux gobelet en polystyrène de sa bouche. L'odeur de viande était forte dans ses narines. Elle lui donna la nausée, il repoussa la main de sa femme.

— Tu as besoin d'un docteur. Ta figure... et là (du doigt elle lui montra sa hanche, son bras, doucement l'effleura, le chiffon imbibé d'alcool)... et là.

Il n'avait pas besoin d'un médecin. Il n'avait nul besoin de s'en remettre à eux — ses os se ressouderaient, ses chairs à nouveau seraient saines. Et d'abord, qu'est-ce qu'il leur dirait ? Comment les paierait-il ? Et après, quand ils en auraient fini avec lui, l'homme de *La Migra*, l'homme des services de l'immigration, serait là, avec ses vingt questions et son écritoire portatif. Non, il n'avait pas besoin d'un docteur.

La lumière du feu s'empara du visage d'América et brusquement América lui parut vieille, bien plus vieille que la jeune fille qu'elle était, que celle qui était montée dans le Nord avec lui alors que jamais encore elle n'avait dépassé le village voisin, vieille, bien plus vieille que sa grand-mère à lui et que sa grand-mère à elle, bien plus vieille que toutes les femmes qui avaient jamais vécu dans ce pays ou ailleurs.

— Il faut que tu ailles voir un docteur, murmurat-elle, et le feu craqua et les étoiles hurlèrent par-dessus le toit du canyon. J'ai peur.

— Tu as peur ? répéta-t-il en écho, et il tendit la main pour caresser la sienne. Peur de quoi ? Je ne vais pas mourir.

Mais il n'en fut pas si sûr à l'instant même où il le disait.

Le lendemain matin, il se sentit encore plus mal, si tant est que ce fût possible. Dans le brouillard et les questions des oiseaux il s'éveilla, ne sachant pas où il était. Il n'avait aucun souvenir de ce qui lui était arrivé, rien, pas la moindre idée, mais il savait qu'il avait mal, partout. Il se leva de sa couverture en vacillant et pissa faiblement contre un rocher, et ça aussi, ça faisait mal. Il avait du sang séché sur la figure. Son urine était rouge. Longtemps il resta figé sur place, à secouer sa queue et regarder les feuilles de l'arbre sortir peu à peu de la brume. Puis il eut le vertige et retourna se coucher sur la couverture dans le sable.

Lorsqu'à nouveau il s'éveilla, le brouillard s'était dissipé en brûlant et le soleil se tenait juste au-dessus de sa tête. Il y avait une femme à côté de lui, yeux noirs qui saignaient dans un grand visage d'Indienne encadré par des cheveux encore plus noirs, et l'Indienne lui semblait familière, terriblement familière, aussi familière que les *huaraches* qu'il portait aux pieds.

— Comment je m'appelle ? lui demanda-t-elle, son visage inquiet à deux doigts du sien. Qui es-tu ? Est-ce que tu sais où tu es ?

Il connaissait cette langue et cette voix, rythmes et inflexions, et comprit parfaitement les questions. Mais il y avait un problème — il était incapable d'y répondre. Qui était cette femme ? Il la connaissait, bien sûr qu'il la connaissait, mais aucun prénom ne lui venait spontanément aux lèvres. Et plus étrange encore était la question de son identité à lui — comment pouvait-il donc ne pas se connaître ? Il se mit à parler, éprouva la forme des mots dans sa bouche... *Yo soy*..., mais c'était comme si, un nuage ayant brusquement obscurci le soleil, ses mots restaient cachés dans les ténèbres. « Où es-tu ? » Là, il pouvait répondre, c'était facile.

— Quelque part dans ce vaste monde, répondit-il en souriant tout d'un coup.

América lui dit plus tard qu'il avait débloqué pendant plus de trois heures, bavassant et délirant tel le pensionnaire de l'asile d'Hidalgo Street. Il avait fait un discours au président des États-Unis d'Amérique, braillé des bouts de chansons passées de mode depuis vingt ans, chuchoté des choses à sa mère décédée. Il avait psalmodié, grondé, sangloté, glapi comme un poulet en se serrant le cou avec cinq doigts, puis, enfin épuisé, avait sombré dans un sommeil profond qui évoquait la transe. América en avait été mortifiée. Elle avait pleuré lorsqu'il s'était montré incapable de lui dire comment elle s'appelait, pleuré encore lorsque, rien à faire, il ne se réveillait pas, pleuré toute la matinée, toute la longue matinée durant, pleuré toute l'après-midi interminable, et la nuit éternelle. Toujours et encore il dormait, tel un cadavre inanimé hormis le souffle qui raclait dans ses narines saccagées.

Et dans la chaleur du lendemain après-midi, elle avait perdu tout espoir et ne pensait plus qu'à s'enfoncer la tête dans le ruisseau jusqu'à la noyade, ou alors sauter du haut d'un promontoire et s'écraser sur les rochers en dessous lorsqu'il la surprit.

— América, cria-t-il soudain du fin fond de nulle part, de son sommeil, du bout d'écorce qu'il était devenu, y a encore des haricots ?

Tout était dit. La fièvre avait disparu. Il avait retrouvé sa lucidité. Il se rappelait l'accident, les *tortillas*, les vingt dollars que le *gabacho* lui avait donnés. Et lorsque, les joues mouillées, elle vint à lui, jeta ses bras autour de son cou et sanglota jusqu'au plus profond de son cœur, il sut de nouveau tout d'elle : elle avait dix-sept ans et, aussi belle et parfaite qu'un œuf dans sa coquille, elle s'appelait América et, seul espoir d'avenir, était sa femme, son amour, bientôt la mère de son premier enfant, ce fils qui, à l'instant même, prenait forme au plus secret de ses entrailles.

Elle fut bien obligée de l'aider à se relever pour qu'il trouve un endroit où se soulager, et dut encore lui prêter son épaule pour qu'il s'en retourne à sa couverture, mais au moins avait-il réintégré le monde des vivants. Après, il mangea : des *tortillas* à même le paquet, des haricots rouges, et avala le bouillon qu'elle avait laissé mijoter pendant deux jours afin qu'il ne tourne pas. Il mangeait lentement, une cuillerée à la fois, mais gardait tout, et ça, c'était bon signe. Mais la douleur ne l'avait pas lâché, elle était aiguë, aussi opiniâtre qu'un nerf à vif, et il la combattit avec les petits cachets d'aspirine crayeuse qu'elle lui avait achetés, les mâchant à pleines poignées, ses mâchoires œuvrant lentement sous sa pommette dévastée.

Il passa le reste de l'après-midi assis à l'ombre sur sa couverture, à réfléchir à la situation cependant qu'épuisée de l'avoir veillé, América dormait la tête posée sur ses genoux. Il avait eu une commotion cérébrale, c'était clair, et sa pommette gauche était tout écrasée, enfoncée comme la chair d'un potiron pourri. Il ne pouvait pas se voir, il n'y avait pas de glace dans leur campement grossier, mais ses doigts lui disaient assez combien sa figure était laide. Une croûte avait durci de sa mâchoire jusqu'à la racine de ses cheveux, son œil gauche ne se fermait plus tant il avait gonflé et son nez lui faisait mal dès qu'il le touchait... il devait ressembler au boxeur sur le point de perdre le match au bout du quinzième round, ou alors à un de ces monstres qui, au cinéma, sortent de la tombe au clair de lune. Mais ça n'avait pas d'importance. Il s'en tirerait. Qui donc se soucierait jamais de sa laideur du moment qu'il pouvait travailler ?

Non, sa figure n'était rien — c'était le reste de son corps qui l'inquiétait. Son bras gauche n'avait plus l'air de vouloir rien faire, inutile, il pendait dans l'écharpe qu'América lui avait découpée dans sa chemise, et sa hanche le gênait, le taraudait de douleur chaque fois qu'il se remettait sur ses pieds. Il se demanda s'il n'avait pas une fracture dans le creux à l'extrémité de l'os, ou alors à l'arête juste au-dessus. Ou alors, il s'était déchiré un ligament ou quelque chose. Quel que fût l'angle envisagé, il ne pouvait plus travailler, pas pour l'instant en tout cas... du diable s'il pouvait même seulement se tenir debout, c'était bien sa chance, sa putain de *mala suerte* : se faire ainsi détrousser à la frontière et jeter sur le pare-chocs d'une voiture de riche ! Et puis comment allaient-ils manger s'il ne pouvait plus travailler ? C'est alors qu'il arriva la chose même dont il ne voulait pas, la chose même qu'il redoutait : le quatrième jour après l'accident, dès l'aurore América se leva et tenta de filer dans la colline avant qu'il se soit complètement réveillé. Un sixième sens, sans doute, l'avait ramené sur terre — elle était discrète comme un chat, il ne pouvait pas l'avoir entendue. Elle se tenait un peu à l'écart dans la brume, sans substance dans la lumière pâle et délavée, il la vit lever les bras au-dessus de sa tête en enfilant sa robe, la belle, celle avec les fleurs bleues sur fond beige, celle qu'elle passait lorsqu'elle voulait faire bonne impression. Ce qu'elle était silencieuse, mimant comme elle le faisait les gestes de la femme qui s'habille !

— ¿ *Adónde vas*, *mi vida* ? lui demanda-t-il. Où vas-tu, mon amour ?

— Chut, murmura-t-elle. Rendors-toi.

La rosée était lourde sur sa couverture, sur sa chemise et l'écharpe où reposait son bras. Le jour respirait, une fois seulement. Il reposa sa question :

— J'ai dit, où vas-tu ? Ne m'oblige pas à te le redemander.

— Nulle part. Ne t'inquiète pas.

— Tu n'as pas allumé le feu, insista-t-il.

Pas de réponse. La brume, les arbres, les oiseaux. Il entendit le ruisseau qui, sous l'algue amassée, roulait jusqu'à la mer et, derrière, le léger murmure des voitures : déjà les premiers banlieusards descendaient le canyon pour aller au travail. Le croassement d'un corbeau monta dans leur dos, dur, immédiat. Puis elle fut là, à genoux devant lui sur la couverture, son visage débarbouillé de frais, ses cheveux brossés, vêtue de sa belle robe.

— Écoute, Cándido, *querido*, dit-elle en cherchant

tout dans ses yeux, je vais monter au marché au travail, voir si je ne pourrais pas... si je... trouver quelque chose.

« Trouver quelque chose. » La gifle. Que lui disait-elle ? Qu'il ne valait plus rien ? Qu'impotent, il n'était plus que vieillard bon pour le fauteuil à bascule ? *Viejo*, ainsi l'appelaient ses amis à cause des poils gris qu'il avait dans la moustache... alors même qu'il n'avait encore que trente-trois ans ! Ce fut comme une révélation. A quoi était-il bon ? Il avait pris América à son père afin qu'ils vivent mieux, dans ce Nord où tout était vert et luxuriant d'un bout à l'autre de l'année, où l'avocat pourrissait par terre, où tous les gens, même les plus pauvres, avaient une maison, une voiture et la télé... et voilà qu'il n'arrivait même plus à la nourrir. Pire : c'était elle qui allait travailler pour l'entretenir.

— Non, dit-il, et ce fut catégorique, aussi fermement serré sur la dureté de l'interdit qu'une paire de pinces, il n'en est pas question. L'autre jour, je ne voulais déjà pas que tu t'embarques dans cette folle expédition sur la seule foi d'un tuyau de bonne femme... et d'ailleurs, tu t'es bien perdue, non ? Reconnais-le. Tu as été à deux doigts d'être séparée de moi... à jamais... et comment voulais-tu que je te retrouve, hein ? Comment ?

— Je ne vais pas en ville, lui dit-elle calmement. Je vais juste au marché au travail. En haut de la rue.

Il envisagea le scénario... son épouse, une fille de la campagne, pieds nus, qui ignorait tout de ce monde, là-bas au milieu de tous ces hommes, de ces vauriens prêts à tout pour se faire du fric... ou une femme..., et cela ne lui plaisait pas du tout. Il les connaissait. Des traîne-la-rue incapables de garder leurs mains dans leurs poches, des *campesinos* qui puaient la sueur, des péquenauds de Guerrero et du Chiapas, des types qui avaient grandi en violant leurs vaches, des *indios* du Guatemala ou du Honduras : *coutchi coutchi*, ma poule, et après, les petits bruits de baisers. Dans un atelier de couture, au moins serait-elle avec d'autres femmes... alors que là-haut, au marché au travail, elle ne serait que pot de miel autour duquel se pressent des centaines de bourdons.

Cela faisait maintenant trois semaines qu'ils vivaient dans le canyon, il était hors de question de l'exposer aux dangers de la vie qu'on mène dans les rues du centre de Los Angeles, même à Van Nuys. Ils n'avaient certes pas de toit sur la tête, et rien n'était réglé, mais pour la première fois depuis qu'ils avaient quitté le pays, il se sentait heureux. L'eau coulait encore, le sable était propre et le ciel, là-haut, lui appartenait, était tout à lui, et personne ne le lui disputait. Il se rappela son premier séjour dans le Nord, celui qui l'avait vu partager un deux-pièces à Echo Park avec trente-deux hommes, dormir par roulement, faire la queue au coin de la rue pour trouver du travail, tout puait et grouillait de cafards et de lentes. Ici, ils étaient à l'abri de la crasse et des maladies de la rue, de *la chota*, de la police et des agents de l'Immigration. Il avait trouvé deux fois du travail, à trois dollars de l'heure et on ne pose pas de questions — la première chez un entrepreneur qui montait un mur de pierres, la deuxième chez un *rico* en Jaguar qui avait besoin de deux hommes pour débroussailler derrière chez lui. Et tous les matins, chaque fois qu'il partait chercher du boulot sans même savoir s'il rentrerait à midi ou après la nuit tombée, il ordonnait à sa femme de bien éteindre le feu et de ne pas se montrer.

Il ne voulait pas lui faire peur, mais il savait ce qui se produirait si jamais un de ces *vagos* de là-haut découvrait qu'elle restait ici, en bas, pendant qu'il s'absentait. Ça serait exactement comme avec la fille de la décharge à Tijuana. Il la revit, jambes maigres et grands yeux en abîmes. Une enfant, douze ans, et ses parents étaient de pauvres gens qui travaillaient du matin au soir, ils fouillaient dans des montagnes d'ordures avec un clou monté au bout d'un manche à balai, et les poivrots du coin étaient venus la coincer. Son père et sa mère possédaient une cabane en planches clouées ensemble, surprenant comme cette petite chose était solide au milieu des gourbis et des appentis grossiers qui l'entouraient, et quand ils partaient le matin, ils l'enfermaient dedans au cadenas. Mais ces brutes, ces... avaient hurlé de l'autre côté de la porte, et avaient tambouriné sur les murs pour arriver jusqu'à elle, et personne n'avait rien fait. Hormis lui, Cándido. A trois reprises il avait empoigné un bout de tuyau et les avait chassés de la cabane, junkies, *cementeros* et tète-la-bouteille... et avait entendu la fillette sangloter à l'intérieur. Douze ans. Mais un après-midi, ils avaient réussi à faire sauter le verrou et lorsqu'il était enfin arrivé, tout était fini. Enfants de salaud. Il savait le genre de types que c'était, et il s'était juré de ne jamais laisser, tant que faire se pourrait, América hors de sa vue, pas avant qu'ils n'aient une vraie maison, dans un vrai quartier, avec des lois, du respect et de la dignité humaine.

— Non, dit-il, je ne peux pas te laisser faire ça. J'étais malade d'inquiétude le jour où tu es partie... et regarde un peu la poisse que ça nous a portée.

Il tapota son bras en écharpe.

— En plus, reprit-il, il y a pas de boulot pour les femmes, là-bas, seulement pour les hommes au dos solide. C'est des *braceros* qu'ils veulent, pas des bonnes.

— Écoute, dit-elle, et la voix était calme et le ton décidé, c'est tout juste s'il nous reste une demi-livre de riz, six onces de haricots secs et six *tortillas* de maïs... et on n'a plus d'œufs, ni de lait. Et plus d'allumettes pour faire démarrer le feu non plus. Plus un légume et plus un fruit. Tu sais ce que je serais prête à faire pour manger une mangue, là, tout de suite ? Et même une orange, tu sais ?

— Bon, d'accord, gronda-t-il, d'accord, et il se leva de sa couverture et se mit debout en vacillant, tout le poids de son corps appuyé sur sa jambe valide.

Le flacon d'aspirine était à moitié vide, mais il en sortit six cachets dans sa main et les broya entre ses dents.

— C'est moi qui vais y aller. Il n'est pas né celui

qui me dira que je n'arrive même pas à nourrir ma femme...

Il n'en était pas question. Elle se dressa d'un bond et prit son avant-bras dans une étreinte si féroce et si tenace qu'il en fut tout surpris.

— Peut-être demain, dit-elle. Peut-être après-demain. Ce qui t'est arrivé aurait tué un homme ordinaire. Tu te reposes. Tu te sentiras mieux. Donne-toi un jour ou deux.

Il avait les jambes molles. Sa tête lui semblait bourrée de coton. Du haut d'un perchoir invisible, le corbeau se moqua de lui.

— Et tu as l'intention de faire quoi, au juste ?

Elle sourit et gonfla son biceps droit.

— Je suis capable de travailler comme un homme, dit-elle.

Il essaya de jouer la mine sévère et le regard qui interdit, mais ça lui tortura tant le visage qu'il dut renoncer. Elle était minuscule, comme une enfant... c'était ce qu'elle était, une enfant. Elle ne devait pas peser plus de cinquante kilos, et le bébé ne se voyait pas encore, pas le moins du monde. Que pouvait-elle donc espérer faire au marché au travail ?

— Je pourrais ramasser des laitues, reprit-elle. Peut-être même cueillir des fruits.

C'en était trop, il ne put s'empêcher de rire.

— Des laitues ? dit-il. Des fruits ? On n'est pas à Bakersfield, ici, on est à Los Angeles. Il n'y a pas de fruits ici. Ni de coton non plus. Il n'y a rien.

La peau de son visage se referma sur lui, et il fit la grimace.

— Ici, il n'y a que des maisons, des maisons par millions, un toit après l'autre, à perte de vue...

Elle gratta une piqûre de moustique sur son bras, mais ses yeux s'allumèrent, furent tout brillants de cette image, et ses lèvres se serrèrent autour d'un sourire intérieur.

— J'en veux une, moi, de ces maisons, dit-elle. Une blanche, bien propre et en bois qui sent les montagnes, avec une cuisinière à gaz et un frigidaire, et un petit coin pour faire un jardin et mettre un poulailler. C'est bien ce que tu m'as promis, non ?

Elle voulait. Bien sûr qu'elle voulait. Tous ceux qui étaient restés sécher et mourir à Tepoztlán voulaient aussi... merde, et tous ceux de Morelos avec, tous les gens du Mexique et des terres indiennes du Sud, ils voulaient, tous, comme s'il ne le savait pas ! Une maison, un jardin, une télé et une voiture avec... rien d'extraordinaire, pas de ces palaces comme en construisaient les *gringos*, non... juste quatre murs et un toit. Était-ce trop demander ?

Il regarda les lèvres d'América... elles s'ourlaient, elles étaient gourmandes, et il voulait les embrasser et les posséder à lui seul.

— Alors ? reprit-elle, impérieuse, et elle ne rigolait plus maintenant, finies la blague et les plaisanteries. Ce n'est pas ça que tu m'as promis ?

Il avait promis, c'était vrai. Bien sûr qu'il avait promis. Machines à laver, aspirateurs, toutes les paillettes du Nord, il les lui avait fait miroiter devant les yeux tel un deuxième Éden. Ben tiens, une fille aussi jeune qu'elle et un vieil homme comme lui ? Avec du gris dans la moustache ? Comme s'il allait lui raconter autre chose ! Comme s'il allait lui dire qu'on les détrousserait à la frontière et qu'ils vivraient sous deux planches à la décharge jusqu'à ce qu'il puisse se faire assez d'argent au coin de la rue pour passer de l'autre côté ! Comme s'il allait lui dire qu'ils devraient se cacher comme des rats dans un trou et vivre sur une couverture à côté d'un ruisseau qui serait complètement à sec dans un mois ! Comme s'il allait lui dire qu'un jour il se ferait ratatiner sur la chaussée par une voiture, à ne plus pouvoir s'en tenir debout, à ne plus pouvoir uriner, à ne plus pouvoir aligner deux pensées. Il ne sut quoi dire.

Elle lui lâcha le bras et se détourna. Il regarda la brume du matin l'enserrer tandis qu'elle commençait à filer entre les rochers qui encombraient le ravin comme des dents cassées. Arrivée à l'entrée du sentier, elle se retourna et resta un instant immobile, la brume bouillant au-dessous d'elle.

— Peut-être que quelqu'un aura un sol à nettoyer ou un four à récurer, dit-elle, ses paroles redescen-

dant lentement vers lui par-dessus le bourdonne-
ment des voitures invisibles tout là-haut.

Il lui fallut un bon moment pour y arriver, et
quand enfin il parla, ce fut comme si on lui avait
coupé le souffle.

— Ouais, dit-il en s'effondrant à nouveau sur sa
couverture, peut-être.

CHAPITRE 3

Haut dans le canyon, niché dans une dépression
en forme d'éventail creusé dans le flanc de la ligne de
crêtes occidentales par l'action de quelque cours
d'eau depuis longtemps oublié, se trouvait le lotissement dit des « Domaines de l'Arroyo Blanco ».
Ensemble de propriétés privées, il comprenait un
terrain de golf, dix courts de tennis, un centre communautaire et quelque deux cent cinquante habita-
tions, chacune entourée de 0,80 hectare de terre et
d'usufruit strictement régi par les accords, contrats
et restrictions établis dans les articles d'incorpora-
tion de 1973. Toutes ces demeures étaient du style
mission espagnole, peintes dans l'une des trois
nuances de blanc autorisées, et surmontées d'un toit
de tuiles. Quiconque avait envie de peindre son bien
en bleu ciel ou en rose provençal et d'y faire monter
des volets vert citron était parfaitement libre d'aller
emménager dans la San Fernando Valley, à Santa
Monica ou ailleurs, mais acheter quelque chose dans
les Domaines de l'Arroyo Blanco, c'était accepter
d'avoir une maison blanche avec un toit orange.

Delaney Mossbacher avait élu domicile dans une
de ces maisons de style mission espagnole (plan en
élévation n° A 227 C, blanc ranch avec bordures de
fenêtres style Navajo) avec sa deuxième épouse,
Kyra, le fils de celle-ci, Jordan, ses deux fox-terriers
de race Dandie Dinmont, Osbert et Sacheverell, et sa

chatte siamoise, Dame Édith. Ce matin-là, celui où
Cándido Rincón commençait à se dire qu'il ne
contrôlait plus sa femme, Delaney se leva à sept
heures, comme d'habitude, pour préparer le café de
Kyra, donner un jus de fruits et sa tablette de
céréales et granola à Jordan et ouvrir la porte du jardin à Osbert et Sacheverell afin qu'ils puissent
accomplir leurs petits devoirs matinaux. Il n'avait
rien oublié de sa malheureuse rencontre avec Cándido quatre jours plus tôt — y penser suffisait encore
à lui tordre l'estomac —, mais les nécessités, désirs
et irritations mineures de la vie quotidienne avaient
commencé à repousser l'affaire à l'arrière-plan. Pour
l'heure, son attention était entièrement concentrée
sur la volonté qu'il avait d'arriver au bout du rituel
matinal avec sa rapidité et son efficacité coutumières. Et efficace, Delaney Mossbacher l'était.

Il transformait ce rituel en jeu, comptant les pas
qu'il lui fallait faire pour fermer les volets à la chaleur prochaine du jour, vider le marc de café de la
veille dans le seau à humus, transformer deux kiwis,
une pomme, une banane et une poignée de cerises
Bing en un méli-mélo de fruits frais pour Jordan, et
mettre la table pour deux. Il glissait jusqu'au lave-
vaisselle, ouvrait des placards, comme des fusées
lançait les assiettes et les couteaux à leur place sur la
grande table en chêne, sans oublier de surveiller le
café, de préparer deux bolées de pâtée à chien et de
presser les oranges qu'il avait cueillies dans le jardin.

Il se dérobait encore, et c'était lui tout craché, un
court instant dans le jardin afin de respirer l'air frais
du matin et d'écouter les geais réveiller le quartier,
mais ce jour-là il était pressé et seul un bruit lui parvint à la conscience — celui, bien étrange, d'un des
chiens qui glapissait, ils avaient dû trouver quelque
chose dans l'enclos fermé par une palissade dans le
jardin de derrière, un écureuil ou alors, qui sait ? un
saccophore — avant qu'un instant plus tard il soit de
retour dans la cuisine et se remette à presser des
oranges. C'était ça qu'il faisait, tous les matins, avec
la régularité d'une horloge : il pressait des oranges.

Après quoi il se ruait par toute la maison pour retrouver les devoirs du soir de Jordan, son cartable à bretelles, sa musette et sa casquette de base-ball, pendant que Kyra sirotait son café et faisait descendre douze vitamines et suppléments minéraux différents avec un demi-verre de jus d'orange fraîchement pressé. Alors il était l'heure de conduire Jordan à l'école pendant que Kyra se maquillait, se glissait en se tortillant dans une jupe moulante avec veste assortie, puis propulsait sa Lexus par-dessus la crête du canyon, jusqu'à Woodland Hills, où, à l'agence immobilière Mike Bender, elle était la reine incontestée du volume d'affaires traitées. Alors enfin, Delaney pouvait-il faire demi-tour et rentrer chez lui pour se préparer une tasse de tisane et avaler deux tranches de pain au germe de blé grillées (sans rien dessus), laissant la journée se répandre et s'installer autour de lui.

Hormis lorsqu'il y avait un accident sur la voie express, ou lorsque des ouvriers y disposaient ou relevaient leurs ubiquistes petits cônes en plastique, il était de retour chez lui, et assis à son bureau, à neuf heures pile. C'était le moment qu'il attendait, celui où sa journée commençait vraiment. Sans y faillir, quelles que fussent les pressions ou les urgences du moment, il allouait les quatre heures suivantes à son travail d'écrivain — quatre heures pendant lesquelles il pouvait laisser filer le monde qui l'entourait, quatre heures pendant lesquelles, ses doigts effleurant le clavier, il laissait l'éclat verdâtre de son écran le baigner de sa lumière hypnotique. Alors il décrochait le téléphone, baissait les jalousies et, comme en rampant, pénétrait au sein du langage.

Là, dans le silence de la maison vide, il fignolait le plan de la chronique qu'il donnait chaque mois à *Grands espaces à ciel ouvert*, où, jour après jour, saison après saison, le naturaliste observait la vie autour de lui. Il avait intitulé sa colonne « Le Pèlerin de Topanga Creek », en hommage à Annie Dillard, et s'il ne pouvait se prévaloir des liens mystiques qui unissaient cet auteur aux choses, et moins encore des virtuosités de son verbe, il se sentait à son aise à l'écart du commun des mortels et savait qu'il voyait plus profond et vivait plus passionnément, surtout la nature. Et chaque jour, de neuf heures à une heure, il avait l'occasion de le prouver.

Évidemment, il y avait des jours où ça marchait mieux que d'autres. Il essayait toujours de s'en tenir à la flore et à la faune du canyon de Topanga, mais de plus en plus souvent se retrouvait à méditer sur le destin de l'alevin, du lamantin de Floride et de la chouette tachetée, de l'ocelot, de la martre des pins, du panda. Et, surpopulation, désertification, rétrécissement des mers et des forêts, réchauffement de l'atmosphère ou disparition des habitats naturels, comment eût-il pu ignorer les tendances générales de l'ensemble ? Ça allait encore en Amérique, certes, certes, mais n'était-il pas fou de songer qu'on pouvait ainsi se détacher du reste du monde, du monde de la faim, des deuils et de l'impitoyable dégradation de l'environnement ? Pendant que cinq milliards et demi d'individus faisaient disparaître les ressources de la planète à coups de mâchoires, comme des criquets, c'était à peine s'il restait soixante-treize condors de Californie dans l'univers tout entier.

Ça lui donnait à penser. Ça le déprimait. Certaïns jours même, il se mettait dans des états tels qu'il n'en pouvait presque plus porter ses doigts jusqu'au clavier. Heureusement, les bons jours l'emportaient, ceux où il chantait la randonnée qu'on fait l'après-midi dans le chaparral et les ravins montagneux tendus de brouillard, et c'était ça qu'on voulait : de la célébration, pas des sermons, — et surtout pas le grincheux appel aux armes écologiques, surtout pas le glas, surtout pas les pleurs et grincements de dents environnementalistes. Le monde était plein de mauvaises nouvelles ; pourquoi en ajouter d'autres ?

Le soleil avait déjà commencé à brûler la brume lorsque Jordan entra dans la cuisine en raclant les pieds, Dame Édith sur les talons. A six ans, Jordan avait le culte du Nintendo, des superhéros et des cartes de base-ball même si, pour autant que Delaney pouvait en juger, en dehors de collectionner les portraits cartonnés de ses grandes stars, il ne portait aucun intérêt à ce jeu. Il tenait de sa mère côté visage et surprenante blondeur de cheveux qui, de fait, étaient si pâles que presque on les eût dits translucides. Grand pour son âge ? Ou alors petit ? Delaney n'avait rien à quoi se raccrocher pour comparer.

— Kiwi, lâcha Jordan en se laissant choir sur sa chaise devant la table, et ce fut tout.

S'agissait-il d'approbation ou de dégoût, Delaney n'aurait pu le dire. Du living-room lui parvint la voix électronique des nouvelles : *Trente-sept Chinois sont morts noyés lorsque, tôt ce matin, le bateau d'un passeur s'est échoué sur la côte, à l'est du pont de Golden Gate...* Dehors, de l'autre côté des vitres, les chiens glapirent à nouveau.

Jordan se mit à faire tourner sa cuillère dans son bol de fruits écrasés, grincements et tintamarre qu'accompagnèrent bientôt des bruits humides de mastication. Le dos à la table, Delaney nettoyait le comptoir aux alentours immédiats de la cuisinière alors même que toute tache de graisse ou éclaboussure de sauce n'eût pu qu'y être purement imaginaire étant donné qu'il n'y avait rien fait cuire. De fait, il nettoyait pour le plaisir de nettoyer.

— Allez, cow-boy, lança-t-il par-dessus son épaule, aujourd'hui pour ta barre de céréales haute teneur tu as le choix entre noix-canneberge ou suprême de myrtilles. Ça sera quoi ?

De sa bouche bourrée de kiwi :

— Papaye-noix de coco.

— Tu l'as finie hier.

Silence.

— Alors ?

Kyra insistait beaucoup pour que, fruits frais, granola additionné de lait écrémé et de levure de bière, et barre de céréales haute teneur, son fils eût chaque matin sa pleine ration de produits nutritifs. Cet enfant-là avait besoin de ballast. De vitamines. De céréales, et entières. Et pour un enfant qui grandit, le petit déjeuner était le repas le plus important de la journée, le fondement sur lequel asseoir le restant de ses jours. Ainsi pensait-elle. Et s'il flairait comme un relent d'autocratie, voire de fanatisme, dans ce régime, Delaney, en gros, souscrivait à l'analyse de son épouse. Kyra et lui avaient beaucoup de choses en commun, non seulement côté caractère, mais encore dans leurs croyances et leurs idéaux — c'était d'ailleurs ce qui les avait tout de suite attirés l'un vers l'autre. D'abord, ils étaient tous les deux des perfectionnistes. Ils abhorraient la pagaille. Ils faisaient du jogging, ne fumaient pas, ne buvaient que dans les réceptions et, sans être des végétariens accomplis, ils veillaient sur la quantité de graisses animales qu'ils ingéraient. Leurs affiliations allaient du *Sierra Club* au Parti démocrate en passant par *Save the Children* et la *National Wildlife Federation.* Ils préféraient le style contemporain au kitsch ou à l'Américain première mode. Dans le domaine religieux, ils professaient l'agnosticisme.

La question qu'il avait posée à Jordan demeura sans réponse, mais Delaney avait l'habitude de lui faire avaler son petit déjeuner à grands coups de flagorneries. Il traversa la pièce sur la pointe des pieds afin de se tenir debout derrière le garçon qui, pour l'heure, jouait avec sa cuillère en psalmodiant quelque chose entre ses dents. « Photo d'espoir première année, photo d'espoir première année », disait-il en puisant dans son granola sans enthousiasme.

— Ce n'est pas le moment de regarder tes cartes de base-ball, l'avertit Delaney en tapotant, très séducteur, sur une barre de céréales et en l'agitant, un coup à droite, un coup à gauche, derrière le cou maigre et fané du garçon. La main droite ou la main gauche ?

Jordan tendit la main gauche, exactement comme Delaney l'avait prévu, et agrippa la barre de Suprême de myrtilles au moment même où, ployant sous le poids de deux boîtes d'enveloppes rédigées à la main (des *Excelsior*, 500 unités), Kyra entrait dans la cuisine en faisant claquer ses mules. Elle lança, en deux gestes distincts de la main, des baisers à son époux et à son fils, puis se coula sur sa chaise, se versa une demi-tasse de café noyé de lait écrémé — pour le calcium —, et commença à fouiller dans ses enveloppes d'un air pénétré.

— Pourquoi j'ai pas droit aux *Sugar Pops* et aux *Cheerios au Miel* comme les autres enfants? Et les œufs au bacon, hein? lança Jordan d'une voix pincée. Dis, m'man, pourquoi?

Kyra lui fit la réponse de base « Tu n'es pas comme les autres, voilà pourquoi », et Delaney soudain retomba en enfance — c'était le soir, il pleuvait, l'hiver n'en finissait pas et devant lui, il y avait une pleine assiette de foie, d'oignons et de pommes de terre bouillies.

— Je déteste le granola, lui renvoya Jordan, et ce fut, rituel qui traversait les âges, comme une pièce du théâtre Nô.

— C'est bon pour toi, dit-elle.

— Ben, tiens.

Jordan se fendit d'un bruit de succion exagéré en aspirant son lait entre ses dents.

— Pense à tous les petits enfants qui n'ont rien à manger, reprit-elle sans lever la tête et Jordan, suivant fidèlement son script, lui renvoya aussitôt l'ascenseur.

— Y a qu'à le leur envoyer, dit-il.

Alors, elle leva la tête.

— Mange, dit-elle, et le psychodrame s'acheva.

— Journée chargée? murmura Delaney en déposant le jus d'orange de son épouse à côté du journal et en dévissant les couvercles — impossibles à ouvrir par un enfant — des solides flacons en plastique contenant les douze vitamines et suppléments minéraux qu'elle avalait chaque matin.

Telles étaient les petites choses qu'il faisait pour elle — par amour et souci d'elle, bien sûr, mais aussi parce qu'il savait que c'était elle qui ramenait l'essentiel de l'argent, elle qui se rendait au bureau pendant qu'il restait à la maison. Ce qui ne le gênait nullement. Il n'avait pas les problèmes de machisme que les jeunes éprouvent souvent devant l'inversion des rôles traditionnellement dévolus au mari et à la femme, la question de savoir qui porte le pantalon et le reste... Kyra vivait pour l'immobilier et il était plus qu'heureux de l'aider, du moment qu'il y trouvait ses quatre heures de clavier quotidiennes.

Kyra haussa les sourcils, mais ne leva pas la tête. Elle s'affairait à glisser quelque chose qui ressemblait à un petit sachet blanc dans chacune de ses enveloppes.

— Chargée ? répéta-t-elle en écho. « Chargée » n'est pas le mot qui convient. Je dois présenter deux offres ce matin, l'une et l'autre de bas niveau, j'ai un acheteur qui renâcle pour la propriété de Calabasas... et le compte bloqué ferme dans huit jours... sans parler de la maison de la via Escobar que je dois ouvrir à une heure... c'est les chiens que j'entends ? Après quoi aboient-ils ?

Delaney haussa les épaules. Jordan avait jeté l'emballage de sa barre de céréales haute teneur et dérivait déjà vers le salon télé — et cela voulait dire qu'il arriverait en retard à l'école si Delaney ne l'en chassait pas dans les deux minutes qui suivaient. La chatte, qui n'avait toujours pas mangé, se frotta contre sa jambe.

— Je ne sais pas, répondit-il. Ils n'arrêtent pas de japper depuis que je les ai mis dehors. Ils doivent avoir trouvé un écureuil. Ou alors c'est le chien de Jack qui s'est encore sauvé et qui a pissé sur la palissade et ça, ça les rend fous furieux.

— Toujours est-il que ça ne va pas être la joie, reprit Kyra. En plus, c'est l'anniversaire de Carla Bayer, alors après le travail plusieurs d'entre nous... tu ne trouves pas l'idée mignonne ?

Elle lui montra un des sachets qu'elle venait de glisser dans ses enveloppes. De format 8 × 12, l'affaire contenait des graines et, sous un dessin représentant une gerbe de fleurs, portait la mention : « Ne m'oubliez pas [1], avec les compliments de Kyra Menaker-Mossbacher, Bender Immobilier, Inc ».

---

1. *Forget-me-not*, nom anglais du myosotis. *(N.d.T.)*

— Ouais, pas mal, murmura-t-il en essuyant un grain de poussière imaginaire sur le comptoir.

Ainsi restait-elle en contact avec ses clients. Tous les mois ou à peu près, surtout en période de fêtes, elle passait en revue son fichier clients (à savoir tous les gens pour lesquels elle avait vendu ou acheté quelque chose, même si depuis lors ceux-ci étaient partis s'installer dans la province de Nomé, à Singapour ou Irkoutsk, voire s'étaient déjà fondus dans la Grande Chaîne de l'Être) et leur envoyait un petit mot pour leur rappeler que, toujours en vie, elle désirait tout autant qu'avant les représenter dans quelque transaction à venir. Elle appelait ça : « maintenir les perspectives ouvertes ». Delaney se pencha pour caresser la chatte.

— Mais une secrétaire ne pourrait-elle pas faire ce travail à ta place ?

— C'est la touche personnelle qui compte... et qui fait la vente. Combien de fois faudra-t-il que je te le répète ?

Dans le silence qui s'ensuivit, Delaney remarquait déjà que le jingle des dessins animés avait remplacé la voix du speaker dans la pièce voisine lorsque, juste au moment où il débarrassait le couvert de Jordan et consultait la pendule digitale posée sur le four à micro-ondes — il était 7 : 32 —, le matin tomba en morceaux. Ou plutôt non : fut déchiré par un hurlement essoufflé qui montait de l'autre côté des fenêtres comme au sortir d'un rêve premier. Ni couinement, jappement, aboiement ou sifflement, le bruit avait quelque chose de définitif et d'irrévocable, était vocifération qui leur arracha le vernis de l'âme et les figea sur place. Horrifiés, ils écoutèrent, entendirent le cri monter dans les aigus, puis s'étouffer tout aussi soudainement qu'il avait commencé.

L'onde de choc les électrifia. Kyra bondit de sa chaise et, ce faisant, éparpilla ses enveloppes et renversa sa tasse de café. La chatte fila entre les jambes de Delaney et disparut. Delaney, lui, laissa tomber son assiette par terre et chercha le comptoir à tâtons, comme un aveugle. Déjà, ses pieds battant le staccato, Jordan franchissait le seuil de la pièce, son visage ouvert ainsi qu'une fleur pâle de la nuit.

— Delaney ! cria-t-il en hoquetant, Delaney ! Quelque chose, quelque chose...

Mais Delaney s'était déjà ébranlé. Déjà il avait ouvert la porte d'un coup et, fonçant tête baissée à travers le jardin, tournait le coin de la maison juste à temps pour voir une tache brun-roux escalader le grillage d'un mètre quatre-vingts de haut, une forme blanche serrée dans la gueule. Son cerveau décoda l'image dans l'instant : un coyote avait, Dieu sait comment, réussi à pénétrer dans l'enclos et à s'emparer d'un des deux chiens et, bête à l'état de nature, avait sauté la barrière comme dans un numéro de cirque. En hurlant pour s'entendre hurler, en hurlant des choses qui n'avaient pas de sens, Delaney chargea dans le jardin au moment même où l'autre chien (Osbert ? Sacheverell ?) se tassait dans un coin cependant que la tache brun-roux se fondait dans le sarrasin, les roseaux brûlés et les herbes hautes de la colline qui, au loin, se perdaient dans les montagnes sauvages.

Il ne s'arrêta pas pour réfléchir. En deux bonds il fut en haut de la barrière et se laissa retomber de l'autre côté. Il remarqua bien, sans s'y attarder, des traces de pattes dans la poussière, mais, tête la première, il continua de fendre le sous-bois, cabriolant par-dessus buissons et rochers, évitant l'échine des yuccas serrés comme morceaux d'armures partout sur la colline. Il courait, et ne voulait rien savoir. Les branches le lacéraient ainsi que des griffes. La bogue lui mordait les chevilles, mais toujours il courait, poursuivant un éclair qui filait là-bas au loin, un éclair de blancheur. Un instant il le voyait, l'instant d'après il ne le voyait plus.

— Hé ! cria-t-il. Hé ! Mais merde, quoi !

La colline remontait brusquement en pente raide, couverte de buissons incolores débouchant sur un bouquet de noyers et quelques saillies de basalte qui semblaient avoir crevé la surface du sol pendant la nuit. Soudain il vit la chose, gueule pointue, yeux

jaunes et pattes hautes et raides, elle se battait avec
sa proie en filant et filant encore pour disparaître
entre les arbres. Il hurla de nouveau et, cette fois,
quelqu'un répondit à son cri. Il regarda par-dessus
son épaule et, chemisier, jupe et chaussettes aux
pieds, c'était Kyra qui le rattrapait à grandes enjambées. Même à cette distance, il reconnut l'air qu'elle
avait pris : la mâchoire lugubre et serrée, l'œil qui
lance des éclairs et les lèvres fermement jointes, tout
disait la fin inévitable de quiconque se mettrait en
travers de son chemin. Ainsi condamnait-elle
l'inconnu qui avait osé enfermer son chien dans sa
voiture sans baisser ses vitres, ou le démarcheur mal
inspiré qui refusait son offre en liquide. Elle arrivait,
il redémarra comme s'il avait reçu un coup d'éperon
dans les flancs. S'il pouvait seulement ne pas perdre
de terrain, le coyote finirait sûrement par lâcher le
chien. Il ne pourrait tout simplement pas faire autrement.

Lorsqu'il arriva aux arbres, Delaney avait la gorge
en feu. La sueur lui brûlait les yeux et ses bras
n'étaient plus qu'une seule et même égratignure. Le
chien ne donnant toujours pas signe de vie, il poussa
à travers le bosquet, jusqu'à l'endroit où la colline
redescendait au pied de la suivante. Les buissons
étaient plus épais — un mètre quatre-vingts de haut
et ici et là si serrés les uns contre les autres qu'il
aurait fallu une machette pour s'y frayer un chemin —, tout de suite il comprit, malgré les grands
bruits de tambour dans ses oreilles et le rush glandu-
laire qui le faisait toujours courir et tourner et virer
en ouvrant et fermant les poings, que l'affaire prenait mauvaise tournure. Très mauvaise tournure,
même. C'étaient maintenant des milliers de buissons
qui s'offraient à sa vue — cinq mille, dix mille peut-
être —, et le coyote pouvait se terrer dans n'importe
lequel d'entre eux.

De fait, il le sentait, la bête l'observait certainement du fond de ses yeux aux pupilles étroites
comme des fentes cependant qu'il sautillait de droite
et de gauche et frénétiquement scrutait le fouillis de

rameaux, de feuilles et d'épineux. A elle seule, cette idée le rendait fou de colère. Il cria encore une fois, dans l'espoir de débusquer la bête. Mais le coyote était bien trop malin pour lui. Les oreilles rabattues en arrière, la mâchoire et la patte toujours à étouffer sa proie, il pouvait se cacher, n'importe où — et, absolument immobile, rester ainsi pendant des heures.

— Osbert ! lança-t-il soudain, mais sa voix le lâcha et ne fut que pitoyable bêlement. Sacheverell !

Pauvre chien. Il n'aurait pas résisté aux assauts d'un lapin. Delaney se dressa sur la pointe des pieds, se dévissa le cou, furieusement sonda le premier buisson qui lui tomba sous la main. Longs et bas, les rayons du soleil embrasaient les feuilles et, comme tous les matins, en faisaient grand déploiement d'indifférence. Alors, Delaney en contempla les profondeurs incandescentes et soudain éprouva une grande désolation, fut néant que trognonnent jusqu'aux tréfonds le deuil et l'espoir qui n'est plus.

— Osbert !

L'appel lui monta comme une éruption, comme s'il ne pouvait plus contrôler ses cordes vocales.

— Ici, mon garçon ! Allez, viens !

Puis il appela Sacheverell, encore et encore, mais seul un cri, bien distant, de Kyra lui répondit, très loin sur sa gauche, lui sembla-t-il.

Dans l'instant il voulut écraser quelque chose, arracher tous les buissons par la racine. Ça n'aurait jamais dû arriver. Jamais, jamais. Sauf qu'avec tous ces crétins qui laissaient de la bouffe aux coyotes comme si ces animaux n'étaient que petits moutons à queue bien fournie et dents pointues... et ce n'était pas faute de les mettre en garde ! Comme si on pouvait ne pas prêter attention à l'environnement ! La semaine passée encore, il avait découvert un demi-seau de *Kentucky Fried Chicken* derrière la maison des Dagolian — oui, le récipient en carton avec les bandes rouges et blanches et le portrait, ô combien souriant, du grand tueur de poulets en personne ! Ça, on l'avait entendu, à la réunion bimensuelle de l'association des propriétaires! Mais ils ne l'écoutaient pas. Les coyotes, les saccophores, les guêpes et les serpents à sonnette évidemment qu'ils faisaient chier, mais de là à ce qu'on s'intéresse à la nature... Non, eux, c'étaient les humains qui les inquiétaient. Les Salvadoriens, les Mexicains, les Noirs, les tueurs des gangs, les taggers et autres voleurs de voitures dont ils lisaient les exploits dans le journal en avalant leur café et leurs toasts au pain bis. C'était pour ça qu'ils avaient quitté les terres plates de la Valley et les collines du Westside, pour ça qu'ils étaient montés jusqu'ici, loin de la ville, au cœur même de ces splendeurs panoramiques.

Les coyotes? Les coyotes étaient pittoresques. Tels petits demi-chiens, ils hurlaient au coucher du soleil, ils étaient douceurs parmi d'autres, comme les chênes, le chaparral et la vue qu'on avait. Non, sans arrêt, sur tous les tons et comme si c'était la clé de voûte de leur existence tout entière, ses voisins ne parlaient que d'une chose : les portails. De fait, ils ne parlaient même que d'un seul — celui qu'on allait bientôt ériger à l'entrée principale. Celui que vingt-quatre heures sur vingt-quatre un gardien surveillerait afin d'interdire l'accès des Domaines à tous ces taggers, tueurs des gangs et autres voleurs de voitures qu'ils étaient montés jusqu'ici pour fuir à jamais. Ben tiens. Et maintenant ce pauvre Osbert — à moins que ce ne fût Sacheverell —, n'était plus que petit déjeuner à coyote.

Ah, les sots! Ah, les crétins!

Il ramassa un bâton et se mit en devoir de battre méthodiquement les buissons.

Le Centre communautaire de l'Arroyo Blanco se dressait sur un terre-plein en surplomb du boulevard du Canyon de Topanga et du chemin privé d'Arroyo Blanco Drive qui, après l'embranchement, serpentait entre les chênes et le lacis de rues des terrains bâtis. Immeuble d'un seul étage en stuc avec toit de tuiles orange, de style mission espagnole, il comprenait une cuisine, un bar à alcools, une scène, une sono et de quoi asseoir deux cents personnes. La salle était noire de monde — il n'y restait plus que des places debout — lorsqu'il arriva enfin. Il était en retard, Kyra ayant mis du temps à rentrer du travail. Et comme c'était la journée de repos de la bonne, il lui avait fallu garder Jordan.

Kyra était dans tous ses états. Elle avait franchi la porte telle une réfugiée, les yeux rouges, un mouchoir en papier collé au bout de son nez, rouge lui aussi. Elle pleurait la mort de Sacheverell, car c'était bien lui — elle avait réussi à identifier le survivant, Osbert donc, au grain de beauté qu'indiscutablement il avait sous la lèvre. Une heure durant, voire plus, elle avait, ce matin-là, aidé son époux à battre les buissons, frénétique, larmoyante, et son souffle ne lui venait plus qu'en sanglots épuisés — elle avait ces chiens depuis toujours, elle les avait bien avant de rencontrer Delaney, bien avant même que Jordan ne lui naisse —, mais pour finir, à contrecœur elle avait renoncé, et s'en était allée au bureau où déjà elle était en retard pour son rendez-vous de dix heures. Elle s'était changée, s'était remis du maquillage, avait consolé Jordan du mieux qu'elle avait pu et, après avoir déposé son enfant à l'école, avait enjoint à son époux de retrouver le chien à tout prix. Et toutes les demi-heures, elle l'avait effectivement appelé pour avoir les dernières nouvelles et, s'il en avait bien eu vers midi — lugubres elles étaient, définitives même, emballées dans une demi-douzaine de serviettes en papier et présentement en sécurité dans la poche de son caban —, il ne les lui avait pas communiquées en se disant qu'elle avait déjà eu son comptant de secousses pour la journée. Et lorsqu'elle était revenue, il l'avait serrée fort sur son cœur et lui avait murmuré les choses douces et consolantes dont elle avait besoin. Aussitôt après, elle était montée voir Jordan qu'on avait renvoyé tôt de l'école après qu'il eut été pris de frissons car il avait attrapé de la fièvre. La scène était bien triste. Juste avant de partir pour la réunion, Delaney les avait contemplés un instant, la mère et le fils, pelotonnés ensemble dans le lit étroit de Jordan, avec Osbert et Dame Édith, la chatte, et ils ressemblaient aux rescapés d'un naufrage sur un radeau à la dérive.

Il se glissa dans le fond de la salle, à côté d'un couple qu'il ne connaissait pas. La quarantaine, l'homme avait la taille et les épaules d'un athlète universitaire et donnait l'impression de débarquer après avoir accompli un exploit héroïque. La femme, qui faisait au minimum un mètre quatre-vingts, paraissait avoir l'âge de Kyra — trente-quatre trente-cinq ans, se dit-il —, et portait un short en Lycra noir et un maillot de l'université de Californie du Sud. Elle ne cessait de se pencher vers son époux tel l'arbrisseau vers son accore. Il ne put s'empêcher de remarquer la manière dont, parfait exemple du couple forme/fonction, le short moulait les fesses de la dame, puis se rappela la chose qu'il avait dans sa poche, leva les yeux sur l'océan de têtes qui l'entourait, et recula sous les déferlantes impitoyablement blanches des fluos.

Jack Jardine avait pris place sur l'estrade, à côté de Jack Cherrystone, le secrétaire de l'association, et de Linda Portis, la trésorière. La réunion ordinaire — celle qui avait vu Delaney avertir ses voisins des dangers qu'il y avait à nourrir la faune locale — avait été ajournée à midi après un long débat sur la question du portail et Jack avait appelé à une séance nocturne extraordinaire afin de passer au vote. En temps normal, Delaney serait resté chez lui et se serait perdu dans les œuvres de John Muir ou d'Edwin Way Teale, mais les temps n'avaient rien de normal. Et ce n'était pas que l'ordre du jour le laissait indifférent — ce portail était une absurdité, il intimidait, excluait et frisait l'anti-démocratisme et, en privé, Delaney s'était prononcé contre —, mais pour lui, l'affaire tenait du *fait accompli* [1]. Chauffés jusqu'à la frénésie réactionnaire par les journaux et les nouvelles télévisées, ses voisins étaient massivement

1. En français dans le texte. *(N.d.T.)*

pour et il n'avait guère envie d'être le trouble-fête,
comme ce faux-cul de Rudy Hernandez qui adorait
s'entendre parler et au moindre problème coupait et
recoupait tellement les cheveux en quatre qu'à la fin
tout le monde était prêt à lui sauter dessus pour
l'étrangler. Rien à faire, le portail serait installé. Il se
sentait mal à l'aise, mais était quand même venu
parce que, ce soir-là, il avait une idée en tête, une
idée bien à lui, et certaine chose qui lui battait la
hanche dans la poche de son caban et, rien que d'y
songer, il eut la gorge qui s'assécha.

Quelqu'un évoqua bien le problème, mais il était
tellement engrossé par ses pensées qu'il n'entendit
même pas ce qu'on disait. Débat il y aurait, puis
vote, et pour le restant de ses jours il se sentirait
comme un délinquant en entrant sur ses propres
terres, devant s'excuser devant quelque connard en
uniforme crypto-fasciste, devant prendre des tas de
dispositions chaque fois qu'un de ses amis viendrait
le voir ou qu'on lui livrerait un paquet. Il revit le
lotissement où il avait grandi, avec ses pelouses sans
barrières, ses espaces qu'on partageait, les bois profonds et marécageux où il avait découvert la fougère,
la grenouille et la vipère, tout ce qui, scintillant,
constituait l'enveloppe même de la création. Il n'y
avait plus rien de tel aujourd'hui. Aujourd'hui, il n'y
avait plus que des barrières. Et des portails.

— La parole est à Doris Obst, lança Jack Jardine
dont la voix se mit à chevaucher les courants qui agitaient la salle, comme s'il chantait, comme si tout un
chacun ayant sombré dans la prose, il était le seul à
parler poétique.

La femme qui se leva à l'avant gauche de l'audito-
rium était d'âge indéterminé. Elle se mouvait avec
vivacité, sa robe lui collant au corps comme si on l'y
avait peinte, et pourtant ses cheveux étaient gris et
sa peau du blanc mort et férocement délavé qu'avait
le papier à lettre sur lequel il rédigeait sa correspon-
dance d'affaires. C'était la première fois qu'il posait
les yeux sur elle ; comprendre cela, et découvrir du
même coup qu'il ne connaissait personne parmi tous

ces gens qui se tenaient debout autour de lui, le remplit d'un léger et désagréable sentiment de culpabilité. Il faudrait veiller à assister plus sérieusement à ces réunions, se dit-il, non, vraiment.

— ... le facteur coût, disait Doris Obst d'une voix de ténor, sombre, presque masculine, parce que je suis bien sûre qu'il n'est personne ici qui n'éprouve que nos charges sont déjà astronomiques, et donc je me demande si l'analyse des coûts effectuée par le bureau est bien exacte ou si nous n'allons pas nous retrouver avec des réajustements spéciaux en fin de parcours et...

— Jim Shirley, chantonna Jack, et Doris Obst s'affala sur son siège cependant qu'un homme se dressait au fond de la salle, comme si l'un et l'autre étaient touches du même instrument de musique.

Consterné, Delaney s'aperçut que celui-là non plus, il ne le connaissait pas.

— Et les effractions? s'enquit Jim Shirley d'une voix tendue par la colère.

Un murmure de réponses monta de la foule, on prenait ombrage et criait, on acquiesçait. Jim Shirley dominait l'assistance, grand quinquagénaire barbu qu'on aurait dit gonflé à la pompe à vélo.

— Dans ma rue, reprit-il, dans la via Dichosa... rien que le mois dernier, deux maisons y sont passées. Les Casey ont dû perdre dans les cinquante mille dollars de tapis d'Orient pendant qu'ils faisaient le tour de l'Europe, sans parler de l'équipement télé-vidéo et de leur pick-up Nissan tout neuf. Je ne sais pas combien d'entre vous ici présents connaissent leur modus operandi, mais nos voleurs font assez communément sauter la porte du garage... ces portes à ouverture automatique ont invariablement un jour... et après, mon Dieu, on prend son temps, et on vous pique tout ce qui en vaut la peine, on charge dans la voiture, la vôtre, et on s'en va comme si c'était son dû qu'on emportait. Chez les Casey, ils ont même eu le culot de sortir une demi-douzaine de homards du frigo, de les griller et de faire descendre tout ça avec deux bouteilles de Perrier-Jouët.

Ça bourdonna dans la foule, ça fermenta et fut en colère. Jusqu'à Delaney qui, l'espace d'un instant, en oublia la sanglante pièce à conviction qu'il avait dans la poche. Du crime ? Ici ? Ce n'était donc pas cela qu'ils avaient fui ? N'était-ce pas pour ça qu'ils étaient montés dans ces lieux élevés ? Brusquement, l'idée du portail ne lui parut pas si mauvaise.

Mais il sursauta quand même lorsque son voisin immédiat, l'athlète, leva le bras en l'air et se mit à parler avant que Jack Jardine lui ait donné la parole.

— Je n'en crois pas mes oreilles, s'écria l'homme tandis que, l'œil brillant d'autorité morale et de fierté, sa femme aux longues jambes rapprochait son museau du sien. Si nous avions voulu nous installer dans une communauté à portail, nous aurions emménagé à Hidden Hills ou à Westlake, et nous ne l'avons pas fait. Nous voulions une communauté ouverte, nous, la liberté d'aller et venir... et pas seulement pour ceux d'entre nous qui ont les moyens de vivre ici, non, pour tout le monde... Pour le citoyen lambda riche ou pauvre. Je ne sais pas, moi ! Je me suis fait ma philosophie dans les années soixante et vivre dans une communauté qui ferme ses rues au tout venant parce que ledit tout venant n'a pas une voiture ou une maison aussi belle que la mienne, ça me rebrousse sérieusement le poil. Non, quand même ! et on fait quoi, après ? On exige des bracelets avec fiche d'identité dessus ? On installe des détecteurs de métal ?

Le geste impatient, Jack Cherrystone tira le coude du président et reçut aussitôt le droit de parler.

— De qui se moque-t-on ? lança-t-il.

Et sa voix tonna dans les haut-parleurs comme celle de Dieu dans la Nuée.

Jack Cherrystone était un petit homme, à peine s'il faisait un mètre soixante, mais il avait une voix énorme. Il gagnait sa vie à Hollywood en préparant des bandes-annonces pour les films, et sa voix grondait à travers toute l'Amérique telle une flotte de camions, menaçante, fruitée, hystérique. De San Pedro à Bangor, des millions de spectateurs se tortil-

laient sur leurs fauteuils cependant qu'un éclair
après l'autre, des images de sexe et de chaos explosaient sur l'écran et que le tonnerre de sa voix les
assaillait et les souffletait. Aux Domaines de l'Arroyo
Blanco, ses amis se redressaient sur leurs sièges dès
qu'il prenait la parole.

— Je suis aussi ouvert que tout un chacun dans
cette salle, reprit-il, mon père présidait le comité de
campagne électorale d'Adlaï Stevenson, nom de
Dieu ! mais je dis qu'il faut en finir.

Pause. Toute l'assistance avait le regard fixé sur le
petit homme. Delaney se sentit transpirer.

— Oui, j'aimerais ouvrir les bras à tous les gens,
quelle que soit leur pauvreté et quel que soit le pays
d'où ils viennent ; oui, j'aimerais, comme cela se faisait dans mon enfance, laisser la porte de derrière
ouverte et ne pas fermer la moustiquaire, mais vous
savez aussi bien que moi que ces temps-là sont révo-
lus.

Il hocha tristement la tête et ajouta :

— Los Angeles est ignoble. Le monde entier est
ignoble. Pourquoi nous raconter des histoires ? C'est
pour ça que nous sommes ici, c'est pour ça que nous
avons déserté. Vous voulez sauver le monde ? Allez
donc à Calcutta et enrôlez-vous dans les cohortes de
Mère Teresa. Je vous dis, moi, que ce portail est une
nécessité, tout aussi vitale, essentielle et incontour-
nable que le toit que nous avons sur la tête et les ver-
rous que nous mettons à nos portes. Ne nous mas-
quons pas les choses, tonna-t-il encore, redescendons
sur terre, comme dit ma fille. Non, vraiment, mes
amis où est le problème ?

Delaney se surprit à serrer la chose qu'il avait dans
la poche, les restes ensanglantés de l'innocent animal, et fut incapable de se retenir plus longtemps —
pas après l'avalanche de menaces qu'avait proférées
Jack Cherrystone, pas après la journée qu'il s'était
tapée, pas après la mine qu'avait prise Kyra en s'éta-
lant en travers du tout petit lit avec son fils et ses animaux domestiques terrifiés. Sa main se leva d'un
coup.

— Delaney Mossbacher, acquiesça Jack Jardine de sa voix de crooner.

Des visages se tournèrent dans sa direction. On se démancha le cou. L'homme et la femme qu'il avait à côté de lui entrouvrirent les lèvres, tout attente.

— Je voulais juste savoir, commença-t-il, mais avant qu'il ait pu prendre de l'élan, quelqu'un devant l'interrompit d'un « Plus fort » retentissant.

Delaney s'éclaircit la gorge et tenta de moduler sa voix. Son cœur battait la chamade.

— Je voulais juste savoir, disais-je, combien d'entre vous ici présents ont conscience de ce qu'ils font lorsqu'ils donnent à manger aux coyotes de la région...

— Pas de diversions ! s'écria quelqu'un, tandis qu'un soupir d'exaspération parcourait l'assistance.

Plusieurs mains se levèrent.

— Le problème n'est pas secondaire, insista Delaney en jetant des regards fous autour de lui. Mon chien... le chien de ma femme...

— Je suis désolé, Delaney, lui lança Jack Jardine en se penchant vers le micro, mais nous avons une question à régler et elle concerne l'érection et l'entretien d'une entrée à portail. Je vais donc te demander de nous dire ce que tu en penses ou de laisser la parole aux autres.

— Mais Jack ! Tu ne comprends pas ce que je suis en train de dire... Écoute, ce matin, un coyote est entré dans le jardin de derrière et il a...

— Laissez la parole aux autres ! lança quelqu'un.

— On parle de la question à l'ordre du jour ou on laisse causer les gens !

Brusquement, Delaney fut en colère, et c'était la deuxième fois de la journée, brûlant de colère, même. Pourquoi refusaient-ils de l'écouter ? Ne comprenaient-ils donc pas ce que nourrir de grands carnivores comme on donne à manger aux canards voulait dire ?

— Je ne céderai la parole à personne, reprit-il, et le public commença à siffler, et soudain, ça y était, il tenait la chose dans sa main, la patte avant de Sache-

verell, et elle était toute blanche, toute déchiquetée
et comme recouverte d'une chaussette de sang noir,
et la brandit telle une épée.

Il vit l'horreur se dessiner sur le visage de l'homme
et de la femme debout à côté de lui, il sentit qu'on se
mouvait sur sa droite, il entendit les tonnerres
amplifiés de la voix de Jack Cherrystone dans ses
oreilles, mais il s'en moqua : ils allaient devoir
l'écouter.

— Ceci, s'écria-t-il au-dessus du tumulte, ceci est
le résultat.

Plus tard — il s'était assis sur les marches du
centre communautaire et laissait l'air de la nuit
rafraîchir son front plein de sueur —, il se demanda
comment il allait annoncer la nouvelle à Kyra. En la
quittant, il l'avait piteusement assurée qu'on pourrait encore retrouver le chien (et s'il s'était sauvé ?
perdu ?...), mais maintenant tout le monde connaissait la triste fin de Sacheverell. Et lui, Delaney, il
n'était arrivé à aucun résultat, absolument aucun —
hormis celui de s'être rendu ridicule. Il laissa échapper un soupir, rejeta la tête en arrière et contempla
le livide suaire du ciel nocturne. Pourriture de journée. Il n'était arrivé à rien. Et n'avait pas écrit un
mot. Ne s'était même pas assis à son bureau. De fait,
il n'avait pu penser qu'à ce chien, qu'au morceau de
chair et d'os rongés qu'il avait trouvé dans un trou,
sous un massif de manzanita poussiéreux.

A l'intérieur de la salle, on votait. Les fenêtres
éclairées faisaient des trous dans le tissu de la nuit,
entailles rectilignes qui scintillaient sur le fond noir
des montagnes. Il entendit un murmure de voix, les
raclements et traînements de pieds occasionnels qui
disent l'activité de l'hominidé. Il s'apprêtait à se lever
pour rentrer chez lui lorsqu'il aperçut une silhouette
qui rôdait aux abords des marches.

— Qui est là ? demanda-t-il.

— C'est moi, monsieur Mossbacher, lui répondit
une voix dans les ombres.

Puis la silhouette passa dans la lumière des
fenêtres et Delaney découvrit que c'était le fils de
Jack Jardine, Jack Junior.

Jack Junior oscillait comme un eucalyptus dans le vent, merveille de force d'extension horizontale et de hauteur nouvellement acquise, long en jambes et long en pieds, les mains de la taille d'un gant de base-ball. Âgé de dix-huit ans, il avait des yeux marron boue qui ne donnaient aucune définition à ses pupilles, et ne ressemblait en rien à son père. Et d'abord, ses cheveux étaient roux — pas de cette couleur vaguement poil de carotte que son écosso-irlandaise de mère lui avait léguée, mais de l'auburn profond et changeant qu'on voit aux flancs des chevaux quand la lumière est incertaine. Il les portait longs sur le dessus, en une frénésie de boucles, et rasés jusqu'à l'os à partir du haut des oreilles.

— Salut, Jack, dit-il, et il perçut aussitôt la lassitude dans sa propre voix.

— Ils ont attrapé un de vos chiens, c'est ça ? lui demanda Jack Junior.

— J'en ai bien peur, lui répondit Delaney en soupirant. C'était ce que j'essayais de leur dire là-dedans... on ne peut pas nourrir des bêtes sauvages, point final. Mais personne ne veut m'écouter.

— Oui, je sais, dit Jack Junior en donnant un coup de pied dans quelque chose du bout de sa grosse basket en cuir.

Dans la lumière, ses chaussures semblaient sortir de terre pour se fondre avec le reste de son corps, tels des troncs d'arbres qui ancraient sa longueur. Il y eut un moment de silence pendant lequel Delaney encore une fois envisagea de se lever pour rentrer chez lui, mais il hésita. Enfin une oreille qui sympathisait, enfin un esprit impressionnable.

— Ce qu'ils ne voient pas... reprit-il, mais avant même qu'il puisse formuler le reste de sa pensée, Jack Junior le coupa.

— A propos, dit-il, pour l'autre nuit ? Quand vous êtes venu voir mon père pour lui parler de votre Mexicain ?

Le Mexicain. Brusquement, le visage de l'inconnu flotta de nouveau devant lui, se pressa aux abords de sa conscience, voulut, tel un fantôme, la remplir d'images de dents pourries et de moustaches souillées. Le Mexicain. Avec l'histoire de Sacheverell, il l'avait complètement oublié. Et maintenant, il se souvenait. Jack Junior était étendu de tout son long sur le divan ainsi que monarque alangui lorsqu'il était allé voir Jardine afin de s'ouvrir à lui de l'accident, et Delaney avait trouvé bizarre que Jack ne l'emmène pas dans une autre pièce, ou dans le patio où ils pourraient parler sans être entendus. Jack n'avait même pas remarqué la présence de son fils, lequel aurait tout aussi bien pu faire partie des meubles. Il avait passé un bras autour du cou de son visiteur, lui avait préparé à boire, avait écouté son histoire et l'avait assuré qu'il n'y avait rien à craindre, absolument rien — pourquoi l'inconnu aurait-il refusé son aide s'il avait ses papiers ? Et s'il n'était qu'un immigrant clandestin, quelles chances avait-il de trouver un avocat pour le représenter — et sur quelles bases, d'ailleurs ? « Mais Jack, avait protesté Delaney, je n'ai pas signalé l'accident. » Calme et complice, Jack s'était tourné vers lui : « Quel accident ? lui avait-il demandé, tel l'homme le plus raisonnable au monde, juge, jury et avocat tout en un. Tu t'es arrêté, tu lui as proposé ton aide... et il l'a refusée. Que veux-tu de plus ? »

Évidemment. Mais voilà que Jack Junior voulait savoir, et Delaney en eut l'estomac tout retourné. A peine s'il y avait cinq personnes au monde pour savoir ce qui s'était passé sur cette route et, déveine des déveines, il fallait que Jack Junior comptât à leur nombre.

— Oui ? dit-il. Et... ?

— Oh, rien. Je me demandais seulement où ça s'est passé... d'après vous, ils campaient...

— Sur la route du canyon. Pourquoi ?

— Oh, je sais pas.

Jack Junior donna encore un coup de pied dans la poussière.

— Je me posais des questions, voilà tout, reprit-il. C'est que j'en vois vraiment beaucoup depuis quelque temps, de ces gens, là-bas en bas. Vous avez bien

dit que c'était sous la scierie, n'est-ce pas? Où la
piste s'enfonce dans le ravin, c'est ça?

Delaney ne comprenait pas où le gamin voulait en
venir. Pas moyen. Qu'est-ce que ça pouvait bien lui
faire? Mais, pur réflexe ou presque, il répondit à sa
question — il n'avait rien à cacher.

— C'est cela même, dit-il.

Puis il se remit debout, murmura « Bon, il faut
que j'y aille », et s'enfonça à grands pas dans les
ténèbres, en tripotant le pauvre amas de chairs qu'il
avait rangé dans la poche de sa veste.

Et s'enjoignit de le déposer au frigo dès qu'il arriverait chez lui. L'affaire n'allait pas tarder à puer.

CHAPITRE 4

Le lendemain du jour où elle avait remonté le
canyon pour aller s'offrir au marché au travail — en
vain, s'était-il avéré —, América insista pour
recommencer. Cándido s'y opposa. Avec véhémence.
La veille, la matinée se traînant en longueur, il avait
attendu que le soleil se tienne juste au-dessus de sa
tête — midi, l'heure à laquelle fermait le marché au
travail —, et avait encore attendu une heure ou deux,
dans les déchirements de l'inquiétude et du soupçon.
Si elle avait, Dieu sait comment, réussi à trouver du
travail, elle ne rentrerait peut-être pas avant la nuit,
et ce serait encore pire ou presque que si elle avait
échoué, rien que l'inquiétude... et pire encore, la
honte. Il n'arrêtait pas de la voir dans la maison de
quelque riche, elle était à genoux, elle frottait le sol
dallé d'une de ces cuisines équipées d'un frigo de la
taille d'une chambre froide de boucher et d'un de ces
fours à face noire qui font bouillir l'eau en soixante
secondes, et le riche regardait son cul qui remuait et
tremblait sous la forte poussée de ses épaules, et...
Pour finir, il devait être trois heures de l'après-midi,

elle était apparue, petit point noir qui avançait lentement sur les rochers délavés de soleil, et dans sa main elle portait un de ces sacs en plastique fin que les *gringos* n'utilisent qu'une fois avant de le jeter. Cándido avait dû plisser les paupières pour la voir malgré la douleur qui lui brouillait les yeux. « Où étais-tu ? » lui avait-il lancé d'un ton impérieux dès qu'elle avait été assez près pour l'entendre.

Puis, plus faiblement, d'une voix tout à la fois soulagée et qui s'excuse il avait ajouté : « Tu as trouvé du travail ? » Pas un sourire. La réponse était claire. Mais elle lui avait quand même tendu son sac en guise d'offrande, et s'était, en bonne épouse, agenouillée devant la couverture pour lui déposer un baiser sur le bon côté de la figure. Ce qu'il y avait dans le sac ? Deux tomates trop mûres, une demi-douzaine d'oranges dures et verdâtres, et un navet, tout noir de terre. Il avait sucé les oranges amères et mangé le ragoût qu'elle avait fait avec les tomates et le navet. Il ne lui avait pas demandé où elle les avait trouvés.

Et maintenant, elle voulait recommencer. Et observait le même rituel que la veille : elle s'était esbignée de la couverture comme une voleuse, avait enfilé sa seule robe convenable par le cou, et s'était peignée au bord du ruisseau. Il faisait encore noir. La nuit leur collait au corps comme une deuxième peau. Nul oiseau n'avait même commencé à respirer.

— Où vas-tu ? coassa-t-il.

Deux mots montèrent des ténèbres et le piquèrent au vif :

— Au travail.

Il se redressa sur son séant et se répandit en invectives diverses tandis qu'elle allumait le feu et lui préparait du café et du riz écrasé avec du sucre afin qu'il n'ait pas mal en mâchant. Puis elle supporta qu'il lui dise ses craintes, lui souligne encore et encore les vilenies du monde des *gabachos* et la perfidie de ses camarades *braceros* au marché au travail, qu'en un mot il lui instille l'appréhension qui l'obligerait enfin à rester avec lui — mais elle ne voulut rien entendre.

Ou plutôt si, elle l'écouta — « Oui, j'ai peur de ce lieu et des gens qui y traînent, lui dit-elle, j'ai même peur de marcher dans les rues » —, mais sans que cela ait le moindre effet sur elle. Il lui interdit d'y aller. Il rugit tellement de fureur qu'à la fin sa pommette cabossée s'embrasa, il se redressa sur ses jambes incertaines et la menaça de son poing fermé, mais rien n'y fit. Elle baissa la tête. Refusa de le regarder dans les yeux. Et murmura :

— Il faut bien que quelqu'un y aille. Dans un jour ou deux, tu iras mieux, mais pour l'instant, tu n'arriverais même pas à remonter le sentier... alors travailler! A supposer même qu'il y ait du boulot...

Que dire? Elle disparut.

Alors le jour commença et l'ennui s'installa, un ennui tel qu'il en fait presque heureux d'avoir mal à la figure, à la hanche et au bras — au moins, c'était quelque chose, au moins ça le distrayait. Il regarda la petite clairière près du ruisseau, les feuilles, les rochers, la pente qui dévalait au-dessus de lui et oui, même le soleil tout là-haut semblait ne pas changer, était aussi éternel et mort qu'une photo. Malgré toute sa beauté, l'endroit tenait de la cellule de prison et c'était lui qu'on y avait enfermé, bouclé au cœur même de ses pensées. A ceci près que le moindre détenu avait, lui, de quoi lire, ou alors la radio et un endroit où s'asseoir et chier en philosophe. Ici même, à *Gringoland*, les prisonniers fabriquaient peut-être des plaques d'immatriculation et cassaient des cailloux, mais au moins faisaient-ils quelque chose.

Il sommeilla, se réveilla, et sommeilla encore. Et chaque fois qu'il regardait le soleil, celui-ci était au même endroit exactement, rivé dans le ciel comme si le temps s'était figé. América, elle, courait le monde. Et il pouvait lui arriver n'importe quoi. Comment pouvait-il se reposer, comment pouvait-il connaître un seul instant de tranquillité avec un tel spectre devant les yeux?

América. Il pensa à elle et tout de suite le visage de son épouse surgit devant lui, large, innocent, enfan-

tin, avec ses yeux qui se répandaient en vous, avec le
doux et infime zézaiement d'une voix qui était
comme la première qu'on a jamais entendue. Il
connaissait América depuis sa plus tendre enfance
— quatre ans elle avait lorsqu'il l'avait rencontrée, et
était la sœur cadette de sa femme, Resurrección.

Demoiselle d'honneur à leur mariage, América ressemblait à une fleur, toute en bras et jambes dorés
parmi les pétales blancs de sa robe. Cándido avait
juré amour et fidélité à Resurrección. Il avait alors
vingt ans et revenait d'un séjour de neuf mois dans
El Norte, où il avait travaillé dans les champs de
patates de l'Idaho et les agrumes de l'Arizona, il était
presque comme un dieu à Tepoztlán. En neuf mois il
avait gagné plus (et en avait envoyé la moitié à sa
famille) que son père à peiner toute sa vie durant
dans son magasin de cuirs. Resurrección avait promis de l'attendre quand il était parti, et n'avait pas
failli à sa parole. La première fois, au moins.

Mais chaque année l'attente se faisait plus longue,
et Resurrección changeait. Tout le monde changeait,
toutes les épouses, et qui donc aurait pu leur jeter la
pierre ? Pendant les trois quarts de l'année, les villages de la province de Morelos se transformaient en
villages de femmes qui étaient, ni plus ni moins,
abandonnées par des maris qui s'en allaient dans le
Nord afin de gagner du vrai argent en travaillant
huit, dix, voire douze heures par jour au lieu d'éternellement siroter des bières dans les *cantinas* des
alentours. Il restait bien quelques hommes, évidemment — ceux qui possédaient une affaire, les congé-
nitalement riches, les fous —, et certains d'entre eux,
ceux qui n'avaient pas de scrupules, profitaient de la
solitude des esseulées et de celles que ça démangeait
pour déposer des cornes au front des bons époux qui
se cassaient les reins au pays des *gringos*. « Le señor
Gonzales », ainsi appelait-on toutes ces goules du
mariage exhumé, ou alors c'était seulement « Sancho », comme dans l'expression « Sancho s'est fait ta
nana ». Il y avait même un verbe pour décrire la
chose : *sanchear*, autrement dit se glisser dans la

couche conjugale telle la fouine et faire un *cabrón* du mari irréprochable et sans défauts.

Ainsi donc, après sept saisons dans le Nord, et six hivers rigoureux passés au pays, hivers pendant lesquels il en était venu à se prendre pour une demi-portion parce que Resurrección ne faisait plus fructi-fier sa semence quoi qu'ils tentent — et ils avaient essayé les positions à la chinoise, la graisse de poulet étalée sur le ventre de madame pendant qu'ils y allaient, les herbes et les potions de la *curandera,* et les injections du docteur — Cándido avait un jour débarqué chez lui, et découvert que sa femme vivait maintenant à Cuernavaca avec un certain Sancho qui avait nom Teófilo Aguadulce. Resurrección était enceinte de six mois et avait dépensé tout l'argent que Cándido lui avait expédié... pour entretenir son Sancho, bien sûr, pour l'aider à étancher sa soif inex-tinguible de bière, de *pulque* et autres spiritueux.

C'était América qui lui avait annoncé la nouvelle. Cándido s'était présenté chez son beau-père, les bras chargés de cadeaux, il jubilait de s'en revenir enfin, d'être le héros conquérant, le bienfaiteur d'une bonne moitié du village, le bon neveu qui avait offert une maison neuve à la sœur de sa mère, celui qui présentement trimballait un énorme radiocassette dans son sac, pour cllc, ct il n'y avait personne à la maison. Personne hormis la petite América, onze ans à peine et aussi timide que le jaguar qui serre un cochon entre ses dents. « Cándido! s'était-elle écriée en se jetant dans ses bras, qu'est-ce que tu m'as apporté? » Il lui avait apporté une boule de Noël en verre avec la silhouette d'un père Noël *gabacho* enfermé dedans, et de la neige artificielle lui tombait dessus en tempête quand on retournait l'affaire sens dessus dessous — mais où était donc passé tout le monde? La pause qu'on marque, les bras et les jambes qui s'affaissent, la danse contenue qu'on exé-cute autour de la pièce avec la boule de Noël renver-sée : « Ils ne voulaient pas te voir. » Quoi? Ils ne vou-laient pas le voir? Elle plaisantait, elle le faisait marcher, très drôle, vraiment. « Où est Resurrec-ción? »

Ainsi avait commencé sa saison en enfer. Il avait
pris le premier car pour Cuernavaca, avait cherché la
maison du sieur Teófilo Aguadulce et tambouriné
sur les volets fermés jusqu'à en avoir les mains en
sang. Il avait hanté les rues et les *cantinas*, les marchés et le cinéma, mais non : il n'avait pas retrouvé
leurs traces. Pour finir, huit jours plus tard, il avait
appris que Teófilo Aguadulce allait descendre à
Tepoztlán afin d'y voir son grand-père souffrant et
lorsque, à midi, ledit Teófilo avait traversé la *plaza*,
Cándido l'y attendait de pied ferme. La moitié du village les observant, Cándido l'avait interpellé, et
aurait bien pris sa revanche, et son honneur avec, si
le fils de pute n'avait aussitôt eu le dessus grâce à
certaine prise de lutte qui, bien perfide, l'avait laissé
sonné et saignant dans la poussière. Personne n'avait
soufflé mot. Personne ne lui avait tendu la main
pour l'aider à se relever. Ses amis, ses voisins, les
gens qu'il connaissait depuis toujours ? Tous lui
avaient tourné le dos et s'en étaient allés. Cándido
s'était saoulé. Et dès qu'il était revenu à lui, il s'était
saoulé à nouveau. Encore et encore. Trop honteux
pour retourner chez sa tante, il avait erré dans les
collines, dormi où il tombait, jusqu'à ce qu'à la fin
ses habits ne soient plus que haillons, jusqu'à ce qu'à
la fin il pue comme un bouc. Les enfants lui jetaient
des pierres et composaient des chansons en son honneur, des comptines sur lesquelles on saute à la
corde, et le ton de voix qu'ils prenaient alors le lacé-
rait comme un fouet. Un jour, il avait repassé la
frontière afin de se perdre dans le Nord, mais le
coyote était un crétin, et les Services de l'immigration l'avaient pincé avant qu'il ait fait cent mètres et
dans l'instant l'avaient rejeté dans les noirceurs
épaisses des nuits de Tijuana.
    Il n'avait plus un sou, il avait dansé pour les pas-
sants, mendié des pièces auprès des *turistas*, s'était
acheté un bidon d'essence et transformé en *traga-
fuego* qui lance des flammes au coin des rues et y
sacrifie ses lèvres, sa langue et son palais pour quelques malheureux *centavos*, encore et encore. Ce qu'il

gagnait, il le dépensait en boisson. Lorsque la chute avait été entièrement consommée, lorsqu'il n'avait plus eu un seul bout de lui-même qui ne fût écorché vif, il était rentré à Tepoztlán et avait emménagé chez sa tante, dans la maison qu'il lui avait fait construire. Pour gagner sa vie, il s'étais mis à fabriquer du charbon de bois. Tous les matins il grimpait dans les collines, coupait du bois et le faisait brûler lentement afin de le vendre aux ménagères qui en avaient besoin pour leurs braseros et pour les poêles qu'elles avaient confectionnés dans de vieux barils de Pemex. Il ne faisait rien d'autre. Il ne voyait personne. Mais un jour, il avait rencontré América dans la rue, et tout avait changé. « Tu ne me reconnais pas ? » lui avait-elle demandé, et non, il ne l'avait pas reconnue, pas tout de suite. A seize ans, elle était le portrait tout craché de sa sœur aînée, en mieux. Il avait posé le fagot qu'il portait et avait redressé son dos en se tournant un rien. « Tu es América ! » s'était-il écrié, et il avait réfléchi une minute tandis qu'une voiture montait la route en éparpillant les poulets et en expédiant des nuées de pigeons dans les airs et avait ajouté : « Et je t'emmène avec moi dès que je repars dans le Nord. »

Voilà à quoi il songeait alors que, aussi fragile qu'un œuf épluché, il gisait dans le ravin, car América représentait tout à ses yeux — sa vie, en somme — et c'était pour ça qu'il était inquiet, pour ça qu'il râlait, qu'il avait peur, vraiment peur et, pour autant qu'il s'en souvenait, avait peur pour la première fois de son existence. Et s'il lui arrivait quelque chose ? Et si elle se faisait prendre par les agents de l'Immigration ? Et si un *gabacho* la renversait avec sa voiture ? Et si un des *vagos* du marché du travail... mais il préférait ne pas penser à eux. Ils lui ressemblaient trop. Et il avait déjà bien assez de choses à garder dans sa tête douloureuse.

Le soleil était monté sur l'accore oriental. La chaleur se faisait sentir plus rapidement que la semaine précédente, la brume brûlait plus vite... Il y aurait du vent dans l'après-midi et les flancs du canyon emprisonneraient la chaleur comme les parois d'un four. Déjà il éprouvait le changement de temps dans sa hanche, son coude et sa figure écrasée. Lentement le soleil avait rampé sur le sable et le frappait à l'enfourchure, à la poitrine, au menton, aux lèvres, sur son nez dévasté. Il ferma les yeux et se laissa partir.

Lorsqu'il se réveilla, il avait soif. Pas banalement soif — soif à s'en consumer, soif à en sombrer dans la folie. Il avait les habits mouillés et sous lui sa couverture était trempée de sueur. Un effort après l'autre, il se remit sur ses pieds et vacilla dans l'ombre jusqu'à l'endroit où América conservait l'eau potable dans deux bouteilles de lait en plastique dont elle avait découpé le goulot avec son vieux couteau à cran d'arrêt. Il s'empara de la première et ses lèvres n'y aspirèrent que de l'air : la bouteille était vide. Et la deuxième aussi. Sa gorge se serra. Il savait bien qu'il ne fallait pas boire de l'eau à même le ruisseau, et en avait d'ailleurs averti América. La moindre goutte d'eau devait d'abord être bouillie. Ça faisait chier, ramasser du bois, attiser le feu, jucher la boîte de conserve noircie sur les charbons ardents, mais c'était nécessaire. Au début, América avait renâclé : pourquoi se donner cette peine ? C'était en Amérique qu'on était, au royaume de la plomberie, des usines d'épuration, des purificateurs et du chlore, et tout le monde savait la fascination des *gringos* pour les toilettes : comment l'eau aurait-elle pu être impure ? Dans ce pays ? Il n'empêche : impure, elle l'était. Parce qu'il était déjà venu, lui, ici même, et cette eau l'avait rendu malade. Comme si América pouvait même seulement imaginer le nombre de terrains septiques qu'on avait arrachés à la montagne ! Savait-elle combien de maisons s'entassaient dans les environs et montaient jusqu'au trou du cul du canyon, chacune d'elles laissant filer ses déchets dans les ruisseaux et torrents qui alimentaient ce cours d'eau ?

Il savait bien qu'il ne fallait pas en boire, mais il en but. Il mourait. Il était aussi desséché que l'enve-

loppe de quelque objet que la marée haute eût rejeté
et laissé sécher au soleil pendant un mois, aussi desséché qu'une figue, qu'un cracker salé. S'imaginer en
train de ramasser des brindilles, de chercher un bout
de papier, des allumettes, d'attendre que l'eau ait
bouilli cinq minutes entières pour attendre encore
qu'elle veuille bien refroidir, c'était trop, beaucoup
trop. La soif le rendait fou, l'égarait, l'acculait à la
démence, il se jeta dans le sable, plongea son visage
dans l'algue boueuse de la flaque qu'il avait sous lui,
et but, but jusqu'à s'en noyer ou peu s'en fallut. Pour
finir, l'estomac gonflé ainsi qu'une outre, il se renversa sur le dos, rassasié, l'après-midi continua, il
sommeilla et s'inquiéta, et ne souffrit que pour
mieux se réveiller et souffrir encore plus.

La vitesse à laquelle les coliques lui vinrent le
laissa pantois. Lorsqu'il avait bu l'eau du ruisseau, le
soleil se tenait un rien à l'est au-dessus de sa tête. Il
avait certes émigré un ou deux degrés à l'ouest, mais
était encore très haut dans le ciel et tapait toujours
aussi fort. Et ça faisait quoi, tout ça ? Deux heures
qui avaient passé ? Trois ? Mais déjà, dans ses tripes,
ça tirait et déclenchait des crampes, déjà la ruée
qu'on ne peut contenir se précisait, celle qu'homme,
femme ou enfant, tout un chacun connaissait inti-
mement dans son pays natal, sur ces terres pauvres
et sous-développées où l'hygiène était un luxe et
l'infection gastro-intestinale la première cause de
décès. A peine s'il eut le temps de traverser le ruisseau et de se réfugier derrière l'amas de grands
rochers fendus dont ils avaient fait leurs cabinets
avant que ça vienne. Et lorsque ça vint, ça vint
comme une explosion, comme une folle et furieuse
cataracte de merde qui le vida en un instant, et le
frappa encore jusqu'à ce qu'il ne sente plus ses
jambes et s'effondre dans le sable comme une
marionnette à laquelle on a tranché ses ficelles.

Étendu là, couvert de sueur, de sable et de bien
pire, son pantalon lui faisant des ballons autour des
chevilles, il entendit alors les premiers cris aigus qui
tombaient d'en haut, et c'étaient des cris de *gaba-*

chos, et comprit que c'était fini. Ils venaient le chercher. Ils avaient pris América et América leur avait
dit où il était. *¡Ay, caray!* Quel gâchis! Comment
fuir? Infirme ou presque, souillé de merde, même
que, il le sentait, ses tripes le reprenaient... Et América? Où était passée América?

Il lança une prière à la *Virgen sagrada*, et se fit un
avec le rocher.

América était assise à l'ombre d'un abri sans cloi-
sons que les *gringos* avaient érigé pour protéger du
soleil les demandeurs d'emploi itinérants (et, coïn-
cidence, les tenir à l'écart de la rue et du parking de
la poste, loin des regards), et pensait à Cándido.
Entêté qu'il était, il refusait de croire qu'elle pût
l'aider. Trop commandant, ce monsieur, trop mec,
trop *patrón*. Il la traitait comme une enfant, comme
une qui ne sait rien, comme quelqu'un qui a besoin
qu'on le prenne par la main et lui épargne tous les
maux de ce monde. Hé bien, il allait déchanter:
enfant, elle avait cessé de l'être. Est-ce que les
enfants portaient des enfants, par hasard? Dans cinq
mois elle serait mère et que se passerait-il alors?
Certes, ce nouvel endroit la terrifiait — tout ce pays,
ces *gringos* avec leurs airs supérieurs, leurs dollars
tout puissants, leurs habits neufs et leurs coiffures
chics, leurs costumes bizarres aussi, et leur langue
qui ressemblait aux braiments incessants d'une bête
à quatre pattes —, mais elle n'en faisait pas moins ce
qu'elle avait à faire et oui, était capable de se
défendre toute seule. Et comment!

La veille, elle était restée assise dans un coin toute
la journée durant parce qu'elle avait peur de parler à
quiconque. Ce matin-là, elle avait pris son courage à
deux mains, était tout de suite allée voir le responsable et lui avait dit son nom et demandé s'il y avait
du travail. Bien sûr, s'il s'était agi d'un *gringo*, elle
n'aurait jamais eu le culot d'ouvrir la bouche — et
d'ailleurs, le *gringo* ne l'aurait pas comprise —, mais,
vêtu de jeans qui en avaient vu d'autres et coiffé

d'un chapeau en paille moulée comme en portaient les paysans de Tepoztlán, cet homme-là était un *campesino* d'Oaxaca et sans attendre il avait parlé simplement avec elle, allant même jusqu'à l'appeler « ma fille ».

Il devait bien y avoir cinquante ou soixante hommes aux alentours, et tous s'étaient arrêtés de parler lorsqu'elle avait abordé l'homme d'Oaxaca. Personne n'avait paru remarquer sa présence aussi longtemps qu'elle était restée seule dans son coin, toute tassée sur elle-même comme une souche dans le petit matin, aussi misérable que le dernier d'entre eux, mais là, elle avait soudain eu l'impression d'être montée sur les planches. Ils la dévisageaient, les uns ouvertement, d'autres furtivement, en se cachant les yeux sous le rebord du *sombrero* et de la casquette de base-ball dès qu'elle levait la têtc. Elle était la seule femme de la troupe. Et pour se sentir mal à l'aise sous leur regard collectif — et nerveuse aussi, si elle était la seule à se trouver là, c'était sans doute qu'aucune femme ne se faisait embaucher à cet endroit —, elle n'en éprouva pas moins une étrange impression de sérénité tandis qu'elle parlait au contremaître aux jeans fatigués. Au début, elle ne comprit pas pourquoi, puis brusquement elle sut : tous ces visages lui étaient familiers. Pas littéralement, bien sûr, mais c'étaient là les visages de ses gens, de sa tribu, des visages avec lesquels elle avait grandi, et cela avait de quoi réconforter.

Le contremaître s'appelait Candelario Pérez. Apparemment âgé d'une quarantaine d'années, il était trapu et durci par le travail. Sans que cela eût rien de formel, les autres l'avaient élu pour maintenir l'ordre (s'assurer que chacun attendait son tour au lieu de se ruer sur tous les pick-up qui se garaient dans le parking), nettoyer les ordures et servir de médiateur entre les ouvriers et les *gringos* de la communauté qui avaient donné le terrain et le bois de construction par amour de ceux qui ont faim et sont sans domicile. « Il n'y a pas beaucoup de travail pour les femmes, ma fille », lui avait-il dit, et elle avait bien vu le petit éclair de sympathie qui s'était allumé dans ses yeux. Il ne la connaissait ni d'Ève ni d'Adam, et pourtant il se souciait d'elle, c'était clair. « Il n'y a personne dans ces grandes maisons qui ait besoin de faire nettoyer un four ou de passer la serpillière ? Ça n'arrive jamais ? » avait-elle insisté. Ils la regardaient tous. Les voitures passaient en gémissant sur la route du canyon, à soixante, soixante-dix, voire quatre-vingts kilomètres-heure, pare-chocs contre pare-chocs, à peine s'il y avait de quoi respirer entre. Candelario l'avait longuement dévisagée. « On verra, ma fille, on verra », lui avait-il dit, puis il lui avait montré où s'asseoir, là, dans le coin qu'elle occupait maintenant depuis trois heures et plus.

Elle s'ennuyait. Elle avait peur. Et si elle ne trouvait pas de travail aujourd'hui ? Et si elle n'en trouvait jamais ? Que mangeraient-ils ? Comment se débrouilleraient-ils pour que son bébé ait des vêtements, un toit et de quoi se nourrir ? Et n'était-ce pas l'endroit idéal pour que, camionnettes vert vomi et chemises marron, les hommes de *La Migra* viennent leur demander leurs papiers, la *tarjeta verde*, l'extrait de naissance, le permis de conduire et la carte de Sécurité sociale ? Qu'est-ce qui les en empêchait ? Ce serait comme de tirer des poissons au fusil dans un tonneau. Dès qu'une voiture pénétrait dans le parking et qu'aussitôt deux ou trois hommes se rassemblaient autour du véhicule, elle retenait son souffle tant elle espérait et avait peur, tant elle voulait du travail, jusqu'au désespoir, tant aussi elle craignait, mortellement, les visages blancs et vides des hommes qui l'observaient derrière leur pare-brise. Que voulaient-ils donc vraiment ? Quelles étaient les règles du jeu ? Ces individus travaillaient-ils pour les Services de l'immigration ? Étaient-ce des pervers, des violeurs, des assassins ? Ou bien étaient-ce des gens honnêtes, convenables et riches qui avaient besoin d'un coup de main avec le bébé, la lessive, la vaisselle et le repassage ?

En fait, aucune de ces questions n'eut d'importance. Elle resta assise en l'endroit de l'aube jusqu'à midi et ne trouva pas de travail. Vers onze heures (elle n'avait aucun moyen de savoir l'heure avec exactitude), cheveux fous et ternes comme métal sans éclat et yeux couleur bouteille de Coca, une grande bringue de *gringa* remonta la route du canyon d'une démarche étrangement tressautante, traversa l'abri en plein air comme un zombi et se laissa choir par terre à côté d'elle. Il faisait déjà chaud, trente degrés au moins, et pourtant elle portait une robe de ce lourd brocart qu'on trouve parfois sur les canapés des maisons de tolérance, et un châle de ce même tissu autour des épaules. La jeune femme s'étant approchée, América découvrit le fin anneau en fil de fer qui lui trouait la narine droite.

— Ça boume ? demanda la femme. Moi, c'est Mary. *Llama* Mary.

— *Me llamo América*, lui dit América. *¿Habla usted español?*

Mary sourit. Elle avait des dents énormes, comme celle d'une vache, plus jaunes que blanches.

— *Poco*, dit-elle, un peu. Pas de boulot aujourd'hui, hein ? Vous savez... boulot ? *Trabajo ?*

Travail. Cette femme était-elle donc en train de lui proposer du travail ? Son cœur s'emballa un rien, mais elle se reprit. La *gringa* n'avait pas l'allure d'une femme d'intérieur, ne ressemblait décidément guère à celles qu'elle avait vues au cinéma et à la télévision nord-américains. Elle avait l'air sale et sentait l'odeur triste de la pauvreté.

— Moi aussi, je cherche, reprit-elle, et pour appuyer son propos elle s'enfonça le pouce dans la poitrine. Moi. Je travaille... *trabaja*. Nettoie maisons, peinture, petits boulots... *comprende ?* Des fois boulot, des fois non. Tu *sabe ?*

América ne *sabe* pas. Et ne comprenait pas non plus. Cette femme était-elle en train de lui dire que, *gringa* dans son propre pays, elle cherchait le même genre de travail qu'elle ? Ça ne se pouvait pas. C'était un fantasme. C'était fou.

Mais Mary persistait. Elle fit semblant d'essuyer quelque chose avec ses mains, nettoya une fenêtre

imaginaire, alla jusqu'à émettre des petits couinements pour imiter la pression du chiffon et le bruit
de l'ammoniaque qui se libère, et encore trempa son
chiffon imaginaire dans un seau imaginaire jusqu'à
ce qu'América comprenne enfin : cette femme était
une *criada*, une bonne, une femme de ménage, ici
même dans son pays et, aussi fantastique que cela
pût paraître, elle lui disputait la même absence de
boulot.

Ce fut un choc... ce fut comme le jour où elle avait
vu le *gabacho* à longs cheveux faire la manche à
Venice. Elle sentit tous ses espoirs qui fondaient. Et
ce fut ce moment-là que choisit la *gringa* pour fouiller dans ses habits, comme si elle grattait ses puces,
en allant jusqu'à se tortiller dans la poussière. Sauf
que ce ne fut pas une puce qu'elle sortit de ses vêtements, mais une bouteille. D'un demi-litre. Elle en
but une bonne gorgée, rit, et la tendit à sa voisine.
Non, lui fit signe América en secouant la tête, et se
disant : *Suis-je donc tombée si bas, moi, la bonne
élève et la gentille fille qui a toujours respecté ses
parents et fait ce qu'on lui demande ? En suis-je
réduite à rester assise là, sans un sou, à côté d'une
pocharde ?*

— Perdon, si plaît, dit-elle, et elle se leva pour
aller voir Candelario Pérez et lui demander s'il y
avait du nouveau pour elle.

Impossible de le trouver. Il était déjà trop tard.
Aux termes d'un accord passé avec les citoyens du
quartier, le marché au travail fermait à midi. Que ces
gens fussent grands libéraux et motivés par l'esprit
de charité et d'humanité ordinaire ne les empêchait
pas de refuser que les sans-travail, les malchanceux
et les étrangers campent éternellement au milieu
d'eux. A midi, tout le monde rentrait chez soi, à
moins d'avoir eu la chance de trouver un petit boulot
pour la journée, auquel cas on ne regagnait ses
pénates que lorsque le patron le disait. Et l'on se
montrait plus que sévère pour ce qui était de camper
dans le ravin ou dans les buissons le long de la route
— et pas seulement les *gringos*, Candelario Pérez et

ses hommes, eux aussi, qui savaient bien qu'un seul petit campement pouvait tous les ruiner. Rien n'empêchait les *gringos* de démolir l'abri et d'appeler les flics et les hommes au visage dur de l'INS [1]. América ignorait tout de la chose, et cela ne lui fit pas de mal. Ce qu'elle savait, c'était qu'il était midi et que la troupe se débandait de son plein gré.

Elle erra sans but dans le parking. Des voitures passaient encore sur la route du canyon, mais il y en avait moins et les intervalles de silence étaient plus longs. Elle vit une station-service, un magasin de vêtements d'occasion et, de l'autre côté de la rue, la poste et le petit centre commercial où le *paisano* originaire d'Italie tenait boutique. Les hommes s'étaient mis à la dévisager ouvertement, et leurs regards étaient plus durs, plus gourmands. La plupart d'entre eux étaient seuls, séparés de leurs familles — et de leurs femmes —, certains pendant des mois entiers, voire des années. Ils crevaient de faim et elle, elle leur offrait sa viande fraîche.

Effrayée par cette image, elle commença à descendre la route, et dans son dos leurs regards étaient comme des vrilles. Toute la chaleur humaine qu'elle avait ressentie plus tôt, la familiarité, l'impression de fraternité, avaient soudain disparu, déjà elle ne pouvait plus penser, et cela se profilait comme un cauchemar, qu'aux gueules de brutes — de brutes mexicaines —, de ces hommes qui avaient surgi de la nuit pour les attaquer au moment où elle franchissait la frontière avec Cándido. Des Mexicains. Des gens de son peuple. Et lorsque la lumière les avait frappés, leurs visages n'avaient rien montré — ni respect, ni pitié, rien.

D'entrée de jeu, elle avait été terrifiée — ce qu'elle faisait avec Cándido n'était pas légal et elle n'avait jamais rien fait d'illégal dans sa vie. Accroupis là, à côté de la clôture en tôle ondulée, la bouche sèche et le cœur qui s'emballe, elle avait attendu toute la nuit que le *coyote* donne le signal et, aussitôt, avec Cán-

1. Initiales des Services de l'immigration américaine. *(N.d.T.)*

dido et une demi-douzaine d'autres, elle avait couru
comme une folle sur la terre dure et recuite d'un
autre pays. Deux tiers de leurs économies avaient
atterri dans les poches de cet homme, de ce *coyote*,
de ce passeur de mondes et... ou bien il était
incompétent ou bien il les avait trahis. Un instant il
était là et les poussait à travers une fissure dans la
clôture, et l'instant d'après il avait disparu, les avait
laissés dans des fourrés, au fond d'un ravin envahi
de ténèbres si absolues que se faire jeter au fond
d'un puits n'aurait pas été pire.

C'est alors que ces brutes les avaient assaillis.
Comme ça. Ils étaient en bande et avaient des couteaux, des battes de base-ball, un pistolet. Et comment savaient-ils qu'elle et Cándido se trouveraient
justement dans ce buisson — à une heure aussi peu
chrétienne que quatre heures du matin ? Ils étaient
six ou sept. Ils avaient immobilisé Cándido par terre
et lui avaient coupé les poches de son pantalon, puis,
dans les poisseuses ténèbres du lieu, ils s'en étaient
pris à elle. Elle s'était retrouvée avec un couteau sur
la figure, et leurs mains se baladaient partout sur
elle, et ils lui avaient arraché ses vêtements comme
on dépiaute un lapin. Cándido s'était mis à crier, ils
l'avaient assommé ; elle avait hurlé, ils avaient ri.
Mais, juste au moment où le premier d'entre eux
défaisait sa ceinture, en prenant son temps et savou-
rant la chose, l'hélicoptère était arrivé avec ses
lumières, et brusquement il avait fait grand jour et la
vermine s'était dispersée pendant que Cándido la
serrait dans ses bras et que le souffle des pales du
rotor lui expédiait de la poussière comme mille
aiguilles brûlantes par tout le corps. « Cours ! » lui
avait crié Cándido. Et elle avait couru, toute nue, les
pieds déchirés par les cailloux et les serres acérées
des plantes du désert, mais aller plus vite qu'un hélicoptère, non, elle n'avait pas pu.

Ç'avait été la nuit la plus humiliante de toute son
existence. Avec des centaines d'autres on l'avait
poussée comme bétail vers une file de jeeps de la
Patrouille des Frontières, et là elle était restée, nue et

en sang, et tout le monde l'avait regardée jusqu'à ce qu'enfin quelqu'un lui donne une couverture pour se couvrir. Vingt minutes plus tard, elle se retrouvait de l'autre côté de la frontière.

Amères réflexions. Elle continua de descendre la route et se dit qu'elle allait bientôt prendre une des ruelles montueuses sur sa droite, comme elle l'avait fait la veille. Il y avait des jardins avec des arbres fruitiers, des tomates, des poivrons et des courges. Elle n'avait nullement l'intention de voler. Elle savait que c'était mal. Et elle n'avait jamais rien volé de sa vie.

Jusqu'à ce moment-là.

Les voix se répondaient en écho dans l'espace confiné du ravin comme si c'était dans un bain public. Elles étaient aiguës d'excitation, elles couinaient presque. « Hé ! Regarde... je te l'avais pas dit ? » — « Quoi ? T'as trouvé quelque chose ? » — « Mais bordel... qu'est-ce que tu crois que c'est ? C'est un putain de feu ! Et... Regarde... une putain de couverture ! »

Accroupi là, derrière les rochers, craignant même de respirer et tremblant de manière aussi incontrôlable que si on l'avait plongé dans un bain de glace, Cándido ne pensait qu'à une chose : América. Il avait été déjà pris trois fois — la première à Los Angeles, la deuxième en Arizona et la troisième, avec América, du côté US de la clôture à Tijuana —, la peur qu'il en avait conçue lui coupait à nouveau le souffle et lui retournait l'estomac. Mais ce n'était pas pour lui qu'il avait peur, c'était pour elle. Pour lui, tout ça n'était rien. Ça faisait suer, bien sûr, retour à la frontière en car, ses maigres possessions qu'on allait disperser aux quatre vents — mais comment allait-il retrouver sa femme ? Deux cent soixante-dix kilomètres et pas d'argent, pas même un *cent*. Sans parler des coups, c'était possible. Les *gabachos* pouvaient se montrer brutaux — ils étaient costauds, ils avaient de petites moustaches blondes et de la haine

dans les yeux — mais d'habitude, c'était plutôt
l'ennui qui prévalait : ils se contentaient de suivre la
procédure. Il supporterait une volée, même maintenant, avec sa figure, son bras et la merde qui lui
montait, mais c'était pour América qu'il tremblait.

Que lui arriverait-il ? Comment la retrouverait-il ?
S'ils l'avaient attrapée, au marché au travail ou en
train de marcher au bord de la route, elle pouvait
très bien avoir été déjà jetée dans un car. Et pire :
s'ils ne l'avaient pas attrapée et qu'elle revenait ici et
ne le trouvait pas... Que se passerait-il ? Elle croirait
qu'il l'avait abandonnée, qu'il avait fui ses responsabilités tel le coq de basse-cour en vadrouille — et
quel amour pourrait survivre à cela ? Ils auraient dû
préparer un plan de repli, convenir d'un endroit où
se retrouver à Tijuana, s'entendre sur un signe de
reconnaissance... mais ils ne l'avaient pas fait. Il
écouta les voix et serra les dents.

— Hé, mec ! Vise un peu ça !
— Quoi ?
— Regarde ces merdes.

Mais minute... ce n'étaient pas des voix d'agents de
l'INS, de la police... ce n'étaient même pas des voix
d'adultes, il y avait quelque chose dans le timbre,
quelque chose de dur et qui disait les bas-fonds dans
la manière dont les mots agrippaient l'air comme
avec des serres, comme si on voulait les étrangler,
quelque chose d'adolescent... Furtivement Cándido
se redressa sur son séant, remonta son pantalon et,
sur les mains et les genoux, rampa jusqu'à un
endroit d'où il pourrait risquer un œil entre les
rochers sans se faire repérer. Ce qu'il découvrit lui
remit aussitôt la respiration en route. Deux silhouettes, et pas d'uniformes. Shorts bouffants, baskets, grands T-shirts noirs qui gonflaient, jambes et
bras pâles dans le soleil cinglant tandis qu'ils se pen-
chaient sur ses affaires, les soulevaient au-dessus de
leurs têtes et, une à une, les balançaient dans le ruisseau. D'abord la couverture, puis la grille qu'il avait
récupérée sur un frigo abandonné, puis son sac à dos
avec son peigne, sa brosse à dents et son change de
linge, les affaires d'América enfin.

— Ben merde, mec ! Y a une fille avec eux ! lança le plus grand en tenant à bout de bras la robe ordinaire d'América, celle en coton bleu qui avait été lavée si souvent qu'elle en était presque blanche.

Alors Cándido eut la confirmation de ce que ses oreilles avaient cru deviner : ce n'était que des gamins montés en herbe. Celui qui tenait la robe d'América devant lui faisait au moins un mètre quatre-vingts et en imposait. Tout en jambes et en pieds, il avait la tête rasée jusqu'aux oreilles et des cheveux couleur *gabacho*, longs sur le dessus — et roux. Pourquoi fallait-il qu'ils aient tous les cheveux roux ?

— Putains de bouffe-fayots [1] ! Déchire cette robe, mec ! Détruis-la.

L'autre était plus petit, mais il avait les épaules et la poitrine larges, et les yeux clairs que beaucoup de *gringos* héritent de leurs mères quand elles sont *gringas* originaires de Suède, Hollande et autres lieux de même farine. La mine était méchante et pincée et le visage celui de l'insecte sous la loupe : inoffensif de loin, mais mortel de près. Le plus grand déchira la robe en deux, fit une boule de chaque moitié et les jeta à son copain, tous deux se mettant alors à pousser des cris en pataugeant de-ci de-là dans le lit du ruisseau comme singes tombés d'un arbre. Avant d'en finir, ils se donnèrent même la peine de se pencher sur les pierres du foyer que Cándido avait construit et, elles aussi, de les balancer dans l'eau.

Il attendit longtemps avant de sortir de sa cachette. Ils étaient partis depuis au moins une demi-heure, leurs hurlements et obscénités filant entre les parois du canyon jusqu'à ce qu'enfin ils se fondent au murmure lointain de la circulation, et s'éteignent. Cándido sentit son estomac lui remonter, il lui fallut encore s'agenouiller tant il avait mal, mais le spasme passa. Au bout d'un moment, il se releva et entra dans l'eau pour essayer de retrouver ses affaires — et remarqua le cadeau qu'ils lui

---

1. Surnom donné aux Mexicains. *(N.d.T.)*

avaient laissé avant de disparaître : armorié sur la roche, le message dégouttait de peinture comme si c'était du sang. Les lettres étaient grossières et les mots écrits en anglais, mais le sens général ne prêtait guère à confusion :

CREVEZ, BOUFFE-FAYOTS

CHAPITRE 5

Delaney ne pouvait se sentir mal très longtemps, pas ici, par sur ces hauteurs où la nuit l'enveloppait si fort, où comme toujours tonnaient les criquets, où l'air du Pacifique en rampant remontait les collines pour chasser les derniers restes de la chaleur du jour. Il y avait même des étoiles, en petits agglomérats ici et là, des étoiles qui perçaient malgré les flots de pollution lumineuse qui jaunissaient les frontières occidentales et méridionales de la nuit comme si un pan entier de l'univers avait ranci. Au nord et à l'est s'étirait la vallée de San Fernando, interminable étendue de boulevards parallèles, de maisons, de lampadaires et de mini-allées marchandes, le reste de la ville occupant tout le sud *ad infinitum*. Il n'y avait pas de lampadaires dans les rues de l'Arroyo Blanco — c'était même une des attractions du lieu, ça faisait rural et donnait à chacun l'impression d'être à jamais séparé de la ville et marié à la montagne —, et pas une fois ils ne lui manquaient. Et jamais non plus Delaney ne portait de lampe électrique. Il aimait se faufiler dans les rues sombres, ses yeux se faisant peu à peu aux formes et aux ombres du monde tel qu'il était vraiment, tout son être se réjouissant des façons dont la nuit se révélait en l'absence de toute lumière artificielle et de l'ubiquiste tintamarre des bruits citadins.

La promenade l'avait calmé, mais il ne put empêcher son cœur de battre fort dans sa poitrine

lorsqu'il passa devant la maison des Dagolian — des
sans-cervelle, ces gens-là, des mufles —, et, prenant
par Piñon Drive, il sentit à nouveau le fardeau de ce
qu'il portait dans la poche de son caban. Sa maison
se trouvait à l'extrémité de la rue, dans un *cul-de-sac* [1] où, dernier avant-poste de l'urbanisation, le cri-
quet semblait chanter déjà plus fort et les ténèbres se
faire plus complètes. Comme s'il fallait le démontrer,
un grand duc se prit à ululer doucement dans les
arbres derrière lui. Une rampe d'arrosage se mit en
route avec un sifflement. Haut dans le ciel, un avion
à réaction qui décollait de l'aéroport de Los Angeles
découpa une larme. Delaney venait juste de commencer à se détendre lorsqu'une voiture, tout d'un
coup, sortit de Robles Drive et, la lumière de ses
phares oblitérant la nuit, s'engagea dans la rue. Il
regarda par-dessus son épaule, plissa les paupières
pour ne pas être aveuglé et continua de marcher.

La voiture avançait, mais à peine. Son tuyau
d'échappement lançait des bruits menaçants — tous
ces chevaux-vapeur qu'on tenait à la bride ! —, et, de
l'autre côté des vitres relevées montaient les rythmes
lourds et plombés d'un air de rap — pas de paroles,
pas d'instruments, pas de mélodie qu'on eût pu dis-
cerner, du poum-poum et rien d'autre. Delaney
continua de marcher, mais l'agacement l'avait repris.
Pourquoi ne le dépassaient-ils pas, nom de Dieu,
pourquoi refusaient-ils que la nuit se referme sur
lui ? Pourquoi ne pouvait-il avoir une minute de
tranquillité dans son quartier ?

Lentement le véhicule remonta sur lui et arriva à
sa hauteur, et alors il vit que c'était une vieille voiture américaine, un énorme navire avec gros pneus
et peinture métallisée qui scintille, du beau boulot.
Vitres en verre fumé, impossible de voir à l'intérieur.
Qu'est-ce qu'ils voulaient ? Qu'il leur dise leur chemin ? Aucun visage ne se montrait. Personne ne lui
demandait rien. Il jura entre ses dents, puis accéléra
l'allure, mais la voiture semblait vouloir rouler à sa

1. En français dans le texte. *(N.d.T.)*

hauteur, ses haut-parleurs aspirant tous les bruits disponibles pour les recracher comme une pompe, ke-poum, ke-poum, ke-poum. Le véhicule ne le lâcha pas pendant une éternité, lui sembla-t-il, puis il accéléra peu à peu, parvint au bout de la rue, fit demi-tour et revint lentement sur lui — ke-poum, ke-poum, ke-poum —, et cette fois ses pleins phares lui rentrèrent droit dans les yeux. Delaney continua de marcher, la voiture de nouveau le dépassa sans se presser et enfin ne fut plus que feux de position qui s'amenuisaient dans Robles Drive. Ce fut seulement lorsqu'il eut refermé et verrouillé la porte de sa maison derrière lui qu'il songea à avoir peur.

Qui pouvait bien être monté ici à pareille heure et dans une voiture de ce genre ? Il songea au gros type de la réunion, l'espèce de solennel qui avait récité sa litanie de malheurs et, telle Cassandre de l'Arroyo Blanco, avait prédit la catastrophe. Des cambrioleurs, alors ? Des arracheurs de sacs ? Les membres d'un gang ? En traversant la cuisine et glissant subrepticement la patte de Sacheverell dans le congélateur, sous un sachet de petits pois — il l'enterrerait demain, après que Kyra serait partie au travail —, il ne put s'empêcher de penser au portail. S'il y en avait eu un, la voiture ne serait pas montée et qui savait ce à quoi il avait échappé ? Une volée ? Et si on l'avait détroussé ? Assassiné ?... Il se versa un verre de jus d'orange et avala quelques bouchées de macaronis au fromage que Jordan avait laissés dans son assiette au dîner. Puis il vit la lumière dans la chambre : Kyra l'attendait.

Il fut ému à l'enfourchure. Il était presque onze heures du soir et, d'habitude, Kyra se couchait au plus tard à neuf heures et demie. La conclusion s'imposait : elle avait passé une des nuisettes transparentes qu'il lui avait achetées à Noël, pour ce genre d'occasion, justement, et, adossée à son oreiller, elle lisait les œuvres érotiques d'Anaïs Nin ou feuilletait un des manuels, illustrés, sur l'art et la manière de faire l'amour qu'elle rangeait dans un coffre sous son lit. Bref elle attendait, et en voulait. Dans les petites tragédies de l'existence elle trouvait toujours quelque chose qui, en lui ouvrant grand les vannes de l'émotion, semblait déchaîner sa libido. Pour elle le sexe était thérapie, affranchissement de la douleur, de la tension, du souci, et, dans ses moments de détresse sentimentale, elle s'y plongeait comme d'autres s'abaissent à l'alcool ou à la drogue — et qui était-il donc pour en discuter ? Elle s'était montrée d'une passion débordante à l'époque où sa mère avait été hospitalisée pour son opération de la vessie et il se souvenait encore de ces instants où il ne voulait jamais sortir de la chambre de motel qu'ils avaient louée en face de l'hôpital — une deuxième lune de miel n'aurait pas été meilleure. Le voisin qui osait confier la vente de sa maison à une autre agence que la sienne, l'accroc à la peinture sur la portière de sa Lexus, le rhume qui laissait Jordan tout abattu ou le sumac vénéneux qui le faisait enfler, les tracas de moindre importance avaient, eux aussi, le don de l'exciter. Delaney s'enthousiasma à l'idée de ce que la mort de Sacheverell avait pu lui faire.

Il entra dans la chambre avec sa chemise déboutonnée jusqu'au nombril, prêt à tout. Elle était là, exactement comme il se l'était imaginée, les oreillers bien retapés, la soie de sa nuisette lui moulant les seins, les yeux mouillés de désir lorsqu'elle les leva enfin de dessus la page de son livre.

— Comment s'est passée la réunion ? lui demanda-t-elle en chuchotant.

Figé sur place, il la regarda passer une jambe à la peau douce et bronzée par-dessus le rebord du lit, reposer le livre sur la table de nuit et éteindre la lampe de chevet, pour ne plus laisser que l'éclat sensuel d'une bougie parfumée illuminer la pièce et le guider.

— La réunion ? répéta-t-il en écho, et lui aussi, il se prit à chuchoter, c'était plus fort que lui. Oh, pas grand-chose. Les trucs habituels.

Déjà elle s'était mise debout, ses bras lui enserrant les épaules, son corps se pressant fort contre le sien.

— Je me disais, reprit-elle d'une voix qui se brisa

et se fit minuscule, je... je croyais que... Ils n'allaient pas parler du portail ?

Ses lèvres étaient chaudes. Il se serra contre elle comme un adolescent au bal et, portail, coyotes, chiens et Mexicains, oublia tout. Elle poussa son ventre contre le sien, puis recula pour se remettre au bord du lit, ses doigts s'affairant autour de la fermeture Éclair de sa braguette. Après un long moment de silence, il lui dit, toujours en chuchotant :

— Effectivement... et tu sais mon opinion là-dessus, mais...

Son pantalon lui était déjà tombé autour des chevilles, ils avaient recommencé à s'embrasser et certes il ne cessait de la caresser sous la soie noire et liquide de sa nuisette, mais il ne put s'empêcher de penser à la voiture intruse, au ronronnement doux de son moteur, à la manière dont tout cela avait soudain modifié ses vues sur la question des communautés à portail, celle des espaces publics et de l'accès démocratique aux... Il ôta la soie des cuisses de sa femme.

— Enfin... je ne sais plus trop ce que j'en pense.

Elle mouillait. Il se perdit en elle. La bougie expédiait les ombres déformées au plafond et sur les murs.

— Pauvre Sacheverell, murmura-t-elle, et brusquement elle se raidit tandis qu'à quelques centimètres des siens, ses yeux s'ouvraient en un éclair.

— Parce qu'il est mort, non ? reprit-elle.

Il y avait eu des gestes, de la chaleur, de lents et délicieux frottements, tout s'arrêta. Que pouvait-il lui dire ? Il tenta de l'embrasser, mais elle refusa le contact de ses lèvres. Il soupira.

— Oui, dit-il.

— Tu en es sûr ?

— J'en suis sûr.

— Tu l'as retrouvé ? Dis-moi. Vite.

Elle était toujours accrochée à lui, mais la passion — celle qu'il espérait encore, au moins — avait disparu. Deuxième soupir.

— J'en ai retrouvé un bout, dit-il. Un bout de patte antérieure, en fait. La gauche.

Elle inspira brusquement — comme si elle s'était brûlée ou piquée avec une aiguille —, puis elle le repoussa de côté et, en roulant sous lui, se dégagea de son étreinte. Avant qu'il ait compris ce qui lui arrivait, elle s'était déjà remise sur ses pieds, raide de colère.

— Je le savais! s'écria-t-elle. Tu m'as menti!

— Je ne t'ai pas menti, j'ai juste...

— Où est-il?

La question le prit au dépourvu.

— Que veux-tu dire?

— Le... (la voix de Kyra s'était brisée). Ce qu'il en reste.

Il avait fait de son mieux. Il aurait dû, de toute façon, le lui avouer le lendemain matin.

— Dans le congélateur, dit-il.

Et il se retrouva tout nu dans la cuisine, à regarder son épouse scruter les profondeurs blêmes du congélateur dont l'éclat de l'unique ampoule glacée faisait paraître son petit négligé complètement irréel. Il tenta bien de se couler contre elle à nouveau, mais elle le repoussa d'un geste impatient.

— Où? voulut-elle savoir. Je ne vois rien.

Voix sans force et ton lamentable :

— Troisième étagère en partant du haut, derrière les petits pois. Je l'ai enveloppé dans un sachet en plastique.

Il la regarda tâter les sachets de légumes en plastique brillant, puis le trouver, petit tas informe de poils, d'os, de graillons et de chair enveloppé, comme une cuisse de poulet, dans son linceul transparent. Elle tint un instant l'affaire dans la paume de sa main, et ses yeux se gonflèrent d'émotion. Lourd et fantomatique, le souffle du congélateur tournoyait autour de ses jambes nues. Delaney ne sut plus que dire. Dieu sait pourquoi, il se sentait vaguement coupable, comme si toute l'affaire sentait le vénal, la luxure, l'évitement du devoir et des responsabilités, mais la scène n'en restait pas moins irrésistiblement érotique. Malgré lui, l'érection lui vint. Mais alors, au moment même où, dans une manière de stupeur,

Kyra se tenait là, devant le congélateur qui respirait lourdement auprès d'elle, au moment même où, pâle, le rectangle de lumière qui montait de la porte entrouverte plaquait leurs ombres tremblantes sur le mur, un claquement d'ongles canins se fit entendre sur les lattes du parquet ciré : Osbert, le survivant, venait de passer la tête à la porte, l'air plein d'espoir.

Apparemment, c'en fut trop pour Kyra. La relique disparut à jamais dans les profondeurs du congélateur, au sein des petits pois, du maïs tendre et des pommes Dauphine, et la porte se referma en emportant toute la lumière avec elle.

On ne vendait pas des propriétés en faisant la gueule et moins encore on ne montait des affaires lorsqu'on avait toutes les peines du monde à se sortir du lit le matin — surtout dans la conjoncture actuelle. Kyra n'avait nul besoin qu'on le lui rappelle. Championne du marché conclu, elle était tout à la fois voyante, supporter, séductrice et psychanalyste, et jamais ne laissait retomber son enthousiasme quelle que fût l'insignifiance de la transaction ou le nombre de fois qu'elle devait en passer et repasser par le même rituel éculé. Mais là, il semblait bien qu'elle fût incapable de rassembler ses énergies. Non, pas aujourd'hui. Pas après ce qui était arrivé à Sacheverell. Il n'était qu'onze heures du matin, mais elle se sentait déjà plus vide et épuisée que jamais. Une seule pensée lui venait et c'était celle de cet horrible bout de patte caché dans le congélateur. Si seulement Delaney avait réussi à mener à bien son petit mensonge ! Il aurait enterré la pièce à conviction, elle n'en aurait jamais rien su... mais non, il avait fallu qu'elle la voie de ses yeux, et ce petit truc avec ses orteils parfaitement alignés l'avait tellement choquée qu'elle n'avait pu fermer l'œil pendant une bonne moitié de la nuit.

Lorsque enfin elle avait réussi à s'endormir, des loups avaient hanté ses rêves, des loups qui chassaient tous crocs dehors et de temps à autre des membres ensanglantés apparaissaient dans la lumière, et aussi des gueules rusées qui, en cercle, se tendaient vers le ciel pour hurler le triomphe ancestral. C'étaient les gémissements d'Osbert qui l'avaient réveillée, la colère étant la première émotion qui s'était emparée d'elle. Colère d'avoir perdu Sacheverell, colère devant les vicissitudes de la nature, colère contre le Département des pêches et du gibier, ou alors était-ce le Service du contrôle des populations animales ? enfin, bref... colère contre l'espèce de crétin à petit ventre et face ricanante qui leur avait monté leur palissade... pourquoi s'être arrêté à un mètre quatre-vingts et pas à deux mètres ? deux mètres cinquante ?... et lorsque sa colère s'était apaisée, elle était restée étendue dans la lumière délavée de l'aurore et avait caressé les petites boules de poils qu'elle connaissait si bien, là, derrière les oreilles d'Osbert ; elle avait alors permis que la douleur la submerge et l'instant l'avait purifiée, avait été catharsis, libération qui lui redonnerait des forces et l'aiderait à tenir. Du moins l'avait-elle cru.

Il était onze heures et demie lorsqu'elle s'arrêta devant la maison qu'elle devait faire visiter (la demeure des Matzoob, grande, aérée, avec un vestibule en marbre, six chambres, une piscine, une chambre de bonne et une chambre d'amis, ça valait un million cent deux ans plus tôt, on en demandait maintenant huit, et six millions et demi serait une bonne transaction, et tout de suite elle remarqua la flaque d'eau dans la véranda de devant. Une flaque d'eau, une mare, un lac dont la profondeur ne montrait que trop clairement combien les carreaux du dallage étaient disjoints. Elle injuria le jardinier en son for intérieur. Un robinet d'arrosage avait dû péter quelque part dans les buissons, tiens, là, c'était là qu'il était, et lorsque le déclencheur automatique s'était mis en route, ç'avait dû être pire que les chutes du Niagara. Bah... Il lui faudrait aller fouiller dans le garage et voir s'il ne s'y trouvait pas un balai... elle ne pouvait quand même pas laisser ses

acheteurs patauger dans une mare pour ouvrir la
porte d'entrée, sans même parler des carreaux qui
rebiquaient déjà, ils les remarqueraient tout de suite,
ni de l'ensemble de la véranda qui penchait un peu
beaucoup vers les buissons du jardin. Après, bien
sûr, elle téléphonerait au jardinier, comment s'appe-
lait-il déjà? Elle avait écrit son nom quelque part
dans son carnet car ce monsieur n'appartenait pas à
la compagnie à laquelle elle avait habituellement
recours, mais travaillait pour une boîte indépen-
dante dont les Matzoob lui avaient dit le plus grand
bien avant d'emménager à San Bernardino... Guttié-
rez? González? Quelque chose comme ça.

Kyra ne supportait pas l'incompétence et n'avait
que ça sous son nez. Comment ce jardinier avait pu
venir semaine après semaine et ne pas remarquer un
truc aussi évident qu'une mare de deux centimètres
de profondeur dans la véranda la dépassait tellement
que, pur et immédiat, son agacement lui permit
d'oublier un peu Sacheverell et de se concentrer sur
le problème du moment, à savoir l'affaire pendante
et le changement de propriétaires. Fissure dans le
plâtre, tache de moisi sur le mur derrière le palmier
en pot ou l'odeur qui, tiens, n'est pas exactement
celle à laquelle on s'attend, rien ne lui échappait.

Les odeurs, telle était la clé. État général, entretien, genre de propriétaire, toit qui fuit ou cave inon-
dée, on pouvait deviner les trois quarts de ce qu'il
fallait savoir d'une maison rien qu'à ses odeurs. Ce
dont on ne voulait surtout pas? De l'odeur de mort,
de l'odeur de tombe qui dit la maison fermée — le
genre entreprise des pompes funèbres. Sans parler
de tout ce qui pouvait sentir la pourriture recuite, le
produit chimique, voire la simple peinture. Les
odeurs de cuisine? L'anathème des anathèmes.
Même chose pour l'odeur des animaux. Un jour, elle
s'était occupée d'une maison dans laquelle une
vieille femme était morte au milieu de trente-deux
chats qui consciencieusement avaient pissé, chié et
dégueulé sur toutes les surfaces disponibles, jusque
sur les plafonds, et ç'avait été un des rares échecs de

sa carrière. Le seul espoir aurait été de voir cette baraque disparaître dans les flammes.

Et maintenant, en entrant dans la demeure des Matzoob, la première chose qu'elle fit fut de fermer la porte derrière elle et de renifler un bon coup. Puis elle expira, et remit ça, le nez en alerte, la narine sensible à chaque nuance, connaisseuse. Pas mal. Pas mal du tout. Il y avait bien une infime senteur d'huile de friture provenant de quelque repas depuis longtemps oublié, quelques relents aussi de chien ou de chat, de boules de naphtaline peut-être, mais elle n'aurait pu en jurer. Et que l'endroit fût vide arrangeait bien les choses — lorsque, huit mois plus tôt, la propriété avait été mise sur le marché, les Matzoob occupaient toujours les lieux, et couloirs, penderies et salles de bains, tout était encore imprégné de leurs odeurs particulières. Et ce qualificatif n'avait rien, absolument rien de péjoratif : il se contentait de bien décrire les choses. Chaque famille, chaque maison avait son arôme, et cet arôme était aussi unique et personnel que l'empreinte d'un pouce.

Riche fermentation d'odeurs, l'arôme des Matzoob alliait le parfum des fleurs coupées qu'adorait Sheray Matzoob, le mariage puissant de l'ail et de la coriandre dont Joe Matzoob avait appris à maîtriser le secret dans ses cours de cuisine pour gourmets, et la chaude puanteur des chaussettes de basket que portait le champion du panier à trois points, Matzoob Junior. C'était là une bonne odeur de maison bourgeoise, mais un rien trop compliquée pour que quiconque en pût tirer profit. Et, gros machins encombrants avec finition dans des teintes quasi ébène qui semblaient boire le peu de lumière que laissaient passer les rideaux (c'était presque des couvertures) que Sheray Matzoob avait hérités de sa mère, le mobilier avait de quoi flanquer des cauchemars. Quant aux portraits... c'était quelque chose ! Énormes, grossiers et d'un goût gouteux, ils donnaient aux Matzoob l'air d'une bande de goules enfermées dans des cadres dorés et recouvertes d'une peinture si épaisse qu'on l'aurait crue appliquée au couteau.

Mais maintenant l'endroit était vide, et Kyra n'y trouvait rien à redire. De temps en temps, on tombait certes sur une demeure si joliment meublée qu'on demandait aux vendeurs de laisser tout en place jusqu'au moment où la maison serait gagée, mais c'était rare. Les trois quarts des gens n'avaient aucun goût, ni même seulement l'idée de ce que cela pouvait être. Et tous croyaient en avoir, jusqu'à en être bouffis d'orgueil — et ressortir illico d'une maison parce qu'il s'y trouvait une malheureuse lampe ou un tapis en laine haute d'une teinte qui échappait à leur entendement. Tout bien considéré, Kyra préférait ce qu'elle avait sous les yeux, à savoir un environnement neutre et ramené à l'essentiel : murs, planchers, plafonds, et prises électriques. D'une certaine manière, ces maisons vides devenaient siennes. On les avait abandonnées, désertées, laissées entre ses mains à elle (parfois les gens qui les vendaient avaient même filé dans d'autres États ou à l'étranger), elle ne pouvait pas s'empêcher de s'en sentir un rien propriétaire. Il lui arrivait ainsi, lorsqu'elle faisait le tour de ses maisons (elle en avait actuellement quarante-six à vendre, plus de la moitié d'entre elles inoccupées), de se prendre pour la reine de territoires imaginaires, de lieux où tout était arches hautes, chambres vides et piscines qui, si on les avait mises bout à bout dans son domaine, eussent dessiné comme une mer intérieure.

Il y avait un balai au garage. C'était même pratiquement la seule chose qu'on y avait laissée, en plus des deux réceptacles à ordures et d'une boîte de sacs poubelles en plastique épais. Elle fit disparaître l'eau dans la véranda, puis elle gagna la salle de bains de la chambre de maître afin de s'y repoudrer le nez avant que Sally Lieberman arrive de Sunrise avec ses acheteurs potentiels. La salle de bains faisait malheureusement un peu vieillot avec ses carreaux en céramique aux teintes criardes et qui tous s'ornaient d'un oiseau miniature jaune, bleu et vert. Sans parler des appliques en faux cuivre terni et des porte-serviettes en verre taillé qui donnaient à l'ensemble l'air de toilettes femmes dans un restaurant mexicain. Bah, chacun son goût, se disait-elle lorsque, soudain, elle découvrit son reflet dans la glace.

Le choc. Elle avait une tête à faire peur. L'œil était hagard, le cheveu douteux et la mine aussi épuisée que celle d'une hôtesse Tupperware. Le problème c'était son nez. Ou plutôt non : c'était Sacheverell et la nuit qu'elle avait passée, mais toute sa douleur et tout son épuisement semblaient s'être concentrés dans son nez. Le bout en était rouge — rouge vif, feu —, et quand elle avait le bout du nez rouge, c'était l'ensemble de son visage qui paraissait se rabougrir sur lui-même tel un monstrueux vortex et la faisait ressembler à l'Incroyage Femme au Visage qui Rétrécit. Depuis qu'elle s'était fait rectifier le nez à l'âge de quatorze ans, celui-ci avait tendance à la mettre dans l'embarras dès que le stress se montrait. Quoi qu'aient pu tenter les médecins — on avait ôté un rien d'os ici et taillé, très léger, à droite et à gauche —, toujours la chose était plus pâle que ses joues, son menton et son front, et changeait de couleur plus vite que le reste de son visage. Quand elle avait un rhume ou la grippe, ou qu'elle se sentait nerveuse, déprimée ou surmenée, son nez brillait au beau milieu de sa figure ainsi qu'on eût pu s'attendre à voir scintiller quelque chose au sommet d'un arbre de Noël.

Vendre des biens avec un nez pareil était impossible. Mais pourquoi se lamenter ainsi ? Elle sortit son poudrier et se mit au travail.

Au moment même où elle appliquait les dernières touches à son visage, elle entendit Sally Lieberman carillonner à la porte d'entrée.

— Nous sommes arrivés !

Sally avait aux environs de quarante-cinq ans et, vêtue comme si elle était la propriétaire de la boutique, elle pratiquait la gymnastique en salle, c'était une vraie professionnelle. Grâce à elle, Kyra avait conclu six fois affaire au cours des deux années précédentes, c'est dire si l'apport de la dame lui était

précieux. Les acheteurs potentiels laissaient, eux,
pas mal à désirer. En retrait de la porte, ils avaient
l'air maussade et difficile à satisfaire. Sally fit les
présentations, ils s'appelaient Paulyman et avaient
pour prénoms Gerald et Sue. Il avait le cheveu cas-
sant, il ne s'était pas rasé et portait des jeans bleus
blanchis par l'usage, elle s'était tressé des perles
roses et noires dans les cheveux. Kyra savait fort
bien qu'il ne fallait pas s'en tenir aux apparences —
elle s'était un jour trouvée nez à nez avec une vieille
femme habillée en clocharde qui avait fini par lui
signer un chèque de deux millions sept cent mille
dollars pour une maison de Cold Canyon —, mais
ces deux-là n'auguraient rien de bon. Des musiciens ? Des scénaristes pour la télé ? se demanda-
t-elle en espérant le mieux. Ils devaient quand même
avoir des côtés positifs puisque c'était Sally qui les
lui avait amenés.

— Et c'est quoi, cette tache de mouillé dans la
véranda ? voulut aussitôt savoir l'époux qui parlait
d'une voix rauque et geignarde.

Impossible de se montrer évasif — ça ne marchait
pas. Même l'acheteur le plus complaisant aurait cru
qu'on essayait de lui cacher quelque chose, et
celui-là semblait prêt à la bouffer tout cru. Kyra affi-
cha son plus beau sourire.

— Un robinet d'arrosage qui a lâché. J'ai déjà
appelé le jardinier, dit-elle.

— Et la véranda gîte pas mal.

— Nous offrons une assurance d'un an sur toutes
les maisons que nous mettons sur le marché, reprit-
elle, gratuitement.

— Ah, ce tapis ! glapit la femme. Je n'en crois pas
mes yeux !

— Et regarde ça, se plaignit son époux en poussant Kyra pour entrer dans la salle de séjour, s'y
mettre à quatre pattes, s'humecter un doigt et le faire
courir le long de la plinthe. La peinture s'écaille.

Kyra connaissait le genre. Des enquiquineurs de
première, des gens insultants, pleins de colère et
méprisables car capables de demander à un agent

immobilier de leur montrer deux cents maisons avant d'aller s'acheter une caravane. Kyra leur servit son baratin — l'affaire du siècle, spacieux, de la bonne construction à l'européenne, à peine si l'endroit avait été habité —, leur offrit une brochure avec sur la couverture, en couleur et sur papier glacé, la photo de la maison vue de face, et les laissa se promener dans les lieux comme bon leur semblait.

A deux heures, le mal de tête la prit. Rien n'avançait ni ici ni ailleurs, personne ne lui avait laissé de message sur son répondeur et seules six personnes s'étaient pointées à l'opération « Immobilier portes ouvertes » qu'elle avait montée dans une maison de West Hills — tout ce chardonnay, ce brie et ces biscuits danois qui avaient dû terminer à la poubelle, sans parler du demi-plateau de petits pains californiens avec *ebi* et *sushi* de saumon. Elle passa le reste de l'après-midi au bureau à faire de la paperasse, rédiger des annonces publicitaires et passer des coups de fil, encore et encore. Trois cachets d'Excedrin, dosage fort, n'avaient pas suffi à atténuer la migraine qui lui battait dans les tempes et chaque fois qu'elle prenait un document sur son bureau, c'était pour revoir Sacheverell en jeune chiot courir après une boule de papier comme si c'était une partie de lui-même qui s'était brusquement sauvée au loin. Elle appela Delaney à cinq heures pour savoir comment Jordan prenait la chose — il allait bien, lui répondit Delaney, il était même tellement pris par sa partie de Nintendo qu'il n'aurait pas reconnu un chien d'un poulet —, puis elle quitta son bureau assez tôt pour fermer ses maisons et rentrer.

Le gardien du parking lui tendit ses clés en souriant de toutes ses dents et en lui tirant une révérence qui lui fit presque toucher terre. Jeune Latino aux cheveux gominés en arrière et aux petits yeux dansants, il lui remontait toujours le moral et certes, ce n'était pas grand-chose, réjouir ces dames faisait partie de son travail, mais elle ne put s'empêcher de lui renvoyer son sourire. Après quoi elle fut dans sa voiture, où le reste du monde n'était pas. Elle y débrancha le téléphone, glissa une bande de relaxation dans la console — des bruits de vagues qui se brisent sur la plage avec, de temps en temps, un cri de mouette pour rompre la monotonie —, et se coula au milieu des voitures qui passaient devant l'immeuble en grondant.

La circulation, c'était la circulation, et cela ne l'affectait en aucune manière. Elle se déplaçait en son sein, elle s'installait dedans et chevauchait son flot insondable. Sa voiture était son sanctuaire et, avec le téléphone coupé et le bruit des vagues qui passait des haut-parleurs avant à ceux de l'arrière et retour, rien ne pouvait plus l'atteindre. Rester assise là, bien enfermée dans son véhicule alors que tout autour d'elle les gaz d'échappement montaient, suffit à lui rendre un peu de sa vigueur.

Elle avait pour tâche de fermer cinq maisons chaque soir, sept jours sur sept, et de les rouvrir le lendemain matin de façon à ce que ses collègues puissent les faire visiter aux clients. C'était elle qui en avait les clés et, bien que toutes fussent équipées d'armoires de sécurité, elle devait s'assurer qu'elles étaient bien fermées pour la nuit (elle ne comptait plus les fois où un agent peu méticuleux avait laissé une fenêtre, voire une porte, grande ouverte) et ramasser les cartes qu'avaient pu laisser ses collègues après en avoir terminé avec un client. Cela rallongeait sa journée d'une bonne heure, mais les vendeurs étaient contents et elle pouvait alors rentrer chez elle et joindre les cartes à son fichier pendant que Delaney préparait le dîner et que Jordan terminait ses devoirs. Et fermer cinq maisons n'était vraiment rien — pendant le boom il lui était arrivé d'en fermer douze ou treize.

Elle fit les quatre premières au pilote automatique — entrer, éteindre les lumières, vérifier les appareils à minuterie, enclencher l'alarme et boucler l'armoire de sécurité —, mais, étant arrivée à la dernière, celle des Da Ros, elle prit tout son temps. C'était une maison où l'on pouvait se perdre, une maison auprès de laquelle toutes les autres avaient l'air de bungalows. Parmi toutes celles qu'elle faisait visiter, c'était la seule qui parlait vraiment à son cœur, celle qu'elle posséderait quand, à quarante ans, elle dirait au revoir à Mike Bender et ouvrirait sa propre agence. Perchée, tout au bout d'un chemin privé, sur une colline au bord du canyon, la demeure des Da Ros avait une vue imprenable, d'un côté, sur le Pacifique et, de l'autre, sur l'échine brun-vert des montagnes de Santa Monica. Tout en bas, tels champignons accrochés au flanc de la montagne, s'agglutinaient les toits en tuiles orange de l'Arroyo Blanco.

La maison comportait vingt pièces (chacune orientée de façon à ce qu'on puisse y profiter de la vue), une bibliothèque, une salle de billard et le quartier des domestiques, et donnait sur des jardins d'apparat et des bassins à poissons. Soit, en tout, quelque quatre cents mètres carrés d'espace habitable organisé dans le style manoir anglais, avec cheminées hautes, murs en pierre brute et toitures teintées en vert et roux pour faire antique et vénérable alors que la construction de l'édifice remontait à l'année 1988. La propriété avait été mise en vente après un suicide, Kyra représentant la veuve qui était partie vivre en Italie dès après l'enterrement.

Son mal de tête l'avait enfin quittée, mais avait été remplacé par une fatigue qui, plus profonde que le simple épuisement physique, était déprime, *malaise* [1] essentiel dont elle semblait incapable de se débarrasser. Tout ça pour un chien ? C'était ridicule, et elle le savait. Alors que le monde était plein de gens qui fouillaient dans les poubelles pour manger, de gens qui faisaient la queue pour mendier du travail, de gens qui avaient perdu maison, enfants et conjoint, de gens, bref, qui avaient de vrais problèmes et de vrais chagrins ? Mais qu'est-ce qui la prenait ?

Était-ce une question de priorités ? Peut-être. Que faisait-elle donc de sa vie ? Passer son temps à conclure des affaires ? Pour enrichir encore plus

---

1. En français dans le texte. *(N.d.T.)*

Mike Bender? Veiller à ce que M. et Mme Machin
trouvent, vendent, en leasing ou autre, achètent ou
louent la maison de leurs rêves alors que le monde
n'était plus que tas de merde qui s'écroulait autour
d'elle, que des chiens y mouraient et qu'elle avait
bien de la chance quand elle pouvait passer une
heure et demie avec son fils tous les jours? Elle
regarda autour d'elle et ce fut comme si elle s'éveillait d'un rêve, que le ciel était en feu et que, là-haut,
les grandes cheminées s'étaient embrasées. Alors, et
pendant une seconde à peine, debout sur le chemin
dallé de l'arche énorme qu'était la maison de Patricia
Da Ros, elle vit sa fin et comment on l'enterrerait
dans sa jupe courte, sa veste taillée sur mesure et ses
chaussures à talons hauts, une liasse d'actes de vente
serrée dans sa main.

Elle essaya d'oublier tout ça. De se dire que ce
qu'elle faisait avait son importance, que c'était même
capital, voire altruiste — qu'y avait-il donc de plus
essentiel, après la nourriture et l'amour, que le toit
sous lequel on dort? —, mais le nuage refusant de se
dissiper, elle se sentit paralysée de la pointe des
pieds jusqu'à la racine des cheveux. Et se retrouva en
train d'errer dans les jardins de la propriété, vérifiant
que tout était en ordre — elle ne pouvait pas s'en
empêcher —, et non, il n'y avait ici aucun laisser-
aller car le jardinier n'était autre que le sien propre
et elle savait très exactement ce qu'on pouvait en
attendre. Tout était calme. Les poissons koï se
tenaient tranquilles au plus profond de leurs bassins
et les pelouses scintillaient sous le brouillard doux et
uniforme qui naissait des jets d'eau.

Il était six heures et quart et il faisait encore chaud
— désagréablement chaud, même —, mais une
petite brise montait du large et, dans le lointain, elle
voyait une fine pellicule de brume se déchirer sur
l'océan. La soirée serait fraîche. Alors elle pensa à sa
maison, à Delaney qui devait être en train d'ouvrir
les fenêtres et d'allumer les grands ventilateurs qui
lentement aspireraient l'air, déjà la salade devait
refroidir sur son lit de glaçons, et les pâtes bouillir,

et Jordan défoncer la porte du garage à grands coups de ballon de basket. En se dépêchant, elle pourrait être rentrée à sept heures.

Mais elle ne se hâta point. Plus elle pensait à sa maison, à son fils, à son mari et à son chien solitaire, plus elle se sentait lasse. Elle traîna sur les marches de la véranda, flâna dans les chambres caverneuses tel un fantôme, passa sa main sur le feutre du billard comme si elle caressait l'espèce de petit tapis-brosse que Jordan avait au bas de la nuque. Elle vérifiait que tout était en ordre, rien de plus, mais le faisait d'une manière qui la changeait, qui si fort la submergea qu'elle n'eut plus envie de partir, plus jamais, jamais.

Fin de matinée, maison silencieuse, lampe réglée au plus bas, téléphone décroché. Assis dans son antre — une ancienne chambre équipée d'un bureau, d'un divan et de meubles classeurs —, Delaney se tenait penché dans une flaque de lumière artificielle cependant que le soleil dessinait d'impeccables hachures entre les lattes de la jalousie baissée. Un peu plus tôt, il était sorti avec pioche et pelle — l'argile était lourde et dure comme de l'asphalte — afin de disposer des restes du chien et d'ainsi mettre fin, miséricordieuse, à ce chapitre. Et maintenant il avait repris son travail et, membres sectionnés, épouses angoissées, enfants terrifiés et autres réunions publiques derrière lui, il mettait la dernière main à son article.

LE PÈLERIN DE TOPANGA CREEK

Qui suis-je donc, avec ma canne en manzanita et mon sac à dos en nylon accroché à mes épaules ainsi qu'une paire d'ailes repliées, errant de par le vaste monde ? Qui suis-je donc, moi qui foule les butyreuses étendues ensoleillées où la moutarde fleurit jusqu'à mes coudes et au-delà ? Je ne suis qu'un pèlerin, rien de plus, qu'un prophète, qu'un adorateur à l'autel. Rien, en fait, ne me distingue de vous : la moitié du jour je suis à la maison, esclave de l'ordinateur, homme qui chaque jour a aussi fort besoin de son fix d'électricité que le junkie de sa drogue mirifique. Mais différent aussi je le suis car j'ai ces montagnes à courir et ces jambes pour me porter. Cette nuit — ce soir —, je vais partir à l'aventure, faire une balade, pérégriner sous la fine peau du visible afin d'inhaler le monde qui m'entoure aussi intensément que le ramasseur de sangsues de Wordsworth et sa tribu : je m'apprête à grimper dans l'épais lacis des montagnes de Santa Monica, à portée de vue et d'oreille de la deuxième ville du pays (de fait, à l'intérieur même de cette ville), afin de passer une nuit de solitude.

Je suis tout excité. Prêt à exploser. Vibrant comme la corde qu'on vient de pincer. Car si je connais bien ces collines sous la lumière du plein jour à midi, et les connais encore au petit matin et aux dernières heures du soir (j'y ai goûté comme on goûte un fruit exotique) entre les deux rideaux fermés de la nuit, ce voyage sera mon premier sous les étoiles. Dès que mon épouse me laisse à l'entrée de la piste du ranch de Trippet, avec un baiser et la promesse de s'en venir me reprendre à neuf heures le lendemain matin, c'est l'impression, neuve ô combien, d'être libéré, relâché, que j'éprouve et, tandis qu'à longs méandres, à travers les buissons opiniâtres je me fraie un chemin vers les cimes, de ces buissons je ne puis m'empêcher de chanter les noms comme une manière de mantra — coquelicot du bush, sumac, manzanita, ceanothus, roseaux, géraniums flox — encore et encore.

Ici la moutarde n'est pas à sa place, moutarde qui, soit dit en passant, est plante annuelle et fut introduite par les Padres franciscains : on la semait à la volée, certains l'affirment, le long du Camino Real afin de marquer la piste, mais, bien sûr, on avait d'autres idées en tête, cette moutarde étant celle-là même qui atterrit dans des pots sur votre table. Elle éclôt après les pluies et couvre aussitôt les collines de ses fleurs jaunes qui, en nappes pointillistes, s'étendent jusqu'à l'horizon, mais, à cette époque-ci de l'année, déjà elle commence à se faner. Dans un mois, il n'en restera plus que des feuilles rabougries et des tiges desséchées.

Par contraste, avec leur riche filon de baies comestibles, la manzanita et le toyon [1] sont là pour durer, tout comme les deux membres vigoureux du clan des roses, j'ai nommé l'Adenostoma fasciculatum et l'Adenostoma saparifolium. *Des durs, ces deux-là.* On dépose ses toxines dans le sol afin d'interdire toute germination aux plantes concurrentes et dans sa tige on porte la résine même qui alimentera le feu, régénérateur de l'espèce. Point de pluie pour eux, ni même seulement d'humidité, hormis le peu qui voudra bien se détacher des ailes de la brume océane, au moins jusqu'en novembre ou décembre. Mais là ils sont et ne bougent pas, telles sentinelles qui voudraient tenir le soleil en respect. Je ne passerai pas cette nuit au campement prescrit (celui de Musch Ranch), mais dans un lieu plus solitaire, en retrait de la piste du canon de Santa Ynez, et je n'aurai entre mon corps et la terre ferme rien de plus sérieux qu'un matelas en mousse et une vieille couverture de l'armée. Bien sûr, les compagnons de lit indésirables ont ici de quoi inquiéter, et le serpent à sonnette est le premier auquel on pense, mais il est aussi certains membres surdimensionnés de la classe des arachnides (la tarentule et le scorpion pour être précis), qui savent, eux aussi, déconcerter.

Un ami me raconta un jour en guise de plaisanterie que le scorpion développa ses pinces afin de les planter dans l'orteil du peu soupçonneux Homo Sapiens et de fermement s'y accrocher avant d'exécuter son très pénétrant et superbe coup de la piqûre par-dessus la tête. Il n'est que de regarder un de ces insectes au repos à l'entrée de son sillon ou en train de filer dans le faisceau d'une lampe de poche pour se dire que c'est presque vrai. Mais, comme le reste de la Création, le scorpion est beau à sa manière et magnifiquement adapté à la capture, à la paralysie et à l'absorption de sa proie. (J'en gardai jadis deux dans un bocal — un bocal de moutarde, d'ailleurs —, et les nourris d'araignées. Certes, l'un faisait deux fois la taille de l'autre,

---

1. Nom mexicain d'un épineux californien à fleurs blanches et baies rouge vif, le *photinia arbutifolia. (N.d.T.)*

*mais leur coexistence semblait assez pacifique,
jusqu'au jour où je partis pour une semaine et, en rentrant, surpris le gros en train de sucer les sangs du
petit qui, au stade où il en était arrivé, ressemblait à
un minuscule ballon en forme de scorpion dont on
aurait laissé échapper l'air.)*

*Mais c'est justement pour cela que je suis ici au lieu
d'être resté chez moi à lire un livre dans un fauteuil. Je
veux goûter non seulement aux joies attendues et aux
certitudes de la Nature, mais encore à ses contin-
gences. L'idée est enivrante, de celles qui assurent que
l'on vit, respire et compte dans le grand propos des
choses, que l'on y boit à la même source que la buse à
queue rousse, le cerf à queue noire, le mille-pattes, et le
scorpion aussi.*

*Les ténèbres tombent cependant que j'étale ma cou-
verture sur la terre, à l'entrée du canyon, tout près
d'une cascade, et que j'observe comment autour de
moi la nuit se fait plus profonde. Mon repas frugal :
une pomme, une poignée de fruits secs pour la piste,
un sandwich au gruyère et de longues et belles lampées
d'aqua pura de mon outre. De quelque lieu creux au-
dessous de moi montent les ululements d'un grand
duc, et que ces appels sont doux, presque délicats, on
dirait des roucoulements auxquels répondent un instant plus tard, tout aussi méfiants, d'autres hurlements à l'orient. Déjà la nuit a triomphé et les étoiles
commencé une à une à s'extirper de la brume. Une
heure passe. Deux. J'attends quelque chose, je ne sais
quoi, mais que d'aventure je parvienne à filtrer les
signes visibles de notre civilisation omniprésente (les
avions de ligne qui, là-haut, sans cesse dessinent la
ligne de leurs voyages, la pollution lumineuse qui fait
rougir le ciel nocturne comme sous les tremblants
rayons de l'aurore), et aussitôt j'éprouve que tout ceci
est à moi, que je le puis prendre et garder, pour cette
nuit au moins.*

*Et c'est alors que j'entends comme une haute et
longue glissade de sons — j'aurais presque pu la
prendre pour l'appel d'une sirène —, et dans l'instant
comprends que c'est cela que j'attendais depuis le*

début : les premiers accents du chœur des coyotes. Le chant du rescapé, du Fourbe, de la merveille à quatre pattes qui sait trouver l'eau où il n'en est point et se rassasier dans les déserts de roche et les terres vaines. Il est là, il sonne la nuit, il rassemble ses forces et ses dominions, il chasse, folâtre, file comme l'ombre dans les buissons qui m'entourent, et chante, chante pour moi seul par cette nuit sans faille et embaumée. Et moi ? Je m'allonge et écoute, ainsi qu'une autre nuit je pourrais écouter du Mozart ou du Mendelssohn, et suis bercé par la beauté passionnée de la chose. La cascade bruit. Les coyotes chantent. Ma couverture et une poignée de raisins secs sont tout mon bien, que pourrais-je désirer de plus ? Le monde entier sait que je suis satisfait.

CHAPITRE 6

Les haricots étaient finis, les *tortillas,* le lard et les derniers grains de riz aussi. Qu'allaient-ils manger ? De l'herbe ? Comme les vaches ? Telle était la question qu'elle lui avait posée lorsqu'il avait voulu l'empêcher de remonter au marché au travail pour la cinquième et lugubre journée d'affilée, et tant pis si cette question était un rien venimeuse. De quel droit se permettait-il de lui dire où elle pouvait aller et ce qu'elle avait la permission de faire ? Il ne se donnait pas beaucoup de mal. A peine s'il pouvait se tenir debout et pisser tout seul — et où était-il donc quand les *gabachos* lui avaient déchiré sa robe avant de jeter leur couverture dans le ruisseau ? Elle était en colère, blessée dans son honneur, terrifiée, et c'était tout cela qu'elle lui avait lancé à la figure. Alors, il s'était levé de la couverture et l'avait giflée. Fort. L'avait giflée dans l'aube pâle et difficile du ravin jusqu'à ce que sa tête se redresse enfin sur son cou comme une balle en caoutchouc attachée à une raquette.

— Pas de ces mots-là ! avait-il grondé entre ses dents. C'est une insulte. Un coup de pied dans le cul alors que je suis à terre.

Et il avait craché devant les pieds de sa femme, en ajoutant :

— Tu ne vaux pas mieux que ta sœur ! Pas mieux qu'une pute !

Mais on ne mange pas de l'herbe et, malgré ses hauts cris, il avait dû le comprendre. Il se rétablissait, mais n'était toujours pas en état de sortir du canyon et de se jeter à nouveau dans *la lucha*, le combat pour trouver du travail, être le seul homme qu'on choisit dans la foule et travailler comme dix pour montrer au *patron* qu'on a envie de revenir demain, après-demain, et après après-demain. Elle savait sa frustration, sa peur, et elle l'aimait, elle l'aimait vraiment, du plus profond du cœur. Mais elle souffrait d'être la cible de ces mots durs et grossiers, souffrait encore plus que sous ses gifles. Et lorsque enfin tout s'était terminé, lorsque les oiseaux s'étaient remis à chanter, le ruisseau à bruire contre les rochers et les voitures à griffer la route au-dessus d'eux, à quoi était-on arrivé ? A de l'amertume et rien d'autre. Elle lui avait tourné le dos et avait refait son chemin de croix dans le canyon pour la cinquième fois de ces cinq jours inutiles.

On lui tendit une tasse de café — quelqu'un qu'elle avait vu les deux matins précédents, un homme tout frais débarqué de son Sud, lui avait-il seulement dit. Il était grand, environ un mètre quatre-vingts, et portait une casquette de base-ball qu'il avait mise à l'envers comme un des *gringos* du supermarché. Il avait la peau claire, si claire même qu'il aurait pu passer pour l'un d'entre eux s'il n'avait pas eu ses yeux pour le trahir, des yeux qui jamais ne cillaient, des yeux au regard dur, des yeux couleur foie de veau. Il était abîmé, elle le voyait bien, abîmé comme l'homme qui doit gratter, ramper et lécher le derrière de quelque irrécusable Yankee, et ses yeux le montraient bien, qui frappaient le monde comme à coups de poings. Mexicain, il l'était jusqu'au bout des ongles.

Elle allait devoir se détourner de lui, elle savait déjà qu'elle n'aurait pas dû accepter son café — tout fumant, avec du lait et tellement de sucre qu'on eût dit un gâteau, dans un gobelet en polystyrène avec un petit couvercle pour garder la chaleur —, mais elle n'avait pas pu se retenir. Elle n'avait rien dans l'estomac, absolument rien, et s'était sentie défaillir de tant le vouloir. Elle en était maintenant au quatrième mois de sa grossesse et les vomissements avaient cessé, mais elle crevait de faim, elle avait faim à en perdre la tête, devoir manger pour deux alors qu'elle n'avait même pas de quoi nourrir une seule personne! Elle rêva de petits plats, du ragoût de *romeritos* que sa mère préparait le Jeudi Saint, de *tortillas* qu'on fait cuire au four avec des tranches de tomates, des *chiles* et du fromage râpé, de têtes de poulets frites à l'huile, de crevettes, d'huîtres et d'un *mole* si riche et si fort en *serranos* qu'elle en eut l'eau à la bouche rien que d'y penser. Debout dans l'aube tiède et parfumée, elle sirotait son café, et n'en avait qu'encore plus faim.

À sept heures, trois pick-up s'étaient arrêtés dans le parking, et Candelario Pérez avait alors choisi trois hommes, puis quatre, puis trois autres encore, et les pick-up étaient repartis. L'homme du Sud n'avait pas été retenu et devant lui, il y avait encore dix *paisanos* qui attendaient. Du coin de l'œil, elle le regarda se disputer avec Candelario Pérez — elle n'entendait pas ce qu'il disait, mais la violence de ses gestes et les contorsions de son visage de demi-*gringo* lui disaient assez clairement qu'il n'appréciait guère de devoir se remettre derrière les autres, lui disaient aussi que c'était un râleur, un type qui se plaignait et geignait sans arrêt. « Fils de pute », l'entendit-elle grommeler, et elle se détourna. « Surtout qu'il ne vienne pas me voir », pria-t-elle le ciel en son for intérieur.

Mais il vint la voir. Il lui avait donné une tasse de café — vidé jusqu'à la dernière goutte de café sirupeux, elle tenait encore le gobelet dans sa main —, elle était donc son alliée. Elle s'était assise à sa place habituelle, le dos appuyé au pilier le plus proche de l'entrée, prête à bondir sur ses pieds dès qu'un *gringo* ou une *gringa* dirait avoir besoin d'une bonne, d'une cuisinière ou d'une blanchisseuse. Il se laissa lentement choir à côté d'elle.

— Eh bien, mignonne, dit-il, et sa voix était souffle haut et rauque, comme si on lui avait crevé la gorge, le café t'a plu ?

Pas question de le regarder. Encore moins de lui parler.

— Je t'ai vue ici hier, reprit-il de sa voix trop haute et trop cassée, et je me suis dit : « V'là une femme qu'aurait bien besoin d'une tasse de café, une femme qui mérite ça, une femme qu'est si mignonne qu'elle devrait avoir toute la plantation à elle » et c'est pour ça que je t'en ai apporté une aujourd'hui. Qu'est-ce que tu penses de ça, *linda* ?

Et il lui toucha le menton du bout de deux doigts durs et graisseux, pour l'obliger à tourner la tête vers lui.

Confondue, coupable — elle n'avait pas refusé son café, après tout —, elle ne résista pas. Les yeux marron, bizarres, de l'homme la fixèrent.

— Merci, murmura-t-elle.

Alors il lui sourit, et elle vit qu'il avait quelque chose aux dents, quelque chose de catastrophique, que toutes les dents qu'elle lui découvrait étaient couvertes d'un fin réseau de fissures comme un vieux tableau dans une église. Des fausses dents, c'était ça : il portait des dents fausses et terriblement bon marché. Et alors il expira et alors elle dut se détourner à nouveau : il y avait quelque chose qui pourrissait en lui.

— *Me llamo José*, dit-il, et il lui tendit la main pour la saluer. *José Navidad. ¿ Y tu ? ¿ Como te llamas*, mignonne ?

Ça partait mal. Cet homme était un voyou. Elle pensa à Cándido et se mordit la langue.

— Allez, quoi ! la cajola-t-il de son étrange voix suraiguë et qui s'étouffait, allons ! Détends-toi, *baby*. Je ne mords pas. Je suis amical, moi... T'aimes pas les gens amicaux ?

Et sa voix changeant brusquement, tombant soudain dans le grondement sourd, il ajouta :

— Mais t'aimes bien le café, pas vrai ?

— Bon, d'accord, dit-elle, et elle sentit la colère lui
monter tandis qu'elle se remettait debout pour
essuyer les saletés sur sa robe, oui, j'aime bien le café
et merci, merci encore, mais sachez que je suis
mariée et que ce n'est pas bien de me parler comme
ça...

Il était assis par terre, tout dégingandé, ses poings
par-dessus ses genoux et ses longues jambes en blue-
jean, il se contenta de rire, jusqu'aux larmes, et dans
l'instant elle sut qu'il était fou, *loco*, dément, et déjà
se détournait de lui pour demander à Candelario
Pérez de la protéger lorsqu'il lui saisit la cheville.

— Mariée, répéta-t-il d'un ton moqueur et d'une
voix qui était remontée dans les aigus et de nouveau
prête à se briser, peut-être, peut-être.

Puis il lâcha prise et ajouta :

— Mais pas pour longtemps, mignonne, pas pour
longtemps.

Plus part, il devait être neuf heures-neuf heures et
demie, une voiture de luxe toute neuve et qui brillait
fort s'immobilisa dans le parking, un gros homme —
un géant, un vrai *guatón* —, en descendant aussitôt
avec force sifflements de poitrine. Candelario Pérez
lui dit quelque chose en anglais, quelque chose de
long et de compliqué, et miracle des miracles !
tourna la tête vers elle et l'appela. Surexcitée, timide,
tremblante et affamée, América se mit à traverser le
parking en sentant la jalousie et, même, la haine des
autres : elle avait du boulot et ils n'en avaient pas.
Mais au moment où elle s'arrêtait devant le grand
barbu de *guatón*, n'ayant aucune idée de la manière
dont elle était arrivée là, dont ses jambes avaient travaillé et ses pieds négocié le chemin, elle entendit un
cri derrière elle.

— Hé là ! Prenez-moi ! lança une voix, une voix de
femme, en anglais.

Elle tourna la tête et là elle était, Mary, la grande
hippie *gringa* avec son fil de fer dans le nez, on aurait

dit une volaille de basse-cour, et déjà elle traversait le parking au triple galop en se remontant le fond d'un pantalon de survêtement aussi ample qu'il était crasseux.

Le gros, le *gringo*, lui ayant crié quelque chose, Mary s'intercala aussitôt entre América et son employeur éventuel et commença à jacasser en anglais en agitant fort les mains et roulant ses gros yeux gonflés.

— Prenez-moi, répétait-elle en ignorant América, et si celle-ci ne comprenait pas ses paroles, elle en devinait tout aussi bien le sens que si la *gringa* lui avait planté un couteau entre les omoplates. Elle ne parle pas un mot d'anglais... qu'est-ce que vous pouvez faire d'elle ?

— *Quiero trabajar*, dit América en en appelant au gros homme, puis, en voyant le regard vide qu'il lui jetait, à Candelario Pérez. Je veux travailler.

Candelario Pérez dit quelque chose à l'homme, América était arrivée avant la *gringa*, la première arrivée devait être la première servie, et l'homme la regarda longuement, trop longuement, la dévisageant de ses yeux bleus. América avait du mal à ne pas se tortiller d'embarras, mais elle se força à lui retourner son regard. Alors le guatón arrêta une décision, elle le vit à la manière dont les épaules poussaient vers l'avant et sa mâchoire se serrait, et Candelario Pérez lui dit :

— C'est bon. Six heures de travail et il te donnera vingt-cinq dollars.

Elle était déjà montée dans la voiture, ah ! ce luxe ! ces sièges en cuir et la douce odeur du véhicule qui sort de l'usine, lorsque, la portière de l'autre côté s'étant ouverte, Mary, la grande Mary, Mary la pocharde, la *gringa* qui avait essayé de lui passer devant, monta elle aussi à bord.

Cándido se sentait aussi patraque que le cobaye pour lequel l'expérience a mal tourné dans les sous-sols du *Laboratorio médico* de Mexico, mais il parvint quand même à se reprendre assez pour déménager leur pauvre campement en amont du ruisseau, hors de tout danger. Ces gamins, ces adolescents de *gabachos* l'avaient terrifié. Ils n'appartenaient certes pas à *La Migra*, ni non plus à la police, mais la manière dont ils s'étaient jetés sur son petit tas d'affaires parfaitement inoffensif avait été bien agressive, venimeuse même. Ces jeunes-là étaient fous et dangereux et les parents qui les avaient élevés devaient être pires encore — et que se serait-il passé s'ils avaient débarqué en pleine nuit alors qu'América et lui dormaient ensemble, enroulés dans la couverture ?

Il avait repêché cette dernière dans le ruisseau, l'avait mise à sécher sur une branche et avait également réussi à retrouver la grille et la casserole, mais il avait perdu une chemise et son seul et unique change de sous-vêtements et, bien sûr, la robe d'América n'était plus que haillons. Il savait qu'il allait falloir déménager, mais n'en avait toujours pas la force. Trois jours avaient passé depuis l'accident et il ne pouvait rien faire de plus que de rester allongé là, à tenter de recouvrer la santé en bondissant au moindre bruit, il n'y avait pas grand-chose à bouffer, chaque nuit les voyait s'endormir dans la terreur. Ce matin-là, América avait eu faim en se réveillant, et des paroles amères lui étaient tombées des lèvres, des remarques désagréables aussi et des accusations, et lui, il l'avait giflée et elle lui avait tourné le dos avant de monter la colline pour aller au marché au travail comme si elle n'était pas son épouse, comme si elle n'était qu'une femme qu'il avait rencontrée par hasard dans la rue.

Bon, se dit-il, allez. En inspirant fort pour résister à la douleur qui lui tenaillait la hanche, le bras gauche et l'hémisphère déchiqueté du visage, il rassembla leurs affaires et remonta le courant, vers l'endroit où les flancs du canyon se faisaient tellement abrupts qu'ils en ressemblaient aux murs d'une pièce. Il avait fait environ huit cents mètres lorsqu'il tomba sur un cul-de-sac, à savoir une espèce de mare boueuse et de profondeur incertaine qui s'étendait d'une paroi à l'autre. Au-delà de la mare, la carcasse d'une voiture échouée roues en l'air et, restes de l'inondation de l'hiver précédent, tous les débris qui s'étaient coincés dans les interstices de la roche.

Il tâta l'eau du bout du pied, son sac à dos, la couverture moisie et tout ce qu'il pouvait porter haut levé au-dessus de sa tête et serré dans sa seule main valide — s'il arrivait de l'autre côté et réussissait à y installer leur campement, personne ne pourrait les atteindre, à moins d'avoir des nageoires dans le dos. L'eau était tiède et, tachée, avait la couleur du thé qui sort du sachet deux fois ébouillanté. Une fine pellicule jaune collait à la surface de la mare. Il y avait très peu de courant. Il n'empêche : à peine eut-il soulevé le deuxième pied du bord qu'il perdit l'équilibre, seules la rapidité de sa réaction et la présence d'une maigre tige de jonc lui évitant de piquer du nez. Il comprit alors qu'il lui faudrait ôter ses *huaraches* — aussi lisses que les vieux pneus abandonnés dans lesquels il les avait découpées, elles n'offraient aucune prise —, et avancer pieds nus. Cette perspective ne l'enchanta guère. Qui savait ce qu'il y avait là-dedans ? Des serpents, des tessons de bouteilles ? Ces espèces de lentes d'eau qui, pâles et laides, sont capables de tuer une grenouille et de lui sucer les intérieurs jusqu'à ce qu'il n'en reste plus que la peau ? Il ressortit de la mare, s'assit lourdement au bord et enleva ses sandales.

Lorsqu'il entra de nouveau dans la mare en se collant à la paroi du canyon pour ne pas tomber, il s'était noué les *huaraches* autour du cou et avait arrimé son sac à dos sur sa tête. L'eau lui monta jusqu'aux genoux, jusqu'à l'enfourchure, jusqu'à la taille et finit par s'arrêter à ses aisselles, ce qui voulait dire qu'América devrait passer à la nage. Il réfléchit à la question tandis que ses orteils tâtaient le chemin dans la vase, imagina son épouse en train de nager, ses cheveux largement déployés sur ses épaules, sa robe roulée en boule dans l'une de ses jolies petites mains, elle la tiendrait bien haut, et dans l'instant il se sentit des envies de baise : il commençait, c'était clair, à aller beaucoup mieux.

Il trouva ce qu'il cherchait de l'autre côté de la mare, juste derrière la carcasse de la voiture. Il y avait là une langue de sable, une plage privée tout juste assez grande pour qu'on y étale une couverture et construise une manière d'abri — un appentis, peut-être —, après quoi, le canyon se fermait comme un poing. Abrupt, un mur de roche, haut de deux mètres cinquante au moins, partait d'une autre mare peu profonde et courait jusqu'à une ouverture par laquelle le ruisseau s'élançait dans les airs en une cascade qui jamais ne s'arrêtait. La lumière était douce, filtrée par la végétation au-dessus de sa tête, Cándido n'y vit bientôt plus ni roche, ni feuilles ni grains de sable, mais comme un salon où une grosse lampe à abat-jour pendait au plafond, avec des divans, des chaises et un parquet qui luisait sous une bonne couche de cire. Ce fut une révélation. Une vision. Le genre de chose qui eût pu pousser le pèlerin à élever un autel.

Il posa son sac à dos par terre et s'étendit sur le sable chaud jusqu'à ce que ses vêtements sèchent assez pour être tous d'une égale humidité. Puis il se leva, commença, un caillou à la fois et l'un à côté de l'autre, à construire un foyer et, dans l'excitation du moment, en vint à oublier sa douleur. Lorsqu'il en eut fini, lorsque le cercle fut complet et la vieille grille du frigo très joliment posée dessus, il découvrit qu'il avait encore assez de forces pour ramasser du bois — tout plutôt que de rester immobile —, et se mit à penser à ce qu'América allait peut-être rapporter ce soir. Si elle avait trouvé du travail, s'entend. Et, bien sûr, il faudrait qu'il aille l'attendre à l'ancien endroit et que tous les deux ils traversent la mare avec les commissions... mais peut-être aurait-elle des *tortillas*, ou un morceau de viande et des trucs à faire en ragoût, des légumes, du riz, deux ou trois pommes de terre...

Il n'y avait pas eu de petit déjeuner pour lui, rien, pas même une brindille à sucer, et il avait plus faim que jamais, mais cette faim l'aiguillonnait, tandis que le tas de branchages délavés grossissait, une idée commença à lui venir : il allait faire une surprise à América. Il allait lui offrir un vrai campement. Quelque chose de solide et de susbtantiel, un endroit qu'ils pourraient appeler leur foyer — au moins jusqu'au moment où il serait de nouveau sur pied et trouverait du travail, parce qu'alors ils auraient un bel appartement dans un bon quartier avec des arbres, des trottoirs et un emplacement pour la voiture qu'il lui achèterait aussitôt, et de cet emplacement il vit les contours, là, sur le goudron noir, bien délimités avec des bandes de peinture jaune...

Il trouva de la filasse (du fil à pêche ?) dans un tas de buissons qui baignaient dans l'eau, et deux sacs noirs en plastique dont il réussit à faire une manière de chaume pour le toit. Sa hanche l'élançait encore, et son genou aussi, et ses côtes lorsqu'il s'étirait, mais déjà il était l'esclave de son idée et, travail dont il pouvait être fier, lorsque le soleil ayant enfin franchi le canyon, il se retrouva dans une pénombre artificielle, un solide appentis en branches entrelacées s'élevait sur la langue de sable derrière la carcasse rouillée de la voiture.

Épuisé par ses efforts, il s'endormit. Et lorsqu'il se réveilla, une légère patine de soleil colorait le bord oriental de l'accore au-dessus de lui. Toujours engourdi, il leva la tête, une fausse impression de bien-être le tenait encore lorsque... América ! Où était-elle passée ? Elle n'était pas là — mais comment aurait-elle pu l'être ? Ce n'était pas là qu'ils campaient, elle n'avait jamais vu cet endroit. Il se remit sur ses pieds, la douleur lui agrippa la hanche, il se maudit. Il était quatre ou cinq heures du soir, elle devait donc être là-bas en aval du ruisseau, elle devait le chercher... comment aurait-elle pu douter qu'il l'avait laissée tomber pour de bon ?

Toujours en jurant et se maudissant, il plongea dans la mare et fendit l'eau boueuse, le cœur battant, et au diable ses habits. Dans le ruisseau il fila aussi vite que sa hanche le lui permettait, comme un frénétique déjà, complètement paniqué... et tourna le coin, l'ancien camp : elle n'était pas là. Molles étaient les feuilles et calme le ruisseau. Mais pas trace d'América, pas un mot, pas de cailloux empilés, pas un seul gribouillis dans le sable. Mauvais, tout ça, *muy gacho*. Au cul cette *pinche vida* qui puait ! Au cul !

Alors, et c'était la première fois depuis l'accident, il se mit en devoir de remonter le chemin, et chaque pas qu'il faisait était crucifixion — mais il n'avait pas le choix. Trente mètres à peine, et déjà il lui fallait s'arrêter pour reprendre son souffle. Ses habits trempés lui collaient à la peau — il avait maigri, pour sûr, à rester allongé sur ce sable qui puait, avec rien d'autre à bouffer que des cochonneries et quelques légumes, neuf jours durant, tel un vieux sac d'os dans un asile de vieillards. Il cracha par terre, il serra les dents et continua d'avancer.

Il devait être au moins six heures, mais le soleil brûlait encore, plus fort et plus haut qu'en bas. Malgré ses vêtements mouillés, il commença à suer, et dut se servir de ses mains, de sa seule main valide, pour négocier les endroits difficiles. Il était à mi-chemin du sommet — la piste filait sur la droite et faisait le tour d'un gros rocher en forme de dent ébréchée — lorsqu'il eut droit à une surprise. Une mauvaise surprise. Il avait déjà tourné le coin du rocher et scrutait le chemin devant lui quand il s'aperçut qu'il n'était pas seul. Un homme dévalait le sentier, quelqu'un qu'il ne connaissait pas, quelqu'un qui se déplaçait à grands pas et, mécanique compliquée de sa démarche, semblait jeter sa hanche de côté comme si elle ne lui appartenait pas. La première réaction de Cándido fut de se cacher dans les buissons, mais trop tard : l'homme était déjà sur lui et, tel un insecte qui descend le long d'un brin d'herbe, se penchait en arrière pour ne pas se laisser emporter par la pente.

— *Hey, 'mano,* dit l'homme d'une voix aussi haute et dure que le cri d'un faucon. *¿ Qué onda ?* Quoi de neuf ?

Immobile au milieu du sentier qui ne faisait pas cinquante centimètres de large, il était grand et pâle — et la pente le rendait plus grand encore —, et parlait l'espagnol des ruelles et *cantinas* de Tijuana. Il portait une casquette de base-ball tournée à l'envers et, d'une couleur qu'il n'arrivait pas à identifier, entre le jaune et le rouge, ses yeux étaient comme deux ecchymoses sur sa figure. Un des *vagos* du marché au travail, c'était ça qu'il était. Et il avait sûrement un cran d'arrêt dans sa poche, ou alors dans sa ceinture, caché au creux de ses reins.

— *Buenas*, marmonna Cándido en le surveillant du coin de l'œil.

Dieu sait pourtant s'il n'avait rien d'intéressant sur lui en dehors de ses habits, et ceux-ci avaient été lavés et ravaudés si souvent qu'on en aurait pas tiré deux *centavos* chez un fripier. Mais on ne sait jamais : parfois ces gens-là vous piquaient votre chemise par pure méchanceté.

— C'est comment, en bas, mon frère ? reprit l'inconnu en lui montrant le ravin d'un bref coup d'œil.

La lumière du soleil glissa sur son visage. Sa peau avait la couleur d'un morceau de savon sale — pas blanc, non, mais pas noir non plus.

— C'est confortable ? Tranquille ? Et y a de l'eau, non ?

L'homme ayant tourné les épaules pour examiner le ravin, Cándido s'aperçut qu'il s'était attaché un matelas dans le dos avec du fil. Cándido n'avait aucune envie de l'encourager — si jamais ça se savait, tout le marché au travail se mettrait à débarquer dans le canyon.

— Pas des masses, dit-il.

Voilà qui était drôle. L'homme y alla d'un petit rire sec comme un aboiement, puis lui sourit, Cándido découvrant alors qu'il portait des fausses dents bon marché.

— A te regarder, *carnal*, reprit l'inconnu, on dirait pourtant qu'y en a assez pour nager, non ?

Cándido soutint son regard. Et haussa les épaules.

— C'est un endroit de malheur. J'y avais fait un campement, mais ils me l'ont pillé il y a trois jours. Des *gabachos*. Ils ont écrit des trucs sur les rochers avec des bombes à peinture. C'est pas moi qui vais y redescendre.

Des oiseaux voletaient de buisson en buisson. Le soleil ne bougeait plus. L'inconnu prenait son temps.

— C'est pour ça que t'as cette gueule-là ? Et ton bras ?

— Ouais, enfin... non. Ça, c'était avant.

Cándido haussa de nouveau les épaules en sentant l'écharpe délabrée qui lui maintenait le bras gauche. Ça allait mieux, mais ça ne lui laissait quand même qu'un bras et demi contre les deux du bonhomme... si on en arrivait là.

— C'est une longue histoire, ajouta-t-il.

L'homme parut évaluer ce qu'on lui racontait. Les bras croisés, il scruta le visage de Cándido comme s'il allait y trouver la solution du puzzle. Il ne fit pas un geste pour laisser passer Cándido — il contrôlait la situation, et le savait.

— Alors, où c'est que t'as mis tes affaires ? demanda-t-il de sa voix qui se perdait dans les aigus. Parce que, si ce que tu dis est vrai... t'as pas de matelas, t'as pas de trucs pour faire la bouffe. T'aurais pas un peu de fric planqué dans un pot, des fois ? Rien dans les poches ?

— Ils m'ont tout pris, mentit Cándido. *Pinche gabachos*. Je me suis planqué dans les buissons.

Une seconde après l'autre, un long moment s'écoula. Cándido glissa doucement sa main dans sa poche et y sentit le poids de son pauvre cran d'arrêt à lui, celui, tout rouillé, qu'il s'était acheté après que les voyous avaient attaqué América à la frontière.

— Écoute, dit-il en essayant de reprendre le contrôle de la situation sans déclencher des trucs qu'il aurait pu regretter plus tard (vu l'état dans lequel il était, l'inconnu n'aurait aucun mal à le bouffer tout cru), ça m'a fait du bien de parler avec toi, ça fait toujours du bien de causer avec un *compañero*, mais y va falloir que j'y aille. J'ai toujours pas

d'endroit où dormir et tiens, justement t'en connaî-
trais pas un, des fois? Mais sûr, hein...

Pas de réaction. L'œil fixe, l'inconnu contempla le
vide béant du ravin derrière Cándido, palpa méca-
niquement sa poche de chemise, y plongea la main,
puis en ressortit une plaque de chewing-gum enveloppée dans un emballage en papier aluminium qui
ne brillait pas. Lentement, nonchalamment même,
comme s'il avait tout le temps devant lui, il introduisit un bout de sa plaque entre les maigres volets de
ses lèvres, se mit à mâcher et écrasa l'emballage
comme on étrangle. Cándido regarda le morceau de
papier tomber de ses mains dans la poussière
blanche du chemin.

— En plus, j'aimerais bien bouffer quelque chose,
enchaîna-t-il et, pour voir, il prit un air lamentable,
se fit chien battu, clodo qui mendie dans la rue.
T'aurais pas un machin à grignoter, par hasard?

Alors l'inconnu posa de nouveau son regard sur
lui, le cloua sur place de ses yeux étrangement marron. Cándido avait inversé les rôles: c'était lui qui
posait les questions, maintenant. Brusquement
l'inconnu parut mal à son aise avec ses mâchoires
qui œuvraient prudemment autour de sa plaque de
chewing-gum. Cándido songea à son grand-père
lorsque, à l'âge de cinquante ans, condamné à ne
plus avaler que des aliments réduits en purée, il portait un dentier tellement fendu et mal ajusté qu'il
semblait avoir été conçu par un tortionnaire nazi.
L'instant avait filé, aucune menace ne tenait plus.

— Désolé, *'mano*, dit l'homme et aussitôt il lui
passa devant et s'enfonça dans le canyon.

De lui Cándido ne vit bientôt plus que le haut de sa
casquette qui disparaissait dans le virage, tournée à
l'envers, de sorte qu'il ne pouvait dire si l'inconnu
regardait en avant ou en arrière.

Tout secoué, Cándido se retourna et reprit sa pro-
gression vers le haut du canyon. Devoir s'inquiéter
de cette espèce de *pendejo* puant et fêlé de la dent qui
allait fourrer son nez en bas! Comme s'il n'avait pas
assez d'emmerdes comme ça! Que se passerait-il s'il

découvrait le campement? Soudain, il se sentit
jaloux, possessif : quel fils de pute, quand même !
Des canyons, il y en avait absolument partout dans le
coin, innombrables. Pourquoi fallait-il qu'il choisisse
justement celui-là? La colère l'aiguillonna, l'inquiétude aussi. Il soufflait fort et sa hanche l'élançait,
comme son genou et la croûte purulente qui lui couvrait tout le côté gauche du visage, il continua
d'avancer, se força, jusqu'au moment où un crissement de pneus lui ayant fait comprendre que la
route se trouvait juste au-dessus de lui, il s'arrêta un
instant pour reprendre sa respiration.

Enfin il sortit des buissons et fut sur la route où,
déferlement insensé de feux rouges qui se poursui-
vaient, les voitures des *gringos* lui passaient devant
— mais où se ruaient-ils donc? Et pourquoi? Pour se
faire du pognon, c'était sûrement ça. Pour se
construire leurs tours de bureaux en verre et ajouter
des chiffres et des chiffres sur leurs petits écrans de
télé tout noirs, pour s'enrichir... voilà, c'était pour ça
qu'ils se ruaient. Pour ça qu'ils avaient des bagnoles,
des habits et de l'argent alors que les Mexicains n'en
avaient pas. Cándido marcha le long de la chaussée
et se sentit tout bizarre, — c'était très exactement là
qu'il s'était fait renverser —, sentit le souffle froid
comme acier d'une voiture qui lui passait dans le
dos, et quelqu'un appuya sur son klaxon, et il en
bondit presque hors de sa peau. Les feux rouges de
la voiture s'éloignèrent, il les regarda et jura entre
ses dents.

La boutique du Chinois : ce fut là qu'il regarda en
premier, mais América ne s'y trouvait pas. Il n'y avait
d'ailleurs pas un seul Mexicain dans le magasin —
pas à cette heure. A croire qu'ils s'étaient enfoncés
dans la terre, qu'ils y avaient tous disparu comme les
crapauds qui sortent après la pluie et se font la malle
au coucher du soleil. Mais l'endroit regorgeait de
Norteamericanos, en hordes ils étaient venus et ne
cessaient de monter dans leurs voitures et d'en descendre, de se précipiter dans le magasin et d'en ressortir les bras chargés de sacs en papier brun rem-

plis de canettes de bière, de bouteilles de vin et de petits trucs agréables à s'enfourner dans la bouche. Et tous, ils le dévisageaient comme un lépreux.

Le haut de la rue : attention, regarder des deux côtés avant de traverser. Personne ne descendait dans le canyon, tous ils en montaient, impitoyablement, sans jamais s'arrêter, et avaient assez de voitures pour remplir vingt cargos rentrant au Japon où on les fabriquait. La petite *plaza* marchande, celle qui se trouvait au milieu du marché couvert, celle où travaillait le *paisano* italien. C'était là qu'América l'attendait sûrement si elle l'avait loupé plus bas ou si — brusquement l'idée le frappa de plein fouet, comme une inspiration... et si elle avait trouvé du travail ? Et s'il s'était fait tout ce mauvais sang pour rien ? Si elle avait de l'argent, ils pourraient s'acheter de quoi manger.

De quoi manger. Rien que d'y penser, il sentit son estomac se serrer et faillit s'évanouir, eut la tête qui tournait, juste un instant, mais assez pour s'écraser dans un grand *gabacho* avec des rouflaquettes qui lui bouffaient la moitié de la figure et des cheveux tout gominés sur le crâne, comme ceux d'Elvis sur les tapisseries en velours noir. L'homme l'écarta de son chemin d'une violente poussée de ses bras et éructa quelque chose de dur, de méchant, de si haineux même que son visage parut en exploser.

— Escuse, escuse, marmonna Cándido en levant les bras en l'air.

Et déjà il reculait et se serait mis à courir pour de bon si, tous les *gabachos* du parking l'observant de près, ses jambes n'avaient pas refusé de le porter.

Il était six heures du soir — déjà le soleil commençait à descendre à l'occident et, telles images surgies d'un rêve, l'ombre des arbres à s'allonger sur les vitres —, et América travaillait. Travaillait encore. Bien que ses six heures se fussent écoulées et que le gros *gringo* eût disparu. Candelario Pérez avait dit six heures de boulot pour vingt-cinq dollars de paie,

huit heures avaient passé, América se posait des
questions : est-ce que cela voulait dire que le gros
allait lui donner davantage ? Vingt-cinq dollars divi-
sés par six égalent quatre dollars et seize *cents* de
l'heure, ses deux heures de travail supplémentaires
allaient donc lui rapporter... Huit dollars et trente-
deux *cents* de plus ? Elle en rougit d'aise. Elle était en
train de gagner de l'argent, de l'argent pour manger,
de l'argent pour Cándido et son bébé, elle qui n'avait
jamais gagné un *centavo* de sa vie. Bien sûr, elle avait
travaillé chez son père, elle y préparait les repas, nettoyait et faisait des courses pour sa mère et son père
lui donnait un peu d'argent toutes les semaines, mais
jamais comme ça. Gagner de l'argent chez un
inconnu — et un *gringo,* encore —, cela n'avait rien à
voir. C'est Cándido qui allait être surpris ! Naturellement, il avait déjà dû deviner qu'elle travaillait,
mais... attention, ce soir quand il la verrait descendre le chemin avec toutes les commissions qu'elle
aurait dans les bras, avec la viande, les œufs, le riz, la
boîte de sardines énormes, celles qui nagent dans
une huile si somptueuse qu'on s'en lèche le bout des
doigts...

C'était à ça qu'elle pensait, ça dont elle se forçait à
garder l'image dans son cerveau cependant que,
même au bout de huit heures, ses mains étaient
encore vives et agiles et que les vapeurs la dérangeaient à peine alors que Mary ne les supportait pas.
La grande *gringa* avec son anneau dans le nez n'arrêtait pas de jacasser depuis que le gros homme les
avait conduites dans cette belle et longue pièce enca-
drée de fenêtres et leur avait confié à chacune une
paire de gants en latex jaune et des bouteilles en
plastique remplies de produit. América ne comprenait évidemment rien à ce que racontait la hippie,
mais le sens général de ses paroles était clair : la
gringa n'aimait pas ce qu'on lui avait demandé de
faire. Et d'ailleurs, ce travail, elle n'en avait pas
besoin. Elle avait une maison avec un toit, quatre
murs et un frigo bourré de nourriture. Elle n'aimait
pas les vapeurs du produit, elle n'aimait pas le

patron, elle n'aimait pas sa belle maison, elle n'aimait pas la vie qu'on menait sur cette terre... Et de temps en temps elle sirotait un peu de cette liqueur qu'elle avait sur elle et, au fur et à mesure que passaient les heures, en était venue à travailler de plus en plus lentement, jusqu'à ne presque plus faire autre chose que rester assise à râler et râler encore.

Le travail était pénible, ça ne faisait aucun doute. Le bonhomme avait empilé, jusqu'au plafond, des centaines de caissettes en paille le long des murs, et chacune renfermait une statuette en pierre du Bouddha, entièrement noircie par l'âge et la moisissure. Elles étaient toutes pareilles : hautes d'une soixantaine de centimètres et plus lourdes que du plomb, elles avaient le crâne chauve, un ventre de femme enceinte et un sourire idiot qui passait pour dire la sagesse de la divinité mais aurait aussi bien pu signifier que le dieu avait à jamais sombré dans la sénilité ou la simple constipation. Et chacun de ces bouddhas il fallait astiquer avec le produit corrosif afin de lui redonner des couleurs — au front, sous les paupières et les lèvres, dans les plis des aisselles, au fond du trou noir et minuscule de son nombril. Après, quand tout était nettoyé et que le produit corrosif avait dévoré le moisi, et la brosse métallique récuré au plus profond, quand alors le bouddha prenait des teintes roses et lustrées, le moment venait où, en humectant la colle déjà étalée derrière, il fallait fixer le petit ruban de papier doré qui proclamait : JIM SHIRLEY IMPORTS.

Vapeurs nocives, tirades geignardes et nasales de la *gringa*, raidissement des doigts et douleurs qui lui montaient dans le dos à force d'extraire de son berceau de paille une statuette après l'autre avant de la poser sur la table devant elle, América se moquait de tout. Pour elle, une seule chose comptait : satisfaire le gros barbu plein de santé qui lui avait donné la chance de gagner assez d'argent pour rester en vie jusqu'à ce que la situation s'améliore. América travaillait dur. Elle travaillait comme dix. Et jamais ne s'arrêtait, pas même pour se redresser ou se masser les doigts, non, pas même une minute.

Pour finir, il était sept heures et quart à la pendulette-soleil en bronze accrochée au mur, le gros homme franchit la porte d'un coup et, tout suant, regarda les deux femmes d'un œil fou. Il soufflait fort et des taches de mouillé auréolaient les entournures de son large T-shirt où Mickey Mouse se tenait en équilibre sur les marches du Royaume magique. Il aboya quelque chose d'une voix profonde et rugissante, Mary se remit aussitôt debout et lui rugit quelque chose d'autre en retour. América avait baissé la tête et, comme si elle voulait le scier en deux, passait furieusement sa brosse métallique sur le ventre du bouddha suivant. Elle était fatiguée, elle avait faim et envie de faire pipi, mais elle voulait aussi rester à jamais enfermée dans cette grande pièce propre et claire, à gagner quatre dollars et seize *cents* de l'heure tant qu'heure après heure, son sang voudrait bien continuer à couler dans ses veines et ses poumons à se gonfler d'air. Encore elle frotta la statuette, encore et encore, furieusement.

Le *patrón* ne parut pas remarquer. Les mots qu'il employait étaient tronqués, coupés au bout comme s'il n'avait plus assez de souffle à leur donner :

— Bon, allez, dit-il, on y va.

Et deux fois il claqua dans ses mains, deux petits coups aussi secs, abrupts et impatients que tirs de canon. América n'osa pas relever la tête. Ses doigts volèrent, sa brosse grinça de plus belle. Il s'approcha et parla, juste au-dessus d'elle.

— Allez, on file ! J'suis pressé, moi.

La panique s'empara d'elle. C'était l'heure de partir, non ? Huit heures et des poussières... bien sûr que c'était l'heure. Et pourtant, elle n'arrivait pas à se défaire de l'impression qu'il la critiquait et lui enjoignait de travailler encore plus vite et plus dur, d'appuyer sur la brosse, d'ajouter du produit et de faire aussi fort briller tous les bouddhas de la pièce que s'ils sortaient à peine de leurs moules.

— Putain de Zeus ! dit-il en faisant siffler l'air entre ses dents, et alors elle comprit.

Elle voulait s'excuser, déjà les mots se pressaient sur ses lèvres, mais elle n'en eut pas le temps. Elle ne comprenait toujours pas ce qui lui arrivait lorsque, la prenant par le coude, il l'extirpa brutalement de son siège et lui cria :

— Finir, maintenant ! Finir !

Une cigarette coincée entre les lèvres, Mary lui lança aussitôt un *Vamos* pâteux et dans l'instant ils se retrouvèrent tous les trois dehors, descendirent les marches en cavalant et montèrent dans la voiture neuve aux portières hermétiques.

Mary s'étant installée devant avec le *patrón*, América eut, comme une reine ou une star, toute l'étendue de la banquette arrière à elle seule. Elle s'y laissa aller et permit à ses yeux d'errer sur les pelouses bleutées où éclataient des fleurs — il y en avait partout, jusqu'aux arbres de la rue qui en étaient pleins —, et les grandes maisons anguleuses qui sortaient des collines au-delà, et toutes elles étaient rayées d'une multitude de fenêtres comme s'il fallait craindre une invasion océane. Elle se demanda ce qu'elle ressentirait si un jour il lui était donné de vivre dans une de ces demeures, de regarder dehors par la fenêtre de la cuisine, de contempler les escarpements ensoleillés du canyon pendant que la machine ferait la vaisselle et que de la radio s'élèveraient de doux et tristes accents de violons et de violoncelles. Elle scruta la nuque du gros homme pour savoir, mais la nuque du gros homme ne lui révéla rien. Épaisse, rosâtre, avec des petites moues de chair en bas et une émeute de cheveux raides et massacrés en haut, elle n'avait rien de particulier. Alors América se posa des questions sur l'épouse du monsieur — à quoi ressemblait-elle ? Était-elle grosse, elle aussi ? Ou alors, faisait-elle partie de ces femmes qu'on voit sur les pubs, avec un collant de danse qui moule les seins et des yeux qui sortent de la page comme ceux d'une bête féroce ?

Ils franchirent un portail fait de deux grilles couleur pastel qui s'étaient automatiquement ouvertes à leur approche — ce portail avait surgi pendant la

journée, elle en était sûre. Elle était arrivée aux environs de dix heures et demie du matin et, maisons,
voitures et gens qui se trouvaient dedans, tout,
jusque dans ses moindres nuances, l'excitait, elle se
rappelait bien avoir vu une demi-douzaine de ses
compatriotes travailler avec pelles et pioches près
d'une bétonnière et elle avait même cru en
reconnaître un du marché au travail, mais la voiture
roulait trop vite pour qu'elle en soit certaine... Deux
piliers en pierre encadraient la route et, par-dessus,
il y avait une grille en fer forgé portant une inscription en espagnol — ARROYO BLANCO — et un truc
en anglais qu'elle ne parvint pas à déchiffrer. Il y
avait encore une petite guérite, comme les guichets
où on paie au cinéma, mais personne dedans et le
patrón ne s'arrêta pas. Le portail était ouvert. América regarda par-dessus son épaule et vit que les
barres en acier du portail dépassaient de l'autre côté
des piliers et s'étendaient jusqu'à une série de
colonnes de pierre plus petites et pas encore entièrement construites. Elle remarqua une brouette, trois
pelles très proprement alignées, une pioche, mais
déjà ils avaient pris la route du canyon et redescendirent la colline en direction du marché au travail.

Mary disait quelque chose au *patrón* en agitant les
mains, en montrant du doigt... elle lui indiquait le
chemin, voilà, c'était ça..., il s'engagea dans une
ruelle qui, après avoir traversé une chênaie poussié-
reuse, déboucha sur un petit groupe de cottages
tapis sous de grands arbres. Tous avaient besoin
d'un bon coup de pinceau, mais ils étaient bien jolis,
charmants même, avec leurs bardeaux en bois, leurs
solides vérandas et leurs poutres déjà grises tant
elles étaient anciennes. Des pick-up et des voitures
de sport étrangères étaient garés devant. Il y avait
des fleurs dans des pots, des chats qui traînaient partout, et ça sentait le barbecue en plein air. C'était là
que la *gringa* habitait.

Le gros homme arrêta la voiture devant un bungalow en cèdre au bout d'une allée, Mary lui dit quelque chose, le gros homme se tortilla sur son siège et

porta la main à son portefeuille. América n'arriva
pas à voir combien il lui donnait, mais à en juger par
la manière dont l'espèce de grosse vache saoule
qu'elle était se démenait, c'était sûrement bien plus
que pour les six heures et les quelque vingt-cinq dollars qu'on lui avait promis — ou lui avait-on fait
miroiter davantage ? América en reçut comme un
coup de poignard dans le dos, et souffrit plus encore
lorsqu'elle vit un garçon d'une douzaine d'années
surgir soudain sur une moto boueuse et disparaître
aussitôt derrière le bungalow dans un mirage de
fumée d'échappement. Candelario Pérez avait parlé
de vingt-cinq dollars, mais peut-être Mary en tou-
chait-elle trente ou trente-cinq, plus les deux heures
supplémentaires, parce qu'elle était blanche, parlait
anglais et avait un anneau dans les trous de nez.
C'était ça, América n'en douta plus. Elle regarda
leurs têtes, grosses, complices, elle regarda les
épaules qui s'abaissaient au moment où l'argent
changeait de mains et soudain Mary n'était déjà plus
dans la voiture et le *patrón* se penchait par-dessus
son dossier pour lui dire quelque chose dans sa
langue aux mots hachés, haletants et remplis de gar-
goullis incompréhensibles.

Il voulait qu'elle s'assoie devant, c'était ça. Les
contorsions de son visage et les gestes de ses mains
bouffies le disaient clairement. Bon, d'accord. América descendit de la voiture, puis se glissa sur le siège
moulé à côté de lui. Le gros homme fit demi-tour et
lança la voiture sur la route dans une grande explosion de poussière.

Il alluma la radio. Ni violons ni violoncelles : des
guitares. América reconnut vaguement la chanson —
Hotel California ou un truc de ce genre, *Welcome,*
welcome —, et songea que tout cela était décidément
bien étrange : se retrouver dans une voiture de riche,
gagner de l'argent, vivre dans le Nord... Elle n'avait
jamais pensé que ça pouvait vraiment arriver. Si on
lui avait dit ça quand elle allait à la petite école, elle
ne l'aurait pas cru. Ce n'aurait été qu'un conte de
fées de plus, comme celui de la bonniche et de la

pantoufle de vair. Et lorsque le gros homme lui posa nonchalamment la main sur la cuisse, même avant qu'il lui sucre ses deux heures supplémentaires et la vire brutalement de la voiture, elle eut envie de la repousser d'un coup sec, de la trancher à la machette et de l'enterrer dans la cour de quelque *bruja*, mais n'en fit rien. Elle la laissa seulement reposer là comme une chose morte, même lorsque cette main s'étant mise à bouger et s'insinuer, elle eut envie de hurler à la voiture de s'arrêter, à la portière de s'ouvrir et aux buissons rudes et desséchés du ravin de l'accueillir et cacher à jamais.

CHAPITRE 7

Delaney était pressé. Il faisait réduire sa sauce marinara depuis deux heures de l'après-midi et les moules étaient déjà prêtes et toutes fumantes dans la marmite lorsqu'il s'aperçut qu'il n'y avait plus une pâte dans la maison. La table était mise et la salade tournée, Kyra allait arriver d'une minute à l'autre, Jordan était tétanisé par son jeu vidéo et l'eau des pâtes bouillait déjà, mais... point de pâtes. Il décida de prendre un risque : dix minutes pour descendre, dix minutes pour remonter, Jordan ne courait aucun danger.

— Jordan, lança-t-il en passant la tête à la porte de la chambre de son fils, je descends chercher des pâtes chez Gitello. Ta mère va arriver. Si jamais il y a un problème, tu vas chez les voisins. Les Cherrystone... la maison de Selda. Je viens de l'appeler. D'accord ?

La nuque du gamin était pâle et grêle, grande cosse de fleur exotique secouée par les vents de la vidéo, un sursaut ici, là un haussement d'épaules, la tête qui, concentration inattaquable et inviolée, soudain se penche en avant.

— D'accord? répéta Delaney. Ou bien tu veux venir avec moi? Tu peux si tu veux.

— D'accord.

— D'accord quoi? Tu viens ou tu veux rester?

Une pause se fit, pendant laquelle Delaney s'habitua à la faible lumière artificielle de la pièce — lueur de cellule ou de donjon —, et sentit l'emprise féroce du petit écran gris qui jamais ne lâche sa proie. Jordan avait baissé les jalousies, seules les courtes rafales et détonations de son jeu vidéo se faisaient entendre avec, de temps à autre, les accents d'un jingle en boîte. Delaney vit la maison qui brûlait, et Jordan était enfermé dedans, il avait pris feu et s'en rendait à peine compte, dix minutes pour descendre, dix minutes pour remonter, Delaney comprit qu'il ne pouvait pas laisser le garçon tout seul une seconde, même pas avec Selda tout à côté, alors que les moules commençaient à durcir, que l'eau bouillait de plus en plus fort dans la marmite et que Kyra allait arriver d'un instant à l'autre. Jordan avait six ans d'âge et le monde était plein de mauvaises surprises, il n'y avait qu'à voir ce qui était arrivé au chien juste derrière la maison. Pas question d'y penser.

Jordan n'avait même pas tourné la tête.

— Rester, murmura-t-il.

— C'est pas possible.

— Je veux pas y aller.

— Il va quand même falloir.

— Maman sera ici dans une minute.

— Monte dans la voiture.

Pas un brin de circulation — il était presque six heures du soir —, Delaney fit le chemin en huit minutes, y compris celles pendant lesquelles il dut attendre derrière les deux voitures arrêtées au portail qu'on avait érigé pendant l'après-midi afin de tenir la racaille à l'écart des selves élyséennes de l'Arroyo Blanco. Mais le parking de l'Italien regorgeait de banlieusards qui, la mine épuisée, se dégourdissaient les membres dès qu'ils s'extirpaient de leurs véhicules et franchissaient le seuil du maga-

sin en vacillant afin d'y chercher packs de six, salade
pré-coupée (assaisonnement prémélangé à ajouter,
et c'est tout) et litre de lait zéro pour cent de matière
grasse. Assis devant et sanglé comme il fallait, Jordan s'était à nouveau penché sur son *Game Boy*.

— Tu viens? lui demanda Delaney.

Zip, bang, zing-zing-zing.

— Hmmm, non.

Alors Delaney s'envola, sur la pointe des pieds
bondit et rebondit — et qu'est-ce qu'il leur fallait
encore? du lait? du pain? du café? —, les épaules
rentrées, sur la défensive cependant qu'il se frayait
un passage entre les chairs amassées et les caddies ô
combien dilatoires de ses compagnons de shopping.
Il avait coincé une boîte de pâtes sous son bras —
des *perciatelli*, d'importation, dans leur emballage
rouge et jaune — et serrait fort sur sa poitrine deux
baguettes [1], un triangle de fromage Romano, une
bouteille de quatre litres de lait et un bocal de poivrons grillés lorsqu'il buta contre Jack Jardine. Il
pensait à l'iguane à cornes qu'il avait aperçu pendant
sa randonnée de l'après-midi (beaucoup de gens parlaient plutôt, et à tort, de crapaud à cornes) et à
l'étonnante faculté qu'avait cet animal de lancer du
sang par ses globes oculaires quand il se sentait
menacé, il se retrouva sur le bonhomme avant de
s'en apercevoir.

L'instant fut embarrassant. Non seulement parce
que Delaney courait pratiquement au trot en descendant l'allée et avait bien failli le renverser, mais aussi
à cause de ce qui s'était passé à la réunion quelque
dix jours auparavant. Il y avait beaucoup pensé et en
était venu à se dire, et ça l'irritait, qu'il s'y était rendu
passablement ridicule.

— Jack, souffla-t-il, et il sentit son visage passer
par toutes sortes de permutations avant de s'arrêter
au sourire expiatoire.

Jack se tenait renversé en arrière sur une hanche,
la veste boutonnée, la cravate impeccable, un panier

---

1. En français dans le texte. *(N.d.T.)*

en plastique lui pendant au bout des doigts. Deux bouteilles de merlot reposaient mignonnement au fond de son panier, le goulot en dépassant à un bout. Costume croisé de couleur pâle qui mettait en valeur son bronzage et faisait écho aux teintes blondes de sa barbe serrée, il avait fière allure, le Jack — comme d'habitude.

— Delaney, dit-il en se penchant en avant pour attraper un bocal de cœurs d'artichauts en marinade.

Et, sourire seigneurial et amusé, il déposa le bocal dans son panier et se redressa.

— Tu étais drôlement échauffé l'autre soir, reprit-il en lui montrant ses dents et tout son sourire de séducteur des prétoires. Tu as même failli me surprendre.

— Je me suis laissé emporter.

— Non, non, tu avais raison. Absolument raison. C'est seulement que tu sais aussi bien que moi comment se conduisent nos voisins... Tu ne respectes pas l'ordre du jour et c'est tout de suite le chaos, purement et simplement. Et l'histoire du portail, c'est important. C'est peut-être même ce que j'ai mis de plus important à l'ordre du jour depuis deux ans que je préside à ces réunions.

L'espace d'un instant, Delaney revit la voiture fantomatique en train de descendre Piñon Drive à faible allure, ses haut-parleurs crachant leurs poum-poum tel un cœur monstrueux. Il chassa cette image d'un clin d'œil.

— Tu crois vraiment ? Moi, je dirais plutôt que ce n'est pas nécessaire et que... je ne sais pas, c'est même assez irresponsable.

— Irresponsable ? répéta Jack en lui décochant un regard interrogatif.

Delaney redistribua ses achats, sa bouteille de lait passant de sa main droite dans sa main gauche et ses *baguettes* se nichant sous son bras cependant que ses pâtes trouvaient asile au creux de sa poitrine.

— Je ne sais pas, reprit-il. Je pencherais plutôt du côté nous-vivons-dans-un-pays-démocratique, comme l'a dit le type en short... Parce qu'enfin nous y mettons tous quelque chose, non? Et se couper comme ça du reste de la société, comment peut-on justifier ça?

— Raisons de sécurité. Autoprotection. Prudence. Tu fermes bien ta voiture à clé, non? Et la porte de ta maison. (Petit claquement de langue, on passe d'une hanche sur l'autre, yeux plus bleus que jamais, regard de pierre.) Non, crois-moi, Delaney, je sais ce que tu ressens. Tu as entendu Jack Cherrystone nous donner son avis là-dessus et, côté ouverture d'esprit, personne ne lui arrive à la cheville. Non, notre société n'est plus ce qu'elle était... et ne le redeviendra pas tant que nous ne nous serons pas assurés du contrôle des frontières.

Les frontières. Delaney fit un pas en arrière sans le vouloir, une nuée de visages basanés surgissant devant lui au coin des rues et sur les rampes d'accès des autoroutes, rien que pour lui envahir le cerveau, et tous ils hurlaient leurs besoins d'êtres humains du fond d'une bouche pleine de dents pourrissantes.

— C'est du racisme, ça, Jack, dit-il, et tu le sais.

— Pas le moins du monde... simple question de souveraineté nationale. Sais-tu que l'année dernière, les USA ont accepté plus d'immigrants que tous les autres pays du monde réunis? Et que la moitié d'entre eux se sont installés en Californie? Et je ne parle que des immigrants légaux, ceux qui ont un métier, de l'argent et de l'instruction. Ceux qui nous tuent, ce sont ceux qui franchissent le Rideau de tortillas en bas, au sud. Tous des paysans, qu'ils sont, mon ami. Aucune instruction, pas de ressources, pas de qualifications... tout ce qu'ils ont à offrir, c'est leur dos de mulet, et l'ironie de la chose, c'est bien que des dos de mulets, nous en avons de moins en moins besoin parce que chaque jour qui passe nous apporte son lot de robots, d'ordinateurs et de machines agricoles capables de faire le boulot de cent bonshommes pour deux fois rien.

Il baissa la main et conclut:

— Mais ça n'a rien de nouveau, tout ça.

Delaney posa sa bouteille de lait par terre. Il était pressé, il avait son repas qui mijotait sur la cuisinière, Jordan dans la voiture, et Kyra n'allait pas tarder à s'encadrer dans la porte, mais dans la chaleur de la discussion il en oublia tout.

— Je n'en crois pas mes oreilles, dit-il, et déjà il ne semblait plus contrôler son bras qui s'était mis à décrire un grand cercle. Tu te rends compte de ce que tu dis ? Les immigrants sont le sang de ce pays... car c'est ça que nous sommes : une nation d'immigrants, et tous autant que nous sommes, nous ne serions pas là si ce n'était pas le cas.

— *Clichés*[1], mon ami. La saturation, ça existe. Sans compter que nous autres, les Jardine, avons combattu pendant la guerre d'Indépendance... Alors, nous qualifier d'immigrants !

— Tout le monde descend d'un immigrant. Mon grand-père à moi est venu de Brême et ma grand-mère était irlandaise... Est-ce que ça me rend moins citoyen américain qu'un Jardine ?

Une femme aux cheveux permanentés et au visage aussi tendu qu'une peau de tambour se glissa entre eux pour attraper un bocal d'olives. Jack mit un rien de rocailleux dans sa voix :

— Là n'est pas la question, dit-il. Les temps ont changé. Radicalement. As-tu même idée de ce que nous coûtent ces gens, et je ne te parle pas seulement en termes de crimes, non... rien qu'en impôts qui filent aux services sociaux qui les prennent en charge. Non ? Eh bien, tu devrais te renseigner, tu sais ? Tu n'as pas lu le papier dans le *Times* d'il y a quinze jours ? Le rapport de San Diego ?

Delaney secoua la tête. Il sentit son estomac se contracter, entendit à nouveau les poum-poum des haut-parleurs fantômes. Soudain l'iguane à cornes bondit au premier plan de sa conscience : à quoi pouvait donc servir de cracher du sang par les yeux ? Comme si le prédateur qui s'apprête à vous faire la peau n'y trouvait pas son compte...

1. En français dans le texte. *(N.d.T.)*

— Écoute, Delaney, reprit Jack, calme et raisonnable, la voix chantonnante, c'est une simple question d'équation : d'un côté ce qui rentre, de l'autre, ce
qui sort. Les clandestins du comté de San Diego ont
versé soixante-dix millions aux impôts, mais dans le
même temps, ils lui en ont coûté plus de deux cent
quarante en services sociaux... allocation-chômage,
soins d'urgence, frais de scolarisation et autres. Tu
as envie de payer tout ça, toi ? Et les crimes qui vont
avec, hein ? Tu as aussi envie de payer pour ça ? Tu
as envie qu'un autre Mexicain fou vienne se jeter
sous tes roues en espérant décrocher la prime d'assurance ? Ou pire, tiens... tu as envie qu'ils se collent au
volant et sans assurances, sans freins, sans rien du
tout, qu'ils te foncent tous sur la figure ?

Delaney tenta de réorganiser ses pensées. Il aurait
voulu lui dire qu'il se trompait, que tout le monde
méritait d'avoir sa chance dans la vie et que les Mexicains s'assimileraient aussi bien que les Polonais, les
Italiens, les Allemands, les Irlandais et les Chinois,
même que d'abord, la Californie, c'était aux Mexicains qu'on l'avait piquée, mais il n'en eut pas l'occasion. A ce moment précis, Jack Junior sortit de derrière le rayon de bouteilles de jus de canneberge,
grand-voile de son T-shirt dehors, son pantalon
assez large pour mettre en faillite l'usine qui l'avait
confectionné. Deux litres de Pepsi avaient germé à
ses phalanges et il serrait un sac de *nachos* grand
comme un oreiller sous son bras. Et, bien sûr, le sac
était déjà ouvert. Delaney eut tôt fait de remarquer la
poussière de glutamate monosodique, de colorants
et de cristaux de sel qui lui collait au coin des lèvres.

— Salut, papa, marmonna le gamin en baissant la
tête pour éviter une banderole et saluant Delaney
avec un clignement d'yeux et un croassement
gauche. Faut que j'y aille, papa, lança-t-il encore,
d'une voix où brûlait l'urgence hormonale. Y a Stef-
fie qui m'attend.

Et déjà ils s'étaient mis en route vers les caisses,
tous les trois, en groupe, et Jack, Jack le conciliateur,
Jack le politicien, Jack qui toujours apaisait les récri-

minations, doléances et blessures, réelles ou imaginaires, posa un bras sur l'épaule de Delaney et lui gazouilla son chant le plus doux :

— Écoute, Delaney, dit-il, je sais ce que tu éprouves et je suis d'accord avec toi. Ce n'est pas facile pour moi non plus... parce que ça implique de repenser toute sa vie, tout ce qu'on est et tout ce qu'on croit. Non, fais-moi confiance : dès qu'on aura regagné le contrôle des frontières, si jamais on y arrive, s'entend, je serai le premier à exiger qu'on abatte ce portail. Mais ne te raconte pas d'histoires, Delaney : ce n'est pas demain la veille que ça va arriver.

Il y avait certes trois caissières, mais les gens ne s'en entassaient pas moins sur six rangées. Delaney gratifia Jack d'un petit sourire épuisé et se mit en ligne à côté de lui. Il jeta un coup d'œil à la horde de ses compagnons de shopping, contempla, au-delà même de sa caissière, les banderoles, fanions et autres slogans qui s'affichaient jusque dans le parking où son Acura rutilait au soleil, et se souvint qu'il était pressé — ou l'avait été en des temps lointains. Il vit les cheveux de Jordan, le haut de sa tête qui sautillait et ondulait juste au-dessus du tableau de bord et imagina l'apocalypse électronique qui se déchaînait dans l'espace confiné de l'habitacle cependant qu'agiles, les doigts de son gamin expédiaient l'envahisseur intergalactique ad patres à l'instant même où déjà le vaisseau suivant abordait.

Delaney choisit le sac en papier — recycler, recycler, sauver l'environnement — et attendit que la caissière ait enregistré les achats de Jack et Jack Junior. Derrière la jeune femme, le présentoir scintillait sous les piles électriques, les paquets de Slim Jim, de cure-ongles et de plaquettes de chewing-gum, il songea brusquement qu'il allait pouvoir coller son iguane à cornes dans son prochain article — l'animal avait quelque chose de vaguement symbolique, de profondément symbolique même, le seul problème étant de savoir de quoi au juste ?

— Désolé pour la leçon de morale, lui susurra

Jack dans le creux de l'oreille, mais tu vois bien ce que je veux dire, non ?

Delaney se tourna vers lui au moment où, d'un geste expert du poignet, la caissière faisait glisser les bouteilles de Pepsi de Jack Junior sur le décodeur.

— Bon, d'accord, Jack, dit-il enfin en lui concédant la victoire, ce portail ne me plaît pas et ne me plaira sans doute jamais, mais j'accepte. Personne n'a envie de voir des petits voyous de la ville traîner dans les Domaines. Ce serait complètement fou. Et si je me suis laissé un peu emporter à la réunion, c'est parce qu'il faut arrêter de nourrir les prédateurs — parce qu'il faut quand même que les gens comprennent enfin que...

— Tu as raison, dit Jack en lui serrant le coude d'un geste positif. Tu as tout à fait raison.

— Et je te le dis, moi, Kyra en a eu le cœur brisé... la mort de ce chien, non... et moi aussi, d'ailleurs. Quand on vit avec un animal domestique pendant tout ce temps...

— Je sais exactement ce que tu ressens.

Ils gagnèrent la sortie, leurs sacs dans les bras, Jack Junior les dominant comme une ombre dénaturée. Les portes s'ouvrirent en coulissant, ils se retrouvèrent tous les trois dans le parking. La lumière du soleil ricochait sur les pare-brise et les collines en étaient noyées. Jack dit sa douleur d'avoir appris la mort du chien et se demanda si Delaney avait jamais songé à publier un bulletin d'information pour la communauté des Domaines, une feuille, disons, où il avertirait les gens des dangers qu'on encourt en vivant aux franges du désert, et où il pourrait même reproduire certaines de ses chroniques ? Il était sûr que tout le monde adorerait. C'était évident.

Mais Delaney n'écoutait pas. A l'autre bout du petit parking, près du magasin de cadeaux, une altercation avait commencé, une espèce de chauffeur de poids lourd tout gras de la gueule et le cheveu fou s'étant mis à hurler... Une bagarre ? Tous les trois, ils s'immobilisèrent derrière la voiture de Delaney tandis que le combat se rapprochait d'eux... *espèce*

d'enculé de dos mouillé [1] *de mes couilles, j' te jure que
si tu fais pas gaffe où tu vas, j't'expédie ton sale petit
cul jusqu'à Algodones et retour...* et Delaney put enfin
découvrir le deuxième homme. Il vit ses mouvements de côté, ses pieds chaussés de sandales taillées
dans du pneu sale, ses yeux tachés de rouge et son
regard fuyant, sa moustache grisonnante et... ça
recommençait, il reconnut tout.

La colère et la honte l'envahirent en même temps
— cet homme était un clochard et rien de plus, il se
mettait à embêter quelqu'un d'autre, mais son
aspect, l'espèce de supplique muette qui se lisait
dans ses yeux, son bras en écharpe et la moitié de sa
figure qui disparaissait sous des croûtes, tout lui fit
honte à nouveau, fut blessure qui refusait de se fermer. Il avait envie de s'interposer, de mettre fin à
l'algarade et pourtant, et assez perversement en
somme, il aurait bien aimé que le petit étranger
basané fût écrabouillé dans l'instant, oblitéré, à
jamais jeté hors de son chemin. Ce fut alors, au
moment même où ainsi il vacillait, que le grand costaud se rua en avant et poussa si fort le Mexicain que
celui-ci vint s'écraser sur la malle arrière de la voiture de Delaney. Bruit mat du métal en feuille,
plainte étouffée du Mexicain. Le visage en feu, le
grand costaud cracha encore une insulte et pivota
sur ses talons.

Rivé sur place par le poids de ses énormes baskets
en cuir noir, Jack Junior serra les poings. En rien
défrisé par l'incident, Jack Senior avait fait un très
joli pas de côté et, le pli du pantalon droit comme fil
à plomb, tordait les lèvres de dégoût. Delaney était
en train de chercher ses clés lorsque l'altercation
s'était brusquement déplacée vers eux, il resta figé
près du coffre de sa voiture, ses commissions serrées
contre lui comme un bouclier. Au bout de ses doigts
ses clés se balançaient mollement ; comme engourdi,
il regarda l'homme à la peau sombre se relever en

1. Surnom donné aux Mexicains qui se mouillent le dos en
franchissant illégalement le Rio Grande. *(N.d.T.)*

tremblant et balbutiant des excuses dans son lugubre langage. Le Mexicain avait l'air sonné — ou peut-être dément. Il leva les yeux et tenta vaguement d'accommoder sur Jack, puis sur Jack Junior et enfin sur lui. Très faiblement, de l'intérieur de la voiture, montaient les minuscules effets sonores de la guerre électronique que menait Jordan. L'homme resta longtemps immobile à regarder Delaney en clignant des paupières, le bout de chiffon qui lui servait d'écharpe pendant à son bras, son visage tel un casque d'ecchymoses. Puis il se détourna et traversa le parking en boitant et se courbant comme s'il recevait une pluie de coups imaginaires.

— Tu vois ce que je veux dire? conclut Jack.

— Avec un espace pareil? s'entendit-elle dire et, avant même que ces mots aient franchi ses lèvres, elle sut qu'elle avait tort.

Elle aurait dû s'exclamer : « Et tout cet espace ! » en y mettant l'inflexion montante de la supporter enthousiaste, mais, Dieu sait comment, elle avait imprimé un tour négatif à la question, celle-ci semblant maintenant indiquer que ces vastes étendues de parquet impeccablement ciré et de hauts plafonds à poutres apparentes avaient quelque chose d'excessif, *de trop* [1], que la salle de séjour avait tout du terrain de basket et que la chambre de maître était, à elle seule, plus grande que la maison de Monsieur Tout-le-Monde et que... comme s'il y avait besoin de tout ça ! Qui donc, hormis le monstre de l'ego, le *parvenu* [2], le baron des chemins de fer pouvait même seulement en rêver ? Un champion de l'affaire conclue devait s'abstenir de poser ce genre de questions.

Louisa Greutert lui décocha un regard curieux — un infime coup d'œil étonné, rien de plus —, mais cela suffit. Kyra sut tout de suite ce qu'elle pensait.

1. En français dans le texte. *(N.d.T.)*
2. En français dans le texte. *(N.d.T.)*

Maigre, nerveux, la tonsure gris argenté et le visage de l'ascète, le mari de Louisa, Bill, errait dans les immensités de la salle à manger, les mains serrées dans son dos. P-DG de sa société, la *Pacific Rim Investments* [1], il vivait à Bel Air depuis vingt ans, sa première épouse y ayant passé l'essentiel de ces deux dernières décennies avec lui avant de décrocher la maison dans l'accord de divorce. Kyra lui donnait aux environs de soixante-cinq ans, même s'il paraissait plus jeune. Louisa, elle, approchait de la cinquantaine.

— Vous savez que nous fréquentons les Da Ros, murmura Louisa en faisant courir une main couverte de bijoux sur le dessus du buffet en acajou encastré dans le mur, enfin... nous le faisions avant qu'Albert décide de mettre fin à ses jours... D'après ce que j'ai entendu dire, ils auraient mal investi...

C'était moins l'énoncé d'un fait qu'une supposition, qu'une ouverture surtout : on avait envie de commérer. Et le commérage était une marchandise que Kyra était toujours prête à fournir, quand ça servait ses intérêts. Cette fois-ci néanmoins, elle se contenta de répondre :

— Elle vit en Italie.

— En Italie ?

— Sa famille y a une propriété. Aux environs de Turin. Vous ne le saviez pas ?

De fait, Kyra connaissait à peine Patricia Da Ros — l'affaire lui était arrivée par un collègue de la succursale de Beverly Hills et, en dehors de deux conversations téléphoniques intercontinentales, tous les termes du contrat avaient été négociés par fax.

Louisa garda le silence un instant, s'attarda sur quelques figurines en céramique déployées sur un vaisselier de style Renaissance gothique aux couleurs vives, puis elle releva la tête tel un chien de chasse qui a perçu un bruit lointain. Il était quatre heures et demie de l'après-midi et les rideaux de la grande pièce centrale flamboyaient dans la lumière.

1. Soit : Investissements des pourtours du Pacifique. *(N.d.T.)*

— Ils avaient une drôle d'attitude vis-à-vis de cette maison, reprit Louisa. Saviez-vous qu'ils n'y recevaient jamais personne ? Absolument jamais ?

Kyra laissa échapper un petit bruit vaguement interrogatif. Le signal était donné, elle allait faire l'article, porter aux nues le panorama, l'intimité des lieux, la valeur et l'exclusivité de l'affaire, mais quelque chose la retint. Elle était réticente aujourd'hui, pas du tout dans son assiette et, en voyant cette femme agile et affairée qui arpentait les couloirs et ouvrait tous les placards, elle eut soudain une révélation qui la surprit : au fond d'elle-même, tout au fond, elle ne voulait pas vendre. Elle voulait l'affaire, bien sûr, elle était née pour faire circuler des biens, et la commission qu'elle en retirerait la hisserait au sommet et, pour la quatrième année consécutive, lui assurerait le titre de Reine des ventes, mais jamais encore elle n'avait éprouvé ce genre de sentiments vis-à-vis d'une propriété. Plus elle y passait de temps à l'abri d'un monde brûlant, sec et qui poussait trop fort, plus elle commençait à se dire que cette maison lui appartenait — vraiment, pas uniquement au sens métaphorique. Comment ces gens pouvaient-ils même seulement croire aimer ces lieux comme elle ? Comment quiconque le pouvait-il ?

— Évidemment, disait maintenant Louisa en essayant d'ouvrir le dernier tiroir d'un buffet fermé à clé, ils étaient un peu loin de tout, ici... La maison est admirablement située, je ne dis pas le contraire, aux abords mêmes de Malibu et à seulement, quoi ? vingt minutes de Santa Monica ? mais il n'empêche : je me demande bien qui aurait pu avoir envie de se traîner jusqu'ici, même si les Da Ros avaient été du genre à recevoir...

Kyra n'avait rien à répondre à ça, ni dans un sens ni dans l'autre. Bill Greutert lui avait déjà confié qu'ils cherchaient quelque chose d'un peu retiré et c'était pour cela qu'il s'était plus particulièrement renseigné sur cette maison. « *C'est tellement encombré, en bas*, lui avait-il dit, *qu'on a toujours l'impression que la ville va vous dévorer, même à Bel*

Air. Il y a tout simplement trop de... (il avait agité la main d'un air exaspéré en cherchant le terme qui convenait)... *trop de gens, si vous voyez ce que je veux dire.* »

Elle voyait. Depuis les émeutes, elle avait rencontré des dizaines de couples comme les Greutert. Tous ils voulaient quelque chose à l'écart, quelque chose de rustique, de rural et de sûr... quelque chose qui fût loin des gens, de toutes classes et couleurs, naturellement, mais surtout loin des hordes d'immigrants qui déboulaient du Mexique et d'Amérique centrale, de Dubaï, du Burundi et de Lituanie, d'Asie et d'Inde et autres lieux répertoriés sur cette terre. Les basanés, quoi. Les gens de couleur. Les gens en sari, *serapes* et keffiehs. Voilà ce que Bill Greutert voulait dire. Il aurait été inutile d'ajouter quoi que ce soit.

Une heure plus tard, Louisa Greutert faisait toujours le tour du propriétaire, fouillant dans les tiroirs comme un inspecteur sur les lieux d'un crime pendant que son époux, les mains serrées dans son dos, faisait les cent pas avec le canyon en toile de fond. Kyra tentait de rester attentive, faisait de son mieux pour avoir l'air sincèrement désireuse d'aider le cours des choses, mais le cœur n'y était pas. Elle aurait droit à une commission aux deux bouts de la chaîne de vente — aucune autre agence n'était dans le coup —, mais rien à faire, elle semblait incapable de se motiver davantage. Deux heures s'étaient ainsi écoulées lorsqu'elle s'installa dans un fauteuil à oreilles en cuir de la bibliothèque et se prit à regarder dans le lointain de la brume de chaleur et, paresseusement aussi, à feuilleter un des volumes à reliure en cuir qui avaient appartenu à Albert Da Ros — de la poésie, en l'occurrence. Mais déjà Louisa Greutert la cherchait, l'appelait d'une voix qui résonnait dans les grands espaces vides de la maison, le bruit de ses talons claquant bientôt comme coups de fusil dans le couloir.

— Déjà fini ? murmura-t-elle en se levant de son fauteuil d'un air coupable.

Et de nouveau elle eut droit au regard de Louisa, à sa tête qui se penchait de côté, à ses yeux qui la fixaient d'un air dédaigneux et amusé.

— Nous sommes ici depuis presque deux heures et demie, vous savez ? lui renvoya Louisa.

— Oh, je... Je ne m'étais pas rendu compte, reprit Kyra en laissant ses yeux courir sur les rayonnages, les fauteuils à dossier en cuir, les lambris, les torchères dans leurs anneaux, et soudain ce fut comme si elle voyait tout ça pour la première fois. Cet endroit est si calme...

Alors elle sentit, figure aussi fantomatique qu'un esprit du lieu qu'on eût dérangé, la présence du mari dans le vestibule derrière elle. Bill Greutert traversa la pièce pour rejoindre son épouse, il y eut un bref conciliabule tout en chuchotements, puis la voix de l'épouse lui revint avec la soudaineté de la brindille qui se brise sous le pied :

— Je crains que ce ne soit pas pour nous.

C'était le matin, Delaney s'était assis devant son clavier, le visage illuminé par le pâle éclat de son écran d'ordinateur. Pendant le petit déjeuner, il avait vu deux étourneaux virer deux mésanges et un pinson aux abords de la mangeoire et une idée lui était venue : pourquoi ne pas écrire une série d'articles sur les espèces animales introduites par l'homme ? L'idée l'avait excité : toute sa rubrique du « Pèlerin » ne laissait-elle pas entendre qu'il n'était lui-même qu'une manière de transplanté qui voyait la faune et la flore des côtes du Pacifique avec les yeux d'un néophyte ? Se lancer dans une série de papiers sur des créatures telles que l'opossum, l'*escargot* [1], l'étourneau et la perruche serait parfait. Le seul problème était que les mots ne lui venaient pas, et les images non plus. Dès qu'il essayait de se représenter le canyon, les pistes blanches et poussiéreuses qui s'imprimaient dans les bosquets de *mesquite* et de

1. En français dans le texte. *(N.d.T.)*

yuccas jusqu'à en faire apparaître les os de la montagne, ou même seulement le parking du McDonald's de Woodland Hills avec ses légions de merles unijambistes et d'étourneaux à l'air maladif et aux plumes ébouriffées, c'était le Mexicain, et lui seul, qui surgissait à sa vue. Son Mexicain à lui. Celui qu'il devait maintenant tenter d'oublier à nouveau.

Il aurait aimé pouvoir l'accuser haut et fort — C'est lui! Je le reconnais! —, mais quelque chose l'avait retenu. Quoi, exactement, il l'ignorait. Sympathie mal placée? Culpabilité? Pitié? Occasion ratée s'il en était en tout cas, puisque Jack se trouvait là et aurait pu voir à quel point Delaney était irréprochable — c'était un enquiquineur, ce Mexicain, un clochard, un mendiant. Et plus que toute autre chose, Delaney avait été sa victime; la façon dont le Mexicain lui avait ainsi arraché vingt dollars représentait une manière de tour de passe-passe émotionnel jouant sur son côté bon enfant et sa bienveillance naturelle. Il avait lu des choses sur les mendiants, en Inde, qui se mutilaient — et mutilaient aussi leurs enfants — afin d'agresser le touriste bien nourri et rongé par le remords à la vue de la manche vide, de la jambe de pantalon qui pend ou de l'orbite de l'œil qui suppure. Ce Mexicain ne sortait-il pas du même moule, qui s'était jeté devant une voiture en espérant y gagner un maigre billet de vingt dollars?

Et, bien sûr, son dîner en avait été gâché. Lorsque enfin il avait surmonté le choc, dit au revoir à Jack, réintégré les encombrements de la circulation à cette heure de pointe et remonté la colline jusqu'au portail derrière lequel le nouveau gardien avait exigé qu'il lui explique pourquoi il convenait de le laisser entrer dans son domaine, la sauce marinara avait brûlé au fond de la casserole et les moules (sous lesquelles il avait pourtant éteint) pris la consistance de la pâte à modeler. Jordan n'avait pas faim et Kyra s'était montrée rêveuse et lointaine. Quant à Osbert, tapi derrière le sofa, il avait passé les trois quarts de la soirée à pleurer la mort de son alter ego. Jusqu'à la chatte qui n'avait pas mis tout son cœur à manger sa boîte

de Repas du Félin aux Arômes de Foie et de Thon.
Lugubre était l'atmosphère qui semblait régner sur
la maison, et tout le monde s'était couché tôt.

Mais un jour avait passé et maintenant tout était
calme, et Delaney n'avait plus qu'à se soucier de la
nature et des mots qu'il faut pour la contenir, mais,
rien à faire, il était là et, l'œil vide, scrutait en vain
son écran. Après deux ou trois faux départs, il chercha sans grand enthousiasme dans sa collection de
livres d'histoire naturelle et découvrit que les étourneaux qu'il avait vus dans le parking du McDonald's
descendaient d'un vol lâché quelque cent ans plus tôt
dans Central Park par un monsieur qui, ornitho-
logue amateur et fou de Shakespeare, affirmait que
tous les oiseaux mentionnés dans les œuvres du
Barde de Stratford devaient pouvoir se reproduire en
Amérique du Nord — et maintenait que les escargots
qui dévastaient son jardin et ses parterres de fleurs
avaient été importés par un chef cuisinier français
qui avait eu l'idée de les faire rôtir dans leur coquille
en y ajoutant du beurre aillé. La matière était pro-
metteuse et fascinante à sa manière — comment
pouvait-on être aussi aveugle à tout ? —, et il en sentait les possibilités commencer à grandir en lui, mais
non : pour finir, il se trouva encore trop démonté
pour pouvoir travailler. Il était à peine dix heures et
demie, il éteignit son ordinateur et, fort en avance,
partit faire sa randonnée de l'après-midi.

Il y avait, donnant dans le canyon à la sortie d'une
fissure dans la roche, un ruisseau qui jamais ne
s'asséchait et qu'il avait l'intention d'explorer depuis
longtemps ; ces deux heures et demie supplémentaires lui permettraient sans doute d'y parvenir. En
plus de se garer en bordure de la route, dans une
zone où les bas-côtés n'étaient pas larges et où, le
matin et l'après-midi, la circulation se faisait particulièrement dense, il lui faudrait descendre dans le
canyon, suivre le lit du cours d'eau jusqu'à l'embranchement du canyon secondaire et encore remonter
ce dernier. Cette perspective le revigora. Il enfila son
short, son T-shirt et ses chaussures de marche et

déposa deux sandwiches au fromage crémeux avec germes de luzerne à côté de l'outre, du nécessaire anti-morsures de serpents, du flacon d'huile solaire, de la boussole, du coupe-vent et des jumelles que toujours il gardait dans son sac à dos en nylon, celui que, de jour, immanquablement il emportait avec lui, même quand la balade était brève. Il ne laissa pas de petit mot derrière lui en se disant qu'il rentrerait bien assez tôt pour aller chercher Jordan à son centre d'activités péri-scolaires. Après quoi il préparerait un casse-croûte à son fils et dès que Kyra serait de retour, tout le monde irait dîner chez Emilio. Faire la cuisine, il ne s'en sentait vraiment pas. Pas après ce qui s'était passé la veille au soir.

C'était le dernier jour du mois de juin, il faisait chaud et le ciel était dégagé, les brumes côtières qui s'y étaient traînées tout le printemps durant ayant enfin cédé la place aux immensités des voûtes célestes de l'été. Il apprécia beaucoup le trajet en voiture. La circulation était minimale à cette heure et l'Acura collait sans effort à la chaussée tandis qu'il tournait et virait dans le canyon en ne coupant nettement dans le virage que pour mieux accélérer en entrant dans le suivant. Il dépassa la boutique de Gitello et, sans y penser à deux fois, dépassa aussi la scierie près de laquelle il avait renversé le Mexicain — il s'était libéré de son ordinateur, c'était invulnérable et comme béni des dieux qu'il faisait route vers le désert. Il baissa sa vitre pour sentir la brise sur son visage.

De là où il se trouvait, il voyait bien l'endroit où, branches nues des arbres et des buissons se détachant en noir sur le flanc de la colline, l'incendie de l'année précédente avait scindé le canyon en deux, mais même ce spectacle-là le ravissait. Le canyon avait déjà repris le dessus, il songea avec satisfaction que le pyromane qui avait allumé le brasier n'aurait pu imaginer l'explosion de végétation qui allait s'ensuivre. Fertilisées par les cendres, l'herbe et les fleurs sauvages étaient surabondantes, les collines croulant maintenant sous des masses d'or qui

disaient le cycle éternel des choses, aussi indéniable
que les rotations de la Terre sur son axe.

Au bout d'un moment, il commença à ralentir
pour chercher un endroit sûr où se garer, mais il
avait plusieurs voitures derrière lui — dont un de ces
pick-up qui, évoluant à quelque deux mètres du sol,
sont invariablement pilotés par des troglodytes pas-
sionnés de queues de poisson, c'était le cas —, et fut
obligé de descendre jusqu'en bas du canyon avant de
pouvoir faire demi-tour dans une station-service du
Pacific Coast Highway et remonter en sens inverse.
Un instant, l'océan se montra et occupa tout l'horizon, mais vite il passa dans son rétroviseur et n'y fut
bientôt plus qu'une bande colorée de vingt centimètres de long sur neuf de large. Le premier virage
l'y effaça entièrement.

Des ouvriers travaillaient sur la droite de la chaussée, immédiatement après le pont qui, à l'entrée
basse du canyon, franchissait le cours d'eau. Ils
l'avaient déjà ralenti lorsqu'il descendait; il quitta
impulsivement la route après le dernier bulldozer
jaune. Pourquoi ne pas démarrer ici, se dit-il, à
l'endroit où le ruisseau ne se trouvait que six ou huit
mètres au-dessous de lui? Il lui faudrait certes
remonter plus haut dans le canyon, mais il s'éviterait
ainsi une longue descente jusqu'au fond de la gorge.
Naturellement, laisser sa voiture sur l'accotement ne
l'enchantait pas, mais il n'avait guère le choix. Au
moins les ouvriers ralentiraient-ils un peu la circulation et, avec de la chance, sauraient peut-être tenir
en respect les chauffards avinés et autres rase-por-
tières. Delaney mit son sac sur son épaule, contempla une dernière fois sa voiture d'un œil admiratif —
ah, ces lignes blanches qui si élégamment se détachaient sur le chaparral! —, puis se détourna pour
attaquer le sentier gravillonneux qui le conduirait
jusqu'aux fraîcheurs pommelées du ruisseau.

La première chose qu'il aperçut moins de soixante
secondes après avoir atteint le lit du cours d'eau,
avant même d'avoir pu admirer la lumière qui jouait
dans les platanes ou la manière dont l'eau — on

aurait dit un cordage sans fin — se déroulait sur les
rochers, ce fut deux sacs de couchage crasseux étalés
sur la berge haute et sablonneuse en face de lui. Des
sacs de couchage. Il en fut tout saisi. A moins de cinquante mètres de la route, rogues et sans cervelle,
des gens campaient donc au nez et à la barbe des
autorités. Il grimpa sur un rocher pour mieux voir et
découvrit un cercle de pierres noircies juste à côté
des deux sacs et un cartable kaki bouffé aux mites
accroché à une branche basse. Et des ordures. Partout. Des boîtes de conserve, des bouteilles, des
emballages de *burritos* et de sandwiches, du papier
hygiénique, des revues... tout ça éparpillé à droite et
à gauche comme si un vent mourant les y avait laissés tomber. Il eut un hoquet. Ce qu'il éprouva
d'abord ne fut pas de la surprise, ni même de la
colère — mais de la gêne, comme s'il venait d'entrer
dans la chambre d'un inconnu et s'était mis à fouiller
dans les tiroirs. Des yeux invisibles l'avaient pris en
tenaille. Il regarda par-dessus son épaule, jeta un
bref coup d'œil vers le haut, puis vers le bas du ruisseau, et scruta les branches des arbres.

Longtemps il resta là, comme rivé en l'endroit,
résistant à l'envie qu'il avait de traverser le ruisseau,
de rassembler toutes ces cochonneries et de les porter à la première poubelle qu'il trouverait — au
moins le message serait-il clair. C'était intolérable.
Une profanation. Pire que des graffitis, pire que tout.
Ne suffisait-il pas qu'ils aient déjà bousillé les trois
quarts de la planète, qu'ils aient pavé la terre et
saturé les décharges jusqu'à en faire de nouvelles
cordillères de détritus ? On trouvait du plastique
dans les ouïes des phoques de l'Arctique, et du
méthanol dans les veines du condor empoisonné qui,
tel un parasol affalé, se traînait dans les collines de
Sespe. C'était sans fin.

Il regarda ses mains et vit qu'elles tremblaient. Il
essaya de se calmer. Il n'avait rien d'un vigile. Ce
n'était pas à lui de faire appliquer la loi, même si on
la violait de manière plus que flagrante... c'était bien
pour ça qu'il payait des impôts, non ? Pourquoi fal-

lait-il qu'un incident pareil lui bousille sa journée ? Il ferait sa randonnée, voilà, il mettrait des kilomètres et des kilomètres entre lui et ce petit campement sordide, ce chiotte en plein bois, et après, quand il serait rentré chez lui, il appellerait le bureau du shérif. Qu'ils s'en occupent donc ! Pendant la nuit, de préférence, lorsque celui qui avait créé tout ce gâchis y serait plongé jusqu'au coude et branlerait du chef en fumant sa dope ou picolant son pinard à deux sous. L'image du Mexicain surgit à nouveau devant lui, mais ne fut, cette fois, qu'une manière de bref éclair qu'il maîtrisa aussitôt. Il se tourna enfin et commença à remonter le ruisseau.

Grimper sur des roches et se frayer un chemin à travers des amoncellements de végétation hivernale n'avait rien de facile, mais il faisait frais et l'air était propre et, dès que les parois du canyon gagnèrent en hauteur, le bruit de la route laissa peu à peu la place à la musique de l'eau qui bruissait. Des mésanges buissonnières filaient dans les arbres, tout doré dans la lumière, un gobe-mouche franchit l'abîme du canyon d'un seul coup d'aile. Delaney remonta le cours d'eau sur quelques centaines de mètres et oublia tout des sacs de couchage dans la poussière et du triste état dans lequel se trouvait notre monde. Autour de lui, c'était la nature qu'il avait, pure et sans mélange. C'était ça qu'il était venu chercher.

Il avançait dans les roseaux en essayant de garder les pieds au sec et de repérer des empreintes de raton laveur, de putois et de coyote dans la boue lorsque l'image des sacs de couchage lui revint comme un revers dans la figure : des voix ! Il entendait des voix en amont. Brusquement en alerte, comme le fauve qui épie sa proie, il se figea sur place. Il n'avait jamais rencontré personne aussi haut dans le ravin, absolument jamais, l'idée qu'il allait peut-être y découvrir quelqu'un aurait à elle seule suffi à lui gâcher sa journée, mais là, c'était tout autre chose : en plus de la désespérance, il y avait du danger. Ces sacs de couchage derrière lui, et maintenant ces voix devant ? Ces gens-là étaient des migrants, des clochards et des criminels, et la loi n'existait pas dans ces bas-fonds.

Deux voix — point/contrepoint. Il ne comprenait pas les mots, seuls les timbres lui disaient quelque chose. L'un ressemblait aux grincements aigus de la scie qui mort dans la bûche et continue jusqu'à ce que tous les morceaux soient tombés par terre, l'autre se mettant parfois de la partie, bas, abrupt et arythmique.

Certains randonneurs portaient des armes. Delaney avait entendu parler de gens qui s'étaient fait détrousser sur la Backbone Trail, de violences physiques, d'agressions et de viols. La faction des 4 x 4 montait dans les collines pour tirer au revolver, de véritables gangs annihilaient de la roche, de la bouteille et des arbres à coups de fusils d'assaut. La ville, voilà ce qui s'était tapi dans le canyon. Delaney ne savait que faire — se carapater comme un animal blessé et renoncer pour toujours à posséder ces lieux ? Relever le défi et affirmer ses droits ? Mais peut-être exagérait-il les choses. Peut-être ne s'agissait-il que de randonneurs, que de simples promeneurs ou de gamins qui faisaient l'école buissonnière.

Et alors il se souvint de la fille qu'il avait rencontrée au cours d'ornithologie qu'il suivait par désœuvrement. C'était juste après son arrivée en Californie, avant qu'il rencontre Kyra. Il ne se rappelait pas son nom, mais la revoyait bien, penchée sur les planches de *l'Introduction aux oiseaux de Californie du Sud* de Clarke, ou clignant des yeux dans la lumière du projecteur de diapos allumé dans l'obscurité de la salle de classe. Une vingtaine d'années à peine, elle avait des cheveux fins et noirs avec une raie au milieu et montrait une agréable solidité dans la manière dont elle remuait les épaules et marchait tout uniment, en soulevant les pieds qui l'ancraient au sol. Et ses joues ! Il s'en souvenait encore. C'étaient les joues d'une Esquimaude, d'un nourrisson, celles d'Alfred Hitchcock fixant lugubrement le spectateur du haut de l'écran, des joues qui don-

naient à son visage une fraîcheur et une naïveté
telles que la demoiselle en paraissait nettement plus
jeune que son âge. Delaney avait alors trente-neuf
ans. Il lui avait payé un sandwich après le cours, elle
lui avait dit qu'elle ne partait jamais en randonnée
toute seule — plus maintenant.

Jusqu'à l'année précédente, elle avait pris la chose
à la légère. Les rues n'étaient peut-être pas sûres,
surtout la nuit, mais le chaparral ? les bois ? les pistes
que personne ne connaît ? Passionnée de randonnées
et de balades en solitaire, elle adorait se rapprocher
des choses au point d'en surprendre les vastes pul-
sions du monde, comme un cœur qui bat. Elle avait
passé deux mois sur la Piste des Appalaches après
avoir décroché son diplôme de fin d'études
secondaires, et avait parcouru les trois quarts de la
Corniche du Pacifique, de la frontière mexicaine
jusqu'à San Francisco. Et un après-midi du mois de
mai, elle était allée faire une petite balade sur les
bords d'un affluent de la Big Tujunga Creek, dans les
montagnes de San Gabriel. Elle avait travaillé
jusqu'après deux heures, servant les innombrables
clients d'un bar-grill de Pasadena, mais pensait
qu'elle pourrait marcher deux ou trois heures avant
le coup de feu du dîner. A moins de quinze cents
mètres de son restaurant se trouvait une manière de
petit étang au pied d'une falaise d'où tombait une
maigre cascade, elle n'était jamais allée plus loin, elle
avait eu envie de contourner la falaise et de remonter
le cours d'eau jusqu'à sa source.

A son avis, c'étaient des Mexicains. Ou alors des
Arméniens. Ils parlaient anglais. Jeunes, ils portaient
des pantalons amples et des bottes noires qui brillaient. Elle les avait surpris au bord de l'étang, le ciel
avait déjà viré au gris et l'air s'était rafraîchi, ils
avaient l'œil vitreux d'avoir bu de la bière et déconné
à n'en plus finir en parlant nanas, bagnoles ou
drogues. Il y avait eu un moment de gêne, un
moment où, tous les cinq, ils l'avaient transpercée de
leurs regards, avaient automatiquement reconnu ses
formes sous son sweat-shirt ample et son jean, et cal-

culé la distance qui les séparait de la route : jusqu'où porteraient ses cris ? Elle se démenait pour contourner la falaise et vacillait sur un rocher descellé lorsqu'elle avait senti la première main se poser sur elle, là (elle lui avait montré où), sur l'arrière de sa cuisse.

Delaney retint son souffle. Les voix s'étaient tues, laissant place à un silence lourd qui lui parut durer une éternité jusqu'à ce qu'enfin les inconnus se remettent à parler, paresseusement, d'un ton satisfait, comme deux mouches qui bourdonnent de conserve avant d'atterrir sur le trottoir. Et c'est alors que, étrange effet acoustique induit par les parois du canyon, ces voix se cristallisant soudain, tous les mots qu'ils disaient lui parvinrent distinctement à l'oreille. Il lui fallut un petit moment pour comprendre, mais enfin ce fut clair : ils parlaient en espagnol.

Il s'en voulait déjà avant de songer à faire demi-tour et tenter de se faufiler entre les roseaux comme un voyeur, il s'en voulut encore plus lorsqu'il s'y décida. La balade était foutue, sa journée perdue. Quels qu'ils fussent, il était hors de question de surprendre ces gens en valsant brusquement hors des buissons et le défilé était trop étroit pour qu'il puisse les contourner sans qu'ils le voient. Il sortit un pied de la vase, puis l'autre, et écarta les roseaux aussi délicatement qu'on glisse une couverture sous le menton d'un enfant qui dort. Le bruit du ruisseau — il n'avait jusqu'alors été que murmure — se fit rugissement et soudain il lui sembla que tous les oiseaux du canyon s'étaient mis à hurler. Il leva les yeux et découvrit le visage d'un grand Latino tout sec, avec des yeux en trou d'évier et une casquette des San Diego Padres posée à l'envers sur sa tête.

Il était perché sur un rocher en hauteur, juste derrière lui, à moins de six mètres... Comment il s'était débrouillé pour y grimper ou s'il était là depuis le début, Delaney aurait été bien incapable de le dire. L'homme portait une paire de jeans neufs et très moulants dont il avait enfilé le bas dans des croque-

nots en cuir éraflé et, assis en tailleur, sortait avec un
soin exagéré une plaquette de chewing-gum de sa
poche de chemise. Ses lèvres s'étirant en arrière
comme pour montrer qu'il ne craignait rien, il
esquissa un sourire, mais Delaney comprit vite qu'il
était désarçonné, tout aussi surpris que lui de se
trouver nez à nez avec un inconnu.

— Ça va comme tu veux, *amigo* ? lança-t-il d'une
voix qui ne lui allait guère, d'une voix qui, grasseye-
ment en moins, était presque féminine.

Son anglais était plat et sans grâce.

Delaney hocha vaguement la tête. Il ne lui
retourna pas son sourire et ne lui répondit pas
davantage. Il aurait bien continué sa route et s'en
serait volontiers retourné à sa voiture sans dire mot
s'il n'avait senti quelque chose le tirer dans le dos et
ne s'était alors aperçu qu'un roseau s'était accroché à
l'une de ses bretelles de sac à dos. Le cœur battant, il
se pencha en avant pour la dégager, l'inconnu étirant
les jambes comme s'il se vautrait sur un canapé
avant de plier sa plaquette de chewing-gum, de
l'enfourner dans la bouche et d'en jeter négligem-
ment l'emballage dans l'eau.

— Alors, on se balade ? reprit-il, et toujours il souriait, souriait et mâchonnait en même temps. Moi
aussi, je me balade. Avec mon ami.

Et d'un signe de tête il lui montra son ami qui,
dans l'instant, surgit dans le dos de Delaney, juste
derrière les roseaux.

L'ami regarda Delaney d'un œil morne. Il avait des
cheveux qui lui descendaient en boucles jusqu'aux
épaules et une barbiche maigre qui lui traînait sous
le menton. Il portait une manière de poncho ou de
serape, véritable explosion de couleurs qui juraient
avec les verts quiets du ruisseau. Il n'avait rien à
ajouter à ce qu'avait dit son compagnon. Ils se baladaient, un point c'est tout.

Delaney regarda le premier homme, passa au
second, puis revint au premier. Il n'avait pas peur,
pas vraiment — il était trop en colère pour ça. Il ne
pensait qu'au shérif et à la manière de faire dégager

ces types et leur tas d'ordures, de les renvoyer chez eux, dans leurs taudis, *favelas*, *barrios*, tout ce qu'ils voulaient. Ils n'avaient pas leur place ici, c'était évident. Il arracha le roseau, le jeta au loin, rajusta son sac sur ses épaules et repartit en suivant le cours du ruisseau.

— Hé, *amigo* ! lui lança l'homme d'une voix aiguë et gémissante, vous passez une bonne journée, d'accord ?

Revenir à pied jusqu'à la voiture ne fut rien — à peine s'il réussit à se dégourdir un peu les muscles. Dans sa gorge tout le plaisir de la découverte s'était asséché, et ça le rendait amer — il n'était même pas encore midi et sa journée était foutue. Il jura en repassant devant les sacs de couchage et en cinq enjambées il quitta la berge et retrouva la lumière aveuglante de la route. Il eut soudain envie de continuer à suivre le ruisseau vers le bas, de s'enfiler sous le pont et de dépasser le virage, mais il y renonça : c'était là que le cours d'eau s'évasait à son embouchure, juste avant de se fondre dans l'océan, le premier idiot capable de garer sa voiture et de descendre un talus d'un mètre pouvait s'y balader à volonté ainsi qu'en témoignaient les détritus qui, en couches successives, avaient commencé à recouvrir la roche. Il n'était là aucune aventure, intimité ou communion possible avec la nature. C'eût été aussi excitant que de se garer dans le parking du McDonald's et d'y compter les étourneaux.

Il fit demi-tour, remonta la chaussée et laissa derrière lui la file de voitures que contenait un ouvrier coiffé d'un casque de chantier jaune et brandissant un petit panneau où l'on pouvait lire STOP d'un côté, et RALENTIR de l'autre. Les camions et les bulldozers se taisaient — c'était l'heure du déjeuner et, sandwiches et *burritos* à la main, les cantonniers s'étaient étendus à l'ombre des grands pneus de leurs engins. La poussière lentement retombait, des oiseaux se chamaillaient dans les buissons, sur le bord de la route les roseaux et le toyon fleurissaient avec grâce et sans l'aide de personne. Delaney sentit le soleil sur son visage, enjamba les monticules d'ordures que les bulls avaient poussés sur le bas-côté et permit aux muscles longs de ses jambes de lutter avec la forte inclinaison de la route. Dans l'une de ses premières chroniques du « Pèlerin », il avait fait observer à ses lecteurs que le bulldozer avait, en Californie, la même fonction que le chasse-neige sur la côte Est, même si c'était plus des cochonneries que de la neige dont ils débarrassaient les rues. La route s'était presque transformée en lit de rivière à la saison des pluies et, la Caltrans [1] ayant eu bien du mal à la garder ouverte, c'était seulement mainte-nant, au tout début de l'été, alors qu'il ne tomberait plus une goutte d'eau pendant cinq mois encore, que ses engins se décidaient à nettoyer les restes de l'inondation.

Toutes choses qui ne le dérangeaient pas, même s'il aurait préféré que la Caltrans ait choisi un autre jour pour se mettre au travail. Comme si on avait envie d'entendre rugir des moteurs et de respirer des vapeurs de diesel en cet endroit, et par un jour pareil ! De fait, il bougonnait déjà pas mal lorsqu'il dépassa le dernier bull et son humeur se faisait de plus en plus sombre. Hélas ! Toutes les défaites et toutes les frustrations qu'il avait endurées pendant la matinée n'étaient rien à côté de ce qui l'attendait. Car ce fut à cet instant précis, juste au moment où il longeait le dernier véhicule de la Caltrans et déjà jetait un coup d'œil vers le haut de la route qu'il se sentit tout mou : sa voiture avait disparu.

Partie. Envolée.

Mais non, ce n'était pas là, contre la glissière, qu'il l'avait garée ? Elle devait se trouver après le prochain virage, évidemment, et déjà il avait accéléré l'allure, déjà il trottait presque cependant qu'en face de lui, la file descendante se traînait vers le pont et le deuxième ouvrier qui, en casque jaune et veste

1. Société des transports de Californie. *(N.d.T.)*

orange vif, agitait son panneau RALENTIR. Tout le
monde avait fixé les yeux sur Delaney. C'était l'amu-
seur, celui qui fournissait le petit spectacle gratuit en
remontant la route d'une jambe raide et en transpi-
rant si fort que la sueur lui piquait les yeux et lui bar-
bouillait la monture de lunettes. Enfin il prit le
virage, vit le suivant, qui était raide et dépourvu de
bas-côté, découvrit les grands espaces du canyon qui
s'étendaient jusqu'à l'horizon, et comprit qu'il avait
des ennuis.

Comme foudroyé, il pivota sur ses talons à contrecœur et, le pied traînant, redescendit la route comme
un zombi, d'avant et d'arrière piétina longuement
l'endroit où il avait garé sa voiture, tomba à genoux
et, le bout du doigt incrédule, suivit les empreintes
de ses pneus dans la poussière. Pour avoir disparu,
elle avait disparu. Le fait ne prêtait pas à contro-
verse. Il s'était garé là une demi-heure plus tôt, pile à
cet endroit, et maintenant il n'y avait plus rien sous
son nez, plus un bout d'acier, plus un chrome, plus le
moindre petit bout de pneu radial, plus une plaque
d'immatriculation personnalisée. Il n'y avait même
plus de carte grise. Plus la moindre *Introduction aux
oiseaux de Californie du Sud*, plus le moindre *Guide
des pistes des montagnes de Santa Monica*.

La première chose qui lui vint à l'esprit? Les flics.
C'étaient eux qui lui avaient enlevé sa voiture. Évidemment. Il y avait certainement quelque obscur
règlement interdisant de se garer à moins de cent
cinquante mètres d'une équipe de cantonniers... ou
alors ils avaient installé un panneau mobile qu'il
avait loupé. Il se remit lentement debout, ignora les
visages des chauffeurs qui le regardaient en descendant la route et s'approcha d'un groupe d'ouvriers en
train de se prélasser à l'ombre du premier bulldozer
de la file.

— Y a pas quelqu'un qu'aurait vu ce qui est arrivé
à ma voiture? demanda-t-il en sentant qu'il avait du
mal à ne pas s'exprimer d'une manière hystérique.
Est-ce que les flics me l'ont embarquée?

Ils le regardèrent d'un œil vague. Ils étaient six, tous hispaniques, et vêtus de chemises kaki et coiffés de casquettes de base-ball, ils avaient brusquement cessé de manger, le sandwich au bord des lèvres, le Thermos incliné, la boîte de soda toute fraîche entre les doigts. Personne ne dit mot.

— Je m'étais garé là, reprit-il en leur montrant l'endroit.

Gentiment les six têtes se tournèrent et l'on contempla le bas-côté vide, le bord crénelé de la glissière qui se détachait sur la cime des arbres et, plus loin, les grandes vacuités du canyon.

— Il y a une demi-heure? insista-t-il. Une Acura? Blanche avec des jantes en aluminium?

Les hommes donnèrent l'impression de s'agiter et se regardèrent d'un air embarrassé. Pour finir, celui qui se tenait tout au bout et, eu égard à sa moustache blanche, ce devait être l'ancien du groupe, reposa soigneusement son sandwich sur un morceau de papier sulfurisé et se mit debout. Puis il lui jeta un regard d'une tristesse infinie et lui dit :

— No espick Ingliss.

Un quart d'heure plus tard, Delaney était enfin au cœur de sa randonnée, même si ce n'était pas vraiment celle qu'il avait envisagé de faire. Après avoir questionné le contremaître — *Non, on n'a rien fait enlever, enfin, pas que je sache* —, il s'était, une fois de plus, mis à remonter la route du canyon à pied. La première épicerie et les cabines téléphoniques installées devant ne se trouvaient qu'à quatre ou cinq kilomètres, mais c'était tout en montée et la route n'avait pas été conçue pour les piétons. Des klaxons hurlaient, des pneus crissaient, un crétin lambda lui jeta une boîte de bière à la figure. Craignant pour sa vie, il sauta par-dessus la rambarde de protection et commença à se frayer un chemin dans les buissons, mais il n'avançait guère et, bogues et autres graines, tout s'accrochait à ses chaussettes et lui égratignait les jambes cependant que le sang battait fort à ses tempes et que sa gorge devenait toute sèche dès qu'il songeait à la grande question du jour : qu'était-il arrivé à sa voiture ?

Il appela la police d'une cabine, on lui donna le numéro du service des enlèvements, il l'appela, on lui jura que non, on ne lui avait pas embarqué son véhicule... non, il n'y avait pas erreur, on n'avait pas sa bagnole. Il passa un coup de fil à Kyra. Il tomba sur sa secrétaire et, dix longues minutes durant, dut rester assis au bord du trottoir, au milieu d'un lit d'emballages de bonbons et de Doritos, à attendre que son épouse veuille bien le rappeler.

— Allô ? lui lança-t-elle d'un ton sec. Delaney ?

Il était anéanti, il ne pouvait plus bouger. Des gens se garaient dans le parking et descendaient tranquillement de leurs voitures. Des portières claquaient. Des moteurs rugissaient.

— Oui, c'est moi, dit-il.

— Qu'est-ce qu'il y a ? Qu'est-ce qui se passe ? Où es-tu ?

Elle était déjà tendue à craquer.

— Je suis devant chez Li, l'épicier.

Il l'entendait respirer dans l'écouteur ; il compta les secondes qu'il lui faudrait pour enregistrer le renseignement, se demander ce qu'il pouvait bien signifier et lui renvoyer le tout à la tête.

— Écoute, Delaney, dit-elle, je suis en pleine...

— Ils m'ont piqué ma voiture.

— Quoi ? Qu'est-ce que tu racontes ? Qui te l'a piquée ?

Il essaya de retrouver tout ce qu'on lui avait raconté et tout ce qu'il avait lu sur les voleurs de voitures, les casseurs, les numéros minéralogiques qu'on maquille et les vols à la commande, et tenta encore de se représenter ceux qui là, en plein jour, alors qu'il y avait des centaines de gens qui passaient devant eux sans se douter de rien, lui avaient fauché la sienne, mais il ne vit qu'une chose : le visage contusionné et les yeux ternes de son Mexicain, car c'était forcément lui qui en ce moment même serrait fort le volant de sa voiture cependant que le pare-chocs de l'Acura avalait goulûment les traits jaunes

de la ligne discontinue comme si toute l'affaire se
réduisait à quelque partie de machine à sous à couper le souffle.

— Tu ferais mieux d'appeler Jack, dit-il.

CHAPITRE 8

C'était comme d'être hanté par des diables, des
diables à cheveux roux, et des *rubios* avec des chaussures à quatre-vingts dollars et des lunettes de soleil
qui coûtaient dix fois plus cher que tout ce qu'un
honnête travailleur pouvait gagner en une semaine.
Qu'avait-il fait pour mériter un tel sort ? Pécheur,
Cándido l'était tout comme un autre, évidemment,
mais pas davantage. Et pourtant, là il était et, à moitié mort de faim et rendu invalide par leurs
machines infernales, comme une bille de flipper il se
faisait renvoyer de l'un à l'autre, du grand con à
tignasse d'Elvis au *pelirrojo* qui l'avait pourchassé
sur la route, celui-là même dont le grand échalas de
fils s'était donné la peine de descendre jusqu'au fond
du canyon pour violenter les maigres biens d'un
pauvre homme. C'en était trop. Il fallait qu'il aille se
confesser, faire pénitence et, Dieu sait comment,
amende honorable. Job lui-même eût lâché pied
sous pareils assauts.

Pendant l'heure qui suivit, il se dissimula dans un
buisson décoratif au fond du parking afin de surveiller la porte du *supermercado*. Car c'était là qu'América le chercherait — à part le magasin chinois c'était
le seul endroit qu'elle connaissait, elle devait bien se
douter qu'il ne traînerait pas dans les parages plus
longtemps que nécessaire. Ainsi donc, il l'attendit
dans les buissons, à l'abri des regards, et se sentait
plus tranquille d'être ainsi invisible — au moins ne
se ferait-il plus blackbouler à droite et à gauche —,
mais ne s'en libérait pas pour autant de sa fiévreuse

inquiétude. Et s'il l'avait ratée? Et si, descendue
dans le canyon, América était à l'instant même en
train de contempler d'un œil incrédule le lugubre tas
de pierres qui marquait l'emplacement de leur
ancien campement? Et si l'individu qui, il l'espérait,
lui avait donné du boulot l'avait aussi forcée à faire
des trucs avec lui? Et si elle s'était perdue, blessée,
ou pire?

La circulation commençant à décroître sur la
route, moins de voitures entraient dans le parking et
en sortaient. Ses bourreaux, tous ces *gabachos*
jeunes et vieux, étaient remontés dans leurs véhicules et s'en étaient allés sans même se retourner
pour lui jeter un regard. Il était sur le point de renoncer, de traverser la route pour gagner le marché au
travail et là, de désespérément la chercher dans le
terrain vague avant de redescendre la route jusqu'à
l'endroit où le sentier s'enfonçait dans les buissons et
d'y hurler son nom à la face de tout un chacun qui
voudrait l'entendre, lorsque, une Mercedes s'étant
arrêtée devant l'épicerie, il vit América en descendre.

Ce furent d'abord ses jambes élégantes qu'il
regarda, puis ses bras nus et ses mains vides, sa robe
à fleurs et l'écran de ses cheveux, et il en fut
enchanté et tout aussitôt consterné : elle avait trouvé
du travail et pas lui. Ils auraient de l'argent pour
manger, mais ce n'était pas lui qui l'aurait gagné.
Non : ce serait une villageoise de dix-sept ans — et à
quel prix? Et lui, de quoi avait-il l'air? Accroupi dans
les buissons, il tenta de lire le visage de son épouse,
mais celui-ci était fermé comme un coffre-fort et
l'homme qui l'accompagnait, son *rico*, ressemblait à
un animal exotique qu'il avait du mal à voir à travers
le verre teinté du pare-brise. América claqua la portière, regarda autour d'elle d'un air indécis tandis
que la voiture s'éloignait dans un petit bouquet de
gaz d'échappement, puis elle redressa les épaules,
traversa le parking et disparut à l'intérieur du supermarché.

Cándido essuya ses habits, s'assura que personne
ne regardait de son côté et sortit lentement des buissons comme s'il revenait d'une petite balade dans le

quartier. Il garda la tête baissée et, en évitant tout contact oculaire avec les *gringos* qu'il doublait ou croisait en traversant le parking, il entra dans le magasin. Depuis une semaine et demie qu'il vivait de rien ou presque, il avait maigri du ventre et son pantalon lui tombait sur les hanches, découvrir une telle abondance le dévasta. Pas une seule odeur de nourriture, pas le moindre soupçon du bouquet de parfums qu'on hume dans tous les marchés du Mexique, non : ces gens-là aseptisaient leurs épiceries tout aussi vigoureusement qu'ils aseptisaient leurs cuisines et leurs toilettes et expurgeaient le vivant de toute chose, emprisonnant leurs produits dans des bocaux, des boîtes et des poches en plastique, emballant leurs viandes, et même leurs poissons, dans du papier cellophane, mais il n'empêche, voir et être ainsi tout proche de telles quantités d'aliments lui amollit à nouveau les genoux.

Des bonbons — il y en avait un rayon entier juste à côté de la porte —, des trucs sucrés et qui calment immédiatement la faim. Des petits gâteaux et autres, des Twinkies et des Ho-ho. Et là... des fruits et des légumes aussi fortement éclairés que sur un autel à l'église, grasse et mûre la tomate, la mangue, la pastèque, et le maïs en son fourreau, en épis qui se feraient plus doux en cuisant sur le gril. Involontairement il avala sa salive. Regarda à droite et à gauche. Et ne vit pas América. Elle devait pousser son caddie quelque part dans une allée voisine. Il tenta de prendre un air dégagé en passant devant les caissières et entra dans la vaste corne d'abondance qu'étaient ces lieux.

Bouffe en sacs pour animaux domestiques, chiens, chats et perruches, eau de seltz dans des bouteilles transparentes, légumes et fruits en boîte, Dieu du ciel, qu'il avait faim ! Il trouva América en arrêt devant une vitrine réfrigérée et parce qu'elle lui tournait le dos, brusquement il se sentit tout timide, mortifié, hôte indésirable qui s'assoit à la table de l'affamé. Elle était en train de choisir des œufs, *huevos con chorizo, huevos rancheros, huevos hervidos con pan tostado,* et distraitement écartait une mèche de sa figure en ouvrant une boîte pour voir s'il n'y en avait pas de cassés. Alors il l'aima plus qu'il ne l'avait jamais aimée, alors il oublia le riche, sa Mercedes et les *gabachos* qui l'avaient attaqué dans le parking comme une meute de chiens, alors il rêva de *tortillas* et de ragoûts et songea à la surprise qu'il allait faire à son épouse en lui montrant le nouveau campement et le joli tas de bois qu'il avait préparé pour le feu. Les choses allaient s'arranger, sûrement.

— América, croassa-t-il.

Elle se tourna et le visage qu'elle lui montra était joyeux, fier, radieux même — elle avait gagné de l'argent, son premier argent, et c'était grâce à son argent qu'ils allaient manger, se gaver, festoyer jusqu'à en avoir le ventre qui ballonne et la langue qui s'épaissit au fond de la gorge —, mais ses yeux, ses yeux l'évitaient et là, dans son regard, il y avait comme un soupçon de honte, ou de douleur, qui lui hurlait de se tenir sur ses gardes.

— Qu'est-ce qu'il y a ? lui demanda-t-il et, comme une ombre, l'image de l'homme à la Mercedes surgit devant lui. Ça va ?

Elle baissa la tête. Puis elle mit sa main dans sa poche et en ressortit trois billets tout neufs, deux de dix et un de cinq, et son sourire lui revint.

— J'ai travaillé toute la journée, dit-elle, et j'y retourne demain pour décrasser des bouddhas.

— Pour décrasser quoi ?

Les *gabachos* s'étaient remis à les regarder, de tous les coins du magasin ils les observaient, leur jetant d'infimes coups d'œil lorsqu'ils passaient devant eux. Le costume tout droit sorti du pressing, le pas rapide et le petit panier serré contre la poitrine, on regardait le pauvre et la femme du pauvre comme on regarde des malades ou des assassins qui ourdissent un meurtre. América ne lui répondit pas. Elle posa les œufs dans le caddie, dans le petit compartiment en métal qu'un *gabacho* de génie avait conçu à cet effet, puis elle le regarda en écarquillant de plus en plus grand les yeux.

— Mais tu es ici, s'écria-t-elle, enfin, je veux dire... tu marches ! Tu es arrivé à remonter le canyon ?

Il haussa les épaules. Sentit son visage se serrer jusqu'à devenir masque grimaçant.

— Je me faisais du souci, dit-il.

Un grand sourire illuminant ses traits, elle lui tomba dans les bras et alors il la serra fort contre lui et au diable tous les *gringos* de la terre, se dit-il, ils se lancèrent dans leurs courses. *Tortillas* à prix réduit, une livre de viande *hamburguesa*, œufs, sacs de riz et de haricots, café et lait en poudre dans les bras, ils ne furent pas longs à reprendre la route dans le silence de la nuit tombante, la douceur partagée d'un carré de chocolat aux amandes se glissant lentement au plus secret de leurs bouches.

La lumière les accompagna jusqu'au bas de la piste, puis se fit ténèbres de plus en plus épaisses. Un sac en plastique rempli de commissions pendant au creux de son bras en capilotade, il serra la main de sa femme tandis qu'ils cherchaient leur chemin le long du ruisseau. Il soufflait fort, il avait mal partout, mais c'était la première fois depuis son accident qu'il se sentait aussi enjoué et plein d'espoir. Il récupérait, demain matin il remonterait la colline et irait au marché au travail, aujourd'hui América avait gagné de l'argent et elle en gagnerait encore, ils allaient se remplir la panse et feraient l'amour à l'abri de tous les regards. Ils commenceraient par manger les sardines avec du pain blanc pendant que la viande *hamburguesa* sifflerait et craquillerait dans la casserole posée sur le feu de bois, et après ils tremperaient leur *tortillas* dans la graisse chaude pour que la faim perde tout de suite de sa force, et peu à peu la viande deviendrait base de ce beau ragoût dont, vers onze heures, peut-être même minuit, ils se verseraient de pleins gobelets en raclant le fond du récipient.

En tâtonnant avec ses doigts il réussit à retrouver son chemin dans la nuit de poix, sans lune et bouclée sous l'ignoble couvercle jaunissant du ciel citadin. Le ruisseau avait des remontées de soupirs entre les rochers, quelque chose battit fort des ailes dans le noir et fila dans les arbres. Cándido réprima sa peur

des serpents à sonnette et poursuivit sa route en
essayant d'oublier l'espèce de gros fouet enroulé sur
lui-même qu'à peine un mois plus tôt il avait rencontré dans les environs et l'horrible *mala suerte* qui
avait suivi le massacre, le dépiautage et la mise au
four de ce machin. A ce propos... où était passée la
compagne de la bête ? Et sa mère ? La mère de sa
mère ? Il fit tout ce qu'il pouvait pour ne pas y penser.

En arrivant à la mare, il annonça à sa femme
qu'elle allait devoir se déshabiller et América aussitôt
se mit à pouffer, s'appuya contre lui et lui effleura la
joue du bout des lèvres. A peine s'il distinguait la
pâle présence de son visage qui se détachait sur
l'invisibilité de ses cheveux et de ses habits. Noirs
étaient l'eau et les arbres, et les parois du canyon
aussi sombres que le plus profond de l'homme ou de
la femme, très loin sous la peau, les os et tout le
reste. Il se sentait bizarrement excité. Les grillons
chantaient. Les arbres chuchotaient.

Il se dévêtit, roula ses habits en boule et les
enfourna dans le sac en plastique avec les œufs.
América se tenait à côté de lui, tout à côté de lui, il
l'aida à ôter sa robe dans le noir et l'attira contre lui
pour goûter le chocolat sur ses lèvres.

— Enlève aussi tes chaussures, ajouta-t-il en laissant courir sa main sur la jambe de sa femme,
jusqu'aux chevilles, et retour. Ce n'est pas profond,
mais ça glisse.

L'eau était tiède. Chauffée par le soleil sur l'entier
de son parcours, elle avait fait d'innombrables
virages pour arriver en un mince filet dans cette
mare, et sur leur peau mouillée l'air était doux et
frais. Un pas après l'autre, en tâtonnant, il avança,
América le suivant de près ; elle avait déjà de l'eau
jusqu'aux seins — ce qu'elle était petite, et maigre,
une vrai *flaca* —, et tenait sa robe et ses commissions
bien au-dessus de sa tête. Il ne dérapa qu'une fois, à
mi-chemin. C'était presque comme si une main
d'homme lui avait soudain tiré le pied, mais non, ce
devait être une branche, gluante d'algues et flottant,

alanguie, dans le courant, encore un piège du fond des eaux... mais il n'empêche : il lança vivement le bras en l'air et, démonstration de la fragilité des choses s'il en était, son sac d'œufs s'écrasa contre la roche.

— Ça va ? lui souffla América.

Avant d'ajouter :

— Et les œufs ? Ils sont cassés ?

Ils ne l'étaient pas, hormis deux qu'ils gobèrent afin de reprendre des forces tandis qu'il se penchait pour allumer le feu et lui montrait la solidité de la hutte, avec toit de chaume et entrée charpentée en A, qu'il lui avait construite. Le feu prit et grandit. Il s'agenouilla dans le sable et jeta des branches entre les doigts avides des flammes, l'odeur du bois qui brûle lui gratouillant la nostalgie du plus lointain de mille matins d'antan — il était chez lui et sa mère avait allumé une poignée de brindilles pour faire démarrer la cuisinière, il y avait du pain grillé et du gruau de maïs à manger et à boire du café chaud saturé de sucre —, puis il se détourna et regarda les bras et les jambes de sa femme, et encore ses hanches et ses seins se remplir de lumière. Elle s'était accroupie et si fort surveillait la viande, la casserole, les oignons, les *chiles* et le riz qu'elle n'avait aucunement conscience de sa nudité. Alors il vit, et c'était la première fois, que sa grossesse était bien réelle, aussi sûre et tangible que la pâte qui monte dans la poêle à frire. Elle leva les yeux, vit qu'il la regardait et tendit automatiquement la main en avant pour attraper sa robe.

— Non, dit-il, non, tu n'en as pas besoin. Pas ici, pas avec moi.

Long regard appuyé, cheveux mouillés qui pendent, elle sourit à nouveau et lui montra ses bonnes et belles dents. La robe resta où elle était.

Ils firent cuire la viande, les nœuds qu'ils avaient à l'estomac se serrant de plus en plus au fur et à mesure que l'odeur se précisait, la viande *hamburguesa* travaillant bientôt de conserve avec les oignons et les *chiles* pour enrichir l'air naturellement

pauvre et neutre du canyon. Ils s'assirent côte à côte
dans le sable et, réchauffés par le feu, partagèrent la
boîte de sardines et mangèrent la moitié du pain
qu'ils avaient acheté au magasin, du pain nord-amé-
ricain cuit en usine et aussi léger que bulles d'air.
Elle lui tendit la dernière sardine, il posa les mains
sur les seins de sa femme et la laissa mettre la sardine dans sa bouche. Le feu craquait, la nuit les
enveloppait comme une couverture, il avait tous les
sens en émoi. Il prit la sardine entre ses lèvres, puis il
la prit entre ses dents, et lécha l'huile dorée qui était
restée sur les doigts de son épouse.

Le lendemain matin, juste avant l'aube, ils se penchèrent sur la casserole et trempèrent des *tortillas*
dans le jus tiède du ragoût. Puis ils burent leur café
froid, se préparèrent chacun un sachet de crackers et
une tranche de fromage pour le déjeuner et nus,
s'enfoncèrent dans la mare. L'eau y était frisquette à
cette heure et ce fut une véritable épreuve que d'y
patouiller comme pénitents dans une aurore de pénitents, avec des oiseaux qui les insultaient et des
insectes qui les tourmentaient. Leurs habits étaient
humides et l'un et l'autre ils se détournèrent de leurs
nudités lorsque, enfin arrivés sur l'autre rive, ils les
remirent dans le froid. Mais en suivant la forme trapue de Cándido sur l'étroit chemin de terre qui montait, América sentit l'espoir renaître : le pire était
passé. Quoi que lui demande son gros *patrón*, elle
travaillerait, et *Cándido* aussi, et de leurs gains ils ne
prendraient que le strict nécessaire pour manger et
enterreraient le reste sous une pierre. Dans un mois,
peut-être deux, ils pourraient enfin remonter tout le
canyon et entrer dans cette ville qu'elle connaissait à
peine. Il s'y trouvait forcément un appartement qui
les attendait, rien d'extravagant, pas pour l'instant —
une pièce avec douche chaude et WC, quelques
arbres dans la rue et un marché, un endroit où elle
pourrait s'acheter une robe, du rouge à lèvres et une
brosse pour ses cheveux.

Cándido boitait fort et dut s'arrêter trois fois pour reprendre son souffle, mais il s'améliorait, ça allait mieux de jour en jour et, ça aussi, c'était la réponse à ses prières. Ils attendirent qu'il y ait un trou entre les voitures avant de sortir des buissons et, en gardant les mains le long du corps, remontèrent vivement la route en restant sur le bas-côté. Les voitures la terrifiaient. Elles faisaient comme une chaîne, toujours et encore une chaîne, à dix, vingt, trente, elles aspiraient l'air derrière elles, le lui arrachaient des poumons, et ne laissaient que des puanteurs de gaz d'échappement sur leur passage. Les pneus sifflaient. Les conducteurs regardaient droit devant.

Il était tôt, si tôt même qu'ils arrivèrent les premiers au marché au travail, avant Candelario Pérez. La plupart des hommes prenaient le bus ou faisaient du stop pour venir, certains d'endroits situés à plus de trente ou quarante kilomètres. Et pourquoi de si loin? Parce que, étant des paysans, ils détestaient la ville et avaient horreur de faire la queue aux coins des rues, aux *esquinas* où, sous des murs couverts de graffitis ignobles et obscènes, traînaient les jeunes des gangs. América n'en voulait pas à ses *compañeros*. Elle n'avait pas oublié son voyage à Venice et la terreur et l'impression de flotter dans le vide qu'elle y avait éprouvées. Comme d'habitude elle s'adossa à son pilier, ramena ses jambes sous elle, regarda les grosses branches des arbres et fut heureuse de se trouver là.

Cándido s'assit lourdement à côté d'elle, la moitié acceptable de son visage tournée dans sa direction. Il n'arrêtait pas de tripoter ses doigts, de ramasser des brindilles dans la poussière, de les casser en deux et d'en jeter les morceaux au loin, encore et encore. Il avait ôté l'écharpe de son bras, mais tenait encore celui-ci avec maladresse, et une partie de ses croûtes lui était tombée du visage, des taches de chair pâle se montrant en dessous comme autant d'éclaboussures de peinture fraîche. Il était calme et maussade, toutes les joies qu'il avait vécues la nuit précédente ayant cédé la place, elle le voyait bien, à des airs de

fureur silencieuse qui lui rappelèrent son père
lorsque, le soir venu, il se penchait sur les petits
caractères de son journal et avait mal au dos et aux
pieds à force d'avoir porté des chaussures trop
étroites qu'on l'obligeait à enfiler pour travailler au
restaurant. Cándido, c'était clair, avait peur que personne ne veuille de lui à cause de sa figure et de ce
boitillement qu'il ne pouvait cacher — même s'il
était le premier de la file et prêt à se crever au boulot. Et certes il n'avait rien dit, ni pour s'excuser ni
pour la remercier, mais elle savait qu'il souffrait
d'avoir une femme qui l'entretenait. Elle lui parla de
tout et de rien pour le distraire... Il allait faire chaud,
pas vrai ? Le ragoût avait été une réussite, non ? Sau-
rait-il lui rappeler d'acheter du savon en paillettes
pour qu'elle puisse laver le linge en rentrant ?... Quoi
qu'elle lui dise, toujours il lui répondait par un grognement.

Candelario Pérez étant arrivé dix minutes plus
tard dans un pick-up délabré avec six autres
manœuvres, l'endroit commença à se remplir. On
débarquait seul ou en groupes de deux ou trois qui
surgissaient de nulle part, on était dégingandé et
plein d'espoir, quel que fût son âge, on avait les
mains vides et le vêtement simple et propre. Certains
se tenaient à l'écart, sur le trottoir d'en face, au coin
de la ruelle, d'autres préférant battre la semelle à
deux ou trois dans le parking de la poste pour tenter
leur chance seul à seul avec les *gringos*, mais dans
l'ensemble on se contentait de traîner les pieds dans
les graviers, la poussière et les mauvaises herbes et
de s'en remettre à Candelario Pérez.

Enfin les entrepreneurs commencèrent à arriver,
Blancs aux yeux sans âme· et au visage délavé,
comme des rois en leurs pick-up. Ils voulaient deux
ou trois hommes, ils en voulaient quatre ou cinq, ils
ne posaient pas de questions et ne parlaient pas
argent non plus, encore moins conditions ou termes
de l'embauche. Le manœuvre pouvait très bien
déverser du ciment un jour et vaporiser des insecti-
cides le lendemain, ou récurer des urinoirs, répandre

du fumier, peindre, désherber, déménager des trucs, poser des briques ou des carreaux. Le manœuvre ne posait pas de questions. Il montait à l'arrière du pick-up et allait où on voulait bien l'emmener. Et les patrons, ceux qui embauchaient, s'installaient dans la cabine et y restaient immobiles comme des statues. América se demanda si, Dieu sait comment, on les avait rivés à leurs camionnettes, si leurs mères avaient accouché d'eux sur la banquette avant, ou s'ils avaient grandi derrière le pare-brise comme des trucs pas normaux. Assise à sa place, elle attendit calmement que quelqu'un ait besoin de passer la serpillière sur un plancher ou de nettoyer son four. Les pick-up s'arrêtaient, les vitres s'abaissaient sans un bruit dans la rainure de la portière qui luisait, les coudes se montraient, et après c'étaient les nez pointus, les oreilles surdimensionnées et les yeux froids et calculateurs derrière les lunettes de soleil.

Ce matin-là, il dut bien y avoir dix camionnettes qui s'arrêtèrent au marché au travail — et une bonne demi-douzaine d'autres dans le parking de la poste —, et quarante hommes trouvèrent du travail. Chaque fois Cándido était le premier à se présenter et chaque fois c'était pour rien qu'il se levait. Elle le regarda avec une tristesse grandissante, elle vit combien il en voulait et comment, plein d'espoir, il masquait sa claudication et gardait son bras malade le long du corps ; elle découvrit la rage, le désespoir et le boitillement ravageur qui le reprenait lorsqu'il revenait vers elle.

Aux environs de neuf heures et demie, le gros *patrón* entra dans le terrain vague au volant de sa longue voiture de riche. América était en train de parler à perdre haleine de Tepoztlán à son homme afin de lui faire oublier la situation dans laquelle il se trouvait — elle se rappelait un incident qui remontait à son enfance, c'était un jour de septembre où une tempête s'était abattue sur le village, des grêlons gros comme des pierres étaient tombés sur la récolte de maïs encore sur pied et tous les hommes du village s'étaient précipités dans les rues pour décharger

leurs fusils et leurs revolvers vers le ciel —, elle
s'arrêta au beau milieu d'une phrase en entendant
les pneus crisser sur le gravier et regarda les formes
élancées et la gueule de prédateur de la voiture de
son *patrón*. Aussitôt elle sentit à nouveau le poids de
sa grosse main sur ses genoux, et quelque chose se
figea en elle : il ne lui était jamais rien arrivé de
pareil, pas dans son pays, pas à Tepoztlán, pas même
à la fosse aux ordures de Tijuana. Elle avait dix-sept
ans, elle était la dernière de huit enfants, son père et
sa mère l'avaient toujours aimée, elle était allée à
l'école jusqu'au bout et avait fait tout ce qu'on attendait d'elle. Aller avec des inconnus, sentir des mains
sur ses genoux, vivre dans les bois comme une bête
sauvage, non. Sauf que là... Elle se remit debout.

Comme stupéfiée, elle traversa le terrain vague en
revoyant les vastes et étincelantes étendues de la
grande pièce aux bouddhas avec ses fenêtres qui
mettaient le monde à ses pieds, avec l'argent, ça
aussi, vingt-cinq dollars — vingt-cinq dollars au lieu
de rien. La vitre de la voiture lui renvoya son reflet
un instant, puis cérémonieusement s'abaissa pour
lui révéler le visage du *patrón*. Il ne descendit pas de
son véhicule, mais pour être là, il était là, sans
expression aucune, la barbe bien taillée autour de la
bouche afin qu'on voie mieux ses lèvres. Candelario
Pérez s'approcha de lui en se débrouillant pour avoir
l'air tout à la fois supérieur et prêt à plaire — *A sus
órdenes*, voilà, je m'incline et je gratte pour toi —,
mais le gros homme l'ignora. D'un signe de tête, il
ordonna à América de faire le tour de la voiture et de
monter à côté de lui, puis il regarda Candelario
Pérez et lui dit quelque chose en anglais. Il voulait
aussi Mary, c'était ça ?

Mary était introuvable. Saoule, sans doute, assise
devant un frigo rempli de jambons dans sa petite
maison en redwood [1]. América se retourna pour
chercher Candelario des yeux, il était là, juste derrière elle. Ils échangèrent un regard, elle baissa les

---

1. Variété de séquoia utilisé dans la construction. *(N.d.T.)*

yeux, se dépêcha de faire le tour de la voiture et monta dedans. Le *patrón* hocha vaguement la tête pour lui signifier qu'il l'avait vue, elle referma la portière derrière elle et s'installa aussi loin du gros homme qu'elle le pouvait. Alors il se retourna vers Candelario Pérez qui vantait déjà les qualités de Cándido et des deux hommes qui se trouvaient juste derrière lui dans la file — n'importe qui était capable d'ôter la crasse d'un bouddha en pierre —, mais le gros *patrón* secoua la tête : il ne voulait que des femmes.

Déjà ils avaient quitté le terrain vague et remontaient la route du canyon, les arbres se ruant de part et d'autre de la voiture, celle-ci s'inclinant gracieusement dans les virages et, un tournant après l'autre, remontant jusqu'au portail où, avec pelles et pioches, les hommes travaillaient encore. La radio était silencieuse. Le *patrón* ne disait rien, de fait il ne regardait même pas son employée. Il avait l'air pensif, ou peut-être fatigué. Lèvres ourlées, yeux rivés sur la route. Et ses mains — elles étaient blanches et charnues, gonflées comme des éponges —, ses mains restèrent où il fallait, sur le volant.

Elle eut la grande pièce pour elle toute seule. Elle sortit les bouddhas de leurs cartons, les trempa dans le liquide corrosif, les frotta avec sa brosse, y colla des étiquettes et les remit dans leurs emballages. Il ne fallut guère de temps pour que, ses yeux s'étant mis à pleurer, elle se retrouve en train de les essuyer avec les manches de sa robe, manœuvre d'autant plus embarrassante qu'elle portait des manches courtes et que pour arriver à ses fins elle devait donc lever sans arrêt une épaule après l'autre. Et sa gorge et son nez lui semblaient bien étranges, dont les passages étaient aussi sensibles et à vif que si elle avait attrapé un rhume. La solution était-elle plus forte que celle dont elles s'étaient servies la veille ? Mary, la grande *gringa*, n'avait pas arrêté de se plaindre de toute la journée, comme un gros insecte dans l'herbe, mais América n'avait pas souvenir que le produit ait été désagréable. Il n'empêche : elle conti-

nua de travailler, ses statuettes évoluant bientôt à
travers un écran de larmes, puis ce furent ses doigts
qui la démangèrent. Ils ne se raidissaient pas comme
la veille, pas encore, mais tout autour de ses cuti-
cules quelque chose la piquait fort, comme du citron
dans une coupure, et brusquement elle comprit que
le *patrón* avait oublié de lui donner les gants en plastique. Elle tint ses mains à la lumière et vit que la
peau avait commencé à se fendiller et tomber, et
qu'en dessous les chairs avaient perdu leurs couleurs. Ce n'étaient plus ses mains à elle — c'étaient
les mains d'un cadavre.

Elle s'alarma. Si elle ne portait pas ces gants, il ne
lui resterait plus de doigts à la fin de la journée —
rien que des os, comme les horribles pantins qui
défilaient le Jour des Morts —, mais elle était trop
timide pour aller les chercher. Et si à l'instant même
le *patrón* était en train de la regarder pour voir si elle
frottait assez fort? Et s'il était prêt à entrer soudain
dans la pièce et à l'insulter dans sa langue aux
accents durs et méprisants? A la renvoyer chez elle,
à la congédier, à poser sa grosse patte toute bouffie
sur ses genoux? Mais ses doigts la brûlaient, mais sa
gorge n'était plus que cendres, mais elle n'arrivait
même plus à voir les bouddhas tant il y avait de
larmes dans ses yeux. Enfin elle se risqua à regarder
par-dessus son épaule.

Personne ne la surveillait. Les deux portes de la
pièce étaient fermées et la maison silencieuse. La
première porte, la plus proche, celle par laquelle elle
était entrée, donnait sur le garage et l'escalier per-
mettant d'accéder au premier étage, la deuxième
étant, sans doute, celle de la salle de bains — vu le
temps que Mary y avait passé la veille! América, elle,
n'avait même pas osé quitter sa chaise — qui pouvait
dire à quel moment le *patrón* allait venir vérifier ce
qu'elles faisaient? —, et quelle épreuve ç'avait été!
Depuis peu elle avait toujours envie de faire pipi et
avait dû se retenir toute la journée durant (le bébé
lui comprimait les organes, elle le savait, et qu'elle
aurait aimé en parler avec sa mère, même seulement

une minute!), mais c'était fini, tout ça. C'était hier. Dès qu'avec Cándido elle avait quitté la grand-route pour passer à couvert au début de la piste, elle s'était accroupie dans les buissons et le problème avait été réglé. Mais là, c'était différent. C'était dangereux — et ce n'était pas de sa faute. Le *patrón* aurait dû lui donner les gants, il aurait dû s'en souvenir.

Il était onze heures et quart à la pendule-soleil. Les montagnes se serraient contre les fenêtres. Ses doigts la brûlaient. Devant elle les statuettes se profilaient, puis disparaissaient, et le vertige la gagnait. Pour finir, elle se leva de sa chaise et se dépêcha de traverser la pièce — il fallait au moins qu'elle se rince les mains, qu'elle fasse partir ces brûlures, personne ne lui refuserait ça...

Comme elle le pensait, il y avait bien une salle de bains derrière la porte, avec des carreaux blancs et roses, une petite cabine de douche, des descentes de bain roses et moussues, du papier peint décoré de petits lapins aux yeux doux, elle ne put s'empêcher d'admirer — c'était exactement ça qu'elle voulait, comme c'était joli et bien conçu, et propre ! Elle fit couler de l'eau froide sur ses mains, puis elle les essuya sur ses genoux parce qu'elle ne voulait pas risquer de salir les serviettes blanches. Et ce fut alors qu'elle découvrit son reflet dans la glace — avec ses cheveux défaits qui partaient dans tous les sens, elle avait l'air d'une folle, d'une romanichelle, d'une mendiante des rues. Elle cessa de se regarder, souleva doucement le couvercle des toilettes et s'assit vite sur la cuvette : on se soulage immédiatement et on règle tous les problèmes d'un coup. Assise dans cette salle de bains rose avec des petits lapins sur les murs, des serviettes de toilette immaculées et une savonnette lilas dans une soucoupe en céramique, elle se sentit à son aise pour la première fois depuis qu'elle avait quitté Cándido pour se glisser dans la voiture du gros *patrón*. Elle étudia l'architecture de la douche, s'émerveilla de voir tous ces jolis carreaux et se dit qu'il devait être bien agréable d'avoir de l'eau chaude quand on voulait, et un peu de shampooing aussi, et

encore du savon et une brosse à dents dure au lieu
d'une tige d'herbe sèche. Et puis elle pensa au gros
patrón et, grands pieds blancs et chairs d'un rose
ridicule, elle l'imagina tout couvert de savon. Et si
un jour il s'en allait en Chine acheter d'autres bouddhas pour son magasin et qu'elle, pendant ce
temps-là, elle restait dans sa maison et, la nuit, dormait dans la grande pièce et allait aux WC dix fois
par jour si elle en avait envie...

Elle y songeait encore — à peine si elle avait
rêvassé une seconde —, lorsque au-dessus d'elle un
bruit soudain la ramena à la réalité. C'était sourd, on
aurait dit quelqu'un qui écarte sa chaise d'une table,
puis elle entendit des pas. Elle bondit du siège des
WC et eut tellement peur de se trahir en tirant la
chasse que dans cette extrémité elle en oublia ce
qu'elle était venue chercher. Les pas résonnaient
maintenant juste au-dessus de sa tête, elle se figea
sur place, incapable de penser et de bouger. Ah, oui,
les gants, c'était ça. Elle ouvrit le placard sous le
lavabo, chercha dans les tiroirs de côté, il y en avait
un, deux, trois, quatre, mais pas l'ombre d'un gant
nulle part et les pas semblaient se rapprocher,
s'engager dans l'escalier. Elle se cogna dans la chaise
en filant et, paniquée, s'empara de sa brosse.

Les pas s'arrêtèrent. Il n'y avait personne dans
l'escalier, et personne au-dessus de sa tête non plus.
Posé sur la table, son bouddha la gratifia de ses airs
de sagesse insondable.

Trois bouddhas plus tard, elle dut renoncer. Endu-
rer ça une seconde de plus, non, personne ne l'aurait
pu. Elle se rinça de nouveau les mains et le soulagement l'inonda. Alors elle se barda de courage, rejoignit la porte, l'entrouvrit et regarda vers le haut de
l'escalier où une porte plus grande et d'aspect plus
imposant donnait sur le premier étage. Elle hésita
un instant et scruta la pénombre du garage. La voiture s'y trouvait — en une année entière tous les gens
de son village mis ensemble n'auraient jamais gagné
ce qu'elle avait dû coûter —, ainsi qu'un réfrigérateur, une machine à laver, un sèche-linge, et des tas

d'autres choses encore. Des raquettes de tennis. Des bâtons pour jouer à ce truc où on file sur la glace. Des cages à oiseaux, des bicyclettes, des chaises, des lits, des tables, deux tréteaux, des boîtes en carton de toutes formes et tailles, des outils, des vieux habits et des piles de journaux, tout cela étalé par terre comme le trésor de quelque ancien potentat.

Elle monta les marches en silence, et son cœur battait fort. Comment lui demander des gants ? En mimant ? Et s'il voulait faire des cochonneries avec elle ? Ne l'avait-elle pas cherché en acceptant de venir seule dans sa maison ? Elle hésita encore sur le palier, puis se força à frapper à la porte. Elle y alla doucement, comme on s'excuse, à peine si ses phalanges effleurèrent le bois de la porte. Personne ne répondit. Elle ne savait que faire, mais elle ne pouvait pas continuer à travailler sans ces gants. Elle allait se mutiler, la peau allait lui tomber des os...

Elle essaya la poignée.

C'était ouvert.

— *¿Ola ?* dit-elle en se comprimant la figure dans l'entrebâillement. *¿Alguien está aquí ?*

Qu'est-ce qu'ils disaient dans les vieux films qu'on passait à la télévision et qui faisait mourir de rire les copines ? *You-hou ?*

Elle essaya.

— You-hou ! lança-t-elle, et c'était vraiment tout aussi ridicule sur ses lèvres que sur celles de n'importe quelle actrice.

Elle attendit un moment, puis elle recommença :

— *¿Ola ?* You-hou ?

Elle entendit qu'on se mouvait, là-bas, il y avait de grands bruits de pieds, à pas traînants le gros *patrón* enfin se montra. Il portait des lunettes à monture en acier qui lui donnaient l'air pincé et avait enfilé des chaussons. Il semblait étonné, ou bien irrité. Nichées au fond de sa barbe, ses lèvres blanches la fusillaient.

— Escuse, pleese, dit-elle à moitié cachée derrière la porte.

Elle était toujours sur le palier et n'osait pas entrer dans la maison. Elle leva les mains en l'air.

— *Guantes*. Pleese. *Para las manos*.

Le *patrón* s'était arrêté à dix pas de la porte. Il avait l'air dépassé, comme s'il ne l'avait jamais vue. Il lui dit quelque chose en anglais, quelque chose qui remontait au bout, comme une question, mais le ton n'était pas amical, pas du tout.

Elle essaya encore, sur le mode cinéma muet, en se frottant les mains et faisant semblant d'enfiler une paire de gants imaginaires.

Alors il comprit. Ou en donna l'impression. Il s'avança en deux propulsions de jambes, s'empara de son poignet droit et lui examina la main comme s'il l'avait trouvée collée au fond de sa chaussure. Puis il la laissa retomber en jurant, la jeta loin de lui, plutôt, lui tourna le dos et quitta la pièce à grands pas.

Elle resta debout à l'attendre, les yeux fixés sur le plancher. Avait-il compris ? S'en souciait-il ? Était-il parti lui chercher ses gants ou l'ignorait-il parce que après tout... qu'est-ce que ça pouvait lui faire qu'elle ait les chairs qui lui pourrissent et tombent des os ? Il avait posé sa grosse patte présomptueuse sur ses genoux, elle en avait fui le contact... à quoi pouvait-elle donc lui servir, maintenant ? Elle aurait aimé tourner sur ses talons et redescendre les escaliers quatre à quatre, elle avait envie de se cacher parmi les bouddhas, ou mieux même, dans la salle de bains, mais elle tint bon. Tout compte fait, plutôt crever de faim que de retremper les mains dans cette solution, même une seule seconde de plus.

Mais elle entendit à nouveau ses gros pieds, vit que sur la petite table près de la porte le vase en tremblait, et il reparut enfin, il marchait vite, pesant du haut et vacillant sur ses pieds. Les petites lunettes avaient disparu et dans sa main il tenait une paire de gants jaunes. Il les lui jeta d'un geste impatient, éructa quelque chose de sa voix cacophonique — merci, au revoir, je suis désolé, elle n'aurait su le dire —, puis il lui claqua la porte au nez.

Le jour filant dans ses veines comme un élixir, elle travailla dans un délire de vapeurs, décrassant une statuette après l'autre, ses mains endolories hermétiquement à l'abri du produit corrosif dans la fine enveloppe en plastique de ses gants. Elle avait les yeux qui pleuraient et sa gorge la piquait, mais elle se concentra sur sa tâche et l'énormité des vingt-cinq dollars que le *patrón* allait lui donner, et tenta de ne pas trop penser au retour et à ce que ça lui ferait de rester assise à côté de lui dans la voiture. Elle revit le *cocido* que ses gains de la veille lui avaient permis de préparer avec Cándido — tous ces morceaux de viande, ces *chiles*, ces haricots, ces oignons... et les *tortillas*, le fromage et les œufs durs qui allaient avec, tout ça soigneusement enveloppé dans les sacs en plastique du magasin et caché sous une pierre, au frais dans un trou qu'elle avait creusé dans le sable mouillé au bord du ruisseau. Mais si une bête les trouvait? Qu'est-ce qu'ils avaient donc dans le Nord? *El mapache*, le cousin à nez court du coati, animal furtif et rusé s'il en était. Mais la pierre était lourde et América avait tout serré aussi fort que possible. Non, ce serait plus probablement les fourmis qui tomberaient dessus... elles se glissaient partout, comme grains de sable qui se meuvent, insidieuses... et elle en vit une file qui, grosse comme son poignet, entrait dans la casserole et en sortait tandis qu'inlassablement elle frottait un autre bouddha noirci de crasse. Cette vision lui donnant faim, elle ôta ses gants pour dévorer les crackers et les fines tranches de fromage qu'elle avait emportés, puis elle traversa la pièce à toute allure afin de s'humecter les lèvres au robinet et se soulager. Et cette fois, elle tira vite la chasse et revint tout de suite à la table avant même que l'eau ait fini de rugir en filant dans la canalisation.

Elle travailla dur, elle travailla sans plus s'interrompre pendant le reste de la journée, luttant contre le vertige et contre ses larmes afin de se prouver sa valeur, afin de montrer au *patrón* qu'à elle seule elle était capable de transformer autant de bouddhas qu'avec Mary elle en avait déjà métamorphosés la veille. Il le remarquerait et l'en remercierait et lui demanderait de revenir le lendemain et le surlendemain et alors, il saurait enfin qu'elle valait dix fois mieux que le genre de fille qui, la veille au soir, lui aurait pris la main et la lui aurait posé sur sa poitrine. Mais lorsqu'il reparut enfin — il était six heures à la pendule-soleil accrochée au mur —, il ne sembla rien remarquer du tout. Il se contenta de hocher la tête d'un air impatient et lourdement cabriola jusqu'à la voiture tandis qu'en lévitation la porte du garage se levait devant lui.

Il ne lui posa pas la main sur les genoux. Il n'alluma pas la radio. Lorsque, après un dernier virage, ils s'arrêtèrent dans le terrain vague près du marché, il grogna pour se mettre sur une fesse, sortit son portefeuille de sa poche, en retira un billet de vingt dollars et un de cinq, et tourna ses yeux bleus vers l'horizon pendant qu'elle cherchait la poignée, l'abaissait et descendait de la voiture. La portière claqua, le moteur gronda, déjà le *patrón* avait filé.

Et Cándido ne se montrait pas. Le parking regorgeait de Blancs qui entraient dans le magasin et en sortaient à toute allure avec des sacs en plastique marron coincés sous le bras et, de l'autre côté de la rue, le marché au travail était désert. Elle se sentit trahie — c'était là qu'ils étaient convenus de se retrouver —, longtemps elle resta plantée au milieu du parking à regarder autour d'elle d'un air stupéfié. Jusqu'au moment où il lui vint à l'esprit qu'il avait dû trouver du travail. Évidemment. Comme s'il pouvait être parti ailleurs! Un sentiment proche de la joie s'empara d'elle. De la joie, ce n'en était pas vraiment, ou alors elle avait des limites, éprouver une sensation pareille ne pouvant lui venir que lorsqu'elle aurait un toit au-dessus de sa tête. Cela dit, si Cándido avait du travail, ils auraient assez d'argent pour manger pendant une semaine, peut-être même quinze jours, et s'ils en avaient tous les deux — même seulement un jour sur deux —, ils pourraient commencer à économiser pour un appartement.

Pour l'instant néanmoins, il n'y avait rien d'autre à

faire que d'attendre. Elle traversa le parking en serrant fort ses billets dans sa main et s'installa dis-
crètement sur une souche d'arbre au coin du bâtiment. Elle pourrait y voir Cándido sans se faire
remarquer parce que... tous ces *gringos* la rendaient
nerveuse. Chaque fois qu'une voiture entrait dans le
parking, elle sentait son cœur se serrer. Elle ne pouvait s'empêcher de penser à *La Migra* et aux hommes
qui, raides et silencieux dans leurs uniformes marron, lui avaient fait passer la pire nuit de sa vie, celle
où on l'avait obligée à se déshabiller devant tout le
monde bien que Cándido lui ait juré que jamais personne ne la trouverait dans cet endroit. Il y avait
certes peu de risques pour que ça recommence, ces
risques étaient même minuscules, mais le risque,
América n'aimait pas ça et elle se fit toute petite dans
les buissons pour attendre.

Une heure passa. Elle s'ennuyait, elle avait peur,
elle commença à s'imaginer toutes sortes de calami-
tés : Cándido s'était fait ramasser par la police, il
était retourné au canyon et avait mis le pied dans un
nid de serpents à sonnette, il s'était fait renverser par
une autre voiture et, tout en sang, il gisait dans les
buissons. Puis elle pensa au campement (c'était
peut-être là qu'il se trouvait, il avait fait démarrer le
feu et le ragoût était en train de mijoter), puis au
ragoût lui-même, son estomac se retournant aussitôt
pour lui mordre les intérieurs. Elle avait faim. Elle
avait une faim de loup. Le magasin l'intimidait, bien
sûr, mais sa faim lui en ayant fait franchir les portes
avec son argent, elle s'y acheta une autre boîte de
sardines, un paquet de ce pain blanc tout soufflé
comme des nuages comestibles et une plaque de
Twix pour Cándido. Elle craignait que quelqu'un ne
lui parle, qu'on lui pose des questions, qu'on la
somme de dire qui elle était, mais la caissière ne la
regarda même pas et, aubaine qui lui épargna la
peine de devoir interpréter les nombres proprement
insondables qui seraient tombés des lèvres de la
jeune fille, le total de 2 $ 73 apparut en rouge sur la
machine. Une fois revenue sur sa souche, América

disposa ses sardines entre des tranches de pain et n'eut pas le temps de s'en rendre compte qu'elle avait déjà fini la boîte. Ses pauvres doigts tout blanchis en étaient jaunes de culpabilité.

Et le soleil dégringola derrière la colline, et les ombres s'épaissirent. Où était passé Cándido ? Elle n'en savait toujours rien, mais ne pouvait pas rester là toute la nuit. A nouveau elle pensa au campement, à l'appentis, à la casserole, à la couverture étendue sur le sable, à la manière dont, là-bas en bas, la nuit semblait tomber peu à peu et ainsi l'envelopper qu'à la fin elle se sentait en sûreté, cachée, à l'abri de tous les regards indiscrets, loin des rebords coupants de ce monde. C'était là qu'elle voulait être. Elle était fatiguée, sans force, et la tête lui tournait d'avoir respiré toutes ces émanations du matin jusqu'au soir. Elle se remit debout, regarda une dernière fois autour d'elle et commença à redescendre la route avec son pain, sa plaque de *Twix* et ses vingt-deux dollars et vingt-sept cents bien enveloppés dans le sac en plastique marron qui lui pendait au poignet.

La circulation s'était considérablement raréfiée. Le flot frénétique des véhicules se réduisait maintenant à quelques voitures qui passaient de temps à autre, à de rares bouffées d'air et sifflements de pneus dans le silence grandissant qui montait du canyon, s'emparait de la nuit et faisait chanter un oiseau et briller un morceau de la lune dans le ciel bleu cobalt. Elle regarda soigneusement avant de traverser en pensant à Cándido, puis, tête baissée, elle se tint au bord de la route et marcha aussi vite qu'elle le pouvait sans attirer l'attention sur elle. Lorsqu'elle arriva à l'entrée du sentier, elle soufflait fort et avait follement envie de quitter la route pour se cacher, mais elle continua de marcher et, même, ralentit pour prendre l'air nonchalant de la dame qui se promène : une voiture arrivait. Elle garda la tête baissée, ses pieds se mirent à beaucoup traîner par terre, mais la voiture passa. Dès qu'elle eut disparu dans le virage près de la scierie, América revint sur ses pas, mais une autre voiture se montra au sortir du tournant. Elle venait vers elle, América dut encore une fois dépasser l'entrée de la piste. Pour finir, il y eut une accalmie — personne ne venait, ni dans un sens ni dans l'autre —, elle se rua dans les buissons.

Où la première chose qu'elle fit fut de se soulager, exactement comme la veille au soir. Elle remonta sa robe, s'accroupit sur les talons et longuement écouta le féroce sifflement de son urine tandis que, le jour virant au crépuscule, les odeurs de la terre lui montaient aux narines. Un instant plus tôt elle était sur la route, exposée aux regards de tous et vulnérable — et effrayée, toujours effrayée —, maintenant elle était à l'abri. Mais cette pensée l'effrayait, elle aussi : quel genre de vie était-ce donc que celle où on se sent à l'abri dans les buissons et s'accroupit pour pisser par terre comme une chienne ? Était-ce pour ça qu'elle avait quitté Tepoztlán ?

Mais penser ainsi ne menait à rien non plus. Elle était fatiguée, un point c'est tout. Ses épaules l'élançaient et ses doigts la brûlaient aux endroits où la peau s'en allait. Et elle avait faim. Toujours et aussi faim qu'avant. Si elle avait passé tous les jours gris de sa vie à Tepoztlán, elle aurait peut-être eu assez à manger tant que son père aurait vécu et qu'elle lui aurait obéi comme une esclave au moindre claquement de doigts, mais elle n'aurait jamais rien eu d'autre, pas même un mari parce que tous les hommes du village, tous les hommes bien, s'entend, filaient neuf mois dans le Nord. Neuf mois sinon dix. Quand ce n'était pas pour toujours. Pour réussir, pour oser sauter le pas, il fallait souffrir. Et ses souffrances à elle n'étaient rien comparées aux tribulations des saints ou des gens qui, mutilés et abandonnés par Dieu et par les hommes également, vivaient dans les rues de Mexico et de Tijuana. Il lui fallait habiter dans une hutte au milieu des bois ? Et alors ? Ça ne durerait pas. Elle avait Cándido, elle avait gagné son premier argent et maintenant son homme était de nouveau en mesure de travailler, le cauchemar de ces dernières semaines était fini. Ils auraient un appartement avant les premières pluies de l'automne, il le lui avait promis, et alors ils repense-raient à tout ça comme on se rappelle une aventure, une histoire drôle, quelque chose qu'un jour on racontera à ses petits-enfants. *Cándido*, dirait-elle, *tu te souviens de la fois où la voiture t'a renversé, c'était à l'époque où on campait comme des Indiens et où on faisait la cuisine sur un feu de bois ? Dis, tu te rap-pelles ?* Qui sait même si un jour ils ne reviendraient pas y faire un pique-nique avec leurs fils, et peut-être aussi leur fille ?

Panier du pique-nique, radio portative qui jouait de la musique, petit garçon en culottes courtes et fil-lette avec un ruban dans les cheveux, elle garda cette image en tête en descendant la piste avec son sac en plastique marron. Des cailloux roulaient sous ses pieds et coulaient devant elle comme filet d'eau au fond d'une ravine. L'air sentait fort la sauge, le mes-quite et quelque pâle et indéfinissable essence qui, peut-être, était de l'agave. Elles étaient nombreuses dans toutes les collines environnantes, leurs tiges énormes y fleurissaient comme javelots lancés du haut du ciel. Ça sentait donc quelque chose, l'agave ? se demanda-t-elle. Il le fallait bien pour attirer pareillement les abeilles et les colibris. Un jour, elle s'en fit la promesse, elle s'approcherait pour sentir.

Elle avait presque atteint l'endroit où la grande flèche du rocher sortait de terre lorsque soudain un bruit dans le sous-bois la fit sursauter. Elle regarda vite devant elle et retint son souffle. Elle avait peur des serpents, surtout quand la lumière commençant à baisser, ils se mettaient en chasse, leurs longs corps épais et grossiers, et leurs yeux méchants, se traînant le long de la piste comme des morceaux de bois, comme des ombres. Mais la chose n'avait rien à voir avec un serpent et force lui fut de rire à ses propres dépens lorsque, tête grise qui sautillait, la première caille traversa le sentier à toute allure en faisant frissonner les feuilles mortes. Cándido était toujours en train d'essayer de les piéger, mais elles étaient bien trop vives et toujours se repliaient dans

les buissons ou pleuraient comme des enfants apeu-
rés en ouvrant grand les ailes pour filer par-dessus
les taillis et retrouver l'abri sûr du canyon. América
s'arrêta un instant pour les laisser passer, les petits
suivant leurs parents sur les talons, puis elle entra
dans l'ombre pourpre et profonde du grand rocher.

C'était là qu'il l'attendait, avec sa voix rauque et
haut perchée, sa peau comme trop-plein de lait dans
la casserole de café, avec sa casquette tournée à
l'envers sur sa tête comme la portaient les *gringos*,
avec la sauvagerie qui brillait dans ses yeux. Il y avait
un autre homme avec lui, un Indien tout aussi cuit
qu'un morceau de pain grillé. Ils s'étaient assis, perchés sur des manières de tabourets en grès, et de
longues boîtes de bière argentées brillaient au bout
de leurs doigts.

— Tiens, tiens, dit-il, et sur son visage rien ne se
lisait dans la lumière jugulée, *buenas noches, seño-
rita,* ou alors, faut-il dire *señora ?* Oui ? Non ?

Et aussitôt il ajouta :

— Hé, la femme mariée !

L'heure n'était plus aux discussions, aux reproches
ou aux suppliques. Elle pivota sur ses talons et
s'élança dans le sentier, vers la route qu'elle venait
juste de fuir... ils ne la toucheraient pas, pas là, ils ne
pourraient pas. Elle était jeune et en forme d'avoir
monté et descendu le chemin deux fois par jour pendant ces six dernières semaines et, le sang lui chantant fort aux oreilles, elle courait vite, mais ils ne la
lâchaient pas d'une semelle. Ils étaient hommes dans
la force de l'âge et savaient galoper à grandes enjambées et bondir comme le chien de meute, les tendons
de la gorge tout noués tant la poursuite les excitait.
Ils la rattrapèrent avant qu'elle ait fait trente mètres,
le grand, celui qui venait du Sud, s'écrasant sur elle
comme une force irrésistible, comme la voiture qui
avait renversé Cándido.

Un buisson lui déchira la figure, quelque chose lui
arracha le sac du poignet, ensemble ils tombèrent
dans la poussière qui était comme de la farine répan-
due sur le sentier par quelque boulanger fou. Il fut

sur elle, il s'assit sur ses reins, sa main de fer lui coinçant la figure dans la poussière farineuse. Elle cria, elle essaya de relever la tête, mais il lui écrasa son poing sur la nuque, une fois, deux fois, trois fois, en jurant pour appuyer ses coups.

— La ferme, gronda-t-il. Ta gueule !

L'autre était debout derrière lui et attendait. Elle entendit les sifflements de leurs respirations, désormais tout était possible, elle se recroquevilla sous la puanteur de cimetière de l'homme qui s'était assis sur elle. Il la frappa encore, brusquement, la première fois au bas du crâne, la deuxième au creux des reins. Puis il se releva lentement en appuyant de tout son poids sur la main qui lui maintenait la tête dans la poussière et, avec l'autre, il attrapa le col de sa robe, la seule qu'elle avait, et la déchira du haut en bas jusqu'à ce que la fraîcheur du soir picote sa peau nue. Alors, comme pris de frénésie, de rage même, les jurons dégouttant à ses lèvres, il déchira sa culotte et lui rentra les doigts dans le sexe.

Ce fut comme si un arbre lui était tombé dessus, comme si, impuissante et incapable de bouger, elle était victime de quelque accident monstrueux. Son cou lui faisait mal. Les doigts de l'homme remuaient en elle, dans ses replis les plus secrets, déjà c'était comme s'il lui faisait gicler de l'acide dans le ventre. Elle se tortilla dans la poussière, il la repoussa, encore et encore, durement. Puis il ôta la main de sa nuque, il respirait par à-coups, elle l'entendit chercher quelque chose dans sa poche et son cœur s'arrêta — il allait l'assassiner, la violer et l'assassiner et... qu'avait-elle fait ? Mais ce n'était pas ça, pas ça du tout... c'était un truc dans un morceau de papier, ça frémissait comme du papier aluminium. Un de ces machins qui... une de ces... non, c'était une plaquette de chewing-gum. Là, dans la nuit qui tombait plus vite, avec ses doigts sales enfoncés en elle comme si elle lui appartenait, avec l'Indien qui attendait son tour, soudain il s'était arrêté pour s'enfourner une plaquette de chewing-gum dans la bouche, nonchalamment en laisser tomber l'emballage sur la peau nue de son dos et ne pas plus s'en soucier que s'il était assis sur un tabouret dans un bar.

Elle ferma fort les yeux et serra les dents. La main de l'homme s'en alla, il changeait de position, elle le sentit, il se redressait pour ôter son pantalon. Elle se raidit contre les battements de son sang, l'instant se figea pour toujours, comme celui du tourment qui éternellement frappe les damnés. Enfin, sa voix lui parvint, fut en elle comme un couteau.

— Dis, la femme mariée, lui chuchota-t-il à l'oreille, tu ferais mieux d'appeler ton mari, tu crois pas ?

DEUXIÈME PARTIE

El Tenksgeevee

CHAPITRE 1

— Ça arrive tout le temps, ces coups-là, l'assura Kenny Grissom et à entendre la joie qu'il n'essayait même pas de masquer dans sa voix, on eût pu croire qu'il lui avait lui-même volé son Acura pour redonner du tonus à son affaire.

C'était le moment pour lequel il vivait, son heure de grâce et d'illumination : Delaney n'avait plus de voiture alors qu'il en avait plein son parking.

— Y a qu'à voir ce qu'on dit de votre modèle et le désir qu'en ont les gens... un véhicule de classe que c'est, et ça, on en veut. Je ne voudrais offenser personne, mais je ne serais pas autrement étonné qu'un juge ou quelque grand ponte de la police de Baja soit en train de la conduire en ce moment même. Ils leur passent des contrats, vous savez ? Le Señor Machin-Chouette signifie qu'il veut une Mercedes, une Jag ou une Acura Vigor GS blanche avec intérieur tabac et toutes les options, le mec appelle ses copains à Canoga Park et hop, tout le monde sillonne les rues jusqu'à ce qu'on en trouve une. Et trois heures plus tard, la bagnole est au Mexique.

Il s'arrêta pour se secouer les épaules et tirer sur sa cravate.

— Ouais, ça arrive tout le temps, ces coups-là, répéta-t-il.

Ce qui me fait une belle jambe, songea Delaney. Ça arrivait peut-être tout le temps, mais pourquoi avait-il donc fallu que ça lui arrive à lui ?

— Je ne comprends toujours pas, marmonna-t-il en signant les papiers au fur et à mesure que Kenny Grissom les lui tendait par-dessus le bureau. C'était en plein jour, il y avait des centaines de gens autour... et l'alarme, alors?

Le vendeur laissa échapper un filet d'air entre ses dents.

— C'est pour les *amateurs* [1], ça, dit-il, pour les rigolos... les gamins. Les mecs qui vous ont piqué votre bagnole sont des pros. Vous savez le truc qu'ils ont, les flics, pour aider les automobilistes qui ont enfermé les clés dans leurs voitures? Vous savez bien, cette espèce de morceau de métal qui fait à peu près ça de long? Un *Jim le Finaud* qu'ils appellent ça.

Il écarta les deux index pour lui montrer comment ça fonctionnait et précisa:

— Ils le glissent dans la rainure de la vitre, déverrouillent la serrure et après, ils ouvrent tout doucement la portière pour ne pas déclencher l'alarme, font sauter la fermeture du capot, enlèvent le câble de la batterie pour désarmer le dispositif et hop, on relie les fils du démarreur et salut! En moins de soixante secondes qu'il fait ça, le pro.

Delaney serra son stylo comme si c'était une arme. Il se sentait violé dans son intimité, refait, baisé — et personne ne cillait parce que ça arrivait tout le temps, ces coups-là. Son estomac s'étant resserré sur du vide, le sentiment d'impuissance et de futilité qu'il avait éprouvé en remontant la route et en découvrant le néant au lieu de la voiture qu'il avait garée sur le bas-côté le submergea de nouveau. Remplacer sa voiture par une autre du modèle de cette année allait lui coûter quatre mille cinq cents dollars en plus de l'assurance, et c'était déjà plutôt raide, sans même parler du fait, quasi certain, que ses primes d'assurance allaient encore monter, mais ce qui le faisait vraiment râler, c'était la façon dont tout le monde semblait accepter la chose comme s'il s'agissait d'un caprice de la météo. Posséder une voi-

1. En français dans le texte. *(N.d.T.)*

ture, c'était inévitablement finir par se la faire piquer. C'était aussi bête que ça. Comme les impôts que c'était, comme les inondations et les coulées de boue en hiver.

Les flics avaient enregistré sa plainte avec l'enthousiasme d'un congrès de morts-vivants — il ne les aurait pas plus secoués s'il leur avait signalé la disparition d'un trombone sur leur bureau —, et Jack avait sauté sur l'occasion pour lui faire un petit sermon. « Qu'est-ce que tu crois ? lui avait-il asséné. Voilà ce qui arrive quand vous autres libéraux de gauche au cœur qui trémule, vous voulez inviter le monde entier à se rassasier à notre auge sans même vous poser la question de savoir qui paiera la note ! Comme si le contribuable américain, c'était Jésus-Christ avec ses pains et ses poissons ! Tu ne vois donc pas comment ils se mettent en rang d'oignons sur le trottoir et se piétinent la gueule dès qu'une voiture se pointe au virage, prêts à s'égorger pour gagner trois dollars de l'heure... As-tu jamais songé à ce qui arrive quand ils n'ont même pas la chance de pouvoir répandre du fumier ou d'enlever les bardeaux d'un toit pendant une demi-journée ? Où crois-tu qu'ils dorment ? Qu'est-ce qu'ils mangent, à ton avis ? Qu'est-ce que tu ferais si tu étais à leur place ? » Jack le toujours serein, Jack le toujours prêt, Jack le toujours cynique s'était alors redressé et lui avait secoué un doigt accusateur sous le nez. « Inutile de jouer les étonnés, tout ça ne fait que commencer. Nous sommes déjà en état de siège... et il va y avoir des retours de bâton. Les gens en ont marre. Toi y compris. Parce que toi aussi, tu en as marre, avoue-le. »

Et maintenant, c'était Kenny Grissom. Les affaires d'abord, comme d'habitude. Les épaules qu'on hausse un petit coup, le clin d'œil qui commisère, la joie brute du vendeur qui fait enfin circuler le stock. Depuis que Kyra avait déposé Delaney au coin du parking — oui, oui, il était bien décidé à remplacer sa voiture, même modèle exactement, même couleur, tout, quoi —, Kenny Grissom n'avait fait que lui raconter des histoires d'enlèvements de bagnoles, d'ateliers de maquillage et autres délits tout aussi répandus que la mort.

— Ne me faites pas dire ce que je n'ai pas dit, reprit-il en lui tendant une énième page de l'accord de vente, je ne mets pas tout ça sur le dos des Mexicains. Non, c'est tout le monde... les Salvadoriens, les Iraniens, les Russes, les Vietnamiens. Tenez, un jour, y a une femme qui entre ici. Elle arrive tout droit de son Guatemala, enfin, je crois... elle est enveloppée dans un châle, elle a les dents en mauvais état et les cheveux tressés, à peine si elle fait un mètre cinquante et voilà qu'elle a entendu parler du crédit. « Ici, on ne refuse pas de faire crédit » et le reste, enfin, vous voyez... Et, bien sûr, elle a ni argent ni personne qui pourrait se porter garant pour elle, rien, pas l'ombre d'une référence bancaire et qu'est-ce qu'elle me demande ? Si elle ne pourrait pas faire une demande de crédit pour une voiture neuve et tiens, pourquoi pas la ramener au Guatemala le jour même !

Son visage large se fissura, son rire de vendeur sonna fort ; Delaney imagina à quel point ses collègues devaient en avoir marre de ce rire, sans même parler des secrétaires, du responsable de la gestion, et de sa femme s'il en avait une. Il en avait plus qu'assez lui-même. Mais il signa les papiers, eut sa voiture et après que Kenny lui eut tendu les clés, asséné une grande claque dans le dos et raconté l'histoire de la bonne femme qui avait bousillé deux bagnoles flambant neuves en sortant du parking, il resta longtemps assis dans son Acura pour s'habituer aux sièges, à l'odeur nouvelle des garnitures et aux différences subtiles qu'il y avait entre cette voiture et l'ancienne qu'il connaissait si bien. Des riens, évidemment, mais qui l'agaçaient de manière proprement démesurée. Il resta donc assis sur son siège, et transpira, et parcourut tout le manuel du propriétaire bien qu'il fût en retard pour son rendez-vous avec Kyra. Pour finir, il mit la voiture en marche, l'amena doucement sur la chaussée, évita tous les tunnels et veilla à varier son allure et à rester en dessous de 80 km/h ainsi que le recommandait le manuel.

Il passa deux fois devant le restaurant indien de Woodland Hills où ils étaient convenus de se retrouver et dut faire deux fois le tour du pâté de maisons avant de trouver une place dans le parking : à l'heure du déjeuner, l'endroit regorgeait de monde. Le valet de pied qui garait les voitures était mexicain, évidemment, hispanique, latino ou autre. Ceinture attachée et mains sur le volant, Delaney resta assis dans sa voiture qui accusait 57 kilomètres au compteur jusqu'à ce que le chauffeur du véhicule immobilisé derrière lui se mette à klaxonner et que le gardien, un gamin, dix-huit-dix-neuf ans, avec de grands yeux noirs qui brillaient d'inquiétude, lui demande :

— Monsieur ?

Un instant plus tard Delaney se tenait debout en plein soleil, la chemise trempée de sueur — et encore une matinée de gâchée —, lorsque, ses pneus chantant fort, sa nouvelle voiture fila au coin de la rue et disparut à sa vue. Pas de plaques d'immatriculation personnalisées cette fois, rien qu'un amas de chiffres et de lettres assemblés au hasard. Et il ne connaissait même pas son numéro. Il commençait à perdre la tête. Une bière, se dit-il en franchissant la porte de derrière et entrant dans la pénombre fraîche du restaurant, rien qu'une. Pour fêter ça.

La salle était bondée d'hommes d'affaires penchés sur des poulets *tandoori*, de femmes d'intérieur en train de commérer devant des tasses de café ou de darjeeling, de serveurs qui s'agitaient et, basses et hautes, les voix étaient de toutes sortes. Kyra s'était assise à une table près de la vitre de devant et, ses cheveux massés autour de son crâne comme pâles plumes blanches, lui tournait le dos. Un Perrier était posé devant elle, ainsi qu'une galette de pain *nan* et une soucoupe remplie de cornichons au citron vert et de *chutney* à la mangue. Les yeux baissés sur une liasse de documents, elle travaillait.

— Qu'est-ce qui t'a retenu ? lui demanda-t-elle dès

qu'il se fut glissé sur la chaise en face d'elle. Des problèmes ?

— Non, murmura-t-il en essayant d'attirer l'attention du garçon. Il fallait seulement que j'y aille doucement, tu sais bien... pour le rodage.

— Tu l'as eue au prix qu'on avait fixé ? Ils n'ont pas essayé de jouer au plus fin à la dernière minute ?

Elle leva le nez de dessus ses papiers et le regarda intensément. Une bande de lumière lui traversait la figure et chassait si fort toutes les couleurs de ses yeux qu'ils en avaient l'air translucide.

Il secoua la tête.

— Non, dit-il, pas de surprises. Tout va bien.

— Eh bien, où est-elle ? Je peux la voir ?

Elle jeta un coup d'œil à sa montre.

— Il faut que je file à une heure et demie. Je conclus l'affaire à l'Arroyo Blanco... dans la via Dolorosa, tu sais bien... et après, puisque je serai à côté, je veux aller voir s'il n'y a pas de problèmes avec la boîte qui fabrique les clôtures.

Après le malheur qui avait frappé le pauvre Sacheverell, ils avaient obtenu une dérogation du Comité des sols de l'Arroyo Blanco et décidé de remonter la barrière de soixante centimètres. Depuis l'attaque, Kyra n'avait jamais laissé Osbert hors de sa vue et insistait pour le promener elle-même, le matin avant de partir au travail et, le soir, juste après en être revenue. La chatte, elle, avait été consignée à la maison. Dès que la nouvelle barrière serait installée, les choses pourraient reprendre un cours normal — du moins l'espéraient-ils.

— Je l'ai laissée au gardien, dans le parking de derrière, dit-il.

Puis il haussa les épaules et ajouta :

— Après le déjeuner, peut-être... Si tu en as toujours le...

Il n'acheva pas sa phrase. De fait, il voulait seulement lui dire combien il était en colère, combien il ne voulait pas d'une autre voiture, à peine si l'ancienne avait trente mille kilomètres au compteur, combien tout cela le déprimait, le décourageait et, comme si la chance avait tourné, combien cela le plongeait dans des abîmes certes imperceptibles, mais qui, centimètre après centimètre, ne s'en creusaient pas moins davantage avec chaque jour qui passait. Là-bas, lorsqu'il avait tendu ses clés au jeune Latino, il avait cédé à un ressentiment d'un racisme honteux — fallait-il donc que tous, ils soient mexicains ? —, et qui allait à l'encontre de tout ce en quoi il croyait depuis toujours. Voilà ce dont il voulait lui parler par-dessus tout, mais il en fut incapable.

— Je suis garée devant, dit-elle et, tous les deux, ils regardèrent par la vitre pour voir l'endroit où, en parfaite sécurité, la Lexus bleu minuit de Kyra était arrêtée le long du trottoir.

C'est alors que, petit homme grassouillet qui perdait ses cheveux et parlait avec l'accent chantonnant du Sous-Continent, le garçon apparut. Delaney commanda une bière — « pour fêter ma nouvelle voiture » expliqua-t-il amèrement à son épouse qui haussait les sourcils —, et demanda le menu.

— Certénement, monsieur, aboya le garçon.

Et ses yeux semblant sauter dans leurs orbites, il ajouta :

— Mé Madame a...

— J'ai déjà commandé, le coupa Kyra en posant une main sur le bras de Delaney. Tu étais en retard et il fallait que j'y aille. J'ai juste pris un curry aux légumes pour nous deux, une petite salade et des samosas pour commencer.

C'était parfait, mais cela l'irrita. C'était moins le déjeuner lui-même — au stade où il en était, il se moquait bien de manger ceci ou cela — que le moment choisi. Il n'avait rien d'un matérialiste, enfin, pas vraiment, et n'achetait jamais quoi que ce soit sur un coup de tête, mais lorsqu'il lui arrivait d'effectuer un achat important, il était content, se sentait fier de lui, confiant en l'avenir du pays et heureux de l'état dans lequel se trouvait la planète entière. Tel était l'*American way of life*. On achète quelque chose et on se sent bien de l'avoir fait. Sauf qu'il ne se sentait pas bien. Il se sentait même si mal qu'il avait l'impression d'être une victime.

Kyra lui faisant boulotter son repas à toute allure, il avala sa bière (un machin indien gigantesque) un peu vite et vacilla un rien en retrouvant la chaleur du soleil dans le parking. Il tendit son ticket à l'un des jeunes Mexicains en gilet rouge et leva les yeux vers le toit du restaurant, où une bande d'étourneaux l'observèrent d'un œil enthousiaste.

— Je veux juste la voir, dit Kyra en coinçant son sac à main sous son bras pour feuilleter une liasse de documents dans sa mallette. Et après, il faut vraiment que je me sauve.

Alors ils entendirent le chien qui aboyait. Sourd, rauque et percutant, le bruit semblait venir de partout et nulle part à la fois. Des aboiements. Voilà qui était curieux. Paresseusement Delaney examina les fenêtres de l'immeuble d'habitation qui, massif, s'élevait juste derrière la file de voitures en stationnement — il pensait y découvrir un chien quelque part —, puis il jeta un coup d'œil derrière lui et scruta un bout de trottoir vide, quelques bégonias en pot, un couple qui sortait de l'arrière du restaurant. Une voiture remonta bruyamment la rue. Kyra leva les yeux de dessus sa mallette et pencha la tête de côté pour écouter.

— Tu n'as pas entendu un chien quelque part? dit-elle.

— Ah, le pauvre! lança une voix de femme dans leur dos, et Kyra se tourna juste assez vite pour voir l'endroit que l'inconnue montrait du doigt.

Aux deux tiers de la file de voitures se trouvait une Jeep Cherokee verte dans laquelle un afghan appuyait sa truffe contre la fenêtre à peine entrouverte. Sa patte était levée vers le haut de la vitre, ses mâchoires ne bougeaient que par à-coups. Deux aboiements secs de la bête s'étant encore transformés en un long gémissement, il n'en fallut pas davantage à Kyra.

Elle lâcha son sac à main et sa mallette qui tombèrent par terre comme des pierres et traversa le parking en courant, les pointes de ses talons martelant le sol, ses pas tendus sous l'outrage et l'indigna-

tion vertueuse. Comme paralysé, Delaney la regarda
se porter à la hauteur de la Jeep et tenter d'en ouvrir
la portière arrière. La frustration, il le vit bien,
s'abattit sur les épaules de son épouse tandis que
sauvagement elle tirait sur la poignée une fois, puis
une autre, avant de pivoter et de retraverser le parking au pas de charge, un air dangereux sur la
figure.

— C'est un crime, dit la femme derrière eux, et
Delaney se sentit aussitôt obligé de lui signifier son
assentiment d'un bref coup d'œil.

L'homme qui se tenait à côté d'elle — élégamment
habillé, il portait une large cravate peinte qui lui sail-
lait à la gorge — chercha impatiemment du regard
un des gardiens, son ticket de parking à la main.

La voiture de Kyra et celle de Delaney arrivèrent
en même temps, Kyra prenant aussitôt par le bras le
valet qui sautait de la sienne pour récolter son pour-
boire.

— A qui est ce véhicule ? lui demanda-t-elle d'un
ton impérieux. Celui avec le chien dedans.

Le visage du gardien se fana, son regard filant sur
la Jeep pour revenir à Kyra.

— Sé pas, dit-il. Et ça, ajouta-t-il en montrant à
Delaney son Acura, c'est à lui.

Et il lui tendit le talon du ticket pour qu'elle voie.

— Je sais, lui renvoya-t-elle en haussant le ton,
exaspérée. Ce que je veux savoir, c'est à qui appartient cette voiture... oui, là-bas... parce que enfermer
un chien comme ça, c'est illégal. Il pourrait mourir
d'épuisement, vous comprenez ?

Il ne comprenait pas.

— Sé pas, répéta-t-il, et il la quitta pour prendre le
talon que lui tendait l'homme à la cravate et se ruer à
l'autre bout du parking.

— Hé, cria Kyra, la ride que Delaney ne connaissait que trop se marquant comme un coup de couteau entre ses yeux furibonds. Revenez ici ! Oui, c'est
à vous que je parle !

Trois hommes sortirent du restaurant en riant aux
éclats et cherchant leurs lunettes de soleil. Debout

sur le seuil derrière eux, un quatrième palpait ses poches dans l'espoir d'y retrouver son ticket.

— Kyra, ma chérie, commença Delaney d'un ton enjôleur, calme-toi. On n'a qu'à demander au restaurant.

Mais déjà elle avait filé, effleurait le quatuor d'une épaule rigide, et avait tout oublié de son sac à main, de sa mallette et de l'Acura neuve qui, toutes portières ouvertes et la clé de contact enfoncée, ronronnait doucement le long du trottoir. Delaney mit un certain temps pour se pencher à l'intérieur du véhicule, récupérer les clés, reprendre d'un même geste le sac et la mallette tombés par terre et entrer à nouveau dans le restaurant.

Debout dans la salle de devant où l'odeur du curry étouffait tout comme sous un suaire, Kyra fondait au soleil qui brillait par la fenêtre.

— Je vous demande pardon, lança-t-elle après avoir tapé dans ses mains comme un entraîneur d'athlétisme, excusez-moi !

Les conversations moururent. Les garçons se figèrent. A la torture, le maître d'hôtel leva les yeux de dessus son pupitre derrière le palmier en pot, prêt à tout.

— Quelqu'un ici a-t-il une Jeep ? Numéro 8 VJ 237 X.

Personne ne réagit. Les garçons se remirent à bouger. Le maître d'hôtel se détendit.

— Elle appartient bien à quelqu'un, quand même ! insista Kyra en en appelant à la foule. Elle est garée dans le parking de derrière et il y a un chien enfermé à l'intérieur... un afghan.

Les gens s'étaient détournés, les conversations reprirent. Elle tapa une deuxième fois dans ses mains.

— Dites, vous m'écoutez ? s'écria-t-elle, et Delaney vit le visage du maître d'hôtel changer à nouveau. Un afghan. Y a-t-il quelqu'un ici qui ait un afghan ?

Delaney l'avait enfin rejointe.

— Kyra, dit-il doucement, allez. C'est sûrement quelqu'un d'autre. On n'aura qu'à demander dehors.

Elle le suivit à contrecœur, en marmonnant entre ses dents.

— J'arrive pas à y croire! Non mais... les gens! dit-elle. Être aussi bête! Aussi inconscient!

L'espace d'un instant, Delaney oublia tout de l'horrible matinée qu'il venait de passer, tout de sa nouvelle voiture, du vol de l'ancienne, du Mexicain et de l'espèce de confusion générale et de vulnérabilité qui semblaient le gagner : splendide dans sa fureur, Kyra était une sainte, une croisée. C'était ça qui comptait : les principes. Le bien et le mal, le problème aussi clairement défini que le bouton qui allume ou éteint la télé. Alors le nuage se dissipa, alors il éprouva une manière de félicité qui s'envola sur les ailes de la bière et lui fit croire que, pour finir, tout s'arrangerait pour le mieux.

Dès qu'ils eurent franchi le seuil et retrouvé la lumière aveuglante du parking, cette impression disparut, comme tuée dans l'œuf : la Jeep verte était là, devant la porte, et l'homme qui s'était palpé les poches pour trouver son talon de ticket tendait un billet plié au garçon de parking. Kyra fondit sur lui comme un oiseau de proie.

— C'est donc vous! s'écria-t-elle en tirant sur la poignée de la portière.

L'homme était de taille moyenne, avec un léger pneu, de longs cheveux blondasses ramenés en une queue de cheval grisonnante et deux disques d'un bleu métallique en guise de lunettes de soleil. Il portait un minuscule diamant à l'oreille gauche.

— Je vous demande pardon? dit-il, et Delaney vit le chien qui haletait derrière lui sur la banquette arrière.

— Savez-vous que vous avez enfermé cette pauvre bête dans votre voiture? Par cette chaleur...?

L'homme resta figé sur place, son regard passant de Kyra à Delaney et retour. Le garçon de parking avait disparu.

— Et alors? demanda-t-il.

— Et alors! lui renvoya Kyra, l'air stupéfait. Vous ne comprenez donc pas que vous auriez pu tuer votre afghan? Ça vous est égal?

— Kyra, supplia Delaney.

Elle lui décocha un regard furieux, puis se retourna vers l'homme à la queue de cheval.

— On pourrait vous le reprendre, vous savez ? Le Service de contrôle des populations animales a le droit d'ouvrir tout véhicule dans lequel est enfermé un...

Quelque chose, sous les disques bleus et morts de ses lunettes, transforma le visage du contrevenant. Sa mâchoire se crispa. Ses lèvres s'ourlèrent.

— Et si vous alliez vous faire foutre, hein, ma p'tite dame ? dit-il enfin et, raide comme une statue, il ne bougea pas d'une semelle.

— Minute, non, quand même ! s'écria Delaney en s'avançant, le sac à main et la mallette toujours dans les bras.

L'homme l'observa d'un œil calme. Le chien s'était remis à gémir.

— Et toi avec, mec ! précisa l'homme et, très lentement et délibérément, il s'installa dans sa voiture, ferma la portière et remonta la vitre. Les serrures claquèrent. Delaney tira Kyra de côté, déjà la Jeep avait filé, un nuage de gaz d'échappement planant agressivement à sa place.

Kyra en trembla. Comme son époux. Il ne s'était pas battu depuis le lycée, et pour cause : il avait perdu et l'humiliation qu'il en avait ressentie ne l'avait jamais quitté.

— Je n'en crois pas... dit Kyra.

— Moi non plus.

— On devrait les enfermer, ces gens-là !

— Mais pourquoi donc sont-ils tous si... si... (il cherchait le mot juste) si méchants tout le temps ?

— C'est la ville, dit Kyra, et il y avait tant d'amertume dans ce verdict que Delaney en resta tout surpris. Il aurait voulu poursuivre, boire une autre bière, une tasse de café, n'importe quoi, mais elle jeta un coup d'œil à sa montre et retint un hoquet.

— Ah, mon Dieu ! s'écria-t-elle en lui arrachant son sac et sa mallette, il faut que j'y aille !

Il la regarda remonter le trottoir en courant et disparaître au coin de l'immeuble. Toute la tristesse et toute la colère qui étaient en lui le submergèrent à nouveau.

Et quoi d'autre encore? se demanda-t-il en s'affalant sur son siège. Il n'y était pas assis depuis plus d'une seconde lorsque un crétin lambda lui klaxonna aux fesses. Furieux, Delaney s'engagea dans la rue et, ignorant délibérément les conseils du fabricant, fit rugir son moteur et se rua dans Ventura Boulevard pour gagner la route du canyon.

Il était fou de colère, il tenta de se calmer. Il semblait bien qu'il fût un peu trop souvent en colère depuis quelque temps — lui, Delaney Mossbacher, Pèlerin de Topanga Creek, lui qui avait vécu la vie la moins stressante qu'on ait jamais eue sur terre, hormis, peut-être, quelques lamas du Tibet. Il avait une femme qui l'aimait, un beau-fils génial, ses parents lui avaient laissé assez d'argent pour qu'il n'ait aucun souci de ce côté-là et il passait l'essentiel de son temps à faire ce qu'il avait vraiment envie de faire, à savoir : écrire, penser et apprendre à connaître la nature. Où était donc le problème? Qu'est-ce qui avait tourné de travers? Rien, se dit-il en accélérant pour éviter une voiture qui faisait un demi-tour interdit, absolument rien. Et puis l'idée lui vint : puisque la journée était foutue, pourquoi ne pas gagner les collines tout de suite? Si ça ne le calmait pas, rien n'y arriverait jamais.

Il était à peine deux heures de l'après-midi. Il pouvait rejoindre Stunt Road et monter dans les collines qui dominaient l'océan — il n'était pas obligé de rentrer avant cinq heures pour aller chercher Jordan à l'école et après, ils pourraient dîner au restaurant. Il tourna à droite dans Mulholland Boulevard, le suivit jusqu'au moment où, les maisons commençant à s'espacer, les collines nues apparurent dans le chaparral, et baissa ses vitres pour laisser la chaleur et les senteurs de la campagne l'envelopper. Une fois n'est pas coutume, il lui faudrait se débrouiller sans son sac à dos de jour. Où qu'il se rende, même si c'était seulement chez son concessionnaire Acura ou au supermarché, il emportait toujours une petite sacoche avec de l'huile solaire et de l'eau minérale, il l'avait posée sur le siège à côté de lui, il la regarda. S'il retournait chercher ses affaires à la maison, il serait obligé de parler avec le type de la clôture — un nouveau, quelqu'un que Kyra avait trouvé par le bureau —, et il n'avait aucune envie de se taper des emmerdes supplémentaires.

Arrivé à l'endroit où la piste traversait la route et où, étroit et en terre battue, un parking allongé se profilait sur sa gauche, il coupa à travers la chaussée et gara l'Acura : inutile de l'écornifler dès le premier jour. Il n'y avait aucune autre voiture dans les environs, c'était bon signe : il aurait la piste à lui tout seul. Il sortit du véhicule et se retrouva dans la fournaise qui écrasait les collines avec la violence d'un énorme feu de rondins. Mais la chaleur ne le gênait pas, pas aujourd'hui. Avoir quitté tout ce smog, sans même parler de la confusion générale dans laquelle il se trouvait et de l'espèce de — il y revenait — de méchanceté universelle, lui suffisait. La façon dont ce type avait dit à sa femme d'aller se faire foutre alors qu'il était dans son tort et que tout le monde le voyait bien... Et Kenny Grissom ! Et la horde des pauvres et des anéantis. Et Jack. Et le vol.

Ce fut alors qu'ayant reculé d'un pas, il regarda sa voiture pour la première fois, et la regarda vraiment. Toute neuve. Pas une rayure, pas un pet, rien. Peutêtre devrais-je descendre la faire laver à Tarzana, se dit-il, et aussi la faire passer au polish pour la protéger, au cas où. Puis il réfléchit : Non, je suis ici, je vais me promener. Il s'enduisit la figure de crème solaire, glissa la bouteille d'eau minérale dans sa ceinture et s'engagea sur la piste.

Il n'alla pas loin. Il n'arrêtait pas de penser à sa voiture neuve — soixante kilomètres au compteur et cinq cents dollars de plus pour l'assurance —, et de se dire qu'ainsi garée au bord de la route, elle était décidément bien vulnérable. Évidemment, il y avait moins de monde que sur la route du canyon, mais s'ils avaient réussi à lui piquer la première, qu'est-ce qui les empêcherait de lui faucher celle-là aussi ? Que l'endroit fût plus calme ne faisait-il pas que leur rendre la tâche encore plus facile ? Moins de gens pour assister au délit, à supposer même que quiconque ait envie de s'y opposer... Laisser sa voiture comme ça ne garantissait-il pas au voleur que le propriétaire du véhicule n'y reviendrait pas avant plusieurs heures ?

Brusquement, à quelque cent mètres de la route, il se laissa choir dans les fourrés. Entre les branches et les tiges des plantes qui bordaient la piste, il la voyait bien, l'Acura scintillait au soleil. Il était en train de céder à la paranoïa, un point c'est tout. On ne pouvait pas s'accrocher à tout. Il le savait, mais pour le moment, il s'en foutait. Non : il allait rester assis là, tout l'après-midi s'il le fallait, et, caché dans le fourré, il allait surveiller sa voiture.

Les vagues, l'une après l'autre, la submergeaient puis se retiraient dans les haut-parleurs, arrondissant les angles, la polissant comme coquillage, comme nacre, et lorsque enfin les mouettes s'y mirent avec leurs piaulements lointains et bizarres, elle oublia tout de la Jeep verte, du crétin à queue de cheval et de son chien aux airs de grand minable. Elle allait devoir s'arrêter une minute au bureau, mais après, hop, elle monterait dans les collines jusqu'à l'Arroyo Blanco afin de féliciter les Kaufman pour leur nouvelle maison et de leur remettre personnellement un petit cadeau de bienvenue, à savoir : un bon de 50 dollars pour un dîner en tête-à-tête chez Emilio et deux places de concert au Philharmonique de Los Angeles. Les trois quarts des agents immobiliers ne se seraient pas donné cette peine, mais c'était justement ça qui faisait d'elle quelqu'un de vraiment à part, et elle le savait. Les petits riens, les gentillesses et les aimables rappels, les cartes d'anniversaire et les cadeaux pas chers mais de bon goût signifiaient bien plus que mille maisons ouvertes à la visite. La bonne volonté, voilà ce qui comptait. Elle avait essayé de l'expliquer maintes et maintes fois à son mari, mais Delaney n'avait pas la bosse des affaires, et c'était tout aussi bien — il n'y avait aucune raison d'avoir deux génies du marketing sous le même toit. Cela dit, elle savait que dans le secteur dont elle avait la charge les gens changeaient de résidence tous les trois ans et sept mois, et qu'ils avaient des cousins, des enfants, des parents et de vieux copains de fac qui, eux aussi, avaient besoin de se loger. Le jour où il leur faudrait mettre leur maison sur le marché, ce serait vers elle, Kyra Menaker-Mossbacher, l'impératrice de la bonne volonté, qu'ils se tourneraient.

Elle passa dans son bureau en coup de vent, puis comprit soudain qu'elle allait avoir besoin d'essence pour remonter le canyon et filer par la colline pour atteindre la propriété qu'elle devait faire visiter à Monte Nido à seize heures. Sa station préférée, celle où on servait encore le client à l'ancienne, et ne prenait que dix *cents* de plus par litre de carburant, se trouvant au croisement de Ventura Boulevard et de Fallbrook Street, il lui faudrait repasser devant le restaurant, mais elle avait largement le temps. Les Kaufman ne l'attendaient pas avant trois heures moins le quart, cela lui laisserait encore un bon quart d'heure pour s'arrêter à la maison et voir ce que fabriquaient les types de la clôture.

Elle était pile à l'heure, mais le destin allait la mettre en retard, ce qu'elle ignorait encore lorsqu'elle sortit de la station-service et prit vers l'est. Cette partie-là de Ventura Boulevard comptait parmi les bouts de route qu'elle connaissait le mieux au monde et, parce que c'était son travail, restaurants qui fermaient, magasins qui ouvraient et immeubles qui montaient, toujours elle avait l'œil pour ce qui changeait, mais il arrivait parfois que des choses la surprennent. Ce fut le cas ce jour-là. Deux rues plus loin, dans Shoup, elle remarqua un groupe d'hommes qui s'étaient rassemblés autour du parking du *7-Eleven* [1]. Des Mexicains qui cherchaient du

---

1. Chaîne de supérettes qui restent ouvertes toute la nuit. *(N.d.T.)*

travail. Ils avaient commencé à s'y montrer environ deux ans plus tôt, mais il n'y en avait jamais eu plus qu'une poignée. Maintenant ils devaient bien être cinquante, sinon davantage, qui se tassaient au bord du parking et, en une ligne sinueuse, s'étiraient jusqu'à l'endroit où la route virait sous la bretelle de l'autoroute. Voilà qui était nouveau et méritait qu'on y jette un coup d'œil. Sans réfléchir, elle entra dans le parking et faillit bien écraser deux petits hommes à la peau sombre qui se tenaient à l'entrée. Loin de s'en émouvoir, ils parurent la regarder avec espoir.

Cela n'augurait rien de bon. Il y en avait trop et c'était le genre de choses qui faisait fuir les acheteurs. Pas que cette partie du boulevard, toute en vieux bâtiments commerciaux à un ou deux étages, fût vraiment ce qui l'intéressait le plus, mais cinq rues plus loin il y avait des maisons qui se vendaient encore dans les quatre ou cinq cent mille dollars. Elle se gara devant le magasin et se trouva une excuse pour y entrer — un paquet de chewing-gum, ou alors un *Diet Coke*, ne lui ferait pas de mal. Personne n'avait osé l'aborder dans le parking — le gérant du *7-Eleven* devait y veiller —, mais tous ils la regardèrent lorsqu'elle descendit de sa voiture, et tous ils avaient l'œil qui brillait, semblaient fiers et jouaient les indifférents. Qu'elle traverse seulement le parking et ils changeraient de mine.

Il y avait deux femmes derrière le comptoir, l'une et l'autre jeunes, l'une et l'autre asiatiques. Elles lui sourirent lorsqu'elle entra, et ne cessèrent pas de lui sourire lorsqu'elle gagna l'armoire froide, y choisit son *Diet Coke* et revint à la caisse. Elles lui sourirent encore plus lorsqu'elle choisit son chewing-gum.

— Trouvé ce que vous voulez ? lui demanda la plus petite.

— Oui, merci, dit Kyra, et voilà : l'entrée en matière était toute trouvée. Il y a beaucoup d'hommes sur le trottoir... bien plus que d'habitude, non ?

La plus petite, celle qui avait l'air de commander, haussa les épaules.

— Pas plus, pas moins.

— Mauvais pour les affaires, non ? reprit Kyra en imitant le curieux anglais de la caissière.

Deuxième haussement d'épaules, puis ceci :

— Pas mauvais, pas bon.

Kyra la remercia et retrouva la chaleur du dehors. Elle allait se glisser dans l'enveloppe climatisée de sa voiture et reprendre la route lorsque soudain elle pivota, traversa le parking et gagna l'endroit où les hommes étaient massés. Les regards changèrent, certains se faisant audacieux, d'autres plus furtifs. Se serait-elle trouvée à Tijuana qu'on aurait essayé de lui pincer les fesses, qu'on aurait sifflé et fait des réflexions cochonnes dans son dos, mais on était ici et ici personne n'osait, chacun cherchant au contraire à se faire remarquer de la personne qu'il fallait, celle qui avait besoin de main-d'œuvre bon marché pour la journée, l'après-midi, ou l'heure suivante. Elle se les imagina en train d'échanger des histoires apocryphes sur la splendide *gringa* qui sélectionnait toujours l'homme le mieux bâti pour lui faire faire certain travail bien spécial et tenta de garder un air neutre.

Elle dépassa le premier groupe et, après le tournant, monta sur le trottoir, l'œil fixé sur la rangée d'immeubles bon marché qui refluaient jusque dans la partie commerciale du boulevard et dont les façades donnaient sur l'épais rideau de poivriers en bordure de l'autoroute. Portes ouvertes, petits hommes à peau sombre identiques à ceux qui encombraient le trottoir, piscine antédiluvienne qui s'est asséchée, peinture écaillée et couverte de grands pissats de graffitis, les immeubles étaient minables et le devenaient de plus en plus, elle n'avait aucun mal à le voir de l'endroit où elle se tenait. Elle s'arrêta au milieu du pâté de maisons tant la colère, le dégoût et une manière de pesant désespoir la gagnaient. Elle ne voyait pas les choses comme Delaney — il venait de la côte Est, lui, il ne connaissait pas ça depuis toujours et ne comprenait pas. Il fallait faire quelque chose. Ces gens étaient partout, ils proliféraient comme des lapins et c'était la mort assurée pour les affaires.

Elle revint à sa voiture et songea à ramener Mike Bender dès le lendemain — peut-être pourrait-il exercer des pressions en haut lieu, appeler les Services de l'immigration, exiger de la police qu'elle opère une descente, quelque chose, quoi. Ironie des ironies, jusqu'à présent cette invasion lui avait bien profité en chassant tous les Blancs de la classe moyenne hors de Los Angeles proprement dit et en les poussant vers les quartiers dont elle s'occupait : Calabasas, Topanga et l'Arroyo Blanco. Elle vendait toujours des maisons à Woodland Hills (c'était quand même là que se trouvaient ses bureaux et l'endroit était toujours considéré comme hautement désirable par les clients de la moyenne et haute bourgeoisie), mais tous les acheteurs avisés s'étaient déjà retirés au-delà des limites de la ville. Les écoles, c'était ça l'essentiel, et le ramassage scolaire ne touchait pas le comté, seulement les quartiers urbains [1].

Il n'empêche. Ce rassemblement avait quelque chose de troublant. Il fallait imposer des limites à ne pas franchir, y mettre le holà, arrêter ça, sinon en un clin d'œil ils se répandraient dans Calabasas, puis, par Thousand Oaks, remonteraient toute la côte jusqu'à ce qu'il n'y ait plus aucune propriété à vendre. Telles étaient ses pensées et, ni indifférente ni calculatrice — tout le monde avait le droit de vivre —, elle considérait simplement les choses sous l'angle des affaires, lorsqu'elle s'aperçut qu'un des hommes ne s'était pas écarté quand elle avait retraversé le parking. Elle avait un lampadaire sur sa gauche et une voiture en stationnement sur sa droite, elle dut s'arrêter net afin de ne pas lui rentrer dedans.

L'homme leva la tête, chercha son regard et sourit.

1. Destiné à leur permettre de fréquenter des écoles blanches, le ramassage scolaire des élèves noirs instauré à la fin des années soixante est toujours mal vu dans certains secteurs de la population américaine. *(N.d.T.)*

Il ne devait pas avoir plus de dix-huit ans et, ses cheveux longs soudés à son crâne à grands renforts de gomina, portait un pantalon bien repassé et une chemise boutonnée jusqu'en haut bien qu'il fît au moins trente-cinq degrés.

— Vous cherchez labeur, mademoiselle ? lui demanda-t-il.

— Non, lui répondit-elle, non merci, et elle passa derrière lui.

— Pas cher, précisa-t-il dans son dos et brusquement il la serra de près à nouveau, comme un truc qui se serait pris dans le tissu de sa veste. Pleese. Je fais tout.

Et encore une fois, au moment où elle glissait sa clé dans la serrure de la portière, ouvrait celle-ci et retrouvait les frais enlacements des intérieurs en cuir de sa Lexus, il répéta :

— Pas cher.

Les Kaufman s'étaient montrés ravis bien qu'elle fût arrivée avec plusieurs minutes de retard, et les ouvriers qui réparaient la clôture connaissaient leur boulot. Elle entra dans l'allée cochère et tomba sur la camionnette qu'Al Lopez avait garée sur l'emplacement de Delaney. Al Lopez. Elle avait déjà travaillé avec lui pour l'agence et, des carreaux fendus à changer dans la cuisine au stuc à étendre sur les façades des maisons qu'elle avait en portefeuille en passant par la plomberie et l'électricité, elle lui avait fait tout faire. Dès qu'il y avait un problème, elle pouvait l'appeler et lui demander de réparer tout ce qui chagrinait ses acheteurs. Al Lopez lui avait donc paru d'autant plus idéal pour la barrière, qu'elle avait décidé de ne jamais reprendre le crétin qui lui avait monté la première en l'assurant que rien ne pourrait jamais passer par-dessus un mètre quatre-vingts de grillage serré.

Ayant encore du temps avant son rendez-vous de quatre heures, elle mit la laisse à Osbert, l'emmena promener dix minutes, puis revint bavarder avec Al dont les ouvriers répandaient du ciment et montaient de nouveaux poteaux de deux mètres quarante à l'endroit même où s'étaient dressés les anciens. Al lui avait tout de suite dit qu'il pourrait très bien se contenter de rallonger les vieux pour la moitié du prix, mais elle n'aurait pas supporté que le résultat eût l'air minable et surtout, lui avait-elle précisé, elle voulait du solide et de l'imprenable.

— Et que rien ne puisse jamais passer par-dessus, jamais plus, avait-elle ajouté.

Elle était debout à côté d'Osbert et papotait circulation, smog, chaleur et marché de l'immobilier lorsque nonchalamment, presque avec timidité, Al lui lâcha :

— Évidemment, y a pas grand-chose à faire contre les serpents...

Les serpents. Aussitôt une image surgit devant ses yeux, froide et première, là les enroulements et la reptation, là les yeux vicieux et qui brillent : Kyra détestait les serpents. Plus encore que les coyotes, plus que tout. Elle n'avait même pas songé aux coyotes lorsqu'ils avaient emménagé — c'était Delaney qui avait voulu, et absolument, la clôture —, mais l'avertir du danger que représentaient les serpents, personne n'avait eu à le faire. Selda Cherrystone en avait trouvé un enroulé dans le sèche-linge pendant que la compagne du reptile se prélassait sous la machine à laver, et une bonne moitié des voisins étaient, à un moment ou à un autre, tombés sur des serpents à sonnette dans leur garage.

— On ne pourrait pas mettre quelque chose au pied de la barrière ? lui demanda-t-elle en pensant à un piège miniature, à un filet, peut-être même à du courant électrique de faible intensité.

Al se détourna, ses yeux lui clignant jusque dans le gras des joues. Trapu, la cinquantaine, il avait les cheveux blancs et la peau de la couleur et de la texture d'un ballon d'entraînement.

— On a bien un produit, dit-il en continuant de regarder fixement la fourche lointaine et piquée d'arbres du canyon.

Puis il se tourna vers elle.

— Des bandes de plastique qu'on trame très serré dans le grillage jusqu'à un mètre de hauteur, le bas étant enterré jusqu'à disons vingt centimètres. Avec ça, pas un serpent ne passe.

— Combien? demanda-t-elle en se mettant, elle aussi, à regarder au loin.

— Deux cent cinquante.

— Deux cents, dit-elle par pur réflexe.

— Deux cent vingt-cinq.

— Je ne sais pas, Al, dit-elle. Nous n'avons encore jamais eu de serpents.

Stratégique, il se pencha en avant pour caresser les oreilles d'Osbert.

— Ah, les serpents à sonnette, soupira-t-il, ça se faufile par-dessous, on peut pas vraiment les arrêter et les toutous comme toi, ça les pique. Ça serait pas la première fois que je verrais ça, surtout par ici.

Il se redressa et y alla d'un profond gémissement pour souligner l'effort que ça lui coûtait.

— Allez, dit-il, je vous le fais pour deux cent dix, mais c'est bien pour vous. Qu'est-ce que vous en dites?

Elle lui fit signe que oui de la tête, il cria quelque chose en espagnol à l'un des ouvriers penchés sur la bétonneuse, elle le regarda et seulement alors elle le remarqua : c'était l'homme qui claudiquait, l'homme à la moustache grisonnante, l'homme avec des bleus partout sur la figure et une tête aussi enflée qu'un fruit pourrissant. L'homme passa devant elle pour aller à la camionnette, elle retint son souffle comme si elle venait de se brûler. C'était lui, ce n'était pas possible autrement. Elle le regarda descendre les longues bandes de plastique en les faisant glisser sur le tablier du véhicule, puis les poser en équilibre sur son épaule. Elle sentit un vide s'ouvrir en elle, une béance si pleine de tristesse qu'elle eut l'impression d'avoir accouché d'un avorton tout faible et tout informe. Et lorsqu'il repassa devant elle en sautillant sur sa patte folle, cette béance si grand s'ouvrit en elle qu'elle eût pu aspirer l'univers tout entier. L'homme sifflotait entre ses dents.

Plus tard, après qu'elle eut montré la maison de Monte Nido à un couple de petits vieux tout grognons — ils avaient le nez qui dit la pénurie et, le carnet de chèques bien gonflé, l'avaient laissée sur un solide peut-être —, elle fit le tour de ses propriétés et les ferma toutes aussi efficacement et rapidement qu'elle le put dans l'espoir de rentrer chez elle au plus tard à six heures. Tout se passa bien pour les quatre premières, mais lorsqu'elle composa le code au portail des Da Ros, quelque chose attira son attention dans les fourrés qui bordaient le fossé à droite de la route, juste derrière le portail. Ça brillait et renvoyait fort la lumière au brûlant et dur chaudron qu'était devenu le soleil en cette fin d'après-midi. Elle appuya sur la touche maîtresse, laissa s'ouvrir le portail et remonta la route pour y aller y voir de plus près.

C'était un caddie renversé et quasiment enfoui dans la végétation qui avait envahi le fossé. Le rabattant en plastique rouge du siège de bébé portait le nom d'un supermarché local, le Von — mais le premier Von se trouvait à des kilomètres de là. De fait même, il n'y avait aucun magasin d'aucune sorte à des lieues à la ronde. Jupe tendue sur les hanches et talons qui s'enfonçaient dans la terre friable, Kyra se pencha pour examiner l'objet et y chercher un indice qui lui apprendrait comment l'engin s'était débrouillé pour arriver là. Mais d'indice il n'y en avait pas. Le caddie avait l'air neuf et, à peine utilisé, scintillait de tout son métal coruscant. Elle retourna à sa voiture, dont elle avait laissé tourner le moteur, et y prit un stylo et son calepin afin d'y noter le numéro de téléphone du magasin et de demander à quelqu'un de venir enlever le caddie. Puis elle le sortit du fossé, le fit rouler jusqu'au portail pour qu'on puisse le prendre et, toujours un rien troublée, soupçonneuse et l'œil attentif au moindre détail, se glissa dans sa Lexus et, un virage après l'autre, remonta l'allée de la cinquième propriété.

Toutes ses fenêtres solidement éclairées, celle-ci se dressa enfin devant elle, plus forteresse dominant la

côte bretonne que manoir surplombant les bleus
abîmes du Pacifique. Kyra s'immobilisa devant les
grandes portes en bois du garage et arrêta le moteur.
Et longtemps, les vitres baissées, elle resta là, à respirer et écouter. Puis elle descendit de sa voiture et fit
le tour de la demeure en vérifiant toutes les fenêtres
et toutes les portes du rez-de-chaussée. En même
temps, bien sûr, elle scruta les fenêtres du premier
afin d'y déceler d'éventuelles traces de vandalisme
ou de cambriolage, mais rien ne lui parut sortir de
l'ordinaire. Pour finir, elle jeta un dernier coup d'œil
par-dessus son épaule et entra.

Frais et silencieux, l'intérieur sentait légèrement
l'amande, ce qui était un bon parfum pour une maison, un parfum propre et patricien, un parfum qui
venait sans doute de l'encaustique dont la bonne
s'était servie pour nettoyer les meubles. Ou était-ce
du désodorisant ? Un instant, elle demeura immobile
près du tableau d'alarme qu'elle avait désarmé le
matin même afin que Claudia Insty, de la succursale
de Maison Rouge, puisse faire visiter la propriété.
Puis elle composa le code pour voir si quelque chose
était arrivé dans l'une des vingt-trois zones placées
sous surveillance. Rien ne s'y était produit. La
sécurité était parfaite. Elle fit rapidement le tour des
pièces, par pure habitude mais en essayant de trouver un scénario qui aurait pu expliquer la présence
du caddie : le jardinier avait oublié de le ranger
après usage, des adolescents l'avaient volé pour rigo-
ler et l'avaient jeté de leur voiture, oui, voilà, bien sûr
que c'était ça. Cela dit, comment diable ce caddie
avait-il fait pour atterrir derrière le portail ? Pourquoi donc ces gamins, non, n'importe qui, se serait-il
donné la peine de le soulever à une hauteur pareille ?
A moins qu'ils n'aient fait le tour par les buissons et
les chênes — évidemment. Peut-être, mais ça ne
répondait toujours pas à la question du pourquoi.

Elle venait de tout fermer à clé et se tenait déjà à la
portière de sa voiture — autour d'elle l'air était
vibrant d'oiseaux et d'insectes —, lorsque la solution
lui vint : les itinérants. Les clodos. Les SDF et les

réfugiés. Les cinglés. Les Mexicains. Les poivrots.
Sauf que non : c'étaient des problèmes de la ville, ça,
le genre de trucs qu'on voyait dans le parking du
7-Eleven, à Canoga Park, à Hollywood ou au centre
de Los Angeles. Soit à des années-lumière d'ici...
non ?

Elle avait ouvert sa portière, elle la referma d'un
coup sec. Si jamais quelqu'un campait dans la propriété, squattait, vivait dans les buissons... Delaney
lui avait déjà dit que certains s'étaient installés dans
le canyon, certes à des kilomètres et des kilomètres
de l'endroit où elle se trouvait, mais s'ils campaient
là-bas, pourquoi ne pouvaient-ils pas le faire ici ?
Brusquement le souvenir d'un village qu'elle avait
aperçu en visitant les ruines du Yucatán lui revint
dans toute son immédiateté : des enfants nus, des
cochons, des feux en plein air, des huttes en clayon-
nages... pas question d'avoir ça ici. Pas sur les terres
des Da Ros. Comment pourrait-elle expliquer la
chose à un acquéreur potentiel ?

Mais peut-être allait-elle un peu vite en besogne —
elle n'avait jamais vu qu'un caddie et, qui plus était,
un caddie neuf, vide et parfaitement inoffensif. Il
n'empêche : il valait mieux faire le tour des lieux, au
cas où. Même si elle ne désirait rien tant que de rentrer chez elle au plus vite, elle laissa sa voiture où
elle était et, en bas et talons hauts, prit vers le sud
afin de suivre le périmètre de la propriété. Ce fut une
erreur. La pelouse ne faisait guère plus de trente
mètres derrière le garage, un rideau de lauriers roses
de trois mètres de haut lui masquant le fait qu'à partir de là le terrain s'enfonçait vite dans de grands
taillis. Elle bousilla une paire de bas toute neuve à
passer entre les lauriers et n'avait pas fait cinq pas
dans les fourrés lorsqu'elle se tordit la cheville dans
un trou de spermophiles et, nom de Dieu, brisa
presque le talon de sa chaussure. La clôture courait
au loin, toute en grillage enfoui dans des buissons si
épais qu'elle en était quasiment invisible, frontière
sinueuse qui suivait grosso modo les méandres d'un
ruisseau asséché avant de plonger tout droit dans la

vallée que dominait la maison. Kyra s'appuya contre
un arbre pour ôter ses chaussures, puis elle fit demi-
tour afin de retrouver le gazon en passant par les
massifs de lauriers roses.

Ce fut alors qu'elle vit bouger quelque chose en
bas de la pelouse principale, quelque chose qu'on ne
pouvait pas remarquer du devant de la maison.
Quelque chose de brun. Un cerf, se dit-elle. Un
coyote. Sauf que la chose se déplaçait d'un mouvement uniforme et n'hésitait pas comme eût pu le
faire un animal. Une seconde plus tard, la tête et les
épaules d'un homme apparaissaient en haut de la
pente, puis ce furent son torse, ses hanches et ses
jambes, et tout ça progressait à vive allure et derrière, sur les talons du bonhomme, il y en avait un
deuxième. Des Mexicains, elle en fut certaine, même
à cette distance, et dans l'instant l'origine du caddie
lui parut claire. Avoir peur ne lui vint pas à l'idée. En
tailleur, la sueur perlant à travers son maquillage,
ses bas déchirés et ses chaussures à la main, elle traversa la pelouse pour les affronter.

Elle sortit de derrière le garage, à peine s'ils étaient
à dix mètres d'elle lorsqu'elle les surprit en train
d'admirer sa voiture. Le plus grand des deux —
coiffé d'une casquette de base-ball posée à l'envers
sur sa tête, il portait un matelas mousse enroulé sur
son épaule — s'était arrêté net et, comme tassé en
lui-même, s'était tourné pour dire quelque chose à
son comparse. Ce fut ce dernier qui la remarqua.
Aussitôt — bien elle le vit —, il grimaça et avertit son
compagnon au moment même où elle se montrait,
puis avançait sur eux.

— Où vous croyez-vous donc? leur cria-t-elle
d'une voix qui vibrait d'autorité. Vous êtes sur une
propriété privée.

Le grand tourna la tête pour la regarder, elle ne fit
pas un pas de plus. Quelque chose dans ses yeux
l'avait mise sur ses gardes — cette fois-ci on n'allait
pas se disputer pour un chien enfermé dans une voiture en stationnement dans un parking de restaurant. Les yeux de l'homme lancèrent des éclairs, la

haine et le mépris s'y lisaient clairement, la cruauté aussi peut-être, évidemment, sans aucun doute. Il mâchonnait quelque chose. Il tourna la tête et cracha dans l'herbe, nonchalamment. Elle était à trois mètres d'eux, et bien plus loin que ça de sa voiture.

— Je vous prie de m'excuser, reprit-elle d'une voix tremblante, elle l'entendit elle-même, d'une voix toute plate et sans force, mais vous n'avez pas le droit d'être ici. Vous... vous êtes sur un terrain privé.

Elle vit le regard qu'ils échangeaient, vif, électrique, on avait eu la même idée, et tout de suite. La première maison se trouvait à cinq cents mètres et, située de l'autre côté du vallon, était invisible et hors de portée d'oreille. Soudain Kyra eut peur, fut jusqu'au plus profond d'elle-même frappée par l'inquiétude première.

— C'est à vous, cette maison, ma petite dame ? lui demanda le grand en la fixant de son regard inflexible.

Elle l'observa, puis passa au deuxième. Il était plus sombre de peau, plus petit aussi, et avait des cheveux qui lui tombaient jusqu'aux épaules et une touffe de poils soyeux sous le menton.

— Oui, dit-elle en mentant, et ce fut à l'un et à l'autre qu'elle s'adressa, en faisant tout pour ne pas les lâcher des yeux et les bluffer. C'est à mon mari et à moi. Et à mon frère aussi.

Puis elle leur montra la maison d'un geste de la main et ajouta :

— Et d'ailleurs, ils y sont en ce moment même. Ils préparent à boire pour le dîner.

L'air d'en douter, le grand contempla le vaste ensemble de pierre, poutres et verre qui se dressait à l'horizon tel un monument érigé à la gloire des classes dirigeantes, puis, en un jet rapide et brutal de langage, de l'espagnol, dit quelque chose à son camarade. Se ruer jusqu'à la voiture, ouvrir la portière d'un coup, appuyer sur le verrouillage automatique avant qu'ils ne l'attrapent, lancer le moteur, effectuer un demi-tour vengeur et rugissant, bloquer les roues, écraser le champignon...

— Nous sommes trop désolés, reprit le grand et, hypocrite et obséquieux, il baissa la tête, puis la releva en souriant.

Elle vit des dents fausses et des mâchoires jaunies. L'homme la transperça du regard.

— Moi et mon ami? précisa-t-il. On connaît pas ces endroits, savez-vous? On promène, c'est tout. Juste promenade.

Elle n'avait rien à y redire, mais elle se força à rester ferme et, s'attendant à un mouvement brusque de sa part, surveilla l'inconnu du coin de l'œil.

Il tourna la tête, cracha encore quelque chose à son comparse et ce fut alors que, pour la première fois, elle remarqua le ton tout à la fois suraigu et essoufflé sur lequel il parlait.

— Désolé, répéta-t-il en reposant les yeux sur elle. Erreur, c'est tout. Pas de problème, non?

Le sang battait fort dans ses tempes. A peine si elle arrivait à respirer.

— Pas de problème, s'entendit-elle lui répondre.

— O.K., dit l'homme d'une voix tonnante.

Il tira sur son matelas, se tourna pour partir — il avait pris sa décision, le moment était passé.

— O.K., pas de problème, répéta-t-il.

Elle les regarda repartir dans la direction d'où ils étaient venus, déjà elle avait, presque involontairement, commencé à regagner sa voiture lorsque le grand s'arrêta brusquement comme s'il avait oublié quelque chose, se tourna vers elle et, le sourire assassin, ajouta :

— Vous passez bonne journée, d'accord? Vous et votre mari. Et votre frère aussi?

CHAPITRE 2

Cándido avait eu de la chance. Sa figure, sa claudication, le fait que ça s'était passé une demi-heure après la fermeture du marché au travail, alors que tout le monde était parti, rien de tout cela ne l'avait empêché de trouver du boulot, et du bon ! Planter des piquets de clôture pour cinq dollars de l'heure et peindre l'intérieur d'une maison jusqu'après la tombée de la nuit ! Le patron était un Américain d'origine mexicaine qui parlait anglais comme un *gringo*, mais n'en avait pas pour autant tout oublié de sa langue maternelle. Assis dans la poussière à deux pas du marché au travail, Cándido se désespérait, fulminait et s'apitoyait sur son sort — petite paysanne de dix-sept ans qui ne connaissait rien à rien, c'était sa femme qui avait trouvé du travail alors que lui, Cándido, finitions de charpente, pose de toitures et travail sur machines, il savait tout faire, il était resté bredouille — lorsque Al Lopez était entré dans le parking. Il avait un Indien du Chiapas à l'arrière de sa camionnette, l'Indien lui avait crié « *¿ Quieres trabajar ?* », Al Lopez avait passé la tête à la portière et ajouté : « *Cinco dólares* » parce que son ouvrier habituel, un autre Indien, était tombé malade au boulot.

Il n'était pas loin d'une heure de l'après-midi lorsqu'ils étaient arrivés à destination, à savoir : une grande maison sise au milieu d'autres propriétés tout aussi grandes et protégées par un portail neuf. Cándido savait à quoi servaient ces portails, et qui ils devaient empêcher d'entrer, mais ça ne l'avait pas gêné. Il ne donnait pas dans le ressentiment et ne connaissait pas l'envie. Il n'avait pas non plus besoin d'un million de dollars — il n'était pas né pour ça, s'il l'avait été, il aurait gagné à la loterie. Non, tout ce qu'il lui fallait, c'était du travail, régulier de préférence, et ça s'engageait bien. Il gâcha du ciment, creusa des trous, se débattit du mieux qu'il pouvait avec les poteaux en métal creux et les bandes de plastique et, de tout ce temps, ne cessa d'admirer les maisons qui avaient surgi dans cet endroit : fières elles étaient, imposantes et, vastes demeures de *gringos*, avaient jailli du néant. Six ans plus tôt, la première fois qu'il avait posé les yeux sur ce canyon, tout n'y était encore que collines d'herbe dorée, que paysage bossu comme le dos de quelque animal remontant à la nuit des temps, que chênes en voûte verte et poussiéreux.

Il avait jusqu'alors travaillé dans les champs de pommes de terre de l'Idaho, et régulièrement envoyé tout son argent à Resurrección, puis, les pommes de terre venant à manquer, il était descendu à Los Angeles où son ami Hilario avait un cousin qui habitait à Canoga Park : il y avait du travail en quantité. C'était en octobre et il aurait aimé rentrer voir sa femme et sa tante Lupe qui l'avait pratiquement élevé après que, sa mère ayant décédé, son père s'était remarié. En plus, c'était le bon moment : les trois quarts des hommes du village étant justement en train de partir bosser dans les orangeraies, il serait le coq de la basse-cour jusqu'au printemps suivant. Mais Hilario l'avait convaincu : « T'es déjà ici, lui avait-il fait remarquer, pourquoi courir le risque de retraverser la frontière alors que, crois-moi, en deux mois de boulot tu te feras dix fois plus de fric qu'en quatre ans dans l'Idaho ? » « Quel genre de boulot ? » lui avait-il demandé. « Du jardinage », lui avait répondu Hilario. « Du jardinage ? » Il avait douté, mais « Tu sais bien, avait renchéri Hilario, les jardins de riches avec de grandes pelouses, des parterres de fleurs et des arbres pleins de fruits qu'ils ne mangent jamais. »

A quatre, ils avaient rassemblé tout leur argent, acheté pour trois cent soixante-quinze dollars une Buick Electra de 1971 — bouffée par la rouille, elle avait une transmission défaillante et quatre pneus aussi lisses que des boules de billard — et s'étaient élancés vers le sud avec la première tempête de neige de la saison. Cándido excepté, on n'avait jamais vu de neige de sa vie. Quant à y conduire ou même seulement envisager les problèmes que cela pouvait poser... Pneus lisses sur chaussée glissante, la Buick n'arrêtait pas de faire des tête-à-queue au milieu d'énormes et hurlants semi-remorques qui les croisaient ou doublaient en mugissant comme la Mort lourdement claque des ailes au-dessus de l'abîme. Cándido avait déjà conduit auparavant — mais peu (il avait appris, pendant son premier séjour dans le Nord, sur une vieille Peugeot quelque part dans une orangeraie près de Bakersfield) — et on l'avait chargé de faire l'essentiel des trajets, surtout quand il y avait urgence et c'était le cas. Seize heures durant il avait agrippé le volant de ses mains crispées et jamais n'avait réussi à empêcher la Buick de filer comme rondelle de hockey chaque fois qu'il faisait mine de tourner ou appuyait sur la pédale de frein. Pour finir, la neige avait renoncé, mais la boîte de vitesses aussi, et ils n'étaient qu'à Wagontire, Oregon, où six *indocumentados* se déversant de la carcasse fumante d'une Buick Electra de 1971 dévorée par la rouille ne pouvaient guère passer inaperçus.

Ils n'avaient pas levé le capot depuis dix minutes, et Hilario vainement enfoui son nez dans un moteur qui refusait de lui dire pourquoi il avait déjà éclusé un demi-bidon d'huile de transmission, que sur le bord de la route les gendarmes de la patrouille mobile leur rangeaient leur fourgon dans les fesses. Tout le monde avait remonté le talus en quatrième vitesse pour s'enfuir dans les bois, sauf Hilario qui était toujours penché sur le moteur lorsque Cándido l'avait vu pour la dernière fois. Les policiers — pâles et larges d'épaules, ils portaient des lunettes de soleil et des chapeaux à larges bords — leur avaient crié des menaces incompréhensibles avant de tirer en l'air, mais le trio avait continué de courir. Cándido avait cavalé jusqu'à en avoir les poumons en feu, puis, au bout d'un bon kilomètre et demi, s'était effondré dans un fossé d'irrigation non loin d'une ferme. Ses amis s'étaient volatilisés. Il avait peur, il ne savait pas où il était et il s'était mis à pleuvoir.

Il ne se serait pas senti plus perdu si on l'avait lâché sur une autre planète. Il avait de l'argent, près de quatre cents dollars cousus dans le pli de son pantalon, tout de suite il avait pensé à prendre le car. Mais où y en avait-il? Où était la gare routière et comment pouvait-il espérer la trouver? Dans tout ce grand État de l'Oregon, personne ne parlait espagnol. Pire encore, Cándido n'était même pas très sûr

de savoir où perchait ledit Oregon, ni quels liens géo-
graphiques il pouvait avoir avec la Californie, Baja et
le reste du Mexique. Il s'agenouilla dans le fossé et
contempla tristement le champ qui courait jusqu'à la
ferme : le jour se faisait nuit, la pluie tourna au ver-
glas. Il avait une lanière de bœuf séché dans sa
poche, la mâchoire tremblante et la dent douloureuse il s'y attaqua et, en mâchant la viande sans
saveur et dure comme du cuir, il se rappela un
conseil que son père lui avait donné. Dans l'extrême
adversité, quand on a faim, quand on s'est perdu ou
qu'on se trouve en danger, *ponte pared*, monter le
mur. Comment ? En jouant la solidité de surface, en
ne montrant rien, ni peur, ni désespoir, en proté-
geant tous les coins et recoins de sa forteresse intérieure. Cette nuit-là, et qu'il avait froid, faim et peur,
il avait suivi le conseil de son père et monté le mur.
    Cela n'avait servi à rien. Il avait gelé tout aussi fort
et, quoi qu'il fît, la faim l'avait tenaillé. Le lendemain
matin, à l'aube, il avait entendu des chiens aboyer
dans le lointain et, vers sept heures, avait vu la fer-
mière sortir de chez elle avec trois petits enfants
pâles, les faire monter dans une des quatre voitures
garées à côté de la grange et se mettre à descendre
un chemin sinueux qui conduisait à la grand-route.
Le sol disparaissait sous deux centimètres d'une
neige grisâtre et criblée de gravillons, il avait regardé
la voiture — une Ford, rouge — avancer dans cet
Arctique tel le pion sur les cases blanches d'un jeu de
hasard dans quelque *fiesta* de village. Un instant plus
tard, une fille d'une vingtaine d'années était sortie de
la maison, montée dans une autre voiture et, elle
aussi, s'était mise à descendre le chemin tortueux
qui conduisait à la route. Quelques secondes ayant
passé, le fermier était apparu à son tour, *güero*
d'environ quarante ans et qui, extraordinairement
grand, avait la démarche chaloupée, patiente et épuisée de tous les paysans du monde. L'homme avait
claqué la porte de la cuisine derrière lui, puis il avait
traversé la cour et disparu dans la grange.
    Mur, Cándido l'était toujours, mais le mur

commençait à s'effondrer. Il ne s'habituait pas au Nord, il n'avait vu la neige que deux fois dans sa vie, et chaque fois il y avait eu des pommes de terre de l'Idaho avec, il détestait ça. Sa veste était fine, il allait mourir de froid, il se fit mur qui bougeait. Il sortit du fossé en catimini, passa sous une clôture en fil de fer barbelé, en *huaraches* et chaussettes mouillées traversa le champ jusqu'à la grange, s'arrêta, et, le cœur lui chavirant fort dans la poitrine, cogna à la moitié de porte en bois peint par laquelle le paysan avait disparu. Les bras serrés autour des épaules, Cándido grelottait. Il se moquait bien qu'on l'expulse, qu'on le jette en prison ou l'enchaîne à la roue pourvu qu'il ait enfin chaud.

Brusquement le paysan fut sur lui et le dominait de toute sa hauteur. Cuisses énormes et bras épais, tête aussi grosse que calebasse de concours, mains aux doigts nerveux et musclés, il eût pu facilement gagner sa vie en jouant les géants de foire à travers tout le Mexique. Et l'homme — le géant — avait l'air abasourdi, choqué, aussi surpris que si, perdu sur une autre planète, il s'était trouvé nez à nez avec une créature d'une espèce inconnue.

— Pleese, dit Cándido en claquant des dents comme un marteau piqueur, puis, comprenant soudain qu'il avait épuisé tout son anglais, « pleese », il se répéta.

Avant qu'il n'ait pu comprendre ce qui lui arrivait, il était emmitouflé dans une couverture, assis dans une grande cuisine américaine où toutes sortes d'appareils ménagers scintillaient et bourdonnaient, et serrait une tasse de café fumant dans sa main. Le paysan se déplaçait dans la pièce sur des pieds grands comme des chaussures de neige. La vaste géométrie de son dos se mouvait tout entière cependant qu'il titillait tel ou tel appareil, qu'ici il mettait à griller six tranches de pain dans un toasteur argenté qui brillait, que là il enfournait des œufs et une tranche de jambon dans un petit four noir. En deux minutes exactement, ses jaunes d'œuf avaient pris et sa viande se mettait à grésiller. Et soudain l'homme fut à nouveau devant lui et lui tendit l'assiette en essayant de caser un sourire sur sa figure. Cándido prit l'assiette de ses mains énormes et calleuses et, penchant la tête en avant, murmura « *Muchísimas gracias* ». Alors le paysan traversa lourdement sa cuisine jusqu'à un téléphone blanc accroché au mur et composa un numéro. Dans la bouche de Cándido les œufs refroidirent d'un coup : ça y était, le paysan le dénonçait, la fin était proche. Il se tassa sur son assiette et monta le mur.

Il y a toujours des surprises. La vie est peut-être d'un sinistre invétéré, et les surprises qu'elle réserve d'un pénible hors de toute mesure, mais il ne vaudrait guère la peine de la vivre s'il n'y était aucune exception, aucun jour de grand soleil, aucun acte de gentillesse sans calcul. Le paysan lui fit signe d'approcher, à l'autre bout du fil un ange à la voix douce et zézayante se fit entendre. Chicana qui résidait dans une ville située à huit kilomètres de là, Graciela Herrera lui parlait la langue de ses ancêtres. Et Graciela vint le chercher avec sa Volkswagen toute jaune et le déposa à la gare routière, où elle se donna encore la peine de traduire ce qu'il disait à l'employé qui lui vendit son billet. Cándido aurait voulu élever un autel à la jeune femme. Il lui baisa le bout des doigts et lui offrit la seule chose qu'il pouvait lui donner : la carte laminée de la Vierge de Guadalupe que toujours il portait sur lui pour avoir de la chance.

A Canoga Park, où il n'avait eu aucun mal à dénicher le cousin d'Hilario — la ville avait tout d'un village mexicain — il avait immédiatement trouvé du travail chez un patron de langue anglaise qui dirigeait une demi-douzaine d'équipes de jardiniers. Le cousin s'appelait Arturo et, en attendant d'avoir des nouvelles d'Hilario, lui avait montré ce qu'il fallait faire — tirer sur le câble de démarrage de la tondeuse, marcher dans l'air chaud de la soufflerie, nettoyer les parterres et tailler les arbustes, bref, pas grand-chose. Les semaines avaient passé. Cándido logeait avec six autres manœuvres dans une sou-

pente de Woodland Hills, en retrait de Shoup Street,
la crasse, les mauvaises odeurs et l'exiguïté des lieux
lui rappelant les horreurs d'Echo Park, où il s'était
installé pendant son premier séjour à Los Angeles. Il
avait envoyé de l'argent au pays et télégraphié à
Resurrección qu'il serait de retour à Noël. Enfin ils
apprirent qu'expulsé de l'Oregon et dépouillé de tous
ses biens par la Police judiciaire fédérale dès qu'il
avait franchi la frontière, Hilario était rentré à Guerrero.

Tout avait bien marché pendant un moment. Cándido gagnait cent soixante dollars par semaine, en
dépensait deux cents par mois pour son loyer, cent
de plus pour se nourrir, régler ses bières et se payer
une séance de cinéma de temps à autre, et envoyait
le reste au village. Arturo était devenu un ami. Le
travail tenait du jeu d'enfant comparé à l'horreur de
devoir se traîner dans la boue des champs de
pommes de terre comme un *burro* ou de cueillir des
citrons par plus de quarante degrés à l'ombre. Il
commença à se détendre. A se sentir chez lui.
Wagontire, Oregon, n'était plus qu'un lointain souvenir.

Jusqu'au jour où tout s'effondra. Quelqu'un avait
averti *La Migra*, celle-ci ratissa toute la région, arrê-
tant, dès six heures du matin, des gens en pleine rue,
devant le *7-Eleven* et à l'arrêt d'autobus. Une centaine d'hommes et de femmes, quelques enfants
même, se retrouvèrent alignés contre un mur à
regarder leurs pieds pendant qu'avec leurs fenêtres à
gros barreaux, les fourgons vert vomi de l'Immigration se garaient le long du trottoir pour conduire,
aller simple et toutes portes cadenassées, les contre-
venants à Tijuana, leurs pauvres biens (habits, usten-
siles de cuisine, la télé sans cesse allumée et le matelas étalé à même le sol) abandonnés dans des
appartements où, éboueurs et pillards, tout disparaîtrait bientôt.

Six heures du matin. Cent dix dollars cachés dans
une bourse sous l'évier de la cuisine, Cándido se
tenait dans la foule et, en habit de travail, contem-

plait les ténèbres que brisaient seulement le jaune
immonde des lampadaires et le blanc aveuglant des
phares des fourgons. Une femme pleurait doucement à côté de lui; plus loin, la voix haute, dure et
gémissante à la fois, un homme se disputait avec un
des agents de l'Immigration qui parlait espagnol.
« Et mes affaires, hein? ne cessait-il de répéter, et
mes affaires! » Cándido venait juste de quitter son
appartement et, debout devant sa porte, attendait
qu'Arturo passe le prendre avec la camionnette du
patron lorsque *La Migra* l'avait coincé, puis poussé
sur le trottoir avec les autres désespérés. Huit agents
de l'Immigration, dont deux femmes, descendaient
maintenant la file des Mexicains en exigeant leurs
papiers et, comme si on les avait enchaînés, comme
s'ils étaient tous soudés ensemble par le coude et
enracinés dans le trottoir, personne ne songeait à
s'enfuir en courant, pas même à remuer un muscle
ou faire un pas. On prenait la chose à la mexicaine :
on disait oui et on acceptait. Les choses changeraient, bien sûr, mais seulement si Dieu le voulait.

Cándido écoutait la femme qui pleurait doucement à côté de lui et songeait à ce fatalisme, à cette
acceptation, à cette incapacité à réagir devant les
autorités, que lesdites autorités aient tort ou raison
et se conduisent bien ou mal, lorsque, dans sa tête,
une voix lui hurla : *Taille-toi! Profite de ce que
l'espèce de* pendejo *à lampe-torche, stylo, carnet à
souches et face de gros lard et la salope aux yeux verts
qui le suit ont encore cinq mecs à faire avant toi pour
te sauver, et tout de suite!*

Il se rua vers le rideau de poivriers de l'autre côté
de la rue et, en le voyant courir, deux autres
lâchèrent la file pour le rejoindre; tous les *machos* de
l'Immigration se mirent aussitôt à hurler à l'unisson
et se déployèrent en vague pour les attraper. « Arrê-
tez-vous, criaient-ils, vous êtes en état d'arrestation! » et autres trucs de ce genre que tous les Mexicains connaissent par cœur, mais ni Cándido, ni les
deux hommes qui s'étaient enfuis avec lui n'en firent
rien. Ils traversèrent la chaussée, s'enfoncèrent entre

les arbres et, *La Migra* sur les talons, franchirent la clôture et se retrouvèrent sur l'accotement de l'autoroute.

Les voitures y déboulaient à toute allure, même à cette heure. Quatre voies dans chaque sens, un torrent de phares blancs, ça roulait entre cent et cent dix kilomètres-heure : suicide. Cándido jeta un bref coup d'œil aux deux types qui le suivaient, ils étaient jeunes et avaient peur, puis il commença à trotter sur le bas-côté, à contre-courant de la circulation, et chercha la première sortie qui lui permettrait de disparaître dans les buissons — il n'avait que ça en tête. Les deux jeunes, des gamins en fait, comprirent la consigne et tous trois, ils coururent sur plus de huit cents mètres, deux petits durs de l'Immigration se laissant tomber sur le bas-côté à leur tour cependant que la circulation continuait de faire rage. La sortie était déjà en vue lorsque Cándido et ses compagnons s'aperçurent que les flics de *La Migra* avaient percé la manœuvre et garé un fourgon vert vomi un peu plus loin sur l'accotement. Les jeunes perdaient la tête et, le souffle rauque, haletaient de toutes leurs forces quand, dans le hurlement suraigu des moteurs et la lumière blanche des phares qui les cueillait, la première sirène de police déchira l'air. Valait-il la peine de mourir pour ça ? La moitié de ceux qu'on avait embarqués seraient de retour le lendemain, dans deux jours, dans moins d'une semaine, non, ça n'en valait pas la peine. Absolument pas.

Cándido ne devait jamais se pardonner ce qui se produisit alors. C'était lui qui commandait, gamins ils étaient, et avaient peur et ne faisaient que le suivre. Il aurait dû le savoir. Ça n'en valait pas la peine, mais lorsqu'en tirant la langue, le visage grimaçant et enlaidi par les cris et les menaces qu'ils proféraient, les agents les rattrapèrent, quelque chose se détendant soudain en lui, il bondit au milieu des voitures tel le lapin apeuré qui saute de la falaise pour échapper aux chiens. Les jeunes le suivirent, tous les deux, et renoncèrent à la vie. De la bouillie, voilà ce qu'ils furent en un instant, plus rien

et à jamais, alors qu'ils auraient pu revenir en qua-
rante-huit heures. Le premier tomba comme un pis-
ton, les deux jambes sectionnées au bassin, fini, terminé, le deuxième arrivant presque au niveau de
Cándido sur la troisième voie lorsqu'il fut projeté en
l'air en un seul morceau. La quatrième voie était
libre, et Cándido s'y trouvait déjà lorsque l'apocalypse de tôles tordues et de voitures qui dérapaient
secoua tellement la circulation autour de lui que,
même de l'autre côté de la glissière centrale, on
s'arrêta devant l'horreur du spectacle. Il enjamba la
rambarde, continua de marcher sur ses jambes qui
flanchaient, sauta par-dessus la clôture métallique et
se fondit dans l'ombre.

Et après ? Et après, le traumatisme le poussant de
mètre en mètre, il marcha de bande de verdure en
bande de verdure, enfin passa sur l'autre versant du
canyon de Topanga et rejoignit la faille qui donnait
sur le lit du ruisseau. Il s'acheta deux bouteilles de
brandy et de quoi manger avec l'argent qu'il avait
dans ses poches et resta prostré au bord du maigre
filet d'eau pendant sept jours, son esprit tournant et
retournant infiniment l'horreur de ce qu'il avait vu.
Il regarda les arbres qui bougeaient dans le vent. Il
regarda les écureuils, les oiseaux, la lumière qui brillait sur les ailes transparentes des papillons et toujours il se disait : « Pourquoi le monde n'est-il jamais
comme ici ? » Un jour enfin il se ressaisit et descendit voir Resurrección.

C'était la première fois qu'il voyait le canyon et
voilà que de nouveau il s'y trouvait, et se sentait bien,
avait du travail et protégeait América de tous les
dangers du dehors. Il avait eu un sale accident, un
accident qui avait failli lui coûter la vie, mais, *si Dios
quiere*, il s'en remettrait entièrement, enfin presque,
il comprenait bien que l'homme qui traverse une
autoroute à huit voies étant comme notre Seigneur
qui marchait sur les flots, il ne pouvait espérer un
autre miracle de ce genre pendant le reste de son
existence. Or donc, il travailla pour Al Lopez et pei-
gnit jusqu'à presque dix heures du soir, et Al Lopez

le lâcha enfin aux abords du marché au travail plongé dans l'obscurité. Il avait cinquante dollars de plus en poche.

América l'avait raté, il le savait, et tous les magasins et le reste étaient déjà fermés. A sept heures, Al Lopez leur avait acheté, à lui et à l'Indien, du Pepsi et des *burritos* emballés dans du papier aluminium, il n'avait donc pas besoin de manger, mais se sentait encore passablement affamé après toutes ces journées de jeûne imposé. Il commença à descendre la route sans lumière en grimaçant sous les phares qui l'aveuglaient et se demanda si América avait bien entretenu le feu sous le ragoût.

Il était tard, très tard, lorsqu'il fit une boule de ses vêtements et pataugea dans la mare pour rejoindre le campement. Le feu était allumé, il fut heureux de le voir, rougeoyantes à travers le sombre écran des feuilles, les braises y brûlaient fort, il huma l'arôme excitant du ragoût en renfilant ses habits et appela doucement América afin de ne pas l'effrayer.

— América, murmura-t-il, c'est moi, Cándido... je suis rentré.

Elle ne répondit pas et c'était bien étrange parce que après avoir contourné la carcasse noire de la voiture en ruine, il l'avait vue, accroupie près du feu, en sous-vêtements, elle lui tournait le dos et tenait sa robe sur ses genoux. Elle cousait, c'était ça, avec une aiguille et du fil elle cousait un bout de tissu qu'elle ne cessait de porter à sa figure avant de le tendre à la lumière changeante du brasier, la pointe de ses pauvres et maigres omoplates se soulevant et s'affaissant avec chaque mouvement besogneux de ses mains et de ses poignets. La voir ainsi le remplit de tristesse et de culpabilité : il n'en faisait pas assez. Dès le lendemain, se dit-il en songeant à la boutique de cadeaux près du marché au travail, il lui achèterait une robe. Ce n'était pas un magasin où on vendait des articles en solde, de toute évidence — c'était un truc pour les *gringos*, pour les propriétaires des environs et les gens qui se rendaient à la plage —, mais que pouvait-il faire sans moyen de transport ? Il palpa ses billets dans sa poche et se promit de lui faire la surprise dès le lendemain.

Puis il s'approcha, posa une main sur l'épaule de sa femme, lui souffla : « Hé, *mi vida,* je suis rentré », et s'apprêtait à lui raconter son travail, Al Lopez et les cinquante dollars qu'il avait dans sa poche, lorsqu'elle s'écarta de lui comme s'il l'avait frappée et le regarda comme si elle ne l'avait jamais vu. Il y avait dans ses yeux quelque chose d'étrange, quelque chose qui était pire, bien pire, que ce qu'il y avait décelé lorsque, la veille au soir, elle était descendue de la voiture de son riche *patrón.*

— Qu'est-ce qu'il y a ? lui demanda-t-il. Qu'est-ce qui se passe ?

Son visage était sans expression. Elle se détourna de lui et ses mains se fermèrent et raidirent peu à peu comme celles d'un infirme.

Il s'agenouilla à côté d'elle et, soudain urgent, s'excusa en chuchotant :

— J'ai gagné de l'argent, dit-il, beaucoup d'argent, et je vais t'acheter une robe, une neuve, dès demain matin, dès que... dès que j'aurai fini le boulot... je sais que je vais en avoir, je le sais, et tous les jours. Tu n'auras plus besoin de porter ce machin-là et de le raccommoder. Donne-moi seulement une semaine ou deux, c'est tout ce que je te demande, et on s'en ira d'ici, on emménagera dans l'appartement et tu auras des robes, dix, vingt, une pleine penderie...

Aucune réaction, elle restait assise sans bouger, la tête penchée en avant, le visage caché derrière l'écran de ses cheveux. Alors il remarqua les boursouflures au bas de son cou, à l'endroit où ses cheveux se séparaient pour tomber sur ses épaules. Il y en avait trois, comme des yeux furibonds elles le dévisageaient, irréfutables et reconnaissables entre toutes.

— Qu'est-ce qui est arrivé ? lui demanda-t-il en couvrant ses blessures d'une main qui tremblait. C'est le *rico* ? Il a essayé de faire des trucs avec toi, cette espèce de fumier ? Il a... Je vais le tuer, moi, je te jure que je...

Minuscule et qui s'étouffait, la voix de son épouse fut infime intrusion dans les sphères de l'audible :

— Ils m'ont pris mon argent.

Alors il devint brutal et ne le voulait pas. Il la secoua et la força à le regarder en face.

— Qui t'a pris ton argent... de quoi parles-tu ?

Puis il sut, tout, et le sut aussi sûrement que s'il s'était trouvé sur les lieux.

— C'est les *vagos*, dit-il. C'est le type à la casquette, pas vrai ? Le demi-*gringo*.

Elle acquiesça. Il oublia sa faim, il oublia le ragoût sur le feu, la nuit, l'odeur de la fumée, le sol sous ses pieds, il oublia tout et ne vit plus que le visage et les yeux d'América. Elle se mit à pleurer doucement, comme un chaton qui miaule, et ça l'énerva encore plus. Il l'attrapa par les épaules et la secoua plus fort.

— Y en avait d'autres ? lui demanda-t-il.

— Je ne sais pas. Un Indien.

— Où ça ? hurla-t-il. Où ?

— Sur le chemin.

Sur le chemin. Trois mots et son cœur s'arrêta. S'ils l'avaient détroussée dans le parking, sur la route, au marché au travail, ç'aurait été différent, mais là, sur le chemin...

— Et après ? Qu'est-ce qu'ils t'ont pris encore ? Vite, dis-le-moi. Ils n'ont pas... ils n'ont pas essayé de...

— Non, dit-elle. Non.

— Tu mens. Ne mens pas, pas à moi. N'y pense même pas.

Elle se dégagea de son emprise, regarda fixement les flammes du brasier et s'essuya les yeux du revers du poignet.

— Ils m'ont pris mon argent, dit-elle.

Il était prêt à tuer, prêt à défoncer tous les buissons de la montagne jusqu'au moment où il retrouverait leur campement et leur ouvrirait le crâne pendant qu'ils dormaient. L'image le grisa : les yeux de chien du *vago*, ses membres qui remuent et le rocher qui s'abat sur sa tête, encore et encore.

— C'est tout ? siffla-t-il en refusant de savoir. Ils ne t'ont rien pris d'autre ?

De nouveau il l'agrippa par le bras.

— Tu es sûre ?

— Oui, murmura-t-elle en se tournant pour le regarder droit dans les yeux, j'en suis sûre.

Ça faisait mal, c'est tout ce qu'elle savait. Ça brûlait. Ça brûlait comme de l'acide dans une plaie ouverte, comme le produit corrosif chez le gros *patrón* lorsque le liquide lui avait coulé dans les fissures de la peau, sous les ongles. Chaque fois qu'elle faisait pipi, elle avait l'impression que des flammes la traversaient. Elle ne savait pas ce que c'était... le résultat de ce qu'ils lui avaient fait ce soir-là, ses entrailles qu'ils lui avaient brûlées et souillées, qu'ils lui avaient mises à vif comme un genou écorché... ou bien était-elle entrée dans une phase de sa grossesse à laquelle elle ne s'attendait pas ? Était-ce normal ? Était-ce comme ça que ça devait se passer quand on arrivait au début du cinquième mois ? Devait-on y pisser du feu ? Sa mère, elle, aurait su. Ses tantes, ses sœurs aînées et les sages-femmes du village aussi. Si elle était restée au village, elle aurait même pu le demander à la Señora Serrano, la voisine qui avait donné le jour à seize enfants, les aînés ayant déjà des enfants à eux, les derniers encore au berceau dans des couches. Mais ici... Ici il n'y avait personne et ça lui faisait peur... maintenant et quand ce serait l'heure.

Jour après jour elle attendait Cándido dans la hutte derrière la carcasse de voiture, elle avait mal et s'ennuyait — il refusait de la laisser repartir au marché au travail, plus jamais ça —, ses seins étaient sensibles, son estomac la chatouillait, elle avait besoin de sa mère, elle avait besoin de lui poser les questions que jamais une fille ne pose à sa mère, pas avant d'être mariée. Mais bon, jamais Cándido et elle ne s'étaient mariés, pas officiellement, pas devant le curé. Aux yeux de l'Église, Cándido était déjà marié, et marié pour toujours, à Resurreccíon. Et eux, ils avaient disparu dans la nuit, comme des voleurs, et

avaient laissé un petit mot à sa mère plutôt que de
lui dire les choses en face, même qu'América était
déjà enceinte et ne le savait pas. Elle avait envie
d'appeler sa mère à l'instant, au téléphone, de lui
parler dans une de ces cabines à petit chapeau en
plastique alignées en rang d'oignons devant le magasin du Chinois, d'entendre sa voix et de lui dire que
tout allait bien, de lui demander pourquoi ça brûlait
quand elle faisait pipi. Était-ce bien comme ça que
c'était censé se passer ? Toutes les femmes devaient-
elles supporter ça ? A ceci près que même si elle avait
eu l'argent, même si elle avait eu toutes les pièces
qu'il fallait posées sur l'étagère en plastique de la
cabine, elle aurait été obligée d'appeler la pharmacie
du village parce que ses parents n'avaient pas le téléphone et qu'appeler la pharmacie, comment aurait-
elle même pu y arriver ? Elle n'en connaissait pas le
numéro. Et ne savait même pas comment téléphoner
au Mexique.

Ainsi donc elle attendait dans son petit recoin
dans les bois, comme la princesse dans un conte de
fées elle était protégée par des douves et les piques
tordues et acérées d'une carcasse de voiture, sauf
que la princesse avait été violée, que ça brûlait
quand elle faisait pipi et qu'elle sursautait dès qu'elle
entendait un bruit. Cándido lui avait rapporté de
vieux magazines en anglais — il les avait trouvés
dans les poubelles du supermarché —, et six *novelas*
graisseuses et écornées, six romans-photos qui
disaient *El Norte* et comment, filles et garçons, les
pauvres du Sud y faisaient fortune et passionnément
s'embrassaient dans les cuisines étincelantes de leurs
étincelantes demeures de *gringos*. Elle les lisait et
relisait en essayant de ne pas penser à l'homme à la
casquette, à l'Indien, à leurs corps crasseux qui
s'étaient tortillés sur elle, à l'haleine puante qu'ils lui
avaient soufflée dans la figure, en essayant de ne pas
penser à ses nausées, à ses vertiges, à sa mère, à
l'avenir, à rien. L'ennui aidant, elle explora le lit du
ruisseau et se baigna dans la mare. Elle ramassa du
bois pour le feu. Elle ravauda sa vieille robe et ména-

gea la neuve, celle que Cándido lui avait apportée un
après-midi, la garda pour le jour où ils auraient un
appartement et où il lui faudrait avoir quelque chose
de bien à se mettre sur le dos pour trouver du travail.
Une semaine passa. Puis une autre. Il commençait à
faire chaud. Ça la brûlait quand elle faisait pipi.
Puis, insensiblement, la douleur s'estompa et bientôt
elle oublia ce qui lui était arrivé au paradis d'*El
Norte*, une minute entière après l'autre elle commença à tout oublier.

Ce fut pendant un de ces instants, allongée sur le
sable, elle contemplait le dessin sans cesse changeant des feuilles au-dessus de sa tête, si vide et
immobile elle était qu'elle eût pu se trouver dans le
coma, qu'un jour elle entendit un bruit infime derrière elle. Le ciel était haut et brûlant, les oiseaux se
taisaient, très loin sur la route les voitures bourdonnaient comme au bord du sommeil. Il y avait là,
dans le creux au pied de la cascade intermittente,
une autre créature consciente, un être qui, comme
elle, respirait, voyait et sentait les choses. Elle n'en
fut pas alarmée. Elle ne pouvait pas le voir, mais elle
l'entendait, le sentait et ce n'était pas un homme, ni
non plus un serpent, ce n'était rien qui pût lui faire
du mal. Insensiblement, un millimètre après l'autre,
comme une plante qui se tourne vers le soleil, elle
remua la tête dans le sable jusqu'au moment où
enfin elle put le voir derrière elle.

Au début, la déception fut grande, mais América
était patiente, infiniment patiente, comme rivée au
sol par l'ennui des jours. Enfin elle perçut un mouvement et la chose se matérialisa d'un seul coup devant
elle, comme dans ces dessins qu'on peut contempler
des heures sans rien y voir jusqu'au moment où
brusquement on tourne la tête et ça y est, l'image
apparaît comme par magie. C'était un coyote. Fourrure hérissée, de la même teinte exactement que les
herbes brûlées des collines, une patte levée, les
oreilles dressées. Il resta figé en l'endroit, il sentait
que quelque chose n'allait pas, de ses yeux jaunes
comme du verre il la transperça, elle vit qu'il avait

des tétines et de la barbe, la truffe noire et fendue, il
était petit, aussi petit que le chien qu'elle avait eu
quand elle était enfant, et il ne bougeait toujours
pas. Elle le regarda si fort et si longtemps qu'elle crut
halluciner, se vit derrière ces yeux au regard méfiant
et sut enfin que les hommes étaient ses ennemis —
ceux en uniforme, ceux qui portaient leur casquette
à l'envers, ceux qui avaient des pièges, des fusils et
des appâts empoisonnés. Derrière lui, le terrier était
plein de petits, les collines ne furent bientôt plus rien
sous les pas vifs et brûlants du quadrupède. Elle
n'avait pas bougé. Elle n'avait pas même cillé. Fina-
lement, alors même qu'elle n'avait pas cessé de
regarder, elle se rendit compte que l'animal n'était
plus là.

Le feu craquait et s'attisait tout seul avec de
grands ronflements. Des étincelles et des particules
de cendre blanche fusaient en l'air et retombaient
dans le ravin, lentement y filaient dans le noir
jusqu'à ce que les ténèbres les aspirent. La nuit était
chaude et les étoiles froides. D'une main il nourris-
sait le feu, de l'autre il faisait cuire une saucisse,
entre ses cuisses il serrait une bouteille de Cribari
rouge — Cándido était saoul. Pas assez pour oublier
toute prudence — il avait déjà observé le canyon d'en
haut et du sentier, il s'en était assuré, même lorsque
le feu brûlait fort, on ne voyait rien dans le creux
bien caché où ils avaient installé leur campement. La
fumée restait visible, oui, mais seulement le jour, et
le jour il veillait à ce que le feu soit éteint ou se
réduise à quelques tisons. Pour l'heure il faisait nuit,
qui donc eût pu remarquer deux ou trois filets de
fumée sur le rideau noir des nuées ?

Et donc, il était saoul. Saoul et content de jeter du
bois dans le feu pour le plaisir, pour l'émerveillement de l'enfant qui regarde la flamme remonter le
long du bâton qu'il tient à la main, pour le bonheur
plus prosaïque de se faire cuire des saucisses. Tout
un paquet il en avait, huit, italiennes et bien relevées,

pas aussi bonnes que du *chorizo* sans doute, mais
pas mauvaises non plus. L'une après l'autre il les faisait rôtir jusqu'à ce qu'elles se fendent, se servait
d'une *tortilla* comme d'un gant pour les détacher de
son bâton, les glisser entre ses lèvres et, une bouchée
brûlante après l'autre, les avaler. Et l'on faisait descendre avec du vin, bien sûr. On soulevait la bouteille — lourde au début, elle s'allégeait de plus en
plus —, et dans le ventre aussitôt le vin était chaud,
au coin des lèvres il dégoulinait, on reposait la bouteille entre les jambes, dans le sable. Ainsi procé-
dait-il, c'était le plan, et ses efforts n'allaient pas plus
loin. Bâton, saucisse, vin.

De plus en plus effacée par le bébé qui changeait
ses formes, América se tenait dans l'ombre près de la
hutte et essayait les habits qu'il lui avait rapportés du
Goodwill [1] de Canoga Park. Plus haut dans la rue, il
avait repassé du stuc dans un appartement qui changeait de propriétaire et Rigoberto, l'Indien qui travaillait pour Al Lopez, lui avait signalé le magasin.
Tout y était bon marché. Et il y avait trouvé des
habits de grossesse — des shorts amples en imprimé
à fleurs avec ceinture élastique, des robes qui ressemblaient à des sacs et des pantalons en velours qui
seraient bien allés à un clown. Il avait choisi une
robe informe avec une ceinture élastique — rose
avec des fleurs vertes tout partout — et un short.
América lui avait demandé des jeans, quelque chose
de solide qu'elle pourrait porter au campement pour
ne pas abîmer ses deux robes, mais lui acheter des
jeans qui ne lui iraient pas avant trois ou quatre
mois n'ayant aucun sens à ses yeux, il avait fait un
compromis et choisi un short. Elle pourrait toujours
le rapporter plus tard.

Toutes choses qui étaient belles et bonnes, mais
n'empêchaient pas qu'il fût saoul. A juste titre, mais
saoul quand même. Saoul parce qu'il en avait marre
de cet univers de *gringos* où il fallait s'entredévorer,
où toujours le pauvre devait se battre tel le héros

---

1. Équivalent américain des Chiffonniers d'Emmaüs. *(N.d.T.)*

conquérant rien que pour ne pas crever de faim, saoul parce qu'après trois semaines de petits boulots intermittents et de promesses de jours meilleurs, Al Lopez l'avait laissé tomber. Le frère de Rigoberto, celui qui était malade, avait quitté son lit et voulait retravailler. Une hernie, c'était ça qu'il avait eu, et donc il était allé voir un docteur *gringo* pour se faire recoudre, et tout s'était bien passé parce qu'il avait des papiers, *la tarjeta verde,* tout ce qu'il fallait pour ne pas être un clandestin. Au contraire de Cándido. « J'ai pas fait du bon boulot ? avait-il demandé à Al Lopez. J'ai pas couru après tout ce que tu voulais comme un *burro* ? Je ne me suis pas assez cassé les couilles, c'est ça ? » « Si, si, lui avait répondu Al Lopez, mais ce n'est pas la question. Tu n'as pas les papiers et Ignacio les a. Je pourrais avoir des emmerdes. De grosses emmerdes. » Alors Cándido s'était acheté des saucisses et du vin et, vite saoul, était rentré au campement avec la robe et le short dans un sac en papier, et saoul il était, et ne cessait de boire.

En trois semaines il s'était fait presque trois cents dollars, moins ce qu'il avait dépensé pour la nourriture et la première robe, la jolie, celle qu'il avait achetée à sa femme au magasin *gringo*. Cela lui laissait un peu plus de deux cent cinquante dollars, à savoir la moitié de ce qu'il lui faudrait pour avoir une voiture, ou un quart de ce qu'on demandait pour un appartement convenable parce que tous, même les propriétaires mexicains, exigeaient les loyers du premier et du dernier mois, en plus du dépôt de garantie. Il avait mis son argent dans un bocal de beurre de cacahuète en plastique enterré sous un caillou derrière la carcasse de la voiture et ne voyait vraiment pas comment il allait se débrouiller pour faire grossir son magot. Depuis qu'Al Lopez ne passait plus le prendre dans sa camionnette, il n'avait trouvé du boulot qu'une fois, et pour une demi-journée seulement — une vieille femme qui lui avait fait charrier des pierres pour un mur qu'elle voulait monter autour de sa propriété : trois dollars de

l'heure. La fin juillet approchait. La sécheresse ne
tiendrait plus guère que quatre mois et alors América aurait déjà accouché — de son fils — et il faudrait absolument qu'ils aient un toit. Y songer avait
assombri son humeur. Lorsque América, son sourire
de jaguar sur la figure, entra dans le rond de lumière
pour lui montrer son grand short, il lui parla doucement.

— Ces *vagos*, dit-il, et dans sa bouche sa langue
était aussi épaisse que s'il avalait un serpent, ils ne
t'ont pas pris que ton fric, pas vrai ? Dis !

Le visage de sa femme se ferma.

— Va te faire, *borracho* ! lui renvoya-t-elle. Je te
l'ai déjà dit mille fois.

Et elle lui tourna le dos et alla se cacher dans la
hutte.

Il ne lui en voulait pas. Mais il était saoul et avait
envie de lui faire mal, et de se faire mal aussi en
tournant et retournant dans sa tête cette idée qui le
taraudait comme une dent pourrie qui bouge dans
son alvéole. Comment pouvait-il faire semblant
d'ignorer ce qui s'était passé ? Comment pouvait-il
accepter de se laisser berner ? Cela faisait trois
semaines qu'elle lui interdisait de la toucher et pourquoi donc ? Le bébé, disait-elle. Ou alors elle ne se
sentait pas bien. Ou avait mal à la tête. Ou c'était la
digestion, non, Cándido, non... bon, peut-être que
c'était vrai. Sauf que si jamais il retrouvait ce fumier
avec sa *pinche* de casquette de base-ball... et d'ailleurs il le cherchait partout, chaque fois que la
camionnette d'Al Lopez prenait un virage et que
brusquement il y avait quelqu'un sur le bord de la
route, deux épaules, une casquette, des blue-jeans et
la tête d'un inconnu... Il savait très bien ce qu'il lui
ferait quand il le trouverait, quand *vago* qu'il était, le
bonhomme cognerait à la vitre de la camionnette
jusqu'à ce qu'elle s'arrête, quand il demanderait
qu'on l'emmène, ça, ce serait son jour de chance
parce qu'alors Cándido attraperait le premier truc
qui lui tomberait sous la main, la masse pour enfoncer les piquets, la machette pour débroussailler,

même que s'il était condamné à cent ans de prison, ce ne serait rien à côté de ce qu'il endurait...

Elle lui mentait et c'était pour l'épargner, il le savait, et dans sa stupeur son cœur eut un élan vers elle. Dix-sept ans et c'était elle qui avait trouvé du travail quand il en était incapable, elle qui avait dû supporter qu'ils la reniflent comme des chiens, elle dont le mari l'obligeait à vivre dans une hutte de branchages et la traitait de menteuse, de pute et de bien pire encore. Mais allongé comme il l'était, à regarder les étincelles grimper dans le ciel tandis que le vin lui infestait les veines, soudain il sut comment tout allait se passer, comment tout finirait forcément par arriver, comment il la suivrait dans la cabane et comment, à coups de gifles, il lui ferait payer sa douleur et alors, à cet instant même, tout fut si horrible et épais qu'il n'eut plus qu'une envie : mourir.

Sauf que les morts non plus ne travaillent pas...

CHAPITRE 3

Du barbecue la fumée montait en bouffées qui fleuraient bon le gingembre cependant qu'il enduisait ses kebabs au tofu du jus de sa marinade spéciale au miel et gingembre et que, Osbert lui jappant aux talons, Jordan courait derrière un ballon dans le jardin. Kyra s'était allongée sur le bord de la piscine — elle avait clos sa séance de jogging par vingt aller-retour en crawl dans le bassin, puis avait siroté son verre de chardonnay hebdomadaire et, pour l'heure, semblait toute heureuse de contempler le dessous de ses cils. C'était un dimanche de la mi-août, sept heures du soir, le soleil pendait au ciel comme une lanterne chinoise. De la musique jouait quelque part, lent et triste le morceau s'étirait de note en note et lorsqu'il leva les yeux de dessus ses kebabs, Delaney vit un gobe-mouches de Californie, oiseau petit et

rare s'il en est, magique en sa parure grise, se poser
sur le plus haut fil de la clôture. L'instant était de
ceux qui voient le tourbillon de la vie, fou et crépi-
tant, soudain renoncer, telle une image soudain figée
sur l'écran de cinéma. Delaney le retint et savoura à
la seconde même où, le fumet du gingembre s'évapo-
rant dans les airs, déjà le piano hésitait, déjà l'oiseau
s'envolait et disparaissait dans le néant. La situation
avait laissé à désirer pendant quelque temps,
l'accident, la mort de Sacheverell, le vol de sa voiture, mais la vie enfin retrouvait ses allures de croisière, à nouveau était mondanité où les petites
choses ont le droit de se révéler, et sa gratitude fut
grande.

— C'est prêt ? lui demanda Kyra de sa voix rauque
et langoureuse. Tu veux que j'assaisonne la salade ?

— Oui, tiens, ça serait génial, dit-il et béat il se
sentit, ravi jusqu'au fond lorsqu'il la vit passer les
jambes par-dessus le rebord de la chaise longue,
ajuster les bretelles de son maillot de bain, puis, à
longues et gracieuses enjambées, traverser le patio
pour entrer dans la maison par-derrière.

Au dîner, qu'il servit sur la table en verre au bord
de la piscine, Kyra remplit son verre de Perrier, puis,
en pouffant un rien pour se moquer, annonça qu'elle
avait « nettoyé Shoup ». Jordan jouait avec son tofu,
le séparant de ses champignons, séparant ces derniers de ses tomates, et celles-ci de ses oignons. Sous
la table, Osbert rongeait un os où s'accrochait de la
viande.

— Quoi ? demanda Delaney. Que veux-tu dire ?

Kyra baissa le nez sur son assiette comme si elle
ne savait plus trop comment poursuivre.

— Tu te souviens de tous ces gens dont je t'ai
parlé ? Ceux qui se rassemblent au coin des rues... les
journaliers ?

— Les Mexicains, dit-il, et cette fois ce fut sans
renâcler (fini le vernis de culpabilité humanisto-libé-
rale), sans hésiter à les réduire à leur ethnicité :
mexicains ils étaient, et il y en avait partout.

— Les Mexicains, voilà, lui confirma-t-elle en
hochant la tête.

A côté d'elle, Jordan s'enfourna une pleine four-chette de riz dans la bouche, mâcha pensivement un instant, puis en travers de sa fourchette lentement fit glisser un filet de pâte blanche et luisante.

— Je ne sais pas, reprit Kyra, c'était il y a une quinzaine de jours, tu te souviens pas ? Derrière le *7-Eleven* ?

Delaney hocha la tête à son tour, il se souvenait vaguement.

— Bon, alors, j'ai tanné Mike là-dessus parce que quand ça dépasse un certain nombre... disons que dix, ça va, mais davantage, on voit tout de suite les clients qui font la grimace quand on passe devant. C'est exactement le genre de choses qu'ils ont fui et, tu sais comme je suis, ce n'est pas moi qui vais hési-ter à faire un détour, même tortueux, pour donner aux gens une bonne impression du quartier, mais il y a des fois où il faut quand même prendre le boule-vard, il n'y a pas moyen de faire autrement, bon, bref, je ne sais pas ce qui s'est passé, mais un jour j'ai brusquement compris qu'ils étaient au moins cin-quante ou soixante dans le coin, du haut en bas de la rue qu'ils étaient, assis sur le trottoir ou debout contre les murs, alors j'ai dit à Mike : « Il faut faire quelque chose », et lui, il a décroché son téléphone pour appeler Sid Wasserman et je sais pas ce que Wasserman a fait, mais il n'y a plus personne au coin de la rue, plus un chat.

Delaney ne savait que dire. Il lutta contre ses senti-ments, tenta de réconcilier théorie et pratique. Ces gens avaient parfaitement le droit de se réunir à ce carrefour — c'était même un droit inaliénable et garanti par la Constitution. Mais la Constitution de qui ? Les Mexicains en avaient-ils seulement une ? Non, ça aussi, c'était raisonner en cynique, il se cor-rigea : ce devait être des clandestins, sauf que même les clandestins avaient des droits constitutionnels. Et si ce n'était pas des clandestins ? Et si c'était des citoyens américains ?

— Non, disait Kyra en portant un morceau de tofu et de salsifis à ses lèvres, je ne suis pas spécialement fière de moi... je ne sais pas ce que tu en penses et je suis d'accord que tout le monde a le droit de travailler et de mener une vie décente, mais il y en a tellement, ils nous submergent, les écoles, les allocs, les prisons et maintenant les rues...

Pensive, elle mâcha. Avala une gorgée d'eau.

— Ah, tiens, à propos, est-ce que je t'ai dit que Cynthia Sinclair s'est fiancée ? Au bureau...

Elle rit, gracieux trille, puis reposa sa fourchette.

— Je ne sais pas ce qui m'a fait penser à ça... Les prisons ?

Elle rit à nouveau et Delaney ne put s'empêcher de se joindre à son hilarité.

— Évidemment, dit-il. Les prisons. C'est sûrement ça.

Dans l'instant elle le briefa sur Cynthia Sinclair et son fiancé, lui donna tous les détails de sa formation, lui parla de ses aspirations et de ses habitudes de travail, mais Delaney ne l'écoutait plus. Ce qu'elle lui avait dit de son opération de « nettoyage » le travaillait encore et lui rappelait la réunion à laquelle il avait assisté avec Jack deux soirs plus tôt. La réunion, pas vraiment, plutôt une rencontre où l'on parle « entre mecs qui se retrouvent pour boire un coup », comme avait dit Jack.

Jack était arrivé juste après sept heures, habillé d'un short (blanc et parfaitement repassé, bien sûr) et d'une chemise Izod, tous les deux ils avaient pris vers le bas et longé le pâté de maisons jusqu'au carrefour, puis, une rue, deux rues, dans la lumière dorée du début de la soirée, ils étaient remontés jusqu'à la via Mariposa. Jack ne lui avait pas dit où ils allaient (« Chez un voisin, un ami, un type que j'aimerais bien te faire connaître »), ils passèrent devant les maisons de style espagnol qu'il connaissait si bien, la balade n'en prenant pas moins bientôt des airs d'aventure. Ils parlaient de tout et de rien, des Dodgers, de l'entretien des pelouses, de la situation en Afrique du Sud, du grand duc qui avait enlevé un chaton sur le toit des Corbisson, mais, rien à faire, Delaney se demandait de quoi il pouvait bien s'agir. De quel ami était-il question ? De quel voisin ? S'il connaissait à peine les gens du quartier, il était à peu près sûr de connaître tous les amis de Jack, et au moins ceux qui résidaient à l'Arroyo Blanco.

Lorsque enfin ils s'arrêtèrent devant une maison tout au bout de la via Mariposa, à l'endroit où, la route n'allant pas plus loin, les collines faisaient comme un coin au-dessus des toits, Delaney se rendit compte qu'il ignorait tout des gens qui l'habitaient. Il était passé devant des centaines de fois, en allant faire pisser le chien ou en prenant l'air, mais jamais, en bien ou en mal, il ne s'était vraiment intéressé à cette demeure. Du même modèle que la sienne, sauf pour le garage qui était tourné dans l'autre sens — et, au lieu de l'avoir peinte en blanc ranch avec pourtours de fenêtres Navajo, le propriétaire avait inversé les couleurs, les teintes claires servant au pourtour des fenêtres et les sombres recouvrant le stuc. Côté paysagisme, rien ne la distinguait de ce qui se faisait aux alentours : une langue de pelouse de part et d'autre de l'allée en pierre écrasée, des buissons qui ne supportaient pas la sécheresse aussi bien qu'ils l'auraient dû, un mât à demi enveloppé dans un drapeau avachi et, tout en haut, un seul et unique étourneau tel un étron de quelque chose écrasé sur une manche de veste.

— A qui est cette maison ? lui demanda-t-il en arrivant au bout de l'allée.

— A Dominick Flood.

Delaney lui jeta un bref regard.

— Je ne crois pas le connaître, dit-il.

— Tu devrais, lui renvoya Jack par-dessus son épaule, et ce fut tout.

Une bonne les fit entrer. Elle était petite, bien mise, parlait avec un accent difficile à identifier et portait un tablier blanc sur un uniforme noir, moulant et orné de passants blancs qu'il trouva excessif : qui donc pouvait avoir envie d'habiller une domestique comme une caricature de domestique, comme une image dans un film ? A quoi jouait-on ? Ils la suivirent dans un couloir aux murs recouverts de plâtre authentiquement répandu à la truelle, c'était nu et clair, et longèrent deux pièces décorées dans le style Sud-Ouest, avec couvertures Navajo sur les murs, meubles lourds en pin blanchi, gros pots en argile où poussaient des cactus et des succulentes, et carrelage sans vernis. A l'arrière de la maison, dans la pièce où Delaney avait installé son bureau, se trouvait un bar avec des alcools et huit hommes s'y tenaient, un verre à la main. Ils étaient bruyants et le furent encore plus lorsque Jack entra dans la salle. Tout le monde se tourna vers lui et l'accueillit à grands cris. Delaney reconnut Jack Cherrystone, Jim Shirley, le gros barbu qu'il avait vu à la réunion, et deux ou trois autres dont il avait oublié les noms.

— Jack ! cria quelqu'un derrière eux.

Delaney se tourna et vit celui qui devait être leur hôte remonter le couloir. La soixantaine environ, il était dur comme une châtaigne et, tout bronzé, avait des petits yeux rapprochés, une mèche de cheveux blancs lui remontant du haut du front en une vague artificielle. En short et chemise hawaïenne trop grande pour lui, il marchait pieds nus et portait autour de la cheville un engin qu'on ne pouvait pas ne pas remarquer. En plastique noir, celui-ci avait la forme d'une boîte de cinq centimètres carrés environ et, maintenu en place par une lanière en élastique épais, lui collait à la peau comme une espèce de parasite de haute technologie.

— Dom, chantonna Jack en serrant la main de son aîné, puis il se tourna vers Delaney.

— Le naturaliste, dit Flood sans ironie aucune et, l'œil étroit, il le regarda fixement. Jack m'a tout dit de vous. Et, bien sûr, je lis régulièrement vos papiers dans *Grands espaces à ciel ouvert*. Génial, tout ça, superbe.

Delaney se fendit d'un petit bruit de dénégation.

— Je ne pensais pas qu'on s'intéresse autant que ça à mes...

— Je suis abonné à tout, l'interrompit Flood,

Nature, High Sierra, le *Tule Times,* et même certaines feuilles plus radicales. Pour moi, il n'y a rien de plus important que l'environnement parce que quoi ? Où serions-nous sans lui ? A flotter dans l'espace ?

Delaney rit.

— Sans compter que j'ai pas mal de temps libre (tous deux ayant alors baissé la tête pour regarder la boîte qu'il portait à la cheville, Delaney eut enfin une petite idée de ce à quoi elle pouvait servir) et que lire, dans tous les domaines, m'aide beaucoup.

Puis il se mit en mouvement et ajouta :

— Entrez donc prendre un verre !

Un instant plus tard, ils se tenaient au bar avec les autres, un homme en nœud papillon et veste de satin bleu leur servant aussitôt à boire — du scotch, sans glace, pour Jack, un verre de sauvignon blanc pour Delaney.

La soirée était conviviale, du type réunion mondaine et rien de plus, au début en tout cas, pendant une heure, et, tout de suite mis à son aise par les éloges de son hôte et la simplicité bon enfant des autres convives (ce n'étaient que des voisins après tout), Delaney avait commencé à bien s'amuser lorsque, les petites conversations se fondant en une plus grande, le thème de la soirée se dévoila peu à peu. Suant et gigantesque dans son T-shirt Disneyland, Jim Shirley s'était penché en avant sur le canapé et, un verre à la main, haranguait Bill Vogel et Charlie Tillerman, les deux hommes que Delaney avait reconnus en entrant, et on fit silence pour écouter ses paroles.

— On se met sur liste rouge, c'est mon avis, et je vais soulever la question à la prochaine réunion des Domaines car j'entends bien avertir tout le...

— Je ne vois pas où tu veux en venir, Jim, lança Jack Cherrystone du bar, les grondements de sa voix ordinaire déclenchant de petits séismes dans les cendriers en verre posés sur la table basse. Qu'est-ce que ça veut dire de « se mettre sur liste rouge » ? Ça changerait quoi ?

Gras, querelleur et paranoïaque, Jim Shirley était

une vraie Cassandre et Delaney ne l'aimait pas. Mais l'instant lui appartenait et Shirley en fit bon usage.

— C'est de la dernière vague de cambriolages que je cause, dit-il. Des trois maisons de la via Esperanza qui y sont passées il y a quinze jours. Bon, c'est vrai que le portail aide un peu, ça ne fait aucun doute, mais ces individus se sont pointés en camionnette, ils portaient de vieux habits miteux sur le dos et, un râteau sur l'épaule, ils tiraient vaguement une tondeuse derrière eux, ils ont dit qu'ils allaient chez les Levine, au 37 via Esperanza, le gardien les a laissés entrer. L'important là-dedans, c'est qu'ils avaient trouvé leur adresse dans l'annuaire et qu'avant de faire leur coup, ils ont appelé chez eux pour s'assurer que les Levine étaient sortis. Et, tant qu'à y être, ils ont aussi fait la maison des Farrell et des Cochran. Voilà pourquoi je dis qu'il ne faut pas se mettre dans l'annuaire. Et ça vaut pour tous les gens des Domaines.

La nuit était tombée, à travers son reflet dans la vitre Delaney contempla la pelouse ombreuse qui s'étendait derrière la maison, en s'attendant presque à y voir des malfaiteurs déguisés en jardiniers se sauver sur la pointe des pieds, des platines CD et des tapis du Karastan plein les bras. Personne n'était-il donc à l'abri ? Nulle part et jamais ?

— J'aime assez le conseil, dit Jack Jardine.

Toujours assis au bar, il sirotait son deuxième scotch. Une épaisse et unique mèche de cheveux lui étant dégringolée en travers du front, il ressemblait à un débatteur qui défend vigoureusement les couleurs de son école.

— Oui, reprit-il, je crois que tu devrais en parler à la prochaine réunion. Cela dit, ce qu'on devrait vraiment examiner ici, c'est la question, et elle est autrement plus vaste, de savoir un, comment ces gens se débrouillent pour entrer dans les Domaines, et deux, pourquoi ce portail ne vaut guère mieux qu'une barrière de rien du tout parce que, merde, quoi ! n'importe qui peut se garer sur la route du canyon et passer par le sud ou prendre un des dix ou douze petits chemins de traverse pour arriver chez nous en moins de cinq minutes ! Et là, nous sommes tous vulnérables. Parce que ce que Jim ne vous a pas dit, enfin... ne vous a pas encore dit, c'est ce qui est arrivé à Sunny DiMandia.

Il parlait d'un ton si pressant et pompeux que Delaney se braqua — le bonhomme manipulait son public comme il manipulait les jurés au tribunal et il y avait de quoi lui en vouloir. Était-ce pour ça qu'il l'avait fait venir ? Pour l'enrôler dans son équipe ? Jim Shirley, qui, ce soir-là, semblait être le grand prêtre en histoires horribles, s'apprêtait à rapporter l'épisode Sunny DiMandia dans ses détails les plus sordides lorsque Delaney s'entendit foncer dans l'ouverture :

— Ce qui veut dire quoi, au juste, Jack ? lança-t-il. Que le portail ne suffit pas ? Encore un coup et c'est tout le domaine qu'il faudra entourer de murs comme une cité médiévale ?

Il espérait des rires, au moins quelques murmures d'approbation, quelque chose, des riens qui eussent confirmé l'absurdité de cette proposition, ce fut le silence qu'il rencontra. Tout le monde l'observait. Brusquement il se sentit mal à l'aise, l'espèce de camaraderie qu'il avait ressentie jusqu'alors se dissipant d'un coup. Tout entourer de murs. C'était très exactement ce qu'ils avaient l'intention de faire. C'était pour ça qu'ils s'étaient réunis. C'était ça, le but de la réunion.

— Tous, nous prions pour Sunny, dit alors Jim Shirley, et le dernier diagnostic est effectivement qu'elle s'en sortira vite et bien mais le type... le ou les types, car la police n'en est pas encore sûre, qui sont entrés chez elle la semaine dernière ont fait beaucoup de dégâts et je ne parle pas seulement du côté physique de la chose parce que je ne sais pas trop si une femme peut jamais se remettre vraiment de ce genre de choses...

Il marqua une pause et poussa un soupir profondément alvéolaire. Sa main se porta à son visage qui était moite et pâteux, il appliqua son verre sur son front à la manière d'une compresse.

— Vous connaissez tous Sunny ? reprit-il en levant la tête pour regarder l'assistance. Une femme extraordinaire, une des meilleures qui soient. Soixante-deux ans d'âge et aussi active que quiconque dans notre communauté.

Deuxième soupir, ferme compression des maxillaires.

— Sa seule erreur aura été de laisser sa porte ouverte. Mais, ironie des ironies, elle croyait être en sécurité dans les Domaines...

— C'est notre premier crime, insista Jack, notre premier. Veillons à ce que ce soit le dernier.

— Amen, dit Jim Shirley, puis il passa aux détails graveleux, l'un après l'autre, seconde après seconde, sans rien leur épargner.

Delaney filtra. Il observait son hôte qui s'était lové dans un coin du canapé pastel et, les pieds nus posés sur la table basse, se grattait paresseusement la cuisse. Quelque temps auparavant, alors qu'ils étaient assis au bar, Jack lui avait sommairement expliqué à quoi servait l'engin attaché à la cheville du monsieur. Ambitieux, bon mec et client de Jack, Flood dirigeait une banque (trois succursales qu'il supervisait en personne), laquelle banque s'était, toujours au dire de Jack, embarquée dans des investissements « imprudents ». Prêté par le Service de surveillance électronique du comté de Los Angeles dans le cadre de son programme d'assignation à résidence, l'engin devait rester attaché à la cheville de Flood pendant trois ans, nuit et jour. Delaney en était resté pantois. « Trois ans ! » s'était-il exclamé à voix basse et, en regardant encore la chose en plastique noir, il avait ajouté : « Tu veux dire que... qu'il n'a pas le droit de sortir de chez lui pendant trois ans ? » Jack avait hoché brièvement la tête. « C'est quand même mieux que la prison, tu ne trouves pas ? »

Pour l'heure, alors même que Jim Shirley endormait tout le monde en se vautrant dans les moindres détails de l'agression perpétrée contre Sunny DiMandia — Delaney ne la connaissait ni d'Hillary Clinton ni de la reine Ida, déjà la dame avait pris des dimensions mythiques à ses yeux —, il ne pouvait s'empêcher d'observer son hôte du coin de l'œil. Trois ans sans pouvoir se promener dans les bois, dîner au restaurant ou même seulement descendre et remonter les allées du supermarché? Impensable! Mais les faits étaient là : si jamais Flood sortait des quelque cent mètres carrés qu'on lui avait accordés, une alarme se déclencherait chez les flics qui viendraient aussitôt le chercher pour l'enfermer dans des lieux nettement moins agréables. Qu'il aime lire des articles sur la nature et les grands espaces n'avait rien d'étonnant — hormis la clôture de son jardin, il n'était pas près de voir grand-chose pendant un bon bout de temps.

La conversation tournait encore autour de Sunny DiMandia — on était inquiet pour elle, on était furieux, on tremblait et détestait — lorsque la bonne reparut avec du café et un plateau de petits fours et de *brioches* [1]. L'interruption était bienvenue, les onze hommes se lancèrent dans le travail quotidien qui consiste à touiller le liquide chaud, à passer le sucre et le *Sweet'n Low,* à jouer de la fourchette et du couteau, à mâcher, avaler et se roter doucement à soi-même. La paix tomba sur la pièce et, viols, vols avec effraction, désintégration et déclin général du monde qui les entourait, dissipa tout. Quelqu'un ayant parlé base-ball, on s'attacha au sujet avec un vrai soulagement. Dans les collines derrière la maison montèrent les aboiements essoufflés et lointains d'un coyote, d'autres lui répondant aussitôt quelque part vers le nord.

— Les indigènes s'agitent, tonna Jack Cherrystone et tout le monde éclata de rire.

— Vous croyez qu'ils ont envie de se joindre à nous? lança Bill Vogel, grand et spectral. Ils doivent en avoir marre de bouffer du rat cru et autres petits bazars... moi, si j'étais coyote, je crois bien qu'un bout de ce cheesecake ferait plutôt l'affaire.

---

1. En français dans le texte. *(N.d.T.)*

252   *América*

Jack Cherrystone — il était minuscule et avait la tête trop grande pour sa carrure, et des yeux trop grands pour sa tête — se tourna vers Delaney.

— Bill, dit-il d'une voix qui creusa des canyons sous leurs pieds, je ne crois pas que Delaney apprécie. Pas vrai, Delaney?

Delaney rougit. Combien d'entre eux avaient assisté à la réunion où il s'était couvert de ridicule?

— Non, dit-il en essayant de sourire, je crains que non.

— Dom, parle-nous un peu de cette histoire de marché au travail, dit Jack Jardine de manière impromptue, et les visages hilares quittèrent Delaney pour se fixer sur lui, puis sur leur hôte.

Flood s'était remis debout et, le menton délicatement baissé, sirotait son café en tenant sa tasse au-dessus de sa soucoupe. Il fit un clin d'œil à Jack, traversa la pièce, lui mit une main sur l'épaule et se tourna vers l'assistance.

— Ce petit problème a été réglé, dit-il, et, croyez-moi, ce n'était pas grand-chose. Quelques coups de téléphone aux gens qu'il faut y ont suffi. Joe Nardone, il travaille au Syndicat des propriétaires de Topanga, m'a dit que les gens en avaient marre de toute façon... que c'était une expérience qui ne marchait pas.

— Bon.

Jack Cherrystone s'était perché sur un tabouret de bar où ses pieds touchaient à peine le barreau du bas.

— C'est vrai : je suis aussi compatissant qu'un autre et ne me sens pas très fier de tout ça, je vois très bien pourquoi les propriétaires de Topanga avaient envie de faire des trucs pour eux, mais ça s'est mal engagé, et dès le début...

— Ça! lança Bill Vogel avec une belle véhémence, plus on leur en donne, plus ils en veulent, et plus nombreux ils sont.

Mais déjà le tonnerre professionnel qui sortait de la bouche de Jack Cherrystone avait absorbé, puis écrasé ses paroles et celui-ci continua sur sa lancée.

— Pourquoi faudrait-il que nous leur donnions du travail alors qu'ici même, en Californie, le chômage affecte dix pour cent de la population... dix pour cent de gens qui sont nos concitoyens, s'entend. En plus, je vous parie tout ce que vous voulez que les crimes diminueront sacrément dès qu'on aura fermé ce machin. Et puis... ce n'est peut-être pas une raison, mais moi, je regrette : j'en ai franchement assez de devoir me frotter à eux chaque fois que je vais à la poste. Je ne voudrais offenser personne, mais là-bas ça commence à ressembler à Guadalajara.

Dominick Flood rayonnait. Hôte, maître de la maison et des idées, il l'était tout ensemble. Il haussa les épaules en jouant les modestes — ce qu'il avait fait n'était rien, il avait juste rendu un petit service, la moindre des choses vraiment, inutile d'en faire toute une histoire.

— La semaine prochaine à la même heure, lança-t-il, le marché au travail aura disparu.

C'était à cela que pensait Delaney lorsque Kyra conclut enfin sa dissertation sur Cynthia Sinclair : elle avait « nettoyé » le croisement de Shoup Street et de Ventura Boulevard et Dominick Flood s'était chargé du marché au travail. Bien, mais... où ces gens étaient-ils censés aller ? Rentreraient-ils au Mexique ? Il en douta, tout ce qu'il savait des espèces migratoires et des réactions d'une population qui se fait déloger par une autre lui disant le contraire. Tout cela conduisait à la guerre, à la violence et aux meurtres jusqu'à ce qu'enfin un groupe ait décimé l'autre et rétabli ses droits sur ses territoires de chasse, ses pâturages ou ses aires de nidification. C'était triste, mais les choses se passaient comme ça.

Il essaya d'oublier — la soirée était superbe, sa vie de nouveau sur les rails, ses randonnées le stimulaient comme jamais et ses facultés d'observation s'affinaient de plus en plus au fur et à mesure qu'il s'abandonnait à l'environnement, pourquoi se bloquer pareillement sur le négatif et le paranoïaque,

pourquoi ne pas laisser tranquilles les bâtisseurs
d'enceintes et ceux qui excluent tout le monde? Il
était comme eux maintenant, sa simple présence en
leur sein disait assez sa complicité, pourquoi ne pas
en profiter? Il leva le nez de dessus son assiette et
lança :

— On va au ciné ce soir?

— Oui! s'écria Jordan en serrant les poings et en
les levant d'un air triomphant. On peut?

Kyra reposa soigneusement son verre sur la table.

— Dossiers, dit-elle. Je ne peux même pas y songer. Non, vraiment.

Jordan y alla de petits couinements de chauve-
souris tant il était déçu et en colère. Ses traits s'apla-
tirent, ses sourcils lui rentrèrent dans le visage. Avec
ses cheveux si clairs qu'ils en étaient presque invisibles, on aurait pu le prendre pour un vieillard tout
chauve et tout ratatiné auquel on vient d'annoncer
qu'on ne peut pas lui renouveler son ordonnance.

— Allez, insista Delaney, cajoleur, c'est juste une
séance. Deux heures. Tu peux quand même t'accorder deux heures, non, ma chérie?

— S'il te plaît, maman, couina encore Jordan.

Kyra ne voulait même pas en entendre parler. Elle
avait pris un air neutre, mais Delaney comprit
qu'elle avait arrêté sa décision.

— Tu sais très bien que c'est la deuxième période
de pointe de l'année. Tous ces acheteurs qui arrivent
de partout avec leurs enfants et qui essaient de se
loger avant la rentrée des classes... tu le sais bien. Et
toi, Jordan, mon amour, ajouta-t-elle en se tournant
vers son fils, tu sais aussi que maman est très
occupée en ce moment, n'est-ce pas? Dès la fin de
l'été, c'est promis, je t'emmène voir tout ce que tu
veux... et tu pourras emmener un copain si tu le
désires, n'importe qui...

Delaney la regarda se servir de la salade et y
répandre le contenu d'un petit tube d'assaisonnement zéro pour cent de matières grasses.

— Et on se paiera des gâteries, disait-elle, des

bonbons [1], du Coca, toutes les friandises que tu auras envie d'acheter.

Puis elle se tourna vers Delaney et ajouta :

— Quel film ?

Il allait lui dire qu'il n'avait pas vraiment décidé, mais qu'il y avait deux films étrangers qui passaient à Santa Monica, un à neuf heures moins le quart et l'autre à neuf heures cinq, sauf que, bien sûr, ce n'était pas pour Jordan, il se demandait déjà s'ils pourraient avoir la fille Solomon pour le garder, c'était peut-être un peu tard, lorsqu'il vit le visage de sa femme se transformer d'un coup. Elle regardait derrière lui, plus loin que la piscine et la luxuriante pelouse en fétuque qu'elle avait exigée alors que pour lui, c'était gaspiller son argent, soudain ses yeux se figèrent. Il y vit d'abord de la surprise, puis la chose qu'on reconnaît, le choc, l'horreur enfin. Il se retourna vivement sur sa chaise et découvrit le coyote.

Au pied de la barrière, côté intérieur, il s'était tapi dans l'herbe et, l'œil terrible et calculateur, il suivait les mouvements d'Osbert qui, vautré à l'ombre d'un palmier en pot, rongeait son os sans penser à rien. Il doit avoir des ailes, ce satané bestiau, pour sauter par-dessus deux mètres quarante de clôture, songea Delaney en hurlant et bondissant de sa chaise, puis, alors même que déjà il courait et ne voulait rien tant qu'éviter ce qui allait se produire, absolument stupéfait, il vit l'animal traverser la pelouse en cinq petits bonds, attraper le chien par la peau du cou et atteindre la clôture d'un seul élan.

Il ne l'aurait pas cru s'il ne l'avait pas vu de ses yeux. La tête en avant il courut, mais rapidité de ses pieds, force longuement affinée de ses jambes, rage et détermination, rien n'y fit, pas même les hurlements que sa femme et son fils poussaient en chœur. Un barreau après l'autre, le coyote escalada la clôture comme si c'était une échelle, puis, arrivé au dernier, celui qui culminait à deux mètres quarante du

---

1. En français dans le texte. *(N.d.T.)*

sol, il s'envola comme un grand oiseau fauve et sans ailes, et disparut, se fondit dans les buissons avec sa proie. La clôture ? Delaney s'y agrippa, une seconde plus tard à peine et au même endroit exactement... et dut faire tout le tour de la maison pour sortir de la propriété par le portail de côté.

Mais déjà, bien sûr, et personne n'eut besoin de l'expliquer à Kyra, ni même à Jordan, il était trop tard.

CHAPITRE 4

Et puis il trouva du travail cinq jours de suite — du débroussaillage. Dur, sale, en pleine chaleur, à respirer de la poussière et des petits brins d'herbe pâle jusqu'à l'étouffement, sous le soleil qui tape à la nuque comme un fléau, à supporter la graine de plante du désert, des milliers il y en avait, elles étaient incorrigibles, comme hameçons qui transpercent les habits et accrochent la chair chaque fois qu'on bouge et on ne fait que ça. Trois dollars vingt-cinq de l'heure, il ne s'était pas plaint. Un patron *gabacho* s'était arrêté au marché au travail avec un camion à ridelles hautes, avait embarqué Cándido et un autre et leur avait mimé ce qu'il voulait. Ils étaient montés derrière, cinq matins d'affilée le *gabacho* les avait conduits dans un canyon où se dressaient huit maisons neuves : débroussailler de la colline, ratisser et charger tout dans le camion. Il les payait en liquide à la fin de l'après-midi et le lendemain matin à sept heures il les retrouvait au marché, régulier comme une horloge. Le cinquième soir, alors qu'ils avaient terminé, il ne leur avait rien donné, mais avec des gestes et en écorchant quatre ou cinq mots d'espagnol il leur avait fait comprendre qu'il était à court d'argent et qu'il les paierait le lendemain matin en les prenant au marché. Cándido s'était posé quelques questions vu qu'il ne restait plus rien à débroussailler sur la colline, mais bon... peut-être y avait-il un autre canyon et d'autres collines. Il n'y en avait pas. Au moins pour Cándido. Il n'avait jamais revu le bonhomme.

Bon, d'accord. Il s'était déjà fait arnaquer avant — ce n'était pas la première fois. Il n'en mourrait pas. Sauf qu'il ne trouva plus de travail, ni ce jour-là, ni le lendemain, ni après, commença à rentrer au campement à une heure de l'après-midi et, abattu et le cœur malade d'inquiétude, se laissa peu à peu dorloter par son épouse en short de grossesse jusqu'à ce que l'inquiétude cède la place à l'ennui, et l'ennui à la fureur. Mais il se domina. América était innocente et il n'avait plus qu'elle. Il ne pouvait s'en prendre qu'à lui-même et, jour après jour, il fulmina en silence jusqu'au moment où il lui fallut absolument se lever, bouger, se servir de ses mains, faire quelque chose, peu importait quoi. Il s'inventa des projets : construire une digue au bord de la mare afin que l'eau du ruisseau y reste au même niveau alors qu'elle se réduisait à un filet, ajouter une véranda en branches de saule à la hutte, chasser le petit oiseau, le lézard et tout ce qui leur permettrait de faire durer leurs provisions et de ne pas toucher à l'argent de l'appartement caché dans le bocal sous la pierre. Trois cent vingt dollars qu'ils avaient dans ce bocal, et il allait au moins falloir tripler la somme s'ils voulaient avoir un toit lorsque naîtrait leur fils.

Un après-midi qu'ainsi défait il revenait du marché au travail avec quelques piments, des oignons et un sac de haricots secs, il trouva un morceau de grillage en plastique transparent sur le bord de la route et le fourra dans sa poche revolver. Peut-être arriverait-il à couper une baguette de saule, à en recourber le bout et, en y cousant le morceau de grillage, à fabriquer un filet avec lequel attraper les oiseaux qui n'arrêtaient pas de s'envoler du chaparral et d'y retourner. Une longueur de fil à pêche jeté au rebut et une aiguille à coudre de cinq centimètres à la main, il courba la tête, se mit au travail et, en moins d'une heure, façonna un filet robuste et presque professionnel tandis qu'América l'observait dans un silence minéral — il était clair que les sympathies de sa femme allaient aux oiseaux. Puis il remonta la piste, scruta le chaparral pour y trouver l'endroit où les oiseaux plongeaient dans les forteresses de leurs nids, et attendit. Le premier jour, il n'attrapa rien, mais il affina sa technique et, allongé immobile dans la poussière, joua vite du poignet comme un tennisman qui s'entraîne au revers.

Personne ne l'embauchant le jour suivant, tandis qu'América faisait tremper les haricots en relisant ses *novelas* pour la centième fois, il repartit tenter sa chance. En une heure à peine il piégea quatre oisons au corps gris et minuscule, leur pinça le cou pour les étrangler, puis, enfin veinard, assomma et attrapa un geai qui, l'aile déboîtée, tentait de filer dans le sous-bois. Il pluma et rinça ses oiseaux dans l'eau du ruisseau — ça ne pesait pas bien lourd, les petits en particulier —, alluma un feu et, tête et le reste, fit frire tout le monde au saindoux. América refusa d'y toucher. Cándido, lui, leur suça tous les os, même les plus infimes, les faisant passer et repasser entre ses dents jusqu'à ce qu'il n'y reste plus rien et ça, au moins, c'était satisfaisant — chasseur il était et vivait du produit de sa chasse — mais il ne s'étendit pas là-dessus. Comment l'aurait-il pu ? Sur ses lèvres, c'était quand même le goût du désespoir qu'il avait.

Le lendemain matin, il se leva aux aurores, comme d'habitude, souffla sur son café pendant qu'América faisait frire des œufs, des piments et des *tortillas* sur un feu sans flammes, puis il remonta jusqu'au marché au travail. L'optimisme le tenait, il avait même de la chance, dans ses veines battaient les ailes des petits oiseaux. C'en était fini, enfin presque, de son boitillement et, certes, sa figure ne serait plus jamais la même qu'avant, mais au moins les croûtes y avaient-elles disparu et rendu un peu de la peau qu'il y avait en dessous. Pas de quoi s'inscrire à un concours de beauté, sans doute, mais dans leurs camionnettes les *patrones* ne détourneraient plus automatiquement les yeux pour passer au suivant. Le ciel était gonflé de lumière. Il commença à siffler entre ses dents.

Il garda, comme d'habitude, la tête baissée en marchant sur le bord de la route, courir le risque de croiser le regard de quelque *gringo* ou *gringa* se rendant au travail dans une voiture japonaise toute neuve étant hors de question. Pour eux, il était invisible et entendait bien le demeurer : il ne se montrait qu'au marché au travail et seulement pour qu'ils voient ce qu'il avait à offrir. Dans le parking du magasin chinois il regarda à peine la foule — on mangeait des petits pains sucrés, buvait du café dans des gobelets en polystyrène et fumait frénétiquement des cigarettes — et ne leva pas vraiment les yeux avant de sentir les graviers du marché au travail sous ses pieds. Il se demandait vaguement s'il serait le premier de la queue, pensait au lendemain et sifflotait un air de la radio qu'il n'avait plus entendu depuis des années lorsqu'il se redressa et fut interdit : il n'y avait plus rien. Plus de piliers, plus de toit, plus de *campesinos* en chemise kaki et chapeau de paille — rien. C'était comme si une tornade, un cyclone avait soufflé pendant la nuit et aspiré tout le truc dans le ciel. Abasourdi, il resta figé sur place et regarda deux fois autour de lui pour s'y retrouver. Rêvait-il ? C'était donc ça ?

Mais non. Puis il vit la chaîne, non, les deux, et les panneaux. On avait planté des poteaux aux deux entrées (et si épais qu'on aurait pu y amarrer des navires), et les panneaux y étaient cloués. PRIVÉ, hurlaient-ils en lettres rouges qui étincelaient, PASSAGE INTERDIT. Cándido ne lisait pas l'anglais, mais comprit sans difficulté ce que cela signifiait. Que se passait-il ? Quel était le problème ? Mais la question à peine posée, la réponse lui vint : Mexicains, Honduriens et autres Salvadoriens, les *gringos* s'étaient lassés de voir autant de pauvres au milieu d'eux. Il n'y avait plus de travail dans le coin. Plus maintenant, plus jamais.

De l'autre côté de la rue, devant la poste, trois

hommes à la mine de chien battu traînaient en fumant des mégots. Ils le regardèrent en dessous tandis qu'il attendait un trou dans la circulation, puis traversait la route au petit trot afin de les rejoindre. Ils baissèrent la tête lorsqu'il les salua.

— *Buenos días*, lança-t-il, qu'est-ce qui se passe ?

— *Buenos*, lui renvoyèrent-ils en grognant, puis l'un d'entre eux, un type qu'il avait déjà vu au marché au travail, parla haut et fort : Nous ne savons pas, dit-il. C'était comme ça (petit mouvement de la tête) quand on est arrivés.

— Ça a l'air fermé, dit son voisin.

— Ouais, ajouta le premier d'une voix morne, on dirait que les *gabachos* ne veulent plus de nous.

Puis il laissa tomber son mégot par terre et fourra les mains dans ses poches.

— Mais je m'en fous, reprit-il. Moi, je reste ici jusqu'à ce qu'on m'embauche... on est dans un pays libre, non ?

— Et comment ! renchérit Cándido.

Puis, les sentiments qu'il éprouvait l'emportant, il ne put retenir un sarcasme :

— Mais faut être d'abord un *gringo* ! Nous autres, faut faire gaffe.

C'est alors que la camionnette de Candelario Pérez — ils la connaissaient tous — se sépara du flot de voitures, entra dans le parking et passa si près d'eux qu'involontairement ils durent reculer pour éviter l'inconvénient de se faire écraser les orteils. Candelario était seul et tant de choses semblaient lui peser qu'il donnait l'impression de ne pas pouvoir lever la tête. Les quatre hommes se pressèrent à sa fenêtre.

— Qu'est-ce qu'il y a ? demanda le premier, et tous se joignirent à lui, Cándido y compris.

— C'est fermé, fini, *terminado*, répondit Candelario Pérez d'un ton épuisé, comme s'il s'était inutilement cassé la voix à répéter les mêmes choses à des gens qui refusaient de l'écouter.

Il marqua une pause avant de reprendre, les vroum-vroum des voitures continuant de se faire aussi régulièrement entendre que le ressac des vagues sur la plage.

— C'est le type qui avait fait cadeau du terrain... Il l'a repris. Ils ne veulent plus de nous ici, y a pas à chercher plus loin. Et que je vous dise encore un truc, que je vous donne un bon conseil (deuxième pause) : si vous n'avez pas la carte verte, vaudrait mieux disparaître un peu. *La Migra* va faire une descente ce matin. Et demain matin aussi.

Noirs et morts, ses yeux s'étant effondrés sur eux-mêmes comme ceux d'un iguane, il mit un doigt devant ses dents et du bout de l'ongle délogea un morceau de nourriture qui s'y était coincé.

— Et après-demain aussi, y a des chances, ajouta-t-il en haussant les épaules.

Cándido sentit ses mâchoires se serrer. Qu'allaient-ils faire maintenant ? S'il n'y avait plus de travail à trouver dans les environs et si *La Migra* y veillait, il leur faudrait partir ou mourir de faim. Et partir, cela voulait dire descendre en ville, à Santa Monica ou à Venice, ou passer de l'autre côté du canyon pour gagner la Valley. Bref, ce serait le trottoir, América condamnée à l'obscénité de devoir mendier, la crasse, les bennes à ordures qu'on fouille derrière les supermarchés. Alors qu'ils étaient si près du but — encore quinze jours de travail régulier et ils auraient pu avoir leur appartement, s'établir enfin et se mettre en quête de boulot comme des êtres humains qui, vêtus de linge propre, se déplacent en bus et cherchent l'arrière-salle ou l'atelier clandestin où tout le monde se fout pas mal qu'on ait des papiers ou pas. De là, en un ou deux ans, ils auraient pu faire une demande de carte verte — ou alors, qui sait ? il y aurait eu une amnistie pour les clandestins. Mais maintenant, tout était fini. Il n'y avait plus d'abri sûr et il n'était plus question de camper dans les bois. Maintenant, c'était la rue.

Hébété, Cándido s'éloigna du groupe qui s'était formé autour de la camionnette, le poids de la nouvelle lui écrasant la poitrine comme une pierre. Pourquoi ne pas en finir et se tuer tout de suite ? Il ne pouvait pas retourner au Mexique, où le chômage touchait quarante pour cent de la population active, où, chaque année, c'était un million de jeunes qui entraient sur le marché du travail, où, faillite et corruption, l'inflation étranglait si fort le pays que les paysans brûlaient leurs récoltes et que seuls les riches avaient de quoi manger. Retourner voir sa tante et, risée de tout le village, recommencer à vivre à ses crochets, il ne le pouvait pas davantage. Quant à affronter les parents d'América après leur avoir rendu leur fille comme le bijou de famille qu'on a emprunté et sali... Et il y avait l'enfant qui allait lui naître, *un hijo*, le fils qu'il désirait depuis le jour où il avait rencontré Resurrección, et quel héritage allait-il lui laisser? Trois cent vingt dollars cachés dans un bocal de beurre de cacahuète? Une hutte dont même les Indiens de la préhistoire n'auraient pas voulu? Un père brisé de ne pouvoir nourrir une famille alors qu'il n'arrivait même pas à se nourrir lui-même...

Les pieds en plomb, il passa devant la poste en vacillant et longea les devantures des magasins, les vitrines étincelantes et les voitures alignées comme symboles de toute cette abondance qui fleurissait autour de lui et restait à jamais aussi intouchable que la lune. De quoi était-il question là-dedans si ce n'était de travail, si ce n'était du droit de travailler, du droit d'avoir un boulot, de gagner son pain quotidien et de se payer un toit? Criminel il avait été d'oser le vouloir, d'avoir tout risqué pour avoir le minimum nécessaire à tout être humain, et voilà que même cela lui était refusé. Ça puait. Vraiment. Ces gens, ces *Norteamericanos*! Qu'est-ce qui leur donnait le droit de posséder toutes les richesses du monde? Il regarda le marché italien où tout le monde s'agitait : visages de Blancs, chaussures à talons hauts, costumes d'hommes d'affaires, yeux avides et bouches qui dévorent, il n'y avait que ça. Ils vivaient dans des palais de verre, avec des clôtures, des portails et des systèmes d'alarme, ils laissaient des steaks et des homards à moitié mangés sur leurs assiettes alors que le reste du monde crevait de faim, ils dépensaient, rien qu'en tenues de sport, piscines, courts de tennis et autres chaussures de jogging, de quoi nourrir et habiller un pays entier et tous, même les plus pauvres, ils avaient deux voitures. Où était la justice dans tout ça ?

Frustré, en colère, le visage déformé par une expression qui l'aurait terrifié s'il l'avait aperçue dans une des vitrines qu'il longeait, il erra sans but dans le parking. Que fallait-il faire ? S'acheter un sac de nourriture et se terrer huit jours dans le canyon jusqu'à ce que les Services de l'immigration se désintéressent de l'affaire et passent à autre chose ? Prendre le risque de se taper quinze kilomètres en stop pour aller se planter à un coin de rue dans l'espoir, bien faible, de trouver du boulot dans la Valley ou mourir ici et maintenant et épargner aux *gringos* la honte de devoir le regarder ? Il en était à son deuxième tour de parking et continuait d'errer sans but entre les rangées de voitures en marmonnant et refusant de se détourner de tous ceux qui l'observaient avec inquiétude lorsqu'il tomba sur la Lexus bleu-noir garée, toutes vitres baissées, le long du trottoir.

Il continuait d'avancer, il l'avait déjà presque dépassée, mais ne put s'empêcher de remarquer le sac de la jeune femme posé sur le siège du mort et la mallette en cuir noir glissée tout à côté. Qu'y avait-il dans ce sac — des chèques, du liquide, des clés, un petit portefeuille avec des photos et encore plus de liquide ? Des centaines de dollars, qui sait ? Des centaines. Assez pour quitter les bois et s'installer dans un appartement à Canoga Park, assez pour résoudre tous leurs problèmes d'un seul coup. Et dans la mallette ? Il l'imagina remplie de billets, comme au cinéma, empilés en jolies liasses retenues par des bandes de papier aux armes d'une banque. Pour la propriétaire d'une voiture pareille deux ou trois cents dollars n'étaient rien, comme petite monnaie pour quelqu'un de plus modeste. Parce que ces gens-là n'avaient qu'à se rendre à la banque pour en avoir davantage, qu'à appeler leur compagnie d'assurances ou agiter une carte de crédit. Pour Cándido en revanche, c'était le paradis et, à cet instant précis, il pensa que le paradis lui devait bien quelque chose.

Personne ne regardait. Il jeta un coup d'œil à droite, il jeta un coup d'œil à gauche, pivota sur ses talons et repassa lentement devant la voiture. Dans ses veines, son sang brûlait comme du feu. Il crut bien que sa tête allait exploser tant il lui comprimait les tempes. *Là, crétin*, se dit-il, *prends-le. Prends-le tout de suite. Vite !*

Et, suspendu comme il l'était dans l'instant indécis qui sépare l'idée de l'action, avec toutes ses glandes qui déchargeaient leurs affaires compliquées dans son corps, il l'aurait pu si, un gobelet en polystyrène serré dans sa main ô combien blanche, la blonde aux yeux qui voyaient au travers de tout n'avait fondu sur lui. Il se figea. Resta complètement paralysé devant la voiture tandis que, ses hauts talons claquant sur le trottoir et sa jupe la moulant comme une pute, la jeune femme cachait ses yeux derrière des lunettes de soleil. Droit sur lui qu'elle fonça et, avant même qu'il ait pu faire un pas de côté, avant même qu'il ait le temps de protester de son innocence et de se fondre à nouveau dans le néant, il sentit la main de la blonde qui l'effleurait et ses doigts, sans même le vouloir, se refermèrent sur les pièces.

Ce frôlement l'annihila. Jamais encore il n'avait eu aussi honte, pas même lorsqu'il était saoul dans les rues, pas même le jour où Téofilo Aguadulce lui avait pris sa femme avant de le rosser sur la place sous les yeux de tous les villageois. Il pencha la tête et laissa retomber ses bras le long de son corps. Elle s'assit dans sa voiture, sortit du parking en marche arrière et disparut tandis qu'il restait figé en l'endroit, pendant des heures, lui sembla-t-il. Alors seulement il rouvrit la main et découvrit les deux *quarters* et la *dime* qui s'y accrochaient comme si on les lui avait imprimés dans la chair.

En apprenant la nouvelle — « Ils ont fermé le marché au travail », venait-il de lui dire, prêt à la bagarre

et les yeux pleins de défi —, América eut du mal à
garder son calme. Soulagement, joie et espoir qui
montaient en elle, elle n'avait plus rien senti de
pareil depuis la nuit où, couchée dans son lit chez
son père, elle attendait que Cándido frappe à la
fenêtre pour l'emmener dans le Nord. Enfin ! songea-
t-elle en laissant échapper un long soupir où Cándido entendit probablement de la douleur. Elle prit
un air rigide et laissa tomber ses cheveux devant ses
yeux. Cándido était amer, en colère, au bord d'exploser. Inquiet aussi, elle le voyait bien et, l'espace d'un
instant, l'incertitude la gagnant, elle eut peur. Mais
la situation lui revint aussitôt : ils n'avaient plus le
choix maintenant, ils allaient devoir — et c'était inévitable — quitter cette prison entre les arbres, ce tas
de cochonneries où elle s'était fait voler et violenter,
où les jours passaient comme des années qui n'en
finissent pas. Elle n'avait aucune affection pour cet
endroit où les insectes la piquaient, où la terre était
dure et où, chaque fois qu'elle voulait boire du café,
il fallait d'abord ramasser du petit bois pour faire du
feu. Quel genre de vie était-ce là ? Elle aurait été
mieux chez son père, à Morelos, oui, même à le servir comme une esclave jusqu'à ce que, vieille fille,
elle devienne aussi ridée qu'une figue.

— Il va falloir qu'on s'en aille, murmura-t-elle, et
la ville qu'elle connaissait, celle, étrangère et terri-
fiante, où des Noirs erraient dans les rues et des
gabachos mendiaient assis sur le trottoir, céda la
place à celle dont elle rêvait.

Il y aurait des magasins, des rues bordées d'arbres,
des maisons avec l'eau courante, des toilettes et une
douche. Ils avaient trois cent vingt dollars, peut-être
pourraient-ils partager un appartement avec un
autre couple, des gens comme eux, des Tepoztèques
ou des Cuernavacans, et mettre toutes leurs ressources en commun pour vivre à la manière d'une
grande famille. Même petit, sale et plein de rats et de
cafards, même si, en bas, on tirait des coups de feu
partout, un tel lieu ne pouvait être pire que ce campement. Cándido freinait sans arrêt parce qu'il avait

peur — ils ne pouvaient pas partir tout de suite, il leur fallait plus d'argent, patience, *mi vida*, patience —, mais maintenant il allait devoir agir.

— Pas encore, dit-il.

Pas encore ? Elle eut envie de bondir, de lui hurler dans la figure, de l'assommer à coups de poings. Était-il devenu fou ? Voulait-il donc vivre ici comme un homme des cavernes jusqu'à la fin de ses jours ? Elle se domina, s'assit sur le sable et, penchée sur la *novela* qu'elle avait lue et relue tant de fois qu'elle aurait pu la réciter par cœur, elle attendit. Il était comme son père, voilà, exactement comme lui : têtu, immuable, monsieur le grand patron. Il était inutile de discuter.

En caleçon et la peau luisante de perles d'eau, Cándido resta assis au bord de la mare. Il venait juste de descendre le sentier et, à peine sorti de l'eau, s'était allongé par terre à côté d'elle après lui avoir annoncé la terrible nouvelle. C'était au plus chaud du jour. Rien ne bougeait. América sentait la sueur couler sous ses aisselles et plus bas, là où ça la démangeait constamment, bien que ça ne brûle plus quand elle faisait pipi.

— Demain matin tôt, avant qu'il fasse jour, je remonterai le canyon avant que *La Migra* vienne fourrer son nez à la poste et au marché au travail. Et je garderai l'œil ouvert... je me disais que du côté de Canoga Park... Je vais essayer de trouver quelque chose.

— Un appartement ?

— Un appartement ? Mais ça ne va pas ? s'écria-t-il en montant dans les aigus. Tu sais bien qu'on n'a pas de quoi s'en payer un... combien de fois faudra-t-il que je te le dise ?

Il se tourna vers elle et son regard était dangereux.

— Y a des fois où je n'en crois plus mes oreilles, lança-t-il encore.

— Un motel ? reprit-elle. Juste pour une nuit ? On pourrait prendre une douche, dix même... on pourrait se doucher toute la nuit. Ici, l'eau est sale, dégueulasse, pleine d'écume et d'insectes. Et ça pue. Mes cheveux sentent le vieux chien.

Cándido se détourna et garda le silence.

— Et un lit où dormir, un vrai, ajouta-t-elle. Dieu, qu'est-ce que je ne donnerais pas pour un lit... juste une nuit.

— Pas question que tu viennes avec moi.

— Si.

— Non.

— Essaie de m'en empêcher ! Qu'est-ce que tu vas faire ? Me frapper encore, hein ? dis, le grand costaud ! Pourquoi je ne t'entends pas ?...

— S'il le faut.

Elle vit le lit, la douche, une *taquería*, qui sait ?

— Tu ne peux plus me laisser ici, plus maintenant. Ces types... Et s'ils revenaient ?

Le silence fut long, et elle sut que tous les deux, ils pensaient à ce jour inadmissible, à ce qu'elle ne pouvait pas lui dire mais qu'il savait au fond de son cœur, à la honte qu'il en éprouvait. Vivraient-ils encore cent ans ensemble qu'elle ne pourrait jamais aborder le sujet avec lui et que toujours il lui faudrait arrêter la discussion au même endroit. Mais comment pouvait-il refuser la vérité ? Le campement n'était pas sûr et c'était bien au fond d'un bois sauvage qu'ils se trouvaient.

— *Indita*, reprit-il, il faut que tu comprennes... ça fait quinze kilomètres dans chaque sens et je serai dans la rue, je trouverai peut-être du travail, ou alors un endroit pour nous deux, un coin où on pourrait camper plus près de la ville.

Il la regardait dans les yeux, il les baissa et se détourna encore une fois.

— C'est la piste qui est dangereuse, murmura-t-il. Tu n'as qu'à l'éviter.

Indita ! Elle détestait qu'il l'appelle ainsi : sa petite Indienne ! Il faisait passer ça pour un mot doux, mais, plus subtilement, c'était une insulte, un reproche qu'il faisait à son physique, son sang indien, et toujours alors elle se sentait petite et insignifiante : beauté parmi toutes les beautés de Tepoztlán elle était pourtant, célèbre pour sa silhouette, ses cheveux soyeux, ses yeux profonds et lumineux et son sourire que, tous ils le disaient, les garçons auraient aimé croquer lentement, une bouchée après l'autre, tel un dessert des plus riches. Mais voilà : Cándido, lui, avait la peau plus claire, et aussi le petit nez busqué que ses parents avaient hérité des *conquistadores* bien que sa belle-mère fût aussi noire que coupeuse de canne à sucre, ce dont son père semblait s'être fort bien accommodé. *Indita!* Soudain elle bondit, jeta sa *novela* dans l'eau et *splash*, encore une fois il fut mouillé.

— Non, je ne reste pas ici, dit-elle d'une voix qui lui monta si fort dans la gorge qu'elle s'y brisa, je ne reste pas ici un jour de plus.

Le lendemain — il était tôt, trois heures du matin peut-être, elle n'aurait pu le dire —, elle fourra de la pâte de haricots, des *chiles* et de fines tranches de fromage dans des *tortillas* de maïs et emballa le tout dans du papier journal pour le voyage. Ils avaient décidé de laisser leurs affaires — au cas où et parce qu'on les remarquerait moins s'ils se promenaient sans rien —, et de tenter leur chance au moins un jour entier. Cándido avait même promis de trouver une chambre pour la nuit — avec une douche et peut-être même une télé, si ce n'était pas trop cher. América s'était mise au travail dans les incandescences de la braise et les éclats comme de papier aluminium de la lune qui au-dessus de la gorge, brillait ainsi qu'un bijou. L'excitation lui donnait le vertige, elle avait tout de la petite fille qui se réveille tôt le jour où on va lui souhaiter sa fête. Ça allait s'arranger. La chance ne pouvait pas ne pas tourner. Et même si elle ne tournait pas, elle aspirait, elle, à un changement — quel qu'il fût. Cándido déterra le bocal de beurre de cacahuète, en sortit vingt dollars, les glissa dans sa poche, puis il fit monter le feu avec une poignée de petit bois et lui demanda de lui coudre les trois cents dollars restants dans le revers du pantalon. Elle enfila sa robe de maternité — la rose avec les grosses fleurs vertes qu'il lui avait achetée —, rangea les *burritos* dans son sac en corde et prépara du café et des *tortillas* salées pour le petit déjeuner. Enfin, ils commencèrent à remonter le sentier du canyon.

Il n'y avait presque pas de circulation à cette heure, et la surprise fut agréable. Les ténèbres s'accrochaient aux flancs des collines et pourtant la nuit était douce et l'air embaumait du jasmin qui retombait en bouquets par-dessus les murs de soutènement des propriétés qu'ils longeaient. Ils marchèrent en silence pendant une heure, une voiture les aveuglant de temps en temps de ses phares avant que la nuit ne les reprenne. Des choses frissonnaient dans les buissons sur le bord de la route — des souris, pensa-t-elle —, à deux reprises ils entendirent des coyotes hurler au loin dans les collines. La lune grandit en tombant peu à peu derrière elles, pas une fois América ne se laissa importuner par le poids de son enfant, ni même par ses coups de pied. Enfin elle avait quitté le canyon, enfin elle était loin de cette langue de terre où traînait l'horrible carcasse de la voiture et, pour elle, c'était la seule chose qui comptait.

Lorsque, arrivés en haut du canyon, ils virent la San Fernando Valley s'ouvrir sous eux ainsi qu'un énorme éventail scintillant, elle dut s'arrêter pour reprendre son souffle.

— Allons, la pressa Cándido en se penchant vers elle au moment où elle s'asseyait dans un carré d'herbes raides, on n'a pas le temps de se reposer.

Elle avait préjugé de ses forces et le sentait enfin : elle était enceinte et s'était ramollie dans sa prison près du ruisseau. Ses pieds avaient enflé. L'odeur de sa sueur l'envahissait, le bébé était comme un poids mort attaché devant elle.

— *Un momento*, murmura-t-elle en contemplant, un champ d'étoiles après l'autre (et chaque étoile y était une maison, un appartement à l'étage ou au rez-de-chaussée, la promesse d'une vie qui ne serait plus jamais aussi pénible), les constellations immobiles au fond de la Valley.

Cándido s'accroupit à côté d'elle.

— Ça va ? lui souffla-t-il et il se courba vers elle

pour la tenir, lui appuyer la tête contre son épaule comme le faisait son père lorsque, enfant chérie de Papa, elle s'était écorché le genou ou mal réveillée d'un cauchemar. Ce n'est plus très loin.

La respiration de Cándido était chaude sur ses joues.

— C'est juste là-bas, ajouta-t-il, et il lui montra un endroit où les immeubles de bureaux se dressaient comme des monolithes le long d'un rai de lumière perpendiculaire aux grandes avenues verticales qui couraient jusqu'aux ténèbres les plus lointaines de la Valley. Là, voilà. La ligne lumineuse... tu la vois? C'est le Sherman Way.

Le *Sherman Way*. Elle garda ces mots dans sa tête comme si c'était un talisman, le *Sherman Way*, puis tous les deux, ils se remirent en branle et suivirent le bord de la route qui, noire et tortueuse, se mordait la queue jusqu'en bas de la colline. Cándido connaissait tous les raccourcis de la piste raide et étroite qui plongeait dans la broussaille pour couper net dans les virages en épingle à cheveux, et toujours il lui tenait la main et l'aidait dans les passages difficiles. Soudain mal assurés, ses pieds étaient lourds comme de la pierre. Les piquants la griffaient sous sa robe, des trucs se prenaient sans cesse dans ses cheveux. Et puis, chaque fois qu'ils arrivaient sur du pavé, il y avait des voitures. Il ne faisait pas encore jour, mais elles étaient déjà là, bouts et morceaux d'un flux incessant qui s'éveillait et, spectacle sans joie, rugissait devant eux. América gardait la tête baissée et, dévorée par la peur de *La Migra* et du banal accident de la route, marchait aussi vite qu'elle pouvait.

Lorsque enfin le soleil se leva, le pire était passé. Main dans la main, ils remontaient une rue large et bordée d'arbres, et sous leurs pieds il y avait des trottoirs et, derrière, de jolies maisons avec de jolis jardins qui couraient aussi loin que portait le regard. América était radieuse, embrasée par l'excitation. Toute la fatigue des heures précédentes s'était envolée comme par magie. Accrochée au bras de Cán-

dido, elle regardait les vitrines, examinait, tel le
commissaire-priseur, les voitures garées dans les
contre-allées et les jouets d'enfants qui traînaient sur
les pelouses et chaque maison avait droit à son com-
mentaire. Elles étaient adorables, *lindas, simpáticas*,
mignonnes. Et la couleur était frappante, non ? Et les
bougainvilliers... elle n'en avait jamais vu d'aussi
luxuriants. Cándido restait muet. Il jetait des coups
d'œil dans tous les sens et avait l'air inquiet — de
fait, il l'était. Malade d'inquiétude qu'il était, et elle le
savait mais ne pouvait s'empêcher de continuer. Oh,
regarde celle-là ! Et celle-ci !

Ils débouchèrent dans un boulevard très commer-
çant, le plus grand des environs, lui expliqua-t-il, et
ce fut encore mieux. Il y avait des magasins, il n'y
avait que ça, et aussi des restaurants — c'est pas un
chinois, celui-là ? parce que c'est bien des caractères
chinois, non ? —, et un supermarché avec un parking
grand comme un terrain de *fútbol*, et trente
échoppes, au moins, qui s'entassaient tout autour.
Après Tepoztlán, et même Cuernavaca, après la
montagne d'ordures de Tijuana, après Venice et
l'enfer douloureusement feuillu du canyon, cela
tenait de la vision paradisiaque. Lorsqu'elle s'arrêta
devant le magasin de meubles avec ses canapés, ses
fauteuils, ses tapis et ses lampes tous étalés comme
dans un film d'Hollywood, Cándido fut incapable de
l'en déloger.

— Allez, il est tard ! Tu pourras regarder ces
cochonneries une autre fois. Allez, quoi ! lui lança-
t-il, en la tirant par la manche, mais rien à faire, elle
refusa de bouger.

Et resta plantée là dix minutes entières. A croire
qu'elle était tombée en transe et se moquait de tout.
L'aurait-elle pu qu'elle aurait emménagé tout de
suite dans le magasin et couché chaque soir sur un
canapé différent et non, ça ne l'aurait absolument
pas gênée que le monde entier la regarde dormir
dans la vitrine.

Canoga Park, c'était autre chose.

Plus pauvre et plus méchant, avec des boutiques

d'occasion et des magasins de pièces détachées de voitures partout, et aussi des restaurants crasseux et des *cantinas* avec des barreaux aux fenêtres, mais les gens étaient comme elle et cela lui redonna courage. Pour la première fois elle eut le sentiment qu'elle aussi elle pouvait vivre là, que c'était possible, que des milliers de gens l'avaient fait avant elle. On parlait espagnol dans les rues, espagnol et rien d'autre. Des enfants filaient à côté d'eux perchés sur des planches à roulettes et des vélos. Là-bas, un vendeur ambulant proposait des épis de maïs rôtis tout droit sortis d'un chaudron. Elle eut l'impression d'être chez elle.

Et Cándido l'emmena dans un restaurant — un étroit couloir avec cinq tabourets disposés le long du comptoir et deux tables en Formica casées dans un coin —, et elle en pleura presque de bonheur. Elle remit de l'ordre dans ses cheveux avant d'entrer — elle aurait dû se faire des nattes —, et essaya de lisser sa robe et d'en ôter la peluche.

— Mais tu ne m'avais pas dit ! lui lança-t-elle. Je dois avoir l'air d'une souillon.

— Tu es parfaite, l'assura-t-il, mais elle ne le crut pas.

Comment l'aurait-elle pu ? Cela faisait des éternités qu'elle campait dans les bois sans même un miroir de poche pour se regarder.

Le garçon était mexicain. Comme le chef qui surveillait le gril. Et le plongeur et le type qui passait la serpillière, et la grosse mama toute enflée avec ses deux *niñitos* et les cinq hommes qui soufflaient sur leur café, assis sur les cinq tabourets du comptoir. Le menu était en espagnol.

— Tu commandes tout ce que tu veux, *mi vida*, dit Cándido, et il tenta de sourire, mais l'inquiétude ne lâcha pas un instant son visage.

Elle commanda des *huevos con chorizo* avec des toasts, des vrais, des toasts comme elle n'en avait plus mangés depuis qu'elle avait quitté sa maison. Le beurre les imprégnait en fondant, y faisait de jolies mares jaunes, et sur la table la *salsa* était meilleure que la meilleure que sa mère avait jamais faite et le café bien fort et bien noir. Le sucre était enfermé dans des petits sachets, elle en versa tellement dans sa tasse que lorsqu'elle voulut le mélanger, sa cuillère y resta plantée toute droite. Cándido commanda deux œufs et des toasts, mangea comme une bête sauvage au sortir de sa cage, puis il gagna le comptoir et bavarda avec les autres clients pendant qu'América se rendait aux toilettes — sales et minuscules, mais bien luxueuses malgré tout. Elle se regarda dans la glace et, dans les gribouillis, les craquelures et autres inscriptions, découvrit qu'elle avait le teint rose et qu'elle était encore jolie et en bonne santé. Elle s'attarda sur la cuvette des WC. Puis elle se mit torse nu, se lava le haut du corps avec le savon liquide jaune et laissa couler l'eau dans le lavabo après qu'elle eut fini, bien après, rien que pour l'entendre couler.

Plus tard, Cándido se retrouva debout avec deux cents autres bonshommes sur le trottoir, où elle se fit toute petite à côté de lui. La conversation était lugubre. La récession sévissait. Il n'y avait pas de travail. Trop de gens étaient montés du Sud et si, quelque six ans plus tôt, il y avait du travail pour tous, pour le moindre boulot c'étaient aujourd'hui vingt personnes qui se battaient — et les patrons le savaient et divisaient les salaires par deux. Les hommes crevaient de faim. Et leurs femmes et leurs enfants aussi. On était prêt à tout pour travailler, et à faire n'importe quel boulot : on prendrait ce que donnerait le *patrón* et tomberait à genoux pour le remercier.

Les hommes s'appuyaient contre les bâtiments, s'asseyaient au bord du trottoir, fumaient et bavardaient en petits groupes. América les regarda comme elle avait regardé ceux du marché au travail et ce qu'elle vit lui retourna l'estomac : ils n'avaient plus d'espoir, ils étaient morts, aussi courbés, vaincus et défaits que des branches arrachées à un arbre. Elle traîna là avec Cándido pendant une heure, moins en espérant dégoter du boulot — avec deux cents bonshommes dans le coin, il était ridicule d'y songer —, que pour parler, sonder et tenter de reconnaître les lieux. Où pouvait-on s'installer? Où se trouvait le resto le moins cher? Y avait-il un meilleur coin de rue? Embauchait-on au magasin de matériaux de construction? Et de tout ce temps, une bonne heure au moins, elle ne vit que deux camionnettes s'arrêter le long du trottoir et sur les deux cents hommes qu'il y avait là seuls six y montèrent.

Enfin ils se remirent en chemin. Ils marchèrent toute la journée, remontant et descendant des rues, filant dans des ruelles, longeant des boulevards, aller et retour, et Cándido était bougon et coléreux et avait l'œil furibond. Lorsque vint l'heure du souper, rien n'était réglé hormis qu'ils avaient à nouveau faim et que leurs pieds leur faisaient encore plus mal qu'avant. Ils s'étaient assis sur un muret — trapue, la construction disait l'administration fédérale, un bureau de poste, peut-être —, lorsqu'un homme en pantalon ample et cheveux longs retenus par un filet se posa à côté d'eux. Agé d'une trentaine d'années, il portait une chemise en flanelle à grands carreaux et boutonnée jusqu'en haut bien que la chaleur ambiante tînt de la fournaise. Il offrit une cigarette à Cándido.

— Tu as l'air perdu, *compadre*, dit-il dans un espagnol aux intonations fortement américaines.

Cándido garda le silence et se contenta de tirer sur sa cigarette en regardant droit devant lui.

— Tu cherches un endroit où dormir? J'en connais un, reprit l'homme en se penchant en avant pour regarder América dans les yeux. Pas cher. Et propre. Vraiment propre.

— Combien? demanda Cándido.

— Dix dollars, lui répondit l'homme en soufflant la fumée de sa cigarette par le nez.

América vit qu'il avait un tatouage autour du cou, des petits chiffres bleus, ou alors des lettres, elle n'aurait su le dire, qui lui faisaient comme un collier.

— Par tête, précisa l'homme.

Cándido ne répondit pas.

— C'est chez ma tante, ajouta encore l'homme dont la voix s'était faite plus nasale, et suppliante, América le remarqua aussitôt. C'est vraiment très propre. Allez... quinze dollars pour vous deux.

Il y eut une pause. Des voitures passèrent devant eux en se traînant. L'air était lourd et brun, épais comme de la fumée.

— Hé, *compadre,* qu'est-ce qu'il y a? T'as besoin d'un endroit pour la nuit, non? Tu peux pas laisser cette jolie demoiselle dormir sur le trottoir! C'est dangereux, ici. C'est pas bon du tout. Il te faut un endroit. Allez, je vous fais les deux nuits pour vingt dollars, c'est vraiment pas démentiel. C'est juste au coin de la rue.

América scruta le visage de Cándido. Elle en avait marre, elle était épuisée, mais n'osait pas entrer dans la négociation. C'était une affaire d'hommes. Ils s'observaient, ils marchandaient comme on marchande à la foire. Le bébé remua dans son ventre et là, au plus profond, lui flanqua un grand coup de pied. Elle eut la nausée. Elle ferma les yeux.

Lorsqu'elle les rouvrit, Cándido s'était remis debout. Et l'homme aussi. Leurs yeux étaient impénétrables.

— Attends là, lui dit Cándido, et elle le regarda remonter la rue en boitant avec l'inconnu au pantalon ample et au filet à cheveux.

Un carrefour, deux carrefours. L'homme dominait Cándido d'une tête et avançait d'un pas vif et inquiet. Enfin ils tournèrent le coin de la rue et disparurent.

CHAPITRE 5

LE PÈLERIN DE TOPANGA CREEK

Assis en ce lieu même, aux derniers jours de l'été, en cette heure où jusqu'en ses tréfonds la terre se fendille pour boire l'infime humidité qui lui fut refusée pen-

dant tous ces longs mois d'une sécheresse annoncée, je contemple, dans mon bureau, les trésors que j'ai amassés au cours de mes diurnes randonnées — les plumes caudales d'un faucon de Cooper, un trilobite en sa pierre préservé depuis l'époque où la terre sous nos pieds était lit d'un ancien océan, les crottes d'un hibou, quelques squelettes de souris et de potorous, la mue toute fripée d'un serpent à saccophore —, et mon œil enfin se pose sur le bocal rempli d'excréments de coyote. Il est là, sur l'étagère au-dessus de mon bureau, coincé entre celui où j'enfermai jadis une tarentule mexicaine à pattes rouges et celui où dans le formol je mis à tremper une pâle chauve-souris, et ce discret bocal est rempli de tresses de poils desséchés qu'à ne pas y prêter assez attention l'observateur pourrait prendre pour de la fourrure au lieu des excréments de notre plus grand et plus astucieux prédateur, la créature même que les Indiens élevèrent au rang de Grand Escroc. Et pourquoi donc en ce jour mes yeux s'attardent là et point ne s'attachent à quelque manifestation plus spectaculaire des merveilles ô combien pléthoriques de la nature? Disons seulement que depuis quelque temps le coyote arrête beaucoup mes pensées.

Idéalement adapté à son environnement, le coyote est capable de se passer d'eau pendant de longues périodes — il sait tirer la part du lion des humeurs et liquides de sa proie —, mais il est tout aussi heureux de profiter de la piscine urbaine et de l'arroseuse des jardins. Un de ces animaux — il vit aux abords de ma résidence, haut dans les collines qui dominent la Topanga Creek et la San Fernando Valley — a ainsi appris, en toute simplicité, à ronger les conduites d'irrigation en plastique dès qu'il a envie de boire. Une fois par semaine, voire plus souvent, le malheureux ouvrier de l'entretien se trouve confronté à un véritable geyser qui jaillit de la couche de xérophytes que nous avons plantées pour contenir les incendies. Chaque fois qu'éberlué, l'homme me montre trois longueurs de tuyaux en plastique grignoté, je lui prête une paire de jumelles Bausch & Lomb grossissement 9x35 et lui enjoins de surveiller, dès le crépuscule, le périmètre arrière de nos domaines. Et naturellement, il ne lui faut pas une semaine pour surprendre le coupable en pleine action. Je lui suggère aussitôt d'enduire toutes les canalisations d'une pâte à base de piments rouges écrasés. Et ça marche. Jusqu'à ce que, pour finir, les ardeurs impitoyables du soleil affaiblissent les principes agissants de cette mixture. Dans le jour qui suit, il faut s'y attendre, le coyote va revenir.

Évidemment, une solution plus simple (et c'est celle à laquelle ont recours la plupart des propriétaires lorsqu'un de ces « loups des taillis » envahit le saint des saints de leur jardin clôturé) consiste à appeler le Service du contrôle des populations animales du comté de Los Angeles, lequel Service capture et euthanasie quelque cent coyotes par an. Cette solution, pour celui qui ardemment souhaite vivre en harmonie avec la nature, est certes et depuis toujours anathème (le coyote ne courait-il pas ces collines bien avant que l'Homo sapiens fasse sa première et très hirsute apparition sur ce continent ?), mais l'auteur que je suis en est venu à penser qu'un certain contrôle est nécessaire si nous entendons continuer d'empiéter sur le territoire des coyotes par l'impitoyable truchement de notre urbanisation. A vouloir envahir ses territoires, nous ne saurions nous étonner qu'à son tour il envahisse le nôtre.

Car le Canis latrans *est, par-dessus tout, un animal qui sait s'adapter. Cette créature qui donne naissance à quatre petits, voire moins, et peut descendre jusqu'à treize kilos de poids dans les habitats mêmes où elle sut s'épanouir, a par ailleurs étendu ses territoires jusqu'à l'Alaska dans le Nord et la Costa Rica dans le Sud, sans parler de ceux qu'elle conquit à travers tous les États de l'Union. On compte à ce jour dix-neuf sous-espèces de coyotes, bon nombre d'entre elles ayant, grâce aux sources de nourriture que nous leur fournissons par inadvertance (chiens, chats, nourritures pour animaux domestiques que nous déposons devant la porte de la cuisine dans de mignonnes assiettes en plastique, légions de rats et de souris que nos habitudes de gâchis font prospérer), engendré des individus bien plus grands et formidables que le modèle original, la portée moyenne grandissant à proportion. Et la marche à l'adaptation est loin d'être terminée. Dans ses études sur des animaux auxquels on avait passé un collier avec émetteur radio, Werner Schnitter, le célèbre biologiste d'UCLA, montre clairement que les coyotes du bassin de Los Angeles font preuve d'une activité bien moindre pendant les heures où, le matin et le soir, la circulation automobile est la plus intense. Voilà qui est tout à fait fascinant. C'en est à croire que le coyote nous observe.*

Le problème, bien sûr, est à notre porte. Dans notre cécité, et avec l'arrogance spécifique à notre espèce, nous créons un havre et les animaux tels que le raton laveur, l'opossum, l'étourneau et autres armées d'espèces indigènes et par nous introduites se ruent pour l'occuper. Le coyote urbain est plus grand que son cousin à l'état de nature, plus agressif aussi, et a moins peur de l'humain qui le cajole et encourage, qui est même si béatement inconscient des processus naturels qu'il va jusqu'à lui offrir ses restes afin de contribuer à son bien-être. Les résultats désastreux de ce genre d'attitude se remarquent à la mortalité élevée des petits animaux domestiques vivant au pied de nos collines et dans le nombre d'attaques — nombre certes encore faible, mais qui devrait inévitablement croître — perpétrées contre des humains.

J'eus, l'année dernière, la tâche infiniment triste d'interroger les parents de Jennifer Tillman, le nourrisson de six mois qui, dans le patio de leur demeure sise dans les collines de Monte Nido, fut, à quelques pas de chez moi, enlevé dans son berceau. Le coyote incriminé — une belle femelle de quatre ans avec une portée de petits coyotes — visitait régulièrement les environs, attirée là par des résidents fort mal inspirés qui lui laissaient de bons morceaux au bout de leurs pelouses.

Mais pardonnez-moi : je n'entends point vous chapitrer. Après tout, si je suis pèlerin, c'est pour découvrir des merveilles et connaître l'infini, et non point pour limiter ou tenter de contrôler ce qui ne saurait être contrôlé ou connu, ce qui toujours se cache. Qui pourrait dire le propos révolutionnaire que nourrit le coyote ? Ou l'iguane à cornes, d'ailleurs. Pourquoi faudrait-il favoriser, voire préserver le statu quo ? Et pourtant il est clair que nous devons faire quelque chose, si nous voulons garder quelque espoir de cohabiter harmonieusement avec ce très astucieux bandit de nos banlieues résidentielles. Le piéger, même si on le faisait dans chaque jardin, serait bien inutile, d'innombrables études l'ont montré. L'animal se multiplierait d'autant afin de remplacer les disparus, les femelles montant à sept petits par portée, voire huit ou neuf comme elles en sont coutumières en période d'abondance, ce qui, vu notre comportement, est à peu près tout le temps.

Aussi triste qu'il soit de le dire, le retour de bâton se prépare. Et ce n'est pas seulement les lobbies des chasseurs et des éleveurs qui exigent aujourd'hui qu'on cesse de protéger cette espèce, non c'est aussi le propriétaire de base qui a perdu un animal domestique, le citoyen qui s'informe et reste humain, le lecteur même de ce périodique qui pourtant est fort attaché à la conservation et à la préservation des espèces. Jadis qualifié de « nuisible », le coyote vit sa tête mise à prix, des primes fédérales étant distribuées à tous ceux qui en exhibaient une peau ou deux oreilles. Aussitôt l'animal battit en retraite dans les collines et les déserts. Aujourd'hui, les humains occupent ces mêmes collines et déserts, avec leurs ressources en eau (un bain d'oiseau est manne pour le prédateur), avec leurs animaux domestiques et leurs poubelles béantes, avec ce qui n'est plus qu'un lien des plus ténus avec la nature qui nous entoure. Nous ne pouvons éradiquer le coyote et pas davantage nous ne pouvons le tenir au-delà de nos barrières — quand bien même feraient-elles deux mètres quarante de haut, le pèlerin que je suis, triste, mais plus avisé aussi, ne le sait que trop. Or donc, respectez-le comme le prédateur qu'il est, gardez vos enfants et vos animaux domestiques chez vous, ne laissez traîner aucun aliment, même infime, en des lieux auxquels il pourrait accéder.

Le cou de Jennifer fut brisé aussi nettement que celui d'un lapin : ainsi procède le coyote. Mais n'allons pas pour autant juger avec des critères humains une nature qui toujours sut engendrer des parasites et des prédateurs pour chaque espèce, la nôtre comprise. Le coyote ne doit pas être condamné — il essaie seulement de résister, de survivre, de tirer profit de toutes les chances qui s'offrent à lui. Ici même, dans le confort du bureau climatisé où je suis assis, je contemple un bocal rempli de ses excréments et songe à tous les bienfaits que cet animal nous apporte, à toutes ces hordes de rats, de souris et de petits gris qu'il élimine, aux joies de la nature qu'il nous donne, et pourtant... comment pourrais-je oublier l'animal domestique qui a disparu, le soupçon qui s'installe, le nourrisson qu'encore une fois on laissera tout seul dans un patio ?

Le coyote nous presse, le coyote se reproduit pour boucher les trous, le coyote envahit tous les lieux où vivre est facile. Rusé, versatile et affamé, il l'est, et rien ne saurait l'arrêter.

CHAPITRE 6

La demeure des Da Ros tenait de l'éléphant blanc. Jamais on ne la verrait décoller sur le marché à moins d'en réduire le prix et, pour être prise sous son charme, Kyra en venait à se demander si un quelconque acheteur finirait par être aussi emballé qu'elle. Cela faisait quinze jours que personne n'y avait même seulement jeté un coup d'œil et les frais d'entretien du mastodonte commençaient à l'inquiéter. Elle avait appelé la Westec pour leur signaler les deux maraudeurs qu'elle avait surpris aux alentours de la résidence, Delaney se donnant même la peine d'envoyer un rapport au bureau du shérif, mais l'affaire était restée sans suites. La Westec avait bien effectué quelques recherches, mais rien n'indiquait que les deux hommes fussent revenus sur les lieux. On ne pensait pas davantage que la propriété servît de camping sauvage, en tout cas pas présentement, même si on avait découvert des pierres noircies dans des fourrés situés aux confins nord-ouest de la propriété. « Il n'est pas impossible que ce rond de pierres enfumées soit là depuis des éternités, lui avait fait remarquer l'officier de sécurité, et ça, il n'y a pas moyen de le savoir. »

Cette réponse ne la satisfaisant pas entièrement, Kyra avait recommandé au jardinier d'ouvrir l'œil et de lui dire tout ce qui pourrait sortir de l'ordinaire et, bien sûr, elle venait elle-même sur les lieux deux fois par jour, le matin pour ouvrir la maison et, le soir, pour la fermer. Ce qui était devenu une vraie corvée. Elle n'avait pas vraiment peur, plus maintenant, mais chaque fois qu'elle s'engageait dans l'allée, son estomac se serrait presque aussi fort que si un coup de poing lui avait coupé le souffle. Alors, elle devait se pencher sur l'ouverture du conduit d'aération du tableau de bord et inspirer l'air à petits coups jusqu'à ce que sa respiration s'apaise. Tomber sur ces deux hommes, ces errants, ces clochards, ces tout ce qu'on voulait, l'avait plus secouée qu'elle ne voulait l'admettre — beaucoup plus. Depuis toujours elle avait eu l'entier contrôle de sa vie, depuis toujours elle obtenait ce qu'elle désirait en usant de ses charmes, de sa cervelle et d'une vigilance qui, homme ou femme, aurait prostré tout autre, depuis toujours elle dominait la situation, mais, ce soir-là, elle avait vu que tout cela était bien vain.

Elle avait eu peur. Peur comme jamais. Qui sait ce qui serait arrivé si elle avait manqué d'à-propos et n'avait pas su mentir sur son mari, ce frère qu'elle avait inventé de toutes pièces et ces cocktails, bon sang de bon sang! Naturellement, il se pouvait que l'incident fût bien innocent — peut-être étaient-ils effectivement des randonneurs ainsi qu'ils le lui avaient affirmé —, mais son impression lui avait dit le contraire. En regardant droit dans les yeux le grand type, celui qui portait une casquette, elle avait compris que le pire était envisageable.

Ainsi donc songeait-elle à ces événements en remontant la route tortueuse qui conduisait à la propriété des Da Ros. Elle se dépêchait, mais le fardeau dont elle s'était chargée en sautant tout de suite sur cette affaire qu'on lui proposait l'agaçait un peu. Elle en venait presque à croire que ça n'en valait pas la peine. Surtout ce soir. Il n'était pas loin de sept heures, elle n'était toujours pas rentrée chez elle et elle avait accepté d'aider Erna Jardine et Selda Cherrystone à partir de huit heures : on ferait du porte à porte pour l'histoire du mur.

Une idée de Jack qui l'avait appelée deux jours après la mort d'Osbert, alors qu'elle était encore en état de choc. Voir son petit chien se faire emporter comme cela, sous ses yeux, et pour couronner le tout... non, ça dépassait les bornes, c'était un des pires moments qu'elle avait connus dans son existence, sinon le pire de tous. Et Jordan, alors ! Jordan qui n'était encore qu'un bébé et avait dû se taper le spectacle ? Le Dr Reineger lui avait prescrit un calmant et elle avait fini par rater une journée de travail, Jordan en profitant pour aller passer quelques jours chez sa grand-mère — il n'était pas question de le laisser seul dans la maison. Et le surlendemain donc, elle était assise à son bureau et se sentait la tête légère, comme si on lui avait rangé, pour tout l'été, son cerveau et son corps dans deux tiroirs séparés, lorsque le téléphone avait sonné.

C'était Jack.

— On m'a dit pour votre chien, lui avait-il lancé. Je suis désolé.

L'émotion l'avait étranglée, toute la scène se déroulant à nouveau, pour la millième fois, sous ses yeux : l'horrible et vicieuse bête qui filait, la clôture inutile et Osbert, le pauvre Osbert... mais elle avait lutté, et enfin réussi à lui répondre, en croassant :

— Merci.

En dire plus, elle ne l'aurait pu.

— Une honte, avait repris Jack. J'imagine ce que vous ressentez.

Et il avait poursuivi dans cette veine rituelle pendant une minute ou deux avant d'en venir à ce qui le préoccupait.

— Écoutez, Kyra, lui avait-il dit, je sais bien que rien ne vous rendra jamais votre chien et je sais aussi combien vous souffrez, mais il y a des trucs à faire.

Et il avait démarré sur l'histoire du mur. Avec Jack Cherrystone, Jim Shirley, Dom Flood et quelques autres, il avait commencé à voir le bien-fondé de l'érection d'un mur autour des domaines, non seulement pour empêcher que de tels incidents se reproduisent et tenir les serpents, saccophores et autres bestioles à distance, mais aussi pour réduire la vague de cambriolages qui depuis quelque temps frappait régulièrement la communauté et tiens, à ce propos, savait-elle donc ce qui était arrivé à Sunny DiMandia ? Elle s'était empressée de le couper :

— Combien de haut, ce mur ? Cinq mètres ? Sept ? Du genre la Grande Muraille de Chine ? Non, parce que si deux mètres quarante de clôture n'arrivent pas à les tenir à l'extérieur, je crois que vous perdez votre temps !

— On parle de deux mètres dix, en prenant en compte toutes les questions de sécurité, d'esthétique et de finances.

Elle entendait des machines de bureau qui bourdonnaient, un téléphone sonnant de temps à autre dans le lointain. La voix de Jack lui revint :

— Parpaings avec finitions en stuc, style blanc Navajo. Je sais que Delaney y est opposé par principe et n'a même pas réfléchi au problème, mais il se trouve que l'autre jour, j'ai discuté avec le grand expert ès coyotes d'UCLA et que, d'après lui, le stuc devrait suffire. C'est que, voyez-vous, et je ne voudrais pas vous rendre les choses plus pénibles qu'elles ne le sont déjà, mais quand ils ne voient pas les chiens, chats et autres bestioles qu'ils convoitent, les coyotes n'ont plus aucune raison de sauter pardessus les murs. Vous me suivez ?

Elle le suivait. Et certes, elle n'aurait plus jamais de chien, mais elle avait bien envie que ces sales tueurs de petits chiots soient bannis de sa propriété, quoi qu'il faille faire pour y parvenir. Elle avait encore un chat. Et un fils. Et si jamais les coyotes se mettaient à attaquer les gens, hein ?

— Bon, bon, Jack, avait-elle conclu. Je vous donnerai un coup de main. Dites-moi seulement ce qu'il y a à faire.

Ce soir-là, dès après avoir fini sa journée, elle s'y était mise avec Delaney. Il avait préparé une *salade niçoise* [1] et c'est vrai qu'il s'était beaucoup dépensé, allant jusqu'à y inclure des morceaux de thon fraîchement grillé et des cœurs d'artichauts marinés, mais elle n'avait pu qu'en grignoter quelques miettes. Sans Obsert et Jordan dans les parages, la maison tenait de la tombe. Les derniers rayons du soleil teignaient les murs de la salle à manger d'une couleur qui, pour elle, évoquait seulement le foie de poulet — rose que c'était, rose foie de poulet —, et dans le vase posé sur le comptoir, les fleurs, elle le voyait bien, s'étaient fanées. De l'autre côté des fenêtres, les oiseaux s'appelaient sans que le cœur y soit. Elle avait repoussé son assiette et interrompu Delaney au beau milieu d'un grand monologue qu'il tenait sur quelque petit oiseau qu'il avait aperçu sur la clôture, ce monologue étant évidemment destiné à lui faire oublier Osbert, les coyotes et autres lugubres réalités du monde naturel.

— Jack m'a demandé de l'aider pour l'histoire du mur, avait-elle dit.

Delaney en avait été surpris. Il s'était mis en devoir de couper une *baguette* [2] qu'il avait achetée à la boulangerie française de Woodland Hills, le couteau à pain était resté bloqué dans la croûte telle scie coincée dans un tronc d'arbre. « L'histoire du mur ? Quelle histoire ? » lui avait-il demandé bien qu'il sût parfaitement de quoi il était question.

Elle regarda le couteau repartir dans la mie et attendit que le pain se sépare en deux avant de répondre :

1. En français dans le texte. *(N.d.T.)*
2. En français dans le texte. *(N.d.T.)*

— Jack veut élever un mur autour des Domaines, stuc sur parpaings. Pour dissuader les cambrioleurs.

Elle marqua une pause et continua de regarder son mari dans les yeux, comme elle le faisait avec un client récalcitrant lorsqu'il fallait baisser le prix.

— Les cambrioleurs et les coyotes, précisa-t-elle.

— Mais c'est fou! s'écria Delaney dont les yeux lancèrent des éclairs derrière ses verres de lunettes.

Et sa voix montant dans les aigus tant il était excité, il ajouta :

— Si une clôture en barbelés n'arrive pas à les éloigner, comment diable veux-tu que...

— Les coyotes ne cherchent jamais à attraper ce qu'ils ne voient pas, lui assena-t-elle en jetant sa serviette à côté de son assiette.

Et les larmes lui montèrent aux yeux.

— Cette bête l'a épié! s'écria-t-elle. Là, à travers les mailles du grillage! Et ne viens pas me dire que ça s'est passé autrement!

Il agita sa tranche de pain comme on hisse le drapeau de la défaite.

— Je n'essaierai même pas, dit-il, et je suis sûr qu'il y a du vrai là-dedans. Écoute, enchaîna-t-il après avoir repris son souffle, cette affaire me chagrine autant que toi, mais il conviendrait de rester raisonnable. Si on est ici, c'est parce qu'on a envie d'être près de la nature. C'est pour cette raison-là qu'on a acheté la propriété, c'est pour ça qu'on a choisi la dernière maison du lotissement, au bout du cul-de-sac...

— Près de la nature! lui cracha-t-elle d'une voix froide et métallique. Pour le bien que ça nous a fait! Et puis, ceci pour ton information, Delaney : si on a acheté ici, c'est parce que c'était une affaire. As-tu une idée de la valeur qu'a prise cette maison depuis qu'on en a fait l'acquisition même avec le marché qu'on a en ce moment?

— Tout ce que je dis, c'est que je ne vois pas l'intérêt qu'il y aurait à habiter dans le coin si on ne voyait plus rien à quinze mètres des fenêtres. Autant vivre dans un immeuble en copropriété ou autre. Moi, j'ai besoin de pouvoir sortir de chez moi et de me retrouver dans les collines, en pleine nature... Je ne sais pas si tu as remarqué, mais c'est mon métier... c'est comme ça que je gagne ma vie, nom de Dieu! Déjà qu'avec la clôture... et ce putain de portail, tu sais combien je le déteste!

Il reposa la baguette sur son assiette sans y toucher.

— Il n'est pas question de coyotes là-dedans, détrompe-toi. C'est de Mexicains qu'il s'agit, de Mexicains et de Noirs. D'exclusion, Kyra, d'exclusion, de division et de haine. Tu crois vraiment que Jack s'intéresse aux coyotes?

Ce fut plus fort qu'elle. Elle s'était penchée en avant d'un air belliqueux et outré, elle canalisa tout ce qu'elle éprouvait sur cet homme naïf, irréaliste, faible, impossible, qu'elle avait en face d'elle: c'était lui, le coupable, lui qui, grand protecteur du coyote, du serpent, de la fouine, de la tarentule et Dieu sait quoi encore, essayait de masquer ses agissements sous un discours politique.

— Je ne veux plus jamais revoir une de ces bêtes dans ma propriété! s'écria-t-elle. Plutôt déménager! Et je le ferai! Plutôt raser toutes ces collines au bulldozer. Plutôt tout bétonner. Au diable la nature! Et la politique aussi!

— Tu es folle, dit-il, et comme son visage était laid.

— Moi? Alors là, permets que je rie! Où crois-tu donc que nous habitions? Dans une réserve d'animaux qui ne dirait pas son nom? C'est dans une communauté que nous vivons, monsieur, sachez-le donc! Dans un endroit où on élève des enfants et où on vieillit... dans des lieux fermés et hautement désirables. Comment crois-tu que va réagir le marché si jamais on apprend qu'à l'Arroyo Blanco, les coyotes s'attaquent aux nourrissons?... Parce que la suite, c'est quand même ça, non? Alors? Ça l'est ou ça l'est pas?

Il prit son air exaspéré.

— Kyra, dit-il, ma chérie, tu sais très bien qu'il ne

se produira rien de tel... L'incident de Monte Nido est une aberration, du un sur un million côté probabilités. Et encore, c'est uniquement parce que ces gens donnaient à manger aux coyotes...

— Va donc le dire aux parents ! Et à Osbert ! Et à Sacheverell aussi, d'ailleurs, parce qu'il ne faudrait pas oublier Sacheverell.

Le repas ne fut pas des plus agréables. Et le reste de la soirée non plus. Il lui interdit de travailler au comité qui s'était constitué pour ériger le mur, elle le défia. Puis elle s'empara de la salle de séjour, mit ses cassettes de relaxation en route et s'enfouit dans son travail. Et alla dormir dans la chambre de Jordan, opération qu'elle répéta la nuit suivante.

Voilà à quoi elle songeait lorsqu'elle composa le code de sécurité, attendit la clôture du portail et s'engagea dans la longue allée qu'elle connaissait si bien. Les vantaux s'étant refermés automatiquement derrière elle, l'inquiétude lui chatouilla de nouveau l'estomac, mais pas aussi fort que d'habitude — elle était trop pressée pour y prêter attention et la réaction de Delaney la préoccupait trop pour que le reste comptât vraiment. Elle avait pris la précaution déjà habituelle d'appeler Darlene à la réception du bureau pour lui annoncer qu'elle venait d'entrer dans la propriété. Les deux femmes s'étaient mises d'accord sur un délai maximum d'un quart d'heure — plus question de traîner, de rêvasser et de se laisser prendre sous le charme de la demeure. Si Kyra ne la rappelait pas dans moins de quinze minutes pour lui annoncer son départ, Darlene téléphonerait à la police. Il n'empêche : Kyra remonta lentement l'allée en se concentrant sur ce qui l'entourait — l'incident remontait à presque trois semaines, mais elle ne parvenait toujours pas à oublier l'impression qu'elle avait ressentie ce soir-là en découvrant combien elle était vulnérable dans ce lieu reculé. Et d'ailleurs, elle n'avait pas réellement envie de l'oublier. A se laisser aller, c'était dans les statistiques de la délinquance qu'elle risquait d'atterrir, côté victimes.

La maison apparut dans les arbres, toutes les fenêtres de devant frappées par la lumière du soleil. Kyra s'adoucit en la voyant. C'était quelque chose, cette demeure, il n'y en avait pas deux au monde et pour tomber sur pareil palais de rêve il fallait fermer très fort les yeux et beaucoup regarder sous ses paupières en rêvant. Éléphant blanc ou pas, jamais encore elle ne s'était approprié une résidence avec autant de passion. Elle avait vu ça mille et mille fois chez ses clients, le regard qui change, l'instant où brusquement on sait. Cet instant elle l'avait vécu et oui, la maison des Da Ros était bien celle qu'elle aurait achetée si elle avait pu agir sur le marché. Et bien sûr, monsieur Delaney, songea-t-elle encore, je l'aurais entourée d'un mur en parpaings et stuc de deux mètres dix de haut. Ç'aurait même été la première chose que j'aurais faite.

Elle effectua un demi-tour dans l'allée, puis, sa voiture ainsi remise dans le bon sens, elle scruta longuement les pelouses et les arbres plantés à l'extrémité de la propriété avant d'arrêter le moteur. Enfin elle baissa sa vitre et écouta. Tout était silencieux. Pas un souffle de vent, pas un bruit. Les buissons et les arbres se détachaient sur le fond des montagnes comme si on les y avait peints en à-plat, les montagnes semblant elles-mêmes aussi dénuées de vie que les reliefs de la lune. Elle descendit de sa voiture et prit la précaution d'en laisser la portière ouverte.

Il ne va rien se passer, se dit-elle en avançant. C'étaient des randonneurs et rien d'autre. Et même si ce n'en était pas, ils sont partis et ne sont pas près de revenir. Elle porta son attention sur les petites choses : la façon dont on avait coupé l'herbe à la main entre les carreaux de l'allée, le soin avec lequel on avait fumé les plates-bandes et taillé les buissons. Elle vit que les lauriers roses et la pervenche grimpante étaient en fleurs, ainsi que la clivie sous les fenêtres de la bibliothèque. Tout était en ordre, rien ne clochait, tout avait été pris en compte. Il ne faudrait pas oublier de faire des compliments au jardinier.

Et à l'intérieur, c'était pareil : tout semblait impeccable. Aucune zone de sécurité n'avait été violée et les lampes à déclenchement automatique s'étaient déjà allumées dans la cuisine et la salle à manger. Personne n'avait laissé sa carte d'agent immobilier sur la table de l'entrée, ce qui, comme d'habitude, la déçut encore, mais bon : aimer cet endroit n'était pas le fait du premier client venu et la maison finirait certainement par se vendre, c'était clair... surtout après qu'elle aurait convaincu Patricia Da Ros de baisser ses prix. Elle consulta sa montre, cinq minutes s'étaient écoulées. Elle fit vite le tour de la maison — inutile de se tuer à la tâche puisque personne n'avait fait visiter les lieux —, puis elle regagna le vestibule, composa le code et passa dans la véranda. Encore un petit tour par-derrière et elle pourrait rentrer chez elle.

Kyra marchait toujours à grandes enjambées, même lorsqu'elle portait des chaussures à hauts talons — telle était son allure naturelle. Au dire de Delaney, c'était même plutôt sexy parce que ça l'obligeait à onduler des hanches d'une manière exagérée ; athlétique, Kyra l'était depuis toujours, de fait elle tenait du garçon manqué et n'avait pas souvenir d'avoir jamais eu du temps devant elle. Commençant par le nord de la propriété, elle courut presque sur les dalles de l'allée, son regard se portant tantôt à droite tantôt à gauche afin de tout saisir dans les moindres détails. Il lui fallut tourner le coin arrière de la maison pour le voir et, même alors, elle crut que la lumière du soir lui jouait des tours.

Elle s'arrêta net comme un chien dont on vient de tirer sur la laisse. Hébétée au début, elle fut vite scandalisée, puis eut peur, tout bêtement. Là, en lettres d'un mètre quatre-vingts de haut dessinées à la bombe sur le côté de la maison, se trouvait un message qui lui était destiné. Peinture noire qui brillait dans le jour faiblissant, inscription en espagnol, dix lettres qui montaient et descendaient :

PINCHE PUTA

Grain de poussière qui fondait dans le ciel, le soleil était lointain, mais n'en brûlait pas moins fort. Delaney se tenait derrière le centre communautaire où il venait de travailler son jeu de raquette avec le mur nu pour seul adversaire. Assis sur les marches du bâtiment, une boîte de *Diet Coke* ruisselante de gouttes de fraîcheur dans la main, il entendit soudain un murmure de voix monter dans la salle derrière lui. On avait baissé les stores, mais la fenêtre était entrouverte et, tandis que le soleil étincelait dans les vitres et que l'inévitable vautour chevauchait les courants d'air haut dans le ciel, le murmure se fit voix, deux, bien distinctes : Jack Junior et un inconnu venaient de se lancer dans les profondes réflexions philosophiques qui souvent enflamment les adolescents lorsque l'été tire à sa fin et que l'après-midi incite à la torpeur.

— L'université de Cal State, tu dis ? demanda Jack Junior.

— Ouais. C'est tout ce que j'ai pu décrocher... avec mes notes, tu sais...

Petit ricanement. Redoublé.

— Et Northridge... tu tiendras le choc ? Non, parce que d'après ce qu'on en dit, ça serait plutôt du genre Little Mexico.

— Ouais, c'est vrai. Little Mexico sur toute la ligne, bordel de merde ! Mais tu sais ce qu'il y a de bien là-dedans ?

— Non, quoi ?

— Les gonzesses mexicaines.

— Lâche-moi, mec.

Pause. Bruits de succion. Rot qu'on réprime.

— Sans déconner... elles te font de ces pompiers !

— Lâche-moi, mec, je te dis !

Deuxième pause, plus longue, pour réfléchir.

— La seule emmerde, c'est qu'il faut faire gaffe à...

— A quoi ?

— A la règle des cinq kilos par an.

Rire timide, incertain, mais on est prêt à suivre.

— Ah ouais ?

— A seize ans — bruits de succion, pause — elles

te tuent, les Mexicaines, mais après, tous les ans elles prennent cinq kilos et finissent par ressembler à de la pâte à pain qu'a bronzé au soleil et moi, je sais pas trop qui aurait envie de coller son engin dans un truc pareil... même pour un pompier.

Delaney se remit sur ses pieds. C'était le mot de la fin : les deux jeunes gens se lancèrent dans un duo de ricanements. Mon Dieu, se dit-il, et brusquement il se sentit les jambes lourdes. C'était le fils de Jack et, fils de Jack qu'il était, élevé ici même à l'Arroyo Blanco avec tous les avantages qu'il avait, il aurait quand même pu penser autrement. Delaney marcha lentement, pour se dégourdir les jambes, en se frappant vaguement la cuisse à coups de raquette. Sauf que c'était peut-être ça le problème, et tout de suite il songea à Jordan : était-ce donc ainsi qu'il allait tourner ? Il eut la réponse avant même d'avoir formulé la question. Bien sûr que oui, et ni Kyra, ni lui, ni aucun autre ne pourrait rien y faire. C'était ça qu'il avait tenté de dire à son épouse pour l'histoire du mur — oui, ça pourrait sans doute les tenir à l'extérieur, mais il fallait aussi regarder les gens que ça maintenait à l'intérieur. Du poison, que c'était. Tout le domaine était un cadeau empoisonné, toute la Californie. Il regretta de ne pas être resté à New York.

Il se sentait aussi déprimé qu'agacé lorsqu'il s'engagea dans les rues familières, *vias*, *calles* et autres *avenidas* de son domaine privé dans les collines, de cet endroit où toutes les maisons étaient de style mission espagnole avec toit en tuiles orange, où les enfants devenaient racistes en grandissant et où les maisons prenaient de la valeur d'une manière insensée. Il était quatre heures de l'après-midi et il ne savait plus que faire de lui-même. Jordan était encore chez sa grand-mère et Kyra avait téléphoné pour dire qu'elle rentrerait tard. Après, elle irait chez Erna Jardine et passerait sa soirée accrochée au téléphone pour convaincre les gens de construire un mur, bref, il serait seul. Et il n'avait aucune envie d'être seul. C'était pour ça qu'il s'était remarié ; pour ça aussi qu'il avait bien volontiers accepté de s'occuper de Jordan, et des chiens : joies et responsabilités de la vie conjugale, il avait tout pris en bloc. Il avait vécu huit ans seul après son premier divorce et cela lui avait suffi. Ce qu'il voulait vraiment, et cela faisait au moins un an qu'il tannait Kyra là-dessus, c'était avoir un enfant à lui, mais elle refusait d'en entendre parler — il y avait toujours une autre maison à vendre, toujours une autre occasion, toujours une autre affaire à conclure. Ben tiens. Et donc il était seul, encore une fois.

Il venait juste d'entrer dans Robles et, les yeux baissés, ne se souciait plus de la chaleur tant il était amer à l'idée de ne même plus avoir la compagnie des chiens, lorsqu'il entendit quelqu'un l'appeler par son nom. Il se retourna, découvrit un homme grand et vigoureux qui venait vers lui et se dit qu'il le connaissait vaguement.

— Delaney Mossbacher ? lui demanda l'inconnu en lui tendant la main.

Delaney le salua. En dehors d'eux, la rue était déserte et prise dans le brasier du soleil qui fondait toujours au loin.

— Nous ne nous connaissons pas, dit l'homme, je m'appelle Todd Sweet, mais je vous ai vu à la réunion... celle où on a parlé du portail il y a quelque temps... et je me disais que ça serait bien de faire votre connaissance. On m'a dit que vous teniez une rubrique dans une revue sur la nature.

Delaney tenta de sourire. La réunion ? Quelle réunion ? Puis ça lui revint : c'était l'athlète à la femme en saule pleureur, le type qui s'était élevé contre la construction du portail avec tant de conviction.

— Ah oui, bien sûr, dit-il vaguement tant il était mortifié de se retrouver devant quelqu'un qui l'avait vu agiter son bout de chien sanguinolent dans tous les sens.

Puis, comprenant que ce n'était peut-être pas la réponse qui convenait, il ajouta :

— Oui, je travaille pour *Grands espaces à ciel ouvert*.

L'homme lui sourit, fut même aussi rayonnant que s'il venait de signer un contrat qui allait beaucoup les enrichir l'un et l'autre. Il portait une chemise de sport en soie avec des rayures de tigre, un pantalon bien repassé et des sandales, et, malgré les quelque quarante et un degrés à l'ombre qu'il faisait, ne semblait nullement mal à l'aise, aucune goutte de sueur ne commençant même à se former à ses tempes. Il avait l'air tout à la fois branché et pénétré, genre démarcheur de Bibles mâtiné de jazzman.

— Écoutez, Delaney, reprit-il en baissant la voix bien qu'il n'y eût personne à cent mètres à la ronde, absolument personne, pas même sur toutes les pelouses brûlées de soleil qui s'étendaient autour d'eux, pas même derrière les fenêtres dont on avait tiré les jalousies, je suis sûr que vous savez ce que nous prépare notre ami Jack Jardine...

Notre ami. Delaney ne put s'empêcher de remarquer le ton ironique qu'avait pris son interlocuteur. Il n'empêche : Jack comptait effectivement parmi ses amis et, même s'ils n'étaient pas toujours d'accord sur tout, il se sentit brusquement sur la défensive.

— Et donc, je me disais que naturaliste comme vous l'êtes... et bon écrivain, et convaincant, j'en suis sûr... vous pourriez peut-être vous opposer à ce truc. Il y aura un vote mercredi prochain et je fais du porte à porte pour conseiller aux gens de ne pas se faire avoir, je... enfin, je veux dire, nous, ma femme et moi. Non, parce que le coup du portail, ça suffit comme ça, vous ne trouvez pas ? C'est quand même dans une démocratie que nous sommes censés vivre, n'est-ce pas ? Une démocratie avec des espaces publics et des accès pour tout le monde, non ?

— Je suis absolument d'accord, s'empressa de lui répondre Delaney. L'idée de ce mur est une véritable insulte, et ça ne sera pas donné non plus, ça, c'est certain.

— Sûr... et c'est là-dessus que j'insiste auprès de tout le monde. Comme si on avait envie d'alourdir encore la facture !

S'il rayonnait quelques instants plus tôt, il en était

maintenant presque à la révérence. L'air qu'il avait pris, Delaney le connaissait bien. C'était un air de Californie, un air où, à parts égales, on trouvait la candeur et l'émerveillement, un air qui deux fois sur trois annonçait qu'on allait bientôt vous demander un petit service ou quelque argent à emprunter.

— Écoutez, dit enfin Todd Sweet, je me demandais si je ne pourrais pas faire un saut chez vous ce soir pour... et si nous écrivions quelque chose ensemble, enfin je veux dire... ça ne me plaît pas de l'admettre, mais je n'ai rien d'un écrivain...

Et alors quelque chose arriva à Delaney — là, en plein soleil et au beau milieu de la rue —, quelque chose qui, honte et peur mélangées, l'envahit, fut eau d'égout amère et acide qui en elle charriait le souvenir du Mexicain dans les buissons, de la voiture qu'on lui avait volée, de Sunny DiMandia, de Jim Shirley, de la rubrique Métro du *Los Angeles Times* et du reste. Alors, il vit toutes les hordes affamées qui attendaient à la frontière, tous les criminels et tous les tueurs des gangs dans leurs ghettos, le monde n'était plus que ça et le ghetto était sans limites — et le balancier repartit dans l'autre sens. La guerre se déchaînerait dans son living-room s'il s'opposait activement à l'érection de ce mur, et dans cette guerre ce seraient son épouse, Jack et le triumvirat Cherrystone, Shirley et Flood qu'il lui faudrait affronter. Était-il vraiment prêt à s'y risquer ? Ce mur était-il donc si important que ça ?

Todd Sweet scrutait son visage, son regard s'était fait plus dur et pénétrant et son masque commençait à tomber.

— Si c'est trop vous demander, reprit-il, enfin, je veux dire, si vous avez envie de vivre dans une ville fortifiée tout droit sortie du *Masque de la mort rouge*, c'est votre droit, mais je me disais...

Il n'acheva pas sa phrase, sa voix prenant des intonations un rien belliqueuses.

— Non, non, là n'est pas le problème, lui répondit Delaney, parce que quoi ? pourquoi ne pas défier Kyra et Jack et défendre ce en quoi il croyait vraiment ?

Mais alors il revit la voiture fantôme, celle avec les haut-parleurs qui grondaient et les fenêtres impénétrables, et il hésita.

— Écoutez, dit-il, je vous passe un coup de fil, et il se détourna pour partir.

— Sept cent treize, vingt-deux, quatre-vingts, cria Todd Sweet dans son dos, mais déjà Delaney ne l'écoutait plus tant son esprit était engourdi par l'ambivalence.

Il remonta jusqu'au carrefour sans prêter attention au monde qui l'entourait, fut lugubre, têtu et seul. Rien ne bougeait. Tout se réduisait au soleil. Puis il s'engagea dans sa rue, Piñon Drive, et s'aperçut que la vie continuait quand même : une silhouette autre que la sienne errait dans le paysage immobile et la fournaise de cette fin d'été. Sans en être certain, il pensa que c'était celle, bipède, d'un être humain et, même, d'un homme, et que cet homme se faufilait dans la brume de chaleur telle une illusion qui eût cisaillé la lumière avec ses jambes. Il portait un sac en toile blanche à son bras, Delaney le vit en s'approchant, et traversait la pelouse des Cherrystone avec la nonchalance et l'insouciance du cambrioleur — ce qu'il devait effectivement être, vu que les Cherrystone étaient partis à Santa Monica et, il le savait parfaitement, ne rentreraient pas avant sept heures. Alors il s'approcha encore et remarqua autre chose qui le frappa aussi fort qu'un coup de poing : c'était un Mexicain.

— Hé, vous ! s'écria-t-il en accélérant l'allure, je peux vous renseigner ?

Confus et l'air coupable — on l'avait pris en flagrant délit —, l'inconnu resta planté sur la pelouse et laissa Delaney monter jusqu'à lui. Et ce fut sa deuxième surprise : Delaney le connaissait, il en était sûr. Il lui fallut une bonne minute pour y arriver, il manquait quelque chose au portrait-robot, mais tout d'un coup, même sans la casquette de base-ball, Delaney le reconnut : c'était le randonneur, celui qui faisait du camping sauvage et avait gâché la première moitié d'une des pires journées qu'il avait jamais passées dans sa vie. Et même alors, même lorsqu'il le reconnut ainsi, soudain le filet s'élargit : Kyra n'avait-elle pas dit que l'homme qui l'avait menacée chez les Da Ros portait une casquette des Padres tournée à l'envers ? L'homme restait figé sur place en surveillant sa sacoche. Il ne se détourna pas de son regard, et ne réagit pas davantage.

— J'ai dit « Puis-je vous renseigner ? ».

— Me renseigner ? répéta l'homme en écho tandis que son visage s'ornait d'un sourire.

Puis il lui fit un clin d'œil et ajouta :

— Bien sûr que oui, *hombre*, bien sûr que vous pouvez me renseigner. Qu'est-ce qui se passe, mec ?

Delaney avait chaud. Il ne se sentait pas à son aise. Il était en colère. L'homme avait bien dix centimètres de plus que lui et lui faisait comprendre à quel point son attitude ne l'impressionnait guère — il se moquait de lui, il lui faisait la nique au cœur de ses terres, en plein milieu de la rue dans laquelle il habitait. Camper sur un terrain d'État était une chose, mais ce qu'il fabriquait là était bien différent. Et d'abord, qu'est-ce qu'il avait dans son sac et pourquoi traversait-il la pelouse des Cherrystone alors que ceux-ci n'étaient pas chez eux ?

— J'aimerais savoir ce que vous faites ici, lui lança-t-il d'un ton impérieux.

Puis, en continuant de regarder la sacoche et d'imaginer qu'il y avait fourré toute l'argenterie des Cherrystone, et encore leur magnétoscope et les bijoux de Selda, il précisa :

— Ceci est une propriété privée. Vous n'avez rien à faire ici.

L'homme le regarda comme s'il était transparent. Tout ça le rasait. Delaney n'était rien, à peine un problème mineur, une espèce de moucheron qui lui bourdonnait dans la figure.

— C'est à vous que je parle, reprit Delaney et, sans prendre le temps de réfléchir, il lui attrapa l'avant-bras, juste au-dessus du poignet.

L'inconnu baissa ses yeux marron sur la main de Delaney, puis passa à son visage. Dans son regard, seul le plus profond mépris se lisait. D'un geste sec et soudain, l'homme libéra son bras, se redressa et, hautain, cracha entre les pieds de son adversaire.

— Chiures! dit-il, et presque il cria.

Porté par le moment, Delaney trembla, fut pris de colère et prêt à tout. Cet homme était un voleur, un menteur, le puant occupant d'un puant sac de couchage étalé quelque part dans la forêt domaniale, un cambrioleur, un pollueur, un Mexicain.

— Assez de conneries! hurla-t-il. J'appelle la police. Je sais très bien ce que vous faites ici, je sais qui vous êtes et vous ne trompez personne.

Puis il se tourna pour chercher de l'aide, une voiture, un enfant sur un vélo eût suffi, Todd Sweet, même, mais la rue était déserte.

Le Mexicain avait changé d'air. Fini la mine sarcastique, on était passé à quelque chose de plus dur, d'infiniment plus dur. Il a un couteau, songea Delaney, un pistolet, et tout de suite il se glaça en voyant le bonhomme porter la main à son sac, fut tellement tendu qu'il lui aurait sauté dessus, qu'il l'aurait plaqué, battu à mort... lorsque sous son nez il découvrit une liasse de papiers blancs remplis de caractères imprimés.

— Brouchiures, lui jeta l'homme. Je distriboue.

Delaney recula d'un pas, fut tellement atterré qu'il en resta sans voix — que lui arrivait-il donc? qu'était-il en train de devenir? et l'homme lui fourra une brochure dans la main et reprit son chemin à travers la pelouse. Stupéfait, Delaney le regarda monter la rue et, l'épaule raide de fureur et d'indignation, glisser une brochure entre le grillage de sa moustiquaire et le montant de sa porte en bois. Alors seulement il regarda la feuille de papier qu'il tenait dans sa main. En majuscules qui occupaient tout le haut du document se trouvait l'inscription suivante:

MESSAGE SPÉCIAL
DU PRÉSIDENT DE L'ASSOCIATION
DES PROPRIÉTAIRES DE L'ARROYO BLANCO

Et tout de suite après, il lut ces mots : « Je vous invite tous à assister à la réunion de mercredi, où sera évoquée une question vitale pour le bien-être et la sécurité de tous... »

CHAPITRE 7

Le premier quart d'heure ne fut rien. Pas une fois elle ne se demanda ce qu'elle faisait sur ce mur en ciment devant la poste de Canoga Park, pas une fois même elle n'y songea. Elle était épuisée, elle avait mal aux pieds, la chaleur l'assommait et lui donnait un peu la nausée, elle s'était assise là, elle y resta comme si elle était en transe et laissa le grand et riche bouillon de la ville mijoter autour d'elle. Tant de vie l'étonnait. Les trottoirs n'étaient pas encombrés, pas comme elle l'aurait cru, pas comme au marché de Cuernavaca, ni même à celui de Tepoztlán, mais les gens y passaient quand même en un flot continu, comme s'il n'y avait rien de plus naturel au monde que d'habiter dans ces lieux. On promenait des chiens, on faisait de la bicyclette, on baladait des enfants dans des poussettes, on transportait des commissions dans de grands sacs en papier qu'on serrait sur sa poitrine, on fumait, on bavardait, on riait, on renversait la tête en arrière pour boire des boîtes rouge-blanc-bleu de *Pepsi* avec une étiquette qui disait : « Uh-huh ! »

Aussi fatiguée fût-elle, inquiète aussi, et désarçonnée, elle ne pouvait s'empêcher d'être fascinée par le spectacle qu'elle découvrait — et par les femmes qu'elle voyait, surtout ça. Elle les regardait à la dérobée, elles avaient son âge, peut-être un peu plus, et s'habillaient en *gringas,* avec des bas et des talons hauts, elle les regardait pour voir ce qu'elles portaient et comment elles se coiffaient et maquillaient. Il y en avait aussi de plus âgées, en *rebozos* et robes incolores, et des *niños* qui fonçaient sur des planches à roulettes, des ouvriers qui déambulaient en groupes de trois ou quatre, les yeux fixés sur quelque mirage lointain et inaccessible, là-bas, dans les brumes du boulevard qui n'avait pas de fin. Et la circulation... la circulation n'avait rien à voir avec ce qui passait sur la route du canyon. Ici, on se déplaçait de feu tricolore en feu tricolore en une lente et majestueuse procession où toutes sortes de véhicules se côtoyaient, le dragster, la Jaguar, la vieille Ford et l'antique Chevrolet, le mini-bus Volskwagen, et de tout petits véhicules qui filaient à côté d'elle comme poissons argentés roulant en bancs dans la mer. Après toutes ces semaines de privations, ces semaines où elle n'avait eu que des feuilles, des feuilles et encore des feuilles à regarder, la ville était comme un film qui passait sous ses yeux.

Le quart d'heure suivant ne posa pas davantage de problèmes, bien qu'elle y sentît plus de dureté, comme de petites pointes d'inquiétude qui brûlaient et soulignaient le passage de chaque intervalle de soixante secondes. *Où est Cándido ?* fut une pensée qui peu à peu s'immisça dans sa conscience, avec la variante suivante : *Qu'est-ce qui le retient ?* Il n'empêche : elle était contente d'être assise sur le mur, contente d'être enfin sortie de son cauchemar de feuilles, satisfaite, oui, ou peu s'en fallait. Les gens étaient amusants. Les voitures scintillaient. Si elle n'avait pas eu la nausée, si elle avait su où elle passerait la nuit et avait eu quelque chose à grignoter — n'importe quoi, une tranche de pain, une *tortilla* froide —, attendre n'aurait rien été, rien du tout.

Il y avait une pendule dans la vitrine d'un magasin de réparations d'appareils ménagers en face d'elle, lorsque la grande aiguille lumineuse commença à entrer dans le dernier quart de l'heure, elle se rendit compte qu'à sa nausée s'étaient ajoutés les brefs et forts pincements de la faim. Elle regarda ses pieds, vit qu'ils avaient gonflé et que les lanières de ses sandales les comprimaient (alors qu'elle les avait déjà desserrées à deux reprises) et se sentit brusquement si fatiguée qu'elle eut envie de s'adosser au mur en ciment et de fermer les yeux, juste une minute. Sauf qu'elle ne le pouvait pas, bien sûr — c'était ce que faisaient les clochards, les SDF, les *vagos* et autres *mendigos*. Mais quand même, elle y songea — s'adosser, juste une minute —, et pensa encore à son lit, celui qu'on lui avait promis chez la tante du *chicano*, et à Cándido et... mais où était-il donc passé ?

Pendant ce dernier quart d'heure un homme aux habits pleins de taches était sorti de nulle part et s'était assis à côté d'elle sur le mur. Il était vieux, avait un bouc et des yeux qui ne cessaient de la scruter derrière des lunettes recollées avec un bout de chatterton noir élimé. Elle l'avait reniflé avant même de se tourner pour le voir, là, à moins de vingt centimètres d'elle. Elle observait deux filles en jeans et hauts talons, avec des débardeurs noirs en dentelle et des cheveux ébouriffés qui tenaient avec du gel et brusquement, le vent ayant changé de direction, elle s'était crue revenue au tas d'ordures de Tijuana. Le vieillard puait l'urine, le vomi, la merde, et ses vêtements — trois ou quatre chemises, un manteau et ce qui ressemblait fort à deux pantalons enfilés l'un sur l'autre — étaient aussi saturés de graisses naturelles que plantain dans poêle à frire. Il ne la regardait pas, et ne lui parlait pas davantage bien qu'il parût entretenir une conversation avec quelqu'un qu'il était le seul à voir, sa voix tombant presque à zéro pour remonter comme une vague. L'espagnol qu'il marmonnait était si bizarre qu'elle n'en saisissait que des bribes de temps à autre. C'était avec sa mère qu'il semblait parler, avec sa mère ou le souvenir qu'il en avait gardé, avec son fantôme, sa frêle silhouette qui s'était imprimée dans la plaque éidétique de son cerveau, et il y avait vraiment de l'urgence dans le message à moitié avalé qu'il lui destinait. Il ne cessait de parler, América s'écarta un peu. Lorsque l'aiguille lumineuse toucha le douze, le vieillard avait disparu.

La deuxième heure avait commencé, elle se sentit perdue et abandonnée. Le soleil se couchait, dans le ciel la lumière faiblissante laissait des stries, du haut en bas de la rue les vitrines tremblaient comme des flaques argentées. Il y avait déjà moins de gens sur les trottoirs, et ceux qu'elle voyait ne lui paraissaient plus aussi amusants, voire seulement intéressants. Elle avait envie que Cándido revienne et rien de plus — et s'il avait eu un accident ? Et s'il était blessé ? Et si *La Migra* l'avait attrapé ? Pour la première fois depuis qu'elle s'était assise sur son mur, elle retrouvait la réalité : elle n'avait pas d'argent, elle ne connaissait personne et n'aurait même pas su retrouver le chemin de sa misérable cahute en bois dans le canyon. Et si Cándido ne revenait pas ? S'il était mort d'une crise cardiaque ou s'était fait renverser par une autre voiture ?

Une heure et demie s'était écoulée, il ne donnait toujours pas signe de vie, elle descendit du mur et prit la direction qu'avait suivie le *chicano*. Tous les deux ou trois pas elle regardait par-dessus son épaule pour voir si par quelque miracle Cándido était revenu au mur par un autre itinéraire. Elle longea des magasins d'antiquités, des endroits sinistres et sans profondeur où on avait entassé des meubles aussi vieux que lugubres, une boutique où on vendait des poissons multicolores qui nageaient dans une eau si pure qu'on aurait dit de l'air, une cafétéria aux volets fermés, un magasin de pièces détachées de voitures où tout le monde semblait s'être donné rendez-vous. Ce fut là, juste après avoir dépassé le magasin, qu'elle tourna à gauche et qu'en suivant la direction qu'avait prise Cándido, elle se retrouva dans une rue, petite mais animée, où des voitures la frôlaient pour passer à l'orange, tous amortisseurs grinçants et pneus qui hurlaient. Elle vit des groupes d'hommes dans le parking arrière du magasin de pièces détachées, *gringos* et *latinos* qui ensemble s'affairaient devant de grandes voitures aux capots relevés, avec des moteurs qui tournaient et des haut-parleurs qui déversaient tellement de musique que le trottoir en tremblait. A peine s'ils la regardèrent, et elle était bien trop timide et apeurée pour leur demander s'ils avaient vu son mari, Cándido, son mari perdu, et l'homme avec lequel il était parti.

Après il y eut une librairie, quelques vitrines, et brusquement la rue devint résidentielle.

Il faisait de plus en plus noir. Les lampadaires scintillaient. Les fenêtres des maisons commençaient à prendre des teintes rouges qui chaudement se détachaient sur les buissons ombreux, les fleurs vidées de leurs couleurs, la glycine et les bougainvilliers que la lumière faiblissante du jour éteignait sous les gris. Elle ne vit Cándido nulle part. Pas même une trace. Le bébé remuait dans son ventre et son estomac se creusait et se crispait. Elle ne voulait plus qu'une chose : être accueillie dans une de ces maisons, n'importe laquelle, même seulement pour une nuit. Les gens qui y vivaient avaient des lits sur lesquels s'étendre, des WC avec une chasse qu'on tirait, l'eau courante, chaude et froide, et avant tout ils étaient chez eux, dans des lieux qui leur appartenaient, à l'abri du monde extérieur. Mais où était Cándido ? Où était la chambre qu'il lui avait promise ? Et son lit ? Sa douche ? Tout ça était dégueulasse, vraiment dégueulasse. Pire que quand elle logeait chez son père, cent fois pire. Elle était folle d'avoir tout quitté, folle d'avoir écouté ces histoires, regardé ces films et lu ces *novelas,* folle et bien plus encore d'avoir même une seule seconde envié les femmes mariées de Tepoztlán auxquelles leurs maris donnaient tant de choses quand ils revenaient du Nord. Des habits, des bijoux, des télés toutes neuves... Ici, ce n'était pas ça qu'on avait. Ici, on n'avait que ce qu'elle vivait en ce moment même. Des rues, des clochards et du pipi qui brûlait.

Pour finir, après avoir cherché jusque dans les ruelles qui donnaient dans sa petite rue, elle regagna le mur devant la poste. Elle ne savait pas ce qui était arrivé à Cándido — elle avait même peur d'y penser —, mais puisque c'était là qu'il essaierait de la retrouver, elle devait simplement s'y rasseoir et prendre son mal en patience, un point, c'est tout. Sauf que maintenant il faisait complètement noir, sauf que maintenant c'était la nuit et que le nombre des passants s'était remis à augmenter — adolescents en bandes, hommes entre vingt et trente ans, et tous étaient en chasse. Elle n'avait personne pour la protéger, personne pour se soucier d'elle. Dans ses yeux des images revenaient, celle des brutes de la frontière, celle du demi-*gringo* avec ses yeux de diable et ses doigts crasseux qui s'insinuaient, celle du gros *patrón* avec ses mains blanches et grasses. Elle se renferma, tout au fond d'elle-même elle se retira, là où personne ne pouvait la toucher.

— Salut, poupée! lui criaient-ils en la voyant essayer de se fondre dans les ténèbres, hé! *ruca*!... Hé, sexy, *¿quieres joder conmigo?*

Il était presque minuit et elle avait somnolé — elle n'avait pas pu s'en empêcher, ses yeux se fermaient tout seuls — lorsqu'elle sentit quelqu'un lui frôler l'épaule. Elle se réveilla en sursaut — à en tomber —, il était là, Cándido. Même dans la faible et lugubre lumière qui tombait du lampadaire elle vit le sang qu'il avait sur la figure, luisant, noir, sans couleur. Ç'aurait pu être du cambouis, de la mélasse, ç'aurait pu être du goudron ou du maquillage pour quelque spectacle d'horreur dans un théâtre, mais ce n'était rien de tout cela et elle le vit aussitôt.

— Ils m'ont frappé avec quelque chose, dit-il d'une voix si rauque et pincée qu'au début elle crut qu'ils l'avaient étranglé. Une batte de base-ball, je crois. Ici.

Il porta la main à son front et toucha l'endroit où, à la racine de ses cheveux, le sang était le plus noir.

— Ils m'ont tout pris. Jusqu'au dernier centime.

Alors elle vit que sa chemise était en lambeaux et les ourlets de son pantalon aussi déchirés que si une bête sauvage lui avait rongé les jambes. *Ils m'ont tout pris.* Dans la lumière souterraine qui tombait du réverbère elle le regarda, droit dans les yeux, et se laissa envahir par ce qu'il venait de dire. Il n'y aurait ni lit, ni douche, ni même seulement de dîner. Quant à l'avenir... Il n'y aurait ni appartement, ni magasins, ni restaurants, ni jouets, couvertures et couches pour son bébé. Son esprit fonçait en avant, puis revenait en arrière, elle songea au petit bois, au canyon, à sa baraque de merde et voulut mourir.

Il avait mal à la tête, mais ce n'était pas nouveau. L'espace d'un instant, ses yeux lui avaient joué des tours, tout se trouvant doublé et redoublé, deux murs, deux fenêtres, deux lampadaires, deux, puis quatre, puis huit, puis seize, jusqu'à ce qu'il ferme les paupières et recommence à zéro. Enfin le monde ne lui avait plus donné qu'une image, et c'était déjà ça, mais son épaule l'élançait à l'endroit où il avait dû tomber dessus et Dieu sait ce qu'il avait encore. C'était comme de s'être refait écraser par la voiture, sauf que cette fois-ci, il ne pouvait s'en prendre qu'à lui-même. Comment avait-il pu être aussi bête ? Ce *chingón* n'avait jamais eu de tante. Et il était aussi salaud que le dernier des *vagos* du marché au travail, sinon pire. « Par ici, ne cessait-il de lui dire, c'est juste un peu plus loin, chez ma tante, ça va te plaire, mec, ça va te plaire. » Il n'avait pas de tante. Mais deux autres types comme lui l'attendaient dans la ruelle... et combien d'autres *mojados* avaient-ils donc déjà filoutés ? Ils savaient exactement où chercher — tous les péquenauds devaient coudre leurs billets de banque dans les revers de leurs pantalons. Où auraient-ils pu le mettre ? A la Bank of America ? Sous leur oreiller au Ritz ? Ce n'était que sa malchance de merde et rien d'autre, mais maintenant il avait mal à la tête et plus rien à lui, pas même un pantalon correct, et América le regardait comme s'il était le plus bas des plus bas sur cette terre, pas la moindre compassion dans son regard, pas même un soupçon de tendresse.

La première chose à faire était de trouver une station-service et d'amener sa femme à demander la permission d'utiliser les toilettes pour qu'il puisse s'y glisser et laver le sang qu'il avait sur la figure. Ce n'était pas trop terrible, juste une petite migraine et rien de plus... un petit mal de crâne avec beaucoup de sang autour. Le sang, il s'en foutait, mais si la police le voyait dans cet état, c'en serait fini pour lui. D'abord les toilettes, et après, quelque chose à manger. América, songea-t-il. Il avait horreur de devoir lui faire ça parce que c'était justement ce dont il

avait essayé de la protéger, mais ils allaient être obligés de se pointer à la porte d'un fast-food — Kentucky Fried, Taco Bell ou McDonald's —, la porte de
derrière, s'entend, et d'y faire les poubelles. Après
quoi, il leur faudrait trouver un endroit où dormir,
un petit truc avec des buissons autour et un bout de
pelouse, un coin calme où personne ne les remarquerait, surtout pas les fils de putes qui couraient les
rues pour la bagarre, même que lui, il en avait maintenant deux à tuer, *hijo de la chingada* et au cul le
monde !

— Bon, dit-il, et América refusa de le regarder,
bon, écoute un peu...

Et elle l'écouta. Elle était effrayée, en colère, vain-
cue, pleine de haine et de pitié, et la nausée lui montait aux lèvres : pas de lit, pas de douche, rien. La
première station-service se trouvait cinq rues plus
loin, en remontant Sherman Way, et personne ne lui
dit rien lorsqu'elle s'y pointa avec un Cándido dont le
visage en sang était comme un drapeau et le pantalon en lambeaux comme autant de bannières
déchirées flottant dans le vent. L'employé, un Nica-
raguayen, la regarda comme on regarde un étron
lorsque, sans avoir rien acheté, elle lui demanda la
clé des toilettes. Mais elle lui souriait, mais elle lui
parlait de sa voix la plus fluette... il finit par se
radoucir. Elle profita de l'occasion pour se soulager,
puis rembourrer la lanière arrière de sa sandale avec
du papier hygiénique pendant que Cándido se lavait
la figure et tamponnait sa blessure à petits coups de
serviettes en papier. Il était pâle et ses joues héris-
sées de poils raides lui donnaient l'air d'un vaga-
bond, mais, ses cheveux arrivant à cacher ses contu-
sions, il fut presque présentable lorsqu'il en eut fini.
Sauf pour sa chemise déchirée, le bas tout effiloché
de son pantalon et l'espèce de trou béant qui lui resterait à jamais sous l'œil gauche.

A deux pas devant elle il avançait et n'avait rien à
dire, et ses épaules étaient aussi droites que celles
d'un coq de combat et ses yeux avalaient tout ce

qu'ils voyaient de la rue. Les rares individus encore
dehors à cette heure — des poivrots pour la plupart
— s'écartaient sur son passage. Elle était fatiguée,
comme trouée par le désespoir, et ses pieds lui faisaient mal et son estomac toujours se refermait sur
du vide, mais pas une fois elle n'osa lui demander ce
qu'il avait l'intention de faire, ni même où ils dormiraient, mangeraient, se laveraient, vivraient, quoi.
Elle ne faisait que le suivre, engourdie, vidée, et
toutes les odeurs acides de la rue l'assaillaient
comme si on les avait distillées pour elle et pour elle
seulement. Un croisement après l'autre, ils longèrent
d'innombrables pâtés de maisons et, partis vers
l'ouest, débouchèrent dans un grand boulevard qui
courait vers le sud et le suivirent, interminablement,
ici un restaurant fermé, là un magasin de disques,
plus loin d'immenses centres commerciaux qui, faiblement éclairés, se profilaient comme des navires
flottant, noirs et neufs, dans des océans de maca-
dam. Il était très tard. Les feuilles étaient molles et
pendaient aux arbres. Il n'y avait plus que de rares
voitures.

Pour finir, juste au moment où elle croyait tomber, ils arrivèrent dans un autre grand boulevard qui
leur parut familier, péniblement familier, bien qu'il
leur semblât fort différent sous la lumière diffuse qui
recouvrait les trottoirs. La circulation y était en veil-
leuse, tous les gens décents étant depuis longtemps
allés se coucher. América n'avait jamais brillé par
son sens de l'orientation, en plaisantant, Cándido
disait souvent qu'elle se serait perdue en passant de
la cuisine à la salle de bains, mais cet endroit, elle le
connaissait, non ? Ils traversaient au feu rouge, pas
une voiture ni dans un sens ni dans l'autre, lorsque
ça lui revint : ils avaient repris la route du canyon à
l'endroit même où ils l'avaient quittée, là où dans la
journée les arbres ombrageaient les petites maisons
inaccessibles et les jardins remplis de balançoires et
de tricycles. América sentit son cœur la lâcher.
Qu'est-ce qu'ils faisaient ici ? Il n'allait quand même
pas l'obliger à remonter toute la route pour retrouver

leur misérable trou à rats! Non, ce n'était pas possible. Il était fou. Il n'avait plus sa tête à lui. Plutôt se
jeter par terre sur le trottoir et mourir, tout de suite.

Elle allait lui dire quelque chose lorsqu'il s'arrêta
brusquement devant un restaurant qu'elle n'avait pas
oublié, une petite bicoque installée sur un terrain
pavé, avec des vitres en verre dépoli, un toit bariolé
comme du sucre d'orge et, tournant autour d'un
poteau fixé dessus, un gros seau rouge et blanc tout
illuminé. Fermé, l'établissement était plongé dans
l'obscurité, mais dans l'espace qui s'étendait de part
et d'autre du bâtiment on y voyait comme en plein
jour.

— Tu as faim? lui demanda-t-il en chuchotant, et
cela faisait si longtemps qu'ils ne se parlaient plus
que sa voix lui parut étrange lorsqu'elle lui répondit
que oui, bien sûr qu'elle avait faim. Bon, reprit-il en
jetant un coup d'œil inquiet vers le haut, puis vers le
bas de la rue, suis-moi. Et surtout, fais vite... et parle
tout bas.

Elle ne réfléchissait plus. Elle était trop fatiguée
pour ça, trop déprimée. Il devait y avoir de l'étonne-
ment quelque part au fond de son cerveau, peut-être
même une manière de vague saisissement —
connaissait-il quelqu'un qui travaillait là, ou alors
allait-il piquer des trucs? des aliments qu'on livrait
tard dans la nuit? —, mais rien de tout cela ne
l'effleurant vraiment, elle se contenta de le suivre
bêtement dans la grande flaque de lumière. Ils passèrent derrière le restaurant et se retrouvèrent dans
une courette que trois palissades cachaient à la rue.
Une grande benne en métal gris s'y trouvait, juste à
côté de la porte, et dégageait une odeur telle qu'América sut tout de suite ce qu'elle renfermait.

Et Cándido l'étonna. Il s'approcha de la benne, en
rejeta le couvercle en arrière et ne remarqua même
pas la forme noire qui filait dessous avant de disparaître entre deux lattes de la clôture. Dans l'instant
elle comprit : ils allaient manger des ordures. Ils
allaient y fouiller comme les *basureros* à la décharge,
y choisir des restes puants, pleins de salive, d'asticots

et de fourmis, et les manger. Était-il devenu fou ? Avait-il perdu la raison lorsqu'on lui avait cogné sur la tête ? Même au plus bas, même à la décharge de Tijuana, ils avaient toujours eu assez de *centavos* pour acheter des épis de maïs cuits à l'étuvée et du *caldo* aux marchands ambulants. Elle se figea à l'entrée de la courette et, sans en croire ses yeux, en état de choc, elle regarda Cándido se pencher sur la benne, lâcher le sol de ses pieds et soudain battre follement des jambes pour ne pas perdre l'équilibre. La fureur la brûlait ; nourrie de toutes les cruelles déceptions qu'elle avait endurées pendant la journée, sa colère fut vite embrasement qui la chauffait à blanc ; soudain elle rentra ses ongles dans la jambe de son mari.

— Mais qu'est-ce que tu fais ? lui lança-t-elle en ayant du mal à s'en tenir au chuchotement. Mais pour l'amour de Dieu, qu'est-ce que tu fabriques ?

Ses jambes s'étaient remises à battre, elle l'entendit grogner dans les profondeurs de la benne. Quelque part sur la route, un moteur rugit, elle tressaillit et lâcha Cándido. Et si on les prenait sur le fait ? Elle en serait morte de honte.

— Pas question de toucher à ces saloperies ! sifflat-elle à l'adresse des jambes qui battaient fort, de ce gros derrière qui tremblait. Plutôt crever !

Elle fit encore un pas en avant, elle suffoquait de rage, l'odeur la frappa de nouveau et c'était celle du moisi, de la chose sale qui pourrit et se décompose. Elle aurait voulu précipiter Cándido dans la benne et refermer le couvercle, elle aurait voulu pouvoir casser des trucs, taper du poing contre les murs.

— Tu peux peut-être vivre comme ça, mais pas moi, dit-elle en essayant de ne pas parler trop fort. Je viens d'une famille respectable, bien au-dessus de ta tante et des types dans ton genre, et mon père, mon père...

Elle ne put continuer. Elle n'avait plus de souffle, elle était sans force, elle crut qu'elle allait se mettre à pleurer.

Des profondeurs de la benne monta un grognement prolongé, puis Cándido refit surface, retrouva le sol du bout des pieds, s'extirpa de la gueule de la benne comme un bernard-l'ermite émergeant de son coquillage. Il se tourna vers elle, son visage était comme repassé au gris sous l'éclat des lampes flood et dans ses bras, elle le vit, des boîtes en carton à rayures rouges et blanches débordaient, elles étaient petites et ressemblaient à des coffrets de bonbons ou de cigares. De la graisse, ça sentait la graisse. La graisse à friture qui a refroidi.

— Ton père, lui dit-il en lui tendant une boîte, est à quinze cents kilomètres d'ici.

Il regarda vite autour de lui, — ah, cet air inquiet qu'il avait ! — , se tendit un instant, puis se calma. Sa voix s'adoucit.

— Mange, *mi vida,* dit-il. Tu vas en avoir besoin pour garder tes forces.

CHAPITRE 8

Sur la côte Est, l'automne arrivait dans une grande bourrasque d'air canadien, revigorante et décisive. Les feuilles changeaient. La pluie tombait en éclats gris et froids, sur les flaques une deuxième peau se formait. Le monde fermait boutique, rentrait au chaud dans ses tanières et ses sillons, et l'équinoxe n'était pas chose ordinaire. Ici, dans les collines déla-vées qui dominaient Los Angeles, l'automne n'était jamais qu'une autre phase de l'été éternel, plus brû-lante et plus sèche, poussée à travers les canyons par des vents qui suçaient toute l'humidité du chaparral et faisaient remonter à la surface des feuilles les huiles combustibles du plus profond des branches et des brindilles. C'était la saison que Delaney avait le plus de mal à supporter. Qu'y avait-il donc à recom-mander lorsque la température tournait aux alen-tours de quarante degrés, lorsque l'humidité tombait

à zéro et que les vents chassaient de fines poussières
de granite dans les narines chaque fois qu'on sortait
de chez soi ? Quel charme y avait-il à cela ? D'autres
écrivains pouvaient célébrer les rites automnaux de
la Nouvelle-Angleterre ou des Grandes Smoky
Mountains — ah, regarder les oiseaux qui s'envolent
en formations, couper le bois pour le poêle, monter
le pressoir à cidre, traquer l'ours somnolant dans les
bois sans feuilles, dire les premières senteurs
humides de la neige dans l'air qu'on respire — , mais
ici... Que pouvait-il faire pour redonner quelque couleur aux lugubres réalités d'une saison pareille ? Oh,
bien sûr, il éduquait ses lecteurs sur la germination
qui immanquablement suit l'incendie, les extractifs
et solvants qu'on trouve dans le manzanita et les
roseaux à demi brûlés, l'apparition de substances
nutritives au cœur même de la cendre, mais que
pouvait-il faire d'une saison qui, loin d'annoncer les
douces et magiques transformations de la neige, pré-
disait l'embrasement infernal qui vaporisera tout sur
son passage et lancera de tourbillonnantes colonnes
de fumée noire comme de l'encre jusqu'à dix-huit
cents mètres dans les airs ?

Les vents soufflaient, Delaney s'était assis à son
bureau et tentait de les comprendre. Il continuait de
se documenter en vue d'un article traitant du problème des espèces introduites dans les conflits inter-
populations, mais les phénomènes climatiques sai-
sonniers devaient passer en premier. Comment le rat
palmiste réagissait-il à la chute brutale de l'humidité
dans l'air ? se demanda-t-il. Et le lézard ? Et s'il écrivait quelque chose sur le lézard, pas seulement
l'iguane à cornes, non, sur tous les lézards : le lézard
des palissades, le scinque de l'Ouest, le lézard
tacheté et le gecko à rayures ? Les vents altéraient-ils
leur conduite ? Les fluides contenus dans leurs
proies diminuaient-ils ? Passaient-ils plus de temps
dans leurs cachettes quand la chaleur était au plus
haut ? Il aurait dû aller les observer, mais la météo le
déprimait. Cela faisait des semaines qu'un système
de hautes pressions stagnait sur le Grand Bassin et

chaque jour nouveau était la réplique de celui qui l'avait précédé : torride, sans nuages, avec des vents aussi brûlants qu'une corde qui frotte. La veille, il était bien parti sur les pistes, mais avait passé l'essentiel de son temps à se mettre de la pommade sur les lèvres et à courir derrière son chapeau. La poussière lui entrait dans les yeux. Les buissons étaient si fort battus par les vents qu'ils s'aplatissaient comme sous la pression de quelque main énorme et invisible. Il avait abrégé sa randonnée, était revenu s'asseoir dans sa salle de séjour climatisée, puis, toutes les jalousies tirées, avait regardé un match de football bien sinistre où les joueurs étaient gras et donnaient l'impression de vouloir être ailleurs.

Il n'empêche : l'idée du lézard n'était pas mauvaise et méritait d'être étudiée. Il se leva et dans ses ouvrages de sciences naturelles trouva quelques merveilles sur la couleuvre à six anneaux (avec ses mâchoires elle casse les œufs des oiseaux qui nichent par terre et les gobe), le chacahuala ou iguane obèse (strictement végétarien) et le monstre de Gila [1] (il stocke des corps gras dans sa queue). Et puis, sans que cela s'explique, il songea aux vautours : de telles conditions climatiques devaient bien leur convenir. On n'avait jamais beaucoup écrit sur la buse — cela manquait de hauteur — , faire sa chronique sur ce volatile pouvait être original. Sans parler du fait que c'était leur saison par excellence, aucun doute là-dessus. Les points d'eau s'asséchaient, tout, ou presque, mourait.

Là il était, assis au cœur de la connaissance du lézard et d'analyses statistiques portant sur le taux de dégorgement du vautour nidificateur lorsque, coup de sonnette, il crut entendre une fuite de gaz sifflant, telles flatulences échappées d'un ballon, des profondeurs de la maison. Ouvrir ou ne pas ouvrir, il en débattit avec lui-même. C'était l'instant où il pou-

---

1. Nom donné à un lézard venimeux que l'on trouve le long de la Gila, affluent de la Colorado River. *(N.d.T.)*

vait être seul, celui où il écrivait, il y tenait comme à la prunelle de ses yeux, mais... qui donc cela pouvait-il être ? Le facteur ? Federal Express ? La curiosité l'emportant, il gagna la porte d'entrée.

Vêtu d'un T-shirt sale, un homme se tenait sur son paillasson, une bétonneuse et deux camions bourrés de parpaings en ciment se profilant derrière lui au bord du trottoir. Coiffé d'un casque de chantier, l'inconnu avait les bras meurtris de tatouages. Derrière lui, une équipe de Mexicains s'affairait autour des deux véhicules.

— Je voulais juste vous dire qu'on passera par ici toute la journée, lui dit l'homme, et ça nous aiderait beaucoup si vous laissiez la porte de côté ouverte.

Ils allaient passer par ici ? Le vautour et le lézard lui farcissant déjà beaucoup la tête, Delaney avait du mal à penser droit.

L'homme en T-shirt l'observait de près.

— Le mur ? lui rappela-t-il. Mes ouvriers vont avoir besoin de passer.

Le mur. Évidemment. Il aurait pu le deviner. Quatre-vingt-dix pour cent des Domaines étaient déjà enfermés derrière une muraille sur laquelle, à en mourir, des hommes à la peau sombre appliquaient du stuc sans relâche, c'était maintenant son bout à lui qu'il fallait construire, autour de son jardin sans chien, pour l'incarcérer, pour lui cacher la vue... pour le protéger à son corps défendant. Et il n'avait rien fait pour s'y opposer, rien du tout. Il n'avait donné aucune suite aux messages de plus en plus frénétiques que Todd Sweet lui avait laissés sur son répondeur, il ne s'était même pas rendu à la réunion décisive pour y voter alors que Kyra... Le mur était devenu sa mission, elle avait mis tout son zèle de vendeuse à le promouvoir, à remplir des enveloppes de tracts, à passer des coups de fil, à travailler en pleine harmonie avec Jack et Erna afin de s'assurer que les Domaines resteraient un sanctuaire immaculé et qu'aucun animal terrestre, à deux ou quatre pattes, ne pourrait jamais y entrer sans invitation.

— Bien sûr, dit-il, bien sûr, et il conduisit l'homme jusqu'au portail latéral dont il tira la targette avant de le maintenir ouvert à l'aide d'une pierre qu'il gardait expressément pour cet usage.

Le vent fouettant les arbres, deux pets d'âne (en fait, et cette importation était bien malheureuse, il s'agissait de chardons russes) traversèrent le jardin avant de s'accrocher à la clôture inutile. Une bourrasque soudaine lui expédiant une poignée de poussière dans la figure, Delaney en sentit les grains sous ses dents.

— Veillez à bien le refermer quand vous aurez fini, dit-il à l'homme en lui montrant vaguement la piscine de la main. Il ne faudrait pas qu'un enfant vienne se balader par ici.

L'homme lui adressa un petit signe de tête indifférent, se tourna et cria quelque chose en espagnol. Dans l'instant, toute son équipe se mit en branle. On grimpa dans les camions, des cordages tombèrent des chargements, des brouettes surgirent du néant. Delaney ne savait plus que faire. Pendant un instant il resta figé près de son portail comme s'il accueillait des amis, comme si c'était à la baignade ou à un barbecue qu'il les conviait. Sobrement les hommes défilèrent devant lui. L'œil rivé par terre et l'épaule chargée de pioches, de pelles, de sacs de stuc et de ciment. Bientôt il commença à se sentir mal à l'aise, il n'était pas à sa place, il avait pénétré chez lui par effraction, il fit demi-tour, rentra dans la maison, traversa le vestibule, franchit la porte de son bureau, se rassit et regarda si longuement et fixement des photos de buses qu'à la fin les oiseaux parurent bouger sur la page.

Il essaya de se concentrer, mais en vain. Le bruit était constant, courant souterrain de cris inintelligibles, de moteurs ronflants, d'outils qui se heurtaient dans les grincements incessants de la bétonneuse, tout cela sur les rythmes fluets d'une radio branchée sur une station mexicaine. Il eut l'impression d'être assiégé. Dix minutes après s'être assis, il gagna la fenêtre et regarda comment se transformait son jardin. Le mur était terminé jusqu'à la maison voisine, celle des Cherrystone. De l'autre côté, les ouvriers travaillaient encore trois maisons plus bas, chez Rudy Hernandez, mais le nœud coulant se resserrait. Quelques semaines plus tôt, ils avaient fait courir une ficelle tout autour des propriétés et commençaient maintenant à creuser tout contre la clôture de deux mètres quarante de haut qui, il le voyait bien, était condamnée à disparaître. Elle n'avait jamais servi à rien de toute façon et chaque fois qu'il la regardait il pensait à Osbert. Et à Sacheverell.

Ils devraient donc se contenter de payer pour la faire abattre — encore des dépenses — , mais ce n'était pas ça qui l'agaçait. Ce qui le chagrinait vraiment, ce qui le mettait tellement en colère qu'il aurait fait campagne contre le mur malgré tout ce que Kyra et Jack pouvaient en dire, c'était qu'il n'aurait plus d'accès direct aux collines — même pas un portillon, rien. L'Association des propriétaires s'était dit que le mur serait plus sûr s'il ne s'y trouvait aucune brèche, sans même parler du fait que le moindre portail coûtait fort cher. Et lui, là-dedans ? S'il voulait aller se promener dans le chaparral ou étudier le lézard, le gobe-mouches, voire le coyote, il serait contraint d'escalader le mur ou d'aller jusqu'au portail de devant et de refaire tout le chemin à l'envers. Ce qui, c'était clair, ne favoriserait guère la spontanéité.

Il se rassit à son bureau, se releva, se rassit à nouveau. Le vent faisait trembler les fenêtres, les ouvriers criaient, de la musique *ranchera* dansait dans les interstices du mur avec une joie folle et minuscule. Travailler était impossible. A midi, les fondations étaient terminées, quelque vingt centimètres de béton commençant à dessiner une ligne autour de la propriété. Comment aurait-il pu travailler ? Comment aurait-il pu même y songer ? On était en train de l'emmurer, de l'enterrer vivant et il ne pouvait absolument rien y faire.

Lorsque Kyra vint enfin le chercher pour qu'il l'aide à fermer la demeure des Da Ros pour la nuit, il avait tout de la bête en cage. Il en voulait à son épouse de devoir l'accompagner jusque là-bas sept soirs sur sept, mais l'incident du graffiti ne lui laissait guère le choix. (Et là, il songea à l'enfoiré aux « brouchiures » et cela ne fit qu'attiser sa fureur.)

— J'espère que tu es contente, dit-il en se glissant sur le siège à côté d'elle.

Joyeuse et pleine de petits bavardages, Kyra portait sa plus belle tenue immobilier de pointe et ne pensait qu'à son travail, sa Lexus déjà prête à s'animer sous ses doigts et à jouer, massivement, les outils à optimiser le marché. Il faisait noir. Le vent cognait aux vitres.

— Quoi ? lui renvoya-t-elle en toute innocence. Pourquoi cette tête ? J'ai fait quelque chose ?

Il regarda par la vitre et fulmina tandis qu'elle enclenchait la marche arrière, sortait de l'allée et descendait Piñon Drive.

— Le mur, dit-il. Il est déjà monté, enfin... aux trois quarts. Ils l'ont construit à un demi-millimètre de la clôture.

Ils étaient passés sur la route de l'Arroyo Blanco, Kyra adressa un petit signe de la main au crétin qui gardait le portail. Tel était le rituel qu'ils observaient tous les soirs à six heures tandis que leur dîner les attendait sur la cuisinière et que, déjà gavé, Jordan s'asseyait devant la télé de Selda Cherrystone : ils franchissaient le portail, remontaient dans les collines, puis redescendaient l'allée sinueuse qui conduisait à la demeure des Da Ros, sortaient de la voiture, pénétraient dans la maison, jetaient un bref coup d'œil dans le jardin de derrière et revenaient aux Domaines. Delaney détestait. Delaney lui en voulait. Kyra lui faisait perdre son temps, comment pouvait-elle espérer qu'il lui prépare un repas décent alors que, chaque soir, elle le faisait courir après des fantômes ? Laisser tomber la propriété, voilà ce qu'elle aurait dû faire, s'en débarrasser, confier à quelqu'un d'autre le soin de s'inquiéter pour les fleurs, les poissons et les Mexicains planqués dans les buissons.

— Bon, bon, dit-elle en haussant les épaules et gardant les yeux fixés sur la route. On demandera à Al Lopez d'enlever la clôture. Elle ne nous servira plus à rien (puis la culpabilité la prenant, elle contre-attaqua)... Si tant est qu'on en ait jamais eu besoin.

— Je ne peux même plus sortir de mon jardin, dit-il.

Elle lui sourit, calmement. Le vent soufflait. Des brins de paille et quelques chardons filèrent dans le faisceau lumineux des phares.

— Sur la banquette arrière, reprit-elle. Un cadeau. Pour toi.

Il se retourna pour regarder. Une voiture arrivait derrière eux, les phares du véhicule illuminant son visage. Sur la banquette arrière, il y avait un escabeau, un mètre de haut, en aluminium, le genre d'engin dont on se sert pour accrocher des rideaux ou changer l'ampoule dans l'entrée. Elle était comme nichée dans le cuir du siège, un gros nœud en satin rouge collé sur le devant.

— Je t'ai apporté la solution, dit-elle. Dès que tu as envie de sortir, tu te hisses là-dessus et ça y est.

— Ben, tiens, dit-il. Et les remparts, hein? Et l'huile bouillante?

Elle ignora ses sarcasmes et continua de fixer la route, le visage serein et l'expression bien maîtrisée.

Évidemment, elle avait raison. S'il fallait qu'il y ait un mur — et la tyrannie de la majorité faisant, il le fallait, 127 pour, 87 contre — , il serait bien obligé de s'y habituer et l'escabeau était effectivement l'expédient le plus simple. Vision éphémère, il s'imagina soudain en haut du mur avec son sac à dos de jour, et il lui vint alors que ce mur n'était peut-être pas une si mauvaise chose, une fois les petits bleus à l'orgueil effacés. Non seulement il tiendrait les cambrioleurs, violeurs, graffiteurs et autres coyotes à l'écart des Domaines, mais il empêcherait encore tous les Dagolian de la région d'aller vagabonder dans les collines. Jack et Selda Cherrystone se hisser

par-dessus pour aller faire un petit tour le soir ? Pas
vraiment. Ni même Doris Obst ou Jack Jardine. Il
aurait les collines à lui tout seul, et la nature serait sa
réserve privée. L'idée le taquina, puis le ravit, mais
de là à l'admettre... Pas à Kyra en tout cas, pas
encore.

— Je n'ai aucune intention de me hisser, lui dit-il
enfin en mettant autant de venin qu'il le pouvait
dans son infinitif. Je veux juste me promener. Tu
sais bien... à pied ?

Il n'y avait personne chez les Da Ros. Ni voleurs de
sacs, ni croque-mitaines, ni agents immobiliers ou
acheteurs. Comme elle l'y obligeait tous les trois ou
quatre soirs, Kyra lui fit faire le tour de la maison,
lui en vanta les mérites comme si elle essayait de la
lui vendre, de but en blanc il lui dit qu'elle ferait
mieux de laisser tomber.

— Ça fait quoi ? dit-il. Neuf mois que personne n'a
même seulement mordu à l'hameçon ?

Ils se trouvaient dans la bibliothèque où les six
mille tranches des livres reliés en cuir, et tous
avaient été soigneusement choisis, brillaient chaudement dans la lumière des torchères, Kyra pivota sur
les talons et lui renvoya qu'il n'y connaissait absolument rien en affaires, surtout quand ces affaires
avaient à voir avec l'immobilier.

— On tuerait pour une occasion pareille, lui dit-
elle, littéralement. Avec une propriété aussi unique,
il faut parfois attendre longtemps avant que l'acheteur idéal se présente... Et il y en aura un, je peux te
l'affirmer. Je le sais. Je le sais parfaitement.

— On dirait que tu essaies de t'en convaincre.

Une rafale secoua les vitres. Les vents de Santa
Ana étaient à la force maximum, les bassins à koï
seraient bientôt encombrés de débris naturels. Kyra
lui fit son plus grand sourire — ce soir, rien ne pouvait entamer son moral — lui prit les deux mains et
les leva en l'air comme s'ils s'apprêtaient à danser.

— Qui sait ? lui dit-elle, et il préféra passer à autre
chose.

En revenant, ils s'arrêtèrent chez Gitello pour

acheter des petits trucs pour le festin qu'ils avaient
prévu de faire le jeudi suivant, jour de Thanksgiving.
Ils avaient invité les Cherrystone et les Jardine, plus
la sœur et le beau-frère de Kyra (avec leurs trois
enfants), sans oublier Madame Mère qui, elle, viendrait de San Francisco en avion. Ils avaient déjà
dépensé deux cent quatre-vingts dollars au Von de
Woodland Hills, où tout ou presque était moins cher,
mais la liste des petits riens avait pris des propor-
tions qui inspiraient le respect. Kyra se chargerait de
la cuisine, Delaney tenant le rôle de sous-chef cuisinier et la bonne, Orbalina, étant dépêchée au grand
ménage. Le repas serait traditionnel : dinde rôtie aux
marrons avec sauce aux abats, purée de pommes de
terre et de navets, compote de canneberges, asperges
à l'étuvée, trois vins de Californie et deux français,
soupe de courge, salade de légumes verts de plein
champ pour commencer, fromages, granité maison
pamplemousse-nectarines, risotto de noisettes et
crème brûlée pour le dessert, expresso, café viennois
et armagnac.

Delaney sortit la liste préliminaire des plis de son
portefeuille tandis que brutalement Kyra franchissait la porte du magasin et choisissait un caddie.
La liste donnait le vertige. Ils avaient, entre autres
choses, besoin de crème fouettée, de pousses de
carottes, de sirop épais, de doucette, de cinq livres de
sucre pâtissier, de vinaigre balsamique, de céleris en
branche et de câpres, et encore de charcuterie, de
cœurs d'artichauts marinés, d'olives grecques et de
caponata pour l'antipasto qu'elle avait soudain
décidé de préparer. En la suivant dans les allées
familières, en la regardant examiner telle ou telle étiquette sur une boîte d'huîtres ou sur une autre de
champignons dans leur jus, il sentit sa mauvaise
humeur se dissiper. Tout allait bien, tout. Kyra était
belle. Kyra était sa femme. Il l'aimait. Pourquoi ron-
chonner, pourquoi passer encore une nuit sur le
canapé ? Le mur était là, présence physique qu'on ne
pouvait nier, et ça marchait dans les deux sens : pour
et contre lui. Il lui suffirait d'être un peu intelligent

pour s'en faire un allié. Thanksgiving était arrivé, il était temps de se montrer reconnaissant.

Il se rapprocha d'elle, il la toucha, lui offrit conseils et suggestions, inhala le parfum riche et complexe de son corps et de ses cheveux tandis que, jusqu'en haut, elle remplissait son caddie de paquets irrésistibles, de choses qu'il leur fallait, de choses dont ils étaient à court, de choses dont ils pourraient avoir ou ne jamais avoir besoin. Corne d'abondance, débordement, tout était là, tous les fruits de la terre rassemblés, emballés, déployés pour leur bénéfice, pour eux, et pour eux seuls. Se trouver dans ces lieux lui faisait du bien. Il se sentait mieux, tellement mieux même qu'il avait du mal à se contenir. Comment avait-il pu laisser une querelle aussi mesquine les séparer ? Il regarda son épouse choisir un bocal de *relish* [1] aux piccalilli et se pencher pour le déposer dans son caddie, et la tendresse le submergea comme une vague. Soudain ses mains furent sur les hanches de sa femme, déjà il l'attirait vers lui et l'embrassait, là, sous une bannière de *Diet Pepsi*, dans la pleine lumière où, avec caddies et enfants, le regard vide et la mine concentrée, les autres consommateurs les regardaient. Et Kyra l'embrassa en retour, enthousiaste — on irait plus loin, c'était promis.

A la caisse, une autre surprise l'attendait.

— Vous voulez votre dinde ? lui demanda la fille après avoir totalisé ses achats — cent six dollars et trente-neuf *cents*, bah, pourquoi pas ?

La caissière avait les yeux noirs, des cheveux laqués qui se dressaient en l'air et des sourcils dessinés au crayon à maquillage. On aurait dit une gamine délurée dans un film muet. Elle mâchonnait du chewing-gum en le faisant claquer dans sa bouche et, surexcitée, flottait au gré d'une abondance infinie.

— Ma dinde ? répéta Delaney. Quelle dinde ?

1. Condiment aux cornichons pour accompagner les saucisses grillées. *(N.d.T.)*

La leur était déjà dans le frigo, neuf kilos deux cent treize, nourrie en liberté, tuée de frais.

— C'est une offre spéciale. Juste cette semaine, reprit-elle en un trille essoufflé qui se perdit dans l'amas de chewing-gum rose dont il avait aperçu un bout lorsqu'elle avait ouvert la bouche pour lui préciser que l'offre était « spéciale ». On a droit à une dinde de six kilos pour tout achat dépassant cinquante dollars. Une dinde par client.

— Mais on a déjà... commença-t-il, mais Kyra l'interrompit.

— Oui, dit-elle en levant les yeux de dessus son miroir de compact, merci.

— Carlos ! cria la caissière en se tournant vers les lointaines et fluorescentes lueurs du rayon boucherie, au fond du magasin. Tu m'apportes encore une dinde, s'il te plaît ?

Cándido Rincón, non plus, n'appréciait pas beaucoup la saison. Qu'il fasse chaud, que le vent souffle et que la sueur sèche sur la peau presque avant de sortir des pores était bel et bon, idéal même — mais si seulement tout cela pouvait durer indéfiniment, si seulement le soleil voulait bien lui accorder deux ou trois mois de plus. Mais il le savait, à force de souffler les vents s'épuiseraient bientôt, puis ce serait le ciel qui, là-bas, très loin sur l'océan, noircirait, pourrirait et s'en viendrait mourir sur la plage. Il ne sentait pas encore les pluies, mais elles arrivaient, ça aussi il le savait. Les jours étaient tronqués. Les nuits étaient froides. Où donc son fils allait-il naître ? Dans un lit avec un médecin pour surveiller l'accouchement ? Dans une hutte où il pleuvrait ? Où il n'y aurait que lui, Cándido, avec une casserole d'eau et un couteau rouillé ?

Il remontait la piste pleine d'ornières pour aller au marché et rien de tout cela ne lui plaisait. América était restée en bas et déprimait — il avait beau la supplier, elle ne voulait plus quitter l'abri. Comme une folle elle était assise sur son gros ventre et se balançait d'avant et d'arrière en se chantonnant des choses à elle-même. Elle lui faisait peur. Quoi qu'il fît ou lui apportât — revues, vêtements, nourriture, il lui avait même donné des chaussons et un hochet pour le bébé — , toujours et encore elle le regardait d'un air égaré, comme si elle ne le reconnaissait pas, ou ne le voulait plus. C'était le ravin, il le savait. La défaite d'avoir dû y redescendre et recommencer à y vivre comme des *vagos* après les promesses de ce jour qu'ils avaient passé à Canoga Park, la cafétéria, les WC avec une chasse, toutes les richesses qu'ils avaient aperçues, les maisons avec des voitures devant et le calme et la sécurité à l'intérieur. Elle avait eu une crise de nerfs pire que tout — même quand ils erraient dans les rues de Tijuana, même lorsqu'ils s'étaient retrouvés dans les endroits les plus vils. Il avait déjà vu des femmes sombrer dans l'hystérie, mais là, c'était tout autre chose. Ça ressemblait à une attaque, c'était comme si on l'avait ensorcelée, comme si on lui avait jeté un sort. Elle ne se levait plus. Elle refusait de marcher. Elle n'avait même pas voulu avaler les bouts de poulet qu'il lui avait dégotés, des morceaux — parfaitement mangeables — de Kentucky Fried Chicken que les *gabachos* avaient jetés sans y toucher. Il avait été contraint de la traîner jusqu'au campement, parfois même en se battant avec elle. Oui, la situation était désespérée. Oui, ils avaient tout perdu. Oui, il n'était qu'un crétin et un menteur, oui, il avait encore trahi sa femme. Mais il fallait bien qu'ils se débrouillent, non ? Il fallait bien qu'ils survivent. Comment pouvait-elle ne pas le voir ?

Mais elle ne le voyait pas. Les premiers jours elle était restée assise là, immobile, catatonique. Il partait faire les poubelles pour manger, il partait chercher du travail, ramasser les boîtes de bière qui traînaient sur les bas-côtés de la route pour récupérer la consigne — une poignée de nickels et de pennies, ça ne lui rapportait guère davantage — , et quand il rentrait, que ce fût deux, six ou huit heures plus tard, elle était toujours au même endroit, exactement

comme il l'avait laissée, dans la même posture parfois. Elle ne lui parlait plus. Elle refusait de faire la
cuisine. A force de ne plus se laver, ni le corps ni les
cheveux, elle s'était mise à puer comme un sans-abri,
comme un animal, comme un cadavre. Son regard
l'éventrait. Il se demandait s'il ne la haïssait pas déjà.

Jusqu'au jour où il avait rencontré le Señor Willis.
Le hasard, le coup de bol au lieu de la malchance.
Dans les quinze jours qui avaient suivi la folie de
Canoga Park, il avait trouvé du travail en faisant le
pied de grue devant la poste avec quelques autres (ils
étaient déjà moins nombreux), et en prenant garde à
ne pas se faire prendre par les Services de l'immigration ou quelque vigile *gabacho*, en les défiant, oui,
mais avait-il le choix ? Le marché au travail avait disparu. Quelqu'un était venu y planter des poivriers —
des perches en bois d'un mètre quatre-vingts à deux
mètres de haut avec de la verdure en haut et des
tuyaux en plastique noir qui couraient d'arbre en
arbre comme un câble de sauvetage. Car c'était bien
ça qu'était devenu le marché au travail : des arbris-
seaux fichés dans le sol et de la terre morte, bordel !
Or donc, il s'installait devant la poste et tentait sa
chance en respirant fort chaque fois qu'une voiture
ralentissait — était-ce du boulot ou bien l'arrestation ? — , et un matin tard, il faisait une chaleur à
hurler, peut-être était-il même deux heures de
l'après-midi, une vieille Corvair défoncée à la masse
était entrée dans le parking comme un oiseau arthri-
tique et là, derrière le volant, il avait vu un type dans
le même état que sa bagnole, un vieux Blanc à la poitrine creuse et aux bras en peau de tortue, avec des
poils qui lui sortaient des narines et des oreilles. Il
était resté sans bouger, à regarder Cándido avec ses
yeux d'un bleu-gris aqueux, ses yeux tellement déformés par les verres de ses lunettes qu'ils ne ressemblaient plus à des yeux mais à des bouches, à des
bouches folles, à des bouches gris-bleu et grandes
ouvertes. Il était saoul. Ça se voyait à dix mètres.

— Hé, *muchacho*, lui avait-il crié par la fenêtre
côté passager où il y avait encore des bouts de verre

cassé, comme des dents qui affleuraient ici et là dans le vide du cadre, *¿ Quieres trabajar ?*

Il plaisantait. Ce n'était pas possible autrement. Ils avaient dû virer les vieux *gabachos* des asiles pour aller tenter les honnêtes gens, c'était sûrement ça, et Cándido sentit ses mâchoires se serrer de haine et de colère. Il ne bougea pas un muscle. Resta planté en l'endroit, comme un piquet.

— *Muchacho,* reprit le vieil homme au bout d'un moment, et le vent, l'infatigable vent de Santa Ana, lui avait si fort pincé la voix qu'on ne l'entendait presque plus, *¿ Qué pasa ? ¿ Eres sordo ?* Tu es sourd ? J'ai dit : tu veux travailler ?

Et la voiture avait grondé et pété dans son tuyau d'échappement déglingué. Le vent soufflait. Dans les yeux du vieillard, les bouches l'appelaient. Bah, et puis quoi ? s'était-il dit, qu'est-ce que j'ai à perdre ? Et il avait fait le tour de la voiture et s'était penché à la portière côté conducteur.

— Quel travail ? lui avait-il demandé en espagnol.

Il y avait une bouteille sur le siège à côté du vieil homme, non, deux : une de vodka avec une étiquette rouge et du liquide clair, et une autre avec la même étiquette, mais remplie d'un fluide jaunâtre qui, il l'apprit plus tard, était de l'urine. Le vieil homme ne sentait pas bon. Quand il ouvrait la bouche pour sourire, on ne lui voyait que trois dents, deux en bas et une en haut.

— Bâtiment, lui avait-il répondu, de la construction. T'es costaud du dos, tu bosses pour moi. Tu fais pas chier, tu gagnes huit dollars de l'heure.

Huit dollars ? Il plaisantait ? Oui, c'était de la blague. Ce n'était pas possible autrement.

— Monte, avait-il repris, et Cándido avait refait le tour de la voiture, qu'avait-il à y perdre, avait ouvert la portière d'un coup sec — elle s'était coincée — , et s'était glissé sur le siège, à côté des deux bouteilles bouchées, la claire et la teintée.

Tel était le Señor Willis et, à l'épreuve, le Señor Willis se révéla bien surprenant. De fait, Cándido n'avait pas eu pareille surprise depuis qu'il avait quitté Tepoztlán avec sa jeune épouse de dix-sept ans. La Corvair prit la route du canyon à quarante-cinq kilomètres à l'heure. L'avant de la voiture oscillait et crachouillait, les pneus gémissaient, la fumée noire sortait du tuyau d'échappement en nuages si épais que Cándido se demanda si le véhicule n'était pas en feu, mais non, ils parvinrent au sommet de la côte et, un virage après l'autre, redescendirent dans Woodland Hills, où le Señor Willis s'arrêta devant une maison de la taille de trois maisons et d'où sortit le propriétaire, un *gringo* sans cheveux qui lui serra la main. Tel était le Señor Willis.

Cándido travailla jusqu'à la nuit, faisant tout ce que lui disait le Señor Willis, un coup il fallait soulever ceci, un autre tirer sur ça, un autre encore aller chercher une pince, un marteau, la visseuse électrique et deux boîtes de carreaux dans le coffre de la voiture. Le Señor Willis refaisait une des six salles de bains qui équipaient la grande maison silencieuse, on aurait presque dit un hôtel tant il s'y trouvait de plantes en pot, de somptueux tapis persans et de fauteuils en cuir — et le Señor Willis était un vrai génie. Un génie vieillissant, sans doute, un génie qui buvait, certes, un génie au bout du rouleau, un génie en ruine et fort décrépit, mais un génie tout de même. Il avait en son temps bâti des centaines de maisons, des quartiers entiers, et pas seulement en Californie, non, jusqu'au Panama où il avait appris un espagnol tellement atroce que Cándido retrouvait le sentiment qu'il avait lorsque, enfant à l'école, il entendait sa maîtresse racler ses ongles sur le tableau noir pour réveiller ses élèves.

Avec le Señor Willis, Cándido travailla une semaine entière, mais un jour tout s'acheva, et le vieil homme disparut et se saoula pendant une semaine. Mais Cándido avait enfin de l'argent et acheta des choses à sa femme pour essayer de lui redonner le moral, des petites gâteries chez l'épicier, du pain blanc et des sardines à l'huile — et dans l'ancien petit bocal de beurre de cacahuète les économies pour l'appartement avaient recommencé à grossir. Quinze jours passèrent. Il n'y avait plus de travail. *La Migra,* la rumeur le disait, avait pincé six hommes devant la poste, ses agents patrouillant maintenant dans une voiture banalisée noire, tout bêtement noire au lieu de ce vert à dégueuler qu'on reconnaissait à deux kilomètres. Cándido avait évité de se montrer pendant quelque temps. Il tapait dans la cagnotte. América était comme une étrangère et grossissait de jour en jour, devenait même si énorme qu'il craignait de la voir exploser — elle dévorait tout ce qu'il lui rapportait et en voulait toujours plus.

Il montait jusqu'en haut de la côte. Il se plantait devant la poste et feintait la police. Mais où était donc passé le Señor Willis ? Il était mort, c'était sûrement ça. Il devait dormir dans sa voiture parce que sa femme le faisait tellement suer qu'il ne la supportait plus, et boire à la bouteille claire et pisser dans l'autre, à soixante-seize ans, avec une hanche foutue et un cœur qui battait quand il voulait, qui donc y aurait résisté ? Il était mort. Évidemment. Mais un après-midi brûlant et torturé par le vent, un après-midi où il désespérait de jamais retravailler, la Corvair était revenue, soudain avait reparu sur la route tel un mirage, et le Señor Willis se tenait devant lui, avec un œil tout bleu et tellement gonflé qu'on eût dit un déguisement de farces et attrapes greffé sur sa figure.

— Hé, *muchacho,* avait-il dit, on a du boulot. Monte.

Trois jours de travail. A installer de nouveaux portails à suspension dans une vieille clôture en fer autour d'une piscine et à remplacer les dalles. Puis le Señor Willis s'était remis à boire, puis il y avait eu encore du travail et maintenant, maintenant qu'ils avaient presque cinq cents dollars dans le bocal, il avait un mois de boulot devant lui, un énorme chantier, agrandir le living dans l'appartement d'un jeune couple de Tarzana et qu'est-ce qu'il y avait de mal à ça, bon sang ? América aurait dû bondir de joie. Ils allaient sortir de leur trou d'un jour à l'autre, ils allaient emménager dans un appartement où le

Señor Willis pourrait venir frapper et hop, Cándido n'aurait plus qu'à sauter dans la Corvair pour aller bosser, finis les ennuis avec *La Migra* qui ramassait les gens dans la rue. Mais América ne bondissait pas de joie. De fait, elle ne bondissait même pas du tout. Elle ne bougeait plus. Elle restait plantée au bord du ruisseau qui se mourait et là, tout près de la mare qui rétrécissait, elle enflait, devenait grasse et perdait la vie.

Cándido remonta la côte. Il était inquiet, il l'était toujours, mais bon, la vie avait des hauts et des bas et cette fois-ci ils remontaient, comment aurait-il pu en douter ? Il échafaudait des plans dans sa tête et lorsqu'il dépassa le gros rocher en forme de souche où il avait rencontré l'espèce de fumier de demi-*gringo* avec sa casquette à l'envers, il s'interdit de même seulement y penser. Il n'y aurait de travail ni aujourd'hui ni demain. C'était congé, le Señor Willis le lui avait dit, quatre jours de vacances, ils n'attaqueraient le grand chantier que le lundi suivant. De quel congé s'agissait-il au juste ? De celui de Thanksgiving, lui avait dit le Señor Willis, *El Día de las Gracias*, *El Tenksgeevee.*

Pourquoi pas ? Il aurait préféré travailler, déposer sa caution pour un appartement, n'importe lequel, n'importe où, et faire sortir sa femme de son trou, mais à soixante-quatre dollars par jour, ça pouvait attendre une semaine de plus — du moins l'espérait-il et priait pour que ça se fasse. América allait bientôt accoucher — elle ressemblait à une saucisse qu'on n'a pas fendue et qui gonfle sur le gril — , mais là, il ne pouvait rien y faire. Certes, il était resté planté devant la poste toute la matinée durant et personne n'était venu, absolument personne, à croire que brusquement tout le monde avait fui le canyon, mais maintenant il remontait la colline, il était trois heures de l'après-midi, et s'en allait chercher du riz, des tomates pelées en boîte, un carton de deux litres de lait pour sa femme et peut-être bien une ou deux bières, de la *Budweiser,* ou de la *Pabst Blue Ribbon* dans sa grande bouteille marron d'un litre, pour

fêter *El Tenksgeevee*. Il avait enfin relevé la tête pour
marcher. *La Migra* ne travaillerait sûrement pas
aujourd'hui, pas le jour d'*El Tenksgeevee*, quelle
bande de gros culs paresseux quand même! Mais
comment en être certain? Ç'aurait bien été dans leur
genre de ramasser des gens quand on s'y attendait le
moins. Il n'y avait pas beaucoup de circulation —
plus que dans le courant de la matinée, mais ce
n'était rien à côté d'un jour travaillé. Il traversa la
rue — en faisant attention, très attention — , se faufila dans le labyrinthe de caddies et de véhicules
garés au hasard dans le parking, pénétra dans le
magasin du *paisano* et se baissa pour prendre un
panier en plastique rouge à l'entrée.

Identique à lui-même — rien n'y avait changé —,
l'endroit lui était maintenant aussi familier que l'épicerie de son village, mais il n'en montait toujours
aucun parfum de nourriture, pas même un relent qui
se fût égaré, comme si l'odeur du bifteck, du fromage
ou de la sciure de bois fraîche avait quelque chose
d'obscène. La lumière brillait d'un éclat mort.
Comme toujours les clients avaient le visage d'un
blanc immuable et lui adressaient les mêmes regards
méprisants et dégoûtés. Ou plutôt, non, ils n'étaient
pas tout à fait pareils : ils avaient revêtu leurs plus
beaux habits pour fêter *El Tenksgeevee*. Il trouva
l'allée des légumes en conserve et la parcourut en se
disant qu'il prendrait sa bière à la dernière minute
pour qu'elle reste fraîche le plus longtemps possible.
Même qu'il la prendrait tout au fond de l'armoire
réfrigérante pour avoir la plus glacée. Dans l'air il
sentit l'odeur du film d'emballage en plastique, du
Pine-Sol et des produits désodorisants.

Il traîna autour du frigo à bière, resta planté un
moment devant l'armoire à la porte embuée pour
comparer les prix et regarder les bouteilles ambrées
qui, éclairées par-derrière, rougissaient et l'invitaient
— une? deux? se disait-il, América n'en boirait pas,
c'était mauvais pour le bébé, sans parler du fait qu'à
en boire, elle oublierait peut-être combien elle était
éternellement et implacablement en colère... Et par

négligence lui accorderait un bref sourire? Non, elle
n'en boirait pas. Quant à lui... une bouteille suffirait
à le détendre sur les bords, des petits doigts lui cré-
piteraient dans la cervelle et lui masseraient le mauvais côté de sa figure, mais deux... Deux serait génial,
deux, ça serait Thanksgiving. Il ouvrit la porte et
laissa l'air frais jouer un moment sur son visage, puis
il tendit le bras jusqu'au fond et choisit deux grandes
bouteilles d'un litre, de la *Budweiser, the King of
Beers*.

Il était à la caisse et ne pensait à rien — le visage
impassible, il était reparti à Tepoztlán, au-dessus du
village les *cerros* rocheux s'élevaient derrière un
rideau de pluie qui luisait et les plantes en étaient
toutes luxuriantes et les champs croulaient sous le
maïs, la saison sèche hivernale venait juste de commencer, c'était le meilleur moment de l'année, et pas
davantage il ne prêtait attention aux *gringos* qui faisaient la queue devant lui, deux d'entre eux étaient
bien bruyants, déjà ils fêtaient leur congé et portaient des chemises criardes dont ils avaient ouvert
le col et des vestes aux épaules étroites.

— Une dinde? s'écria l'un d'eux en anglais et dans
sa voix il y avait de l'amusement, de la moquerie
même, et Cándido leva les yeux en se demandant ce
qui se passait. Qu'est-ce que vous voulez qu'on fasse
d'une dinde?

L'homme qui avait parlé était âgé d'une vingtaine
d'années. Sûr de lui, il avait les cheveux longs et des
bagues qui brillaient fort sur ses doigts. L'autre, son
compagnon, avait six petits anneaux plantés dans le
lobe de l'oreille.

— Prends-la, lui dit-il. Allez, Jules, ils doivent se
gourer. Prends-la, mec. C'est une dinde. Une putain
de dinde, mec!

Ils bloquaient la file. Des têtes commencèrent à se
tourner. Cándido, qui se trouvait juste derrière eux,
étudiait ses pieds.

— Tu vas la faire cuire? demanda le premier.

— La faire cuire? Tu crois qu'elle tiendrait dans
un four à micro-ondes?

— C'est bien ce que j'disais! Qu'est-ce que tu veux qu'on foute d'une dinde, bordel?

Alors le temps parut ralentir, se cristalliser, tout retenir dans cet interminable instant où, en ce jour de Thanksgiving, il était trois heures de l'après-midi dans la lumière morte du magasin, sous les regards aiguisés, comme de chats, des *gringos* qui attendaient.

— Et ce mec-là, hein? Il a une gueule à avoir besoin d'une dinde. Hé, mec (et Cándido sentit un doigt lui rentrer dans l'épaule, leva les yeux et découvrit toute la scène : les deux types bien habillés, leur sac en plastique rempli de provisions, la caissière exaspérée avec ses cheveux laqués qui se dressaient sur sa tête, et le gros oiseau, là, le *pavo* dans son drap de peau blanche, glacé, gisant telle une brique sur le tapis roulant noir), tu veux pas une dinde?

Il se passait des choses. Ils étaient en train de lui demander quelque chose, ils lui montraient la dinde et lui demandaient... qu'est-ce qu'ils lui demandaient? Qu'est-ce qu'ils lui voulaient? Paniqué, Cándido regarda autour de lui : tout le monde l'observait.

— No espick Ingliss, dit-il.

Le type le plus près de lui, celui qui avait des anneaux à l'oreille, éclata de rire, bientôt imité par le premier.

— Ah, mec, dit-il, ah mec! et son rire s'enfonça dans Cándido comme une lame de couteau.

Pourquoi fallait-il toujours qu'ils fassent des trucs pareils? se demanda Cándido, et son visage s'assombrit.

Mais déjà la caissière s'en mêlait :

— Monsieur, dit-elle, je ne crois pas que ce soit possible. La dinde n'est donnée qu'au client qui a acheté. Si ce monsieur, ajouta-t-elle en montrant Cándido d'un geste sec de ses doigts aux ongles peints, totalise cinquante dollars d'achats, il aura droit à sa dinde, exactement comme vous. Mais si vous, vous ne voulez pas de votre...

— Putain de Dieu, dit le premier, une dinde ! et il pouffait si fort que les mots avaient du mal à sortir de sa bouche, quelle idée !

— Hé là ! Faudrait voir à bouger ! lança, en fronçant les sourcils, un grand Noir tout au bout de la queue.

L'homme aux anneaux secoua ses longs cheveux, regarda le Noir et lui fit un énorme sourire.

— Ouais, ouais, dit-il enfin en se tournant vers la caissière, je la veux, ma dinde, et pendant que Cándido se détournait des yeux et des mines lubriques du bonhomme, la dinde trouva le chemin d'un sac en plastique et y disparut.

Mais les deux hommes ne s'en allèrent pas pour autant, pas tout de suite. Ils se tinrent à côté de la caissière et la regardèrent totaliser les achats de Cándido sans cesser de sourire comme des morts, puis, lorsque Cándido tenta de leur passer devant — il ne voulait pas d'ennuis, oh, que non, pas maintenant, jamais, jamais — , le premier souleva la grosse dinde de six kilos et la laissa tomber dans ses bras et Cándido ne put faire autrement que de la saisir, que de plier sous le poids mort et glacé du volatile dur comme de la pierre, et presque il en laissa choir ses bouteilles de bière, ses très précieuses bouteilles, et il ne pigeait toujours pas.

— Joyeux Thanksgiving, mec ! lui lança le type aux anneaux, et déjà ils avaient ouvert la porte et, leurs grandes jambes de *gringos* cisaillant l'air, ils filaient au loin en laissant entrer de l'air chaud dans le magasin.

Cándido n'en revenait pas. Immobile, il regarda tous ces visages blancs qui le regardaient et essaya de se figurer ce qui venait de lui arriver. Enfin il sut et accepta la situation comme il eût pu avaler un morceau de viande sans l'avoir coupé, d'une seule bouchée, parce qu'il était bel et bien là, piqué sur les dents de sa fourchette. Il nicha l'énorme boule gelée de la dinde au creux de son bras, franchit la porte du magasin à toute allure et traversa le parking avant qu'on puisse lui reprendre son cadeau. Quelle chance! se dit-il en descendant la route à petits bonds. Quel bonheur, quel coup de génie! Enfin quelque chose qui allait dérider América, ça allait marcher, la peau qui craque et croustille en son jus et d'abord il ferait de la braise, un feu d'enfer, et après il laisserait retomber les flammes et là, sur le lit de charbons ardents il ferait rôtir le *pavo* à la broche, lentement, il se tiendrait tout à côté, il tournerait la broche jusqu'à ce que la peau soit dorée tout autour et il n'y aurait pas une seule tache de brûlé dessus.

Il dévala le sentier et non, rien ne le gênait plus maintenant, ni sa hanche, ni sa joue, ni même le vent dans sa figure, il ne pensait plus qu'à la bière, qu'à la dinde et à sa femme.

— Glaviou, glaviou, glaviou! lança-t-il en traversant la mare pour gagner l'endroit où elle était assise comme une statue sur le sable, glaviou, glaviou, glaviou! devine un peu ce que ton *papacito* t'a trouvé!

Et elle sourit. Oui, elle sourit en voyant la bête qu'on avait débarrassée de sa tête, de ses pattes et de ses plumes avant d'en faire une énorme boule de viande, de la viande de dinde, un vrai festin pour deux. Et elle but une gorgée de bière lorsqu'il lui tendit sa bouteille, lui palpa le biceps lorsqu'il lui raconta l'impossible histoire de la dinde, et déjà les flammes montaient, le vent les aspirait de plus en plus haut en se ruant dans le canyon et... devait-il quitter le sable, sa bière, América et tous les oiseaux dans les arbres et toutes les grenouilles qui coassaient au bord de la mare pour aller remettre du bois sur le feu? Il se remit debout. Le vent attisa les flammes et les flammes rugirent. Tout le long du ruisseau il chercha du bois, frottant les grosses branches des arbres contre leurs troncs afin qu'elles cassent, et chaque fois qu'il revenait pour alimenter le brasier, il trouvait América en train de bercer la dinde comme si c'était son enfant, d'en pétrir les chairs froides et de se battre pour lui enfiler un gros bâton de bois vert dans le derrière. Oui, lui disait-il, c'est comme ça qu'il faut faire, et heureux il l'était,

comme jamais, jusqu'au moment où, arrachant le
feu à son lit de braises, le vent, dans un rugissement
digne de tous les fourneaux de l'enfer, soudain fit
danser les flammes à la cime des arbres.

TROISIÈME PARTIE

Socorro

CHAPITRE 1

— Mais ça n'est qu'à quelques rues d'ici, disait-il au miroir embué de la salle de bains, tandis que, derrière lui, Kyra essayait des vêtements dans la chambre.

Il s'était essuyé les cheveux avec une serviette et maintenant il se rasait. Même avec la porte du vestibule fermée, il sentait l'odeur de la dinde, toute la maison étant comme vivifiée par l'arôme du volatile qui en cuisant le renvoyait à ses souvenirs d'enfance, au vaste appartement de ses grands-parents de Yonkers, au bouquet de fumets qui soudain l'assaillaient dans l'escalier, devenaient de plus en plus forts au fur et à mesure qu'il grimpait les trois volées de marches et brusquement lui explosaient dans la figure quand enfin sa grand-mère lui ouvrait la porte et se tenait debout devant lui avec son tablier. La boulangerie française aux premières heures du matin, le bon restaurant, le barbecue, les clams qu'on fait cuire sur la plage — rien n'avait jamais senti aussi bon.

— Ça me semble un peu idiot de prendre la voiture, enchaîna-t-il.

Kyra s'encadra dans le montant de la porte de la salle de bains. Elle portait une combinaison noire et s'était remonté les cheveux.

— Dépêche-toi, tu veux ? lui dit-elle. J'ai besoin de la glace et oui, on prendra la voiture, bien sûr qu'on

la prendra... avec le vent qu'il fait? Mes cheveux
s'envoleraient dans tous les sens!

Dans la salle de séjour, Jordan regardait une
retransmission en différé de la grande parade des
magasins Macy cependant qu'Orbalina se dépêchait
de mettre la table et de nettoyer les détritus culinaires accumulés dans la cuisine et que la mère de
Kyra, Kit, se refaisait une beauté dans la chambre
d'amis. Delaney écarta les lattes de la jalousie. Il faisait beau et chaud, et le vent régnait en maître.

— Tu n'as pas tort, lui concéda-t-il.

En ce temps-là il portait toujours un costume, une
cravate et un manteau, même quand il n'avait que
cinq ou six ans, ainsi que les photos en noir et blanc,
jaunies, l'attestaient. C'est vrai qu'à cette époque-là,
on était plus à cheval sur le cérémonial. Sans
compter qu'il faisait froid. Il y avait déjà de la glace
sur les étangs et le vent qui montait de l'Hudson
mordait fort. Mais aujourd'hui... qu'allait-il donc se
mettre pour aller au cocktail chez Dominick Flood?
Il enfouit son visage dans sa serviette, gagna la
chambre en traînant les pieds et fouilla dans sa penderie en écartant des vêtements à droite et à gauche.
C'était en Californie qu'on était, après tout : enfiler
des cuissardes et s'affubler d'un haut-de-forme
n'aurait ému personne. Pour finir, il choisit un pantalon ample en coton blanc et une chemisette de
sport que Kyra lui avait achetée. Ce dernier article
lui faisait de grands carreaux bordeaux et blancs sur
la poitrine, et dans chaque carreau bordeaux
d'innombrables silhouettes de petits jockeys blancs
bondissaient, faisaient des génuflexions et s'adon-
naient à divers exercices d'échauffement dont on saisissait mal la logique. Californien en diable, tout ça.

Il devait bien y avoir cent personnes chez Dominick Flood. Il était deux heures de l'après-midi, les
parasols claquaient au-dessus des tables installées
dans le jardin de derrière. Un quatuor à cordes avait
pris place sous l'auvent qui donnait de l'ombre dans
le bureau, et cet auvent lui aussi claquait sous la
bourrasque. La plupart des invités s'étaient massés

près du bar, derrière lequel deux hommes en smoking et cravate rouge manipulaient des bouteilles avec une aisance toute professionnelle. A gauche du comptoir, le long du mur intérieur et courant jusqu'au fond de la pièce, se trouvait une table où s'étalait assez de nourriture pour gaver les hôtes d'au moins six festins de Thanksgiving, un cochon de lait rôti, avec une mangue dans la gueule, y trônant tout entier à côté de homards encore bouillants et entourés d'assiettes multicolores remplies de sushi et sashimi. Resplendissant dans un costume de lin blanc dont le pantalon s'évasait aux chevilles afin de dissimuler la petite boîte noire à lui prêtée par le Service de surveillance électronique du comté de Los Angeles, Dominick en personne se tenait dans l'entrée où, un verre à pied serré dans la main, il accueillait ses invités. Delaney poussa adroitement Kyra et sa belle-mère dans la foule afin de les lui présenter.

— Ah, Delaney! s'écria Dominick en lui prenant fort théâtralement la main avant de concentrer son attention sur Kyra et sa mère. Madame Mossbacher, sans doute. Et vous êtes...?

— Kit, lui lança celle-ci en lui prenant la main à son tour, Kit Menaker. J'arrive tout droit de San Francisco.

C'est alors que le quatuor passa à l'attaque, sciant férocement jusqu'au cœur certain morceau de musique discordante et moderne — les interprètes avaient le visage tendu contre les assauts du vent et les clameurs indifférentes de la fête, Delaney n'écouta plus la conversation. Cinquante-cinq ans, blonde et divorcée, la mère de Kyra avait les jambes et le nez de sa fille et, présence exagérée où qu'elle se trouvât, était la femme la plus coquette qu'il avait jamais rencontrée. Bientôt, c'était clair, elle allait s'enrouler autour de Dominick Flood ainsi qu'une liane, avec une acuité déconcertante elle aurait tôt fait de deviner sa condition de célibataire et, très certainement, l'inviterait à leur petit repas au cours duquel elle serait déçue, voire un rien choquée de découvrir la chaînette noire qu'il avait autour de la cheville, mais, bien sûr, en serait d'autant plus mise en appétit.

— Oui, entendit-il Kyra dire, mais je n'étais encore qu'une fillette à cette époque-là.

Et Kit se mit à pouffer à perdre haleine, son rire évoquant le cri de guerre.

Delaney s'excusa et dériva vers la nourriture, en attrapant certes des petites choses ici et là — jamais il ne résistait au plaisir d'avaler un morceau de thon *ahi* ou de grignoter un friand aux coquilles Saint-Jacques pourvu qu'il fût bon et là, tout était excellent, il n'y avait rien de mieux — mais en veillant à ne pas trop manger avant le festin proprement dit. Il sourit à deux ou trois inconnus, marmonna des excuses après avoir bousculé une femme qui s'était penchée sur la carcasse du cochon, échangea quelques propos badins sur le temps qu'il faisait, regarda le barman lui verser un verre de bière, mais non, il n'était pas tranquille. Il n'arrêtait pas de voir la dinde disparaître dans les flammes, les pommes de terre se transformer en masse de ciment frais, Jordan sombrer dans l'ennui et tarabuster constamment Orbalina afin qu'elle lui serve du lait chocolaté, une part de flan, un bol de Nouilles Minute ou un verre de jus de fruits. Quant aux invités... Il n'avait pas encore vu les Jardine et les Cherrystone (dont il entendait pourtant les tonitruantes basses monter dans le jardin de derrière), mais il était sûr qu'ils se gaveraient au cocktail et repousseraient leurs assiettes une fois chez lui. Delaney n'était pas très doué pour le plaisir, pas dans ce genre de situations en tout cas, il resta un instant planté au milieu de la cohue, respira un grand coup, baissa les épaules pour se calmer, puis tourna la tête à droite et à gauche afin de s'éclaircir les idées.

Il se sentait perdu et nerveux, voire un rien coupable de pareillement s'imbiber en début d'après-midi, même en ce jour dédié au relâchement, lorsqu'il sentit qu'on lui frôlait le coude. Il pivota et découvrit, en un grand déploiement de sourires, les visages de Jack, d'Erna et Jack Junior qui se tenaient derrière lui.

— Delaney, chantonna Jack en traînant sur la dernière syllabe de son prénom comme s'il avait du mal à la laisser filer, tu as l'air perdu.

Jack s'était mis sur son trente et un. Costume trois-pièces, chemise blanche amidonnée à petits boutons, cravate nouée. Son épouse qui, félinesque et mammue, insistait toujours pour qu'il l'embrasse sur les deux joues (ainsi procédait-on en Europe et de ses petits poings immanquablement elle le serrait contre elle jusqu'au moment où elle obtenait pleine et entière satisfaction), elle aussi s'était mise sur son trente et un. Delaney remarqua qu'elle portait une robe de soirée du type suaire en satin noir et qu'elle s'était parée d'environ soixante-cinq pour cent de ses bijoux. Jack Junior lui-même, et il avait pourtant enfilé des baskets et arborait ses boucles d'oreilles et sa coiffure idiote, s'était également bien habillé, d'un veston de sport qui accentuait les jeunes renflements de ses épaules et d'une cravate qu'il avait dû hériter de son père.

— Perdu? Oui, je le suis, reconnut Delaney en souriant et levant sa bière. Il est un peu trop tôt pour boire, enfin... pour moi. L'alcool et moi, tu sais... sans parler du dîner à six plats qui m'attend et que vous allez adorer, j'en profite pour vous le dire. L'antique Nouvelle-Angleterre au cœur de la Californie. Enfin, au moins le vieil État de New York...

— Calme-toi, Delaney, ronronna Erna, c'est Thanksgiving. Profite de la fête.

Jack Junior lui adressa un sourire macabre. Il dépassait tout le monde d'une tête. Il s'excusa d'une voix fêlée, puis se rapprocha du cochon de lait tel incube de la chaîne alimentaire.

— Le courrier des lecteurs de ce mois-ci semble indiquer que tes lecteurs t'en veulent pour ton article sur les coyotes, reprit Jack et, comme par magie, un verre de vin se matérialisa dans sa main.

Erna sourit à Delaney, puis par-dessus son épaule adressa un petit signe de la main à quelqu'un.

On pouvait faire confiance à Jack pour aller droit
à l'abcès. Delaney haussa les épaules.

— Oui, dit-il, il faut croire. J'ai reçu une trentaine
de lettres, la plupart très critiques, mais pas toutes et
c'est déjà ça. J'ai dû toucher un nerf sensible.

De fait, ces réactions l'avaient surpris. Jamais
encore il n'avait suscité — provoqué? — plus d'une
demi-douzaine de lettres, et toutes provenaient de
biologistes un rien hautains qui le reprenaient sur sa
description du xérus à pattes noires ou lui repro-
chaient d'appeler telle ou telle plante par son nom
vernaculaire plutôt que par son appellation scienti-
fique. Tous ces lecteurs, hommes, femmes et
enfants, fermement attachés à la préservation de la
nature, avaient cru qu'il prônait un contrôle strict du
nombre des coyotes et certes la mort d'Osbert le bou-
leversait encore lorsqu'il avait rédigé son papier,
mais jamais il n'aurait pensé aller pareillement à
l'encontre de l'*environmentally correct*. A la dixième
lettre, il s'était assis pour relire son article. Deux fois.
Et non, il n'y avait rien décelé de répréhensible. On
ne l'avait pas compris, un point c'est tout... Personne
n'était arrivé à lire sa chronique dans l'esprit où il
l'avait écrite. Ce n'était pas du tout le contrôle des
populations qu'il prônait — l'histoire prouvait à quel
point c'était futile et il s'était donné la peine de l'indiquer. Ce n'était pas le coyote qu'il fallait condamner,
mais bien l'homme — ne s'était-il pas fait
comprendre clairement sur ce point?

Les lèvres légèrement tirées en arrière pour qu'on
pût voir l'éclat ô combien stratégique de son émail
dentaire, Jack souriait encore. Delaney traduisit le
message. On était sceptique, ironique mais à peine,
on voulait faire entendre au juge, aux membres du
jury et aux procureurs que la question était toujours
pendante.

— Alors, Delaney, où en est-on? On remet en
place les pièges et les quotas ou non? Tu as perdu
deux chiens, combien de nos gens ont-ils, eux aussi,
perdu des animaux domestiques? demanda-t-il en
lui montrant la pièce, la maison et la communauté
en général d'un grand geste de la main.

— C'est vrai, dit Kyra en se glissant derrière son mari et en le prenant par le bras, et c'est justement pour ça que nous nous sommes disputés sur la question du mur, et quand je dis « disputés », c'était plutôt la guerre ouverte, tir à vue et feu à volonté.

Jack partit d'un petit rire, comme Erna. Delaney réussit à se fendre d'un sourire lugubre tandis que, tout un chacun se saluant, le quatuor, déjà au *con fuoco*, montait aux extrêmes de la frénésie.

— Non, sans plaisanter, reprit Kyra qui ne voulait pas en démordre, vous ne vous sentez pas plus en sécurité maintenant ? Jack ? Erna ?... Delaney ?

Et, s'étant tournée vers son époux, elle ajouta :

— Allons, reconnais-le !

Il rougit. Haussa de nouveau les épaules. Dans sa main, le verre de bière était aussi lourd qu'un boulet de canon.

— Je sais reconnaître mes défaites, dit-il, mais déjà Erna Jardine s'était empressée de répondre à sa place : « Bien sûr que nous nous sentons plus en sécurité, bien sûr. Le mur est à peine fini, mais je respire mieux de savoir que jamais plus je n'aurai de serpents à sonnette... ou de cambrioleurs dans mon garage. »

Puis elle lui coula un regard inspiré, précisa : « Oh, je sais que ça ne veut pas dire qu'on peut baisser la garde, mais quand même... ça fait une barrière de plus, n'est-ce pas ? » Elle se pencha vers Kyra et, sur le ton de la confidence, murmura :

— Et pour Shelly Schourek, tu sais ? Jusque chez elle qu'ils l'ont suivie. Jusqu'en bas de Calabasas !

La fête continua. Delaney rongeait son frein, il but une autre bière. Jack Cherrystone les rejoignit et les gratifia du synopsis, plutôt farcesque, d'une bande-annonce qu'il venait de terminer pour un énième film genre vision apocalyptocyberpunk de Los Angeles au XXIe siècle. On se rassembla autour de lui lorsque, ayant laissé les tonnerres ordinaires de sa voix de tous les jours, il passa aux hystéries à renverser les montagnes de celle qu'il utilisait dans son travail.

— Ils faisaient du trafic de bébés! rugit-il. Ils mangeaient leurs rejetons et l'amour se muait en un péché irréparable.

Ses yeux lui sortaient de la figure. Il secouait ses bajoues et agitait les mains comme s'il venait de les tremper dans de l'huile. C'était un vrai spectacle et entendre tant de voix sortir d'un aussi petit corps fit rire Delaney et rire encore, jusqu'au moment où il sentit quelque chose se détendre en lui malgré toutes les dindes trop cuites, les pommes de terres mucilagineuses et autres désastres culinaires qu'il craignait encore. Il finit sa deuxième bière et se demanda s'il ne ferait pas bien d'en prendre une troisième.

Il devait alors être aux environs de quatre heures de l'après-midi — jamais il ne put dire exactement l'heure qu'il était tant les événements qui s'étaient ensuivis avaient été frénétiques, mais il se souvenait d'avoir consulté sa montre à ce moment-là en se disant qu'il allait bientôt devoir s'excuser s'il voulait vraiment arriver à servir ses invités à six heures. Après, les sirènes avaient retenti, après, le premier hélicoptère avait tranché l'air au-dessus de leurs têtes, et quelqu'un avait sauté sur une table et hurlé :

— Au feu! Le canyon est en feu!

Kyra s'amusait bien. Delaney avait sans doute l'air constipé et tirait ce qu'elle appelait sa mine-de-veille-d'examen en passant en revue les moindres détails de leur repas de fête — la fermeté de la dinde, l'état de l'argenterie et Dieu sait quoi d'autre encore —, mais elle rendait coup pour coup et, non, n'avait aucun souci en tête. Tout est en ordre, ne cessait-elle de lui répéter, ne t'inquiète pas. Cela faisait des jours et des jours qu'elle avait tout organisé — il ne leur faudrait guère que réchauffer deux ou trois petits plats au four à micro-ondes et déboucher les vins. Elle avait déjà fini son jogging quotidien, et fait ses quarante longueurs de bassin en plus (s'attendant à prendre quelques calories superflues), les fleurs coupées avaient gagné leurs vases et la dinde son four, et

Orbalina était plus que capable de se débrouiller de n'importe quel problème qui aurait pu surgir. Certes, elle aurait pu être en train de montrer des maisons — les vacances étaient toujours bonnes pour les affaires, même Thanksgiving qui était pourtant avant-dernier sur la liste, et sur le calendrier, juste avant Noël —, mais elle s'était dit qu'elle méritait un peu de repos. Quand on travaille douze heures par jour, et ce six jours sur sept, que le septième, on reste accrochée au téléphone et que pas une fois en cinq ans on n'a pris de vrais congés, pas même pour son voyage de noces, il faut quand même rendre quelque chose à sa famille — et à soi-même aussi. Sa mère était arrivée, sa sœur s'était mise en chemin, elle allait donner une réception, il était grand temps de se détendre.

Sans compter que Dominick Flood l'intriguait depuis toujours. Erna n'arrêtait pas de lâcher son nom dans la conversation et chaque fois elle baissait la voix et prenait des airs mystérieux : sa condamnation, le boîtier qu'il devait porter, sa femme qui l'avait quitté... Il recevait beaucoup, c'est vrai (que pouvait-il faire d'autre?), mais c'était la première fois qu'elle le rencontrait et, même, qu'elle entrait chez lui. La première impression, il fallait le reconnaître, était favorable. Du plus pur style Southwestern, sa maison disait le meilleur goût, sans rien de voyant ou de criard. Certains détails, comme les deux anciens *retablos* qui, de part et d'autre des carreaux de Talavera de la cuisine, montraient un saint à la prière ne faisaient qu'ajouter au charme de l'ensemble et Dominick avait tiré un parti intéressant d'un plan au sol identique au leur. Et le bonhomme ne l'avait pas déçue non plus. Il respirait la séduction. Il avait quelque chose de dangereux dans le regard — ah! comme il scrutait les gens! — et de plaisant dans les rugosités de la voix. Sa mère était d'ailleurs déjà convertie et ne le lâchait plus depuis qu'ils étaient arrivés. Quel dommage qu'il ne pût pas venir dîner.

Kyra était passée sans difficulté de groupe en

groupe et ne se serait pas mieux sentie, ou presque, si c'était elle qui avait donné la réception. Elle connaissait une bonne moitié des invités, sinon davantage, et les autres, les amis de Dominick qui n'habitaient pas aux Domaines, l'intéressaient au moins autant que leur hôte. Se serait-elle attendue à trouver des gangsters ou des Milken [1] au petit pied qu'elle aurait été fort déçue. La façade ne présentait aucune fissure. Elle s'entretint de cactus, d'estampes japonaises du XIXᵉ siècle, de yachts et de valeurs immobilières avec un couple de Brentwood et un monsieur à lunettes qui, un rien confus dans sa tête, avait la trentaine et, fort érudit, semblait passer sa vie à farfouiller dans de vieux manuscrits du Vatican, dans quel but exactement, elle n'avait su le déterminer. Elle était aussi tombée sur un trio — deux sœurs et l'époux de la plus rondouillarde (ou était-ce de la plus mince?) — qui sans arrêt l'avait poussée à remplir son verre alors qu'un seul lui suffisait. Avec lui elle avait parlé tennis, figurines Nahuatlan, valeurs immobilières et Traité de libre-échange pour la zone nord-américaine. Il n'y avait pas l'ombre d'un *capo* ou d'un *consigliere* en vue.

Elle avait rempli son verre d'eau d'Évian et, penchée sur les toasts et les canapés avec Erna et Selda Cherrystone — ses proches commençaient à se séparer même si, à l'autre bout de la pièce, sa mère monopolisait toujours leur hôte —, elle s'était sentie bien, vraiment bien, et cela faisait un bon bout de temps que ça ne lui était plus arrivé. Fini l'immobilier, au moins pour la journée car le reste du weekend ce serait l'enfer, tout un chacun essayant de profiter des trente derniers jours de garantie pour devenir propriétaire avant la Noël, et, volets, serrures et autres, la maison des Da Ros resterait fermée pendant la durée des vacances. Elle n'en avait encore parlé à personne — à Delaney ou à Jordan, s'entend —, mais maintenant que le mur était construit et les

1. Célèbre banquier de Wall Street compromis dans des affaires de junk bonds. *(N.d.T.)*

ennuis derrière eux, elle songeait, songeait et rien de plus, à racheter un chien pour l'anniversaire de Jordan, un shetland, peut-être. La boucle étant alors bouclée, le processus de guérison pourrait commencer.

Elle regarda par la fenêtre et le soleil était d'or, source de bienfaits dans laquelle, d'un vert profond, les feuilles des camélias se plongeaient, et dans cet instant de clarté elle vit alors qu'il fallait s'en ravir et le révérer, qu'allié essentiel de l'agent immobilier il était, et dans la minute qui suivit elle en oublia les grands vents, la chaleur qui ne voulait pas mourir, l'air brûlant et fou qui se ruait dans le canyon pour atteindre la mer, elle oublia tout, jusqu'au moment où, quelqu'un étant soudain monté sur une table pour hurler « Au feu ! », autour d'elle le jour se brisa et se répandit en mille morceaux.

Delaney n'était point alarmiste, mais au premier hurlement de sirène il ne put s'empêcher de penser à Jordan qui était resté seul à la maison. Avec tous les autres invités, il se retrouva sur la pelouse de Dominick et regarda fixement les panaches de fumée noire qui, inquiétants, montaient du canyon en dessous. Il n'y avait pas à paniquer. Pas encore. Les feux de broussailles n'étaient pas rares et, une fois sur deux, les pompiers en venaient à bout en quelques heures, mais quand même... Tout ne demandait qu'à s'embraser et il le savait mieux que quiconque. Il scruta les visages angoissés de ses voisins, vit des cous qui se tendaient, des bouches qui se fermaient, des vestiges de peur glacée qui se figeaient au fond des yeux. Tous avaient connu les incendies et les tremblements de terre de l'année précédente — sans parler des coulées de boue et des glissements de terrain —, personne ne voulait céder à l'hystérie, personne n'avait envie d'avoir l'air idiot, pas encore, pas tout de suite.

Il n'empêche. Insensiblement Delaney recula dans la foule : « Désolé, excusez-moi, s'il vous plaît, désolé », jusqu'au moment où il retrouva Kyra et la prit par le bras.

— Il vaudrait mieux y aller, ma chérie, enfin... au cas où, dit-il, et déjà ils sentaient la fumée, amère et métallique, et les yeux de son épouse s'agrandissaient.

— Jordan, murmura-t-elle dans un souffle.

Ils venaient de s'installer dans leur voiture lorsque le vent ayant tourné, musculeuse et noire, la colonne de fumée monta droit dans le ciel et prit le soleil dans un grand poing fermé. Assise à l'arrière, Kit était vexée, abasourdie et sérieusement en colère, la ride Menaker profondément marquée entre ses sourcils — de fait, Delaney avait été obligé de l'arracher au bras de Dominick.

— Je ne vois pas pourquoi vous faites tant d'histoires, dit-elle d'un ton irrité. Des feux de broussailles, nous en avons tout le temps autour de San Francisco et, en deux coups de Canadair, c'est éteint.

Comme si c'était le signal qu'il attendait, le premier bombardier à eau rugit au-dessus de leurs têtes et déversa son nuage rose de retardateur dans le chaudron enflammé en dessous. Delaney garda le silence. Ils avaient failli être évacués à l'automne, il s'en était fallu d'un rien, mais le gros de l'incendie était passé trois ou quatre kilomètres derrière eux, à l'autre bout de la colline, le foyer secondaire remontant le canyon et fonçant droit sur les Domaines jusqu'au moment où, le vent changeant brusquement de direction, il était reparti dans le désert qu'il venait de créer. Huit mille hectares avaient brûlé, trois cent cinquante maisons disparaissant dans la tourmente. Trois personnes avaient péri.

Le soleil avait disparu lorsqu'il arriva au bout de l'allée. Il y entra en marche arrière et y laissa la voiture pour pouvoir filer en vitesse si cela s'avérait nécessaire. L'odeur de la dinde l'assaillit dès qu'il entra, mais toute la nostalgie qu'il en avait éprouvée s'étant évanouie, il se dit de rester calme, ce n'était peut-être rien, lorsque Jordan déboula dans le vestibule en hurlant « Maman ! Delaney ! Y a le feu ! »

Orbalina se montra à la porte de la cuisine et observa Delaney d'un air inquiet. Kyra se pencha pour enlacer son fils tandis que, l'air dépassé, sa propre mère les regardait comme si elle venait de se laver les mains et ne trouvait pas de serviette pour s'essuyer. Personne ne savait trop quoi faire. Fallait-il annuler le dîner? S'agissait-il d'un petit feu, d'un inconvénient mineur qui ne ferait qu'ajouter du piquant à la soirée et donnerait matière à plaisanteries après le repas, ou risquaient-ils d'y perdre leur maison et tout ce qu'ils possédaient, voire leur vie même? Kyra leva les yeux sur son mari, celui-ci s'apercevant alors que tous le regardaient, sa femme, sa belle-mère, Jordan et la bonne. Tous attendaient un signal, tous voulaient qu'il agisse, s'empare du moment et prenne le taureau par les cornes. Alors il traversa la pièce et alluma la télévision : là il était, l'incendie, le feu tourbillonnant, tout en beautés orange, fascinant, séducteur avec ses fumées qui s'effilochaient sur ses franges comme si c'étaient des empires entiers qui se consumaient sous leurs yeux.

Ils restèrent sans voix, figés sur place, tandis qu'avec de petits raffuts télévisés qui se moquaient des tonnerres de la nuée, la caméra reprenait du champ pour montrer les Canadair en train de piquer sur les flammes et les hélicoptères de planer dans le ciel, une voix qui avait du mal à ne pas trembler d'une joie secrète se mettant à dire : « Poussé par les vents de Santa Ana, l'incendie qui, d'après les autorités, se serait déclaré le long de la Topanga Creek, juste au-dessous de Fernwood, il y a moins d'une heure, s'est tout d'abord dirigé vers le Pacific Coast Highway, les résidents du bas du canyon étant évacués en ce moment même. Mais, comme vous pouvez le constater en regardant les images spectaculaires que nous transmet notre hélicoptère, le vent venant de changer, le foyer principal semble remonter vers les zones peuplées de Topanga... »

Kyra n'eut pas besoin d'en entendre davantage.

— On charge les voitures! s'écria-t-elle et qu'elle fût toujours figée au même endroit ne l'empêcha pas de s'agiter aussi follement que chef d'orchestre pressant ses musiciens de s'élancer au crescendo. On emporte les albums photos, au minimum ça et, Jordan, tu prends tes habits, tu m'entends ? d'abord les habits et après seulement, les jeux vidéo.

— Bon, Delaney s'entendit-il déclarer comme s'il cherchait à reprendre son souffle, et moi ? Qu'est-ce que je dois prendre ? L'électronique, sans doute. L'ordinateur. Mes livres.

Kit se laissa lourdement choir dans son fauteuil, l'œil fixé sur l'écran de télé et les triomphantes séductions rouge-orange des flammes qui s'y agitaient. Elle leva la tête et regarda Delaney, Kyra et le visage lugubre de la bonne qui semblait ne plus comprendre. Elle portait un tailleur champagne, un chemisier mauve en dentelle et des chaussures à hauts talons de la même couleur, ses cheveux étaient coiffés à la perfection et son maquillage n'avait pas bougé. Elle demanda :

— C'est vraiment aussi sérieux qu'ils le disent ?

Personne n'avait bougé. Pas encore, pas encore. Tous se tournèrent de nouveau vers l'écran dans l'espoir d'un sursis, peut-être ne s'agissait-il que d'images anciennes — une séquence colorisée du bombardement de Dresde ? —, tout plutôt que la réalité. Mais non : là il était, le feu, en couleurs réalistes, et autour il y avait le décor du studio, avec ses présentateurs et ses présentatrices qu'ils connaissaient tous si bien que presque ils les considéraient comme de la famille. Et eux, ils faisaient des petits bruits de langue, ils souffraient et admonestaient, tendant fort leurs traits prototypiques afin de mieux entendre le témoignage oculaire d'un reporter qui, le cheveu fou et le micro à la main, se tenait sur la route du canyon : oh, que oui, mesdames et messieurs, c'était tout ce qu'il y avait de plus vrai, oh, que oui ! oh, que oui !

Kyra semblait à deux doigts de décoller, traverser le plafond et se mettre sur orbite. Orbalina, dont l'anglais se limitait à une réponse standard pour les six ou sept commandements et ordres ménagers de base, contemplait l'écran sans y croire et devait se demander comment elle allait rejoindre son appartement de Pacoima si les bus ne marchaient plus et... ça voulait bien dire que les bus allaient s'arrêter, n'est-ce pas? Jordan, lui, s'accrochait aux jupes de sa mère. Les flammes télévisées le fascinaient tellement qu'il en avait déjà oublié les injonctions qu'elle lui avait faites sur ce qu'il fallait emporter. Kit, qui s'enfonçait pourtant de plus en plus profondément dans son fauteuil, ne paraissait toujours pas comprendre de quoi il retournait.

— Mais ils n'ont pas encore donné l'ordre d'évacuer, protesta-t-elle faiblement, parce que... personne n'a encore mentionné le haut du canyon... si?

— On ferait mieux d'arrêter la dinde, juste au cas où, lança Delaney, sa remarque semblant briser la magie de l'instant.

CHAPITRE 2

Alors elle restait là et, plus désespérée que jamais, condamnait ses pensées jusqu'à ce que le monde, d'écran de cinéma, ne fût plus que judas et même alors, ce judas, elle voulait le fermer. Elle devenait folle, elle dansait au bord de l'abîme et s'en moquait. Le bébé grandissait en elle, lui comprimait les organes et lui donnait plus de rougeurs que si elle avait eu de l'eczéma. Cándido lui apportait de la nourriture, elle la mangeait, mais refusait de coucher avec lui. Elle ne voulait même plus lui parler. Tout était de sa faute, tout, les puanteurs qu'elle avait respirées dans le car qui l'avait amenée de Cuernavaca, l'odeur de la décharge à Tijuana, cet endroit même, ce désert de feuilles, d'insectes et d'air incandescent où les hommes lui faisaient des saletés qui l'obligeaient à pisser du feu. A travers son judas elle regardait les feuilles grises des arbres gris

et songeait à Soledad Ordóñez, la vieille femme
informe et voûtée du *barrio* de San Miguel qui, vingt-
deux ans durant, n'avait pas parlé à son mari parce
qu'un jour celui-ci avait vendu leur cochon à San
Andrés et, avec l'argent qu'il en avait tiré, n'avait pas
dessaoulé d'une semaine. Il agonisait, il gisait sur
son lit de mort et ses trois fils, ses quatre filles, ses
dix-sept petits-enfants, son frère même, et le prêtre,
tous étaient là, « Soledad, parle-moi » avait-il enfin
réussi à lui lancer d'une voix cassée, mais elle était
restée de marbre, tous ses petits-enfants, et le prêtre,
retenaient leur souffle, mais non, elle n'avait eu
qu'un seul mot, « Poivrot », avant qu'enfin et aussitôt
il meure.

Sa mère lui manquait si cruellement que c'était
presque comme si on lui avait arraché une partie du
corps. Et ses sœurs, elles aussi, lui manquaient, et
son lit dans le coin de la pièce de derrière, avec les
affiches de rockers et des *reinas del cine*, et Gloria
Iglesias, Remedios Esparza et toutes les autres filles
avec lesquelles elle sortait. La voix humaine, les
rires, l'odeur des rues et du marché, la radio, la télé,
le bal, les magasins et les restaurants, tout lui manquait. Et qui donc l'en avait privée ? Cándido. Elle le
haïssait. C'était plus fort qu'elle.

Mais un jour qu'elle s'était allongée comme une
chose morte au bord du ruisseau abandonné, elle
entendit l'appel d'une oiselle, trois notes suraiguës
suivies d'un sifflement bas et tremblant qui tant et
tant dura qu'elle en eut le cœur brisé de tristesse, que
d'entendre cette triste et belle oiselle appeler son
mâle, son amant, son mari, elle sentit le soleil lui
effleurer le visage comme la main de Dieu et dans
l'instant le judas se rouvrit à la manière d'un rideau
d'appareil photo. Ce ne fut rien, cela ne dura qu'une
fraction de seconde, et l'ouverture fut des plus
minuscules, mais à partir de ce jour-là, elle
commença à recouvrer la santé. Son enfant arrivait.
Cándido l'aimait. Le lendemain matin, elle prépara
du café et lui fit cuire un repas. Et quand il fut parti,
elle sortit le bocal de beurre de cacahuète de son

trou, compta les billets mous et gris et le trésor de petites pièces en argent et se dit : bientôt, demain. Lui parler tout de suite, non. Lui sourire ? Pas encore. Sa déception était si béante qu'elle avait du mal à ne pas l'y jeter, à ne pas lui enfoncer la tête dans les eaux noires et amères de la désillusion et rien n'avait changé en elle, mais avec chaque jour qui passait, le gouffre commençait à se refermer alors même que le judas ne cessait de s'ouvrir.

Et lorsqu'il revint avec sa dinde tombée du ciel, sa dinde de *Tenksgeevee*, elle ne put le faire souffrir plus longtemps. Elle n'était pas la Señora Ordóñez, elle n'aurait su vivre toute une vie d'accusations et de haine, à servir le café en robe de deuil, à jeter par terre l'assiette d'œufs et de haricots comme si c'était une arme, à toujours se mordre la lèvre et jurer dans sa tête. Elle rit de le voir trempé jusqu'à la taille, d'entendre le tintement de ses bouteilles de bière, de découvrir l'énorme volatile nu et, glaviou, glaviou, glaviou, de l'entendre piauler comme un dindon. Pour elle Cándido faisait le clown, pour elle il dansa autour de la broche avec l'oiseau sur la tête, pour elle il mima le pas saccadé, le *brinco* de l'homme rivé à son marteau piqueur. De nouveau les feuilles étaient vertes et le ciel bleu. Elle se leva et serra son mari dans ses bras.

Et le feu, lorsqu'il bondit vers les arbres comme l'Apocalypse, point ne l'affecta, pas tout de suite, pas avant une bonne minute au moins. Elle se donnait tant de mal pour enfoncer le bâton en chêne encore vert dans la carcasse gelée de l'oiseau, si fort elle rêvait de peau brune qui se fendille, de riz gorgé de graisse, si heureuse elle était de revivre que le rugissement des flammes ne lui parvint pas à la conscience. Jusqu'au moment où, en levant la tête, elle vit que le visage de son homme et que tout ce qui était feuille, branche et tronc d'arbre soudain s'était paré d'un manteau de flammes. Une demi-seconde, à peine, s'écoula avant que la panique ne la prenne, une demi-seconde à peine avant que la fuite éperdue ne lui brise les os tandis qu'elle filait vers le haut des collines, mais une demi-seconde pendant laquelle de tout son cœur elle regretta de ne pas avoir été assez forte pour laisser son judas se refermer entièrement et à jamais.

Pour lui, le moment fut de pure terreur qui serre les tripes, celui où, la faute une fois commise, il faut récolter la tempête. A quoi aurait-il pu le comparer ? A rien, à rien qu'il eût jamais connu, sauf, peut-être, à l'instant où, c'était en Arizona, le type qu'ils appelaient Sleepy [1] était mort carbonisé sous son tracteur lorsque sa cigarette avait embrasé une flaque d'essence qui avait coulé du réservoir. Perché en haut de son échelle, dans un citronnier dont il cueillait les fruits, Cándido n'avait entendu qu'un cri étouffé, mais avait vu bondir les flammes juste avant que tout explose en une boule orange. Sauf que maintenant c'était lui qui se trouvait par terre et que les flammes avaient bondi dans les arbres et déjà balayaient le canyon dans un rugissement mécanique qui lui figeait le cœur.

Une chaleur pareille, ça n'existait pas — ni fourneau, ni bombe, ni réacteur. Tout ce qui était visible dansait dans les flammes. Sa femme allait périr. Il allait mourir. Pas dans un fauteuil à bascule dans la véranda de sa petite maison, pas au milieu de ses petits-enfants, non : ici et maintenant, dans la fosse de ce canyon sans pitié. Devant eux, en bas de la seule piste qu'il connaissait, les flammes formaient un rideau de douze mètres de haut et, derrière eux, il n'y avait que la roche à nu de leur cul-de-sac. Il n'avait rien d'une chèvre et América était si ronde qu'elle pouvait à peine se traîner, mais qu'importe. D'un bond il fut à côté d'elle, d'une secousse il l'arracha aux sables et à la carcasse blanche et gelée de la dinde (qui maintenant allait drôlement cuire), puis il lui fit franchir la fosse aux braises et la poussa jusqu'au pan de roche où, par moments, des larmes de brume tombaient des hauteurs.

1. Soit « l'Endormi ». *(N.d.T.)*

— Grimpe! hurla-t-il en la poussant devant lui par les fesses et la grosse boule rebondie de son ventre.

Et ainsi, en se disputant les prises de main et d'orteils, ils montèrent tous les deux, escaladèrent la paroi abrupte comme si c'était un espalier au mur d'un gymnase.

La chaleur le brûlait à travers sa chemise et mordait les chairs nues de ses mains et de son visage. Il n'y avait pas d'air, pas même un souffle, tout l'oxygène étant aspiré pour alimenter le brasier infernal et, chaque fois qu'ils se hissaient d'un pas, la roche s'émiettait sous leurs pieds. Il croyait ne pas y arriver, mais frénétiquement il poussa son épouse une dernière fois et tous deux franchirent enfin la barre et se retrouvèrent assis dans une flaque d'eau, au milieu d'un décor qui, tous ces mois durant, n'avait été qu'à un crachat de distance, mais leur parut alors aussi nouveau que la face cachée de la lune. Pas une mare, pas un ruisseau, pas une cascade... l'eau avait quasiment disparu. Des flaques y zigzaguaient pourtant jusqu'au mur de roches suivant, et après, c'était pareil, le canyon tel un piège aux parois de trente mètres de haut, sans faille, imprenable. Le vent hurlait. Le vent voulait du sang et des sacrifices, le vent voulait *Tenksgeevee*, et les flammes l'exauçaient en bondissant derrière eux jusqu'en haut des murs, en rugissant ainsi que mille avions à réaction décollant ensemble. Déjà ils remontaient le lit du ruisseau, se prenaient les pieds dans les rochers, éclaboussant de la boue et se déchirant la peau des bras, des mains et des pieds aux arêtes des buissons, déjà ils arrivaient à l'obstacle suivant, déjà ils l'escaladaient et franchissaient, mais encore et toujours ils couraient.

— Ne t'arrête pas, non! s'écriait-il furieusement dès qu'elle chancelait, continue de courir! Cours, *mujer*, cours!

Le vent pouvait changer de direction à tout instant, sur un coup de tête, et s'il le faisait, ils mourraient aussitôt. Morts, il le savait pourtant, ils auraient dû l'être depuis longtemps, morts et incinérés avec la dinde. Sans cesse il pressait sa femme.

Sans cesse il la poussait, sans cesse il hurlait et la portait à moitié. Le canyon était entonnoir, conduit, gorge d'un inconcevable cracheur de feu, et ils devaient absolument monter encore et en sortir, retrouver la route goudronnée, la traverser, gagner le chaparral et grimper jusqu'à la roche nue du sommet le plus élevé. Cándido ne voyait pas d'autre solution que de monter, monter et monter encore, jusqu'à la roche nue, jusqu'à ce que tout là-haut il n'y ait plus rien à brûler.

Ils trébuchèrent dans une courbe du ruisseau asséché, devant eux le mur de roche soudain recula dans la gorge qui s'élargissait, c'était la sortie — enfin réponse était donnée aux prières qu'il s'était à demi formulées. Devant eux se dressait une autre montagne, mais faite de toutes les cochonneries que des générations entières de *gabachos* inconscients avaient jetées dans le ravin.

— Grimpe ! hurla-t-il à nouveau et, en suant, saignant et pleurant des larmes de rage, de peur et de frustration, América se mit en devoir d'escalader le capot d'une voiture en accordéon, son ventre se balançant devant elle ainsi qu'une montgolfière sans attache.

Cándido se dépêcha de la rejoindre, écartant grille-pain, chauffe-eau, ressorts de sommiers et mille rebuts de cuisines et de garages. La masse s'affaissait doucement sous leurs pieds mais ne lâchait pas, maintenue en place par les lourds châssis des voitures, déjà l'odeur de la fumée les agressait et, le vent changeant, les flammes hurlaient comme démons, enfin ils se hissèrent sur un promontoire de terre compacte et, à travers les buissons, coururent jusqu'à la route.

Et la route était chaos. Des pompiers se ruaient du haut en bas de la chaussée, des sirènes ululaient, des lumières clignotaient et la police était là, partout, fermant le passage au fur et à mesure qu'en un mince filet, les dernières voitures remontaient de la vallée. Cándido prit son épouse par la main, se dépêcha de gagner le magasin du Chinois — déjà fermé, barricadé, plus une voiture dans le parking —, passa derrière et, un mur après l'autre, chercha une prise d'eau. Là enfin ils s'effondrèrent, derrière le magasin, et avalèrent de l'eau à un tuyau, précieux liquide qu'ils se répandirent sur le visage, dont ils trempèrent leurs vêtements. De l'eau, juste un peu... Les Chinois ne diraient rien et puis quoi ? Qu'ils le fassent donc ! Cándido, la gorge en feu, s'en foutait bien. Un gros avion, mon Dieu, qu'il volait bas, rasa la cime des arbres au-dessus d'eux.

— J'ai peur, murmura-t-elle.

— Il ne faut pas, dit-il, aussi terrorisé qu'elle pourtant.

Qu'allaient-ils lui faire maintenant ? Que lui feraient-ils si jamais ils le prenaient ? C'était bien une chambre à gaz qu'ils avaient en Californie, non ? Ils l'enfermeraient dans une petite pièce avec des billes de cyanure, lentement ses poumons se rempliraient de vapeurs corrosives, mais non, il ne respirerait pas, et n'ouvrirait pas la bouche non plus, jamais, jamais... Longuement il but au tuyau flasque, et crut qu'il allait vomir. Plus noire déjà, la fumée roulait au-dessus d'eux. Le vent avait encore changé, l'incendie remontait le canyon.

— Lève-toi ! dit-il, et l'urgence et la panique fusaient dans sa voix, si fort l'infectaient qu'elle en devenait voix de fou. Il faut y aller ! Tout de suite !

Son short de maternité trempé, les plis amples de son chemisier collés à la boule parfaite de son ventre, des cheveux dans la bouche, le visage sanguinolent et souillé, l'œil fou, elle resta assise dans la boue qu'avait faite l'eau du tuyau.

— Non, dit-elle, je ne me lève pas. Je suis fatiguée. Je me sens mal.

D'une secousse, il la remit sur ses pieds.

— Tu veux brûler ? s'écria-t-il en lui serrant violemment le bras. Tu ne veux quand même pas mourir, si ?

La fumée s'épaissit. Il n'y avait personne aux alentours, personne, et l'impression était bizarre, inquiétante, comme dans un film d'horreur où les créatures venues d'ailleurs se rapprochent. Des sirènes hurlaient dans le lointain. América se dégagea, découvrit ses lèvres et montra les dents.

— Si, c'est ça que je veux, siffla-t-elle. Mourir.

Il faisait nuit, dix fois plus nuit qu'il n'aurait jamais pu l'imaginer. Dans le canyon plus une maison n'avait l'électricité, tous les gens avaient été évacués, noir sur les embrasements lointains, un suaire de fumée couvrait le ciel. De l'endroit où ils se trouvaient, dans le haut du canyon, l'incendie semblait brûler au ras des terres, comme la flamme rougeoyante d'un brûleur à gaz sous le grand et noir chaudron des nuées. Les vents étaient tombés avec la nuit, sur ses lits de braise, le feu, comme en rémission, couvait en attendant le jour et l'instant où les vents reprendraient. Ou alors peut-être l'éteindraient-ils, peut-être les *gringos* continueraient-ils d'attaquer les flammes avec leurs avions et leurs produits chimiques jusqu'à ce qu'enfin ils les aient écrasées comme mégot sous le talon de la botte. Cándido ne savait pas de quoi demain serait fait, mais en contemplant le canyon assombri, il fut atterré par l'énormité de sa malchance, pétrifié par l'enchaînement d'événements qui, de sa dinde tombée du ciel et des joies simples d'un feu de camp qu'on allume, l'avaient conduit à ce cauchemar de flammes, de fumées et d'avions qui se déchaînait dans le ciel. Était-il donc vraiment la cause de tout cela ? Un seul homme avec une allumette ? C'était presque inconcevable, bien plus énorme que tout ce que son pauvre esprit enfiévré pouvait embrasser.

Mais il ne voulait pas y penser. Il avait des ennuis, de gros ennuis, il fallait faire le point. Il était perdu, il avait faim et seulement seize dollars trente-sept et un cran d'arrêt rouillé dans sa poche, toutes leurs réserves et l'argent pour l'appartement étaient enterrés au cœur même du brasier, depuis deux heures déjà América se plaignait d'avoir mal au bas-ventre, là où se trouvait le bébé, son infortune serait-elle

assez grande pour que ce soit justement à cette
heure que son fils décide de sortir, au pire moment
qui soit ? Sa vie toute crachée que c'était, à l'image
même de l'insecte qu'il était, toujours coincé entre
deux blocs de granite, et combien de temps lui restait-il avant de se faire écrabouiller ?

Ils s'étaient allongés dans un fourré à mi-pente du
canyon, tenter de gagner le sommet de la colline
comme ils l'avaient déjà fait était bien futile, et il le
savait. Le feu les aurait rattrapés dans le chaparral et
ils ne s'en seraient jamais tirés. Mais il avait peur de
la route avec tous les *gringos*, policiers et pompiers
qui s'y trouvaient, mais il se sentait coupable et terrorisé, il avait honte, il n'avait plus eu qu'une idée en
tête : grimper jusqu'en haut pour être en sécurité.
Idiot. La panique l'avait rendu idiot. Et maintenant
le feu était reparti se terrer dans ses tanières, au
moins jusqu'au matin, et eux, ils étaient au milieu de
nulle part et América était allongée à côté de lui,
comme une ombre, et criait de douleur toutes les
trois ou quatre secondes. Que faire, là, tout de suite ?
Et tout à l'heure ? Ils n'avaient même pas d'eau.

— J'ai peur, dit-elle pour la deuxième fois de la
journée, et basse et étranglée, sa voix semblait monter du vide pour le gifler.

Autour d'eux, le sous-bois craquait sous la caval-
cade des rongeurs, le pas des lézards, l'ondoiement
des serpents et l'envol des insectes qui fuyaient
l'incendie. Parfois aussi, de grands bruits se faisaient
— des cerfs peut-être, se dit-il —, et constamment
sur les feuilles mortes qui remuaient et se brisaient
marchaient des bêtes, putois ou chats sauvages, tout
était possible. Il ne lui répondit pas, pas tout de
suite, pas avant qu'elle ne lui ait confirmé le pire.

— Cándido, lui souffla-t-elle, je crois que j'ai
perdu les eaux. C'est commencé. Je ne peux rien y
faire.

Puis elle reprit fort son souffle et ajouta :

— Ça vient.

— Tout ira bien, lui dit-il, et il s'agenouilla à côté
d'elle dans le noir, fit courir ses doigts sur son visage

et lui caressa le front, ne parvenant pas à oublier les idées qui continuaient de lui tourner dans la tête.

Il n'y avait rien dans le coin, pas un médecin, pas une sage-femme, pas un appartement, pas un hôpital, pas d'électricité, pas d'eau, pas même un toit. Et il n'avait jamais accouché une femme. Pas davantage il ne l'avait vu faire, sauf au cinéma, et ça se passait toujours hors champ, l'actrice au teint de pêche suant et criant beaucoup jusqu'au moment où, pouf, la caméra saute et ça y est, le bébé est arrivé, tout propre tout beau, pétant de santé et bien enveloppé dans une serviette d'un blanc de neige. América poussa un long gémissement, toute tremblante, il en eut les jambes coupées de trouille. Ce qu'elle était petite! Bien trop petite qu'elle était! Ce n'était pas comme ça que ça devait se passer.

— Cándido, chuchota-t-elle, j'ai soif! Si soif...

Il se leva. La nuit s'accrocha à lui comme un bas. Au loin, vers le nord, il vit des lumières qui filaient — des voitures qui faisaient demi-tour en haut du canyon parce que la police leur barrait le passage? — et, un peu à l'ouest, une aire de décollage pour hélicoptères. Mais tout cela se trouvait à six ou sept kilomètres à vol d'oiseau, au moins, et comment pourrait-il jamais y conduire América et que se passerait-il si même il y parvenait? Un Mexicain qui sort des buissons alors qu'autour de lui tout le canyon est en feu? Ils lui sauteraient dessus en moins de deux. Parce qu'ils le verraient dans ses yeux, parce qu'ils le verraient à la couleur de sa peau, à la manière dont il monterait jusqu'à eux en rampant et alors... quel genre de pitié faudrait-il attendre d'eux?

— Tu restes ici, reprit-il d'une voix qui lui parut aussi étrangère que celle, désincarnée, qui sort d'un poste de radio. Je vais voir s'il n'y aurait pas une maison, ou...

Il n'alla pas jusqu'au bout de ses pensées.

— Ne t'en fais pas, *mi vida*, ajouta-t-il, ça prendra une minute. Je trouverai de l'aide, je te le jure.

Et il se faufila entre les buissons tel l'insecte attiré par les promesses qui brillaient dans ces lumières lointaines. Un hélicoptère descendit comme tonnerre de métal dans la vallée, ses feux de position lançant des éclairs rouges et verts dans le noir. Devant lui quelque chose plongea dans les fourrés. Il avait fait cent pas, il appela. América lui répondit. Il ne pouvait pas aller trop loin sans risquer de la perdre, il le savait, et si fort le redoutait que la tête lui tournait rien que d'y songer, mais avait-il le choix ? Il décida de faire cent pas de plus, et les compta à haute voix, puis il fit demi-tour et repartit en sens inverse. La colline était tachée de maisons, c'était presque comme une éruption, des centaines il y en avait, des centaines. Et des routes aussi. Et des poteaux électriques, des canalisations d'eau, des égouts. Et encore des poubelles, des automobiles et des trottoirs. Il y avait forcément des choses pour lui là-bas, ce n'était pas possible autrement.

Il appela encore deux fois, entendit le bêlement fragile d'América qui lui répondait et, sans cesser de compter à voix haute, *ciento ochenta y uno, ciento ochenta y dos*, se glissa entre les buissons comme sapeur qui traverse un champ de mines sur la pointe des pieds. Car ses pieds l'inquiétaient — avec tous ces serpents qui détalaient, avec le fils, le frère et l'oncle du gros qu'il avait tué —, mais toujours il avançait, en tâtonnant, parce qu'il n'y avait pas d'autre solution. Il aurait préféré se faire attaquer par tous les serpents de la création que d'accoucher sa femme, là, dans ce désert de nuit, sauf que là ou ailleurs... Il n'était pas médecin, il était seulement bête et, bête, se tapait une course d'obstacles qui n'en finissait pas, tout était contre lui et le destin hurlait dans ses oreilles, et tout ce qui était bon, précieux, ou même seulement possible dépendait de lui, et de lui seul. Il était arrivé à cent quatre-vingt-quinze, et dans sa tête c'était la sarabande et dans ses tripes le désespoir, lorsque, droit devant lui, il aperçut une faible lueur et, brusquement, se retrouva tout contre un mur, oui, voilà, il était devant un mur en stuc blanc.

Lentement il le longea en tâtonnant afin d'y trouver une ouverture. Pour toute lumière il avait les lueurs incertaines de l'incendie dans le lointain, et le ciel était noir, aussi noir que la nuit à Tepoztlán pendant la saison des pluies. Les reflets jaunes de la ville avaient disparu, toute lumière comme traquée, puis conquise, jusqu'en ses ultimes watts, par la fumée de son petit feu de camp pris de folie. Rien que d'y penser, il en tremblait encore. Tout ça... C'était énorme. Si jamais ils l'attrapaient... sa *pinche vida* ne vaudrait plus rien. Mais à quoi pensait-il donc? Comme si sa vie avait une quelconque importance! C'était América qui comptait. Elle l'avait suivi jusque dans ce merdier et maintenant elle était là-bas, toute seule dans le sous-bois qui bruissait de rats et de choses qui rampaient, là-bas, dans l'absence de lumière la plus totale, et son bébé arrivait et, mon Dieu qu'elle avait soif, qu'elle était fatiguée et mourait de peur.

Le vent avait une fois de plus changé de direction et ça voulait dire que, sans pitié, implacables, les flammes s'étaient remises à courir vers eux et qu'à nouveau elles dévoraient le canyon malgré tous les efforts des *gringos* avec leurs avions. Respirer était difficile, il ne sentait plus que la fumée, que les cendres et les puanteurs brûlantes de la destruction et c'était pire, bien pire, que tout ce que la décharge de Tijuana avait jamais pu leur infliger. Jusqu'à l'odeur de chien brûlé qu'il eût trouvée préférable parce que celle-là, c'était son odeur à lui, celle qu'il avait créée et qui maintenant échappait à tout contrôle. Il continua d'avancer, plus vite, en palpant furieusement le mur, le goût cuivré de la panique lui montant dans la gorge. Mais qu'y avait-il donc derrière ce mur? Des maisons, se dit-il. Des maisons de riches. Ou alors, qui sait, un ranch, un de ces grands machins carrés avec une maison pile au milieu. Il ne savait pas très bien où il se trouvait — cavaler dans le canyon et traverser la route l'avait désorienté —, mais non, jamais ils n'auraient construit un mur autour de rien. Il fallait qu'il entre, il fallait qu'il sache.

Et il tomba sur l'appentis, annoncé par une vive douleur au genou et l'écho sourd et répété de la plaque d'aluminium dans laquelle il venait de se cogner. Toujours à tâtons, il passa derrière la cabane et trouva la porte qui ouvrait sur le trou noir de l'intérieur. La chaleur y était infernale, l'abri avait cuit au soleil toute la journée durant et rappelait les huttes de sudation dont les Indiens des réserves se servaient dans leurs rituels, et le plafond était fort bas. Ça sentait le chlore, les brins d'herbe tondue, l'essence et le fumier — avant même que ses mains lui aient traduit les lieux, il sut de quoi il s'agissait. Il tâta les parois comme un aveugle — aveugle, il l'était, mais aveugle pressé, aveugle qui devait se grouiller parce que c'était une question de vie ou de mort —, et là ils étaient, tous les outils, pelles, cisailles et débroussailleuses. Ses mains filèrent sur la tondeuse, genre petit tracteur où on s'assoit dessus, sur les seaux en plastique pour le chlore, l'acide muriatique et le reste. Enfin il trouva les étagères, palpa les boîtes de graines et de mort aux rats, puis, *milagro de milagros,* ses doigts se refermèrent sur le cou d'une lampe à pétrole. En trente secondes elle fut allumée, l'abri devenant aussitôt lieu de couleurs et de formes profondes. Il en ressortit avec sa lanterne et là, bien encastrés dans le mur, juste à ses pieds, découvrit une prise d'eau et un tuyau vert enroulé contre la canalisation en plastique du système d'irrigation.

Dans un gobelet qu'il avait trouvé dans la cabane, il but trois fois de l'eau avant de le remplir pour América, puis il partit la chercher, sa lanterne jetait des flaques de lumière à ses pieds et de faibles halos dans les buissons devant lui. Il longea le mur jusqu'à l'endroit où il avait planté un bâton pour ne pas se perdre, tourna à angle droit et s'élança en appelant. La terre était pâle et les buissons plus pâles encore. Telles brumes mortelles, la fumée roulait sur la colline.

— Ici, lui cria-t-elle, ici.

Il faisait chaud. Ça sentait mauvais. Elle n'arrivait
pas à croire qu'elle était bel et bien en train d'accoucher dans un endroit pareil, qu'autour d'elle c'était le
monde entier qui brûlait, qu'elle n'avait personne
pour l'aider, pas une sage-femme, pas un docteur,
pas même une *curandera*. Et ces douleurs! En bas
tout était bloqué, tout se coinçait, et vers l'intérieur
aussi, toujours en dedans, alors que ç'aurait dû pousser. Elle était dans une remise, elle flottait sur une
mer de sacs en plastique remplis de graines, la sueur
brillait sur son visage comme de l'huile à friture et
Cándido faisait des chichis avec son couteau, l'aigui-
sait sur une pierre à meuler comme s'il pouvait être
d'une quelconque utilité. Déjà les douleurs étaient
régulières, toutes les minutes environ, et chaque fois
elles lui coupaient le souffle. Elle avait envie de hurler, d'appeler sa mère et toujours elle se retenait, tout
en dedans, rien dehors et pourquoi pas dehors, et ça
recommençait.

Elle rêvait, elle rêvait tout éveillée, mais ses rêves
étaient de dents, de griffes et de bêtes qui hurlent.
Dehors, de l'autre côté de la fine peau de l'abri,
l'enfer se ruait vers eux, les vents secouant les murs
de la cabane sous des roulements de tambour, et le
visage de Cándido n'était plus qu'une boule de peur
et de sueur qui luisait. Elle savait ce qu'il pensait :
fallait-il fuir? le pouvaient-ils seulement maintenant
que le bébé allait naître? pourquoi fallait-il que ça
arrive en cet instant? qui donc avait fait de lui la
cible unique de tous les malheurs du monde? Mais
elle ne pouvait pas l'aider. Elle avait déjà bien assez
de mal à bouger et les douleurs la prenaient, puis la
lâchaient comme une balle en caoutchouc qu'on
lance contre un mur à toute volée, encore et encore.
Mais voilà qu'au beau milieu de tout cela, alors
même que ses horribles pincements lui venaient
quasiment sans arrêt, tout soudain les animaux
s'arrêtèrent de hurler, et le vent de battre du tambour contre les murs. Alors elle entendit le feu, alors
elle entendit ses sifflements de télé sans image mais
avec le son monté au maximum au milieu de la nuit,

puis ce fut un miaulement, faible, rien à voir avec un hurlement, pas même avec un crissement, non, le miaulement incertain et léger d'une chatte, d'une jolie chatte aux oreilles transparentes, d'une siamoise qui entra par la porte ouverte et vint tout droit vers elle comme si elle la connaissait depuis toujours. América tendit la main, puis ferma le poing sous la contraction qui montait, et la chatte resta à côté d'elle.

— *Gatita*, murmura-t-elle au dos rond et aux yeux bleus et lumineux qui l'observaient, c'est toi. C'est toi, la sainte. Toi. Tu seras ma sage-femme.

CHAPITRE 3

La nuit tomba comme une masse : pas de lumière qui doucement s'estompe, pas de couleurs qui jouent à l'horizon, pas un vol d'hirondelles, pas même un chœur de grillons. Debout derrière les barrières que la police avait dressées en haut du canyon de Topanga, Delaney contemplait les ténèbres avec son épouse, son beau-fils et sa belle-mère. Leurs amis et voisins eux aussi étaient là, réfugiés en Land Rover, Mercedes-Benz et Jeep Cherokee bourrées de tous leurs biens essentiels, albums de souvenirs de la fac, disques de Miles Davis, dossiers bancaires, télévisions et magnétoscopes, tableaux, tapis et bijoux. Des Canadair passaient au-dessus d'eux en vrombissant, toutes sirènes hurlantes, des camions de pompiers se ruaient vers le bas de la route. Sur les véhicules d'urgence des lumières clignotaient, incessamment jetaient leurs rayons sur les visages anxieux des gens massés derrière les barrières. Tout contre les bandes de plastique jaune qui retenaient la foule, des policiers se tenaient — c'était la guerre, il ne fallait pas s'y tromper.

Kyra se pencha contre lui et, la tête sur son épaule,

lui serra le bras à deux mains. Elle n'avait pas quitté ses habits de fête. Ils regardèrent les flammes dans le lointain, sentirent la fumée, le vent qui leur soufflait dans la figure tandis que jappaient des chiens, qu'harnachés à la hâte, des chevaux hennissaient, qu'en une vaste cacophonie, les nouvelles de la catastrophe montaient des radios de centaines de voitures.

— Vaudrait peut-être mieux oublier la dinde, dit-il. Ça doit être du carton bouilli à l'heure qu'il est.

— La dinde ? répéta Kyra en levant la tête pour le regarder d'un œil acide. Et le four, hein ? Et la cuisine ? Et tout notre mobilier, tous nos vêtements ? Où allons-nous vivre ?

Delaney eut un pincement d'irritation.

— Je... je ne sais pas. Disons que j'ironisais.

Elle se détourna de lui et contempla les doigts brûlants de l'incendie qui rampait.

— Ce n'est pas une plaisanterie, Delaney, lui assena-t-elle. J'ai perdu deux maisons à Malibu, moi, l'année dernière et, crois-moi, il n'en restait rien, rien que des cendres en fusion, des bouts de métal tordu qui sortaient de terre au lieu des canalisations et si tu crois que c'est drôle, c'est que t'as l'humour un peu tordu toi aussi. C'est notre maison, là-bas en bas. Nous n'avons rien d'autre.

— Mais qu'est-ce que tu racontes, bon sang ! s'écria-t-il. Tu crois que je trouve ça drôle ? Mais pas du tout. C'est... c'est terrifiant. Ça me fout une trouille pas possible. J'ai jamais vu un truc pareil dans l'Est, à part une tornade ou deux tous les dix ou quinze ans, deux ou trois arbres qui dégringolent, mais ça...

Elle se détacha de lui et cria à Jordan, qui n'arrêtait pas de courir entre les gens avec un de ses copains, de ne pas s'éloigner. Puis elle se tourna vers son mari, ajouta « Tu aurais peut-être mieux fait de rester là-bas ! » d'une voix cassante de colère, puis s'en alla rejoindre sa mère et Dom Flood.

Delaney la regarda partir. Elle lui mettait tout sur le dos et le prenait pour son bouc émissaire ;

incompris et humilié, il se sentit en colère, furieux, piqué au vif. Il avait fait de son mieux. Il avait réussi à charger son ordinateur et ses disquettes dans la voiture alors qu'entre les premier et dernier avertissements, la police — à savoir deux voitures de patrouille qui, tous haut-parleurs hurlants, avaient descendu et remonté la rue en se traînant — leur avait laissé dix minutes, mais c'était bien tout. Comme si on pouvait faire davantage en dix minutes ! Rongé par le malheur et l'inquiétude, il l'était — comment pouvait-elle en douter ? Et pour la dinde, non, il n'avait rien voulu dire de particulier... de l'humour de condamné à mort, rien de plus, et seulement pour essayer de détendre l'atmosphère. Comme si une dinde pouvait avoir de l'importance ! Ou même mille dindes... Figé là dans la lumière criarde, le vent dans la figure et l'entier du crâne rempli de fumée, il fulminait contre le monde — qu'allait-il encore lui tomber dessus ? se demandait-il, que pouvait-on encore lui infliger ? — lorsque Jack Cherrystone se montra, une bouteille de whisky à la main.

— L'enfer, non ? gronda-t-il comme s'il répétait la bande-annonce d'un film catastrophe.

— Oui, répondit Delaney en fixant le front de l'incendie qui, un écheveau de fumée roulant furieusement après l'autre, continuait d'avancer vers eux. Et moi, ce qui m'inquiète le plus, c'est qu'ils nous aient donné l'ordre d'évacuer, au contraire de l'année dernière, et donc ils doivent penser que c'est plus grave, enfin... potentiellement.

Jack ne trouva rien à y redire, mais Delaney sentit sa main le frôler, et dans sa main Jack serrait le goulot dur et brûlant de sa bouteille.

— Du Glenfiddich, dit-il. Je pouvais pas laisser cramer ça.

Delaney ne buvait pas — en temps ordinaire il se serait arrêté aux deux bières qu'il avait avalées chez Dominick — mais là... il s'empara de la bouteille, la porta à ses lèvres et permit au feu du bouilleur de descendre jusqu'au plus profond de lui-même. Et dans l'instant remarqua deux hommes qui sortaient des ténèbres de la route, le visage caché par la visière de leur casquette de base-ball. Dans sa tête il y eut comme un déclic, même de loin il y avait quelque chose de familier dans la démarche longue et arachnéenne du premier... brusquement il sut. C'était le grand con aux « brouchiures », le futé, le campeur. Étonnant, se dit-il sans même essayer de se corriger cette fois, pas maintenant, plus jamais, étonnant comme la lie toujours remonte à la surface.

— Putain de *wetbacks* [1]! grogna Jack. Je te parie tout ce que tu veux que c'est eux qui ont allumé l'incendie en fumant des joints ou en faisant cuire leurs saloperies de haricots en plein bois.

Et sans tarder, Delaney reconnut aussi le deuxième, celui aux cheveux torsadés, celui qui portait un *serape*. Il était sale et couvert de poussière blanche du bout des sandales jusqu'à la pointe de ses cheveux qui pendouillaient, toutes sortes de gousses, de bogues et de brins d'herbe piquante s'étant accrochés à ses habits. Sales, il le voyait maintenant, ils l'étaient d'ailleurs tous les deux, aussi sales que s'ils s'étaient roulés dans les buissons, il les imagina en train de se lever, d'essayer de franchir les barrages dans le chaparral, puis de renoncer. Il les regarda remonter lentement la chaussée vers les feux clignotants — on y va doucement, pourquoi s'inquiéter? tout était cool —, et soudain fut envahi par la haine la plus pure qu'il eût jamais ressentie. Mais où se croyaient-ils donc, ces messieurs qui jetaient des braises dans le panier à petit bois? Ne savaient-ils donc pas ce qui se jouait ici? Ne comprenaient-ils pas que ce n'était pas le Mexique?

— On ne peut quand même pas laisser passer ces petits rigolos, reprit Jack, et déjà il avait posé sa main sur le bras de Delaney, déjà les deux hommes se dirigeaient vers la barrière pour les intercepter. Il faut alerter les flics, au moins ça.

En alerte, les flics l'étaient depuis longtemps.

---

1. Soit « dos mouillés ». *(N.d.T.)*

Lorsqu'ils arrivèrent au barrage, l'un d'entre eux — peau sombre, moustache, il avait l'air d'un Hispanique — avait déjà commencé à interroger les deux types en espagnol, sa lampe-torche pointée tantôt sur l'un, tantôt sur l'autre. Normalement, Delaney se serait tenu à distance respectueuse, mais il était inquiet, en colère, prêt à accuser ceux qu'il fallait accuser, et l'alcool brûlait dans ses veines.

— Officier ! s'écria-t-il en allant droit sur lui avec tous les autres, je tiens à vous signaler que j'ai vu cet individu (et de lui montrer du doigt le visage furieusement tordu dudit individu) dans le bas du canyon... où il campait, là-bas, à l'endroit même où le feu a démarré.

L'excitation l'avait pris, il se moquait de tout, il fallait que quelqu'un paie, la belle affaire s'il ne l'avait jamais vu saoul dans son sac de couchage crasseux, on n'en était quand même pas loin, non ?

Le policier se tourna vers lui, des lumières clignotaient, une sirène hurlait, des tonnes d'eau dégringolaient ici et là, le flic avait le même visage que le plus petit des deux, celui enroulé dans sa couverture : même yeux noirs d'Aztèque, mêmes pommettes d'acier, même moustache imposante, mêmes dents blanches qui brillaient.

— Je m'en occupe, dit le flic, et, le ton soudain glacial et l'espagnol en tir de barrage, il lança quelque chose de vicieux et d'accusatoire à la face des deux hommes.

Sans grand effet, sembla-t-il. Le grand porta la main à sa casquette, la fit tourner pour mettre sa visière à l'envers et, impassible, regarda d'abord le flic, puis Delaney. Et proféra une excuse — à tout le moins quelque chose qui y ressemblait. C'est alors que, magnifique trompette qui, flic, Mexicains, et même Delaney, réveilla tout le monde, Jack Cherrystone se mit à parler.

— Officier, explosa-t-il, moi aussi, je les ai vus, j'en suis sûr, et j'aimerais bien savoir ce qu'ils fabriquaient sur les lieux d'un incendie des plus suspects. Ce sont nos maisons à nous que vous voyez là-bas...

et nous n'avons rien d'autre... et moi, si c'est à un incendie criminel que nous avons affaire, j'aimerais bien en savoir plus long là-dessus.

Un attroupement s'était formé — Jack et Delaney n'étaient pas les seuls à avoir repéré les Mexicains qui remontaient la route.

— C'est vrai, glapit une voix dans son dos.

La voix était aiguë et féminine, Delaney se tourna et découvrit une grosse femme aux yeux boueux. Un anneau en argent piqué dans la narine droite, elle portait un châle jeté sur une lourde robe de brocart qui traînait dans la poussière et masquait ses formes.

— Et moi aussi, je veux savoir! s'écria-t-elle encore en trébuchant sur ce dernier mot car elle était saoule, Delaney le vit alors.

Mais déjà un autre policier avait rejoint le premier, un officïer de la Brigade des autoroutes de Californie qui, raide comme un piquet, avait les cheveux blonds taillés en brosse et tout hérissés, sous le rebord de sa casquette. Il jeta un bref coup d'œil autour de lui afin d'évaluer la situation, obligea la grosse femme à l'anneau à baisser les yeux, puis, ignorant délibérément son collègue, dit quelques mots d'espagnol aux deux Mexicains qui bondirent drôlement. Une seconde plus tard, ils étaient tous les deux allongés par terre, les jambes écartées, les bras haut croisés sur la nuque. Le deuxième flic s'étant mis à les fouiller, Delaney, ce fut plus fort que lui, sentit le triomphe et la haine monter en lui. Alors, les deux flics se penchèrent sur les suspects pour leur passer les menottes, le grand Mexicain, celui que Delaney aimait le plus, protestant de son innocence en deux langues. L'enfoiré. Le merdeux. Le sale incendiaire. Delaney eut bien du mal à ne pas se rapprocher pour lui flanquer un coup de pied dans les côtes.

De rage et de fureur premières, un chien aboyait. Les sirènes déchiraient l'air. Ils devaient bien être trente ou quarante à s'être rassemblés, et il en arrivait encore. Tous reculèrent d'un pas lorsque les flics remirent debout les suspects, mais Delaney se trouvait au milieu d'eux, au cœur même de l'attroupement, et Jack se tenait à ses côtés. Il vit la poussière, il vit les brins d'herbe sur la chemise des Mexicains, il vit tous les poils qui leur avaient poussé dans le cou et sur les joues. La casquette du plus grand ayant tourné, sa visière rebiquait maintenant sous un angle insensé. Dans la lumière répétitive, ses menottes étincelaient. Personne ne bougeait. Soudain, la grosse femme hurla une insulte raciste, le flic hispanique tournant aussitôt la tête vers elle.

A cet instant précis, Delaney sentit le regard du grand Mexicain se poser sur lui. Comme le jour où, sur la pelouse des Cherrystone, il l'avait regardé de ses yeux méprisants et haineux, sauf que cette fois Delaney ne cala pas, que honte, pitié, voire élémentaire compassion, il n'éprouva rien. Qu'il renvoya son regard à l'enfoiré, qu'il y mit tout ce qu'il avait et si fort serra les dents qu'il en eut mal aux mâchoires. Mais voilà qu'au moment même où le flic blond le tirait par le bras pour l'emmener jusqu'au fourgon au pas de charge, le grand Mexicain lui cracha à la figure, qu'il le sentit sur son visage, qu'il le vit sur ses verres de lunettes et ne se domina plus.

Sans plus savoir ce qu'il faisait, il se jeta sur lui et le martela de ses poings, la foule se ruant en avant tandis que le prisonnier lui décochait des coups de pied. Le flic s'interposa.

— Encoulé ! hurla le Mexicain que le flic avait déjà maîtrisé. Yé té toue, yé té toue, encoulé !

— Enculé toi-même ! rugit si fort Delaney que Jack Cherrystone dut le retenir.

— Incendiaire ! lança quelqu'un. Sale Espingouin !

Et la foule fut éruption de menaces et d'injures diverses.

— Retourne chez toi ! s'écria un monsieur qui portait la même chemise de sport que Delaney, et la femme qui se tenait à côté de lui répéta « Wetback de merde ! », encore et encore, jusqu'à en avoir la figure toute gonflée.

Les flics firent passer leurs prisonniers derrière

eux, le blond s'avançant d'un pas, la main sur l'étui
de son revolver.

— Vous reculez ou je vous fous en cabane, tous
autant que vous êtes! s'écria-t-il, les cordes vocales
tendues à craquer. Vous voyez pas qu'on a un problème? Vous voyez pas que vous l'aggravez? Et
maintenant, vous reculez! Et je rigole pas!

Personne ne bougea. La fumée pesait sur l'air
comme un poison, comme une condamnation. Delaney regarda ses voisins : ils étaient livides, vidés de
leur sang, serraient les poings et ne demandaient
qu'à s'élancer, n'importe où, ils en bavaient, foule en
furie. Là ils étaient, en pleine nuit, hors les murs,
éjectés de leurs coquilles, et rien ne pouvait les arrêter. Dans sa tête tout se tendait, longtemps il resta
figé sur place et lorsque Jack lui tendit à nouveau sa
bouteille, il la prit.

Pour finir, ce furent les vents qui réglèrent la question. L'incendie s'arrêta à moins de cinq cents
mètres des Domaines, bifurqua vers l'ouest, poursuivit sa route en suivant les alluvions amassées derrière le lotissement, puis franchit le sommet de la
colline, où il fut rapidement circonscrit. La nuit
ayant étouffé les vents de Santa Ana et le matin
apporté des masses d'air mouillé de l'océan, à dix
heures, les résidents de l'Arroyo Blanco purent enfin
quitter leurs voitures, leurs chambres de motel, les
divans de leurs amis, parents, employés ou personnes qu'ils connaissaient vaguement pour réintégrer leurs foyers.

Delaney avait la gueule de bois et se sentait tout
contrit. Il avait bien failli déclencher une émeute et y
songer l'effrayait. Il se rappelait le jour où il avait
pris part à une manifestation antinucléaire avec
Louise, sa première femme — tout le monde lui avait
paru ligué contre lui —, et, pire encore, il n'avait pas
oublié l'instant où, toujours avec elle, il avait gravi
les marches de la clinique d'avortement de White
Plains sous les hurlements des durs qui les insul-

taient, le visage tellement déformé par la rage et la haine qu'ils n'en avaient quasiment plus rien d'humain. Furieux et plein de défi, il leur avait renvoyé leurs cris — c'était une affaire personnelle, profondément personnelle, Louise et lui avaient passé des heures entières à se décider, mais non ils n'étaient pas prêts, il n'y avait pas à chercher plus loin, pourquoi mettre un enfant de plus au monde alors que les gens qui mouraient de faim se comptaient par millions? —, mais les manifestants ne voulaient pas les laisser tranquilles et ne les prenaient même plus pour des êtres humains. Et maintenant, il était l'un d'entre eux. Le haineux, le beauf, le raciste, le violeur des consciences, c'était lui. Rien ne prouvait que ces deux hommes aient été en quoi que ce soit responsables de l'incendie — pour ce qu'il en savait, ils auraient tout aussi bien pu être en train de se sauver à pied, de faire du stop, de se promener pour contempler le paysage... de se balader. Dégrisé il l'était, et repentant, mais ne put contenir une brusque montée de colère en y repensant... oui, peut-être se baladaient-ils... mais bon, se demanda-t-il encore, aurait-il pensé différemment si ç'avait été des Blancs qui avaient remonté la route?

Ils furent obligés de montrer l'adresse portée sur leur permis de conduire pour franchir les barrages — afin de prévenir tout pillage, seuls les résidents avaient le droit de passer. Jordan assis à côté de lui, il suivit la voiture de sa femme et de sa belle-mère et entra dans les Domaines par le portail que personne ne gardait encore. Puis il baissa sa vitre, l'odeur des arbres et des broussailles carbonisés remplissant aussitôt l'habitacle et lui rappelant les puanteurs de l'incinérateur, là-bas, dans l'appartement de ses grands-parents, celles aussi de la décharge publique de Croton où le feu couvait sous des envols de mouettes, mais non : les Domaines n'avaient pas été touchés, dans la lumière du matin tout y était aussi parfait qu'au premier jour. Ses voisins arrivaient déjà chez eux, déchargeant leurs voitures, traversant à grands pas leurs pelouses bien arrosées pour vérifier le portail, la piscine, la cabane à outils, et tous arboraient le sourire vide de celui qui en a réchappé. On avait évité la catastrophe, c'était le lendemain matin.

Ils venaient de s'engager dans Piñon Drive lorsque Jordan se mit à piquer du nez tel gymnaste qui pend au bout de son harnais. Il était sale, portait encore le short, le T-shirt et la casquette des Dodgers tachés d'herbe qu'il avait revêtus lorsque l'alerte avait retenti et, manquant de sommeil — ils avaient attendu jusqu'à minuit passé avant de se décider à prendre une chambre, la dernière, à l'Holiday Inn de Woodland Hills —, ouvrait des yeux grands comme des soucoupes. De fait, il ne parlait plus guère que de Dame Édith, la chatte qui, elle, avait réussi à disparaître au moment même où, dans le courant de l'après-midi, ils avaient commencé à charger les voitures.

— Delaney, dit-il (pour la centième fois, sans doute), tu crois qu'elle s'en est sortie?

— Évidemment, lui répondit-il automatiquement car c'était devenu une manière de mantra, elle est assez grande pour se débrouiller.

Mais à l'instant même où il le disait, il découvrit l'endroit où, la veille, tout blancs et tendus contre le flanc de la colline se dressaient des gommiers à l'odeur de citron, et s'aperçut que dans le vide qui l'avait remplacé il ne restait plus que des cendres.

Il n'avait pas encore arrêté la voiture que Jordan en descendait d'un bond et se mettait à crier:

— Minou, minou! Dame Édith! Minou, minou!

Il lui fallut quelques instants pour s'y retrouver. Il s'était préparé au pire, poutres noircies, plastique fondu, métal tordu, baignoires suspendues en l'air et meubles classeurs aussi brûlés que casseroles. Dans ce genre de sinistre, la température montait parfois jusqu'à onze cents degrés, tout l'oxygène étant alors aspiré dans un coin de l'incendie où il chauffait à blanc jusqu'à ce qu'une brise se déclenchant, tout explose comme une bombe. Les maisons implo-saient avant même que les flammes les atteignent tant la chaleur était élevée. Il s'était attendu à la désolation, maison, jardin, quartier, rien n'avait bougé, pas même un brin d'herbe.

Kyra s'était arrêtée juste devant lui, sa mère descendit du côté passager, l'air un rien sonnée. Elle avait passé sa nuit sur une couchette étendue au pied de leur lit à l'Holiday Inn et n'avait pas eu le temps de se coiffer et s'apprêter avec sa minutie habituelle, Delaney, Kyra et Jordan s'étant levés tôt pour retourner au barrage et attendre qu'on le lève. Elle accusait son âge, ces tragiques événements ayant marqué son visage juste au-dessous de ses yeux et au coin de ses lèvres. Kyra, elle, avait remonté ses cheveux en arrière et laissé tomber toute idée de maquillage, et là, toujours habillée pour la fête, elle était superbe et prête à guerroyer. Avant même que Delaney ait pu descendre de voiture, elle bondit dans la maison et, tel le maréchal sur son champ de bataille, se mit à l'arpenter dans tous les sens en appelant la chatte et en composant des numéros sur son téléphone portatif. Un sac en papier brun rempli de carnets de notes indispensables et autres guides de la nature tout aussi essentiels dans les bras, Delaney la rejoignit un instant plus tard.

Il posa ses livres sur la table de la cuisine et gagna le four d'où montaient encore, mais ce n'était guère appétissant, de faibles odeurs de dinde. Là, derrière la porte, trônait le volatile, aussi coriace et desséché qu'un morceau de chameau. Sacré Thanksgiving, pensait-il encore, le pire qu'il avait jamais connu sans doute, lorsque, à grands pas, Kyra entra dans la pièce, le regarda d'un sale œil et ouvrit la porte du réfrigérateur pour y prendre du jus d'orange. Puis elle coinça son téléphone entre son menton et son épaule et se versa un verre.

— Mouais, dit-elle dans l'écouteur. Hmm, mouais.

Elle s'inquiétait pour ses maisons. Pour ce qu'on en savait à ce moment-là, seuls huit chalets en cèdre avaient brûlé au sud de l'Arroyo Blanco, dans une petite enclave où, hippies, motards, nécromanciens

et autres enthousiastes du New Age, résidaient des
adeptes de la vie alternative. Mais elle avait d'autres
maisons plus isolées, dont celle des Da Ros. Devoir
abandonner Dame Édith à un destin horrible et,
semblait-il, inéluctable, l'avait, la veille, poussée aux
confins de l'hystérie, mais maintenant que l'incendie
les avait définitivement oubliés, elle concentrait — et
le changement, Delaney le constatait, avait été automatique — toute son attention sur ses maisons. La
chatte s'en sortirait, elle le savait. Terrorisée par les
sirènes, elle avait dû se cacher sous un lit. Ou alors,
elle traquait les souris qui avaient dû déménager.
Elle ne tarderait pas à rentrer.

— C'est pas vrai, dit-elle dans son téléphone.

Le verre, dans lequel elle n'avait toujours pas bu,
quitta sa main et, petit tube de lumière orange clair,
atterrit sur le comptoir.

— Tu es sûre que c'est la maison des Da Ros?

Puis ceci, en se tournant vers son mari :

— Vite! Allume la télé!

Ils se ruèrent dans le living d'un même pas.

— La sept, souffla-t-elle, et se remit à parler dans
son téléphone : Merci, Sally. Oui, oui, je regarde.

Des scènes de destruction déferlèrent sur l'écran.
Pendant un moment, les restes des chalets aplatis
occupèrent tout l'espace avec, ici et là, des voitures
et des vans carbonisés, plus quelques cheminées
squelettiques qui se dressaient sur l'horizon sans
arbres, puis on passa à l'interview de plusieurs personnes massées devant le magasin Gitello.

— C'était Sally Lieberman, reprit Kyra. Ils
viennent de montrer la maison des Da Ros.

Sa gorge se serrant brusquement, elle ajouta :

— Partie en fumée, d'après ce qu'elle dit.

C'était peut-être le cas, mais les reporters de la 7
oublièrent de le confirmer (du moins dans cette partie-là des nouvelles), et leurs collègues de la 2, de la
4, de la 5, de la 11 et de la 13 n'en firent pas plus état.
Rochers noircis, cendres blanches, air brûlant qui
montait en vagues des derniers points chauds et
pompiers suants et épuisés qui rangeaient leurs

tuyaux, l'incendie était déjà de l'histoire ancienne —
il n'y avait pas eu de morts et les dommages immobiliers étaient bien faibles — mitraillages, poignardages mortels et accidents sanglants, on était
promptement passé à autre chose.

— Elle s'est peut-être trompée, dit-il.

Kyra avait repris ses airs frénétiques.

— Il faut que j'aille vérifier.

— Quoi ? Maintenant ? lui demanda-t-il, incrédule. C'est dangereux. Ce n'est pas complètement
fini, tu sais... ça pourrait reprendre. En plus, il y a
sûrement un barrage.

Il avait raison, elle le savait. Elle s'affala sur sa
chaise, toute volonté l'avait quittée, et serra désespérément son téléphone dans sa main. Déjà elle se
demandait qui elle allait bien pouvoir appeler et
comment s'y prendre pour éviter les barrages et
remettre ses affaires en route.

— Il n'y a rien à faire, insista-t-il, et il faut vider
les voitures avant tout. Tu ne voudrais quand même
pas qu'on nous vole ce qu'il y a dedans, non ?

C'est alors que Kit apparut, l'air encore un peu
perdue, mais on était déjà plus soi-même — elle
s'était entouré la tête d'un turban pour cacher ses
cheveux défaits et remis du rouge à lèvres. Delaney
vit qu'elle tenait gauchement quelque chose dans sa
main droite, loin de son corps, comme si elle avait
trouvé quelque bout d'excrément ou un rat mort
sous un lit. Mais... qu'était-ce donc ? Une ceinture ?
Un Walkman ? Non, c'était une boîte en plastique
noir, une boîte qui pendait au bout d'une lanière
presque entièrement sectionnée. Dans les mains de
sa belle-mère, l'objet avait quelque chose d'incongru,
d'atypique et de déplacé, mais il disait bien des
choses.

— J'ai trouvé ça dans mon sac, dit-elle d'une voix
qui brusquement monta, tant sa surprise et son émoi
étaient grands. Je me demande bien comment il y a
atterri.

Delaney, lui, ne se le demanda pas longtemps.
Brusquement, tout lui revint à l'esprit. Il regarda
Kyra et vit qu'elle aussi, elle avait compris.

— Dominick Flood, dit-il.

— Mais pourquoi... ? commença-t-elle.

La révélation si fort éclaira le visage de Kit que de honte et de douleur ses yeux lui rentrèrent dans le crâne — Dominick Flood avait joué à de très vilaines choses avec elle, il l'avait trompée de bout en bout en attendant de saisir sa chance.

— Je n'arrive pas à y croire, murmura-t-elle.

Delaney imagina la scène : Dominick tout suave et onctueux, Kit accrochée à son bras tandis qu'ils contemplent le spectacle du lieu le plus sûr qui soit, à savoir le barrage de police, et peu à peu il comprend : c'est la chance de sa vie. L'engin de sur-veillance continuera d'envoyer ses signaux des Domaines de l'Arroyo Blanco, même si ce n'est pas vraiment de chez lui, et sachant qu'il a été évacué pendant la nuit parce qu'il y a eu urgence, les types du Service de surveillance électronique du comté de Los Angeles mettront probablement plusieurs jours avant de démêler l'affaire. Et lui là-dedans ? Avec un compte aux Bahamas ? Avec un chalet en Suisse ? Avec une maison sur la plage aux Seychelles ? Comme s'il n'avait pas envisagé tous les cas de figure !

Kit respira un grand coup d'air lourd et mouillé. Elle semblait au bord de la crise, Kyra venait juste de traverser la pièce pour s'asseoir à côté d'elle sur le sofa et, gentille fille, offrir quelque réconfort à sa mère lorsque, encore plus sale et la tenue plus anar-chique que vingt minutes auparavant, Jordan fit irruption dans le living.

— M'man, s'écria-t-il en haletant, et l'on voyait ses côtes se soulever sous le mince tissu de son T-shirt, j'ai cherché partout et j'arrive toujours pas à retrou-ver Dame Édith.

CHAPITRE 4

Cándido vit la chatte et América qui la berçait comme une poupée dans ses bras tandis que le reste de son corps se raidissait sous la douleur, se détendait, puis, la contraction suivante s'annonçant, se bandait à nouveau. Sa première impulsion fut de chasser l'animal, mais il se retint. Si ça pouvait l'aider à oublier sa souffrance, pourquoi pas ? En plus, au moins aussi perdu et affamé qu'eux, semblait-il, au milieu du désastre qui couvait, la bête paraissait toute heureuse de réconforter son épouse en se pelotonnant contre elle. C'est bon, allez. Mais l'incendie se rapprochait lentement, aiguillonné par les vents, puis, une seconde plus tard, repoussé en arrière lorsque ces mêmes vents manquaient de souffle. L'endroit n'était pas sûr — ils prenaient des risques, de très gros risques —, mais que pouvaient-ils faire d'autre que de surveiller et attendre ? Et prier aussi. Peut-être. Il savait déjà ce qu'il y avait de l'autre côté du mur et cela ne l'enchantait guère. De fait, chaque fois qu'il se laissait aller à y penser, il sentait son cœur s'emballer si fort qu'il craignait de le voir exploser. Là-bas, à un jet de pierre à peine, c'étaient de grandes et riches maisons qui se dressaient, il l'avait bien vu du haut du toit, et il y faisait aussi sombre que la nuit, et les jardins étaient déserts. Tout lui était revenu en mémoire. Il y avait travaillé un jour, avec Al Lopez, une histoire de barrière, mais le mur ne lui disait rien. Neuf, sans doute. Mais plus glaçant encore était le fait que tous ces gens avaient été évacués, qu'ils avaient abandonné leurs affaires, leurs belles maisons, leurs pelouses, leurs jardins et le reste, et que l'avenir devait être bien sinistre pour qu'ils s'y soient résolus. Le feu venait dans leur direction, c'était clair, bientôt ils seraient piégés, brûlés vif, la graisse qu'ils avaient sous la peau rissolant comme graillons dans la poêle, leurs os se brisant avant l'ultime dessiccation. Il regarda sa femme. Il s'assit à côté d'elle. Et pria.

A un moment donné, au cœur de cette nuit insup-
portable, sa femme cria si fort que presque elle
aboya et que, réveillée en sursaut, la chatte se sauva
tandis qu'América essayait de se redresser sur le lit
de sacs de graines qu'il lui avait confectionné.

— Cándido, gémit-elle, il faut que je me lève, il
faut que j'aille aux cabinets, je... je ne peux pas me
retenir plus longtemps.

Et déjà il l'aidait à se lever lorsque là, entre ses
jambes, il le vit, contre ses cuisses nues, dans la pâte
rouge de son sang, l'enfant d'América, son bébé à lui,
son fils. Entre ses jambes sa tête était apparue avec
ses petits cheveux tout noirs et mouillés, tout de
suite il retint sa femme, lui souleva les jambes et lui
dit de pousser, ça y était, de pousser, pousser et
pousser encore. Il entendit un bruit, comme de l'air
qui fuse d'un ballon... *pfffuit,* et oui, il était là, son
fils, serré dans un sac de peau tout fripé, dégoulinant
de sang, de mucus et de trucs qui ressemblaient à du
lait caillé. Énorme, un des Canadair passa dans le
ciel, puis, tonnerre d'eau, lâcha son chargement
pour repousser les flammes au-dessous d'eux, et
Cándido sentit l'odeur forte de la naissance et du pla-
centa qui sortait lui aussi, chaud et somptueux dans
la cabane remplie de graines, de chlore et d'engrais.
Transfigurée de joie, América prit le bébé dans ses
bras, puis, le cordon toujours attaché à elle, lui nettoya la bouche et pour la première fois le fit respirer
et pour la première fois le fit pleurer, si faiblement,
miauler plutôt, comme la chatte, et le berça, lui, son
vrai bébé qui était vivant et en bonne santé.

C'était l'instant qu'il attendait. Son couteau à la
main, il se pencha en avant et coupa le cordon — il
était bleu et ressemblait à une longueur de saucisse
— puis, avec un chiffon trempé dans de l'eau, il ôta
les cochonneries collées sur les membres et le torse
de son fils. Il exultait, en lui vibraient une force et
une joie qui se moquaient bien de sa pauvreté, de ses
souffrances, de ses manques, et même de l'holo-
causte qui avait bondi de sa pauvre marmite pour se
répandre dans les profondeurs du canyon. Il avait un

fils, le premier de sa descendance, sur le sol américain une génération nouvelle voyait le jour, et son
fils aurait tout ce qu'avaient les *gabachos* et plus
encore. C'est alors qu'en passant son chiffon sur le
ventre du bébé que déjà sa mère portait à son sein,
là, entre ses jambes, bien le tamponner... il découvrit, dans la lumière diffuse et incertaine, quelque
chose qui le fit tressaillir, hésiter, puis arrêter net,
son chiffon à la main. Un fils, ça? Ce n'était pas plutôt...

Mais América le savait déjà.

— Tu sais comment je vais l'appeler? lui
demanda-t-elle d'une voix ensommeillée, de la voix
du rêveur qui rêve de si beaux rêves qu'il ne veut plus
les lâcher.

Cándido garda le silence. Il essayait de digérer sa
paternité, enfin il était père... d'une petite fille... et
songeait déjà à l'incendie, aux maisons abandonnées, à l'endroit où ils dormiraient demain soir et la
nuit suivante, à ce qui lui arriverait si jamais les *gringos* mettaient la main sur lui.

Et la voix lui revint, gluante de plaisir.

— Je vais l'appeler Socorro, dit-elle... c'est pas
joli? Socorro, répéta-t-elle, et l'arête du nez chatouil-
leuse contre l'oreille rouge et si petite du bébé:
« Socorro, Socorro, Socorro... » Elle roucoula son
prénom à sa fille.

C'était l'aube. Le feu les avait épargnés. Pendant la
nuit, d'un seul coup d'aile il avait sauté par-dessus la
colline et maintenant, hélicoptères et Canadair à
gros ventre, c'était de l'autre côté de la crête qu'on
plongeait et disparaissait. Il n'avait pas dormi, pas
même une seconde. Il avait baissé la mèche, posé la
lanterne à côté d'América, puis il était monté sur le
toit de la cabane pour regarder le feu et l'eau qui se
faisaient la guerre. Il avait vu des hommes dans le
lointain, silhouettes en fil de fer qui se détachaient
sur les rougeurs du brasier, il avait vu l'arc dans
leurs lances, il avait observé les avions qui piquaient

sur leurs cibles. Deux fois il avait cru que les flammes allaient les prendre, deux fois il avait failli réveiller sa femme et sa fille pour courir avec elles jusqu'à la route, deux fois le vent avait tourné, soufflé dans son dos et chassé le feu vers le haut de la colline, ils étaient saufs.

Rien ne bougeait dans la lumière trouble du matin, pas même les oiseaux. Pesante, la fumée stagnait sur le canyon, au loin des vapeurs montaient des collines noircies, d'épuisement les sirènes hurlaient. Cándido se laissa glisser du toit et, immobile un instant, contempla sa femme et le bébé. América dormait sur le côté, son enfant nichée au creux de son bras, aussi tranquille que si elle reposait dans une chambre privée à l'hôpital avec cent infirmières à son service. La chatte était là, elle aussi, lovée derrière son genou. L'animal le regarda, et bâilla lorsqu'il se baissa pour éteindre la lanterne.

Il n'avait pas beaucoup de temps — deux, trois, quatre heures au maximum —, et savait ce qu'il fallait faire et combien il lui en coûterait. La nourriture, d'abord ça. Il n'avait rien d'un pillard, d'un voleur, d'un *pandillero* ou d'un *ladrón*, mais c'était de survie qu'il était question, de pure et simple nécessité, il avait une femme et une fille maintenant, et il fallait qu'elles mangent, à la Vierge de Guadalupe il jura qu'il paierait tout ce qu'il allait s'approprier. Il y avait un jardin derrière le mur, sans faire de bruit il grimpa sur la cabane et se laissa glisser dans la propriété sans même se demander comment il reviendrait.

Le jardin était calme, silencieux, le canyon tout entier semblant retenir son souffle après l'incendie. Personne, mais on ne tarderait pas à rentrer — il devrait faire vite. Il n'entrerait pas dans la maison, jamais il n'aurait fait une chose pareille, pas même s'il avait crevé de faim sur le trottoir, mais dans le jardin il y avait aussi une cabane (une petite, rien à voir avec la grande remise où sa femme et sa fille dormaient comme des bienheureuses), et dans cette cabane se trouvaient certaines choses dont il aurait besoin : un marteau, une boîte de clous de douze et quatre sacs en toile de jute qui pendaient à un crochet. Il fourra le marteau dans sa poche revolver et mit autant de clous qu'il pouvait dans celles de devant. Puis il s'avança dans le jardin et lesta ses sacs de concombres, de tomates et de courges et, par-dessus, déposa des oranges et des pamplemousses qu'il cueillit aux arbres très joliment alignés à l'arrière de la propriété. Autre chose dont il aurait besoin ? Il emprunta une scie sauteuse et une hachette en se disant que s'il les rapportait pendant la nuit, personne n'en saurait jamais rien.

Et pour repasser par-dessus le mur ? Un baquet en plastique, quarante litres, avec un couvercle lui aussi en plastique, vert, mignon, là-bas, à côté des marches. Mais le baquet pesait son poids. Et il y avait quelque chose dedans. Il ôta le couvercle et découvrit des croquettes pour chien, brun-rouge, en forme d'étoiles. Son estomac grogna — il n'avait rien mangé depuis la veille au matin —, il s'enfourna une poignée d'étoiles dans la bouche et mâcha, pensivement. On aurait dit du papier, non, du carton, mais si les chiens en mangeaient, il devait pouvoir en faire autant. Il décida d'emporter le baquet — les gens de la maison se diraient qu'un raton laveur, ou un putois, était passé par là. Il posa le baquet au pied du mur en guise d'escabeau, jeta marteau, scie et hachette de l'autre côté, hissa, un à un, les sacs grondants de légumes à sa hauteur et doucement les fit descendre sur l'autre versant. Puis, en se penchant le plus qu'il pouvait, il attrapa, de justesse, l'anse en fil de fer du baquet de croquettes pour chien et le fit monter le long du mur.

Il laissa tout en l'endroit et, l'estomac criant famine, louvoya entre les buissons pour gagner le haut de la colline en évitant la zone dévastée par l'incendie. Mêlée à celle de la cendre détrempée, l'odeur de brûlé écrasait tout, jusqu'aux fortes senteurs de la sauge qui se brisait et tombait en poussière entre ses doigts lorsque d'une main, puis de l'autre, il l'agrippait pour se redresser. Sans oublier la chaleur, la chaleur cuisante d'un milieu d'après-midi en plein dans les fraîcheurs du matin, comme si l'on avait monté mille fours au maximum, sans oublier les endroits où, persistantes, une volute après l'autre, des fumées s'élevaient dans le ciel. Il prenait soin de ne pas se faire voir. Il y avait du mouvement maintenant, les pompiers passaient tout au peigne fin afin de noyer les derniers foyers, au-dessus de sa tête les hélicoptères battaient l'air toutes les deux ou trois minutes. Se faire prendre à cet endroit serait fatal.

Explications, interrogatoires, menottes et matraques, on n'irait peut-être pas jusqu'à la chambre à gaz, mais à la prison sûrement, la prison avec ses barreaux, ses gardes *gabachos* et ses hauts murs de pierre surmontés de fil de fer barbelé tranchant comme du rasoir. Et América ? Et sa fille ? Comment alors pourrait-il s'occuper d'elles ?

Trouver ce qu'il cherchait lui prit une demi-heure. Un coup à droite, un coup à gauche, en zigzaguant sur le flanc de la colline, ici c'étaient des bouts de pierre coupants qu'il chassait en avançant, là, partout, des rats, des lézards et toutes sortes de créatures déplacées qui filaient en sifflant sèchement du poil et de l'écaille, il atteignit enfin un accore qui avait, peut-être, jadis bordé le cours d'un ruisseau. Sis à quelque cinq cents mètres au-dessus des alluvions desséchées qui s'évasaient à l'entrée du lotissement, il lui permit de voir tout ce qui s'étendait sous lui. Il était arrivé, il faudrait bien que ça fasse l'affaire. De là il pourrait repérer, et de loin, toute personne qui voudrait s'approcher et l'endroit était assez proche de la zone qui avait brûlé pour décourager le randonneur insouciant — voire la police attachée à déloger quelque incendiaire mexicain. En plus, les buissons étaient si épais et emmêlés qu'ils formaient comme une muraille d'épines et de piquants sans aucune faille. Jamais on ne le retrouverait là-dedans.

En redescendant vers la cabane, il fit le compte de tout ce qu'il lui faudrait. Partir de zéro, comme des naufragés : habits, couvertures, nourriture, cuillère en bois et casseroles cabossées — deux —, tout avait brûlé dans l'incendie. Alors il pensa à l'argent, à la cagnotte pour l'appartement, à tout ce qu'il y avait remis — la belle blague que c'était ! Il n'était pas plus près de réaliser son rêve qu'il ne l'avait été au dépotoir de Tijuana. A cette époque-là au moins, il avait une planche sous laquelle se réfugier quand il pleuvait. Sauf que l'argent devait être intact, non ? A l'abri sous sa pierre comme il l'était ? La pierre ne brûlait quand même pas ? Une fois le calme revenu, la première chose qu'il ferait serait de se glisser dans le canyon et d'aller reprendre son trésor, mais plus tard, dans combien de temps, il l'ignorait et, en attendant, sa famille avait besoin d'un toit et de quoi se nourrir. Ils ne pouvaient pas prendre le risque de rester dans la cabane plus d'une heure ou deux. On allait appeler les ouvriers de l'entretien pour balayer les cendres et nettoyer la piscine commune — il en voyait le grand miroir sombre et pensif au milieu des Domaines, on aurait dit un trou d'eau en Afrique, dans les plaines où les animaux encornés viennent boire tandis que, planqués aux alentours, les grands fauves les attendent —, mais il y avait le temps, là-bas en bas, sur la route du canyon rien ne bougeait. La police barrait toujours le passage. On avait encore peur du feu. Et des pillards.

Il ne réveilla pas América, pas tout de suite. Il fit quatre voyages jusqu'à l'accore afin d'en rapporter les outils, les sacs de légumes — vides, il y avait déjà pensé, ils pourraient leur servir de couvertures —, et autant de palettes en bois que faire se pouvait. Il les avait trouvées empilées de l'autre côté de la cabane et, certes, il savait que le jardinier s'apercevrait de leur disparition, mais dans combien de semaines ? Et que pourrait-il y faire alors ? Dès qu'il les avait aperçues, une architecture s'était imposée à son esprit, il avait su qu'il les lui fallait. Le destin lui interdisait d'avoir un appartement ? Hé bien, il aurait une maison, avec vue panoramique.

Il travailla furieusement, contre la montre, en

levant la tête toutes les deux ou trois secondes pour
voir si les premières voitures ne rentraient pas aux
Domaines. Les palettes se prêtaient aisément à son
dessein — parfaitement carrées, elles avaient soixante-
quinze centimètres de côté et s'emboîtaient comme
les pièces d'un jeu de construction pour enfant.
Quinze lui suffirent, une fois clouées ensemble, à
obtenir la charpente. Les murs latéraux et celui du
fond faisaient deux palettes de long sur deux de
haut, pour le devant il n'en mit pas en bas pour pouvoir entrer chez lui en rampant. Puis il en posa
quatre par terre pour le plancher afin qu'en cas de
pluie ils n'aient pas les pieds dans la boue, et vit que
pour l'isolation, il pouvait bourrer de journaux et de
chiffons l'interstice de sept centimètres qu'il y avait
entre les panneaux. La conception était bonne, surtout pour un édifice que le cœur battant, le doigt
tremblant et un œil rivé sur la route, il avait monté
de but en blanc, mais il y manquait l'essentiel, à
savoir : un toit.

No problema. Il avait déjà une solution, avec un
peu de temps et du temps il faudrait qu'il s'en fasse,
et il faudrait qu'il aille au-delà de la faim et de l'épuisement, il faudrait qu'il ait le plus de matériaux possible avant qu'une fois rentrés chez eux, les gens
recommencent à surveiller leurs arrières et à traquer
le voleur, l'incendiaire et le Mexicain. Mais d'abord,
América. La matinée passait — il devait bien être
neuf heures, peut-être même dix —, il ne pouvait pas
courir le risque de la laisser plus longtemps dans la
cabane. Il dévala la pente en essayant de garder son
équilibre et de ne pas se faire repérer par les hélicoptères, et tomba à deux reprises, tête la première dans
des buissons où il s'érafla la figure et disparut sous
des brindilles et des fibres qui se collèrent à sa peau
et tant le démangèrent qu'on aurait dit un gamin
auquel ses camarades ont joué un bon tour à l'école.
Le ciel était bas et gris, saturé de fumée. Pas un
souffle de vent, et le soleil avait toutes les peines du
monde à jeter des ombres sur le paysage.

— América, lança-t-il doucement du pas de la
porte.

En guise de réponse, la chatte miaula un coup, puis, son entièrement nouveau dans un monde encore plus nouveau, il entendit un sanglot s'étouffer dans la gorge du bébé.

— América, répéta-t-il, et lorsqu'elle lui répondit de sa voix douce et gluante, il ajouta : il faut qu'on s'en aille. Maintenant, *mi vida*, on ne peut pas rester ici.

— Je ne veux pas.

— Ne me complique pas les choses, s'il te plaît, dit-il. Tu sais bien qu'ils me cherchent.

— Je veux rentrer chez moi. Je veux voir ma mère, dit-elle, et son visage était gonflé, et ses yeux profondément enfouis dans leurs orbites. Je veux lui montrer mon bébé. Je ne peux pas vivre comme ça. Tu m'avais promis... tu m'avais promis.

Il alla vers elle, il s'agenouilla à côté d'elle, il passa un bras autour de son épaule. Son cœur se brisait. Il ne supportait pas de la voir comme ça, de voir sa fille privée de tout, de voir sa femme dans le dénuement.

— Ce n'est pas loin, reprit-il en chuchotant et, juste au moment où ces mots quittaient ses lèvres, trois coups de klaxon le firent sursauter, brefs et soudains, dans le lointain. Allez, América, il n'y a qu'à monter la colline.

Il attrapa tout ce qu'il pouvait — quelques sacs de semis à gazon pour le matelas, il reviendrait chercher le reste plus tard — et l'aida à gravir la pente qui était raide. Elle n'avait pas retrouvé ses forces et ses cheveux étaient ceux d'une folle, pleins de nœuds, sales, piqués de débris végétaux. Elle refusa de se baisser lorsqu'un hélicoptère apparut soudain en haut de la crête avant de plonger de l'autre côté, mais il l'y força. Sa fille ne faisait aucun bruit. Il n'était à la face du monde aucun être humain plus petit qu'elle, visage surgi de la nuit des temps, yeux fermés, fort, pour se protéger de la lumière, elle se pressait contre le sein de sa mère comme si elle y était attachée, comme si elle ne faisait toujours qu'un avec elle. Comment ne pas s'émerveiller ? Sa fille... et voyez comme elle est bien élevée et elle n'a pas encore huit heures !

— C'est quoi, ce truc? voulut savoir América lorsqu'il l'eut installée dans la boîte sans toiture, et dans sa voix tout ravissement avait disparu.

— C'est juste en attendant, dit-il. Juste le temps de remettre un peu d'ordre.

Elle n'en disputa pas, mais aurait bien aimé le faire, il le sentit. Elle était trop fatiguée, trop effrayée, elle se tassa dans un coin et accepta l'orange qu'il lui tendait.

Il ne voulait pas prendre le risque de repasser par-dessus le mur — en redescendant la colline, il avait vu les premières voitures scintiller sur la route du canyon —, mais il le fallait, juste une dernière fois. Il avait aperçu quelque chose dans le jardin attenant à celui où il avait prélevé ses outils, quelque chose qu'il lui fallait absolument emprunter avant qu'il ne soit trop tard. D'un bond il fut à la cabane, s'accroupit pour risquer un œil par-dessus le mur et regarda dans le jardin en surveillant les fenêtres de la maison. Pas un mouvement, et pourtant cela faisait déjà un bon moment qu'il entendait les voitures — il n'avait que deux ou trois minutes, mais cette fois il n'allait quand même pas sauter de l'autre côté sans savoir comment revenir, si? Si. Il ne put s'en empêcher. Hop, il se laissa choir, se tassa sur lui-même, vit, dans le coin du jardin, la grande niche à chien avec deux assiettes creuses en aluminium (la première pour l'eau, la deuxième pour la pâtée), passa la tête dans l'ouverture de la niche et découvrit le superbe tapis en laine verte qu'on y avait étendu pour le toutou. Ses propriétaires se demanderaient sûrement où avait filé le tapis, et les deux assiettes en aluminium, mais Cándido était un être humain, un homme avec une femme et un bébé, alors que ce n'était qu'un chien. Était-il mal, était-ce pécher, était-il moralement indéfendable de voler un chien? Où donc le disait-on dans le catéchisme?

Il jeta tout son bazar par-dessus le mur, traversa la haie pour entrer dans le jardin attenant et là, ce qu'il convoitait, un toit, son toit, l'attendait. C'était une simple feuille de plastique ondulé teintée en vert, avec des rigoles pour la pluie, même pas attachée à la petite serre installée entre des figuiers à côté de la piscine — tout juste posée dessus. Il se tint immobile un instant, d'épuisement, et contempla son toit, et soudain les figues parurent lui tomber dans les mains et après, elles étaient dans sa bouche, pulpeuses et sucrées avec leur grosse peau amère à mâchonner. Alors, l'espèce de malchance frénétique et de fatigue accablante qui ne l'avait pas lâché depuis un jour et une nuit entière commençant à se faire sentir, il resta figé sur place et, incapable de bouger, regarda bêtement la piscine. Le bassin était petit, une flaque à côté du machin gigantesque qui se trouvait au milieu du lotissement, mais joli. Ovale et bleu, frais. D'un bleu propre, et rempli d'une eau si pure qu'excepté la fine pellicule de cendre qui la recouvrait, elle en était transparente. Ce qu'il devait être agréable d'y plonger, se dit-il, juste une seconde, et de s'y laver de toute la crasse, de toute la sueur et de toutes les rayures de suie noire qui des pieds à la tête le faisaient ressembler à une hyène... Mais là, derrière lui, un bruit le fit sursauter, ça venait de l'autre côté de la rue... un claquement de portière, des voix... il bondit jusqu'à la serre.

La feuille de plastique était encombrante, trop grande pour la serre, bien trop grande pour sa petite cabane, mais il n'y avait pas moyen de la couper à la bonne taille et les voix étaient plus fortes et se rapprochaient. Il secoua la feuille un grand coup et pouf, se retrouva par terre et dut beaucoup se tortiller pour se dégager. Le plastique était moins dense qu'il ne le pensait, plus flexible, et sa tâche n'en fut que plus ardue. Il n'empêche. Il réussit à traîner la feuille à travers la pelouse et déjà il la hissait le long du mur lorsqu'une fenêtre s'ouvrant soudain dans la maison d'à côté, il se figea d'un coup. Un visage s'était encadré dans le montant, un visage de femme, et cette femme contemplait le jardin où il manquait déjà plusieurs outils, quatre sacs de fruits et de légumes, un plein baquet de croquettes pour chien, deux assiettes en aluminium et un bout de tapis.

Sans même oser respirer, Cándido pria le ciel que la haie de buissons qui séparait les deux jardins empêche la femme de le voir. Il examina son visage comme il eût pu étudier un portrait dans une galerie de tableaux, en gravant chaque pli et chaque ride dans sa mémoire, attendant qu'il change brusquement, stupéfaction, peur, haine, mais ce changement ne vint jamais. Au bout d'un moment, la femme rentra son visage dans la maison. Aussitôt, d'un claquement sec de l'épaule, il hissa de nouveau sa feuille de plastique le long du mur, la fit basculer de l'autre côté, et tomba à genoux dans les buissons.

— Allez, Butch, allez, mon petit ! lança une voix dans la maison voisine, et voilà que la femme reparaissait à la porte de derrière et que dans l'instant un énorme berger alsacien noir se ruait dans la véranda et dégringolait les marches pour filer sur la pelouse.

Et quand l'énorme canidé se mit à aboyer comme on tonne et rugit de la poitrine, Cándido pensa que c'en était fini de lui et se roula en boule, prit la position du fœtus, se protégea la tête et les couilles, mais non : c'était après la femme que le chien en avait, après la femme qui tenait une balle de tennis jaune derrière son oreille et s'apprêtait à la lancer. Et la femme lâcha la balle et le chien chaloupa derrière elle et la lui rapporta. Encore et encore.

Enterré sous ses buissons dans le jardin d'à côté, Cándido se tassa contre le sol. Des cris montaient au loin, des bruits de moteur qu'on emballe ou retient, des voix d'enfants, des aboiements de chiens, encore et encore : ils revenaient, tous, le moment approchait — quelques minutes à peine et tout serait dit — où quelqu'un rentrerait chez lui, s'apercevrait que le toit de sa serre avait disparu et se mettrait à chercher. Il fallait faire quelque chose, et vite, il y réfléchissait, son esprit s'échauffait, lorsqu'une complication supplémentaire se fit jour : le mur était infranchissable.

Dans la propriété d'à côté, le chien se remit à donner de la voix, se lança dans une véritable symphonie d'aboiements frénétiques et bavouillants, et la femme lui jeta une dernière fois la balle avant de rentrer dans la maison. C'était déjà ça. Cándido attendit : enfin le chien cessa d'expédier sa balle en l'air, passa la tête dans sa niche sans tapis, s'installa sur le gazon et rongea sa balle comme si c'était un os. Alors, pelvis dans la poussière, tel le soldat en commando, Cándido rampa entre les figuiers autour de la serre, s'enfila dans un trou de la haie de lauriers-roses et passa dans le jardin attenant.

Celui-là était calme. Personne à la maison, le bassin était aussi paisible qu'une baignoire et la pelouse mouillée de rosée. Mais... il le connaissait, cet endroit, non ? Ce n'était pas là qu'il avait travaillé à la barrière avec Al Lopez ? Le chêne là-bas, oui, il s'en souvenait, un vrai grand-père de chêne, mais... et la barrière ? Où était passée la barrière ? Il se remit debout prudemment, découvrit les trous dans le gazon, pile aux endroits où il avait planté ses poteaux — ces *gabachos* n'étaient jamais contents —, et une seconde plus tard, tomba sur quelque chose de bien plus intéressant pour lui, à savoir un escabeau. En aluminium. Là, contre le mur. Un battement de cœur après, il avait franchi l'enceinte de la propriété, se ruait de l'autre côté, à croupetons, et furieux tout à coup, fou de colère, dépassait la feuille de plastique, trouvait les assiettes du chien et son bout de tapis, les glissait sous son bras — au cul, le chien, il le haïssait, ce clebs, et sa grosse maîtresse aussi, ils n'auraient qu'à se racheter des assiettes, ils en avaient les moyens, et un tapis avec... Ils se foutaient bien que là, sous leur nez, un pauvre homme qui n'avait pas de chance meure avec sa femme et sa fille ! Non, fini de s'inquiéter pour ça, ce n'était pas lui qui allait demander la permission, non, il allait prendre, un point c'est tout.

Il cacha le tapis et les assiettes — ses marmites à lui, parce qu'elles étaient à lui, maintenant — dans le sous-bois en attendant de venir les reprendre, puis, en longeant à nouveau le mur, il revint à l'endroit où la feuille en plastique vert était tombée par terre. Son toit. Du plastique pour empêcher la pluie d'entrer parce que la pluie arrivait, il la sentait, même dans les puanteurs de la cendre et des broussailles qui finissaient de brûler. Un corbeau le dépassa d'un coup d'aile, en se moquant. Le soleil pâlit dans la grisaille. Malgré son épuisement, malgré tout et le reste, il se mit à tirer sa grande feuille de plastique dans les buissons récalcitrants et là, tandis que les branches le déchiraient, que ses doigts déjà se raidissaient et qu'au-dessus de lui les hélicoptères continuaient de filer, il songea au Christ avec sa croix et sa couronne d'épines et se demanda qui souffrait le plus, de lui ou de l'homme en croix.

Plus tard, après avoir jeté la toiture sur la charpente et taillé une demi-montagne de buissons à mettre par-dessus pour la cacher, il dormit. D'un sommeil profond, d'un sommeil d'homme entièrement vidé, d'un sommeil qui pour autant ne fut pas sans rêves. Surtout vers la fin, lorsque la nuit étant tombée, il se réveilla et se rendormit cinq ou six fois. Alors ses rêves furent ceux de l'homme traqué — des hordes d'individus sans visage le pourchassaient, tous ils avaient des cheveux roux d'Irlandais et des mains qui l'agrippaient, et lui, il courait et courait, mais bientôt était coincé et se retrouvait dans une petite boîte en bois sur le flanc de la montagne. Puis il se réveilla pour de bon et dans les douces lueurs de la lanterne, il vit América et son bébé qui dormaient à côté de lui. Et sentit une odeur de fruit, une odeur si forte qu'un instant il crut avoir quinze ans à nouveau et s'être remis à presser des oranges au *mercado*. En se forçant, il avait mal partout tant l'épreuve l'avait meurtri, il se redressa sur ses coudes et contempla la petite cabane, son nouveau foyer, son refuge, sa planque. Dans le coin des pelures s'entassaient, avec des pépins et de la pulpe de fruit qu'on avait recrachée après l'avoir mâchée pour se rafraîchir et là, América dormait toujours, les lèvres gercées et le menton taché de jus.

Mauvais, tout ça. Elle allait finir par attraper la diarrhée, si elle ne l'avait pas déjà. Elle allaitait, nom de Dieu — c'était de viande qu'elle avait besoin, de lait, d'œufs et de fromage. Mais comment s'en procurer? Il n'osait plus se montrer au magasin, et même s'il l'avait fait, hormis seize dollars, tout son argent refroidissait sous une pierre noire de fumée au fond du canyon. De la viande, il leur fallait de la viande pour faire un ragoût... rien que d'y penser, du ragoût! il sentit ses glandes salivaires se serrer.

C'est alors que, coup du destin sans doute, la chatte reparut, délicate, exigeante, une patte grise posée sur le seuil.

— Miaou, dit la chatte.

— Minou, minou, dit Cándido. Viens donc par ici, minou, minou.

CHAPITRE 5

Ça n'augurait rien de bon. Les deux côtés de la route étaient noirs, le chaparral avait disparu et les arbres flambé comme des torches. Sortie du monde normal, Kyra entrait dans une zone morte où le sous-bois avait été anéanti, et d'une manière tellement radicale qu'elle l'eût pu croire passé au bull si des buissons calcinés ne s'y dressaient pas encore comme des crabes, si, grise et pâle, la cendre qui recouvrait tout n'avait toujours pas refroidi deux jours après la fin de l'incendie. Les arbres qui en avaient réchappé — des chênes pour la plupart — s'étaient enflammés jusqu'à la cime, ceux qui s'étaient trouvés aux abords du feu ayant le tronc noir d'un côté et vert de l'autre. Elle retint son souffle en abordant le dernier virage et découvrit les restes tordus du portail.

Elle portait des jeans et des tennis et avait eu la présence d'esprit de prendre des gants de travail, elle arrêta sa voiture et alla voir s'il n'y avait pas moyen d'en pousser le battant à la main. Rien à faire, ce qu'il restait du vantail refusa de bouger. Elle comprit

alors que, saccageant les arbres et brûlant tout sur
son passage, le feu s'était engouffré dans le chemin
et qu'avec ses ornements et ses piques en fer, le portail avait été incapable de le contenir. Ses battants
s'étaient aplatis et déformés, sa peinture vaporisée,
ses roues figées dans leurs rainures. Pénétrer dans la
propriété des Da Ros en voiture était impossible :
elle devrait faire le chemin à pied.

Plus que toute autre chose — plus que la puanteur
acide de l'air, plus que le spectacle de ces paysages
si intelligemment travaillés soudain réduits en
cendres —, ce fut le silence qui la frappa. Il n'était
qu'elle qui marchait sous le soleil, comme dans la
neige chacun de ses pas laissait une trace, sous ses
pieds, elle entendait crisser ses semelles. Écureuil ou
lézard, rien ne filait en travers du chemin, nul oiseau
ne brisait le silence. Elle se barda de courage pour la
suite.

Ce n'était pas sa maison, pas vraiment, ne cessait-
elle de se répéter, et ce n'était pas elle non plus qui
aurait à en faire son deuil. Elle appellerait Patricia
Da Ros tard dans la soirée pour que ce soit le matin
en Italie et lui expliquerait ce qui s'était passé. Si,
par miracle, et cela arrivait — l'incendie de forêt qui
réduit en cendres une maison, mais fait grâce à la
suivante, étant aussi imprévisible que les vents qui le
poussent —, la demeure des Da Ros avait été épar-
gnée, il serait difficile de la vendre. Trois acheteurs
lui ayant déjà téléphoné pour se dégager de contrats
qu'ils avaient quasiment signés pour des maisons
voisines, elle savait que personne ne voudrait même
seulement jeter un coup d'œil à la propriété avant le
printemps prochain — on avait la mémoire courte,
bien sûr, mais pendant les six mois à venir, vendre
quoi que ce soit dans les environs, même une
remorque à chevaux, tiendrait de l'extraction dentaire. Cela dit, si la maison n'avait pas trop souffert,
il lui faudrait appeler l'assureur afin que le tout soit
repaysagé au plus vite, l'incendie devenant même un
argument de vente intéressant — ce n'était pas
demain la veille qu'on aurait droit à un feu pareil et
donc, côté assurances...

Enfin elle arriva en haut de la colline, retrouva le petit coin où s'élevait le garage, vit que les deux cheminées se détachaient toujours sur la montagne nue et le cratère de l'océan — mais le reste avait disparu. Livres reliés en cuir, meubles d'époque, tableaux, tapis, marbres, jacuzzis et salles de bains, il y en avait huit et demie... tout avait disparu. Jusqu'aux murs en pierre qui s'étaient effondrés sous le poids de la toiture, les gravats s'éparpillant si loin en tous sens qu'on pensait à quelque dynamitage.

Elle s'y était préparée — ce n'était pas la première fois qu'elle voyait des choses de ce genre —, mais quand même, le choc fut rude. Tant de beauté, tant de goût, et du plus raffiné, tant de perfection... et qu'en restait-il maintenant ? Elle n'eut pas la force de pousser plus loin, à quoi cela eût-il servi ? Avait-elle vraiment envie de voir les tas de silice répugnants qui jadis avaient été des lustres de cristal ? Tenait-elle donc à découvrir tel ou tel fragment de statuaire coincé sous une poutre à moitié calcinée ? Elle fit demi-tour, aux experts de l'assurance de se débrouiller, à eux de faire ce qu'il fallait... et, sans se retourner, elle reprit l'allée, et qu'elle était longue, qui conduisait au portail.

Elle avait encore une maison dans les parages — une style « méditerranéen contemporain » avec corral, écurie et un hectare de terrain autour —, mais celle-ci n'avait pas été touchée, pas même un bardeau n'en était tombé. Pourquoi avait-il fallu que ce soit l'autre qui parte en fumée ? La propriété était certes de premier choix avec sa route privée et ses splendides panoramas, mais elle n'avait rien de spécial, rien qui, comme la demeure des Da Ros, en fît quelque chose d'absolument unique. Quel gâchis, se dit-elle, et furieuse et amère, elle en avait par-dessus la tête de tout ça, elle donna des coups de pied dans la cendre. Les Mexicains. C'étaient eux qui avaient fait ça. Eux, les clandestins. Tous les malfrats qui portaient leur casquette à l'envers. Ils passaient la frontière en douce, ils bousillaient l'école publique, ils faisaient chuter valeur des propriétés, chômage,

allocations et autres, ils s'en foutaient plein les
poches et, comme si ça ne suffisait pas, voilà qu'ils
expulsaient tout le monde en allumant des incendies. Ils étaient comme les Barbares massés aux
portes de Rome sauf qu'eux, ces portes, ils les
avaient franchies depuis longtemps, et polluaient les
fleuves, chiaient dans les bois, menaçaient les gens,
bombaient des graffitis partout, quand donc tout
cela allait-il cesser?

Ils avaient bien arrêté les deux Mexicains pour
incendie volontaire, oui, ceux qui avaient écrit leurs
saloperies haineuses sur les murs de la maison, mais
ils avaient dû les relâcher faute de preuves. Quelle
bouffonnerie. On ne pouvait même pas les renvoyer
chez eux parce que la police et les Services de
l'immigration n'avaient pas le droit de comparer
leurs notes. Alors qu'ils étaient coupables, elle n'en
doutait pas plus que si elle les avait vus empiler des
fagots sous la maison, les arroser d'essence et y
mettre le feu. Incroyable, que c'était. Insensé. Elle
arriva enfin à sa voiture et s'était mise dans un tel
état que sa main trembla lorsqu'elle prit son téléphone cellulaire pour appeler le bureau.

— Darlene? lança-t-elle.

Professionnelle et doucement flûtée, la voix de
Darlene se fit entendre aussitôt.

— Mike Bender Immobilier.

— C'est moi... Kyra.

— Oh, salut. Ça va comme tu veux?

De l'autre côté du pare-brise tout n'était que désolation immobilière, que désastre irrécupérable, elle
tremblait encore d'une colère qu'aucune cassette de
relaxation n'aurait pu entamer, elle la passa sur la
réceptionniste.

— Non, Darlene, lui renvoya-t-elle, ça ne va pas
comme je veux. Même que si tu tiens vraiment à le
savoir, ça pue un max!

Il était quatre heures passées lorsque, après avoir
déposé Kit à l'aéroport, Delaney revint chez lui avec
Jordan. Découvrir la voiture de sa femme dans l'allée
le surprit : le dimanche étant grand jour de visite,

Kyra rentrait rarement avant la nuit tombée à cette époque-là de l'année. Il trouva son épouse dans le salon télé où, son éteint et registre des propriétés à vendre posé à l'envers sur ses genoux, elle regardait un vieux film en noir et blanc. Elle avait l'air fatigué. Jordan entra dans la pièce et en sortit à la vitesse de l'éclair, le « Salut, m'man! » qu'il avait lancé à sa mère filant déjà derrière lui.

— Dure journée? demanda Delaney.

Elle tourna son visage vers lui, à la lumière de la lampe, nez rouge, yeux brûlants et ride de colère bien marquée sur son front, il vit tout de suite qu'elle était sur les nerfs.

— La maison des Da Ros est foutue, dit-elle. J'y suis passée cet après-midi... Ils ont rouvert la route.

Sa première impulsion fut de la féliciter — fini les expéditions nocturnes pour aller fermer la baraque, ça leur faisait déjà un souci en moins —, mais il comprit que c'eût été une erreur. Elle avait la mine qui lui avait barré le visage le jour où, derrière le restaurant indien, le type avait eu la mauvaise idée d'enfermer son chien dans sa voiture et, ledit type n'étant pas là, ce serait sur lui, et sur lui seul, que sa puissance de feu allait se concentrer.

— Mais tu le savais déjà, non? lui fit-il remarquer. Sally Lieberman t'avait appelée pour te dire qu'elle l'avait vue à la télé...

— Elle n'en était pas sûre, lui renvoya-t-elle d'un ton brusquement très calme. J'espérais seulement que... enfin, tu vois. Non, parce que cette maison... je ne sais pas. Je l'aimais vraiment beaucoup. Je sais bien qu'elle ne te plaisait pas, mais moi, si j'avais pu choisir une maison dans tout le comté, c'est celle-là que j'aurais prise. Et puis... après tout le boulot que j'y avais mis... la voir dans cet état, je... ah, je ne sais pas.

Qu'aurait-il pu dire? Consoler n'était pas son fort, perdre quoi que ce soit l'affectant toujours excessivement lui-même. Il traversa la pièce, s'assit à côté d'elle sur le canapé, mais sentit qu'il valait mieux attendre avant de lui ouvrir ses bras — elle n'avait pas fini.

— Je n'arrive pas à croire qu'ils les aient laissés filer comme ça, reprit-elle tout à coup.

— Qui ça ?

— Qu'est-ce que tu crois ? Les Mexicains, bien sûr ! Ceux qui ont incendié ma maison.

Il n'arrivait pas à y croire lui non plus. Il avait même appelé Jack, et Jack en avait profité pour lui tailler de superbes croupières dans le peu d'humanisme libéral qui lui restait. Qu'espérait-il donc ? Dès qu'ils franchissaient la frontière, on donnait à ces gens toutes les garanties de la loi et il aurait fallu qu'ils aillent s'incriminer [1] ? Et les preuves, hein ? Où étaient-elles donc ? Oui, on avait bien déterminé que l'incendie avait été déclenché par un feu de camp allumé illégalement dans le bas du canyon et, oui encore, on avait vu ces deux hommes se balader dans le haut du même canyon, fuir comme tout un chacun, mais où était donc la preuve qu'ils auraient effectivement allumé le brasier ? Tu ne croyais quand même pas qu'ils allaient le reconnaître comme ça, non ?

Delaney en avait été plus qu'outré. Le feu lui avait flanqué une trouille bleue et certes il savait que c'était un phénomène saisonnier, que cela faisait partie du cycle écologique du chaparral, blablabla, blablabla, mais ce n'était pas de théorie qu'il s'agissait... c'était son canyon à lui dont il était question, son canyon, sa maison, sa vie. Il en bouillait de colère — son week-end foutu, ses affaires emballées à toute allure, la panique, la course folle, l'environnement saccagé, tout ça parce qu'un crétin avait joué bêtement avec des allumettes... ou alors, exprès ? Il en bouillait de colère, et de haine. Tellement même que ça l'effrayait. Il craignait ce qu'il se sentait capable de faire ou de dire et, tout au fond de lui-même, il avait honte de ce qui s'était passé au barrage routier.

---

1. Allusion à l'amendement de la Constitution américaine qui permet à un accusé ou à un témoin de se soustraire à une question si, en y répondant, il risque de s'incriminer ou d'incriminer un membre de sa famille. (*N.d.T.*)

— Tout ça est fou, dit-il enfin, complètement fou. Mais bon, ç'aurait pu être dix fois pire. On est sains et saufs, on s'en est sortis. Vaudrait mieux essayer d'oublier.

— Regarde les Da Ros ! Regarde tout ce qu'ils ont perdu ! lui renvoya-t-elle en soulevant son registre comme si le poids de toutes ces maisons l'écrasait.

Puis elle reposa le livre sur la table basse et ajouta :

— Comment peux-tu essayer d'« oublier » ? Alors que ça va recommencer ? Alors qu'année après année, dans ces canyons...

— Tu ne m'as pas dit qu'il s'était suicidé ?

— Là n'est pas la question. Sa femme est vivante, elle. Et leurs enfants aussi. Et tous ces tableaux, toutes ces antiquités... ça n'avait pas de prix ! Ç'était irremplaçable.

Le silence se fit. Comme transis, ils regardèrent fixement l'écran de télé où un couple qu'il ne reconnut pas — des stars de série B des années quarante — s'enlaçait passionnément sur un fond déroulant de routes à deux voies et d'entrées d'hôtels croulant sous les palmes.

— Et si on allait faire un tour avant de dîner ? lança-t-il enfin. On pourrait chercher Dame Édith...

L'espace d'un instant il eut peur d'avoir dit quelque chose de mal cela faisait trois jours que la chatte avait disparu et ça aussi, c'était dur —, mais Kyra lui sourit faiblement, lui prit la main et la serra dans la sienne, puis se mit debout.

Dehors, le ciel était couvert. Le temps avait fraîchi, une brise qui sentait la pluie montant déjà de l'océan. Et pourquoi cela n'avait-il pas pu se produire quatre jours plus tôt ? Mais c'était toujours comme ça : après les incendies, la pluie arrivait, et apportait d'autres ennuis avec elle. Il n'empêche : la puanteur de la braise se dissipait, dans le jardin des Cherrystone le jasmin était en fleur et embaumait l'air d'une odeur de bonbon sucré, dans toute la rue les fleurs se rouvraient, parterres de bégonias et de balsamines, ors en masses gigantesques des plumbagas, des lauriers-roses et des épervières. La cendre avait été balayée par le vent, avec l'eau du jet elle était rentrée dans les pelouses, avait été chassée de la feuille et de l'arbre, le lotissement était aussi intact et parfait qu'au premier jour, jusqu'aux voitures qui, lustrées de frais, brillaient dans les allées.

L'incendie? Quel incendie?

Ils avançaient, main dans la main, Kyra dans son ciré Stanford, Delaney dans sa veste campagnarde en Gore-Tex, celle, bien légère, qu'il s'était achetée par l'intermédiaire du Sierra Club, à l'unisson ils lançaient des « Minou, minou! » lorsque, Jack au volant, la MG TD 1953 des Jardine sortit du virage. La voiture était long frisson de métal, le bruit de son moteur comme deux cors anglais bloqués sur une note qui croissait et décroissait en volume selon la vitesse qu'enclenchait le pilote. Jack fit demi-tour sur la chaussée, s'immobilisa le long du trottoir et arrêta son moteur.

— On fait une balade? dit-il en passant la tête à la portière.

— Et comment! s'exclama Delaney. Le temps change et c'est pas trop tôt! Ça fait du bien.

— Bonjour, Jack, dit Kyra en lui adressant son sourire officiel. Tout est rentré dans l'ordre? Comment va Erna?

— Tout va bien, répondit-il en les évitant du regard.

Puis, ses yeux étant revenus sur eux, il ajouta :

— Non, en fait non, écoutez... j'ai découvert un truc, euh, que vous pourriez avoir envie de voir... C'est pas grand-chose, mais si vous avez une minute...

Il leur ouvrit la portière du côté passager, Kyra et Delaney se serrèrent dans la voiture — se serrèrent très fort, la place pour les pieds tenait du cercueil effilé, au-dessus de la tête l'espace engendrait la claustrophobie, au minimum. Et ça sentait l'huile, le cuir et l'essence.

— J'ai l'impression d'être revenu en terminale, dit Delaney.

— Ça ne sera pas long.

Jack tourna la clé de contact, poussa un bouton sur le tableau de bord, le moteur bafouilla. La MG était son passe-temps favori. Il aimait jouer avec pendant les week-ends, mais il prenait la Range Rover pour affronter la guerre autoroutière — cinq jours sur sept il filait dans le canyon jusqu'au Pacific Coast Highway et, d'abord celle de Santa Monica, puis la 405, remontait les voies rapides jusqu'à Sunset Boulevard et Century City où se trouvait son bureau.

Ils gardèrent le silence un instant, dans les vrombissements tout-puissants de la voiture, chaque bosse et chaque trou se transmettant aussitôt à leur dos et à leurs cuisses, puis Delaney demanda :

— Et Dom Flood ? Il a reparu ?

Jack lui jeta un bref regard, puis fixa la route à nouveau. Il n'avait aucune envie d'en parler, Delaney le vit tout de suite et ce fut la révélation : c'était la première fois qu'il voyait Jack mal à l'aise.

— Je le représentais seulement... euh... pour ses affaires financières, pour l'histoire de la banque. Depuis, il a pris d'autres avocats.

— Ce qui veut dire quoi ? Qu'il a filé ?

Cette formulation paraissant le mettre encore plus mal à son aise, Jack repassa inutilement une vitesse pour se donner du temps.

— Je ne dirais pas ça comme ça, commença-t-il, enfin... pas exactement.

Ce fut au tour de Kyra de mettre son grain de sel dans la conversation.

— Mais il est en fuite, c'est bien ça ? Et ce qu'il a fait à ma mère est inexcusable. D'ici à ce qu'on l'accuse de complicité...

Jack en fit dix fois trop.

— Mais non, mais non ! Votre mère n'est pas dans le coup. Non, écoutez...

Et s'étant tourné vers eux, il prit grand soin de les regarder dans les yeux et ajouta :

— Je ne peux décemment pas le défendre. Comme je vous l'ai dit, j'ai cessé de le représenter. Mais bon, oui, d'après ce que je sais, tout laisse croire qu'il a quitté le pays.

Déjà ils avaient franchi le portail, Jack immobilisant la MG sur le terre-plein qu'on avait construit pour venir en aide à ceux et celles qui ne recevaient pas l'autorisation de fouler les sacro-saintes ruelles du lotissement. Il arrêta le moteur et descendit de voiture, Kyra et Delaney l'imitant aussitôt. « Alors, Jack, de quoi s'agit-il ? » lui demandait déjà Delaney en pensant que cela devait concerner une des créatures que l'incendie avait liquidées lorsque, en levant les yeux, il découvrit le mur. Des deux côtés du portail il était souillé de graffitis — peinture noire brillante, grands caractères anguleux... Comment avait-il donc fait pour ne pas le voir en revenant de l'aéroport ?

— Incroyable ! s'écria Kyra. Et après, qu'est-ce qu'ils nous réservent encore ? !

Jack avait gagné le mur et passait son doigt sur les hiéroglyphes.

— C'est bien leur écriture, non ? lança-t-il. On dirait presque une inscription sur une stèle de temple maya... Regardez-moi ça... Sauf que là, ça ressemble à un Z et que là... c'est pas un S avec une barre en travers ? Dites, Kyra, ce n'est pas ça qu'ils ont barbouillé sur la maison que vous essayiez de vendre ? Vous arrivez à déchiffrer ces trucs-là, vous ?

— C'était en espagnol... *pinche puta*, « sale pute », c'est ça qu'ils avaient écrit sur la maison. Ils m'en voulaient parce que je les avais chassés de la propriété... oui, les deux crétins qui ont flanqué le feu, ceux qu'ils viennent de relâcher parce que faudrait voir à ne pas empiéter sur les droits de ces messieurs, comme si nous, on n'en avait plus aucun, comme si n'importe qui pouvait venir ici et brûler nos maisons et que nous, nous devions supporter en souriant ! Mais non, ça, c'est différent. C'est le truc qu'on voit partout dans la Valley... leur code, quoi.

Jack se tourna vers Delaney. Une pluie légère s'était mise à tomber, un souffle mouillé, et encore, mais c'était un début.

— Qu'est-ce que tu en penses?

Ça y était, la haine était revenue. Et si vite qu'elle l'étouffait presque. Fuir était impossible, nulle part où se réfugier... ils étaient partout. Il ne put que hausser les épaules.

— Je ne comprends vraiment pas, reprit Jack d'une voix douce, pensive. C'est comme un réflexe animal, non? On marque son territoire...

— Sauf que c'est le nôtre, dit Kyra.

Et la chose qu'il avait dans la gorge se libérant enfin, Delaney ne fut plus qu'amertume :

— Je n'en mettrais pas ma tête à couper, dit-il.

Novembre laissa la place à décembre, Dame Édith et Dom Flood étaient donnés pour morts, en trois jours la première grosse tempête de la saison avait déversé cinq centimètres de pluie sur les collines, Delaney Mossbacher découvrit soudain sa mission dans la vie. Patient et plein de ressources, il l'était. Il avait passé la moitié de son existence à observer la bête sauvage en son milieu naturel, en Floride il avait gambadé au milieu des lamantins, au nord de l'État de New York il s'était accroupi devant des terriers à renards, une fois même, dans les jungles de Belize, il avait accompagné le plus grand spécialiste des jaguars, scrutant la mise à mort, attendant et c'était interminable, une nuit infestée de moustiques après l'autre, l'instant où, magie de la photo, il pourrait prendre le grand fauve en traque dans les lianes. Il savait se faire invisible et il savait attendre. Et ce que ça donnait tout ensemble? Le jour du Jugement dernier pour ces fumiers qui avaient bombé le mur, car il allait le surveiller, ce mur, nuit après nuit, avec des jumelles et un appareil photo déclenché par un câble invisible, et il les prendrait sur le fait. Personne ne les avait vus mettre le feu au canyon? Peut-être. Mais lui, il allait tout faire pour avoir la preuve de ce méfait, même que si la police refusait de dénoncer les coupables aux Services de l'immigration, ce serait lui qui s'en chargerait. Il y en avait assez, plus qu'assez.

Kyra était contre. Elle redoutait un affrontement, elle craignait qu'il ne soit blessé.

— C'est quand même pour ça qu'on paie la Westec, non? lui dit-elle. Et le type qui garde le portail...

— Ils ne font pas leur boulot, c'est évident. Écoute... il faut bien que quelqu'un le fasse.

Et ce quelqu'un, c'était lui. La tâche était simple, il n'aurait aucun mal à dominer la situation. Il avait tout le temps. Les collines étaient saturées de pluie et les journées si courtes qu'il avait dû ramener ses balades quotidiennes à quatre ou cinq kilomètres, maximum. Il avait fini son article sur l'incendie pour le numéro du mois prochain et celui qu'il préparait sur les espèces animales envahisseuses commençait à prendre forme. Il s'asseyait dans son bureau, regardait fixement le mur devant lui et ça y était : chaque fois qu'il pensait aux Mexicains, celui avec lequel il avait eu des mots surtout, la honte et la haine le brûlaient comme étoupe dont la flamme vacille, meurt, puis se reprend à vaciller. En plus, il n'avait aucune envie d'aller à l'affrontement — dès qu'il aurait la preuve sur sa pellicule, il appellerait la Westec et le Bureau du shérif avec le téléphone cellulaire de sa femme, un point c'est tout. Il relia deux appareils photo avec flash à un câble de déclenchement invisible et les fixa sur le mur de façon à tout balayer de chaque côté du portail. Il avait eu recours au même système lorsque, un an plus tôt, une créature de la nuit, ô combien furtive, s'était mise en tête de ponctionner certaine réserve de pâtée pour chat rangée dans un sac dans son garage. Jack Cherrystone lui ayant alors donné la permission d'utiliser sa chambre noire (passionné de photo, Jack travaillait alors sur « Des visages derrière des voix », série de clichés montrant les têtes de tous les héros anonymes qui prêtaient leurs cordes vocales aux personnages de dessins animés, parlaient en voix off dans les spots publicitaires et, bien sûr, le petit carré des maîtres ès bandes-annonces), il avait un jour eu la joie de voir, là, visage morne et long museau dans le bac à révélateur, un *didelphis marsupialis*, ou opossum de Virginie, le regarder droit dans les yeux. Cette fois-ci, la technique serait la même, mais le sujet appartiendrait à une tout autre faune.

Le premier soir, il surveilla son mur de vingt-deux heures jusqu'à une heure du matin, ne vit absolument rien — pas même un opossum ou un chat —, et toute la matinée du lendemain se traîna comme s'il était dans le coma, faisant brûler les toasts de Kyra et conduisant Jordan à l'école avec douze minutes de retard. Il piqua un somme lorsqu'il aurait dû écrire et dut annuler sa randonnée de l'après-midi : accorder son attention au monde naturel alors même que celui qui ne l'était pas s'emparait de tout ce qu'il tenait pour sacré, il ne le pouvait plus. Le deuxième soir, il sortit juste après neuf heures, traqua un peu le Mexicain, rentra voir une émission d'actualités avec Kyra, ressortit à onze heures, s'assit et, bien dissimulé, surveilla le portail jusqu'à deux heures. Le lendemain matin, il n'entendit pas le réveil et Kyra fut obligée d'emmener Jordan à l'école.

Pendant la semaine qui suivit, il tint en moyenne trois heures par soir dans l'abri qu'il s'était confectionné derrière le buisson de caenothus, mais ne vit rien de plus. Il regarda ses voisins franchir le portail dans un sens puis dans l'autre, il sut bien vite qui filait s'acheter de l'alcool, qui allait au cinéma et à quelle heure tout un chacun rentrait chez soi, mais pas une fois les vandales ne se montrèrent. Une deuxième tempête ayant éclaté au milieu de la semaine, il se mit à faire froid, on frisait le zéro, il savait bien que, mexicain ou autre, aucun Hispanique n'allait s'amuser à bomber sous la pluie, mais qu'importe : il ne bougea pas de son siège et, tassé sous son parka, goûta la nuit et laissa filer ses pensées. La pluie qui rebondissait sur le goudron luisant près du portail lui évoqua la Floride et la manière dont, là-bas, les routes disparaissaient sous des nappes de chairs scintillantes dès que, par millions, les poissons-chats ambulants du Siam se mettaient en mouvement. Il se rappela l'émerveillement inquiet qui l'avait pris — quelle puissance protoplasmique ils avaient et Dieu, leurs mâchoires béantes et leurs yeux qui brillaient ! —, tandis qu'armée en marche, en se dandinant ils passaient d'un canal à l'autre. Personne, et moins que quiconque l'importateur de poissons exotiques qui les avait introduits aux USA, n'aurait imaginé qu'ils puissent marcher — et c'était pourtant bien ce que leur nom laissait entendre —, qu'un jour même ils puissent tout simplement quitter leurs bacs et s'en aller chercher la place vide qui les attendait dans les douceurs humides de la nuit tropicale. Et maintenant, plus rien ne les arrêtait, sans cesse ils se multipliaient, épuisant les ressources naturelles, avalant les poissons du coin comme grains de pop-corn. Tout ça parce qu'un enthousiaste particulièrement myope s'était dit qu'ils feraient amusant dans un aquarium.

Mais, ambulants ou pas, il n'y avait pas de poissons-chats dans les Domaines. La pluie tombait. L'eau, en nattes jaunes et serrées, filait aux fossés. Régulièrement Delaney scrutait les buissons au pied du mur à l'aide de ses jumelles à vision nocturne. L'employé de l'entretien avait vite recouvert le graffiti d'une couche de peinture — c'était, tout le monde le disait, la meilleure façon de frustrer les taggers —, Delaney restait là, immobile, et contemplait son mur blanc, l'ardoise propre qui, forcément, piquerait au vif le grand merdeux à casquette à l'envers, regardait et regardait encore tandis que les guirlandes de Noël s'allumaient au-dessus du portail, tandis que, vertes et rouges sous la pluie qui battait, les ampoules du panneau DOMAINES DE L'ARROYO BLANCO clignotaient sur le mur vide. Il s'en moquait bien. C'était de croisade qu'il était question, de vendetta.

Puis il sauta un soir — la deuxième tempête avait fui, à ses basques la nuit était claire, froide et sans brume — pour emmener Kyra au restaurant et au cinéma. Ils rentrèrent à minuit, et le mur était toujours aussi vide, mais lorsqu'il ouvrit sa penderie pour y enfiler ses sous-vêtements thermiques, ses jeans et son ciré, Kyra sortit de la salle de bains en nuisette et sa vigilance s'émoussa. Le lendemain matin, le mur était toujours aussi vierge de graffiti, mais il s'aperçut que les deux appareils photo avaient fonctionné. Des coyotes sans doute, se dit-il en emportant la pellicule chez les Cherrystone, mais il n'était pas impossible que les Mexicains soient revenus et qu'ils aient pris peur en voyant l'éclair du flash — auquel cas il ne pourrait plus jamais les coincer. Jamais ils ne reviendraient. Il avait raté son coup. L'occasion était unique, et il avait merdé. Mais bon, ce n'était sans doute qu'un coyote, ou un raton laveur.

Jack était à son studio d'enregistrement à Burbank, mais Selda le laissa entrer. Elle venait juste de se faire coiffer — ses cheveux étaient, jusqu'en leurs moindres reflets bleus, du plus étonnant hermine à fourrure hivernale —, et buvait du café en déversant, sur le ton de la confidence, des flots de paroles dans son téléphone portable.

— Trouvé quelque chose? lui demanda-t-elle en posant la main sur l'écouteur.

Delaney se sentit mal à l'aise. Seuls les Cherrystone et Kyra savaient ce qu'il faisait, mais, dans un sens, c'était la communauté tout entière qui dépendait de son travail — s'il y avait, qui sait, des milliers de Mexicains en train de camper dans le chaparral en attendant de foutre le feu au canyon, ces deux-là, au moins, étaient sur le point de se payer un aller-simple pour Tijuana. A condition qu'il n'ait pas merdé, s'entend.

— Je ne sais pas, dit-il en haussant les épaules.

Moitié de salle de bains attenante à son bureau, la chambre noire de Jack était minuscule et mal aérée. Delaney s'y orienta, enclencha le ventilateur, localisa ce dont il avait besoin, puis il ferma la porte derrière lui et alluma l'ampoule actinique. Et se plongea si fort dans sa tâche qu'il en oublia presque ce qu'il cherchait lorsque enfin, à l'aide de sa pince en plastique, il essora le négatif tout tordu et le regarda à la lumière.

Aussi surpris et figé par le flash qu'un quelconque opossum, c'était un humain qui le dévisageait — un

Mexicain, oui, mais pas le bon. Il s'était attendu à découvrir l'œil sévère et la mâchoire gonflée du tagger aux dents pourries, il voulait son cambrioleur, son incendiaire enfin pris sur le fait, le visage qui le regardait semblait sortir du plus profond de ses rêves pour le hanter, comment aurait-il jamais pu oublier sa moustache piquée d'argent et sa pommette écrabouillée, comment aurait-il jamais pu oublier le sang sur son billet de vingt dollars ?

CHAPITRE 6

América allaitait son bébé, Cándido construisait sa maison. Une maison temporaire, un endroit où ils pourraient s'abriter de la pluie et se tenir à carreau en attendant qu'il ait du travail et qu'enfin ils puissent vivre comme des êtres humains. L'argent — la cagnotte pour l'appartement, le trésor qu'ils avaient accumulé dans le bocal de beurre de cacahuète — ne leur serait d'aucune aide. Le total s'en montait à quatre dollars et trente-sept cents exactement et, tout en pièces qui avaient fondu, n'était plus que métal dur et plastique mélangés. Cándido avait attendu trois jours, puis, sous le couvert de la nuit, il s'était faufilé dans le chaparral et avait traversé la route pour retrouver les dévastations du canyon. Dans le ciel, une moitié de lune l'éclairait, laissait tomber un fin et pâle manteau de lumière qui lui disait où mettre les pieds, mais tout ayant changé, il avait eu le plus grand mal à même seulement retrouver l'entrée du chemin. Le monde était cendres, cendres sur quatre ou cinq centimètres d'épaisseur, cendres où seules les bosses usées de la roche pouvaient le guider. Puis il fut au bord du ruisseau asséché, enfin en terrain familier, dans la nuit stérilisée il pataugea dans les flaques encombrées de cailloux, jusqu'aux murmures du ruisseau qui mourait. Pas une grenouille, pas un grillon qui chante, pas une chouette qui ulule, pas même le vrombissement parasite d'un moustique : le monde était cendre et la cendre était morte. Il retrouva la mare, la carcasse de la voiture, la langue de sable et la pierre, là bonne. Mais, avant même de la soulever, avant même de tâter en dessous, dans le creux où il avait caché son trésor, celé l'argent qui leur permettrait au moins de rentrer à Tepoztlán, il sut ce qu'il allait trouver : du plastique et des pièces fondues, des billets de la Réserve fédérale réduits en cendres par l'alchimie du feu. Mon Dieu quelle chance de merde il avait !

Cela dépassait les bornes de l'ironie, allait bien plus loin que la question du bien et du mal, bien plus loin que la simple superstition : il ne pouvait plus vivre dans son pays, et ne pouvait pas davantage vivre dans celui-là. Un raté, un gros niais, un plouc qui faisait confiance au *coyote* ou au *cholo* à tatouage dans le cou, quelqu'un qui ne pouvait même pas faire cuire une dinde sans brûler la moitié du pays, voilà ce qu'il était. Damné depuis que sa mère était morte et que son père avait ramené cette salope de Consuelo à la maison, damné depuis que cette ordure avait donné neuf enfants à son père, neuf enfants que son père avait aimés dix fois plus que son premier-né. Assis dans la cendre, Cándido se balança d'avant et d'arrière et pressa ses tempes de ses mains, pensa à l'être sans valeur qu'il était, non, il ne méritait pas América dont il avait ruiné l'existence, ni non plus sa fille, son adorable fillette aux yeux noirs et ce qu'elle pouvait, elle, espérer de la vie. L'idée qui lui vint alors dans les ténèbres du canyon anéanti fut de courir, de courir et laisser América et Socorro dans leur hutte de fortune, avec le ragoût de chat qu'América prenait pour du ragoût de lapin (« La chatte ? Elle est retournée chez ses patrons pleins de fric... bien sûr que oui »), de courir et de ne jamais revenir. Elles s'en sortiraient mieux sans lui. C'était lui, lui par qui tout était arrivé, que les autorités chercheraient, lui et pas elle, la mère d'une citoyenne américaine, comme si on ne lui avait pas parlé, encore et encore, de toutes les cliniques gratuites, de tous les HLM et de tous les tickets de nourriture qu'on offrait aux Américains sans le sou ! Comme si sa fille ne pouvait pas, elle aussi, en bénéficier !

Une demi-heure il resta assis sur son cul, à pleurer sur son sort, il était plus bête que le plus bête, puis il sut ce qu'il fallait faire et se leva, s'empara de l'amas de plastique, des restes tout tordus et noircis de la grille qu'ils posaient jadis sur le feu, palpa les seize dollars qu'il avait dans sa poche, remonta jusqu'au marché chinois, on ne le reconnaîtrait sans doute pas, et entra y acheter du fromage, du lait, des œufs, des *tortillas* et une demi-douzaine de couches jetables. Il n'y avait que deux clients dans le magasin, un *gringo* qui l'ignora, et le Chinois derrière le comptoir, et le Chinois lui prit son argent sans rien dire.

Cándido tendit ses courses à son épouse comme si c'était un trésor, puis, sur le seul objet qui subsistait de leur malheureux campement, il lui prépara un repas dans l'assiette en aluminium du chien. Ils mangèrent tard, dans l'air humide et froid, Cándido pensait aux parpaings en ciment qu'il avait aperçus derrière le magasin du Chinois — il pourrait enlever une palette et la remplacer par un mur de parpaings, en faisant du feu à l'intérieur, ils auraient chaud —, lorsque América reprit son sein à sa fille et là, dans l'ombre tremblante de la lanterne, le regarda dans les yeux.

— Bon, dit-elle, et maintenant ?

Il haussa les épaules.

— Ben... je trouverai du travail.

Son regard, celui-là même qu'elle avait lorsqu'elle voulait quelque chose et faisait ce qu'il fallait pour l'avoir, l'enserrait comme dans des pinces.

— Je veux qu'avec cet argent, tu m'achètes un billet de retour, lui dit-elle. Je veux rentrer à la maison et je me fiche que tu viennes avec moi ou pas. J'en ai ma claque. Je n'en peux plus. Si tu crois que je vais élever ma fille comme une bête sauvage, sans vêtements, sans famille, sans baptême même, tu es fou. C'est toi qu'ils veulent, pas moi. Toi, et personne d'autre.

Elle avait raison, bien sur, entièrement raison, comme si on lui arrachait le cœur, le cerveau, tout, il sentit qu'il la perdait et personne ne pouvait supporter une perte pareille. Il ne la laisserait pas partir. Même s'il devait la tuer, et tuer aussi son enfant, même si après, il devait trancher la gorge de l'être misérable qu'il était.

— Il n'y a plus d'argent, dit-il.

Il vit ses lèvres se serrer autour d'une menace.

— Tu mens, dit-elle.

Sans un mot, si brutalement qu'il s'en haït, il sortit la pépite de plastique de sa poche et la laissa tomber sur le bout de tapis en laine. Ni l'un ni l'autre, ils ne parlèrent. Allongés sous le plastique vert de leur toit, ils restèrent longtemps et contemplèrent la boule de plastique et les pièces qui s'y étaient enchâssées.

— Le voilà, ton billet d'autocar, dit-il enfin.

Elle avait sa fille et jusqu'à la moindre cellule, jusqu'au plus petit cheveu, sa fille était miracle, chose qu'elle avait faite alors que son père la prenait pour une idiote et que sa mère la traitait de maladroite, de paresseuse, de capricieuse à qui on ne pouvait pas faire confiance, chose qu'elle avait créée elle-même, chose belle, indéniable. Mais à qui pouvait-elle la montrer ? Qui donc allait admirer sa Socorro, sa petite beauté nord-américaine, celle qui, sans rien à elle, était née au pays de l'abondance ? Les premiers jours, sa joie et sa fatigue avaient été trop fortes pour qu'elle s'inquiète. Elle habitait une cabane, une de plus et cachée comme lapin dans son terrier, mais elle en avait réchappé et c'était à Cándido qu'elle le devait, à son courage, à sa présence d'esprit, et elle avait sa fille à son sein et c'était Cándido qui l'avait accouchée. Tout ça, c'était hier. Et hier, elle n'avait pas besoin d'en savoir davantage. Mais dès qu'il s'était mis à grapiller des choses, dès

qu'un soir, il lui avait rapporté une couverture trouvée sur un fil à linge, et plus tard une serviette de
plage pour envelopper le bébé, dès qu'il l'avait laissée
en plan pour aller ramper dans les buissons en face
de la poste, attendant la voiture de ce Señor Willis
qui n'était jamais venu, elle avait commencé à réfléchir et, une rumination après l'autre, avait fini par
être de plus en plus effrayée.

Ce n'était pas seulement de malchance qu'il était
question, c'était de catastrophes qui jamais ne
cessent — et combien de temps allaient-ils encore
pouvoir tenir ? Cándido était le meilleur homme qui
fût, il l'aimait, il était bon et ne connaissait pas la
paresse, mais tout ce qu'il entreprenait tournait de
travers. Aucune vie n'était possible ici, petite maison,
salle de bains avec robinets qui brillent et toilettes
blanches qui scintillent comme dans les WC du
grand manoir au *guatón*, jamais elle n'aurait rien de
tout ça. L'heure était venue de renoncer, l'heure était
venue de rentrer à Tepoztlán et de supplier Papa de
la reprendre. Elle avait une fille, et sa fille était américaine, citoyenne de *Los Estados Unidos,* elle pourrait revenir quand elle serait plus grande et faire
valoir ses droits. Sauf que... comment le saurait-on
jamais ? Ne fallait-il pas enregistrer sa naissance au
village ou à l'église ? Et quel village ? Quelle église ?

— Et notre fille ? lui demanda-t-elle un soir
qu'assis devant la cheminée qu'il avait construite
avec des parpaings, ils jetaient des brindilles dans le
feu où elle avait mis de l'eau à bouillir dans la casserole.

Dehors, il pleuvait, sur le toit en plastique les
gouttes tapotaient par intermittence, enroulée dans
la couverture, América s'était mollement étendue sur
le sac de semis à gazon. Cándido avait passé sa journée à scruter le bord des routes pour y ramasser
boîtes de bière vides et bouteilles qu'il pourrait
déconsigner à la machine installée devant le magasin
chinois, puis il était revenu avec du sucre, du riz et
du café.

— Quoi, notre fille ? dit-il.

— Il faut qu'on enregistre sa naissance à l'église...
elle est née ici, mais qui le saura jamais?

Il garda le silence et, assis en tailleur, continua de
casser des brindilles pour alimenter le feu. La
cabane était confortable et c'était grâce à lui, elle ne
pouvait pas ne pas le reconnaître. Il avait bouché les
interstices entre les palettes avec des chiffons et des
journaux et, en faisant du feu, elle avait chaud,
même les jours de grand froid. Il avait aussi installé
l'eau courante en creusant, toute une nuit durant,
une tranchée jusqu'en haut de la colline avant d'y
détourner un tuyau d'arrosage qu'il avait sectionné,
puis, un bout après l'autre, fait remonter jusqu'à leur
petite maison, le tout bien enterré de façon à ne laisser aucune trace.

— Quelle église? demanda-t-il enfin.

Elle haussa les épaules. Socorro s'était endormie
sur sa poitrine.

— Je ne sais pas. L'église du village.

— Quel village?

— Je veux rentrer, dit-elle. Je déteste cet endroit.

Cándido se tut un instant, le visage ridé comme
une prune.

— On pourrait aller revoir du côté de Canoga
Park, dit-il enfin. Si tu t'en sens... Ils ont sûrement
un prêtre qui saura ce qu'il faut faire. Il pourra au
moins la baptiser.

Elle n'aimait guère cette idée, après ce qu'elle y
avait vécu, mais entendre ce nom, « Canoga Park »,
lui rappela les magasins, les filles dans les rues et le
restaurant qui tant ressemblait à un petit café au
pays. Il y aurait sûrement quelqu'un qui saurait comment procéder, quelqu'un qui les aiderait.

— C'est très loin, dit-elle.

Il ne répondit pas. Il regardait le feu, lèvres ourlées, mains serrées sur ses genoux.

— Qu'est-ce que tu as fait du cordon? reprit-elle
au bout d'un autre moment.

— Du cordon? Quel cordon?

— Tu sais bien... le cordon du bébé. Le cordon
ombilical.

— Je l'ai enterré. Avec le reste. Qu'est-ce que tu crois ?

— Je le voulais, moi ! s'écria-t-elle. Pour la Chalma. Je voulais aller y faire un pèlerinage, l'accrocher à l'arbre et supplier la Vierge de donner longue et heureuse vie à Socorro.

Dans sa tête elle revit l'antique *ahuhuete* [1] au bord de la route, les pèlerins et les vendeurs ambulants massés en foule au pied du grand arbre, et les centaines de cordons ombilicaux, desséchés, qui pendaient comme guirlandes à ses branches. Jamais Socorro ne le verrait, jamais elle ne serait bénie. América se retint de ne pas sangloter tant c'était désolant.

— Je déteste cet endroit, répéta-t-elle. Dieu, ce que je peux le détester !

Cándido ne dit rien. Il fit du café avec du sucre et du lait condensé, et ils le burent dans des boîtes de *frijoles* vides, il trancha un oignon, des *chiles* et des tomates et fit cuire le riz, elle refusa de se lever, elle ne l'aurait aidé pour rien au monde, même s'il avait tenté de l'y contraindre.

Il plut encore le lendemain, toute la journée, et lorsqu'elle sortit pour se soulager et enterrer la couche du bébé, le sol était comme de la colle. Depuis des mois, la terre était poussière, et maintenant c'était de la colle. Elle resta debout sous la pluie et regarda le canyon embrumé, les toits des maisons, le désert, comme une cicatrice, qu'avait laissé l'incendie de Cándido, et la pluie sentait bon, sentait le soulagement et le salut — sentait, bien légèrement mais quand même, le pays. Il fallait absolument qu'elle s'en aille, même si ça voulait dire emballer Socorro dans sa couverture et marcher jusqu'à la frontière. Et si jamais elle mourait de faim, ce serait que Dieu l'aurait voulu.

Dedans, il faisait sombre, aussi sombre que dans un trou, et lorsque la pluie décrut et se fit bruine, elle

---

1. Ou « vieil arbre de l'eau », nom ahuatl du cyprès de Montezuma. *(N.d.T.)*

sortit le bébé pour l'aérer. Assise là, au flanc de la colline, elle regarda les nuages qui roulaient au-dessus du canyon jusqu'à la mer, elle vit les voitures zigzaguer comme des jouets sur la route luisante et se sentit mieux. Elle était en Amérique et l'endroit était beau, plus sec et plus chaud que Tepoztlán à la saison sèche, plus froid aussi quand il pleuvait, mais la paix pouvait y régner, elle le sentait, il suffisait de la trouver. La paix et la prospérité.

Alors elle baissa les yeux et contempla le visage de sa fille, et le regard de sa fille, elle le vit, se perdait derrière elle, fixait un point qu'en aucun cas elle ne pouvait voir, et dans cet instant elle sentit les griffes nues et acérées de la peur se ficher en elle. Elle passa une main sur le visage de sa fille et sa fille ne cilla pas. Elle se pencha sur le visage de sa fille, elle taquina ses cils noirs avec les siens et sa fille la regarda fixement, comme s'il y avait un mur entre elles. Puis elle cligna des paupières et éternua, tout en continuant de regarder dans le vide.

Cándido lui disait qu'ils mangeaient du lapin, mais les lapins n'étaient pas légion sur ces hauteurs. Les autres bestioles à quatre pattes, celles qui avaient des cloches au collier pour avertir les oiseaux, étaient bien plus faciles à attraper. Il n'y avait qu'à attendre minuit, sauter par-dessus le mur et chuchoter « Minou, minou ». Ainsi donc ils mangeaient de la viande même si elle était un peu acide et filandreuse, et mangeaient encore de la pâtée pour chat, du riz et tous les fruits et les légumes qu'il osait voler. Ils avaient l'eau courante. Ils avaient du chauffage. Ils avaient un toit au-dessus de leurs têtes. Mais tout ça n'était que pis-aller, combat d'arrière-garde, manière de repousser l'inévitable. Il avait si fort et si long-temps regardé son bout de route devant la poste, il avait tellement attendu que la Corvair du Señor Willis refasse apparition que l'endroit n'avait plus de réalité — qu'il cligne seulement une fois des paupières et tout disparaîtrait. Il n'y avait plus de *braceros*, plus

un seul, le bouche à oreille sans doute. Cándido
n'osait pas se montrer, mais comment pourrait-il
trouver du travail s'il ne le faisait pas ? Et s'il ne trouvait pas de travail, quand bien même il emprunterait
lourdement dans les maisons de l'autre côté du mur,
quand bien même il ramasserait des milliers de
boîtes de bière vides dans les buissons, tôt ou tard ils
mourraient de faim. Si seulement il pouvait appeler
le Señor Willis ! Mais le Señor Willis n'avait pas le
téléphone. Retourner à Canoga Park n'était pas infai-
sable, mais, il le savait, s'il n'y avait maintenant pas
plus de travail là-bas qu'ici, cent hommes au moins
étaient prêts à s'entretuer si jamais il y en avait
demain. Un peu d'argent, voilà tout ce dont il avait
besoin — avec un peu d'argent rentrer à Tepoztlán
était envisageable, pour l'hiver au moins. Sa tante
pourrait peut-être les prendre chez elle et lui, pourrait toujours faire du charbon de bois, mais América... América, il s'était vanté devant elle, América, il
lui avait promis des choses, América le laisserait
sûrement tomber et non moins sûrement resterait
coincée derrière la porte de son père jusqu'à ce que,
le temps aidant, elle ne soit plus que vieille souillon
qui récure le carrelage en attendant qu'enfin sa fille
épouse quelque *chingado* auquel son grand-père
devait de l'argent.

Cándido tentait le coup. Il attendait que la pluie
commence à crépiter sur le trottoir, puis, ses cheveux trempés dans la figure, il sortait des buissons,
traversait la route, se plantait sous l'auvent de la
poste et tapait des pieds et secouait ses épaules pour
que le sang ne se fige pas dans ses veines. Quelqu'un
le prendrait en pitié, forcément, quelqu'un l'emmènerait travailler chez lui, dans un appartement bien
chauffé, il monterait des murs de placo-plâtre, il passerait de la peinture, il viderait les ordures. Il attendait, trempé de part en part, il grelottait — et toujours et encore les *gringos* qui descendaient de leurs
voitures pour aller à la poste lui jetaient des regards
de haine inexpugnable. S'ils ne savaient pas que
c'était lui, et lui personnellement, qui avait mis le feu

au canyon, ils l'en soupçonnaient tous et là où, jadis, il y avait eu tolérance et respect de la personne humaine, là où jadis le sens de la communauté avait été assez fort pour que des gens organisent un marché au travail, il n'était plus maintenant que peur et ressentiment. On ne voulait pas l'embaucher, on ne voulait pas qu'il ait chaud, on ne voulait pas qu'il puisse se nourrir et s'habiller, on ne voulait pas qu'il ait plus pour dormir qu'un fossé ou une cabane cachée dans les buissons — on voulait qu'il meure. Ou plutôt non : on voulait simplement qu'il disparaisse. Tout l'après-midi durant il attendait et lorsque le froid n'était plus supportable, il se réfugiait dans l'entrée de la poste et dans cet endroit public pourtant, toujours un homme en uniforme bleu sortait de derrière un comptoir et, en espagnol, lui signifiait qu'il devait partir.

Ce soir-là, América fut bien étrange. Il se serra contre elle pour arrêter de grelotter, et pas une fois elle ne parla de rentrer au pays alors que depuis quinze jours, à l'en rendre fou, elle ne cessait d'y revenir. Maintenant, c'était le bébé qui l'inquiétait — elle semblait incapable de parler d'autre chose. Il fallait l'emmener à l'hôpital, il fallait absolument la montrer à un docteur... à un docteur d'ici, un *gringo*. Socorro était donc malade ? Elle n'en avait pas l'air. Non, disait-elle en reprenant brusquement son souffle, elle n'était pas malade. C'était juste qu'il fallait l'emmener voir un docteur... au cas où. Comment voulait-elle qu'on l'y emmène, et qu'on le paie, ce docteur ? Ça l'agaçait, América le harcelait, l'épuisait. Elle n'avait réponse à rien, mais s'en foutait : il fallait emmener Socorro chez un docteur.

Le lendemain matin, il mit une casserole d'eau de pluie à bouillir sur le feu. Il venait de détourner un tuyau en plastique du système d'irrigation des Domaines — quoi de plus facile avec la scie, le ciment et tous les coudes et connecteurs qu'il y avait dans l'appentis, il n'y avait qu'à se servir, mais il ne le faisait que lorsqu'il en avait vraiment besoin —, il descendit la pente boueuse en dérapant et, en veil-

lant à rester à couvert, retourna à la poste. Le ciel
était bas et glaciale la bise qui dévalait de la montagne, mais la pluie s'était calmée à l'aube et c'était
déjà ça. Il s'adossa au mur en briques du bâtiment
et, en faisant de son mieux pour avoir l'air entrepre-
nant, mais pas menaçant, aux yeux des *gringos* et des
gringas qui entraient dans l'édifice ou en sortaient les
bras chargés de colis de Noël, il regarda les vers de
terre qui sortaient du sol détrempé, puis mouraient
sur le trottoir. Il entendait l'eau creuser la berge du
ruisseau à l'endroit où, juste derrière la poste,
celui-ci filait sous le pont avant de s'enfoncer dans le
ravin. Le bruit était sinistre, sifflement qui se muait
en hurlement, puis retombait lorsqu'un rocher ou un
arbre brisé heurtait la rive ou s'embrochait sur un
obstacle invisible. Seraient-ils restés au campement
qu'ils auraient été promptement inondés, vidés
comme excréments quand on tire la chasse, écrasés
contre les rochers, puis jetés à la mer avec ses crabes
pour les manger. C'était à cela qu'il songeait en
regardant les vers de terre se tortiller sur le trottoir
et les clients de la poste sauter gracieusement par-
dessus les flaques comme si salir ses chaussures était
la pire tragédie qui pût leur arriver, soudain il se
demanda si, bénédiction déguisée, l'incendie ne les
avait pas sauvés. Y avait-il donc une Providence qui,
tout bien considéré, ne l'oubliait pas ?

L'idée lui redonnant du courage, il se lissa la
moustache et, toutes dents dehors, se mit à sourire
aux gens qui entraient et sortaient. « Travail ? »
lança-t-il à une femme qui, telle une gymnaste, filait
sur ses talons aiguilles, mais la femme se détourna
comme s'il était invisible, comme si c'était le vent qui
lui parlait. Qu'importe, il continua de sourire, son
sourire se faisant même désespérément grand,
jusqu'à ce que l'homme en uniforme bleu — le même
que la veille, un *gabacho* à queue de cheval et yeux
turquoise —, sorte de son réduit pour lui dire, dans
un espagnol livresque, qu'il ferait mieux de s'en aller
s'il n'avait point d'occupations auxquelles vaquer
dans ces lieux. Cándido haussa les épaules, sans

pour autant cesser de sourire — il ne pouvait plus
s'en empêcher, c'était comme un réflexe.

— Je m'excuse de déranger, dit-il, soulagé de pouvoir enfin s'expliquer et parler dans sa langue (et si
c'était l'ouverture qu'il cherchait? et si cet homme
était un autre Señor Willis?), mais j'ai besoin de travailler pour nourrir ma femme et ma fille et je me
demandais si vous n'auriez pas entendu parler de
quelque chose dans le coin.

Alors l'homme le regarda, et le regarda vraiment,
mais ne lui dit que ceci :

— Il n'est pas bon que vous soyez là.

Démoralisé, Cándido traversa la rue et franchit le
pont d'un pas traînant pour rejoindre le magasin
chinois et la scierie un peu plus loin. Il n'avait jamais
beaucoup prêté attention à ce pont — un bout de
route suspendu au-dessus des buissons morts du
ruisseau —, mais sa fonction lui parut des plus
claires lorsqu'il vit les tonnes d'eau jaunâtre qui se
jetaient sur ses piles en ciment et les pans de roche
grondante qui s'y écrasaient en grinçant comme
toutes les molaires de la terre, pas une goutte d'eau
pendant l'été et l'automne et maintenant il y en avait
dix fois trop. Cándido, et s'y risquer le rendait pourtant bien nerveux, resta quelques instants devant le
magasin jusqu'au moment où, c'était couru, le vieux
Chinois à lunettes d'aviateur et grosses bretelles
pour lui tenir le pantalon sur des hanches qu'il avait
toutes maigres, sortit de son magasin et le chassa
dans sa langue bizarre où les mots montaient et descendaient. Renoncer étant hors de question, Cándido alla se poster un peu plus bas dans la rue, à
quelques mètres de la scierie. Qu'en allant y chercher du matériel, un entrepreneur l'aperçoive et
peut-être il aurait du travail. L'endroit n'était pas
bon, même dans le meilleur cas, et jamais Cándido
n'y avait vu un seul *bracero* accroupi. D'après la
rumeur, il suffisait qu'il voie un Mexicain dans son
parking pour que le patron de la scierie appelle les
flics.

Il y resta deux heures et, *Migra* ou pas — son

désespoir était maintenant si grand qu'il s'en foutait bien —, fit de son mieux pour attirer l'attention dès qu'il voyait une camionnette. Personne ne lui accorda un regard. Il avait mal aux pieds, son estomac grondait, il avait froid, il devait être quatre heures et demie lorsque enfin il renonça et commença à remonter la route en cherchant des boîtes de bière vides. Surtout, se dit-il, ne pas oublier de tenter sa chance en plongeant la tête dans la benne à ordures derrière le magasin du *paisano* : il fallait bien rapporter quelque chose à la maison. De temps en temps, qui sait, ils jetaient des sacs d'oignons à peine gâtés ou de pommes de terre qui n'avaient jamais fait que germer un peu. Il avait baissé la tête et regardait ses pieds, il se disait que peut-être il trouverait un morceau de viande qui ne serait pas trop mauvais à condition de le faire bouillir assez longtemps, ou alors du gras et des os de quelque pièce de bœuf apprêtée, lorsqu'une voiture fit irruption sur le bas-côté juste devant lui et lui coupa la route.

Il se figea sur place et revit son accident — les routes étaient mouillées et pleines de *Norteamericanos* pressés, ils l'étaient toujours —, la voiture qui arrivait derrière donna un coup de klaxon suraigu, comme une insulte, et l'arrière du premier véhicule, celui qu'il avait devant lui, dépassant sur la chaussée, la file qui remontait, tous essuie-glaces claquant et phares qui brillaient, fut obligée de dévier de sa course pour l'éviter. Mais déjà la portière de la voiture s'ouvrait devant lui cependant qu'un autre véhicule klaxonnait à tout rompre et là, Cándido succomba au *déjà-vu* [1] : l'inévitable blancheur de la carrosserie, le rouge incandescent des stops, le jaune des clignotants... il ne connaissait que trop. Il n'avait même pas eu le temps de réagir lorsque... oui, c'était bien lui, le *pelirrojo* qui, non content de le renverser, avait envoyé son grand dégingandé, son horrible *pelirrojo* de fils pour le tourmenter et harceler dans

---

1. En français dans le texte. *(N.d.T.)*

le canyon, et là, dans ses yeux tout était méchanceté, pure méchanceté.

— Toi, là-bas! hurla le *gringo*. Tu ne bouges pas d'où tu es!

CHAPITRE 7

— Toi, là-bas! hurla Delaney. Tu ne bouges pas d'où tu es!

Son coffre bourré de sacs de sulfate d'ammoniac et de semis de fétuque et sa vitre arrière en partie obstruée par deux palmiers de Bétel pour l'entrée de devant, il remontait de la pépinière du Pacific Coast Highway lorsqu'il avait repéré les épaules tassées, la chemise kaki délavée et, toute blanche, la plante des pieds bronzés du Mexicain en sandales. Il avait ralenti, automatiquement, sans réfléchir (se pouvait-il que ce fût lui?) puis braqué violemment et senti ses roues arrière faire une embardée au moment même où le véhicule qui le suivait se mettait à klaxonner — déjà il montait sur l'accotement et, dans un nuage de gravillons, pilait, le cul de sa voiture dépassant sur la chaussée. Il s'en moquait bien. Danger qu'il créait, conducteurs, route mouillée, primes d'assurances, il se foutait de tout — seul l'intéressait son Mexicain, celui qui s'était immiscé dans sa vie comme un parasite indécrochable, comme une maladie. C'était là, au centimètre près ou pas loin, que le bonhomme s'était jeté sous ses roues, tout recommençait, mais, cette fois-ci, il ne le laisserait pas filer, cette fois-ci il avait des preuves, et ces preuves étaient des photos.

— Tu ne bouges pas d'où tu es! rugit-il, et dans l'instant il composa le 911 sur le téléphone de voiture dont, un peu avant l'heure, Kyra lui avait fait cadeau pour Noël.

Abasourdi, le Mexicain resta figé sur place, plus

maigre et l'air plus menaçant qu'avant, l'œil noir,
surpris, la brosse épaisse de sa moustache faisant
comme une plaie de sa bouche.

— Allô? vociféra Delaney dans son téléphone, ici
Delaney Mossbacher. Je tiens à vous signaler un
crime, euh... Non, l'arrestation d'un suspect... sur la
route du canyon de Topanga... près du village, au
sud de...

Mais avant même qu'il ait pu terminer sa phrase,
le suspect s'était mis à bouger. Le Mexicain le
regarda, remarqua le téléphone qu'il avait dans la
main et, pouf, tel le somnambule, se jeta au milieu
des voitures.

Horrifié, Delaney vit alors, image d'une force irrésistible, un énorme pick-up bleu conduit par une
femme aux yeux exorbités se profiler devant la silhouette du Mexicain aux jambes grêles et aux
épaules baissées, puis, au tout dernier moment, virer
brutalement dans un grand flou hurlant et grinçant
qui s'en alla percuter la rambarde de protection, y
ricocha et s'écrasa à l'arrière de son Acura Vigor GS,
son Acura Vigor GS toute neuve et d'un blanc de lait,
son Acura Vigor GS avec ses fauteuils en cuir marron et à peine cinq mille sept cent trente-deux kilomètres au compteur, son Acura Vigor GS contre
laquelle, de toute son autorité, le pick-up s'arrêta
enfin en tremblant. Le Mexicain? Il était indemne et,
au petit trot déjà, remontait le bas-côté opposé tandis que, tous klaxons hurlants et freins bloqués, on
se défonçait à grands coups de pare-chocs du haut
en bas de la file de voitures. Le cauchemar du ban-
lieusard. Son cauchemar à lui, Delaney Mossbacher.

— Allô, allô! lança une voix dans l'écouteur du
téléphone.

Il n'appela pas Kyra. Ni Jack non plus. Il ne se
donna même pas la peine de téléphoner à Kenny
Grissom, à son carrossier ou à son assurance. Épais
crachin qui recouvrait tout et s'infiltrait jusque dans
le moindre de ses pores, la pluie s'étant remise à
tomber, il resta debout sur l'accotement et échangea
quelques paroles avec la femme du pick-up. Elle

était folle de rage, elle tremblait du haut jusqu'en bas, montrait ses dents tel un rongeur acculé et tapait des pieds dans la boue.

— Non mais, qu'est-ce que vous avez ? voulut-elle savoir. Qu'est-ce qui vous prend de vous arrêter comme ça, le cul à moitié sur la route ? Et votre copain, hein ? Il a bu ? Qu'est-ce que ça signifie de s'amener devant moi sans regarder ? Vous avez bu, tous les deux, c'est pas possible autrement et, croyez-moi, mon p'tit bonhomme, vous allez avoir des problèmes. C'est que je vais demander aux flics de vous faire passer un alcootest, moi, vous allez voir, oui, ici et tout de suite, et...

Le policier qui se montra enfin quelque vingt minutes plus tard avait l'air sinistre et épuisé. Il questionna séparément les deux parties sur les détails de l'accident, mais lorsque Delaney voulut lui parler du Mexicain, il lui fit comprendre que ça ne l'intéressait pas.

— Ce que j'essaie de vous dire, c'est que ce Mexicain... il est fou, il se jette devant les voitures pour récolter l'assurance, c'est lui, j'ai même sa photo, je l'ai pris sur le fait au portail des Domaines de l'Arroyo Blanco, c'est là que j'habite... là où il y a eu des histoires de graffitis il y a pas longtemps ?

Ils étaient assis dans la voiture de patrouille, Delaney sur le siège passager, le flic penché sur son bloc-notes où laborieusement il rédigeait son rapport d'une écriture anguleuse de gaucher. La radio craquait et crachouillait. La pluie dégringolait maintenant en grandes nappes sur le pare-brise, tambourinait sur le toit, un vrai déluge. Il y avait des accidents sur le Pacific Coast Highway, la route du canyon de Malibu, la 101, la voix du dispatcher était tout engourdie par la monotonie du désastre.

— Votre véhicule obstruait la chaussée, conclut enfin le policier, et tout fut dit.

Delaney resta dans sa voiture jusqu'à l'arrivée du camion de dépannage ; il montra sa carte de membre de l'Automobile Club au conducteur et refusa de se faire raccompagner.

— J'irai à pied, lui dit-il. Ça n'est qu'à deux kilomètres.

Le chauffeur l'examina un instant, lui tendit un reçu et referma sa portière. La pluie tombait moins fort, mais Delaney était déjà trempé comme une soupe, sa veste en Gore-Tex lui collant aux épaules comme une fourrure dégoulinante. Collés à son front, ses cheveux faisaient une frange rousse qui lui dansait sur les oreilles.

— Comme vous voudrez, lui lança l'homme en entrouvrant sa fenêtre, mais Delaney remontait déjà le long du bas-côté.

La carcasse pâle de sa voiture disparut lentement dans la brume. Il marchait, mais cette fois, il ne marchait pas seulement pour aller quelque part comme le jour où, dans la chaleur torride du plein été, que le ciel était haut, on lui avait volé sa première voiture. Non, cette fois-ci, il avait un but. Cette fois-ci — il attendit un trou entre deux voitures, et traversa la chaussée à toute vitesse —, cette fois-ci il suivait des traces de pas dans l'accotement boueux, des traces bien distinctes, reconnaissables entre mille, celles d'un pneu usé dans lequel un Mexicain avait découpé des sandales.

A peine si elle voyait la route. Tout à coup, la pluie s'était mise à dégringoler si violemment que, toute vision coupée comme par le rideau qui tombe à la fin d'une pièce, elle n'avait pu faire autrement que d'allumer ses feux de détresse et de se ranger sur l'accotement en attendant que ça passe. Elle profita de ce retard pour feuilleter son *Guide Thomas* et comparer la carte avec le croquis que Delaney avait griffonné sur le bloc-notes posé à côté du téléphone. Il était un peu plus de quatre heures, elle avait pris son après-midi pour aller faire quelques achats de Noël (les affaires stagnaient, de fait elles s'embourbaient complètement, depuis toujours, lui semblait-il, elle s'était juré de se consacrer un peu plus à sa famille, et à elle-même aussi) et s'était portée volontaire pour aller reprendre Jordan chez un de ses copains qu'elle ne connaissait pas. Et comme c'était Delaney qui avait déposé Jordan chez ledit copain, elle ne connaissait pas non plus la maison, ni la rue, qu'elle avait du mal à trouver.

Si elle avait fumé, elle aurait allumé une cigarette, mais elle ne fumait pas. Elle enclencha une cassette de relaxation et écouta les vagues artificielles s'écraser dans les haut-parleurs tandis que, palpable et réelle, la pluie crépitait sur le trottoir et tapait sur le toit de la voiture telles les phalanges d'un médium. Elle se sentait comme dans un cocon, inattaquable par les éléments, en lieu sûr, elle regarda la carte, écouta sa cassette et, pour la première fois depuis des éternités, comprit qu'il n'y avait aucune urgence à aller où que ce soit. Cela faisait trop longtemps qu'elle se menait la vie dure, et pour quel résultat ? Même avant que la maison des Da Ros parte en fumée, elle avait connu des journées où elle ne semblait tout simplement plus avoir assez d'enthousiasme pour bourrer des enveloppes de cadeaux ou rédiger des petites annonces en puisant dans le même stock d'adjectifs éculés et d'abréviations d'une banalité à pleurer — Charmant, maison rust. Monte Nido, prox. écoles Las Virgenes, 1 ha, écur. chev. 6 ch. 4 sdb, convient famille, pisc. Prix à débattre —, voire balader M. et Mme Riendutout dans les mêmes couloirs de toutes les maisons qu'ils n'auraient jamais assez de goût ou d'argent pour acheter, et encore leur monter des opérations d'emprunt et autres financements de dépôts de garantie sur deux mois qui se cassaient la gueule une fois sur deux. Conclure affaire, planter l'hameçon dans le client et le retirer si vite et d'une manière si indolore qu'il ne se rendait compte de rien l'excitait encore, et battre tout le monde sur le marché aussi, surtout quand c'était pour une maison comme celle des Da Ros et que tout le monde était prêt à tuer pour la vendre, mais non, en dehors de ça, les grands frissons étaient trop rares.

Ah, c'était donc ça le problème — elle ne connaissait pas cette partie d'Agoura aussi bien qu'elle l'aurait dû et avait pris Foothill Place pour Foothill Drive. Et donc elle était dans Foothill Drive — et là, voilà, c'était la route du canyon de Comado, dans le coin supérieur gauche de la carte. C'était bien la première fois qu'elle entendait parler de cet endroit... encore une de ces rues toutes neuves qui montaient et descendaient les collines comme le grand-huit, sans doute. Tout était neuf dans le coin — bourgeonnante, débordante d'activité, remplie de mini-centres commerciaux qui disaient la grande fuite des Blancs, la mégalopole empiétait sur la nature. Dix ans plus tôt, c'était la campagne. Dix ans plus tôt encore, on n'aurait même rien trouvé sur la carte. Il devait y avoir des propriétés du tonnerre sur ces hauteurs, des maisons plus anciennes, des ranchs sur lesquels les promoteurs n'avaient pas encore eu le temps de faire main basse. Les écoles étaient bonnes, les terrains ne perdaient pas de valeur, peut-être même montaient-ils un peu... et tout ça à deux pas de Woodland Hills, de Malibu et de Calabasas? Kyra se dit qu'il vaudrait peut-être la peine d'aller y voir de plus près, peut-être... sûrement.

La pluie s'arrêta aussi soudainement qu'elle avait commencé, en grands bancs de bruine qui rentraient le ventre, comme des nuages inversés, elle remontait déjà dans les collines, Kyra redémarra, jeta un coup d'œil derrière elle et s'engagea sur la chaussée goudronnée. Arrivée à un T, elle prit à gauche, longea une série de petits pavillons et commença à monter dans des collines ondulantes où les maisons étaient plus espacées — rien d'extraordinaire, mais on avait de la place, un hectare ou deux, à vue de nez. Elle aperçut une demi-douzaine d'enfants blonds qui jouaient dans une grande allée, un troupeau de moutons aussi, un peu plus loin sur une colline verdoyante. Les arbres semblaient se tenir un peu plus droit, leurs feuilles enfin lavées de six mois de poussière, de particules d'hydrocarbure et autres cochonneries en suspension dans l'air. La campagne était belle, et plus que vendable, elle se sentit bien.

La route se scinda encore, puis devint plus étroite en suivant le tracé d'un ancien sentier à charrettes où les éleveurs devaient jadis transporter du foin pour nourrir leur bétail, où, plus tard, les Ford modèles T et A avaient dû creuser de fines ornières entre les talus, la route zigzaguait, on se chauffait au poêle à bois, on s'éclairait à la chandelle, les poulets couraient librement dans les champs... sans trop savoir pourquoi, Kyra se perdait dans la vision de temps plus lointains où, nostalgie de choses qu'elle n'avait jamais connues, les vieilles couvertures du *Saturday Evening Post* le disputaient aux rediffusions de *Lassie, chien fidèle*. Ces gens-là vivaient vraiment en pleine cambrousse — à côté de ça, les Domaines de l'Arroyo Blanco tenaient de Pershing Square. Étonnant. Elle n'aurait jamais cru qu'il pouvait y avoir tant d'espace à ciel ouvert dans ce coin-là... et à moins de huit kilomètres de la 101, elle l'aurait parié, à quinze ou vingt kilomètres de la ville et encore. Était-on toujours à Los Angeles ? se demanda-t-elle. Ou avait-elle déjà franchi la limite du comté ?

Toute ravie et enfin détendue, elle goûtait les beautés de la saison et du paysage lorsqu'elle remarqua un petit panneau, car il ne payait pas de mine, posté à l'entrée d'une allée goudronnée qui filait vers un bois d'eucalyptus, juste après l'embranchement du canyon de Comado : A VENDRE, PARTICULIER A PARTICULIER. Elle passa devant, sa voiture fendant la brume grise et bleutée qui voilait la route, puis elle s'arrêta, monta sur l'accotement et fit demi-tour afin de retrouver l'allée. Le panneau ne donnait guère de renseignements — A VENDRE, PARTICULIER A PARTICULIER, c'était bien tout, hormis un numéro de téléphone. Le terrain était-il construit ? Un ranch ? Un domaine ? A en juger par la taille des eucalyptus — pâles et énormes, ils étaient très anciens et des montagnes d'écorces leur cachaient les pieds — la maison ne datait pas d'hier. Mais non, ce n'était sans doute pas grand-chose. Probablement un vieux poulailler à la peinture écaillée, avec des carcasses de voitures rouillées dans la cour, ou alors une caravane.

Moteur au point mort, elle resta assise dans sa voiture à l'entrée du chemin et, vitre baissée, la douce et fraîche caresse de la pluie dans la figure, regarda les feuilles argentées des eucalyptus se fondre dans le brouillard, puis y reparaître par instants. Il était cinq heures moins vingt. Elle avait dit à la maman du gamin, Karen (ou était-ce Erin?), qu'elle essaierait de passer à cinq heures, mais bon, elle ne se sentait nullement pressée. C'était Noël, ou pas loin, et il pleuvait. En plus, Karen (Erin?) s'était montrée plus que gentille au téléphone, pas de problème, elle pouvait passer quand elle voulait, les enfants jouaient très gentiment ensemble... et pour savoir ce qu'il y a au bout d'un chemin il faut se donner le temps d'y aller. Et ce panneau était quand même une invitation, non? Bien sûr que oui. De la propriété à vendre. Elle remit le compteur de distances intermédiaires à zéro, alluma son clignotant, vérifia derrière elle et s'engagea dans l'allée.

Elle laissa sa vitre baissée pour s'enivrer de l'odeur mouillée, féconde et un rien mentholée des boutons d'eucalyptus écrasés sur le trottoir, puis permit à ses yeux d'enregistrer les détails de la scène : des arbres encore et encore, une forêt, toute une forêt d'eucalyptus songeurs, des oiseaux qui s'appelaient de branche en branche. Huit cents mètres plus loin, elle trouva un pont en pierre au-dessus d'un ruisseau gonflé par les pluies, le franchit et, au sortir d'un long virage, découvrit la maison. Sa surprise fut si grande qu'elle ne poussa pas plus loin et là, à quelque cent mètres de la bâtisse, béa d'admiration. Dans ce coin perdu, au milieu de cinq hectares de terrain, au moins, se dressait un manoir en pierre et plâtre de trois étages tout droit sorti de Beverly Hills, ou non, mieux, d'un village du midi de la France.

Le style? Français éclectique, simple, tout dans le sous-entendu, et si racé qu'à côté l'ex-demeure des Da Ros en paraissait d'une élégance besogneuse, pour ne pas dire vulgaire. Arêtes du toit aux poutres évasées, fenêtres et portes qui rehaussaient les pierres d'angle, murs de plâtre solides, peints du même cannelle pâle que les troncs des eucalyptus et recouverts de vigne vierge que l'automne avait colorée de rouge sang, l'ensemble tenait de la révélation. Et le terrain ! Un peu rustique sans doute, mais bien entretenu et pensé de bout en bout. Sur le devant, une allée circulaire autour d'un bassin où nageaient deux cygnes... et ce bassin était mis en valeur par des bosquets de bouleaux et d'érables du Japon jetés là comme au hasard. A VENDRE, PARTICULIER A PARTICULIER : il allait falloir jouer fin, très fin. Elle laissa repartir sa voiture comme si elle lui abandonnait sa volonté, suivit la courbe de l'allée, fit le tour du bassin et se gara. Elle consacra une demi-minute à se remaquiller, se passa les deux mains dans les cheveux, puis monta les marches.

Chemise écossaise en flanelle et pantalon marron, un homme d'une cinquantaine d'années lui ouvrit la porte ; derrière lui, esquissant déjà un sourire, se tenait sa femme, à côté d'une table haute en acajou installée dans un grand hall blanc.

— Vous venez sans doute pour la maison, dit l'homme.

Elle n'eut pas une seconde d'hésitation. Elle se disait deux millions facile, peut-être davantage, cela dépendait de la quantité de terrain autour, elle calculait déjà le montant de sa commission — soixante mille dollars — et se demandait pourquoi diable il aurait fallu la partager avec Mike Bender lorsqu'elle songea aux propriétés voisines : à qui appartenaient-elles ? non, parce que si on faisait de cette maison le point de départ d'une communauté ultra-select avec résidences haut de gamme et qu'ensuite on aménageait l'ensemble... l'aménagement, c'était là qu'était l'argent, dans l'aménagement, pas dans la vente.

— Oui, dit-elle en leur accordant le privilège de contempler son visage, sa silhouette et son sourire de reine de l'immobilier, c'est tout à fait ça.

Il y avait des endroits où la piste s'interrompait, les traces de pas ayant été effacées par la seule force de l'averse qui avait balayé les collines pendant qu'il perdait son temps dans la voiture de police. Mais ce n'était pas grave. Il savait la direction qu'avait prise sa proie et n'avait qu'à continuer de remonter le bas-côté pour qu'à un moment donné les traces reparaissent. L'empreinte d'un orteil dans le gravier ou le creux d'un talon se remplissant lentement d'une eau sale et jaunâtre lui suffisaient amplement. Il avait jadis réussi à pister un renard qui, après s'être débarrassé de son collier émetteur, avait remonté un cours d'eau sur plus de trois cents mètres et s'était caché dans les branches basses d'un platane, il était plus que capable de traquer cet empoté de Mexicain jusqu'en enfer et retour — et c'était d'ailleurs très exactement ce qu'il allait faire : le suivre à la trace et le retrouver, quand bien même il y faudrait toute la nuit.

Il faisait déjà très sombre, noir même, lorsqu'il arriva dans Arroyo Blanco Drive ; découvrir, à la lumière des phares d'une voiture qui passait, que les empreintes du bonhomme tournaient à gauche pour suivre la route ne le surprit pas vraiment. De fait, graffiti, photo, petits objets sans importance qui avaient disparu dans les Domaines telles la feuille de plastique, les assiettes et les croquettes du chien, cela expliquait bien des choses. L'incendie l'ayant ruiné, le poivrot avait décidé de camper sur les hauteurs et c'était là qu'il bombait ses graffitis, volait la nourriture du chien et chiait dans les fossés. Brusquement une idée lui vint : et si c'était lui qui avait allumé l'incendie ? Et si le *wetback* à casquette n'avait rien fait et que c'était justement pour ça que les flics ne pouvaient pas le coller en prison ? Parce que celui qu'il pistait campait bien quelque part dans le canyon, non ? Il revit le caddie qui brillait, le sentier qui plongeait dans le canyon, le Mexicain blessé qui saignait dans les hautes herbes et ne put s'empêcher de penser que tout le monde y aurait trouvé son compte si le clandestin s'était contenté de filer dans les buissons pour y mourir.

Mais déjà il faisait nuit et il lui faudrait prendre une lampe-torche s'il voulait continuer — et il le voulait : continuer jusqu'au bout, quoi qu'il arrive, il y était fermement décidé. Il était presque arrivé au portail lorsqu'une voiture s'étant arrêtée à sa hauteur, tout brouillé par la pluie, le visage de Jim Shirley apparut à la vitre du conducteur. Il s'était remis à pleuvoir, les gouttes tombant comme petits coups d'aiguille qui rebondissaient sur l'asphalte délavé par l'éclat des phares. La vitre s'abaissa à moitié, sous les lumières clignotantes des guirlandes de Noël la peau de Jim Shirley se teinta de vert et de rouge.

— Qu'est-ce que tu fous sous la pluie, Delaney ? lui demanda-t-il. Tu cherches des crapauds à cornes ? Allez, monte ! Je te ramène chez toi.

Delaney rejoignit la voiture et se pencha à la fenêtre, mais « Salut, Jim, putain de nuit, comment ça va, merci » ou « non, merci », ne dit rien de tout cela.

— Tu n'aurais pas une lampe-torche que je pourrais t'emprunter ? lui demanda-t-il seulement tandis que la pluie lui creusait les joues et dégouttait régulièrement du bout de son nez.

Vert et rouge. Les couleurs semblaient s'enfoncer dans le grand visage boursouflé qui sortait de la barbe noire de Jim Shirley.

— Je crains que non, dit celui-ci. J'en avais toujours une dans la voiture, mais les piles ont fini par lâcher. Ma femme devait les remplacer, mais c'est la dernière fois que j'ai vu ma lampe. Pourquoi ? T'as perdu quelque chose ?

— Non, ça ira, murmura Delaney qui reculait déjà, merci.

Il regarda Jim Shirley franchir le portail et monter dans les Domaines, fit demi-tour et, dans la lumière obsédante des guirlandes d'ampoules rouges et vertes qui continuaient de clignoter, découvrit le dernier outrage qu'on avait infligé au mur : noirs et moqueurs, de nouveaux hiéroglyphes le dévisageaient, aussi mouillés que la peinture qui commençait à couler, là, sous le nez du gardien, dans la pleine lumière des ampoules, au vu de tous. Sa voiture était bousillée, il avait perdu ses chiens. Il s'approcha du mur, posa un doigt sur la peinture, le retira... et son doigt était mouillé. Noir. Taché de noir.

C'en était fait, la guerre était déclarée, on l'avait souffleté. D'abord la voiture, et maintenant ça ? Il songea aux appareils photo, aux preuves qu'ils allaient lui donner et tira sur le câble qui courait à ses pieds afin que le flash le localise. Un seul éclair — celui du flash le plus proche. On avait brisé l'autre. Incapable de voir si la pellicule avait été exposée — il n'y avait pas assez de lumière —, il fit disparaître sous sa veste l'appareil qui fonctionnait encore et rejoignit le portail en suivant le mur.

Lorsqu'il frappa à la vitre de sa guérite, le gardien — un jeune lugubre à long nez, voix croassante et vagues soupçons de barbe blonde — sursauta comme si on lui avait donné un coup d'aiguillon à bestiaux. Une seconde plus tard, Delaney l'ayant rejoint dans l'habitacle, le jeune homme s'exclama :

— Ah, mon Dieu, monsieur Mossbacher, vous m'avez fait sacrément peur ! Qu'est-ce qu'il y a ? Vous avez un problème ?

Minuscule. Embué. De la place pour un et voilà qu'ils étaient deux. Du poulet frit dans une boîte à rayures rouges et blanches, le tout reposant sur le tableau de commandes, à côté d'un livre de poche sur la couverture duquel un barbare à la musculature hypertrophiée brandissait son épée entre deux femmes aux seins nus, ses compagnes sans doute.

— Votre voiture est tombée en panne ? croassa le jeune homme.

Delaney sortit son appareil photo de dessous sa veste, vit que six photos avaient été prises, six preuves indiscutables qu'un crime avait été commis, et eut l'impression d'être enfin entré dans la dernière ligne droite et de courir à la victoire. Le gamin le regardait de ses petits yeux en rivets qui brillaient, la peau de ses joues un rien pâlotte et jaunâtre. Ils étaient à dix centimètres l'un de l'autre et leurs épaules touchaient presque les parois de la cabine.

— Non, lui répondit Delaney avec un sourire qui, se dit-il plus tard, avait dû paraître à moitié dément au jeune homme, non, tout va bien, tout est parfait, super.

Puis il ressortit sous la pluie et remonta vers sa maison au petit trot en pensant à ses photos, à sa voiture démolie, à l'insulte faite au mur, en songeant surtout à l'arme qu'il gardait dans son garage, un superbe Smith et Wesson. 38 Special en acier inoxydable que Jack lui avait conseillé d'acheter pour « assurer sa sécurité ».

Il n'en avait jamais voulu. Il détestait les armes. Il n'avait jamais chassé ou tué quoi que ce soit de sa vie, et n'avait aucune envie de s'y mettre. C'étaient les beaufs qui s'armaient, les criminels, les vigiles, les petits crétins à la gâchette facile de la NRA [1] qui avaient besoin d'un fusil d'assaut pour chasser le cerf et ne voyaient en la nature qu'une énorme réserve de cibles qui ne cessaient de bouger. Mais il l'avait acheté. Avec Jack. Un après-midi que, juste après le tennis, ils avaient bu un coup dans un bar à sushis de Tarzana, ça devait faire six mois de ça. Jack lui avait fait découvrir l'Onigaroshi on the rocks, la conversation avait vite roulé sur l'état ô combien triste et précaire du monde, il n'y avait qu'à lire les journaux, lorsque Jack avait pivoté sur son tabouret pour lui dire :

— Te connaissant comme je te connais, je parie que tu es complètement nu.

— Comment ça « complètement nu » ?

— Tu n'as rien pour protéger ta maison.

Il avait regardé Jack porter une fine tranche de *maguro* à ses lèvres.

— Je te parie que c'est à peine si tu as une batte de base-ball. Je me trompe ?

— Quoi ? Il me faudrait une arme ?

— Absolument.

Jack qui mâchonne, Jack qui prend son verre de saké pour faire descendre.

---

1. *Ou National Rifle Association*, puissant lobby opposé à toute réglementation de la vente d'armes aux USA. *(N.d.T.)*

— C'est un monde en colère et en lambeaux que nous avons là, mon ami, et je ne te parle pas que des riches et des pauvres. Non, je te parle aussi des torrents d'humanité qui de Chine, du Bangladesh et de Colombie, nous déboulent dessus sans chaussures, sans qualifications et sans rien à manger. Et c'est ce que tu as toi, qu'ils veulent! Crois-moi, Delaney, c'est pas eux qui viendront frapper à ta porte pour te demander bien poliment de le leur donner. Écoute... en fait, tout se résume à ceci : quoi que tu puisses penser des armes, la question est de savoir si tu préfères tuer que d'être tué.

Et Jack avait réglé l'addition. Après quoi, ils avaient filé à l'armurerie Grantham, à Van Nuys, et Delaney n'y avait rien vu de ce à quoi il s'attendait. Point de repris de justice en cavale en train de fouiller dans des bacs remplis de balles à charge creuse, pas de chasseurs d'ours à la démarche chaloupée, pas le moindre comptable trémulant qui cavale dans les allées la queue entre les jambes. Spacieux et bien éclairé, le magasin donnait à voir sa marchandise comme s'il s'agissait de beaux bijoux, de parfums ou de Rolex. On ne se cachait pas, personne n'avait l'air gêné, la clientèle, du moins ce qu'il en voyait, semblant essentiellement constituée de citoyens ordinaires qui, les uns en shorts et sweat-shirts d'étudiants, les autres en robe ou costume d'homme d'affaires, venaient se procurer des outils à tuer avec autant de désinvolture que s'ils achetaient des pièges à souris ou de la mort-aux-rats à la droguerie du coin. Cheveux gris remontés en chignon, lunettes à monture en argent, doigts grassouillets mais élégants qui couraient sur la vitrine, la femme derrière le comptoir — Samantha Grantham en personne — ressemblait à une institutrice de cours préparatoire. Elle lui vendit le même modèle que celui — elle l'avait toujours dans son sac — dont elle s'était servie pour faire décamper des individus menaçants dans le parking à la sortie du cinéma du centre commercial de Fall-brook, et y ajouta un étui de marque, un Bianchi en nylon super-léger, avec lanière en Velcro qui s'accrochait à l'intérieur de la ceinture tout aussi confortablement qu'une deuxième poche. Il avait tellement honte en revenant chez lui, il se sentait tellement irrécupérable qu'il enferma son arme dans un coffre du garage et s'empressa de tout oublier. Jusqu'à maintenant.

Il entra dans sa maison, sur le tapis l'eau laissa des marques, il sortit la clé du tiroir de son bureau et fila droit au garage. De la taille de deux ramettes de papier posées l'une sur l'autre, et tout en acier, le coffre était à l'épreuve du feu. De la poussière s'était accumulée sur le couvercle. Delaney glissa la clé dans la serrure, ouvrit la cassette et là elle était, l'arme dont il avait tout oublié. Il la prit dans sa main, elle brilla dans la lumière qui tombait de l'ampoule nue accrochée au bout d'un fil, et là-haut, la pluie s'écrasait sur le toit. Il avait la gorge sèche, il respirait avec peine. Il introduisit les balles dans les logements fort ingénieux prévus à cet effet — l'une après l'autre elles s'y nichèrent avec un petit clic si précis et mortel qu'il sut tout de suite qu'il ne tirerait jamais, jamais — mais il sortirait ce truc de son étui et, dans toute sa beauté qui tue, il le pointerait sur ce foutu étranger, sur cette espèce de diable aux yeux noirs, jusqu'à ce que les flics arrivent et l'enferment où il fallait.

Il glissa l'arme dans son étui, glissa l'étui dans son pantalon et fut pris d'un frisson : il était gelé. Il tremblait même si fort qu'il eut du mal à appuyer sur le commutateur. Il allait devoir se changer, c'était par là qu'il fallait commencer... mais où était passée Kyra ? N'aurait-elle pas dû être déjà rentrée ? Après, il s'occuperait de la pellicule et mangerait peut-être un morceau. C'était éteint chez Jack et Selda lorsqu'il était passé devant chez eux, mais il savait où ils cachaient la clé de secours, sous le troisième pot de fleurs en partant de la droite, juste devant la porte de derrière, et savait aussi qu'ils ne lui en voudraient pas d'entrer quelques minutes pour tirer ses photos dans la chambre noire — parce qu'il les lui fallait absolument, ces clichés, parce qu'il n'y avait mainte-

nant rien de plus important que de prendre le crétin
à la bombe à peinture en flagrant délit. L'autre
photo, la première, n'était pas inutile, mais n'avait
rien de concluant — au tribunal, la défense pourrait
toujours dire que ça ne prouvait rien hormis le fait
que le suspect se trouvait sur un terrain public, où il
avait d'ailleurs parfaitement le droit de se tenir, et
que là, devant le portail comme il était, il pouvait
très bien avoir décidé d'aller rendre visite à des amis
des Domaines, voire chercher du travail ou distri-
buer des prospectus. Alors que celles-là, les six
autres... il allait en faire des agrandissements, et ils
seraient tous là, sur le comptoir de la cuisine quand
la police arriverait...

Mais d'abord, changer de vêtements. Son corps
étant saisi d'un tremblement involontaire, puis d'un
autre, il éternua deux fois en posant son calibre sur
le lit et en ôtant ses chaussures. Prendre une douche
bien chaude, voilà ce qu'il allait faire, puis il écou-
terait les messages sur son répondeur — Kyra avait
dû emmener Jordan à la pizzeria —, et après, il
s'assiérait pour avaler quelque chose lui aussi, de la
soupe en boîte ou autre. Il était inutile de se presser.
Il savait où trouver ce fumier — là-haut dans le chaparral, à portée de vue du portail... et avec le temps
qu'il faisait, le bonhomme ne pourrait pas se passer
d'allumer un feu et ce feu le trahirait. Ça, ce serait
bien le dernier qu'il allumerait — dans les environs,
au moins.

Pendant que la soupe chauffait dans le four à
micro-ondes, il sortit une paire de jeans propres de
la penderie, où il pêcha encore ses chaussures de
marche High Sierra ultra-légères avec semelles à
sculptures d'un centimètre et demi, et posa un pull-
over, une paire de chaussettes isolantes et tous ses
vêtements anti-pluie sur son lit. La douche l'avait
réchauffé, mais il tremblait toujours et comprit que
ce n'était pas le froid qui l'affectait, mais l'adrénaline, la pure et simple adrénaline. Il était bien trop
tendu pour faire plus que de souffler vaguement sur
sa soupe — de la Campbell, « Légumes en dés » —,

une seconde plus tard il était dans le vestibule et là, devant le miroir en pied, se regardait dégainer son arme et la remettre dans sa ceinture, encore et encore, en écoutant les messages sur son répondeur. Kyra rentrerait tard, il s'y attendait — elle était tombée sous le charme d'une maison du côté d'Agoura, Agoura, ben voyons, elle s'était mise en retard pour aller chercher Jordan et elle l'emmènerait peut-être dîner dans un restaurant chinois avant de l'accompagner au magasin d'images car Jordan s'était mis à collectionner des cartes d'X-Men. Delaney leva la tête, glissa la pellicule dans sa poche et ressortit sous la pluie.

Ça tombait fort. Piñon Drive ressemblait au lit d'un ruisseau, où rien ne bougeait hormis des torrents de flotte, là-haut dans les collines, de grosses pierres cognaient contre les parois des canaux qui devaient détourner les débris et le trop-plein d'eau des Domaines de l'Arroyo Blanco. Debout sous le déluge, il s'interrogea longuement là-dessus en entendant les grondements de la montagne qui lâchait — d'abord l'érosion de la zone qui avait brûlé et maintenant ceci, tout pouvait arriver. Vulnérables, ils l'étaient, les conditions étant plus que remplies pour qu'il y ait coulée de boue. Grâce à monsieur le Mexicain à l'allumette facile, il n'y avait plus rien pour retenir la terre et la boue, mais quoi ? Il n'y pouvait pas grand-chose. Si les canaux débordaient, le mur d'enceinte retiendrait tout ce qui leur tomberait dessus... et on n'en était pas encore à devoir construire des digues avec des sacs de sable ou autre. Il était inquiet, bien sûr — tout l'inquiétait —, et si les dieux de la météo lui avaient accordé un souhait, ç'aurait été de ramener bien gentiment tout ça aux dimensions d'une petite bruine, mais vu la façon dont ça dégringolait, une chose au moins ne faisait aucun doute : son fumier de Mexicain était forcément coincé dans sa bauge et le trouver serait d'autant plus facile.

Pas de problème, la clé était bien sous le pot de fleurs, il entra chez les Cherrystone et accrocha son

poncho au portemanteau derrière la porte de la cuisine afin de ne pas salir le carrelage. Il chercha le
commutateur à tâtons, son Smith et Wesson lui palpant l'entrejambe comme une main dure et brûlante,
comme une chose qui soudain se serait animée. Son
cœur se ruait contre sa cage thoracique, dans ses
oreilles le sang battait fort. La lumière ayant brusquement explosé dans la pièce, le chat de Selda, un
énorme manx — un lynx ou pas loin — bondit de sa
chaise et fila dans le couloir. Delaney eut l'impression d'être en train de cambrioler la baraque. Mais
déjà il avait gagné la chambre noire, déjà il avait
déposé la pellicule dans le révélateur et se sentait
plus calme, il ne faisait rien de mal... tu viens quand
tu veux, lui avait dit Jack, absolument quand tu
veux. Il était tellement sûr de ce qu'il allait découvrir
cette fois-ci que c'est à peine s'il vit les images inver-
sées sur les négatifs — il y avait quelque chose, de
vagues silhouettes, tout ça, c'était du crime en
action —, il coupa la pellicule en trop, la laissa tomber par terre et fit un contact de six premiers clichés.
Lorsque tout fut prêt, il glissa le papier dans le révélateur et reçut sa deuxième décharge photogra-
phique de la semaine : ce n'était pas un Mexicain terrorisé qui clignait de la paupière et lui montrait son
visage, ce n'était pas un Mexicain qui était planté sur
de grandes jambes lestées par des baskets en cuir, ce
n'était pas un Mexicain qui tenait, et très clairement,
une bombe à peinture dans son grand poing blanc,
avec des cheveux de cette couleur et coupés
comme...

C'était Jack Junior.

Jack Junior et un complice qu'il ne reconnut pas,
et là ils étaient, six fois reproduits sur sa planche
contact, soudain matérialisés et pris sur le fait.
Jamais encore il n'avait connu une surprise pareille
et presque il renonça. Presque. Il se redressa, nettoya
lentement et méthodiquement le labo, vida les bacs,
les rinça et les reposa sur l'étagère où Jack les entre-
posait. Puis il laissa tomber les négatifs sur la
planche contact et froissa tout ça en une boule qu'il

enfouit tout au fond de la poubelle. Le Mexicain était coupable, évidemment qu'il l'était, et de bien plus que ça. Il campait bien dans la montagne, non ? Sans parler de la voiture qu'il lui avait bousillée. Et des croquettes pour chien qu'il avait volées, avec la feuille de plastique. Et qui donc pouvait dire qu'il n'avait pas allumé l'incendie en plus ?

La nuit était noire, très noire, impénétrablement noire même, mais il ne voulait pas se servir de sa lampe électrique de peur de se trahir. Dès qu'il se fut laissé choir de l'autre côté du mur, la faible lumière qui montait des vérandas et des guirlandes de Noël expira d'un coup, la nuit et la pluie qui tombait devenant la seule et unique réalité du lieu. Riches et primitives à la fois, les odeurs étaient amalgame, versant entier de montagne ressuscité d'entre les morts. Les pierres se répondaient comme en écho contre les parois en acier des canaux de dévers, grondaient comme tonnerre, partout l'eau se ruait et se faisait entendre. Pas une fissure qui ne fût crevasse, pas une crevasse qui ne fût chenal, et tous les chenaux débordaient, il le sentait autour de ses chevilles. Ses yeux, insensiblement, s'habituèrent aux ténèbres.
Il partit droit vers le haut, en suivant la ligne de crête que le coyote avait remontée avec Sacheverell entre les dents, et sous ses pieds il n'y avait plus rien. Là où, hier encore, la poussière blanche et les fourmilières recouvraient la terre desséchée, il n'était plus maintenant qu'un lacis de boue invisible et infiniment élastique. Malgré la garantie « un défaut, c'est remboursé » qui s'appliquait à ses chaussures, il n'arrêtait pas de glisser et se retrouva à quatre pattes en moins de vingt pas. La pluie lui fouettait le visage, le chaparral se désintégrait sous la prise frénétique de ses doigts. Il avançait, cherchant le bout de terrain plat où il pourrait se remettre debout et savoir où il était, encore et encore il dérapait et se retrouvait à quatre pattes. Heures, minutes, secondes, le temps n'avait plus de sens, l'univers se réduisant aux

quelque trente centimètres carrés de ciel brisé qu'il
avait au-dessus de la tête, à la boue dans laquelle il
enfonçait ses mains. Il y était, en plein dedans, aussi
près du cœur du monde, et qu'il était froid et noir,
que jamais il pourrait l'être.

Et toujours et encore il se disait : enfin je le tiens,
ce fils de pute, ce diable dans sa boîte, cet incendiaire, et l'excitation qui le prenait était comme une
drogue qui le privait de raison. Jamais il ne pensait à
ce qu'il allait faire au Mexicain une fois qu'il l'aurait
attrapé — cela n'avait aucune importance. La seule
chose qui comptait, c'était de le retrouver, de le faire
sortir de son terrier, de compter ses dents, ses orteils
et tous les cheveux qu'il avait sur la tête et de tout
consigner dans son dossier. Ce n'était pas la première fois qu'il se trouvait par ici, des centaines de
fois même il y avait pisté des centaines d'autres créatures — après tout, n'était-ce pas un pèlerin qu'il
était ? Qui donc aurait pu lui échapper ?

C'est alors qu'exactement comme il le pensait, il en
sentit la plus infime odeur qui flottait : un feu de
bois. Alors il toucha son arme, alors il la palpa à
l'endroit où elle battait contre sa cuisse, et laissa son
nez le guider.

CHAPITRE 8

— On dirait que tu as vu un fantôme.

Cándido jetait des brindilles dans le feu — il
essayait de se réchauffer et ne répondit pas. Un instant plus tôt il l'avait appelée dans le noir et la pluie
qui tombait à verse, doucement, pour ne pas lui faire
peur, « C'est moi, *mi vida* », puis il avait rampé sous
le tapis dégoulinant accroché à l'ouverture de la
cabane. L'eau était entrée avec lui. Il avait jeté ses
huaraches dehors, mais ses pieds disparaissaient
sous la boue qui lui remontait jusqu'aux chevilles, et

sa chemise et son pantalon étaient noirs de pluie et lui collaient à la peau. Il n'avait pas de veste. Ni de chapeau.

América s'apprêtait à lui dire « *Cándido, mi amor, rince-toi les pieds dehors, c'est déjà assez sale comme ça, il y a une fuite là-bas dans le coin, et l'odeur de moisi, de pourriture ou autre me rend folle* », mais elle le regarda encore une fois et changea d'avis. Il n'avait rien apporté, et ça aussi, c'était bizarre... il rapportait toujours quelque chose, un bout de tissu dont elle pouvait faire une robe pour sa fille, un paquet de *tortillas* ou de riz, parfois une friandise. Ce soir-là, il n'avait rien rapporté, hormis sa figure.

— Quelque chose qui ne va pas ? reprit-elle.

Il ramena ses pieds sous lui, il n'y avait pas plus de place que dans un carton d'emballage, leur cabane était à peine plus grande que les lits à deux places où dormaient les *gringos*, mais elle vit combien il avait maigri et s'était épuisé, et sentit qu'elle allait pleurer, déjà elle ne pouvait plus se contenir, dans ses oreilles c'était comme si un chiot s'était mis à gémir. Elle pleurait. Elle ravalait ses sanglots avant qu'ils puissent lui échapper, la pluie perforait le toit en plastique, dégoulinant le long des bâches transparentes qu'il avait trouvées Dieu sait où et rapportées pour protéger les murs, mais non, il gardait le silence. Un frisson, elle le vit, et puis encore un autre, le parcourut du haut jusqu'en bas du corps.

— Si c'était seulement un fantôme, dit-il au bout d'un instant, et il prit l'assiette en aluminium remplie de *cocido* posée sur l'étagère qu'il avait construite dans un coin de la cabane afin qu'elle puisse y stocker leurs maigres provisions.

Elle le regarda poser le *cocido* sur la grille, tisonner la braise et poser des bûches un peu plus grosses sur le feu. Le camping ! Ce qu'elle pouvait détester ça !

— C'est le *gabacho*, reprit-il, le rouquin qui m'a renversé avec sa voiture. Il me fout la trouille. On dirait un fou. Chez nous, au village, ils l'embarque-raient pour la ville dans une camisole de force et le colleraient à l'asile.

La pluie battait à la porte. América parla d'une voix sourde.

— Qu'est-ce qui s'est passé ?

— Qu'est-ce que tu crois ?

Il ourla la lèvre, l'éclat du feu redonnant vie à son visage.

— Je marchais le long de la route sans embêter personne et c'était déjà une des pires journées depuis le début, pas le moindre boulot à l'horizon... quand brusquement il y a ce fou qui m'arrive par-derrière, et je le jure sur le Christ et sa croix, voilà qu'il essaie de me renverser encore un coup. Dix centimètres de plus et ça y était. De ça, qu'il m'a manqué !

Elle sentait déjà le *cocido* — à la viande, une bestiole qu'il avait attrapée —, avec des pommes de terre, des *chiles* et du bon bouillon. Elle ne pouvait pas le lui dire maintenant, pas encore bien qu'elle s'y soit préparée toute la journée durant... il fallait absolument que Socorro voie un docteur, tout de suite, il le fallait... mais quand il aurait fini de manger et se serait réchauffé, alors il faudrait bien qu'elle le lui dise.

Cándido parlait à voix basse — ahuri.

— Alors, il est sorti de sa voiture et il m'a sauté dessus... il avait un téléphone à la main, tu sais, un machin sans fil... et je crois qu'il appelait les flics, mais j'allais pas attendre pour le savoir, je t'en donne ma tête à couper. Mais qu'est-ce qu'il a, ce type ? Qu'est-ce que je lui ai fait ? Il ne peut quand même pas savoir pour l'incendie, si ? En plus que c'était un accident...

— Et s'il avait essayé de te tuer le premier coup ? Si c'était un raciste ? Un flic ? Peut-être qu'il nous hait parce qu'on est mexicains.

— J'arrive pas à y croire. Comment peut-on être aussi méchant ? Il m'avait quand même donné vingt dollars, tu te rappelles ?

— Vingt dollars ! cracha-t-elle, et elle secoua sa main si brusquement que le bébé se réveilla. Et puis il a envoyé son fils dans le canyon pour nous agresser, non ?

Plus tard, lorsqu'il eut saucé les restes du *cocido* avec trois *tortillas* brûlantes, lorsque enfin sa chemise fut sèche et la boue qui lui collait aux pieds tombée en poussière entre les lattes du plancher, América se barda de courage et revint à la question de Socorro et du médecin.

— Elle a quelque chose, dit-elle, tandis qu'une volée de pluie s'abattait sur le plastique du toit telle averse de balles perdues. C'est ses yeux. J'ai peur, je...

Elle fut incapable de terminer sa phrase.

— Quoi, ses yeux ? répéta-t-il.

Il n'avait pas besoin de ça en plus, ce qu'il avait de soucis lui suffisait déjà amplement.

— Elle n'a rien aux yeux, reprit-il, et comme pour le lui prouver, il lui prit le bébé, Socorro lui donnant aussitôt un coup de pied dans le bras avant de pousser un petit cri aigu.

Il regarda son visage un instant — pas trop fort, il avait toujours peur de la regarder trop fort —, puis il se tourna vers sa femme et lui dit :

— Tu es folle, América. Elle est belle. Elle est parfaite... qu'est-ce que tu veux de plus ?

Socorro repassa dans les bras de sa mère, toute douce et fragile, bien enveloppée dans sa serviette, mais Cándido la tenait toujours comme un tas de brindilles, un pain, un objet comme un autre.

— Elle... elle est aveugle, Cándido. Elle ne voit rien. J'ai peur.

Un éclair illumina le visage de son mari. La pluie hurla.

— Tu es folle.

— Non, lui renvoya-t-elle, à peine si les mots arrivaient à quitter ses lèvres, non, je ne suis pas folle. Il faut aller voir un médecin... peut-être qu'il pourra faire quelque chose... tu n'en sais rien, Cándido, tu ne sais rien du tout et tu ne veux pas savoir.

Déjà elle était en colère, douleur, inquiétudes, peurs de ces derniers jours, semaines, mois, tout remonta :

— C'est mon urine, dit-elle, ça brûlait et c'est ça qui... parce que...

Elle n'arrivait pas à le regarder en face, les flammes du feu tremblotaient, sous l'éclat de la lampe le visage de son mari était comme un masque de mort.

— C'est à cause de ces hommes, dit-elle enfin.

C'était la pire blessure qu'elle pût lui infliger, mais il fallait qu'il comprenne. Il n'y avait là aucune récrimination, ce qui était fait était fait, mais jamais elle n'entendit sa réponse. Parce qu'à cet instant précis, quelque chose s'écrasa contre la paroi de la cabane, quelque chose d'énorme, quelque chose qui bougeait, et le tapis fut arraché à la porte et jeté à la nuit, un visage s'encadrant dans l'ouverture, un visage qui regardait. Un visage de *gabacho*. Aussi effrayant et inattendu qu'un crâne surgissant des ténèbres le Jour des Morts. Mais le choc qu'ils en ressentirent n'était rien encore parce qu'à ce visage, ils le virent, était attachée une main, une main avec une arme.

Delaney trouva la cabane, ses doigts lui disant aussitôt qu'elle était faite de palettes volées et de branches coupées dans le chaparral, le toit n'étant autre que la feuille de plastique qui avait disparu de la serre de Bill Vogel. Il y avait de la lumière à l'intérieur — le feu sans doute, peut-être même une lanterne —, et cette lumière déjà le guidait dans la boue qui était comme huile sur du verre lorsqu'il perdit l'équilibre et se trahit. Entendait-il des voix ? Oui, et plus d'une. Son indignation fut sans limites — combien étaient-ils donc ? Ça ne pouvait pas continuer comme ça : bousiller ainsi l'environnement, massacrer les collines, les ruisseaux, les marais et le reste comme ils le faisaient ! Il allait y mettre fin, et pour de bon. Il se prit dans le morceau de tapis volé qui masquait l'entrée, et l'arracha d'une main parce que l'autre, la droite, Dieu sait comment tenait maintenant son arme, à croire qu'elle était vivante, ayant bondi de son étui pour se loger entre ses doigts, comme de sa propre volonté...

Mais les choses commençaient à se brouiller. Cela faisait déjà bien une minute ou deux qu'il entendait de grands rugissements, c'était comme si la plus folle des marées s'était mise à battre le plus increvable rivage, sauf qu'il n'y avait point de rivages ici, sauf qu'ici il n'y avait rien que des...

Et alors, par-derrière il se sentit soulevé par une force monstrueuse, une force que rien n'eût pu contenir, et son arme lui échappant, dut s'agripper au montant de la porte basse de cette misérable cabane. Et là, stupéfait, il voyait des visages éclairés par une lanterne — celui de son Mexicain, car c'était bien lui, enfin, mais aussi celui d'une femme qu'il n'avait jamais vue et là... celui d'un bébé? — lorsque, la cabane paraissant basculer sur un côté, déjà elle flottait sur l'énorme vague liquide qu'il avait derrière lui, déjà elle se brisait en miettes, plus de lumière, plus un visage, dans l'instant il fut projeté, comme jamais il ne l'eût cru possible, au cœur même du monde et que, noir et froid, ce cœur battait fort!

Ainsi donc, pour finir, tout lui tombait dessus : le mal dont sa fille était affligée, le *pelirrojo* avec son flingue, la montagne elle-même. La lumière vacillait, la pluie sifflait comme une caisse remplie de serpents qu'on excite avec un bâton. « Elle est aveugle, Cándido, elle ne voit rien du tout », avait dit América et tout de suite il s'était imaginé sa petite fille, elle était dodue, elle était parfaite, transformée en vieille sorcière avec une canne et un chien d'aveugle, mais avant même qu'il ait pu assimiler tout ce que cela voulait dire, et c'était terrifiant, l'autre maniaque s'était montré avec son arme, déjà il le menaçait, mais déjà, avant même qu'il ait pu seulement commencer à envisager la suite des événements, voilà que soudain la montagne se faisait purée qui fond, bouillasse, que la cabane s'effondrait et qu'on n'y voyait plus rien. Au début, il ne comprit pas ce qui se passait — qui l'eût pu? —, mais non, résister à une force pareille était impossible. Aurait-il construit sa cabane en acier renforcé tungstène, l'aurait-il bâtie sur des fondations de trente mètres de profondeur que le résultat aurait été le même. La montagne s'en allait quelque part, et il partait avec elle.

Il n'eut même pas le temps de jurer, de cligner de l'œil ou de se poser des questions sur son destin — il n'eut que celui d'attraper América et son pauvre bébé aveugle, de les serrer contre lui et d'essayer de tenir bon. América avait coincé Socorro sous son bras comme un ballon de rugby, elle agrippa Cándido de l'autre main tandis que, le toit s'envolant au loin, ils étaient jetés sur les palettes qui, un instant plus tôt, leur tenaient lieu de mur et brusquement leur servaient de plancher. De plancher qui bougeait — le plancher bougeait ! Il filait telle une planche à voile sur la crête de la montagne liquide qui récurait la terre et emportait les arbres comme si jamais ils n'avaient eu de racines et le *pelirrojo* était là, avec son visage blanc et ses bras blancs qui battaient l'air, pris dans le tourbillon noir et insensé, comme un homme qui se noie dans sa merde.

Rugissait la montagne, vociféraient les rochers et pourtant, toujours ils chevauchaient la masse en fusion et, débris parmi d'autres, fonçaient au cœur de la nuit. Cándido entendit l'eau qui roulait devant lui, Cándido vit les lumières des Domaines là-bas tout en bas, ils étaient au plus haut de la vague de boue qui aplatissait les murs, arrachait les toits des maisons, dans d'énormes tonnerres les expédiait au néant. Puis les lumières s'éteignirent à l'unisson et, l'enceinte des Domaines s'ouvrant d'un coup, les deux palettes furent radeau qui dérivait sur le fleuve de chaux que le mur était devenu, furent tourbillon fou que le courant emportait.

América hurlait, le bébé hurlait, il entendait sa voix résonner comme bourdon maigre et lancinant, et tout cela n'était rien à côté des hurlements de l'arbre déraciné, à côté du cauchemar grondant des roches qui se ruaient entre eux. Il ne pensait pas — le temps manquait, seul restait celui de réagir —, mais alors même qu'il plongeait dans les ténèbres du fleuve nouveau qui se formait dans le lit de l'ancien, enfin il réussit à maudire celui par qui tant de malheur arrivait, et si fort il l'insulta qu'il en eût mérité

condamnation éternelle si ce n'avait été déjà fait.
Qu'arrivait-il? Qu'avait-il donc? Il ne voulait rien
d'autre que travailler, et c'était là son destin? Sa
putain de malchance? Sa femme violée, un bébé
aveugle, un fou avec une arme, et ça ne suffisait pas
à ce Dieu insatiable? Non, il fallait encore qu'ils se
noient tous, comme des rats.

Contrôler ce truc était impensable, au-delà de tout
espoir raisonnable. Seuls demeuraient la course folle
et les coups de bélier de la roche. Cándido s'accrochait à la palette, América s'accrochait à lui. Il avait
les doigts écrasés, mais tenait bon, il n'y avait rien
d'autre à faire. Et soudain ils furent dans le lit du
canyon de Topanga Creek, et la montagne était derrière eux. Mais ce n'était point le ruisseau où il avait
bu, où il s'était baigné, où il avait dormi pendant
tous ces mois de cruelle sécheresse — ce n'était
même pas le ruisseau qu'il avait vu fulminer sous le
pont un peu plus tôt dans la journée. C'était un
fleuve, un torrent qui passait bien au-dessus des
ponts, des rues et du reste. On ne pouvait en réchap-
per. La palette se redressa, pivota, enfin le jeta.

Ils touchèrent quelque chose, quelque chose de
trop gros pour bouger, et Cándido lâcha le radeau et
América tout ensemble, et soudain se retrouva dans
l'eau avec rien à agripper, et l'eau était froide comme
la mort. Il coula, il eut l'impression qu'un poing
énorme le maintenait sous l'eau et l'écrasait, mais il
se débattit, heurta une bûche qui flottait, puis un
rocher qui le déchiqueta et enfin, sans trop savoir
comment, retrouva la surface.

— América! hurla-t-il. América!

Une seconde plus tard à peine, il était repris, l'eau
qui furieusement roulait lui remontant dans les
narines et s'engouffrant dans sa gorge, le courant le
jetant comme sur une planche à laver, une rainure
de roche inébranlable après l'autre, sa mère battait
le linge dans un nuage de paillettes, il devait avoir
trois ans et savait qu'il allait mourir, « Va au diable,
mijo », encore et encore il cria.

Mais là, dans son dos, une voix lui parlait — Cándido! —, juste à son oreille enfin, sa femme, América, lui tendait la main. L'eau battait et tournoyait, l'aspirait, ne le jetait en avant que pour mieux le jeter en arrière et... où était-elle passée? Là, elle s'accrochait aux rainures glissantes de la planche à laver, là, juste à l'endroit où la roche vertigineusement tenait tête au courant. Il se battit, il y mit tout ce qu'il avait, soudain l'eau le cracha dans les bras de sa femme.

Il était sauf. Il était vivant. Il n'y avait ni ciel ni terre, et le vent lui lançait des billes de pluie dans la figure et l'eau s'écrasait à ses pieds, mais il était vivant, mais il respirait et se blottit dans les bras de sa femme, de sa belle et frêle femme qui grelottait. Il lui fallut un moment, car ses doigts étaient gourds et saignaient, pour comprendre ce qu'était la roche bossue qu'il avait sous les pieds, mais enfin il sut où ils se trouvaient... c'était la Poste des États-Unis d'Amérique qui les avait sauvés, là, c'était le toit de tuiles, et sous eux le bâtiment faisait rive au torrent jusqu'au pont et la gorge au-delà. « América » gémit-il, hoqueta-t-il, marmonna-t-il encore et encore, et ne pouvait dire autre chose. Et la toux le prenant en spasmes, il rendit le *cocido*, c'était amer et maigre, il crut qu'on l'étranglait lentement.

— Ça va? éructa-t-il enfin. Tu es blessée?

Elle sanglotait. Ils ne faisaient plus qu'un, les sanglots de sa femme le secouaient si fort qu'il en sanglotait lui-même, ou presque. Mais l'homme ne pleure pas, il endure; pour trois dollars par jour il tanne le cuir jusqu'à ce que les ongles lui tombent, il avale du kérosène et le recrache en flammes pour le touriste au coin des rues — il travaille jusqu'à ce qu'il n'y ait plus de travail en lui.

— Ma fille, lança-t-il, et non, il ne sanglotait pas, pas du tout. Où est-elle?

Elle ne répondit pas, il sentit le froid filer dans ses veines, le froid et une lassitude comme jamais encore il n'en avait ressenti. Noires, les eaux l'entouraient de tous côtés, il y en avait plus loin qu'il ne pouvait voir, il se demanda si jamais il se réchaufferait un jour. Il était au-delà du blasphème, au-delà de l'affliction, gourd jusqu'au cœur. Tout ça, oui. Mais lorsqu'il vit le visage blanc surgir du tourbillon et la main blanche qui, là, s'accrochait aux tuiles, il tendit la sienne et l'attrapa.

Composition réalisée par EURONUMÉRIQUE

IMPRIMÉ EN FRANCE PAR BRODARD ET TAUPIN
La Flèche (Sarthe).
Librairie Générale Française - 43, quai de Grenelle - 75015 Paris.
ISBN : 2-253-14659-5   ◈ 31/4659/4